Anne Fortier

Julia

SIJTHOFF

Uitgeverij Sijthoff en Drukkerij Koninklijke Wöhrmann BV vinden het belangrijk om op milieuvriendelijke en duurzame wijze met natuurlijke bronnen om te gaan.

Bij de vertaling is dankbaar gebruikgemaakt van de integrale vertaling van William Shakespeares *Romeo en Julia* van L.A.J. Burgersdijk in de bewerkingen van Cees Buddingh', Willy Courteaux en Gerrit Komrij en van commentaren en teksten op de website Digitale bibliotheek van de Nederlandse taal.

Oorspronkelijke titel: *Juliet*
Vertaling: Marga Blankestijn
Omslagontwerp: Marry van Baar
Omslagfotografie: Getty Images
Auteursfoto: David Henderson

ISBN 978 90 218 0266 4
NUR 302

www.boekenwereld.com
www.uitgeverijsijthoff.nl
www.watleesjij.nu

Gaat allen heen; ik moet nu overdenken,
Wie ik zal straffen, wie genade schenken.
Nooit trof het noodlot twee geliefden zo,
Als dat van Julia en haar Romeo.
WILLIAM SHAKESPEARE

Proloog

Ze zeggen dat ik dood was.

Mijn hart stond stil, en ik ademde niet meer – in de ogen van de wereld was ik echt dood. Sommigen zeggen dat ik drie minuten weg was, anderen zeggen vier; zelf begin ik te geloven dat de dood voornamelijk een kwestie van opvatting is.

Als Julia had ik het vermoedelijk moeten zien aankomen. Maar ik wilde zo graag geloven dat het niet weer diezelfde deerniswekkende tragedie zou worden. Deze keer zouden we voor altijd samen zijn, Romeo en ik, en onze liefde zou nooit meer worden onderbroken door donkere eeuwen van verbanning en dood.

De Bard laat zich echter niet bedriegen. En dus stierf ik zoals het hoorde toen ik geen tekst meer had, en viel terug in de bron der schepping.

Gelukkige pen, ziehier uw blad.

Hier inkt, en laat mij nu beginnen.

I

I

Wee mij, wee mij, welk bloed bevlekt
De stenen treden van dit grafgebouw?

Het heeft even geduurd voordat ik wist waar ik moest beginnen. Je zou kunnen zeggen dat mijn verhaal meer dan zeshonderd jaar geleden begon, met een overval door struikrovers in het middeleeuwse Toscane. Of minder lang geleden, met een dans en een kus in het Castello Salimbeni, waar mijn ouders elkaar voor het eerst ontmoetten. Dat zou ik echter nooit allemaal hebben geweten zonder de gebeurtenis waardoor mijn leven plotseling veranderde en ik me gedwongen zag om naar Italië af te reizen, op zoek naar het verleden. Die gebeurtenis was het overlijden van mijn oudtante Rose.

Het kostte Umberto drie dagen om me te vinden om het droeve nieuws te vertellen. Gezien mijn virtuositeit in de kunst van het verdwijnen, verbaast het me dat hij er überhaupt in slaagde. Umberto bezat echter altijd al een griezelig vermogen om mijn gedachten te lezen en mijn daden te voorspellen; bovendien was er 's zomers maar een beperkt aantal Shakespearekampen in Virginia.

Hoe lang hij daar achter in de zaal naar de toneelvoorstelling had staan kijken, weet ik niet. Ik stond zoals altijd achter de coulissen en had het te druk met de kinderen, hun teksten en hun rekwisieten om ook maar iets om me heen op te merken tot het doek viel. Na de generale repetitie van die middag had iemand het flesje vergif zoekgemaakt, en bij gebrek aan beter moest Romeo nu zelfmoord plegen door Tic Tacs te eten.

'Maar daar krijg ik maagzuur van!' klaagde de jongen, met de beschuldigende nervositeit van een veertienjarige.

'Uitstekend!' zei ik en ik onderdrukte een moederlijke neiging de fluwelen hoed op zijn hoofd recht te zetten. 'Dan blijf je des te beter in je rol.'

Pas toen het licht aanging en de kinderen me het toneel op sleepten om me met dankbaarheid te overstelpen, zag ik in de buurt van de uitgang de vertrouwde, lange gestalte naar me staan kijken. Streng en statig in zijn donkere pak en stropdas stak Umberto af als een eenzame riethalm van beschaving in een oermoeras. Zo was hij altijd geweest. Zo lang ik me kon herinneren, had hij nooit iets gedragen dat als vrijetijdskleding kon worden beschouwd. Volgens Umberto waren kaki shorts en poloshirts kledingstukken voor mannen die geen enkele deugd meer kenden, zelfs geen schaamte.

Later, toen de stroom van dankbare ouders opdroogde en ik eindelijk het toneel kon verlaten, werd ik even tegengehouden door de directeur van het project, die me bij mijn schouders pakte en hartelijk door elkaar schudde – hij kende me te goed om een omhelzing te wagen. 'Goed gedaan met die kinderen, Julia!' zei hij opgetogen. 'Volgend jaar kan ik toch weer op je rekenen?'

'Zeker weten,' loog ik terwijl ik doorliep. 'Je ziet me wel verschijnen.'

Toen ik eindelijk naar Umberto toe liep, zocht ik tevergeefs naar dat spoortje blijdschap dat meestal in zijn ogen straalde als hij me na een tijd terugzag. Er kwam echter geen glimlach, en toen begreep ik waarom hij was gekomen. Terwijl ik zwijgend zijn omhelzing in liep, wenste ik dat ik de macht had om de werkelijkheid als een zandloper om te draaien, zodat het leven niet eindig zou zijn, maar als een zich eeuwig herhalende passage door een klein gaatje in de tijd druppelde.

'Niet huilen, *principessa*,' zei hij in mijn haar. 'Dat zou ze niet hebben gewild. We kunnen niet allemaal het eeuwige leven hebben. Ze was tweeëntachtig.'

'Dat weet ik. Maar...' Ik deed een stap achteruit en veegde mijn tranen af. 'Was Janice erbij?'

Umberto's ogen vernauwden zich, zoals altijd wanneer de naam van mijn tweelingzus viel. 'Wat denk je?' Toen pas, van dichtbij, zag ik dat hij er gekwetst en verbitterd uitzag, alsof hij zich de laatste paar avonden in slaap had gedronken. Maar misschien was dat wel een natuurlijke reactie. Wat moest er van Umberto worden zonder tante Rose? Zolang ik me kon herinneren, waren die twee verenigd in een noodzakelijk verbond van geld en spieren – zij speelde de kwijnende *belle*, hij de geduldige butler – en ondanks hun verschillen hadden ze klaarblijkelijk geen van beiden ooit willen proberen om zonder de ander te leven.

De Lincoln stond discreet geparkeerd bij de vuurkuil en niemand zag Umberto mijn oude rugzak in de kofferbak leggen voordat hij met afgemeten ceremonieel het achterportier voor me opende.

'Ik wil voorin zitten. Alsjeblieft?'

Hij schudde afkeurend zijn hoofd en opende de passagiersdeur. 'Ik verwachtte al dat het vanaf nu allemaal bergafwaarts zou gaan.'

Tante Rose had echter nooit aangedrongen op formaliteit. Hoewel Umberto bij haar in dienst was, behandelde ze hem altijd als een familielid. Dat was echter nooit wederzijds. Als tante Rose Umberto uitnodigde om met ons aan tafel te eten, keek hij haar met bevreemde verdraagzaamheid aan, alsof het hem een voortdurend raadsel was waarom ze dat bleef vragen en het antwoord op de een of andere manier maar niet wilde begrijpen. Hij at al zijn maaltijden in de keuken, zoals hij altijd had gedaan en altijd zou blijven doen, en zelfs de naam van de lieve Jezus – die met toenemende wrevel werd uitgesproken – kon hem niet overreden om bij ons aan te schuiven, ook niet met Thanksgiving.

Tante Rose deed Umberto's eigenaardigheid meestal af als iets Europees en zette dan prompt een preek in over tirannie, vrijheid en onafhankelijkheid die zijn hoogtepunt bereikte als ze met haar vork naar ons wees en snuivend zei: '...en daarom gaan we níet met vakantie naar Europa. En al helemaal niet naar Italië!' Persoonlijk was ik ervan overtuigd dat Umberto gewoon liever alleen at omdat hij zijn eigen gezelschap veel hoger aansloeg dan dat van ons. Hij zat daar in alle rust in de keuken met zijn opera, zijn wijn en zijn volmaakt gerijpte blok Parmezaanse kaas, terwijl wij – tante Rose, Janice en ik – kibbelden en bibberden in de tochtige eetkamer. Als ik had mogen kiezen, zou ik ook elke minuut van elke dag in de keuken hebben doorgebracht.

Tijdens onze rit door de donkere Shenandoah-vallei vertelde

Umberto me over de laatste uren van tante Rose. Ze was vredig in haar slaap heengegaan, na een avond te hebben geluisterd naar al haar lievelingsliedjes van Frank Sinatra, de ene krakende grammofoonplaat na de andere. Na het wegsterven van het laatste akkoord van het laatste nummer was ze opgestaan en had de tuindeuren geopend, misschien omdat ze nog één keer de kamperfoelie wilde ruiken. Terwijl ze daar met gesloten ogen stond, vertelde Umberto, fladderden de lange kanten gordijnen geruisloos rond haar tengere gestalte, alsof ze al een geest was.

'Heb ik het goed gedaan?' had ze met zachte stem gevraagd.

'Natuurlijk,' was zijn diplomatieke antwoord geweest.

Het was middernacht tegen de tijd dat we de oprijlaan van tante Rose opreden. Umberto had me al gewaarschuwd dat Janice die middag uit Florida was aangekomen met een rekenmachine en een fles champagne. Dat verklaarde echter niet de tweede snelle sportwagen die vlak voor de entree geparkeerd stond.

'Ik hoop oprecht dat die niet van de begrafenisondernemer is,' zei ik, terwijl ik mijn rugzak uit de achterbak haalde voordat Umberto hem kon pakken. Ik had de woorden nog niet uitgesproken of ik gruwde al van mijn oneerbiedigheid. Het was ook helemaal niets voor mij om zo te praten, en het gebeurde alleen als ik binnen gehoorsafstand van mijn zus kwam.

Met een vluchtige blik op de onbekende auto trok Umberto zijn jasje recht alsof hij een kogelvrij vest omgordde voor de strijd. 'Ik vrees dat er allerlei soorten ondernemers zijn.'

Zodra we door de voordeur het huis van tante Rose binnen liepen, zag ik wat hij bedoelde. Alle grote portretten in de hal waren van hun plaats gehaald en stonden nu op de grond met hun rug naar de muur, als misdadigers voor een vuurpeloton. En de Venetiaanse vaas die altijd op de ronde tafel onder de kroonluchter had gestaan, was al verdwenen.

'Hallo?' schreeuwde ik, met een woede die oplaaide zoals ik sinds mijn laatste bezoek niet meer had meegemaakt. 'Is er nog iemand in leven?'

Mijn stem echode door het stille huis, maar zodra het lawaai wegstierf hoorde ik hollende voetstappen in de gang boven. Natuurlijk moest Janice, ondanks haar schuldbewuste haast, toch haar gebruikelijke, vertraagde entree maken via de brede trap, waarbij haar dunne zomerjurk veel nadrukkelijker de aandacht vestigde op haar weelderige rondingen dan het geval zou zijn geweest als ze helemaal niets aan had gehad.

Ze stond even stil ten bate van de wereldpers, gooide met een loom, zelfgenoegzaam gebaar haar haar naar achteren en wierp me een hautaine glimlach toe voordat ze haar afdaling inzette. 'Kijk eens aan,' zei ze met een zoete, kille stem. 'De vegamaagd leeft.' Toen pas zag ik het mannelijke snoepje van de week achter haar aan komen, zo bloeddoorlopen en gehavend ogend als te verwachten was na een tijdje alleen te zijn geweest met mijn zus.

'Sorry voor de teleurstelling,' zei ik en ik liet mijn rugzak met een bons op de grond vallen. 'Kan ik je helpen om het huis van kostbaarheden te ontdoen, of werk je net zo lief alleen?'

Het lachje van Janice klonk als het windorgel op de veranda van je buren, dat daar uitsluitend is opgehangen om jou te irriteren. 'Dit is Archie,' zei ze op haar terloops zakelijke manier. 'Hij gaat ons twintigduizend dollar geven voor al dit vullis.'

Ik bekeek hen met afkeer terwijl ze dichterbij kwamen. 'Wat een royaal gebaar van hem. Hij is duidelijk dol op vullis.'

Janice wierp me een ijzige blik toe, maar hernam zich snel. Ze wist heel goed dat haar mening over mij me volkomen koud liet en dat ik haar boosheid alleen maar vermakelijk vond.

Ik was vier minuten eerder geboren dan zij. Wat ze ook deed of zei, ik zou altijd vier minuten ouder zijn. Ook al was Janice – in haar eigen ogen – de hypersonische haas en ik de ploeterende schildpad, we wisten allebei dat ze me nooit echt zou kunnen inhalen om die kleine kloof tussen ons te dichten, al was ze nog zo slim en nog zo snel.

'Nou,' zei Archie met een blik op de openstaande voordeur. 'Ik ga ervandoor. Aangenaam kennis met je te maken, Julia. Het is toch Julia, nietwaar? Janice heeft me alles over je verteld...' Hij lachte nerveus. 'Ga zo door! *Make peace, not love*, zeggen ze!'

Janice wuifde liefjes terwijl Archie naar buiten liep en de hordeur achter zich liet dichtklappen. Zodra hij buiten gehoorsafstand was, werd haar engelachtige gezichtje echter des duivels, als een hologram van Halloween. 'Hoe durf je me zo aan te kijken!' zei ze honend. 'Ik probeer wat geld voor ons te verdienen. Jij verdient toch immers niets, of wel soms?'

'Maar ik heb dan ook niet jouw soort... onkosten.' Ik knikte naar haar nieuwste aanwinsten, overduidelijk zichtbaar onder haar krappe jurk. 'Vertel eens, Janice, hoe krijgen ze al dat spul er toch in? Via je navel?'

'Vertel eens, Julia,' aapte Janice me na. 'Hoe voelt het om er helemaal niets in gestopt te krijgen? Nooit?!'

'Pardon, dames,' zei Umberto en hij kwam beleefd tussen ons in staan, zoals hij al zo vaak had gedaan. 'Mag ik voorstellen om deze fascinerende woordenwisseling naar de bibliotheek te verplaatsen?'

Toen we Janice eenmaal hadden ingehaald, hing ze al onderuitgezakt in de lievelingsstoel van tante Rose. Haar gin en tonic had ze neergezet op het kruissteekkussen met het vossenjachttafereel dat ik had geborduurd tijdens het laatste jaar van de middelbare school, terwijl mijn zus jacht maakte op rechtopgaand wild.

'Wat nou?' Met nauwelijks verholen afkeer keek ze ons aan. 'Denk je niet dat ze me de helft van de drank heeft nagelaten?'

Het was typisch iets voor Janice om ruzie te zoeken boven iemands lijk, en ik keerde haar mijn rug toe en liep naar de tuindeuren. Op het terras stonden de dierbare terracotta potten van tante Rose als een rij rouwdragers, met daarin ontroostbaar omlaag hangende bloemhoofdjes. Het was een ongewoon gezicht. Umberto had de tuin altijd volledig onder controle, maar misschien had hij geen plezier meer in zijn werk nu zijn werkgeefster en dankbare toeschouwster er niet meer was.

'Het verbaast me dat jij er nog bent, Birdie,' zei Janice, terwijl ze de drank rond liet walsen in haar glas. 'Als ik jou was, zat ik al in Las Vegas. Met het zilver.'

Umberto gaf geen antwoord. Hij praatte al jaren niet meer rechtstreeks tegen Janice. In plaats daarvan keek hij naar mij. 'De begrafenis is morgen.'

Met een been bungelend over de leuning zei Janice: 'Ik vind het onvoorstelbaar dat je alles hebt gepland zonder ons iets te vragen.'

'Zo heeft zij het gewild.'

'Moeten we verder nog iets weten?' Janice bevrijdde zich uit de omarming van de stoel en trok haar jurk recht. 'Ik veronderstel dat we allemaal ons deel krijgen? Ze is toch niet verliefd geworden op een of andere rare dierenbeschermingsvereniging of zo?'

'Zeg, kan het wat minder?' vroeg ik vinnig, en een paar tellen lang keek Janice zowaar beschaamd. Toen schudde ze dat van zich af zoals ze altijd deed en reikte weer naar de fles gin.

Ik nam niet eens de moeite om naar haar te kijken toen ze zogenaamd onhandig deed en haar perfect geplukte wenkbrauwen optrok in verbijstering om ons te laten weten dat ze heus niet van plan was geweest om zo veel in te schenken. Zoals de ondergaande zon langzaam versmelt met de horizon, zo zou Janice algauw versmelten met de chaise longue en het beantwoorden van de belangrijke vragen des levens aan anderen overlaten, zolang ze maar genoeg drank bleven schenken.

Zo was ze altijd al geweest: onverzadigbaar. Toen we klein waren, riep tante Rose vaak verrukt lachend uit: 'Dat meisje zou zich een weg uit een gevangenis van peperkoek kunnen eten,' alsof de gulzigheid van Janice iets was om trots op te zijn. Maar tante Rose stond dan ook boven aan de voedselketen en had – in tegenstelling tot ikzelf – niets te vrezen. Zolang ik me kon herinneren had Janice mijn geheime snoepvoorraad weten te vinden, waar ik die ook verstopte, en paasochtenden waren in ons gezin akelig, ruw en kort. Het liep er onvermijdelijk op uit dat Umberto haar bestraffend toesprak omdat ze mijn deel van de paaseieren had gestolen, terwijl Janice, met tanden die nog dropen van de chocola, hem van onder haar bed toesiste dat hij haar vader niet was en niets over haar te vertellen had.

Het frustrerende was dat ze er niet naar uitzag. Haar huid weigerde koppig om haar geheimen te onthullen: die was zo glad als het satijnen glazuur van een bruidstaart, haar gelaatstrekken even fijn geboetseerd als kleine vruchtjes en suikerbloempjes van de hand van een meester-patissier. Gin noch koffie, schaamte noch berouw had barsten aangebracht in die geglazuurde façade; het leek alsof ze de levensbron in zich droeg, alsof ze iedere morgen verjongd opstond uit de bron van de eeuwigheid, geen dag ouder, geen onsje zwaarder, en met dezelfde gulzige honger naar de wereld.

Helaas waren we geen identieke tweeling. Op het schoolplein had iemand me ooit een Bambi-op-stelten genoemd, en al lachte Um-

berto erom en zei hij dat het een compliment was, zo voelde het niet. Zelfs toen mijn onhandigste jaren voorbij waren, wist ik dat ik er naast Janice slungelachtig en bloedarm uitzag; waar we ook heen gingen en wat we ook deden, zij was even donker en uitbundig als ik bleek en terughoudend was.

Als we samen een kamer binnen liepen, richtten alle schijnwerpers zich onmiddellijk op haar, en ook al stond ik vlak naast haar, ik was slechts iemand in het publiek. Mettertijd ging ik me echter op mijn gemak voelen in die rol. Ik hoefde me nooit druk te maken over het einde van mijn zinnen, want Janice maakte ze onvermijdelijk voor me af. En bij die zeldzame gelegenheden dat er iemand naar mijn dromen en verlangens vroeg – meestal bij een beleefd kopje thee met een van de buren van tante Rose – trok Janice me mee naar de piano, waar zij probeerde te spelen terwijl ik de bladzijden voor haar omsloeg. Zelfs nu nog, op mijn vijfentwintigste, werd ik ongemakkelijk tot stilzwijgen gebracht in gesprekken met vreemden, wanhopig verlangend om te worden onderbroken voordat ik mijn werkwoorden van lijdende voorwerpen zou moeten voorzien.

We begroeven tante Rose in de stromende regen en het kerkhof zag er bijna even vuilgrauw uit als ik me van binnen voelde. Bij haar graf vermengden de zware druppels water uit mijn haar zich met de tranen die langs mijn wangen stroomden; de papieren zakdoekjes die ik van huis had meegebracht, waren allang tot pap vergaan in mijn jaszakken.

Hoewel ik de hele nacht had gehuild, was ik niet voorbereid op de trieste onontkoombaarheid die ik voelde toen de kist schokkerig in de aarde werd neergelaten. Zo'n grote kist voor de tengere tante Rose... nu speet het me plotseling dat ik niet gevraagd had het stoffelijk overschot te mogen zien, ook al zou dat voor haar geen verschil hebben gemaakt. Of misschien wel? Misschien keek ze van ergens ver weg op ons neer en wenste dat ze ons kon laten weten dat ze veilig was aangekomen. Het was een troostrijk idee, een welkome afleiding van de werkelijkheid, en ik wenste dat ik erin kon geloven.

De enige die er tegen het einde van de begrafenis niet uitzag als een verzopen knaagdier was Janice, op haar plastic laarzen met tien

centimeter hoge hakken onder een zwarte hoed die niet de geringste rouw uitstraalde. Bij wijze van contrast droeg ik wat Umberto ooit mijn Attila de Non-outfit had gedoopt: als de laarzen en het decolleté van Janice *kom jij eens even hier* knipoogden, riepen mijn grove schoenen en mijn doorknoopjurk heel duidelijk *donder op*.

Er verscheen een half handjevol mensen bij het graf, maar alleen meester Gallagher, onze advocaat, bleef even praten. Janice noch ik had hem ooit ontmoet, maar tante Rose had zo vaak en zo liefdevol over hem gesproken, dat de man zelf alleen maar een teleurstelling kon zijn.

'Ik begrijp dat jij een pacifist bent?' zei hij tegen mij, terwijl we van de begraafplaats wegliepen.

'Juul is dol op vechten,' zei Janice, die tevreden tussen ons in wandelde zonder te merken dat de rand van haar hoed als een trechter fungeerde en regenwater over ons heen plensde. 'En ze gooit graag dingen naar mensen. Heeft u ooit gehoord wat ze met de Kleine Zeemeermin heeft gedaan...?'

'Zo is het wel genoeg,' zei ik, op zoek naar een droge plek op mijn mouw om nog een laatste keer mijn tranen weg te vegen.

'Ach, wees niet zo bescheiden! Je stond op de voorpagina!'

'En ik hoor dat jouw zaken heel goed gaan?' Meester Gallagher keek naar Janice en waagde een glimlach. 'Het moet een hele uitdaging zijn om iedereen gelukkig te maken?'

'Gelukkig? Jakkes!' Janice vermeed op het nippertje een regenplas. 'Geluk is de grootste bedreiging die er bestaat in mijn vak. Het gaat allemaal om dromen. Frustraties. Fantasieën die nooit werkelijkheid worden. Mannen die niet bestaan. Vrouwen die je nooit kunt krijgen. Daar zit het grote geld, date na date, na date, na date...'

Janice bleef doorpraten, maar ik luisterde niet meer. Het was een van de grootste tegenstrijdigheden ter wereld dat mijn zus zich beroepsmatig bezighield met koppelarij, want ze was waarschijnlijk de minst romantische persoon die ik ooit had ontmoet. Ondanks haar neiging om met elke man te flirten, beschouwde ze hen als weinig meer dan lawaaiige machines waarvan je de stekker in het stopcontact plugde als je ze nodig had en er weer uithaalde zodra de klus geklaard was.

Vreemd genoeg had Janice toen we klein waren al dwangmatig

alles in paren gerangschikt: twee teddyberen, twee kussens, twee haarborstels... zelfs op dagen dat we ruzie hadden gehad, zette ze 's avonds voor het slapen gaan onze poppen naast elkaar op de plank, soms zelfs met hun armen om elkaar heen. Zo bezien was het misschien niet zo vreemd dat ze had gekozen voor een carrière in de koppelarij, want ze was een echte Noach als het erom ging mensen in paren te schikken. Het enige probleem was dat zij, in tegenstelling tot Noach, allang vergeten was waarom ze het deed.

Het was moeilijk te zeggen wanneer alles was veranderd. Op zeker moment op de middelbare school had ze het tot haar missie gemaakt om elke droom die ik ooit over de liefde zou kunnen koesteren, uiteen te laten spatten. Janice versleet vriendjes alsof het goedkope panty's waren, en ze schepte er een vreemdsoortig genoegen in om mijn weerzin te wekken door alles en iedereen in zo'n geringschattend taaltje te beschrijven dat ik me afvroeg waarom vrouwen überhaupt met mannen verkeerden.

Toen ze op de avond voor ons eindbal roze krulspelden in mijn haar zette, zei ze: 'Zo, dit is je laatste kans.'

Ik had haar in de spiegel aangekeken, verward over haar ultimatum, maar niet in staat om te reageren vanwege een van haar mintgroene maskers die op mijn gezicht tot een harde korst was opgedroogd.

'Je weet wel...' Ze trok een ongeduldige grimas. 'Je laatste kans om je maagdelijkheid te verliezen. Daar gaat het immers om op het eindbal. Waarom denk je dat de jongens zich opdirken? Omdat ze zo graag dansen? Alsjeblieft zeg!' Ze wierp een blik op me in de spiegel om haar vorderingen te bekijken. 'Je weet wat ze zeggen als je het op het eindbal niet doet. Dan ben je preuts. En niemand houdt van preutse meisjes.'

De volgende morgen klaagde ik over buikpijn en naarmate het uur van het bal naderde, werd de pijn erger. Uiteindelijk moest tante Rose de buren bellen om te zeggen dat hun zoon beter een andere date kon zoeken voor die avond; ondertussen werd Janice opgehaald door een sportman met de naam Troy en verdween met piepende banden.

Na mijn gekreun de hele middag te hebben aangehoord, wilde tante Rose beslist dat we naar het ziekenhuis gingen voor het geval ik een blindedarmontsteking had, maar Umberto zei kalmerend dat ik geen koorts had en dat hij zeker wist dat er niets ernstigs aan de hand was. Toen hij later die avond naast mijn bed stond te kijken hoe ik onder mijn dekens vandaan naar hem gluurde, zag ik dat hij precies wist wat er aan de hand was, en dat hij op een vreemde manier blij was met mijn bedrog. We wisten allebei dat er op zich niets mis was met de zoon van de buren, maar dat de beschrijving van de man die ik me had voorgesteld als mijn minnaar hem niet paste. En als ik niet kon krijgen wat ik hebben wilde, ging ik net zo lief niet naar het eindbal.

'Dick,' zei Janice nu, meester Gallagher strelend met een satijnen glimlach. 'Laten we er niet langer omheen draaien. Hoeveel?'

Ik deed geen moeite om tussenbeide te komen. Als Janice haar geld eenmaal had, zou ze immers vertrekken naar de jachtvelden van de hyperactieve wannabe en zou ik haar nooit meer hoeven zien.

Meester Gallagher bleef opgelaten stilstaan op de parkeerplaats, vlak naast Umberto en de Lincoln, en zei: 'Nou, ik vrees dat het geld bijna helemaal in de boedel zit.'

'Hoor eens, we weten allemaal dat het half om half is tot op de laatste cent, oké? Dus laten we niet zeuren,' zei Janice. 'Wil ze dat we een witte streep dwars door het huis trekken? Prima, kunnen we doen. Of...' Ze schokschouderde alsof het haar niet veel uitmaakte. 'We verkopen het en delen het geld. Hoeveel?'

'In feite is het zo dat mevrouw Jacobs op het laatst...' Meester Gallagher keek spijtig naar mij en zei: 'Uiteindelijk is mevrouw Jacobs van gedachten veranderd en heeft besloten om alles aan juffrouw Janice na te laten.'

'Wat?!' Ik keek van Janice naar meester Gallagher naar Umberto, maar vond nergens steun.

'Jezusmina!' Een brede glimlach ontvlamde op Janice' gezicht. 'Dan had de oude dame toch nog gevoel voor humor!'

Met opgetrokken wenkbrauwen ging meester Gallagher verder: 'Er is natuurlijk een som apart gezet voor meneer... voor Umberto, en er worden bepaalde ingelijste foto's genoemd waarvan uw oudtante wilde dat ze naar juffrouw Julia zouden gaan.'

'Ach ja,' zei Janice. 'Ik ben in een royale bui.'

'Wacht eens even...' Ik zette een stap achteruit, worstelend om het nieuws te verwerken. 'Dit is helemaal niet logisch.'

Zolang ik me kon herinneren, had tante Rose alle mogelijke moeite gedaan om ons gelijk te behandelen; in godsnaam, ik had haar zelfs de pecannoten in onze ochtendmuesli zien tellen om er zeker van te zijn dat de een er niet meer kreeg dan de ander. En ze had altijd over het huis gesproken als iets wat wij – op zeker moment in de verre toekomst – samen zouden bezitten. 'Meisjes,' zei ze dan, 'jullie zullen echt moeten leren om elkaar te verdragen. Ik heb het eeuwige leven niet, weet je. En als ik weg ben, delen jullie het huis, en de tuin ook.'

'Ik begrijp je teleurstelling...' zei meester Gallagher.

'Teleurstelling?' Ik had zin om hem bij zijn kraag te grijpen, maar stak in plaats daarvan mijn handen zo diep mogelijk in mijn zakken. 'Denk maar niet dat ik dit zomaar geloof. Ik wil dat testament zien.' Ik keek hem recht in zijn ogen en zag hem kronkelen onder mijn blik. 'Er is hier iets aan de hand...'

'Jij kon al nooit tegen je verlies,' merkte Janice met een valse glimlach op, genietend van mijn boosheid. 'Dat is er aan de hand.'

'Hier...' Meester Gallagher klikte met trillende handen zijn aktetas open en overhandigde me een document. 'Dit is jouw afschrift van het testament. Ik vrees dat er weinig ruimte is voor discussie.'

Umberto vond me in de tuin, in elkaar gedoken in het prieel dat hij ooit voor ons had gebouwd toen tante Rose met longontsteking in bed lag. Hij kwam naast me zitten op de natte bank en zei niets over mijn kinderachtige verdwijntruc, maar overhandigde me alleen een onberispelijk gestreken zakdoek en keek toe hoe ik mijn neus snoot.

'Het gaat niet om het geld,' zei ik defensief. 'Zag je haar grijnzen? Hoorde je wat ze zei? Ze geeft niets om tante Rose. Dat heeft ze nooit gedaan. Het is niet eerlijk!'

'Wie heeft je ooit wijsgemaakt dat het leven eerlijk was?' Umberto keek me met opgetrokken wenkbrauwen aan. 'Ik niet.'

'Dat weet ik! Ik begrijp het alleen niet... Maar het is mijn eigen schuld. Ik dacht echt altijd dat ze ons gelijk wilde behandelen. Ik heb geld geleend...' Ik sloeg mijn handen voor mijn gezicht om zijn blik te vermijden. 'Niets zeggen!'

'Ben je uitgepraat?'

Ik schudde mijn hoofd. 'Je weet niet half hoe uitgepraat ik ben.'

'Goed zo.' Hij knoopte zijn colbert open en haalde er een droge, maar enigszins verkreukelde, bruine envelop uit. 'Want ze wilde dat jij dit zou krijgen. Het is een groot geheim. Gallagher kent het niet. Janice weet van niets. Het is alleen voor jou.'

Ik was onmiddellijk wantrouwig. Het was helemaal niets voor tante Rose om mij iets te geven achter de rug van Janice om, maar ja, het was ook helemaal niets voor haar om mij uit haar testament te schrappen. Ik had de tante van mijn moeder kennelijk minder goed gekend dan ik dacht en kennelijk had ik mezelf tot op dit moment ook niet echt gekend. Het idee dat ik hier zat te huilen om geld, juist vandaag. Hoewel ze achter in de vijftig was toen ze ons adopteerde, was tante Rose als een moeder voor ons geweest, en ik moest me schamen dat ik nog meer van haar verlangde.

Toen ik de envelop uiteindelijk openmaakte, bleek hij drie dingen te bevatten: een brief, een paspoort en een sleutel.

'Dat is mijn paspoort!' riep ik uit. 'Hoe heeft ze...?' Ik keek nog eens naar de fotopagina. Het was mijn foto en mijn geboortedatum, maar de naam was niet de mijne. 'Giulietta? Giulietta Tolomei?'

'Dat is je echte naam. Je tante heeft hem veranderd toen ze je vanuit Italië hierheen bracht. Die van Janice ook.'

Ik was verbijsterd. 'Maar waarom? En hoe lang weet jij dat al?'

Hij sloeg zijn ogen neer. 'Waarom lees je de brief niet?'

Ik vouwde de twee vellen papier open. 'Heb jij dit geschreven?'

'Ze heeft het me gedicteerd.' Umberto glimlachte bedroefd. 'Ze wilde zeker weten dat je het zou kunnen lezen.'

In de brief stond het volgende:

Mijn liefste Julia,
Ik heb Umberto gevraagd om je deze brief na mijn begrafenis te geven, dus ik veronderstel dat dit betekent dat ik dood ben. Ik weet dat je nog steeds boos bent omdat ik jullie nooit heb meegenomen naar Italië, maar geloof me als ik zeg dat het voor jullie eigen bestwil was. Hoe had ik het mezelf ooit kunnen vergeven als jullie iets overkwam? Maar nu ben je ouder. En er is iets in Siena dat je moeder je heeft nagelaten. Aan jou alleen. Ik weet niet waarom, maar zo was Diane, god

hebbe haar ziel. Ze had iets gevonden en vermoedelijk is het er nog. Zo te horen was het veel waardevoller dan alles wat ik ooit heb bezeten. En daarom heb ik besloten om het zo te doen en het huis aan Janice te geven. Ik had gehoopt dat we dit alles hadden kunnen vermijden en Italië konden vergeten, maar nu vermoed ik dat het verkeerd van me zou zijn als ik het je nooit vertelde.

Dit is wat je moet doen. Neem deze sleutel mee en ga naar de bank in het Palazzo Tolomei. In Siena. Ik denk dat het de sleutel van een kluis is. Je moeder had hem in haar tas toen ze stierf. Ze had daar een financieel adviseur, een man die Francesco Maconi heette. Zoek hem op en vertel hem dat je de dochter bent van Diane Tolomei. O, en nog iets. Ik heb jullie namen veranderd. Je echte naam is Giulietta Tolomei. Maar dit is Amerika. Ik vond Julia Jacobs handiger, maar dat kan ook niemand spellen. Waar gaat het heen met de wereld? Nee, ik heb een goed leven gehad. Dankzij jullie. O, en nog iets: Umberto gaat een paspoort voor je regelen op je echte naam. Ik heb geen idee hoe je zoiets aanpakt, maar dat geeft niet, dat laten we aan hem over.

Ik ga geen afscheid nemen. We zien elkaar terug in de hemel, als God het wil. Maar ik wilde er zeker van zijn dat jij krijgt wat je rechtmatig toebehoort. Wees alleen wel voorzichtig daar. Kijk maar wat er met je moeder is gebeurd. Italië kan een heel vreemd land zijn. Je overgrootmoeder is er natuurlijk geboren, maar ik zal je vertellen, je kreeg haar er niet heen, nog niet voor al het geld van de wereld. Maar goed, zeg tegen niemand wat ik je heb verteld. En probeer wat vaker te glimlachen. Je hebt zo'n mooie glimlach, als je hem gebruikt.

Veel liefs en Gods zegen,
Tante Rose

Het kostte me even tijd om te herstellen van de brief. Onder het lezen kon ik tante Rose bijna horen dicteren, al even warhoofdig in de dood als ze bij leven was geweest. Tegen de tijd dat ik klaar was met Umberto's zakdoek hoefde hij hem niet meer terug. Hij zei dat ik hem maar moest meenemen naar Italië, zodat ik aan hem zou denken als ik mijn grote schat had gevonden.

'Kom nou toch!' Ik snoot nog een laatste keer mijn neus. 'We weten allebei dat er geen schat is!'

Hij pakte de sleutel. 'Ben je niet nieuwsgierig? Je tante was ervan overtuigd dat je moeder iets van onschatbare waarde had gevonden.'

'Waarom heeft ze me dat dan niet eerder verteld? Waarom wachten tot ze...' Wanhopig stak ik mijn handen omhoog. 'Het slaat gewoon nergens op.'

Umberto kneep zijn ogen half dicht. 'Dat wilde ze wel. Maar je was er nooit.'

Ik wreef over mijn gezicht, voornamelijk om zijn beschuldigende blik te ontwijken. 'Zelfs al had ze gelijk, je weet best dat ik niet terug kan naar Italië. Ze zouden me zo opsluiten. Je weet wat ze gezegd hebben...'

Eigenlijk hadden ze – de Italiaanse politie – aanzienlijk veel meer tegen me gezegd dan ik ooit aan Umberto had doorgegeven. Maar hij kende het verhaal in grote lijnen. Hij wist dat ik een keer in Rome was gearresteerd tijdens een antioorlogsbetoging en toen een bepaald niet aanbevelenswaardige nacht had doorgebracht in een plaatselijke gevangenis, waarna ik bij dageraad het land uit was gezet met de dringende boodschap om nooit meer terug te komen. Hij wist ook dat het niet mijn schuld was geweest. Ik was achttien, en ik wilde alleen maar naar Italië om mijn geboorteplaats te zien.

Toen ik op een dag smachtend voor het mededelingenbord van mijn universiteit met de bonte advertenties voor studiereizen en dure taalcursussen in Florence stond, zag ik een kleine poster tegen de oorlog in Irak en alle landen die daaraan meededen. Een van die landen, ontdekte ik opgetogen, was Italië. Onder aan de poster stond een lijst van data en bestemmingen; iedereen die zich betrokken voelde bij de goede zaak kon meedoen. Een week in Rome – de reis inbegrepen – zou niet meer dan vierhonderd dollar kosten, wat precies het bedrag was dat ik nog op mijn bankrekening had staan. Ik wist natuurlijk niet dat de lage reiskosten mogelijk waren omdat we vrijwel zeker niet de hele week zouden blijven, en dat de rekening voor onze terugreis en de accommodatie voor de laatste nacht naar alle waarschijnlijkheid – als alles volgens plan verliep – zou worden betaald door de Italiaanse overheid, en daarmee dus door de Italiaanse belastingbetalers.

Met heel weinig begrip van het doel van de reis draalde ik een tijdje in de buurt van de poster, voordat ik me uiteindelijk inschreef. Die nacht lag ik echter te draaien in mijn bed en wist dat ik een verkeerd besluit had genomen, dat ik zo snel mogelijk terug moest draaien. Maar toen ik dat de volgende ochtend tegen Janice zei, sloeg ze haar ogen ten hemel en zei: 'Hier ligt Juul, die nauwelijks heeft geleefd, maar ooit *bijna* naar Italië ging.'

Uiteraard moest ik toen wel gaan.

Toen de eerste stenen begonnen te vliegen voor het Italiaanse parlementsgebouw – geworpen door twee van mijn medereizigers, Sam en Greg – wilde ik niets liever dan met mijn kussen over mijn hoofd weer in mijn studentenkamer liggen. Maar net als iedereen zat ik klem in de menigte, en toen de politie van Rome eenmaal genoeg had van onze stenen en onze molotovcocktails, werden we allemaal besproeid met traangas.

Dat was de eerste keer van mijn leven dat ik dacht: ik kan nu doodgaan. Toen ik op het asfalt viel en de wereld vol benen, armen en braaksel bekeek door een waas van pijn en ongeloof, vergat ik helemaal wie ik was en wat ik met mijn leven wilde. Misschien ontdekte ik wel een andere plek, net als martelaren in vervlogen tijden; ergens waar leven noch dood bestond. Maar toen kwam de pijn terug en ook de paniek, en even later voelde het ineens niet meer als een religieuze ervaring.

Maanden later vroeg ik me nog af of ik ooit helemaal was hersteld van de gebeurtenissen in Rome. Als ik mezelf dwong om daarover na te denken, kreeg ik nog steeds het zeurende gevoel dat ik iets essentieels over mezelf was vergeten, iets wat op dat Italiaanse asfalt was beland en nooit was teruggekomen.

'Inderdaad.' Umberto sloeg het paspoort open en bekeek mijn foto nauwkeurig. 'Ze hebben tegen Julia Jacobs gezegd dat ze Italië niet meer in mag. Maar toch niet tegen Giulietta Tolomei?'

Verbaasd keek ik op: Umberto, de man die me nog steeds berispte vanwege mijn flowerpowerkleding, moedigde me nu ineens aan om de wet te overtreden. 'Bedoel je...'

'Waarom denk je dat ik dit heb laten maken? Het was de laatste wens van je tante dat je naar Italië zou gaan. Breek mijn hart niet, principessa.'

Toen ik de oprechtheid in zijn ogen zag, worstelde ik eens te meer met mijn tranen. 'Maar jij dan?' vroeg ik kribbig. 'Waarom ga jij niet met me mee? We kunnen de schat samen vinden. En zo niet, jammer dan! Dan worden we piraten en gaan we de zeeën afschuimen...'

Umberto stak zijn hand naar me uit en raakte heel teder mijn wang aan, alsof hij wist dat ik nooit terug zou komen als ik eenmaal was vertrokken. En als we elkaar ooit weer zouden zien, zou het niet op deze manier zijn, samen in een kinderschuilplaats, met onze rug naar de wereld. 'Er zijn dingen die een prinses alleen moet doen,' zei hij zachtjes. 'Weet je nog wat ik je vertelde... dat je op een dag je koninkrijk zou vinden?'

'Dat was maar een verhaaltje. Zo is het leven niet.'

'Alles wat we vertellen is een verhaal. Maar niets van wat we vertellen is *maar* een verhaal.'

Ik sloeg mijn armen zijn hals, nog niet bereid om los te laten. 'En jij dan? Je blijft toch niet hier?'

Met half toegeknepen ogen keek Umberto naar het druipende houtwerk. 'Ik denk dat Janice gelijk heeft. Het is tijd dat deze oude Birdie met pensioen gaat. Ik zou het zilver moeten stelen en naar Vegas vertrekken. Met mijn mazzel gaat dat ongeveer een week mee, denk ik. Bel me dus vooral op als je je schat eenmaal hebt gevonden.'

Ik legde mijn hoofd op zijn schouder. 'Jij bent de eerste die het te horen krijgt.'

II

Trek je wapen. Daar komen er twee van het huis Montecchi.

Zolang als ik me kon herinneren had tante Rose alles gedaan wat in haar macht lag om te verhinderen dat Janice en ik naar Italië zouden gaan. 'Hoe vaak moet ik jullie nog vertellen dat het geen land is voor fatsoenlijke meisjes?' riep ze altijd. Later, toen ze besefte dat ze van tactiek moest veranderen, schudde ze haar hoofd als iemand het onderwerp ter sprake bracht en greep naar haar hart, alsof alleen de gedachte eraan haar al de dood nabij bracht. Dan zei ze hees: 'Geloof me, Italië is één grote teleurstelling en Italiaanse mannen zijn varkens!'

Ik had me altijd gestoord aan haar onverklaarbare vooroordeel tegen mijn geboorteland, maar na mijn belevenissen in Rome was ik het eindelijk min of meer met haar eens: Italië was een teleurstelling, en vergeleken met Italianen – in elk geval de geüniformeerde variëteit – zagen varkens er aardig goed uit.

Ook als we haar vragen stelden over onze ouders onderbrak tante Rose ons altijd met hetzelfde oude verhaal. 'Hoe vaak moet ik jullie nog vertellen dat jullie ouders zijn omgekomen bij een auto-ongeluk in Toscane toen jullie drie jaar oud waren?' bromde ze dan, gefrustreerd omdat ze gestoord werd tijdens het lezen van de krant, met haar katoenen handschoentjes aan om te zorgen dat er geen inkt op haar handen kwam. Gelukkig voor Janice en mij, zo ging het verhaal tenminste verder, hadden tante Rose en oom Jim – God hebbe zijn ziel – ons meteen na het tragische ongeval kunnen adopteren, en het was voor ons maar goed dat ze zelf nooit kinderen hadden kunnen krijgen. We moesten dankbaar zijn dat we niet in een Italiaans weeshuis waren terechtgekomen waar we elke dag spaghetti zouden moeten eten. Moest je ons nu eens zien! Op een landgoed in Virginia, door en door verwend; het minste wat we konden doen was tante Rose niet meer lastigvallen met vragen waarop ze geen antwoord wist. En zou iemand nu eindelijk zo vriendelijk willen zijn nog een *mint julep* voor haar te maken, want haar gewrichten waren enorm veel pijn gaan doen door ons niet aflatende gezeur.

Terwijl ik vanuit het vliegtuig naar Europa de Atlantische nacht in staarde en oude conflicten opnieuw beleefde, bedacht ik dat ik alles van tante Rose miste, niet alleen de goede dingen. Wat zou ik gelukkig zijn als ik nog een uur met haar door kon brengen, al zou ze dat hele uur ook tieren. Nu ze weg was, was het moeilijk te geloven dat ze mij met slaande deuren naar boven kon laten stampen, en moeilijk te aanvaarden dat ik zoveel kostbare uren had verspild in koppig zwijgen, opgesloten in mijn kamer.

Boos veegde ik met het dunne vliegtuigservetje een traan weg die langs mijn wang omlaag rolde en zei tegen mezelf dat spijt alleen maar tijdverspilling was. Ja, ik had haar meer brieven moeten schrijven en ja, ik had vaker moeten bellen om haar te zeggen dat ik van haar hield, maar daar was het nu allemaal te laat voor: ik kon mijn zonden uit het verleden niet meer goedmaken.

Naast mijn verdriet knaagde er nog iets anders aan mijn botten. Was het een voorgevoel? Niet noodzakelijkerwijs. Dat zou betekenen dat er iets akeligs stond te gebeuren; mijn probleem was dat ik niet eens wist óf er wel iets zou gebeuren. Het was heel goed mogelijk dat deze hele reis op een teleurstelling zou uitlopen. Maar ik wist ook dat ik maar één persoon met recht aansprakelijk kon stellen voor mijn benarde situatie, en dat was ik zelf.

Omdat ik was opgegroeid met het idee dat ik de helft van het fortuin van tante Rose zou erven, had ik niet eens geprobeerd om zelf fortuin te maken. Terwijl andere meisjes van mijn leeftijd met zorgvuldig gemanicuurde nagels de gladde treden van de carrièreladder beklommen, had ik alleen maar baantjes aangenomen die ik leuk vond, zoals lesgeven in Shakespearekampen, in de wetenschap dat de erfenis van tante Rose vroeg of laat mijn toenemende creditcardschulden zou vereffenen. Daarom had ik nu heel weinig om op terug te vallen, behalve een ongrijpbaar erfstuk in een ver buitenland, nagelaten door een moeder die ik me nauwelijks kon herinneren.

Sinds ik met mijn studie was gestopt, had ik eigenlijk nergens permanent gewoond; ik zwierf van de ene slaapbank bij vrienden uit de antioorlogsbeweging naar de andere, waar ik weer vertrok zodra ik een opdracht kreeg om Shakespeare te onderwijzen. Om de een of andere reden was het werk van de Bard het enige wat ooit in mijn hoofd was blijven hangen, en hoe hard ik ook mijn best deed, van *Romeo en Julia* kon ik nooit genoeg krijgen.

Soms onderwees ik volwassenen, maar ik had veel liever met kinderen te maken; misschien omdat ik er vrij zeker van was dat die me aardig vonden. Mijn eerste aanwijzing was dat ze altijd naar volwassenen verwezen alsof ik daar niet bij hoorde. Ik was blij dat ze me als een van de hunnen accepteerden, hoewel ik wist dat het niet echt een compliment was. Het betekende immers alleen maar dat zij ook vermoedden dat ik nooit echt volwassen was geworden, en dat ik zelfs op mijn vijfentwintigste nog altijd leek op de onhandige tiener die moeizaam probeerde om de poëzie die door mijn ziel raasde onder woorden te brengen of – in de meeste gevallen – te verbergen.

Het deed mijn carrièrevooruitzichten geen goed dat ik geen idee had hoe ik me mijn toekomst moest voorstellen. Als mensen me vroegen wat ik graag zou willen doen met mijn leven, wist ik niet wat ik moest zeggen, en als ik me mijn leven over vijf jaar probeerde voor te stellen, zag ik alleen een groot, zwart gat in de grond. Op sombere momenten interpreteerde ik dat aanstaande duister als een teken dat ik jong zou sterven, en veronderstelde dat de reden waarom ik me geen toekomst kon voorstellen, was dat ik geen toekomst had. Mijn moeder was jong gestorven, net als mijn grootmoeder, de jongere zus van tante Rose. Om de een of andere reden had het noodlot het op ons voorzien, en telkens als ik iets voor de lange termijn overwoog, of het nu werk was of huisvesting, trok ik me op het laatste moment terug, gekweld door het idee dat ik er toch niet zou zijn om het af te maken.

Iedere keer als ik thuiskwam met de kerst of de zomervakantie smeekte tante Rose me voorzichtig om bij haar te blijven, in plaats van mijn doelloze bestaan voort te zetten. 'Weet je, Julia,' zei ze dan, terwijl ze dode bladeren van een kamerplant plukte of de kerstboom versierde, één engel tegelijk. 'Je zou altijd een poosje hier terug kunnen komen om na te denken over wat je zou willen doen.'

Maar zelfs als ik in de verleiding kwam, wist ik dat ik dat niet kon. Janice woonde op zichzelf, verdiende geld met haar koppelarij en huurde een tweekamerappartement met uitzicht op een kunstmatig meer; als ik weer thuis ging wonen, zou ik erkennen dat zij had gewonnen.

Nu was alles natuurlijk veranderd. Weer bij tante Rose intrekken was geen optie meer. De wereld zoals die ik die kende, behoorde nu toe aan Janice, en ik bleef achter met niets meer dan de inhoud van een bruine envelop. Toen ik daar in het vliegtuig bij een plastic beker zure wijn de brief van tante Rose herlas, besefte ik ineens hoe alleen ik was, nu zij verdwenen was en ik alleen Umberto nog over had in de hele wereld.

In mijn jeugd had ik nooit echt vrienden weten te maken. Janice zou daarentegen moeite hebben om al haar beminde dierbaren in een dubbeldekker te persen. Als zij 's avonds uitging met haar giechelende gevolg, draaide tante Rose altijd een poosje nerveus om me heen en deed alsof ze haar vergrootglas zocht of haar speciale kruiswoordpotlood. Ten slotte kwam ze dan naast me op de bank zitten, zogenaamd geïnteresseerd in het boek dat ik aan het lezen was. Maar ik wist dat ze dat niet was.

'Weet je, Julia,' zei ze dan, onzichtbare draadjes van mijn pyjamabroek plukkend. 'Ik kan me best alleen vermaken. Als jij met je vriendinnen uit wilt...'

Die suggestie bleef dan een poosje in de lucht hangen, tot ik een passend antwoord had verzonnen. De waarheid was dat ik niet thuis bleef uit medelijden met tante Rose, maar omdat ik geen zin had om uit te gaan. Als ik me liet meeslepen naar een of andere bar kwam ik altijd tussen de dikkoppen en de dunnekken terecht, die zich leken te verbeelden dat we een sprookje naspeelden waarin ik voor het einde van de avond een van hen zou moeten kiezen.

De herinnering aan tante Rose die naast me zat en me op haar eigen, liefdevolle manier liet weten dat ik iets moest doen met mijn leven, bezorgde me weer een steek van verdriet in mijn hart. Terwijl ik somber door het vettige vliegtuigraampje naar de leegte buiten staarde, vroeg ik me af of deze hele reis misschien bedoeld was als een soort straf voor de manier waarop ik haar had behandeld. Misschien zou God het vliegtuig wel laten neerstorten om me een lesje te leren. Of hij zou me in Siena laten arriveren en me daar tot de ontdekking laten komen dat iemand anders de familieschat al had bemachtigd.

Hoe meer ik erover nadacht, hoe meer ik overigens het vermoeden kreeg dat de ware reden waarom tante Rose de schat tijdens haar leven nooit had aangekaart, was dat het allemaal flauwekul was. Misschien was ze toen het einde naderde gaan malen; in dat geval kon die zogenaamde schat wel eens niet meer dan wensdenken zijn. En zelfs als er, tegen alle verwachtingen in, werkelijk iets van waarde was achtergebleven in Siena toen we daar meer dan twintig jaar geleden waren vertrokken, hoe groot was dan de kans dat het er nog steeds was? Gezien de bevolkingsdichtheid in Europa en de vindingrijkheid van de mensheid in het algemeen, zou het me verbazen als er nog een stukje kaas over was in het midden van het labyrint wanneer – en als – ik daar eenmaal aankwam.

De enige gedachte die me gedurende die lange, slapeloze vlucht opvrolijkte was dat elk door het glimlachende cabinepersoneel uitgedeelde miniflesje me weer een stukje verder van Janice wegvoerde. Die danste nu rond in een huis dat helemaal van haar was, lachend om mijn pech. Ze had geen idee dat ik naar Italië ging, geen idee dat die arme, oude tante Rose me op een waarschijnlijk vergeefse jacht naar de kip met de gouden eieren had gestuurd, en daar was ik in elk geval blij om. Want als mijn reis niet tot de vondst van iets van betekenis leidde, had ik liever niet dat zij in de buurt was om me uit te lachen.

We landden in Frankfurt in iets wat op zonneschijn leek, en ik schuifelde in mijn teenslippers het vliegtuig uit met dikke ogen en een stukje apfelstrüdel nog dwars in mijn keel. Het zou meer dan twee uur duren voordat mijn aansluitende vlucht naar Florence vertrok, en zodra ik bij de gate aankwam, strekte ik me uit op drie stoelen, sloot mijn ogen en legde mijn hoofd op mijn macramé-handtas, zo uitgeput dat het me niet kon schelen of iemand er met de rest van mijn bagage vandoor zou gaan.

Ergens tussen slapen en waken in voelde ik een hand over mijn arm strelen.

'Ach hemel...' zei een stem die een mengeling was van koffie en rook. '*Mi scusi!*'

Ik sloeg mijn ogen op en zag de vrouw naast me verwoed kruimels van mijn mouw vegen. Terwijl ik sliep, was de wachtruimte volgelopen en de mensen keken naar me zoals je naar een dakloze kijkt – laatdunkend en meelevend tegelijk.

'Maakt u zich maar geen zorgen,' zei ik terwijl ik overeind ging zitten. 'Ik zie er toch niet uit.'

'Hier!' Misschien ter compensatie bood ze me de helft van haar croissant aan. 'Je zult wel honger hebben.'

Ik keek haar aan, verbaasd over haar vriendelijkheid. 'Dank u wel.'

De vrouw elegant noemen zou een ernstig understatement zijn. Natuurlijk, haar beste jaren lagen achter haar, maar dat leek haar de wind niet uit de zeilen te hebben genomen. Alles aan haar paste perfect bij elkaar: niet alleen de kleur van haar lippenstift en haar nagellak, maar ook de kekke gouden kevertjes op haar schoenen, haar handtas en op het parmantige hoedje boven op haar onberispelijke kapsel. Ik vermoedde sterk – en dat werd door haar plagerige glimlach meer dan bevestigd – dat deze vrouw alle reden had om tevreden te zijn met zichzelf. Waarschijnlijk was ze een fortuin waard, of er in elk geval mee getrouwd, en ze zag eruit alsof ze zich nergens zorgen over hoefde te maken, behalve dan het verhullen van haar doorleefde ziel met een zorgvuldig geconserveerd lichaam.

'Ben je op weg naar Florence?' vroeg ze met een sterk, uiterst charmant accent. 'Om al de zogeheten kunstwerken te bekijken?'

'Naar Siena, eigenlijk,' zei ik met volle mond. 'Daar ben ik geboren. Maar ik ben er sindsdien nooit meer geweest.'

'Wat heerlijk!' riep ze uit. 'Maar wat vreemd! Waarom niet?'

'Dat is een lang verhaal.'

'Vertel. Je moet me er alles over vertellen.' Toen ze me zag aarzelen, stak ze haar hand uit. 'Neem me niet kwalijk. Ik ben erg nieuwsgierig van aard. Mijn naam is Eva Maria Salimbeni.'

'Julia – Giulietta Tolomei.'

Ze viel bijna van haar stoel. 'Tolomei? Heet jij Tolomei? Nee, niet te geloven! Onmogelijk! Wacht... welk stoelnummer heb je? Ja, ja, in het vliegtuig. Laat eens kijken...' Ze wierp een blik op mijn instapkaart en rukte die zo ongeveer uit mijn hand. 'Momentje! Blijf zitten!'

Ik keek hoe ze naar de balie liep en vroeg me af of dit een gewone dag was in het leven van Eva Maria Salimbeni. Ik nam aan dat ze probeerde de stoel te ruilen zodat we tijdens de vlucht naast elkaar konden zitten, en aan haar glimlach bij terugkeer te zien was ze daarin geslaagd. 'E voilà!' Ze overhandigde me een nieuwe instapkaart en toen ik die zag, moest ik een verrukt gegiechel onderdrukken. Want om ons gesprek te kunnen voortzetten, had ik natuurlijk wel een upgrade naar de eerste klas gekregen.

Eenmaal in de lucht kostte het Eva Maria weinig moeite om mijn verhaal los te peuteren. De enige elementen die ik niet vermeldde waren mijn dubbele identiteit en mijn moeders mogelijke schat.

'Dus nu ga je naar Siena voor de *Palio*?' zei ze ten slotte, met haar hoofd scheef gehouden.

'De wat?'

Bij die vraag hapte ze naar adem. 'De Palio! De paardenrennen!

Siena is beroemd om de Palio-race. Heeft die butler van je tante – die handige Alberto – je daar nooit iets over verteld?'

'Umberto,' corrigeerde ik haar. 'Ja, eigenlijk wel. Maar ik had niet begrepen dat die nog steeds plaatsvond. Als hij het erover had, klonk het als iets middeleeuws met ridders op witte paarden en zo.'

Eva Maria knikte. 'De geschiedenis van de Palio gaat terug tot in de...' – ze moest even zoeken naar het juiste Engelse woord – '...donkerste middeleeuwen. Tegenwoordig wordt hij verreden op de Campo voor het stadhuis en zijn de ruiters beroepsjockeys. Maar men denkt dat de ruiters in de vroegste tijden edellieden waren, op strijdrossen, die helemaal vanuit het platteland de stad in kwamen rijden naar een eindpunt voor de kathedraal van Siena.'

'Dat klinkt dramatisch,' zei ik, nog steeds niet begrijpend waarom ze zo uitbundig vriendelijk was. Maar misschien beschouwde ze het gewoon als haar plicht om vreemden over Siena te vertellen.

'O!' Eva Maria rolde met haar ogen. 'Het is het grootste drama van ons leven! Maanden- en maandenlang praat heel Siena over niets anders dan paarden en rivalen en deals met die en die jockey.' Ze schudde liefdevol haar hoofd. 'Het is wat wij de *dolce pazzia* noemen, zoete waanzin. Als je die eenmaal hebt beleefd, wil je nooit meer weg.'

'Umberto zei altijd dat je Siena niet kunt uitleggen,' zei ik, en ik wenste ineens dat hij bij me was om naar deze fascinerende vrouw te luisteren. 'Je moet er zijn en de trommels horen om het te begrijpen.'

Eva Maria glimlachte minzaam, als een koningin die een compliment in ontvangst neemt. 'Hij heeft gelijk. Je moet het voelen...' Ze stak een hand uit en raakte mijn borstbeen aan: 'Hier vanbinnen.' Bij ieder ander zou het gebaar volstrekt ongepast zijn, maar iemand als Eva Maria kon het zich veroorloven.

Terwijl de stewardess ons nog een glas champagne inschonk, vertelde mijn nieuwe vriendin verder over Siena. 'Zodat je niet in de problemen komt,' zei ze met een knipoog. 'Toeristen komen altijd in de problemen. Ze realiseren zich niet dat Siena niet alleen maar Siena is, maar zeventien verschillende wijken – of *contrade* – binnen één stad, die allemaal hun eigen grondgebied, hun eigen magistraten en hun eigen blazoen hebben.' Samenzweerderig tikte Eva Maria met haar glas tegen het mijne. 'Als je twijfelt, kun je altijd naar de hoeken van de huizen kijken. Aan het kleine porseleinen bordje zie je in welke wijk je bent. En jouw eigen familie, de familie Tolomei, hoort thuis in de *contrada* van de Uil en jullie bondgenoten zijn de Arend en het Stekelvarken en... de andere ben ik vergeten. Voor de bewoners van Siena draait het hele leven om deze contrade, deze wijken; daar zijn je vrienden, je gemeenschap, je bondgenoten en ook je rivalen. Elke dag van het jaar.'

'Dus mijn contrada is de Uil,' zei ik, geamuseerd omdat Umberto me soms een snibbig uilskuiken had genoemd als ik chagrijnig was. 'Wat is uw eigen contrada?'

Voor het eerst sinds we in gesprek waren, wendde Eva Maria haar blik af, bedroefd om mijn vraag. 'Ik heb er geen,' zei ze afwerend. 'Mijn familie is vele honderden jaren geleden uit Siena verbannen.'

Lang voordat we in Florence aankwamen begon Eva Maria erop aan te dringen dat ik met haar mee zou rijden naar Siena. De stad lag aan de weg naar haar huis in Val d'Orcia, legde ze uit, en het was helemaal geen moeite. Ik zei haar dat ik het niet erg vond om de bus te nemen, maar ze was duidelijk geen fan van het openbaar vervoer. '*Dio Santo!*' riep ze uit toen ik haar vriendelijke aanbod bleef afwijzen. 'Waarom wil je op een bus wachten die misschien nooit verschijnt als je heel comfortabel met mij mee kunt rijden in de nieuwe auto van mijn petekind?' Toen ze zag dat ze me bijna had overtuigd, glimlachte ze charmant en boog zich naar me toe met het doorslaggevende argument: 'Giulietta, ik zou zo teleurgesteld zijn als we ons aangename gesprek niet nog even konden voortzetten.'

En zo liepen we gearmd door de douane; de ambtenaar keek nauwelijks naar mijn paspoort, maar wel twee keer naar het decolleté van Eva Maria. Toen ik later een stapel snoepkleurige formulieren moest invullen om aan te geven dat mijn bagage vermist was, stond Eva Maria naast me op de grond te tikken met de hak van haar Gucci-pump tot de bagagebeambte een dure eed had gezworen dat hij persoonlijk mijn twee koffers zou vinden, waar ze zich ter wereld ook bevonden, en daarna – ongeacht het tijdstip – onmiddellijk naar Siena zou rijden om ze af te leveren bij Hotel Chiusarelli, waarvan Eva Maria het adres nog net niet met lippenstift opschreef en in zijn borstzakje stopte.

Toen we samen de luchthaven uit liepen met alleen haar minuscule rolkoffertje achter ons aan, zei ze: 'Zie je, Giulietta, vijftig procent is wat ze zien, en vijftig procent is wat ze denken te zien. Aha!' Ze zwaaide opgetogen naar een zwarte auto die met stationair draaiende motor op de vluchtstrook stond. 'Daar is hij!' Ze stootte me aan met haar elleboog en zei knipogend: 'Het is het nieuwe model.'

'O, echt?' zei ik beleefd. Auto's hadden me nooit geïnteresseerd, voornamelijk omdat er meestal een man bij hoorde. Janice had me ongetwijfeld precies de naam en het model van het betreffende voertuig kunnen vertellen, met de toevoeging dat het op haar verlanglijstje stond om de liefde erin te bedrijven met de eigenaar, op een parkeerplaats met fraai uitzicht aan de kust van Amalfi. Het mag duidelijk zijn dat haar verlanglijstje er heel anders uitzag dat het mijne.

Niet al te beledigd door mijn gebrek aan enthousiasme trok Eva Maria me nog dichter naar zich toe om in mijn oor te kunnen fluisteren. 'Niets zeggen, ik wil dat dit een verrassing is! O, kijk, is hij niet knap?' Ze giechelde verrukt en leidde ons naar de man die uit de auto stapte. '*Ciao*, Sandro!'

De man liep om de auto heen om ons te begroeten. 'Ciao, *madrina*!' Hij kuste zijn peetmoeder op beide wangen en leek het niet erg te vinden dat ze een bewonderende klauw door zijn haar haalde. '*Bentornata.*'

Eva had gelijk. Niet alleen was haar peetzoon dodelijk knap om te zien, hij was ook uitstekend gekleed, en hoewel ik nauwelijks een autoriteit genoemd kon worden op het gebied van vrouwelijk gedrag, vermoedde ik dat het hem niet ontbrak aan gewillige slachtoffers.

'Alessandro, ik wil je aan iemand voorstellen.' Eva Maria kon haar opwinding nauwelijks bedwingen. 'Dit is mijn nieuwe vriendin. We hebben elkaar in het vliegtuig leren kennen. Ze heet Giulietta *Tolomei*. Ongelooflijk, vind je niet?'

Alessandro draaide zich om en keek me aan met ogen die de kleur hadden van gedroogde rozemarijn, ogen die Janice onmiddellijk zouden verleiden om in haar ondergoed de rumba te dansen door het hele huis, zwijmelzingend in een haarborstel.

'Ciao!' zei ik, me afvragend of hij mij soms ook zou kussen.

Dat was echter niet het geval. Alessandro keek naar mijn vlechten, mijn flodderige korte broek en mijn teenslippers, voordat hij ten slotte een glimlach tevoorschijn wist te wringen en iets in het Italiaans zei wat ik niet begreep.

'Het spijt me,' zei ik. 'Ik spreek geen...'

Zodra hij besefte dat ik er niet alleen slonzig uitzag maar ook al geen Italiaans sprak, verloor de peetzoon van Eva Maria alle belangstelling voor mijn persoontje. In plaats van te vertalen wat hij had gezegd, vroeg hij alleen: 'Geen bagage?'

'Kilo's. Maar het is blijkbaar allemaal naar Verona gevlogen.'

Even later zat ik op de achterbank van zijn auto naast Eva Maria en roetsjte langs de grootsheden van Florence. Zodra ik mezelf ervan had overtuigd dat het broeierige zwijgen van Alessandro slechts veroorzaakt werd door gebrekkig Engels – maar waarom zou mij dat iets kunnen schelen? – voelde ik een nieuw soort opwinding in me opborrelen. Hier was ik, terug in een land dat me al twee keer had uitgespuugd, en infiltreerde met succes de high society. Ik kon niet wachten om Umberto er aan de telefoon over te vertellen.

'Zo, Giulietta,' zei Eva Maria, die eindelijk ontspannen achteroverleunde. 'Ik zou voorzichtig zijn en niet... al te veel mensen vertellen wie je bent.'

'Ik?' Ik lachte bijna. 'Maar ik ben niemand!'

'Niemand? Je bent een Tolomei!'

'U heeft me net verteld dat de Tolomei's heel lang geleden leefden.'

Eva Maria raakte met haar wijsvinger mijn neus aan. 'Onderschat nooit de kracht van gebeurtenissen die lang geleden hebben plaatsgevonden. Dat is de tragische fout van de moderne mens. Als iemand uit de nieuwe wereld, raad ik je aan: luister meer en praat minder. Jouw ziel werd hier geboren. Geloof me, Giulietta, er zijn hier mensen voor wie jij zeker wel iemand bent.'

Ik wierp een blik op de achteruitkijkspiegel en zag dat Alessandro met half toegeknepen ogen naar me keek. Of hij het Engels nu al dan niet machtig was, de fascinatie van zijn petemoei voor mijn persoon deelde hij duidelijk niet, maar hij was te welopgevoed om zijn gedachten te verwoorden. Daarom tolereerde hij mijn aanwezigheid in zijn auto, zolang ik de gepaste grenzen van nederigheid en dankbaarheid in acht nam.

Eva Maria was zich niet bewust van negatieve spanningen en vertelde verder. 'Jouw familie was een van de rijkste, machtigste families in de geschiedenis van Siena. Het waren bankiers, zie je, en altijd in oorlog met ons, de familie Salimbeni, om te bewijzen wie er meer invloed had in de stad. Hun vete was in de middeleeuwen zo ernstig dat ze elkaars huizen afbrandden en elkaars kinderen in hun bed vermoordden.'

'Waren het vijanden?' vroeg ik dom.

'O ja! Van de ergste soort! Geloof jij in het noodlot?' Eva Maria legde een hand op de mijne en kneep er even in. 'Ik wel. Onze families, de Tolomei's en de Salimbeni's, koesterden een eeuwenoude wrok tegen elkaar, een bloederige wrok... Als wij in de middeleeuwen hadden geleefd, zouden we elkaar nu naar de keel zijn gevlogen. Net als de families Capulet en Montecchi in *Romeo en Julia*.' Ze keek me veelbetekenend aan. 'Twee geslachten, even hoog in stand, in schitterend *Siena*, waar dit stuk u brengt – ken je dat stuk?' Toen ik alleen maar knikte, te overweldigd om te kunnen spreken, klopte ze geruststellend op mijn hand. 'Maak je geen zorgen, ik weet zeker dat jij en ik, met onze nieuwe vriendschap, de strijdbijl eindelijk zullen begraven. En daarom...' Plotseling wendde ze zich af. 'Sandro! Ik reken erop dat jij zorgt dat Giulietta veilig is in Siena. Hoor je me?'

Met zijn blik strak op de weg gericht antwoordde Alessandro: 'Juffrouw Tolomei zal nooit ergens veilig zijn. Voor niemand.'

'Wat zijn dat nu voor praatjes?' zei Eva Maria berispend. 'Ze is een Tolomei; het is onze plicht om haar te beschermen.'

Alessandro blikte even naar me in de spiegel en ik kreeg de indruk dat hij veel meer van mij kon zien dan ik van hem. 'Misschien wil ze onze bescherming helemaal niet.' Aan de manier waarop hij het zei, hoorde ik dat het een uitdaging was, en ik wist ook dat hij – ondanks zijn accent – uitstekend thuis was in mijn taal. Wat betekende dat hij een andere reden had om mij zo eenlettergrepig te behandelen.

'Ik ben echt heel blij met deze lift,' zei ik en ik zette mijn schattigste glimlach in. 'Maar ik weet zeker dat Siena heel veilig is.'

Met een kort knikje nam hij het compliment in ontvangst. 'Waarom bent u hier? Voor zaken of voor uw plezier?'

'Nou... voor mijn plezier, denk ik.'

Eva Maria klapte opgetogen in haar handen. 'Dan moeten we zorgen dat je niet teleurgesteld wordt! Alessandro kent alle geheimen van Siena. Is het niet, *caro*? Hij zal je dingen laten zien, prachtige plekken die je zelf nooit zou vinden. O, je zult zo genieten!'

Ik deed mijn mond open, maar ik had geen idee wat ik moest zeggen. Dus deed ik hem weer dicht. Aan Alessandro's frons was duidelijk te zien dat mij rondleiden in Siena als allerlaatste punt op zijn weekagenda zou verschijnen.

'Sandro!' ging Eva Maria verder, haar stem vinniger. 'Jij gaat ervoor zorgen dat Giulietta het naar haar zin heeft, is het niet?'

'Ik kan me geen groter genoegen voorstellen,' antwoordde Alessandro terwijl hij de autoradio aanzette.

'Zie je?' Eva Maria kneep in mijn blozende wang. 'Wat wist Shakespeare ervan? Nu zijn we vrienden.'

Buiten was de wereld een wijngaard en de hemel hing als een beschermende blauwe mantel boven het landschap. Ik was hier geboren, en toch voelde ik me ineens een vreemde – een indringer – die door de achterdeur binnensloop om iets te zoeken en op te eisen dat haar nooit had toebehoord.

Het was een opluchting toen we eindelijk stilstonden voor Hotel Chiusarelli. Eva Maria was meer dan vriendelijk geweest tijdens de rit en had me van alles over Siena verteld, maar een mens kan maar een beperkt aantal beleefdheden uitwisselen na het verlies van een hele nacht slaap en al je bagage tegelijk.

Die twee koffers bevatten al mijn bezittingen. Op de avond van de begrafenis van tante Rose had ik in feite mijn hele jeugd ingepakt en rond middernacht had ik met een taxi het huis verlaten, het triomfantelijke gelach van Janice nog naschallend in mijn oren. Er zaten allerlei kleren, boeken en dwaze prullen in, maar die waren nu in Verona en ik zat hier in Siena, met weinig meer dan een tandenborstel, een halve mueslireep en een paar oordopjes.

Nadat hij langs de stoep voor het hotel had geparkeerd en plichtsgetrouw het portier voor me had geopend, begeleidde Alessandro me helemaal naar de lobby. Hij had er duidelijk geen zin in en ik kon het gebaar ook al niet waarderen, maar Eva Maria keek vanaf de achterbank van de auto toe en ik wist onderhand dat dit een vrouw was die gewend was haar zin te krijgen.

'Alstublieft,' zei Alessandro terwijl hij de deur opentrok. 'Na u.'

Er zat niets anders op dan het Hotel Chiusarelli binnen te gaan. Het gebouw begroette me met een koele sereniteit, het plafond omhoog gehouden door marmeren zuilen, en van ergens onder ons ving ik alleen heel flauw het geluid op van zingende mensen die met potten en pannen rammelden.

'*Buongiorno!*' Een gedistingeerde man in driedelig pak rees op achter de receptiebalie; een geelkoperen naamplaatje vertelde me dat hij *direttore* Rossini heette. '*Benvenu...* ah!' Hij onderbrak zichzelf toen hij Alessandro zag. '*Benvenuto, capitano.*'

Met een naar ik hoopte innemende glimlach legde ik mijn handen plat op het groene marmer van de balie. 'Hi, ik ben Giulietta Tolomei. Ik heb gereserveerd. Excuseert u mij heel even...' Ik draaide me om naar Alessandro. 'Zo, dit is het. Ik ben veilig aangekomen.'

'Het spijt me zeer, *signorina*,' zei direttore Rossini. 'Maar ik heb geen reservering op uw naam.'

'O! Ik weet zeker dat... Is dat een probleem?'

'Het is de Palio!' Getergd wierp hij zijn armen in de lucht. 'Het hotel is vol! Maar...' Hij tikte op het computerscherm. 'Ik heb hier een creditcardnummer op de naam Julia Jacobs. Een reservering van een week voor één persoon. Aankomst vandaag, uit Amerika. Zou u dat kunnen zijn?'

Ik keek even naar Alessandro. Hij beantwoordde mijn blik volmaakt onverschillig. 'Ja, dat ben ik,' zei ik.

Direttore Rossini keek verbaasd. 'U bent Julia Jacobs? *En* Giulietta Tolomei?'

'Eh... ja.'

'Maar...' Direttore Rossini deed een klein stapje opzij om Alessandro beter te kunnen zien, zijn wenkbrauwen opgetrokken tot een beleefd vraagteken. '*C'è un problema?*'

'*Nessun problema*,' antwoordde Alessandro, die ons aankeek met wat wel een opzettelijk uitdrukkingsloos gezicht moest zijn. 'Miss Jacobs. Geniet van uw verblijf in Siena.'

In een oogwenk was de peetzoon van Eva Maria vertrokken, en

ik bleef achter met direttore Rossini en een ongemakkelijke stilte. Pas toen ik elk formulier dat hij me voorlegde had ingevuld, stond de hoteldirecteur zich uiteindelijk een glimlach toe. 'Zo... dus u bent een vriendin van kapitein Santini?'

Ik keek achter me. 'U bedoelt de man die hier net was? Nee, wij zijn niet bevriend. Heet hij zo? Santini?'

Direttore Rossini vond me duidelijk niet erg vlug van begrip. 'Hij heet *kapitein* Santini. Hij is... hoe heet dat... hoofd van de beveiliging in Monte dei Paschi. In het Palazzo Salimbeni.'

Ik moet verslagen hebben gekeken, want direttore Rossini haastte zich me gerust te stellen. 'Maakt u zich geen zorgen, we hebben hier in Siena geen misdadigers. Het is een hele vreedzame stad. Ooit was hier een misdadiger...' Hij grinnikte bij zichzelf terwijl hij om een piccolo belde. 'Maar daar hebben we korte metten mee gemaakt!'

Urenlang had ik ernaar uitgekeken om me in een bed te kunnen storten. Maar nu ik dat eindelijk kon, ijsbeerde ik heen en weer door mijn hotelkamer in plaats van te gaan liggen, en overwoog de kans dat Alessandro Santini mijn naam zou natrekken en mijn duistere verleden zou opdiepen. Het allerlaatste wat ik op dit moment nodig had, was dat iemand het oude dossier van Julia Jacobs tevoorschijn zou halen, mijn Romeinse debacle zou ontdekken en een voortijdig einde zou maken aan mijn schatgraverij.

Toen ik Umberto even later opbelde om te vertellen dat ik veilig was aangekomen, moet hij het aan mijn stem hebben gehoord, want hij wist meteen dat er iets verkeerd was gegaan.

'O, het is niets,' zei ik. 'Alleen heeft een of andere in Armani gehulde zeurpiet ontdekt dat ik twee namen heb.'

'Maar hij is een Italiaan,' was het nuchtere antwoord van Umberto. 'Hij vindt het niet erg als je hier en daar de wet een beetje overtreedt, zolang je mooie schoenen draagt. Heb je mooie schoenen aan? Heb je de schoenen aan die ik zei dat je aan moest? Principessa?'

Ik keek omlaag naar mijn teenslippers. 'In dat geval vrees ik dat ik de pineut ben.'

Toen ik die nacht in bed kroop, gleed ik meteen weg in een terugkerende droom die ik al een paar maanden niet had gehad, maar die sinds mijn kindertijd deel uitmaakte van mijn leven. In de droom liep ik door een schitterend kasteel met mozaïekvloeren en kathedraalachtige plafonds, ondersteund door enorme marmeren zuilen; daar duwde ik de ene deur na de andere open en vroeg me af waar alle mensen waren. Het enige licht scheen door smalle glas-in-loodramen heel hoog boven mijn hoofd, en de gekleurde stralen droegen weinig bij aan het verlichten van de donkere hoeken om me heen.

Wandelend door die enorme zalen voelde ik me als een verdwaald kind in het bos, en het frustreerde me dat ik de aanwezigheid van andere mensen wel kon voelen, maar dat ze zich nooit aan mij lieten zien. Als ik stilstond, hoorde ik ze fluisteren en rondfladderen alsof het geesten waren, maar als het inderdaad etherische wezens waren, waren ze nog altijd evenzeer gevangen als ik en op zoek naar een uitweg.

Pas toen ik op de middelbare school het toneelstuk las, ontdekte ik dat die onzichtbare demonen fragmenten fluisterden uit *Romeo en Julia* – niet zoals acteurs op het toneel de regels zouden opzeggen, maar prevelend, zacht en dwingend, als een toverspreuk. Of een vloek.

III

Binnen drie uur ontwaakt de schone Julia.

Het klokgelui van de basiliek aan de andere kant van de *piazza* was nodig om me eindelijk uit mijn diepe slaap te wekken. Twee minuten later klopte direttore Rossini op mijn deur, alsof hij wist dat ik onmogelijk door het lawaai heen had kunnen slapen. 'Neem me niet kwalijk!' Zonder op een uitnodiging te wachten sleepte hij een grote koffer mijn kamer in en zette die op de lege bagagestandaard. 'Dit is gisteravond voor u bezorgd.'

'Wacht!' Ik liet de deur los en trok de badjas van het hotel zo dicht mogelijk om me heen. 'Dat is mijn koffer niet.'

'Dat weet ik.' Hij trok zijn pochet uit zijn borstzakje om een druppel zweet van zijn voorhoofd te vegen. 'Hij komt van *Contessa* Salimbeni. Hier, er zat een briefje bij.'

Ik pakte het briefje aan. 'Wat is een contessa precies?'

'In de regel draag ik geen bagage,' zei direttore Rossini met enige waardigheid. 'Maar omdat het Contessa Salimbeni was...'

'Ze leent me haar kleren?' Ik staarde ongelovig naar het korte, handgeschreven briefje van Eva Maria. 'En schoenen?'

'Tot uw eigen bagage arriveert. Die staat nu in Frittoli.'

In haar exquise handschrift schreef Eva Maria dat haar kleren mij vermoedelijk niet precies zouden passen. Maar, concludeerde ze, het was beter dan in mijn blootje rondlopen.

Toen ik de kledingstukken in de koffer een voor een bekeek, was ik blij dat Janice me niet kon zien. Het huis van onze jeugd was te klein geweest voor twee fashionista's, en dus had ik er – tot groot verdriet van Umberto – een carrière van gemaakt om dat juist helemaal niet te zijn. Op school kreeg Janice complimentjes van vriendinnen met levens waarin de namen van grote modeontwerpers hoofdrollen speelden, terwijl ik alleen bewondering oogstte van meisjes die met me waren meegereden naar de tweedehandswinkel, maar niet de visie hadden te kopen wat ik kocht of het lef ontbeerden te combineren. Niet dat ik niet van mooie kleren hield, maar ik gunde het Janice niet dat mijn uiterlijk me iets leek te kunnen schelen. Want wat ik ook met mezelf uithaalde, zij kon het altijd beter.

Tegen de tijd dat we van de middelbare school af kwamen, was ik mijn eigen imago geworden: een madeliefje in het bloembed van de maatschappij. Best aardig, maar wel onkruid. Toen tante Rose onze eindexamenfoto's naast elkaar op de vleugel zette, glimlachte ze treurig en zei dat ik van al mijn vakken de beste resultaten leek te hebben behaald als de volmaakte anti-Janice.

Met andere woorden: de designerkleding van Eva Maria was niet bepaald mijn stijl. Maar wat had ik voor keus? Na mijn telefoongesprek met Umberto de vorige avond had ik besloten om mijn teenslippers voorlopig in de kast te zetten en wat meer aandacht te besteden aan mijn *bella figura*. Het laatste wat ik nu kon gebruiken was immers dat Francesco Maconi, de financiële adviseur van mijn moeder, zou denken dat ik niet te vertrouwen was.

Dus paste ik de outfits van Eva Maria een voor een en draaide heen en weer voor de spiegel tot ik de juiste combinatie vond: een strakke rok met een jasje, helderrood met zwarte accenten, waarin ik eruitzag alsof ik zojuist uit een Jaguar was gestapt met vier stuks bij elkaar passende bagage en een hondje dat Bijou heette. Maar het belangrijkste was dat ik eruitzag alsof ik geregeld verborgen erfstukken – en financiële adviseurs – verorberde als ontbijt.

En bovendien hoorden er schoenen bij.

Om bij het Palazzo Tolomei te komen, had direttore Rossini uitgelegd, moest ik kiezen tussen ofwel omhoog, over de Via del Paradiso, ofwel omlaag, over de Via della Sapienza. Ze waren allebei vrijwel afgesloten voor verkeer, zoals de meeste straten in de binnenstad van Siena, maar Sapienza kon, vermoedde hij, wel eens problemen opleveren en alles bij elkaar genomen was de Paradiso waarschijnlijk de veiligste route.

Toen ik de Via della Sapienza afliep, werd ik aan alle kanten omsloten door gevels van eeuwenoude huizen, en algauw zat ik gevangen in een doolhof van eeuwen her, gerangschikt met de logica van een vroegere manier van leven. Boven mijn hoofd werd een smalle strook blauwe lucht doorsneden door banieren, hun felle kleuren vreemd intens tegen de middeleeuwse bakstenen, maar behalve dat – en af en toe een spijkerbroek die uit een raam te drogen hing – was er bijna niets dat deze plaats met de moderne tijd verbond.

De wereld eromheen had zich ontwikkeld, maar dat kon Siena niets schelen. Direttore Rossini had me verteld dat de late middeleeuwen voor de inwoners van Siena de gouden eeuw waren geweest, en op mijn wandeling zag ik dat hij gelijk had; de stad klampte zich met koppige minachting voor de aantrekkelijke kanten van de vooruitgang vast aan zijn middeleeuwse zelf. Hier en daar schemerden toetsen van de renaissance, maar in het algemeen, had de hoteldirecteur grinnikend verklaard, was Siena te verstandig geweest om zich te laten verleiden door de charmes van de playboys van de geschiedenis, die zogenaamde grote meesters, die huizen bouwden als gelaagd gebak.

Als gevolg daarvan was het mooiste aan Siena zijn integriteit: zelfs nu, in een onverschillig geworden wereld, was ze nog altijd *Sena Ve-*

tus Civitas Virginis, oftewel in mijn taal: Oud Siena, Stad van de Maagd. En om die reden alleen al, was de slotsom van direttore Rossini, die zijn verhaal deed met al zijn vingers stevig op de groene marmeren balie geplant, was het de enige plek op aarde waar het de moeite waard was om te wonen.

'En waar heeft u nog meer gewoond?' had ik hem onschuldig gevraagd.

'Ik ben ooit twee dagen in Rome geweest,' had hij waardig geantwoord. 'Waarom zou ik nog meer willen zien? Als u een hap van een rotte appel neemt, gaat u dan door met eten?'

Na mijn voettocht door de stille stegen kwam ik uiteindelijk terecht in een drukke voetgangersstraat. Volgens mijn instructies was dit de Corso, en direttore Rossini had uitgelegd dat die beroemd was vanwege de vele oude banken die vroeger buitenlanders bedienden op de oude pelgrimsroute die dwars door de stad liep. In de loop der eeuwen waren er miljoenen mensen door Siena getrokken, en vele buitenlandse kostbaarheden en munten waren er van eigenaar gewisseld. De gestage stroom toeristen in de moderne tijd was met andere woorden niets anders dan de voortzetting van een oude, winstgevende traditie.

Zo waren mijn familieleden, de Tolomei's, rijk geworden, had direttore Rossini me verteld, en zo waren hun rivalen, de Salimbeni's, nog rijker geworden. Het waren kooplieden en bankiers geweest en hun versterkte paleizen hadden aan deze zelfde weg gestaan – de voornaamste doorgangsweg van Siena – met onmogelijk hoge torens die maar bleven groeien, tot ze uiteindelijk allebei waren ingestort.

Toen ik langs het Palazzo Salimbeni liep, zocht ik tevergeefs naar overblijfselen van de oude toren. Het was nog altijd een indrukwekkend gebouw met een uiterst vampierachtige voordeur, maar het was niet langer de versterkte burcht van vroeger. Ergens in dat gebouw, dacht ik toen ik me er met opgeslagen kraag langs repte, had het petekind van Eva Maria, Alessandro, zijn kantoor. Hopelijk zat hij niet precies op dit moment door een of ander misdadigersregister te bladeren op zoek naar het duistere geheim van Julia Jacobs.

Verderop langs de weg, maar niet veel verder, stond het Palazzo Tolomei, de eeuwenoude woning van mijn eigen voorouders. Toen ik opkeek naar de prachtige middeleeuwse gevel, was ik ineens trots op mijn band met de mensen die ooit in dit opmerkelijke gebouw hadden gewoond. Voor zover ik kon zien was er niet veel veranderd sinds de veertiende eeuw; het enige wat erop wees dat de Tolomei's weg waren en een moderne bank het gebouw had betrokken, waren de reclameposters die in de diepliggende ramen hingen, hun kleurrijke beloften doorsneden door ijzeren tralies.

Vanbinnen was het gebouw al even streng als vanbuiten. Een bewaker kwam naar voren om de deur open te houden toen ik binnenliep, zo galant als het semiautomatische wapen in zijn armen hem toestond, maar ik had het te druk met rondkijken om me te storen aan zijn geüniformeerde aandacht. Zes kolossale zuilen van rode baksteen hielden het plafond hoog, hoog boven de mensheid, en hoewel er balies en stoelen waren en er mensen rondliepen op de uitgestrekte stenen vloer, namen ze zo weinig van de zaal in beslag dat de witte leeuwenkoppen die uit de oude muren staken zich helemaal niet van een menselijke aanwezigheid bewust leken.

'Sì?' De bankbediende keek me aan over de rand van brillenglazen die zo modieus smal waren dat ze onmogelijk meer dan een flinterdun scherfje realiteit door konden laten.

Ik boog me iets voorover, om privacyredenen. 'Zou ik signore Francesco Maconi kunnen spreken?'

De bankbediende slaagde er zowaar in om mij door haar brillenglazen in beeld te krijgen, maar vond wat ze zag kennelijk niet overtuigend. 'Er is hier geen signore Francesco,' zei ze ferm, met een heel sterk accent.

'Geen Francesco Maconi?'

Op dat punt vond de bankbediende het nodig om haar bril helemaal af te zetten, zorgvuldig op te vouwen en op de balie te leggen, om mij vervolgens aan te kijken met die uitermate vriendelijke glimlach die mensen je schenken net voordat ze een injectienaald in je nek steken. 'Nee.'

'Maar ik weet dat hij hier vroeger werkte...' Verder kwam ik niet, want haar collega in het loket ernaast boog zich naar ons toe en fluisterde iets in het Italiaans. Eerst wuifde mijn onvriendelijke bankbediende de ander boos weg, maar even later veranderde ze van gedachten.

'Pardon,' zei ze uiteindelijk, naar voren geleund om mijn aandacht te trekken. 'Bedoelt u *presidente* Maconi?'

Ik voelde een schok van opwinding. 'Was hij hier twintig jaar geleden al?'

Ze keek ontzet. 'Presidente Maconi is hier altijd geweest!'

'Zou ik hem dan nu te spreken kunnen krijgen?' Ik glimlachte liefjes, ook al verdiende ze het niet. 'Hij is een oude vriend van mijn moeder, Diane Tolomei. Ik ben Giulietta Tolomei.'

Beide vrouwen keken me aan alsof ik een geest was die voor hun ogen uit de fles was getoverd. Zonder een woord frommelde de bankbediende die mij eerst had weggewuifd haar bril terug op haar neus, greep de telefoon en voerde een kort gesprek in nederig, onderworpen Italiaans. Daarna legde ze de haak eerbiedig op de hoorn en wendde zich tot mij met iets wat sterk op een glimlach leek. 'Hij kan u meteen na de lunch ontvangen, om drie uur.'

Mijn eerste maaltijd sinds ik in Siena was gearriveerd, at ik in een drukke pizzeria die Cavallino Bianco heette. Terwijl ik deed alsof ik in mijn zojuist aangeschafte Italiaanse woordenboek las, begon ik te beseffen dat er meer voor nodig zou zijn dan een geleend pakje en een paar handige zinnetjes om in de plaatselijke bevolking op te gaan. Die vrouwen om me heen hadden iets wat ik nooit had gehad, vermoedde ik terwijl ik steels hun glimlachjes en uitbundige gebaren bekeek; een vaardigheid die ik niet echt kon duiden, maar die een cruciaal onderdeel moest vormen van die ongrijpbare gemoedstoestand, geluk.

Nog onhandiger en minder op mijn plaats dan eerder wandelde ik verder en dronk staande een espresso in een bar aan de Piazza Postierla, waar ik de welgevormde *barista* vroeg of ze in de buurt een goedkope kledingzaak kon aanbevelen. In Eva Maria's koffer had immers – gelukkig – geen ondergoed gezeten. De barista negeerde haar andere klanten volledig, keek me sceptisch aan en zei: 'Je wilt alles nieuw, ja? Nieuw haar, nieuwe kleren?'

'Nou...'

'Maak je geen zorgen, mijn neef is de beste kapper van Siena, misschien wel van de hele wereld. Hij maakt je mooi. Kom mee!'

Nadat ze mijn arm had gepakt en erop had aangedrongen dat ik haar Malèna zou noemen, liep de barista mee om me meteen aan haar neef Luigi voor te stellen, ook al was het duidelijk koffiespitsuur en riepen de klanten haar boos na toen we wegliepen. Zij haalde alleen maar lachend haar schouders op, in de wetenschap dat ze allemaal nog altijd voor haar zouden smelten als ze terugkwam; misschien nog wel meer dan eerst, als ze van een leven zonder Malèna hadden geproefd.

Luigi stond het haar van de vloer te vegen toen we zijn salon binnenkwamen. Hij was niet ouder dan ik, maar had de doordringende blik van een Michelangelo. Toen hij die op mij vestigde, was hij echter duidelijk niet onder de indruk.

'Ciao, caro,' zei Malèna en ze kuste hem vluchtig op beide wangen. 'Dit is Giulietta. Ze heeft *un make-over totale* nodig.'

'Alleen de puntjes, eigenlijk,' kwam ik tussenbeide. 'Een paar centimeter.'

Het vergde een enorme discussie in het Italiaans – die ik tot mijn grote opluchting niet kon verstaan – voordat Malèna Luigi ervan had overtuigd dat hij mijn zielige geval op zich moest nemen. Maar toen hij dat eenmaal had gedaan, vatte hij de uitdaging heel serieus op. Zodra Malèna de salon had verlaten, zette hij me op een kappersstoel, keek naar mijn spiegelbeeld, en draaide me alle kanten op om me vanuit iedere hoek te bestuderen. Toen trok hij de elastiekjes uit mijn vlechten en gooide ze met afkeer op zijn gezicht rechtstreeks in de prullenbak.

'*Bene...*' zei hij ten slotte, terwijl hij mijn haar loswoelde en me weer bekeek in de spiegel, wat minder streng dan eerst. 'Niet zo slecht, hè?'

Toen ik twee uur later terugliep naar het Palazzo Tolomei had ik me nog verder in de schulden gestoken, maar het was elke niet-bestaande cent waard. Het rood met zwarte pakje van Eva Maria lag keurig opgevouwen onder in een boodschappentas, de bijpassende schoenen erbovenop, en ik droeg een van de vijf nieuwe outfits die goedgekeurd waren door Luigi en zijn oom, Paolo, die toevallig net om de hoek een kledingzaak bezat. Oom Paolo – die geen woord Engels sprak, maar over mode alles wist wat er te weten viel – had me dertig procent korting gegeven op mijn hele aankoop op voorwaarde dat ik mijn lieveheersbeestjeskostuum nooit meer aan zou trekken.

Eerst had ik tegenstribbelend uitgelegd dat mijn bagage elk moment kon arriveren, maar uiteindelijk was de verleiding te groot geweest. En wat dan nog, als mijn koffers op me stonden te wachten bij mijn terugkeer in het hotel? Er zat toch niets in wat ik in Siena kon dragen, met uitzondering misschien van de schoenen die Umberto me voor kerst had gegeven en die ik zelfs nog nooit had gepast.

Vanaf de winkel bekeek ik mezelf in iedere etalage die ik voorbij liep. Waarom had ik dit nooit eerder gedaan? Sinds de middelbare school had ik ongeveer elke twee jaar mijn eigen haar – alleen de puntjes – geknipt met een keukenschaar. Het kostte me maar vijf minuten en wie zag het verschil nou? Nu, ik zag het verschil zeer zeker. Op de een of andere manier had Luigi mijn saaie haar tot leven weten te brengen en het genoot nu al van zijn nieuwe vrijheid. Het golfde in de bries die ontstond terwijl ik liep en omlijstte mijn gezicht alsof dat gezicht een omlijsting waard was.

In mijn kindertijd nam tante Rose me mee naar de dorpskapper, als ze eraan dacht. Ze was echter verstandig genoeg om Janice en mij nooit tegelijkertijd mee te nemen. Eén keertje maar kwamen we naast elkaar in de kappersstoel terecht, en terwijl wij in de spiegel gezichten tegen elkaar trokken, hield de oude kapper onze paardenstaarten omhoog en zei: 'Kijk eens, deze heeft berenhaar en de andere prinsessenhaar!'

Tante Rose had geen antwoord gegeven en bleef zwijgend wachten tot hij klaar was. Vervolgens had ze hem betaald en hem met afgemeten stem bedankt. Sinds die dag liet Janice geen gelegenheid voorbijgaan om mij te complimenteren met mijn bere-, bereleuke haar.

Bij die herinnering moest ik bijna huilen. Hier liep ik, helemaal opgetut, en tante Rose was ergens waar ze niet meer kon zien dat ik eindelijk uit mijn macramé-schulp was gekropen. Ze zou zo gelukkig zijn geweest om me zo te zien, al was het maar één keertje, maar ik was te druk geweest met ervoor te zorgen dat Janice me nooit zo zag.

Presidente Maconi was een hoffelijke man van ergens in de zestig in een onopvallend pak met das, en verbazend succesvol in het over zijn kale kruin kammen van zijn lange haar, van de ene kant van zijn hoofd naar de andere. Als gevolg daarvan bewoog hij met een statige waardigheid, maar er lag een oprechte warmte in zijn blik die het absurde van zijn kapsel onmiddellijk tenietdeed.

'Juffrouw Tolomei?' Hij liep op me af om me hartelijk de hand te schudden, alsof we oude vrienden waren. 'Dit is een onverwacht genoegen.'

Op de trap verontschuldigde presidente Maconi zich in onberispelijk Engels voor de oneffen muren en de doorbuigende vloeren. Zelfs de modernste binnenhuisarchitectuur stond machteloos tegenover een gebouw dat bijna achthonderd jaar oud was, legde hij glimlachend uit.

Na een dag vol taalstoornissen was het een opluchting om eindelijk iemand te ontmoeten die mijn moedertaal vloeiend sprak. Een zweem van een Brits accent suggereerde dat presidente Maconi enige tijd in Engeland had doorgebracht – misschien had hij daar op school gezeten – wat kon verklaren waarom mijn moeder hem als haar financieel adviseur had gekozen.

Zijn kantoor bevond zich op de bovenste verdieping en vanuit de hoge boogramen met de verticale raamstijlen had hij een volmaakt uitzicht op de San Cristoforo-kerk en verschillende andere spectaculaire gebouwen in de omgeving. Op weg naar een van de ramen struikelde ik echter bijna over een plastic emmer die midden op een groot Perzisch tapijt stond, en nadat hij zich ervan had vergewist dat mijn gezondheid niet was aangetast, had presidente Maconi de emmer nauwkeurig teruggezet op de plek waar hij had gestaan voordat ik er tegenaan schopte.

'Het dak lekt,' verklaarde hij met een blik op het gebarsten pleisterwerk van het plafond. 'Maar we kunnen het lek niet vinden. Het is heel vreemd, zelfs als het niet regent, druppelt er water omlaag.' Hij haalde zijn schouders op en gebaarde me te gaan zitten op een van de twee fraai bewerkte mahoniehouten stoelen tegenover zijn bureau. 'De vroegere president zei altijd dat het gebouw huilde. Hij kende je vader trouwens.'

Presidente Maconi ging achter zijn bureau zitten, leunde zo ver mogelijk achterover in zijn leren bureaustoel en plaatste zijn vingertoppen tegen elkaar. 'Zo, juffrouw Tolomei, wat kan ik voor u doen?'

Om de een of andere reden verbaasde zijn vraag me. Ik had me zo geconcentreerd op mijn reis hiernaartoe dat ik weinig aandacht had besteed aan de volgende stap. Ik nam aan dat de Francesco Maconi die tot op dit moment een comfortabel bestaan had geleid in mijn verbeelding, heel goed wist dat ik voor de schat van mijn moeder kwam, en dat hij al die lange jaren ongeduldig had gewacht tot hij die kon overhandigen aan haar rechtmatige erfgenaam.

De echte Francesco Maconi was echter niet zo gedienstig. Ik begon uit te leggen waarom ik was gekomen en hij luisterde zwijgend en knikte af en toe. Toen ik ten slotte ophield met praten keek hij me bedachtzaam aan; zijn gezicht verried geen enkele conclusie.

'En dus vroeg ik me af,' ging ik verder, toen ik besefte dat ik het belangrijkste vergeten was, 'of u me naar haar kluis kunt brengen?'

Ik haalde de sleutel uit mijn zak en legde hem op zijn bureau, maar presidente Maconi wierp er slechts een enkele blik op. Na een korte, ongemakkelijke stilte stond hij op en liep met zijn handen achter zijn rug naar een raam, waar hij fronsend uitkeek over de daken van Siena.

'Je moeder was een wijze vrouw,' zei hij uiteindelijk. 'En als God wijze mensen naar zijn hemel haalt, laat hij hun wijsheid achter voor ons hier op aarde. Hun geest leeft voort, zweeft zwijgend om ons heen, als een uil met ogen die 's nachts kunnen zien, wanneer jij en ik slechts duisternis onderscheiden.' Hij zweeg even om tegen een loodvenster te duwen dat los dreigde te raken. 'In sommige opzichten zou de uil een passend symbool zijn voor heel Siena, niet alleen voor onze contrada.'

'Omdat... alle mensen in Siena wijs zijn?' stelde ik voor, niet helemaal zeker van wat hij bedoelde.

'Omdat de uil een eeuwenoude voorouder heeft. Voor de Grieken was de uil het symbool van de godin Athene. Een maagd, maar ook een krijger. De Romeinen noemden haar Minerva. In de Romeinse tijd stond er hier in Siena een tempel voor haar. Daarom lag het al in onze aard om de Maagd Maria te aanbidden, zelfs in de oudheid, voordat Christus werd geboren. Voor ons was ze altijd al hier.'

'Presidente Maconi...'

'Juffrouw Tolomei.' Eindelijk draaide hij zich naar me om. 'Ik probeer te bedenken wat uw moeder zou hebben gewild dat ik deed. U vraagt me om u iets te geven wat haar heel veel verdriet heeft bezorgd. Zou ze werkelijk willen dat ik het aan u gaf?' Hij probeerde te glimlachen. 'Aan de andere kant is het niet mijn beslissing, is het wel? Ze liet het hier achter – ze vernietigde het niet – dus moet ze gewild hebben dat ik het aan u overdroeg, of aan iemand anders. De vraag is: weet u zeker dat u het wilt hebben?'

In de stilte die op zijn woorden volgde, hoorden we het allebei duidelijk: het geluid van vallende druppels water in een plastic emmer op een wolkeloze, zonnige dag.

Nadat hij een tweede sleutelbewaarder had laten komen, de sombere signore Virgilio, nam presidente Maconi me mee naar de diepste krochten van de bank, via een aparte trap, een wenteltrap van eeuwenoude steen die daar al moest zijn geweest sinds het palazzo werd gebouwd. Nu werd ik me er voor het eerst van bewust dat er nog een hele wereld verborgen lag onder Siena; een wereld van schaduwen en spelonken die een scherpe tegenstelling vormde met de wereld van licht erboven.

'Welkom in de Bottini,' zei presidente Maconi toen we door een grotachtige gang liepen. 'Dit is het oude, ondergrondse aquaduct dat duizend jaar geleden werd aangelegd om water naar de stad Siena te leiden. Het is allemaal zandsteen, en zelfs met de primitieve gereedschappen van toen waren Sienese ingenieurs in staat om een enorm netwerk uit te graven van tunnels, die zoet water naar openbare fonteinen en zelfs naar de kelders van sommige particuliere huizen voerden. Tegenwoordig wordt het natuurlijk niet meer gebruikt.'

'Maar de mensen komen nog steeds hierbeneden?' vroeg ik met mijn hand op de ruwe zandstenen muur.

'O, nee!' Presidente Maconi vond mijn naïviteit vermakelijk. 'Het is een gevaarlijke plek. Je kunt er heel gemakkelijk verdwalen. Niemand kent de hele Bottini. Er gaan verhalen, vele verhalen, over geheime tunnels van hier naar daar, maar we willen niet dat mensen hier rondrennen om ze te verkennen. Het zandsteen is poreus, zie je. Het verkruimelt. En heel Siena staat er bovenop.'

Ik trok mijn hand terug. 'Maar deze muur is... versterkt?'

Presidente Maconi keek een beetje schaapachtig. 'Nee.'

'Maar het is een bank. Dat lijkt me... gevaarlijk.'

'Ooit heeft er iemand geprobeerd om in te breken,' antwoordde hij met afkeurend gefronste wenkbrauwen. 'Eén keertje. Ze groeven een tunnel. Ze deden er maanden over.'

'Wat gebeurde er met hen?'

Presidente Maconi wees op een beveiligingscamera die in een donkere hoek was opgehangen. 'Uiterst geraffineerde camerabewaking. Toen het alarm afging, zijn ze door de tunnel ontsnapt, maar ze hadden in elk geval niets gestolen.'

'Wie waren het?' vroeg ik. 'Heeft u dat ooit ontdekt?'

Hij haalde zijn schouders op. 'Gangsters uit Napels. Ze zijn nooit teruggekomen.'

Toen we eindelijk bij de kluis aankwamen, moesten presidente Maconi en signore Virgilio allebei op hun beurt hun sleutelkaart invoeren om de enorme deur open te maken.

'Zie je?' Presidente Maconi was trots op dit fenomeen. 'Zelfs de president kan deze kluis niet alleen openmaken. Want het is waar wat men zegt: absolute macht corrumpeert absoluut.'

In de grote kluis waren de muren van de vloer tot het plafond bedekt met kluisjes. De meeste waren klein, maar sommige waren groot genoeg om dienst te doen als bagagekluis op een vliegveld. Naar het bleek viel de kluis van mijn moeder daar ergens tussenin, en zodra presidente Maconi me die had aangewezen en me had geholpen om de sleutel erin te steken, verlieten hij en signore Virgilio discreet het vertrek. Toen ik een paar tellen later een lucifer hoorde afstrijken, wist ik dat ze de kans hadden aangegrepen om in de gang een rookpauze te houden.

Sinds ik de brief van tante Rose voor het eerst had gelezen, had ik allerlei ideeën gehad over de schat van mijn moeder, en ik had mijn best gedaan om mijn verwachtingen te matigen om teleurstelling te vermijden. Maar in mijn meest onbeheerste fantasieën zou ik een schitterende gouden kist vinden, op slot en veelbelovend, zoals de schatkisten die piraten opgraven op onbewoonde eilanden.

Precies zoiets had mijn moeder me nagelaten. Het was een houten kistje met gouden beslag, en hoewel hij niet werkelijk op slot zat – er zat geen slot op – was de sluiting vastgeroest, en dat verhinderde me om er meer mee te doen dan voorzichtig schudden om te proberen de inhoud te raden. Het kistje was ongeveer zo groot als een flinke broodrooster, maar verbazend licht, zodat de kans op goud en sieraden onmiddellijk uitgesloten was. Maar fortuinen kunnen vele materialen en vormen omvatten, en ik zou beslist niet klagen over papiergeld met drie cijfers erop.

Toen we afscheid namen, bleef presidente Maconi maar zeggen dat hij een taxi voor me wilde bellen. Ik zei echter dat ik die niet nodig had; de kist paste heel goed in een van mijn boodschappentassen en Hotel Chiusarelli was immers vlakbij.

'Ik zou maar voorzichtig zijn als je daarmee rondloopt,' zei hij. 'Je moeder was altijd erg voorzichtig.'

'Maar wie weet er nou dat ik hier ben? En dat ik dit heb?'

Hij haalde zijn schouders op. 'De familie Salimbeni...'

Ik staarde hem aan, niet zeker of hij echt serieus was. 'Vertel me nu niet dat die oude familievete nog steeds bestaat!'

Presidente Maconi wendde zijn blik af, slecht op zijn gemak bij dit onderwerp. 'Een Salimbeni blijft altijd een Salimbeni.'

Toen ik het Palazzo Tolomei uitliep, herhaalde ik die zin een paar keer bij mezelf en vroeg me af wat het precies betekende. Uiteindelijk besloot ik dat het alleen maar te verwachten was in deze plaats; naar de verhalen van Eva Maria over de hevige rivaliteit in de hedendaagse Palio te oordelen, brandden de oude familievetes uit de middeleeuwen nog altijd even fel, ook al waren de wapens veranderd.

Met mijn eigen erfgoed als Tolomei in gedachten, legde ik wat bluf in mijn tred toen ik voor de tweede keer langs het Palazzo Salimbeni liep, alleen om Alessandro – als hij toevallig net uit het raam keek – te laten weten dat er een nieuwe sheriff in de stad was.

Op dat moment, toen ik even over mijn schouder blikte om te zien of ik wel helemaal duidelijk was geweest, zag ik dat er een man achter me liep. Op de een of andere manier paste hij niet in het plaatje; de straat was vol kwetterende toeristen, moeders met kinderwagens en mensen in pakken die luid in hun mobiele telefoons praatten tegen onzichtbare anderen, maar toch voortdurend gebaarden. Deze man droeg daarentegen een aftands trainingspak en een zonnebril met spiegelglazen die niet konden verbergen dat hij rechtstreeks naar mijn boodschappentassen liep te kijken.

Of verbeeldde ik me nu dingen? Hadden de afscheidswoorden van presidente Maconi me toch zenuwachtig gemaakt? Ik stond even stil voor een etalage, in de vurige hoop dat de man me voorbij zou lopen en zijn weg voort zou zetten. Maar dat deed hij niet. Zodra ik stilstond, stopte hij ook en deed alsof hij een aanplakbiljet aan de muur bekeek.

Nu voelde ik voor het eerst de vlooienbeetjes van vrees, zoals Janice ze altijd noemde, en ik overwoog mijn opties tijdens een paar diepe ademhalingen. Eigenlijk stond me maar één ding te doen. Als ik bleef doorlopen, bestond de kans dat hij op zeker moment naast me zou komen lopen en de tas uit mijn handen zou rukken, of erger nog, me zou volgen om te zien waar ik logeerde om me later een bezoek te brengen.

Zachtjes voor me uit neuriënd liep ik de winkel binnen, maar zodra ik binnen was, rende ik naar de bediende en vroeg of ik door de achteruitgang mocht vertrekken. Hij keek nauwelijks op van zijn motorblad en wees simpelweg op een deur achter in de winkel.

Tien seconden later stoof ik een steegje in, waar ik bijna een rij naast elkaar geparkeerde Vespa's omvergooide. Ik had geen idee waar ik was, maar dat maakte niet uit. Het belangrijkste was dat ik mijn tassen nog had.

Toen de taxi me bij Hotel Chiusarelli afzette, had ik wel van alles willen betalen voor de rit. Maar toen ik de chauffeur te veel fooi gaf, schudde hij protesterend zijn hoofd en gaf me het meeste ervan terug.

'Juffrouw Tolomei!' Direttore Rossini kwam enigszins gealarmeerd op me af toen ik de vestibule binnen liep. 'Waar bent u geweest? Kapitein Santini was hier zojuist. In uniform! Wat is er aan de hand?'

'O!' Ik probeerde te glimlachen. 'Misschien wilde hij me uitnodigen voor een kop koffie?'

Direttore Rossini keek me boos aan, zijn wenkbrauwen opgetrokken in een puntige boog van afkeuring. 'Ik denk niet dat de kapitein hier met zinnelijke bedoelingen kwam, juffrouw Tolomei. Ik raad u dringend aan om hem te bellen. Hier...' Hij overhandigde me een visitekaartje alsof het een heilige hostie was. 'Dit is zijn telefoonnummer, hier, op de achterkant, ziet u wel? Ik stel voor...' Direttore Rossini verhief zijn stem toen ik hem voorbijliep de gang in: 'Ik stel voor dat u hem nu direct belt!'

Het kostte me ongeveer een uur, en verschillende tochtjes naar de receptie van het hotel, om het kistje van mijn moeder open te krijgen. Nadat ik elk stuk gereedschap dat ik vinden kon, zoals de hotelsleutel, mijn tandenborstel en de haak van de telefoon had geprobeerd, rende ik naar beneden om een pincet, vervolgens een nagelknippertje, toen een naald, en ten slotte een schroevendraaier te lenen, me maar al te zeer bewust dat direttore Rossini elke keer dat hij me zag een beetje minder vriendelijk keek.

Uiteindelijk kreeg ik het voor elkaar, niet door het roestige slot te openen, maar door het hele sluitmechanisme los te schroeven, wat me heel wat tijd kostte omdat de schroevendraaier die ik had geleend te klein was. Maar ik wist zeker dat direttore Rossini zou ontploffen als ik nog eens aan zijn balie verscheen.

Gedurende al deze inspanningen werden mijn hoop en mijn verwachtingen steeds wilder, en toen ik het deksel eenmaal open kon maken, stokte mijn adem in mijn keel van de spanning. Omdat het kistje zo licht was, was ik ervan overtuigd geraakt dat er een breekbaar – en heel kostbaar – voorwerp in zat, maar toen ik er eindelijk in kon kijken, zag ik dat ik me had vergist.

Er zat niets breekbaars in het kistje; er zat zelfs vrijwel helemaal niets in, behalve papier. Saai papier, ook nog. Geen geld of aandelen of eigendomsaktes of andere waardepapieren, maar brieven in enveloppen en verschillende soorten teksten, uitgetypt op vellen papier die aan elkaar waren geniet, of opgerold in een rottend elastiekje. De enige echte voorwerpen in het kistje waren een schrift met krabbels en kleine tekeningen, een goedkope pocketuitgave van *Romeo en Julia* van Shakespeare en een oud kruisje aan een zilveren ketting.

Ik bestudeerde het kruisje een tijdlang, me afvragend of het misschien extreem oud was en op de een of andere manier waardevol. Dat betwijfelde ik echter. Zelfs al was het antiek, dan nog was het alleen maar zilver, en voor zover ik kon beoordelen was er niets bijzonders aan.

Hetzelfde gold voor de pocketuitgave van *Romeo en Julia*. Ik bladerde er een paar keer doorheen, vastbesloten om de waarde ervan te herkennen, maar het boek had niets dat me ook maar enigszins veelbelovend leek, zelfs geen potloodaantekeningen in de kantlijn.

Aan de andere kant bevatte het schrift wel een paar interessante tekeningen die, met een beetje goede wil, iets met de jacht op een schat te maken konden hebben. Of misschien waren het alleen maar schetsen van bezoeken aan musea en beeldentuinen. Een beeld in het bijzonder had de aandacht van mijn moeder getrokken – als dit inderdaad haar schrift was, met haar tekeningen erin – en ik kon wel zien waarom. Het was een beeld van een man en een vrouw; de man knielde en hield de vrouw in zijn armen, en als haar ogen niet geopend waren geweest, zou ik hebben gedacht dat ze sliep of zelfs dood was. Er stonden minstens twintig verschillende tekeningen van dit beeld in het schrift, maar er waren veel schetsen bij van details zoals gelaatstrekken, en eerlijk gezegd verklaarde geen enkele ervan waarom mijn moeder er zo door geobsedeerd was geweest.

Op de bodem van het kistje lagen ook zestien persoonlijke brieven. Vijf ervan waren afkomstig van tante Rose, die mijn moeder smeekte om haar 'dwaze ideeën' op te geven en naar huis te komen; vier andere kwamen ook van tante Rose, maar die waren later verzonden en mijn moeder had ze nooit opengemaakt. De rest was in het Italiaans geschreven en aan mijn moeder gestuurd door mensen die ik niet kende.

Verder zat er niets anders meer in het kistje dan de vele getypte teksten. Sommige waren verkreukeld en vervaagd, andere waren nieuwer en knisperden meer; de meeste waren in het Engels, maar eentje was er in het Italiaans. Het leken geen van alle originele teksten te zijn, het waren allemaal – op de Italiaanse na – vertalingen die ergens gedurende de laatste honderd jaar waren uitgetypt.

Toen ik de bundel papieren doorkeek, werd me geleidelijk duidelijk dat er een zeker systeem in de vermeende waanzin zat, en toen ik dat eenmaal had gezien, kostte het weinig tijd om de teksten op mijn bed uit te spreiden in een soort chronologische volgorde:

HET DAGBOEK VAN MAESTRO AMBROGIO (1340)
GIULIETTA'S BRIEVEN AAN GIANNOZZA (1340)
DE CONFESSIES VAN BROEDER LORENZO (1340)
LA MALEDIZIONE SUL MURO (1370)
HET DRIEËNDERTIGSTE VERHAAL VAN MASUCCIO SALERNITANO (1476)
ROMEO EN JULIA VAN LUIGI DA PORTA (1530)
ROMEO EN JULIA VAN MATTEO BANDELLO (1554)
ROMEUS EN JULIA VAN ARTHUR BROOKE (1562)
ROMEO EN JULIA VAN WILLIAM SHAKESPEARE (1597)
STAMBOOM VAN GIULIETTA EN GIANNOZZA

Maar toen ze eenmaal voor me lagen, kostte het wat meer tijd om de verzameling te begrijpen. De eerste vier teksten – allemaal uit de veertiende eeuw – waren mysterieus en vaak onsamenhangend; de latere waren duidelijker. Maar het belangrijkste was dat de latere teksten één ding gemeen hadden: het waren allemaal versies van het verhaal van Romeo en Julia, met als laatste de versie die iedereen kende, de *Schitterende en deerniswekkende tragedie van Romeo en Julia*, van Shakespeare.

Hoewel ik mezelf altijd als een soort deskundige op dat gebied had beschouwd, was de ontdekking dat Shakespeare het verhaal niet zelf had bedacht, maar was meegelift op de rug van eerdere schrijvers een complete verrassing. Inderdaad was de Bard een genie van het geschreven woord, en als hij het hele verhaal niet door zijn pentametermachine had gehaald, is het twijfelachtig of het ooit zo bekend zou zijn geworden. Desondanks zag het er – naar mijn bescheiden mening – naar uit dat het al een verdraaid goed verhaal was toen het voor het eerst op zijn bureau belandde. En interessant genoeg speelde de eerste versie, geschreven door Masuccio Salernitano in 1476, zich helemaal niet af in Verona, maar hier in Siena.

Door deze literaire ontdekking vergat ik bijna dat ik eigenlijk een behoorlijke persoonlijke teleurstelling beleefde. Er zat niets in het kistje van mijn moeder dat ook maar enige geldelijke waarde had, en ook ontbrak tussen de papieren die ik tot dusver had bekeken elke suggestie van een elders verborgen, waardevol familiebezit.

Misschien had ik me moeten schamen dat ik zo dacht; misschien had ik meer waardering moeten tonen voor het feit dat ik eindelijk iets in mijn handen had dat aan mijn moeder had toebehoord.

Maar ik was te zeer in de war om rationeel te zijn. Wat had tante Rose er in vredesnaam toe gebracht om te geloven dat er iets enorm waardevols op het spel stond – iets wat een reis waard was naar een plek die, in haar ogen, de gevaarlijkste plek ter wereld was, namelijk Italië? En waarom had mijn moeder dit kistje vol papieren in de schoot van een bank bewaard? Ik voelde me dwaas, vooral als ik dacht aan die vent in zijn trainingspak. Natuurlijk was hij me niet gevolgd. Dat was vast ook een hersenspinsel van mijn al te levendige fantasie geweest.

Zonder veel enthousiasme begon ik de oudere teksten door te bladeren. Twee ervan, *De confessies van broeder Lorenzo* en *Giulietta's brieven aan Giannozza*, waren niets meer dan verzamelingen onsamenhangende zinnen, zoals: 'Ik zweer bij de Heilige Maagd dat ik heb gehandeld in overeenstemming met de hemelse wil,' en: 'Helemaal naar Siena in een doodskist uit angst voor de bandieten van Salimbeni.' *Het dagboek van maestro Ambrogio* was leesbaarder, maar bij het doorbladeren wenste ik bijna dat het dat niet was. Wie deze Maestro ook mocht zijn, hij leed ernstig aan verbale diarree en had een dagboek bijgehouden van elke banaliteit die hem, en zo te zien ook zijn vrienden, was overkomen in het jaar 1340. Voor zover ik kon zien had het niets met mij te maken, noch met iets anders in het kistje van mijn moeder trouwens. Tot mijn blik plotseling op een naam midden in de tekst van de Maestro viel.

Giulietta Tolomei.

Gespannen bestudeerde ik de bladzijde onder de lamp op mijn nachtkastje. Maar nee, ik had me niet vergist: na een paar eerste mijmeringen over de moeilijkheid van het schilderen van de volmaakte roos, had de breedsprakige maestro Ambrogio bladzijde na bladzijde volgeschreven over een jonge vrouw met een naam die identiek was aan de mijne. Toeval?

Languit op mijn bed begon ik het dagboek vanaf het begin te lezen, af en toe de andere onsamenhangende teksten raadplegend. En zo begon mijn reis terug naar het Siena van het jaar 1340 en mijn verwantschap met de vrouw die mijn naam deelde.

II

I

En in een schijnbeeld van de bleke dood
Blijf je dan twee en veertig uren liggen.

SIENA, 1340 A.D.

Ach, ze waren speelballen van het lot!

Al drie dagen waren ze onderweg, speelden verstoppertje met rampen en leefden op brood zo hard als steen. Nu, eindelijk, op de heetste, ellendigste dag van de zomer, waren ze zo dicht bij het einde van hun reis dat broeder Lorenzo de betoverende torens van Siena zag ontspruiten aan de horizon. En hier was het, helaas, dat de beschermende krachten van zijn rozenkrans uitgeput raakten.

Op zijn wagen achter het paard, vermoeid meedeinend achter zijn zes bereden reisgenoten – allen monniken zoals hijzelf – begon de jonge broeder zich juist het gebraden rundvlees en de rustgevende wijn voor de geest te halen die hun wachtten op hun bestemming, toen er in een wolk van stof een tiental sinister ogende ruiters uit een wijngaard kwamen galopperen om met getrokken zwaarden het kleine reisgezelschap te omsingelen en de weg aan alle kanten te versperren.

'Gegroet, vreemdelingen!' brulde hun kapitein, tandeloos en groezelig maar weelderig gekleed, zonder twijfel in de kleren van eerdere slachtoffers. 'Wie betreedt hier wederrechtelijk het grondgebied van Salimbeni?'

Broeder Lorenzo rukte aan de teugels van zijn paarden om de kar tot stilstand te brengen, terwijl zijn reisgenoten hun best deden om zich tussen de kar en de bandieten te posteren.

De oudste van de monniken toonde de kapitein zijn monnikskap en antwoordde: 'Zoals u ziet zijn wij slechts nederige broeders uit Florence, edele vriend.'

'Huh.' De aanvoerder van de struikrovers keek rond naar de zogenaamde monniken, zijn ogen half toegeknepen. Uiteindelijk liet hij zijn blik rusten op het angstige gezicht van broeder Lorenzo. 'Welke schat ligt er op de wagen daarachter?'

'Niets wat voor u van waarde is,' antwoordde de oudere monnik, die zijn paard wat naar achteren trok om het zicht van de bandiet op de kar nog meer te verhinderen. 'Laat ons alstublieft doorgaan. Wij zijn heilige mannen en vormen geen bedreiging voor u of uw edele verwanten.'

'Dit is een weg van Salimbeni,' verklaarde de kapitein en hij onderstreepte zijn woorden met zijn zwaard, een teken voor zijn kameraden om dichterbij te komen. 'Als jullie hem willen gebruiken, moeten jullie tol betalen. Voor je eigen veiligheid.'

'We hebben al vijf keer tol betaald aan Salimbeni.'

De schurk haalde zijn schouders op. 'Bescherming is duur.'

'Maar wie zou een groep heilige mannen op weg naar Rome aanvallen?' vroeg de ander met een koppige kalmte.

'Wie? Die waardeloze honden van Tolomei!' De kapitein spuwde twee keer op de grond om zijn woorden kracht bij te zetten, en zijn mannen volgden haastig zijn voorbeeld. 'Die diefachtige, verkrachtende, moordlustige bastaarden!'

'Daarom zouden we Siena ook graag voor het donker bereiken,' merkte de monnik op.

'Dat is niet ver,' zei de struikrover met een knikje. 'Maar de stadspoorten sluiten tegenwoordig vroeg vanwege ernstige ordeverstoringen, veroorzaakt door die dolle honden van Tolomei tot verontrusting van het brave en nijvere volk van Siena in het algemeen en, mag ik daaraan toevoegen, van het grootse en welwillende huis Salimbeni waartoe mijn edele meester behoort, in het bijzonder.'

De toespraak van de kapitein werd met grommende bijval door zijn bende ontvangen.

Hij oreerde verder: 'Zoals u dus zeker zult begrijpen, heersen wij, in alle nederigheid natuurlijk, over deze weg en de meeste andere wegen in de omgeving van deze trotse republiek – dat wil zeggen,

Siena – en mijn diepzinnige raad aan u, als vrienden onder elkaar, is u te haasten om deze tol te betalen, zodat u verder kunt rijden en de stad in kunt glippen voordat hij sluit, want na dat moment zouden onschuldige reizigers zoals u ten prooi kunnen vallen aan de schurkachtige bende Tolomei's die na het vallen van de nacht komen roven en zoal – maar daarover zullen wij tegenover heilige mannen niet uitweiden.'

Nadat de rover was uitgesproken, heerste er een diepe stilte. In elkaar gedoken op de wagen achter zijn reisgenoten, de teugels los, voelde broeder Lorenzo zijn hart in zijn borst rondspringen alsof het een plek zocht om zich te verbergen, en hij dacht even dat hij flauw zou vallen. Het was zo'n dag geweest met een verzengende zon en niet het minste briesje, die deed denken aan de gruwelen van de hel. En dat ze al uren door hun water heen waren, hielp ook niet. Als broeder Lorenzo de geldbuidel onder zijn hoede had gehad, zou hij de schurken hebben betaald wat ze maar vroegen om te kunnen doorrijden.

'Goed,' zei de oudere monnik, alsof hij de zwijgende smeekbede van broeder Lorenzo had gehoord. 'Hoeveel dan wel, voor uw bescherming?'

'Hangt ervan af.' De schurk grijnsde. 'Wat heb je op die wagen, en wat is het je waard?'

'Het is een doodskist, edele vriend, waarin zich het slachtoffer van een afschuwelijke ziekte bevindt.'

De meeste struikrovers weken achteruit bij dat nieuws, maar hun kapitein liet zich niet zo gemakkelijk afschrikken. 'Welnu,' zei hij, met een nog bredere grijns. 'Laten we maar eens kijken.'

'Dat zou ik u niet aanraden!' zei de monnik. 'De kist moet verzegeld blijven, dat zijn onze bevelen.'

'Bevelen?' riep de kapitein uit. 'Sinds wanneer krijgen nederige monniken bevelen? En sinds wanneer...' Hij pauzeerde even voor het effect en zei toen met een zelfvoldane blik: 'Sinds wanneer berijden monniken lippizaner paarden?'

In de stilte die op zijn woorden volgde, voelde broeder Lorenzo dat zijn moed als lood naar de diepste bodem van zijn ziel zakte en aan de andere kant naar buiten dreigde te komen.

'En kijk daar eens!' ging de bandiet verder, voornamelijk om zijn kameraden te vermaken. 'Hebben jullie ooit nederige monniken zulk prachtig schoeisel zien dragen?' Hij wees met de punt van zijn zwaard naar de gapende sandalen van broeder Lorenzo. 'Die hadden jullie allemaal moeten dragen, zorgeloze vrienden, als het jullie bedoeling was om belastingen te mijden. Naar mijn mening is die zwijgzame kerel op de kar de enige nederige broeder hier; wat de rest van jullie betreft, ik wil er mijn beide ballen om verwedden dat jullie een andere goedgeefse weldoener dienen dan God, en ik weet zeker dat – voor hem – de waarde van die doodskist de miezerige vijf florijnen die ik jullie ga berekenen vér te boven gaat.'

'U vergist zich als u denkt dat wij ons zoveel kunnen veroorloven,' zei de oudere monnik. 'Twee florijnen is alles wat we kunnen missen. Het strekt uw beschermheer niet tot eer dat hij de Kerk laat dwarsbomen door zulke buitensporige hebzucht.'

De bandiet genoot van de belediging. 'Hebzucht, noem je dat? Nee, mijn enige gebrek is nieuwsgierigheid. Betaal die vijf florijnen, of ik weet wat me te doen staat. De kar en de doodskist blijven hier, onder mijn hoede, tot je beschermheer ze persoonlijk komt opeisen. Want ik wil de rijke bastaard die jullie heeft gestuurd dolgraag ontmoeten.'

'Binnenkort beschermt u niets anders meer dan de stank van de dood.'

De kapitein lachte onverschillig. 'De geur van goud overwint een dergelijk aroma, vriend.'

'Een hele berg goud zou nog niet genoeg zijn om jouw stank te maskeren,' antwoordde de monnik en hij liet daarmee eindelijk zijn nederige houding varen.

Toen hij die belediging hoorde, beet broeder Lorenzo op zijn lip en keek rond naar een vluchtweg. Hij kende zijn reisgenoten goed genoeg om de uitkomst van deze ruzie te voorspellen, en hij wilde er niets mee te maken hebben.

De roverhoofdman schepte genoegen in de brutaliteit van zijn slachtoffer. 'Je bent dus vastbesloten om op mijn zwaard te sterven?' zei hij met schuin gehouden hoofd.

'Ik ben vastbesloten om mijn missie te volbrengen,' zei de monnik. 'En geen van jouw roestige zwaarden kan mij van mijn doel afhouden.'

'Je missie?' zei de bandiet honend. 'Kijk eens, mannen, hier hebben we een monnik die denkt dat God hem tot ridder heeft geslagen!'

Alle rovers lachten, al wisten ze niet zeker waarom, en hun kapitein knikte in de richting van de kar. 'Zorg nu maar dat we van die dwazen afkomen en breng de paarden en de wagen naar Salimbeni...'

'Ik heb een beter idee,' sneerde de monnik en hij rukte zijn monnikskap los om het uniform eronder te onthullen: 'Waarom gaan we in plaats daarvan niet naar meester Tolomei, met jouw hoofd op een paal?'

Broeder Lorenzo kreunde inwendig toen zijn angsten bewaarheid werden. Zonder verdere pogingen tot geheimhouding trokken zijn reisgenoten – allen vermomde ridders van Tolomei – hun zwaarden en dolken uit pijen en zadeltassen, en bij het galmen van klinkend ijzer deinsden de schurken verbaasd terug, al was het alleen om zichzelf en hun paarden onmiddellijk weer naar voren te drijven in een schreeuwende, onstuimige aanval.

Door het plotselinge kabaal steigerden de paarden van broeder Lorenzo en sloegen in een uitzinnige galop op hol met de kar achter zich aan; hij kon weinig meer doen dan aan de nutteloze teugels trekken en smeken om redelijkheid en gematigdheid in twee dieren die nooit filosofie hadden gestudeerd. Na drie dagen onderweg was het enthousiasme waarmee ze hun last wegvoerden van de schermutseling opmerkelijk, ze vlogen de hobbelige weg naar Siena op met piepende wielen en een doodskist die van de ene kant naar de andere stuiterde en in stukken van de kar dreigde te vallen.

Toen elke dialoog met de paarden onmogelijk bleek, keerde broeder Lorenzo zich om naar de doodskist als een meegaandere tegenstander. Met gebruik van beide handen en voeten probeerde hij die op zijn plaats te houden, maar terwijl hij worstelde om een ferme greep te krijgen op het logge geval, ontwaarde hij beweging op de weg achter zich en begreep dat het comfort van de doodskist wel het laatste was waar hij zich zorgen over moest maken.

Hij werd namelijk gevolgd door twee van de struikrovers, die aan kwamen galopperen om hun schat op te eisen. Broeder Lorenzo graaide rond naar iets om zich mee te verdedigen maar vond alleen

een zweep en een rozenkrans. Hij keek ongerust toe hoe een van de bandieten de kar inhaalde – een mes tussen zijn tandeloze kaken – en zijn hand uitstak naar de houten zijkant. Broeder Lorenzo diepte de benodigde wreedheid op uit zijn milde ziel en zwaaide met zijn zweep naar de aan boord klimmende piraat; hij hoorde hem jammeren van pijn toen de ossenstaart zijn bloed deed vloeien. Eén keer vond de schurk echter voldoende, en toen broeder Lorenzo weer uithaalde, greep de ander het zweepkoord en ontrukte het handvat aan zijn greep. Nu hem alleen de rozenkrans en zijn bungelende kruisje restte ter verdediging, begon broeder Lorenzo de overblijfselen van het middagmaal naar zijn tegenstander te gooien. Maar ondanks de hardheid van het brood wist hij niet te verhinderen dat de man uiteindelijk aan boord klom.

Toen hij zag dat de broeder door zijn munitie heen was, kwam de struikrover triomfantelijk grijnzend overeind, haalde het mes uit zijn mond en toonde zijn trillende doelwit de lengte van het lemmet.

'Halt, in de naam van Jezus Christus!' riep broeder Lorenzo uit, terwijl hij zijn rozenkrans omhooghield. 'Ik heb vrienden in de hemel die je zullen neerslaan!'

'O, echt waar? Ik zie ze nergens!'

Precies op dat moment zwaaide het deksel van de doodskist open, en de ingezetene – een jonge vrouw die er met haar wilde haren en vlammende ogen uitzag als een engel der wrake – ging met alle tekenen van ontsteltenis rechtop zitten. Alleen die aanblik was al afdoende om de bandiet in afgrijzen zijn mes te laten vallen en hij werd asgrauw. Zonder aarzelen leunde de engel voorover uit de doodskist, raapte het mes op en stak het onmiddellijk terug in het vlees van de eigenaar, zo hoog op zijn dij als ze in haar woede kon reiken.

Schreeuwend van de pijn verloor de gewonde man zijn evenwicht en tuimelde achterover van de wagen naar nog ergere verwondingen. Het meisje draaide zich met gloeiende wangen van opwinding om naar broeder Lorenzo om hem toe te lachen, en ze zou uit de kist zijn geklommen als hij haar niet had tegengehouden.

'Nee, Giulietta!' zei hij dringend en hij duwde haar omlaag. 'Blijf in Jezus' naam liggen en wees stil!'

Broeder Lorenzo sloeg het deksel dicht boven haar verontwaardigde gezicht en keek rond om te zien wat er van de andere ruiter was geworden. Helaas, die was minder roekeloos dan zijn maat en kennelijk niet van plan om bij deze snelheid op de losgeslagen wagen te klimmen. In plaats daarvan galoppeerde hij vooruit om het tuig te grijpen en de paarden in te houden, en tot grote verontrusting van broeder Lorenzo sorteerde die maatregel al snel effect. Binnen vijfhonderd meter werden de paarden geleidelijk tot een korte galop gedwongen, vervolgens tot een draf en uiteindelijk tot stilstand.

Toen pas naderde de schurk de wagen, en broeder Lorenzo zag dat het niemand anders was dan de weelderig geklede, groezelige kapitein van de bende, nog steeds snerend en schijnbaar onberoerd door het bloedvergieten. In de ondergaande zon kreeg de man een bronzen aureool dat hij beslist niet verdiende, en broeder Lorenzo werd getroffen door het contrast tussen de lichtende schoonheid van het landschap en de pure slechtheid van haar bewoners.

'Wat zeg je hiervan, broeder,' begon de schurk ongewoon beleefd. 'Ik laat je leven; sterker nog, je mag zelfs deze fraaie kar en die edele paarden behouden, zonder tol te betalen, in ruil voor dat meisje?'

'Ik dank u voor het ruimhartige voorstel,' antwoordde broeder Lorenzo, zijn ogen toeknijpend tegen het zonlicht. 'Ik ben echter de gezworen beschermer van deze edele dame, en ik kan u haar niet schenken. Daarmee zouden wij beiden naar de hel gaan.'

'Bah!' De struikrover geloofde er niets van. 'Dat meisje is geen steek meer dame dan jij of ik. Ik vermoed zelfs dat het een van die hoeren van Tolomei is!'

Vanuit de doodskist weerklonk een verontwaardigde kreet en broeder Lorenzo zette snel zijn voet boven op het deksel om hem dicht te houden.

'De dame is van groot belang voor meester Tolomei, dat is waar,' zei hij. 'En elke man die haar een haar krenkt, veroorzaakt een oorlog voor zijn eigen verwanten. Uw meester Salimbeni zal zo'n vete toch niet wensen?'

'Ach, jullie monniken met je preken!' De bandiet reed tot naast de kar, en toen pas verdween zijn aureool. 'Mij dreig je niet met oorlog, priestertje. Dat is immers mijn stiel!'

'Ik smeek u ons te laten gaan!' zei broeder Lorenzo dringend, zijn bevende rozenkrans omhooggestoken in de hoop dat hij de laatste zonnestralen zou opvangen. 'Of ik zweer bij deze heilige kralen en de wonden van de lieve Jezus dat God u zal vervloeken, en cherubijnen zullen neerdalen uit de hemel om uw kinderen te doden in hun bedjes!'

'Ze zullen welkom zijn!' Opnieuw trok de schurk zijn zwaard. 'Ik moet er toch al te veel voeden!' Hij zwaaide zijn been over het hoofd van zijn paard om met het gemak van een danser op de kar te springen. Toen hij de ander in doodsangst zag terugdeinzen, lachte hij. 'Waarom ben je zo verbaasd? Dacht je echt dat ik je zou laten leven?'

Het zwaard van de schurk verhief zich om toe te slaan en broeder Lorenzo liet zich in onderwerping op zijn knieën vallen, klemde zijn rozenkrans vast en wachtte op de slag die zijn gebed zou onderbreken. Op negentienjarige leeftijd sterven was wreed, vooral wanneer er niemand toekeek om getuige te zijn van zijn martelaarschap, behalve zijn goddelijke Vader in de hemel, die er niet om bekendstond dat Hij zijn stervende zonen te hulp schoot.

II

Kom zitten, kom, neef Capulet.
Voor ons zijn de jaren van dansen voorbij.

Ik kan me niet herinneren hoe ver ik die avond kwam met het verhaal, maar de vogels begonnen al te kwetteren toen ik eindelijk indommelde op een zee van papier. Nu begreep ik het verband tussen de vele verschillende teksten in het kistje van mijn moeder: het waren allemaal op hun eigen manier preshakespeareaanse versies van *Romeo en Julia*. Sterker nog, de teksten uit 1340 waren niet zomaar fictie, maar echte verslagen van ooggetuigen van de gebeurtenissen die aan het ontstaan van het beroemde verhaal voorafgingen.

Hoewel hij in zijn eigen dagboek nog niet was opgetreden, had de mysterieuze maestro Ambrogio de echte mensen achter een paar van de zwaarst door het noodlot getroffen personages persoonlijk gekend. Ik moest wel toegeven dat geen van zijn geschriften tot dusver het treurspel van Shakespeare echt overlapte, maar er zaten dan ook meer dan tweehonderdvijftig jaren tussen de feitelijke gebeurtenissen en het toneelstuk van de Bard, en het verhaal moest ondertussen door vele verschillende handen zijn gegaan.

Omdat ik brandde van verlangen om mijn nieuwe kennis met iemand te delen die het zou weten te waarderen – niet iedereen zou het grappig vinden dat miljoenen toeristen eeuwenlang naar de verkeerde stad waren getrokken om het balkon en het graf van Julia te zien – belde ik Umberto op zijn mobiel zodra ik die ochtend uit de douche kwam.

'Gefeliciteerd!' riep hij uit, toen ik vertelde dat ik presidente Maconi met mijn charmes had weten te overreden om mij mijn moeders kistje te geven. 'En, hoe rijk ben je nu?'

'Eh...' zei ik met een blik op de rommel op mijn bed. 'Ik denk niet dat de schat in het kistje zit. Als er al een schat bestaat.'

'Natuurlijk is er een schat,' reageerde Umberto. 'Waarom zou je moeder dat kistje anders in een kluis zetten? Je moet beter kijken.'

'Er is nog iets...' Ik aarzelde even, op zoek naar een manier om het te vertellen zonder krankzinnig te klinken. 'Ik denk dat ik op de een of andere manier verwant ben aan de Julia van Shakespeare.'

Ik veronderstel dat ik het Umberto niet kwalijk kon nemen dat hij lachte, maar het irriteerde me toch. 'Ik weet dat het raar klinkt,' zei ik boven zijn gegrinnik uit. 'Maar waarom zouden we anders dezelfde naam hebben, *Giulietta Tolomei?*'

'Je bedoelt, Julia Capulet?' zei Umberto corrigerend. 'Ik vind het vervelend om je dit te moeten vertellen, principessa, maar ik weet niet zeker of zij wel een echt mens was...'

'Natuurlijk niet!' riep ik snel terug en ik wenste dat ik het hem nooit had verteld. 'Maar het lijkt erop dat het verhaal geïnspireerd was op echte mensen... Ach, laat ook maar. Hoe staat het leven bij jou?'

Nadat ik had opgehangen, bladerde ik door de Italiaanse brieven die mijn moeder meer dan twintig jaar geleden had ontvangen. Er moest toch nog wel iemand in leven zijn die mijn ouders in Siena had gekend en alle vragen kon beantwoorden die tante Rose zo consequent had afgeweerd? Zonder Italiaans te lezen was het echter moeilijk te zeggen welke brieven afkomstig waren van familie of vrienden. Mijn enige aanwijzing was dat een ervan begon met de woorden '*Carissima* Diana'; de afzender heette Pia Tolomei.

Ik vouwde de plattegrond van de stad open die ik de vorige dag samen met het woordenboek had aangeschaft en zocht een tijdlang naar het adres dat op de achterkant van de envelop gekrabbeld stond; uiteindelijk vond ik het op een minuscuul plein dat Piazzetta del Castellare heette, in de binnenstad van Siena. Het lag midden in de contrada van de Uil, mijn eigen grondgebied, niet ver van het Palazzo Tolomei waar ik de dag tevoren presidente Maconi had ontmoet.

Als ik geluk had, woonde Pia Tolomei – wie ze dan ook wezen mocht – daar nog altijd en zou ze opgetogen zijn om met de dochter van Diane Tolomei te kunnen praten, en nog helder genoeg om te weten waarom.

De Piazzetta del Castellare leek op een kleine vesting binnen de stad en was niet zo gemakkelijk te vinden. Nadat ik er een paar keer vlak voorbij was gelopen, ontdekte ik eindelijk dat ik naar binnen moest via een overdekte steeg die ik eerst had aangezien voor de toegang tot een privéterrein. Toen ik eenmaal op de Piazzetta stond, werd ik omsloten door hoge, stille gebouwen, en opkijkend naar alle gesloten luiken in de muren om me heen kon ik me bijna voorstellen dat ze ooit in de middeleeuwen waren dichtgedaan en sindsdien niet meer open waren geweest.

Zonder een paar in een hoek geparkeerde Vespa's, een cyperse kat met een glanzende zwarte halsband op een stoepje en de muziek die uit een open raam klonk, had ik waarschijnlijk aangenomen dat de gebouwen al lang geleden waren verlaten om aan de ratten en de spoken te worden overgeleverd.

Ik haalde de envelop die ik in het kistje van mijn moeder had gevonden tevoorschijn en keek nog eens naar het adres. Volgens mijn plattegrond was ik op de juiste plek, maar toen ik langs de deuren liep, zag ik nergens op de naambordjes de naam Tolomei en ook geen nummer dat overeenkwam met het huisnummer op mijn brief. Om hier postbode te worden zou helderziendheid wel een functievereiste zijn, bedacht ik.

Omdat ik niet wist wat ik anders moest doen, drukte ik beurtelings op elke bel. Bij de vierde bel deed een vrouw hoog boven me een paar luiken open en riep iets in het Italiaans.

Bij wijze van antwoord zwaaide ik met de brief. 'Pia Tolomei?'

'Tolomei?'

'Ja! Weet u waar ze woont? Woont ze nog hier?'

De vrouw wees op een deur aan de overkant van de piazzetta en zei iets wat alleen maar 'probeer het daar eens' kon betekenen.

Nu pas viel me een eigentijdsere deur op in de verre muur: er zat een kunstige, zwart-witte deurknop op en toen ik die probeerde, zwaaide de deur open. Ik wachtte even, aarzelend over de juiste etiquette voor het binnenlopen van particuliere huizen in Siena; ondertussen bleef de vrouw in het raam achter me aandringen dat ik naar binnen moest gaan – ze vond me duidelijk buitengewoon traag van begrip – dus zette ik maar door.

'Hallo?' Ik deed een verlegen stap over de drempel en tuurde het koele duister in. Toen mijn ogen zich eenmaal hadden aangepast, zag ik dat ik in een hal stond met een heel hoog plafond, omringd door wandtapijten, schilderijen en antieke voorwerpen in glazen vitrines. Ik liet de deur los en riep: 'Is daar iemand? Mevrouw Tolomei?' Maar het enige wat ik hoorde was de zucht waarmee de voordeur zich achter me sloot.

Niet helemaal zeker van mijn zaak liep ik de hal in en bekeek onderweg de antiquiteiten. Er hing onder andere een collectie lange, verticale banieren met afbeeldingen van paarden, torens en vrouwen die allemaal erg op de Maagd Maria leken. Een aantal ervan waren heel oud en verschoten, andere waren modern en felgekleurd; pas toen ik het einde van de rij bereikte, begon het me te dagen dat dit geen particuliere woning was, maar een soort museum of een openbaar gebouw.

Nu hoorde ik eindelijk ongelijke voetstappen weerklinken, en een zware stem riep ongeduldig: 'Salvatore?'

Ik draaide me om naar mijn nietsvermoedende gastheer die op een kruk geleund uit een naastgelegen kamer kwam lopen. Het was een oudere man, zeker de zeventig voorbij, en zijn frons deed hem nog ouder lijken. 'Salva...?' Hij stond meteen stil toen hij mij zag en zei iets anders wat niet bijzonder gastvrij klonk.

'Ciao!' zei ik kwispelstaartend en ik stak de brief omhoog zoals je met een kruisbeeld zou doen tegenover edellieden uit Transsylvanië, gewoon voor de zekerheid. 'Ik ben op zoek naar Pia Tolomei. Ze heeft mijn ouders gekend.' Ik wees op mezelf. 'Giulietta Tolomei. To-lo-mei.'

De man kwam zwaar op zijn stok leunend naar me toe en plukte de brief uit mijn hand. Wantrouwig bekeek hij de envelop en draaide hem verschillende keren om, om het adres van zowel de afzender als de ontvanger te herlezen. 'Mijn vrouw heeft deze brief verstuurd,' zei hij ten slotte. 'Jaren geleden. Aan Diana Tolomei. Zij was mijn... hm... tante. Waar heb je hem gevonden?'

'Diane was mijn moeder,' zei ik, mijn stem verbazend bedeesd in de grote ruimte. 'Ik ben Giulietta, de oudste van haar tweeling. Ik ben gekomen om Siena te zien – om te zien waar ze woonde. Kunt u zich... haar herinneren?'

De oude man antwoordde niet meteen. Hij keek met verwonderde ogen naar mijn gezicht, strekte zijn arm en raakte mijn wang aan om zich ervan te vergewissen dat ik echt was. 'Kleine Giulietta?' zei hij ten slotte. 'Kom hier!' Hij greep me bij mijn schouders en trok me in zijn armen. 'Ik ben Peppo Tolomei, je peetvader.'

Ik wist nauwelijks hoe ik moest reageren. In de regel was ik niet iemand die allerlei mensen omhelsde – dat liet ik aan Janice over – maar van deze beminnelijke oude man vond zelfs ik het niet erg.

'Het spijt me dat ik zomaar binnen kom lopen...' begon ik en ik zweeg toen weer, niet zeker van wat ik verder wilde zeggen.

'Nee, nee, nee, nee, nee!' Peppo wuifde het allemaal terzijde. 'Ik vind het geweldig dat je er bent! Kom, ik laat je het museum zien! Dit is het museum voor de contrada van de Uil...' Hij wist bijna niet waar hij moest beginnen en hipte rond op zijn kruk, op zoek naar iets indrukwekkends om me te laten zien. Maar toen hij mijn gezicht zag, onderbrak hij zichzelf. 'Nee! Jij wilt het museum niet zien! Je wilt praten! Ja, we moeten praten!' Uitgelaten wierp hij zijn armen in de lucht en gooide met zijn kruk bijna een beeld om. 'Ik moet alles horen. Mijn vrouw... we moeten naar mijn vrouw. Ze zal zo blij zijn! Ze is thuis... Salvatore!... O, waar blijft hij toch?'

Tien minuten later schoot ik achter op een rood-met-zwarte scooter de Piazzetta del Castellare uit. Peppo Tolomei had me in het zadel geholpen met de galante gebaren van een goochelaar die een lieflijke jonge assistente in een kist helpt voordat hij haar doormidden zaagt, en zodra ik zijn bretels stevig vast had, zoefden we door de overdekte steeg en remden voor niemand meer.

Peppo had het museum beslist onmiddellijk willen sluiten om me mee te nemen naar zijn huis, zodat ik zijn vrouw Pia kon ontmoeten, en wie er verder ook maar in de buurt was. Ik had de uitnodiging met graagte aangenomen, in de veronderstelling dat het huis waar hij het over had ergens om de hoek stond. Pas nu we de Corso op vlogen langs het Palazzo Tolomei besefte ik dat ik me had vergist.

'Is het ver?' riep ik, terwijl ik me zo goed als ik kon vasthield.

'Nee, nee!' antwoordde Peppo, terwijl hij op een haar na een non miste die een oude man voortduwde in een rolstoel. 'Maak je geen zorgen, we gaan iedereen bellen voor een grote familiereünie!' Bij dat vooruitzicht begon hij geestdriftig alle familieleden te beschrijven die ik binnenkort zou ontmoeten, al kon ik hem in de wind nauwelijks verstaan. Hij was te zeer afgeleid om op te merken dat we, toen we het Palazzo Salimbeni voorbijreden, dwars tussen een handvol beveiligingsbeambten door stoven en hen dwongen om opzij te springen.

'Ho!' riep ik uit, en ik vroeg me af of Peppo begreep dat we onze grote familiereünie misschien wel in de nor zouden houden. De bewakers maakten echter geen aanstalten om ons tegen te houden; ze keken alleen hoe we voorbij reden, zoals honden aan een strakke lijn kijken naar een donzig eekhoorntje dat brutaal de weg oversteekt. Helaas was een van hen het petekind van Eva Maria, Alessandro, en ik wist bijna zeker dat hij me herkende, want hij keek nog een keer om toen hij mijn bungelende benen zag. Misschien vroeg hij zich af wat er van mijn teenslippers was geworden.

'Peppo!' schreeuwde ik met een ruk aan de bretels van mijn neef. 'Ik wil echt niet gearresteerd worden, oké?'

'Maak je geen zorgen!' Al pratend nam Peppo een bocht en gaf nog eens extra gas. 'Ik ben veel te snel voor de politie!' Een paar tellen later schoten we door een oude stadspoort als een poedel door een hoepel en kwamen terecht in het kunstwerk van een Toscaanse zomer in volle bloei.

Achter op die scooter, over zijn schouder uitkijkend op het landschap, wilde ik zo graag vervuld worden van een gevoel van vertrouwdheid, van eindelijk thuiskomen. Alles om me heen was echter nieuw: de warme vleugen onkruid en specerijen, de glooiende heuvels... zelfs de aftershave van Peppo had een buitenlands element dat belachelijk aantrekkelijk was, gezien de omstandigheden.

Maar hoeveel onthouden we eigenlijk echt van de eerste drie jaar van ons leven? Soms kon ik me een herinnering voor de geest halen aan het omarmen van een paar blote benen die beslist niet van tante Rose waren, en Janice en ik wisten allebei zeker dat we ons een grote glazen kom vol wijnkurken herinnerden, maar buiten dat was het moeilijk te zeggen welke fragmenten waarbij hoorden. Als het ons al lukte om herinneringen op te halen aan onze peutertijd, raakten we altijd in de war. 'Ik weet zeker dat die wiebelende schaaktafel in Toscane stond,' hield Janice altijd vol. 'Waar moet het anders zijn geweest? Tante Rose heeft er nooit een gehad.'

'Hoe verklaar je dan dat Umberto je een tik gaf toen je hem omgooide?' weerlegde ik dan onvermijdelijk.

Dat kon Janice niet uitleggen. Uiteindelijk mompelde ze dan: 'Nou, misschien was het iemand anders. Als je twee jaar oud bent, zien alle mannen er hetzelfde uit.' Dan snoof ze: 'Trouwens, dat doen ze nog.'

Als tiener fantaseerde ik vaak over mijn terugkeer naar Siena, waar ik me dan ineens alles uit mijn kindertijd zou herinneren; nu ik hier eindelijk was, over smalle wegen stuivend zonder iets te herkennen, vroeg ik me af of er niet een essentieel deel van mijn ziel was verdord doordat ik mijn leven grotendeels elders had doorgebracht.

Pia en Peppo woonden in een klein dal op een boerderij omringd door wijngaarden en olijfbomen. Eromheen rezen aan alle kanten glooiende hellingen op, en de gerieflijke, vreedzame afzondering maakte het gebrek aan weidse vergezichten meer dan goed. Het huis was zeker niet groots; in de barsten van de gele muren groeide onkruid, de groene luiken hadden veel en veel meer nodig dan alleen een verfbeurt, en het bruinrode dak zag eruit alsof alle pannen er bij een volgende storm, of misschien zelfs al bij een volgende niesbui van een bewoner, af zouden rammelen. Maar de vele klimranken en strategisch geplaatste bloempotten wisten het verval te verbergen en maakten het geheel volstrekt onweerstaanbaar.

Nadat hij de scooter had geparkeerd en een wandelstok had gegrepen die tegen een muur geleund op hem wachtte, nam Peppo me rechtstreeks mee naar de tuin. Daar, in de schaduw van het huis, zat zijn vrouw Pia op een kruk tussen kleinkinderen en achterkleinkinderen, als een tijdloze oogstgodin omringd door nimfen, en leerde hen verse knoflook vlechten. Het koste een paar pogingen voordat Peppo haar duidelijk wist te maken wie ik was en waarom hij me had meegebracht, maar toen Pia haar oren eenmaal durfde te geloven, schoof ze haar voeten in haar pantoffels, kwam met de hulp van haar entourage overeind en omarmde me in een betraande omhelzing. 'Giulietta!' riep ze uit terwijl ze me tegen haar borst drukte en tegelijkertijd mijn voorhoofd kuste. '*Che meraviglia*! Het is een wonder!'

Haar blijdschap om me te zien was zo oprecht dat ik me bijna schaamde. Ik was die ochtend niet naar het Uilenmuseum gegaan om mijn verloren gewaande peetouders te zien; tot op dit moment was het zelfs nog nooit bij me opgekomen dat ik peetouders zou kunnen hebben, en dat ze zo blij zouden zijn om me gezond en gelukkig te zien. Maar ze waren er wel, en hun vriendelijkheid deed me beseffen dat ik me tot nog toe nog nooit ergens echt welkom had gevoeld, zelfs niet in mijn eigen huis. In elk geval niet als Janice in de buurt was.

Binnen een uur waren huis en tuin gevuld met mensen en eten. Het leek alsof iedereen met een plaatselijke delicatesse in de hand om de hoek had staan wachten op een reden voor een feest. Sommigen waren familie, anderen vrienden en buren, en allemaal beweerden ze dat ze mijn ouders hadden gekend en zich altijd hadden afgevraagd wat er met hun tweelingdochters was gebeurd. Niemand zei er expliciet iets over, maar ik voelde dat tante Rose indertijd was binnengewaaid en Janice en mij had opgeëist tegen de wensen van de familie Tolomei in – dankzij oom Jim had mijn tante nog altijd connecties bij Buitenlandse Zaken – en dat we toen spoorloos waren verdwenen, tot grote frustratie van Pia en Peppo, die immers onze peetouders waren.

'Maar dat is allemaal verleden tijd!' bleef Peppo maar zeggen terwijl hij me op mijn rug klopte. 'Want nu ben je hier en kunnen we eindelijk praten.' Maar het was moeilijk te bepalen waar we moesten beginnen; er waren zoveel vragen te beantwoorden, en zo veel jaren om rekenschap van te geven, met inbegrip van de mysterieuze afwezigheid van mijn zus.

'Ze had het te druk om te komen,' zei ik met afgewende blik. 'Maar ik weet zeker dat ze u gauw zal opzoeken.'

Het hielp niet dat maar een handjevol gasten Engels sprak, en dat elk antwoord en elke vraag eerst moesten worden begrepen en vertaald door iemand anders. Toch was iedereen zo hartelijk dat zelfs ik na een poosje kon ontspannen en genieten. Het maakte niet echt uit dat we elkaar niet verstonden, waar het om ging waren de glimlachjes en de knikjes die zoveel meer zeiden dan woorden.

Op zeker moment kwam Pia het terras op met een fotoalbum en ging zitten om me foto's van de bruiloft van mijn ouders te laten zien. Zodra ze het album opensloeg, kwamen de andere vrouwen om ons heen staan om enthousiast mee te kijken en te helpen bij het omslaan van de bladzijden.

'Daar!' Pia wees op een grote trouwfoto. 'Je moeder draagt de jurk die ik op mijn bruiloft droeg. O, is het geen knap stel?... En hier, dat is je neef Francesco...'

'Wacht!' Tevergeefs probeerde ik haar te beletten om de bladzijde om te slaan. Ze realiseerde zich waarschijnlijk niet dat ik nog nooit een foto van mijn vader had gezien, en dat de enige foto van mijn moeder als volwassene die ik ooit had gezien haar eindexamenportret was op de piano van tante Rose.

Pia's fotoalbum was een verrassing voor me. Niet alleen omdat mijn moeder zichtbaar zwanger was onder de trouwjurk, maar ook omdat mijn vader wel honderd jaar oud leek. Dat was hij natuurlijk niet, maar in vergelijking met mijn moeder – een aantrekkelijke gesjeesde studente met kuiltjes in haar wangen als ze lachte – leek hij op de oude Abraham uit mijn geïllustreerde kinderbijbel.

Desondanks zagen ze er samen gelukkig uit, en hoewel er geen opnames waren waarop ze elkaar kusten, hield mijn moeder op de meeste foto's de elleboog van mijn vader vast en keek met grote bewondering naar hem op. En na een poosje schudde ik mijn verbijstering af en besloot te accepteren dat begrippen zoals tijd en leeftijd hier op deze lichte, gelukkige plek misschien heel weinig gewicht hadden in het leven van de mensen.

De vrouwen om me heen bevestigden mijn theorie: geen van hen scheen de echtvereniging ook maar enigszins buitengewoon te vinden. Voor zover ik het begreep, betrof hun kwetterende commentaar – allemaal in het Italiaans – voornamelijk de jurk van mijn moeder, de sluier, en de ingewikkelde genealogische relatie van elke bruiloftsgast met mijn vader en henzelf.

Na de trouwfoto's volgden een paar bladzijden gewijd aan onze doop, maar daar stonden mijn ouders nauwelijks op. Op de foto's stond Pia met een baby die Janice of ik moest zijn – welke van de twee was onmogelijk te zien en Pia wist het niet meer – en Peppo trots met de ander in zijn armen. Het leken twee verschillende ceremonies te zijn geweest: eentje in de kerk en eentje buiten in de zon, bij het doopvont van de contrada van de Uil.

'Dat was een mooie dag,' zei Pia met een trieste glimlach. 'Toen werden jij en je zusje *civettini*, kleine uiltjes. Het was zo jammer...' Ze maakte haar zin niet af, maar sloeg het album liefdevol dicht. 'Het is allemaal zo lang geleden. Soms vraag ik me af of tijd werkelijk geneest...' Ze werd onderbroken door plotselinge opschudding binnen in het huis, en een stem die ongeduldig haar naam riep. 'Kom mee!' Pia stond op, ineens bezorgd. 'Dat moet onze *Nonna* zijn!'

De oude grootmoeder Tolomei, die door iedereen Nonna werd genoemd, woonde bij een van haar kleindochters in de binnenstad van Siena, maar was vanmiddag naar de boerderij ontboden om mij te ontmoeten – een afspraak die duidelijk niet in haar persoonlijke agenda paste. Ze stond in de gang met één hand geïrriteerd haar zwartkanten hoofddoek te schikken en leunde met de andere zwaar op haar kleindochter. Als ik even hardvochtig was geweest als Janice, zou ik haar onmiddellijk hebben gebombardeerd tot het evenbeeld van de klassieke sprookjesheks. Het enige wat eraan ontbrak was de zwarte kraai op haar schouder.

Haastig begroette Pia de oude dame, die zich met tegenzin op beide wangen liet zoenen en vervolgens naar een bepaalde lievelingsstoel in de woonkamer begeleid werd. Er gingen een paar minuten voorbij met het comfortabel installeren van Nonna: kussens halen, neerleggen, verschuiven, speciale limonade die uit de keuken werd gehaald, onmiddellijk werd teruggestuurd en opnieuw werd binnengebracht, maar nu met een schijfje citroen op de rand van het glas.

'Nonna is je tante,' fluisterde Peppo in mijn oor. 'En de jongste zus van je vader. Kom, ik zal je aan haar voorstellen.' Hij trok me mee om mijn opwachting te maken bij de oude vrouw en legde haar de situatie in onstuimig Italiaans uit, kennelijk in de verwachting van een teken van blijdschap op haar gezicht.

Nonna weigerde echter te glimlachen. Hoe Peppo haar ook aanspoorde en zelfs smeekte om zich samen met ons te verheugen, ze liet zich niet overhalen om enig genoegen te putten uit mijn aanwezigheid. Hij wenkte me zelfs dichterbij zodat ze me beter kon zien, maar wat ze zag gaf haar alleen maar meer reden tot afkeuring en voordat Peppo me buiten haar bereik wist te trekken, boog ze zich voorover en snauwde iets wat ik niet kon verstaan, maar wat iedereen gegeneerd naar adem deed happen.

Pia en Peppo evacueerden me bijna de kamer uit, onder voortdurende verontschuldigingen. 'Het spijt me zo!' bleef Peppo zeggen, te beschaamd om me zelfs maar aan te kijken. 'Ik weet niet wat haar mankeert! Ik denk dat ze haar verstand aan het verliezen is!'

'Maak je niet druk,' zei ik, te verbijsterd om iets te voelen. 'Ik neem het haar niet kwalijk dat ze het niet gelooft. Het is allemaal zo nieuw, zelfs voor mij.'

'Laten we even gaan wandelen,' zei Peppo, nog steeds verhit. 'We komen straks wel terug. Nu is het tijd om je hun graf te laten zien.'

De begraafplaats van het dorp was een troostrijke, slaperige oase, heel anders dan elke begraafplaats die ik ooit had gezien. Het was een doolhof van witte, vrijstaande muren zonder dak, en de muren zelf vormden van boven naar beneden een mozaïek van graven. Namen, data en foto's identificeerden de mensen die achter de marmeren platen lagen, en koperen muurhouders hielden uit naam van de tijdelijk uitgeschakelde ingezetenen de bloemen vast die bezoekers meebrachten.

'Hier...' Peppo had een hand op mijn schouder gelegd om me te ondersteunen, maar dat weerhield hem er niet van om galant een piepend ijzeren hekje te openen naar een kleine gedenkplaats opzij van het middenpad. 'Dit is een deel van de oude... hm... graftombe van de familie Tolomei. Het grootste deel bevindt zich onder de grond, maar we gaan tegenwoordig niet meer naar beneden. Hierboven is het beter.'

'Het is erg mooi.' Ik stapte het kleine pleintje op en keek rond naar de vele marmeren platen en het boeket verse bloemen op het altaar. In een rode glazen kom die me vaag bekend voorkwam brandde een kaarsje, een bewijs dat de tombe van de Tolomei's zorgvuldig werd bijgehouden door de familie. Even voelde ik me schuldig dat ik hier alleen stond, zonder Janice, maar dat schudde ik snel van me af. Als zij hier was geweest, had ze het moment waarschijnlijk bedorven met een sarcastische opmerking.

'Hier ligt je vader,' wees Peppo. 'Met je moeder vlak naast zich.' Hij zweeg even om terug te blikken op een verre herinnering. 'Ze was nog zo jong. Ik dacht dat zij nog zou leven, lang nadat ik weg was.'

Ik keek naar de twee marmeren platen, het enige wat er restte van professor Patrizio Scipione Tolomei en zijn vrouw, Diane Lloyd Tolomei, en voelde mijn hart bonzen. Zo lang als ik me kon herinneren, waren mijn ouders weinig meer geweest dan verre schimmen in een dagdroom, en ik had nooit gedacht dat ik op een dag zo dicht bij ze zou zijn als nu, in ieder geval lichamelijk. Zelfs in mijn fantasieën over een bezoek aan Italië was het om een of andere reden nooit bij me opgekomen dat mijn eerste plicht bij aankomst een bezoek aan hun graf zou zijn, en er stroomde een warme golf van dankbaarheid door me heen voor Peppo, omdat hij me had geholpen om te doen wat juist was.

'Dank je wel,' zei ik zachtjes, met een kneepje in zijn hand die nog steeds op mijn schouder lag.

'Het was een enorme tragedie, de manier waarop zij stierven,' zei hij hoofdschuddend. 'En dat al het werk van Patrizio in de brand verloren ging. Hij had een mooie boerderij in Malemarenda – helemaal verdwenen. Na de begrafenis kocht je moeder een huisje bij Montepulciano en woonde daar alleen met de tweeling – met jou en je zusje – maar ze werd nooit meer dezelfde. Ze kwam elke zondag hier om bloemen op zijn graf te leggen, maar...' Hij zweeg om een zakdoek tevoorschijn te halen: 'Ze werd nooit meer gelukkig.'

'Wacht eens even.' Ik bekeek de data op de graven van mijn ouders. 'Stierf mijn vader dan vóór mijn moeder? Ik dacht altijd dat ze samen omgekomen waren...' Maar terwijl ik het zei, zag ik al dat de data deze nieuwe waarheid bevestigden: mijn vader was meer dan twee jaar voor mijn moeder gestorven. 'Welke brand?'

'Iemand... Nee, dat mag ik zo niet zeggen...' Peppo fronste om zijn eigen woorden. 'Er was een brand, een vreselijke brand. Je vaders boerderij brandde af. Je moeder had geluk; ze was met jullie tweeën aan het winkelen in Siena. Het was een afschuwelijk drama. Ik zou bijna hebben gezegd dat God haar de hand boven het hoofd hield, maar twee jaar later...'

'Het auto-ongeluk,' mompelde ik.

'Nou...' Peppo groef met de punt van zijn schoen in de grond. 'Ik weet niet wat daarvan waar is. Niemand kent de waarheid. Maar ik zal je iets vertellen...' Eindelijk ontmoette hij mijn blik. 'Ik heb altijd vermoed dat de familie Salimbeni er iets mee te maken had.'

Ik wist niet wat ik daarop moest zeggen. Ik zag Eva Maria voor me en haar koffer vol kleren in mijn hotelkamer. Ze was zo aardig voor me geweest, ze had zo graag vriendschap willen sluiten.

'Er was een jongeman,' ging Peppo verder. 'Luciano Salimbeni. Hij was een lastpak. Er gingen geruchten. Ik wil niet...' Peppo keek me even nerveus aan. 'Die brand. De brand waarin je vader omkwam. Ze zeiden dat het geen ongeluk was. Ze zeiden dat iemand hem wilde vermoorden en zijn onderzoeksresultaten wilde vernietigen. Het was verschrikkelijk. Zo'n mooi huis. Maar weet je, ik denk dat je moeder iets uit het huis heeft gered. Iets belangrijks. Papieren. Ze was bang om erover te praten, maar na de brand begon ze vreemde vragen te stellen over... dingen.'

'Wat voor dingen?'

'Allerlei dingen. Ik wist de antwoorden niet. Ze kwam met vragen over de Salimbeni's. Over geheime tunnels onder de grond. Ze wilde een graf zoeken. Het had iets met de pest te maken.'

'De... builenpest?'

'Ja, de Zwarte Dood. In 1348.' Peppo schraapte zijn keel, slecht op zijn gemak. 'Zie je, je moeder geloofde dat de Tolomei's en de Salimbeni's nog steeds geteisterd worden door een oude vloek. En ze probeerde te ontdekken hoe ze die kon opheffen. Ze was geobsedeerd door dat idee. Ik wilde haar wel geloven, maar...' Hij trok aan de kraag van zijn hemd alsof hij het ineens te warm had. 'Ze was zo vastbesloten. Ze was ervan overtuigd dat we allemaal vervloekt waren. Dood. Verderf. Ongelukken. "De pest over uw beider huizen..." dat zei ze altijd.' Hij zuchtte diep bij de pijnlijke herinneringen aan het verleden. 'Altijd citeerde ze uit Shakespeare. Ze nam het heel serieus... *Romeo en Julia*. Ze dacht dat die tragedie zich hier had afgespeeld, in Siena. Ze had een theorie...' Peppo schudde schouderophalend zijn hoofd. 'Het obsedeerde haar. Ik weet het niet. Ik ben geen professor. Ik weet alleen dat er een man was, Luciano Salimbeni, die een schat wilde vinden...'

Ik moest het wel vragen: 'Wat voor schat?'

'Wie zal het zeggen?' Peppo gebaarde hulpeloos. 'Je vader bracht al zijn tijd door met het onderzoeken van oude legendes. Hij had het altijd over verloren schatten. Maar je moeder vertelde me ooit over iets... hoe noemde ze het nou... Ik geloof dat ze de Ogen van Julia zei. Ik weet niet wat ze bedoelde, maar ik denk dat het iets heel waardevols was, en ik denk dat Luciano Salimbeni daarachteraan zat.'

Ik wilde dolgraag meer weten, maar ondertussen begon Peppo er overstuur uit te zien, bijna ziek, en hij greep mijn arm toen hij wankelde, om zijn evenwicht te bewaren. 'Als ik jou was, zou ik heel voorzichtig zijn,' ging hij verder. 'En ik zou niemand vertrouwen met de naam Salimbeni.' Toen hij mijn gezicht zag, fronste hij zijn wenkbrauwen. 'Denk je dat ik *pazzo* ben... gek? We staan hier bij het graf van een jonge vrouw die voor haar tijd gestorven is. Ze was jouw moeder. Wie ben ik om je te vertellen wie haar dat heeft aangedaan, en waarom?' Hij klemde mijn arm strakker vast. 'Zij is dood. En je vader is dood. Meer weet ik niet. Maar mijn oude Tolomeihart zegt me dat jij heel voorzichtig moet zijn.'

Op de middelbare school hadden Janice en ik ons allebei aangeboden als vrijwilligers voor het jaarlijkse toneelstuk, en dat was dat jaar toevallig *Romeo en Julia*. Na de try-outs werd Janice gecast als Julia en ik als een boom in de boomgaard van de familie Capulet. Vanzelfsprekend besteedde zij meer tijd aan haar nagels dan aan het leren van haar rol, en als we de balkonscène repeteerden, moest ik haar altijd de eerste woorden van haar tekst toefluisteren, want ik stond toch zo handig op het toneel met mijn armen vermomd als takken.

Op de avond van de première deed ze echter zo gemeen tegen me – bij de grimeur bleef ze maar lachen om mijn bruine gezicht en trok blaadjes uit mijn haar, terwijl zij werd opgedirkt met blonde vlechten en roze wangen – dat ik, tegen de tijd dat de balkonscène aan de beurt was, helemaal geen zin had om haar te redden. Sterker nog, ik deed het tegenovergestelde. Toen Romeo zei: 'Waar zal ik dan bij zweren?' fluisterde ik: 'Drie woorden!'

En onmiddellijk zei Janice: 'Drie woorden, Romeo, en dan vaarwel in ernst!' waarop Romeo volledig uit zijn rol viel en de scène in verwarring eindigde.

Later in het stuk, toen ik als kandelaber in Julia's slaapkamer poseerde, liet ik Janice naast Romeo ontwaken en meteen uitroepen: 'Ga heen, verdwijn, vlucht, vlucht!' wat vanzelfsprekend niet bepaald de juiste toon zette voor de rest van hun tedere scène. Uiteraard was Janice zo woedend dat ze me achteraf door de hele school achternajoeg, vloekend en tierend dat ze mijn wenkbrauwen zou afscheren. Eerst was het grappig, maar toen ze zich opsloot in de toiletten en daar een uur lang bleef huilen, verging zelfs mij het lachen.

Lang na middernacht, toen ik in de woonkamer zat te praten met tante Rose, te bang om naar bed te gaan en me over te geven aan de slaap en aan het scheermes van Janice, kwam Umberto de kamer binnen met voor ieder van ons een glas *vin santo*. Hij zei niets, gaf ons alleen de glazen, en tante Rose zei geen woord over het feit dat ik te jong was om te drinken.

'Vind je het een mooi stuk?' zei ze in plaats daarvan. 'Je lijkt het uit je hoofd te kennen.'

'Ik vind het niet echt heel mooi,' biechtte ik op, terwijl ik mijn schouders ophaalde en tegelijkertijd een slokje nam. 'Het... het zit daar gewoon, in mijn hoofd.'

Tante Rose knikte langzaam, genietend van haar vin santo. 'Je moeder was al net zo. Ze kende het uit haar hoofd. Het was... een obsessie.'

Om haar gedachtegang niet te onderbreken hield ik mijn adem in. Ik hoopte op een nieuwe glimp van mijn moeder, maar die kwam niet. Tante Rose keek alleen met gefronst voorhoofd op om haar keel te schrapen en nog een slok wijn te nemen. En dat was alles. Het was een van de weinige dingen die ze me ooit over mijn moeder vertelde zonder dat ik erom vroeg, en ik had het nooit aan Janice doorverteld. Onze gezamenlijke obsessie voor een toneelstuk van Shakespeare was een geheimpje dat ik deelde met mijn moeder en met bijna niemand anders. Zo was eveneens een geheimpje dat ik nooit aan iemand had verteld over mijn toenemende angst dat ik ook op mijn vijfentwintigste dood zou gaan, omdat mijn moeder zo jong was overleden.

Zodra Peppo me had afgezet voor mijn hotel ging ik rechtstreeks naar het dichtstbijzijnde internetcafé en googelde Luciano Salimbeni. Het kostte me echter heel wat acrobatische toeren om een combinatie van zoekwoorden te bedenken die ook maar iets nuttigs opleverde. Pas na ten minste een uur en vele frustrerende worstelingen met het Italiaans was ik redelijk zeker van de volgende conclusies.

Ten eerste: Luciano Salimbeni was dood.

Ten tweede: Luciano Salimbeni was een slechterik geweest, misschien zelfs een massamoordenaar.

Ten derde: Luciano en Eva Maria Salimbeni waren op de een of andere manier familie van elkaar.

Ten vierde: er was iets verdachts geweest aan het auto-ongeluk waar mijn moeder bij was omgekomen, en Luciano Salimbeni werd indertijd gezocht om ondervraagd te worden.

Ik drukte alle pagina's af om ze later te kunnen herlezen, in het gezelschap van een woordenboek. De jacht had weinig meer opgeleverd dan wat Peppo me die middag had verteld, maar in ieder geval wist ik nu dat mijn bejaarde neef het verhaal niet had verzonnen; een jaar of twintig geleden liep er inderdaad een gevaarlijke Luciano Salimbeni rond in Siena.

Het goede nieuws was echter dat hij dood was. Met andere woorden, hij was beslist niet de charmeur in trainingspak die mij de dag tevoren misschien wel of misschien niet had gevolgd toen ik met het kistje van mijn moeder uit de bank in het Palazzo Tolomei kwam.

Voor de zekerheid googelde ik ook 'Ogen van Julia'. Het verbaasde me niet dat geen van de zoekresultaten iets te maken had met legendarische schatten. Het waren bijna allemaal semi-geleerde discussies over het belang van ogen in Shakespeares *Romeo en Julia*, en plichtmatig las ik een paar passages van het stuk door op zoek naar een verborgen boodschap. Een ervan was:

In jouw ogen schuilt meer gevaar
Dan in twintig van hun zwaarden.

Nou, dacht ik bij mezelf, als die kwaadaardige Luciano Salimbeni mijn moeder inderdaad had vermoord vanwege een schat die Ogen van Julia werd genoemd, dan waren Romeo's woorden waar; wat die geheimzinnige ogen ook mochten zijn, ze waren in elk geval potentieel gevaarlijker dan wapens. De tweede passage was daarentegen wat ingewikkelder dan de gemiddelde verleidingstekst:

Twee van de mooiste sterren aan de hemel
Die elders moesten zijn, baden haar ogen
Om tot hun terugkeer in hun plaats te schitt'ren.
Of waren haar ogen ginds, nu juist die sterren hier?

Later op de Via del Paradiso dacht ik over die regels na. Romeo probeerde Julia kennelijk een compliment te geven door te zeggen dat haar ogen op schitterende sterren leken, maar hij koos wel een erg rare manier om dat duidelijk te maken. Naar mijn bescheiden mening was het niet bepaald charmant om een meisje te verleiden door je voor te stellen hoe ze er met uitgestoken ogen uit zou zien.

In werkelijkheid vormden die gedichten een welkome afleiding van al het andere dat ik die dag had ontdekt. Mijn beide ouders waren op een gruwelijke manier om het leven gekomen, apart van elkaar, en misschien zelfs vermoord. Ook al had ik de begraafplaats uren geleden al verlaten, ik had nog steeds moeite om die afschuwelijke ontdekking te verwerken. Naast die schok en mijn verdriet voelde ik ook de vlooienbeetjes van de vrees, net als de dag tevoren toen ik dacht dat ik gevolgd werd bij het verlaten van de bank. Maar had Peppo gelijk toen hij me waarschuwde? Zou ik zoveel jaren later nog in gevaar kunnen verkeren? Als dat zo was, kon ik eraan ontsnappen door weer naar huis te gaan, naar Virginia. Maar als er nu eens echt een schat bestond? Als er in het kistje van mijn moeder ergens een aanwijzing zat om die Ogen van Julia te vinden, wat dat dan ook mochten zijn?

Al speculerend wandelde ik een besloten kloostertuin binnen naast de Piazza San Domenico. De dag ging ondertussen over in de schemering en ik bleef even staan in de zuilengang van een loggia en dronk de laatste zonnestralen in, terwijl de schaduw van de nacht zachtjes langs mijn benen omhoogkroop. Ik had nog geen zin om nu al terug te gaan naar het hotel, waar het dagboek van maestro Ambrogio op me wachtte om me nog een slapeloze nacht lang mee te slepen naar het jaar 1340.

Toen ik daar in de schemering stond te peinzen over mijn ouders, zag ik hem voor het eerst...

De Maestro.

Hij liep aan de overkant door de beschaduwde zuilengang met een schildersezel en verscheidene andere voorwerpen die steeds aan zijn greep ontsnapten, zodat hij even moest stoppen om het gewicht anders te verdelen. Eerst staarde ik alleen maar naar hem. Het was onmogelijk om dat niet te doen. Hij leek op geen enkele andere Italiaan die ik ooit had ontmoet, met zijn lange grijze haar, slobberige vest, en open sandalen; hij zag er uit als een tijdreiziger uit Woodstock, rondschuifelend in een wereld overgenomen door catwalkmodellen.

Hij zag me eerst niet, en toen ik hem inhaalde en hem een penseel aanreikte dat hij had laten vallen, schrok hij op.

'Scusi...' zei ik. 'Ik geloof dat dit van u is.'

Hij keek naar het penseel zonder het te herkennen en toen hij het eindelijk aanpakte, hield hij het onhandig vast, alsof het doel ervan hem volledig ontging. Toen keek hij naar mij, nog steeds verbluft, en zei: 'Ken ik u?'

Voordat ik kon antwoorden, brak er een glimlach door op zijn gezicht en hij riep uit: 'Natuurlijk ken ik je! Ik herinner me jou. Jij bent... o! Help eens even... wie ben je?'

'Giulietta. Tolomei? Maar ik geloof niet dat...'

'Si, si, si! Natuurlijk! Waar ben je geweest?'

'Ik... ben net aangekomen.'

Hij grimaste om zijn eigen domheid. 'O ja, natuurlijk ben je net aangekomen. Let maar niet op mij. Je bent er net. En daar ben je. Giulietta Tolomei. Mooier dan ooit.' Hij glimlachte en schudde zijn hoofd. 'Ik heb er nooit veel van begrepen, van de tijd.'

'Nou,' zei ik, een beetje bevreemd. 'Gaat het verder wel?'

'Met mij? O! Ja, dank je. Maar... je moet bij me op bezoek komen. Ik wil je iets laten zien. Weet je mijn atelier te vinden? In de Via Santa Caterina. De blauwe deur. Je hoeft niet te kloppen, kom maar gewoon binnen.'

Toen begreep ik pas dat hij me voor een toerist aanzag en me een paar souvenirs wilde verkopen. Ja hoor, maatje, dacht ik, dat ga ik vast doen.

Later die avond belde ik Umberto, die ernstig verontrust bleek door mijn nieuwe inzichten in de dood van mijn ouders. 'Maar weet je het zeker?' bleef hij maar zeggen. 'Weet je zeker dat het waar is?' Ik zei van wel. Niet alleen wees alles erop dat er twintig jaar geleden duistere krachten aan het werk waren geweest, maar voor zover ik het kon beoordelen, konden die krachten er nog altijd zijn. Waarom zou iemand me anders de vorige dag hebben gevolgd?

'Weet je zeker dat hij je volgde?' wierp Umberto tegen. 'Misschien...'

'Umberto,' onderbrak ik hem. 'Hij droeg een trainingspak.'

We wisten allebei dat, in Umberto's wereld, alleen een intens verdorven schurk in sportkleding in een chique straat zou verschijnen.

'Misschien wilde hij je zakken rollen,' zei Umberto. 'Hij zag je die bank uitkomen en dacht dat je geld had opgenomen...'

'Ja, misschien wel. Ik zou in elk geval niet weten waarom iemand deze kist zou willen stelen. Ik kan niets vinden wat ook maar iets te maken heeft met de Ogen van Julia...'

'De Ogen van Julia?'

'Ja, daar had Peppo het over.' Ik zuchtte en liet me languit op het bed vallen. 'Kennelijk is dat de schat. Maar als je het mij vraagt, is het één grote zwendel. Ik denk dat mama en tante Rose me samen in de hemel zitten uit te lachen. Maar goed... wat ben jij aan het doen?'

We praatten nog zeker een minuut of vijf door voordat ik ontdekte dat Umberto niet meer in het huis van tante Rose zat, maar in een hotel in New York, op zoek naar werk, wat dat ook mocht betekenen. Ik kon me hem moeilijk voorstellen als ober in Manhattan, Parmezaanse kaas raspend over andermans pasta. Waarschijnlijk deelde hij mijn gevoelens want hij klonk vermoeid en lusteloos, en ik had hem zo graag willen vertellen dat ik op het punt stond om een enorm fortuin te incasseren. Maar we wisten allebei dat ik weliswaar mijn moeders kistje terughad, maar nog nauwelijks wist waar ik moest beginnen.

III

De dood die uit jouw adem honing puurde,
Heeft je schoonheid nog niet kunnen schenden.

SIENA, 1340 A.D.

De dodelijke slag viel nooit.

In plaats daarvan hoorde broeder Lorenzo, nog steeds in gebed geknield aan de voeten van de struikrover, een kort, angstaanjagend zoeven, gevolgd door een trilling waar de hele kar van schudde. En toen... stilte. Een snelle blik met een half geopend oog bevestigde dat de voorgenomen moordenaar inderdaad niet langer met getrokken zwaard boven broeder Lorenzo uittorende, en halsreikend keek hij waar de schurk zo plotseling was gebleven.

Daar lag hij, gebroken en bebloed op de oever van de greppel, de man die slechts enkele tellen eerder de overmoedige, trotse kapitein van een bende struikrovers was. Wat zag hij er kwetsbaar en menselijk uit, dacht broeder Lorenzo, nu de punt van een mes uit zijn borst stak en er bloed uit zijn duivelse mond sijpelde, in een oor dat vele snikkende smeekbeden had aangehoord, maar aan geen enkele genade had verleend.

'Hemelse moeder!' De monnik hief zijn gevouwen handen ten hemel. 'Dank, Heilige Maagd, voor het redden van uw nederige dienaar!'

'Graag gedaan, broeder, maar ik ben geen maagd.'

Toen hij de spookachtige stem hoorde en zag dat de nogal ontzagwekkend ogende spreker met zijn gepluimde helm, zijn borstschild en de lans in zijn hand heel dichtbij stond, schoot broeder Lorenzo overeind.

'Nobele Sint Michael!' riep hij uit, in vervoering en doodsbang tegelijkertijd. 'U hebt mijn leven gered! Die man daar, die schurk, stond op het punt me te vermoorden!'

Sint Michael hief zijn vizier en onthulde een jeugdig gelaat. 'Ja, zoiets had ik al begrepen,' zei hij, zijn stem nu menselijk. 'Ik moet u echter weer teleurstellen: ik ben ook geen heilige.'

'Wat uw beschrijving ook is, edelste ridder, uw komst is waarlijk een mirakel,' riep broeder Lorenzo uit. 'En ik weet zeker dat de Heilige Maagd zulke goede daden in de hemel beloont!'

'Ik dank u zeer, broeder,' antwoordde de ridder met een ondeugende blik. 'Maar als u haar weer spreekt, wilt u haar dan zeggen dat ik mijn beloning net zo lief hier op aarde ontvang. In de vorm van een ander paard, misschien? Want hiermee win ik vast alleen het varken in de Palio.'

Broeder Lorenzo knipperde een paar keer met zijn ogen toen hij begreep dat zijn redder de waarheid had gesproken: hij was inderdaad geen heilige. En te oordelen naar de brutale familiariteit waarmee de jongeman over de Heilige Maagd had gesproken, was hij ook bepaald geen vrome ziel.

Het krieken van het deksel van de doodskist toen de ingezetene een steelse blik wilde werpen op haar dappere redder was onmiskenbaar, en broeder Lorenzo ging er snel bovenop zitten om hem dicht te houden; zijn instinct zei hem dat dit twee mensen waren die elkaar nooit moesten ontmoeten. 'Ahum,' zei hij, vastbesloten om beleefd te blijven. 'Waar voert uw strijd, nobele ridder? Of bent u op weg om het Heilige Land te gaan verdedigen?'

De ander keek ongelovig. 'Waar kom je vandaan, beste broeder? Een man die God zo na staat, weet toch zeker wel dat de tijd van de kruistochten voorbij is.' Hij maakte een weids armgebaar in de richting van Siena. 'Deze heuvels, deze torens... dit is mijn heilig land.'

'Dan ben ik oprecht verheugd dat ik hier niet met kwade bedoelingen ben gekomen!' zei broeder Lorenzo gehaast.

De ridder leek niet overtuigd. Met toegeknepen ogen zei hij: 'Mag ik vragen welke boodschap je naar Siena brengt, broeder? En wat heb je daar in die doodskist?'

'Niets!'

'Niets?' De ander keek even naar het lijk op de grond. 'Het is anders niets voor de Salimbeni's om voor niets te bloeden. Je hebt toch zeker wel iets begerenswaardigs bij je?'

'Helemaal niet!' hield broeder Lorenzo vol, nog te verontrust om vertrouwen te stellen in alweer een vreemdeling met kennelijke moordenaarstalenten. 'In deze kist ligt een van mijn broeders, gruwelijk verminkt door een val uit onze winderige klokkentoren, drie dagen geleden. Ik moet hem vanavond nog afleveren bij de heren... eh... bij zijn familie in Siena.'

Tot grote opluchting van broeder Lorenzo sloeg de gelaatsuitdrukking van de jongeman van stijgende vijandigheid om in mededogen, en hij vroeg niet verder naar de doodskist. In plaats daarvan wendde hij zijn hoofd en keek ongeduldig de weg af. Broeder Lorenzo volgde zijn blik maar zag alleen de ondergaande zon, en bij die aanblik herinnerde hij zich dat het aan deze jongeman – heiden of geen heiden – te danken was dat hij van de rest van deze avond, en met Gods wil van nog vele andere avonden zoals deze, kon genieten.

'Neven!' brulde zijn redder. 'Onze proefrit is vertraagd door deze onfortuinlijke broeder!'

Toen pas zag broeder Lorenzo vijf andere ruiters rechtstreeks uit de zon komen rijden, en naarmate ze dichterbij kwamen, begreep hij dat hij van doen had met een handvol jongemannen die met de een of andere sport bezig waren. Geen van de anderen droeg een wapenrusting, maar een van hen – een jongen nog maar – had een grote zandloper vast. Toen het kind het lijk in de greppel in het zicht kreeg, gleed het apparaat hem uit handen en viel op de grond, waar het glas in tweeën brak.

'Dat is nog eens een slecht voorteken voor onze race, neefje,' zei de ridder tegen de jongen. 'Maar misschien kan onze heilige vriend hier het met een gebedje of twee ongedaan maken. Wat zeg je ervan, broeder, heb je een zegen voor mijn paard?'

Broeder Lorenzo keek boos naar zijn redder met het idee dat hij het slachtoffer was van een grap. Maar de ander scheen volkomen oprecht zoals hij daar op zijn rijdier zat, evenzeer op zijn gemak als andere mannen op een stoel in hun eigen huis zitten. Toen hij het gefronste voorhoofd van de monnik zag, glimlachte de jongeman echter en zei: 'Ach, laat ook maar. Er bestaat toch geen zegen die deze oude knol nog kan helpen. Maar vertel eens, voordat onze wegen zich scheiden, heb ik vriend of vijand gered?'

'Edelste meester!' Geschokt dat hij ook maar even in de verleiding was gekomen om kwaad te denken over de man die God had gezonden om zijn leven te redden, sprong broeder Lorenzo overeind en legde zijn ineengeslagen handen op zijn hart in onderwerping. 'Ik ben u mijn leven verschuldigd! Hoe zou ik iets anders kunnen zijn dan uw eeuwig toegewijde onderdaan?'

'Mooie woorden! Maar aan wiens kant sta je?'

'Wiens kant?' Broeder Lorenzo keek van de een naar de ander, smekend om een aanwijzing.

'Ja,' zei de jongen die de zandloper had laten vallen dringend. 'Voor wie ben je in de Palio?'

Zes paar ogen vernauwden zich terwijl broeder Lorenzo naarstig naar een antwoord zocht; zijn blik sprong van de gouden snavel op de gepluimde helm van de ridder naar de zwarte vleugels op de banier die aan zijn lans was bevestigd, en verder naar de reusachtige arend die breed zijn borstschild sierde.

'Maar natuurlijk,' zei broeder Lorenzo haastig. 'Ik ben voor... de arend? Ja! De grootse arend... koning van de lucht!'

Tot zijn opluchting werd zijn antwoord met gejuich begroet.

'Dan ben je waarlijk een vriend!' concludeerde de ridder. 'En ik ben blij dat ik hem gedood heb, en jou niet. Kom, we brengen je naar de stad. De Porta Camollia laat na zonsondergang geen karren meer binnen, dus we moeten opschieten.'

'Uw vriendelijkheid stemt mij nederig,' zei broeder Lorenzo. 'Ik bid u, zeg mij uw naam, zodat ik u vanaf nu en voor altijd kan gedenken in mijn gebeden.'

De snavelvormige helm boog even in een hartelijke knik.

'Ik ben de Adelaar. Men noemt mij Romeo Marescotti.'

'Marescotti is uw sterfelijke naam?'

'Wat zegt een naam? De Adelaar leeft eeuwig.'

Broeder Lorenzo, wiens natuurlijke gierigheid zijn dankbaarheid even overschaduwde, zei daarop: 'Alleen de hemel kan het eeuwige leven schenken.'

De ridder straalde. Bij wijze van weerwoord, voornamelijk ter vermaak van zijn metgezellen, zei hij: 'Dan is de Adelaar blijkbaar de lievelingsvogel van de Heilige Maagd!'

Tegen de tijd dat Romeo en zijn neven de monnik en zijn kar eindelijk bij de genoemde bestemming in de binnenstad van Siena afleverden, was de schemering overgegaan in het donker en heerste een alerte stilte in de wereld. Deuren en luiken waren gesloten en gebarricadeerd tegen de demonen die 's nachts tevoorschijn komen, en als de maan en een toevallige voorbijganger met een fakkel er niet waren geweest, was broeder Lorenzo al lang verdwaald in het glooiende doolhof van straten.

Toen Romeo hem had gevraagd wie hij was komen opzoeken, had de monnik gelogen. Hij wist alles over de bloederige vete tussen de Tolomei's en de Salimbeni's, en dat het in het verkeerde gezelschap fataal kon zijn om toe te geven dat hij naar Siena was gekomen om de grote heer Tolomei te bezoeken. Ondanks al hun hulpvaardigheid kon je nooit weten hoe Romeo en zijn neven zouden reageren – noch welke ruwe verhalen ze hun familie en vrienden zouden vertellen – als ze de waarheid kenden. Dus had broeder Lorenzo hen het atelier van maestro Ambrogio Lorenzetti als bestemming opgegeven, want dat was de enige andere naam die hij kon verzinnen in Siena.

Ambrogio Lorenzetti was een schilder, een grote meester, die in de wijde omtrek beroemd was om zijn fresco's en portretten. Broeder Lorenzo had hem nooit persoonlijk ontmoet, maar hij herinnerde zich van iemand te hebben gehoord dat de grote man in Siena woonde. De eerste keer dat hij de naam noemde tegen Romeo had hij dat met enige aarzeling gedaan, maar toen de jongeman hem niet tegensprak, waagde hij te veronderstellen dat hij een verstandige keus had gemaakt met het noemen van de kunstenaar.

'Zo,' zei Romeo toen hij midden in de straat zijn paard inhield. 'Hier zijn we dan. Het is die blauwe deur.'

Broeder Lorenzo keek om zich heen, verbaasd dat de beroemde schilder niet in een aantrekkelijkere buurt woonde. De straat lag vol vuilnis en afval, en vanuit portieken en donkere hoeken staarden magere katten hen aan. 'Ik dank u voor al uw hulp, heren,' zei hij terwijl hij van de wagen klom. 'De hemel zal u allen mettertijd belonen.'

'Ga opzij, monnik,' antwoordde Romeo terwijl hij afsteeg. 'Laat ons die doodskist voor je naar binnen dragen.'

'Nee! Raak hem niet aan!' Broeder Lorenzo probeerde zich tussen Romeo en de doodskist te posteren. 'Jullie hebben me al genoeg geholpen.'

'Onzin!' Romeo drong de monnik bijna opzij. 'Hoe ben je van plan om dat ding zonder onze hulp het huis in te krijgen?'

'Ik wil... God vindt wel een weg! De Maestro zal me helpen...'

'Schilders hebben hersens, geen spieren. Hier...' Deze keer duwde Romeo de ander aan de kant, maar hij deed het zachtjes, want hij wist dat hij een zwakkere tegenstander voor zich had.

De enige die zich niet bewust was van zijn eigen zwakte, was broeder Lorenzo. 'Nee!' riep hij uit, in zijn worsteling om zijn positie als enige beschermer van de doodskist te bevestigen. 'Ik bid... Ik beveel...!'

'Jij beveelt mij?' Romeo keek geamuseerd. 'Zulke woorden wekken alleen mijn nieuwsgierigheid. Ik heb zojuist je leven gered, monnik. Waarom kun je mijn vriendelijkheid nu niet verdragen?'

Aan de andere kant van de blauwe deur, in het atelier van maestro Ambrogio, was de schilder druk met wat hij altijd deed op dit uur van de dag: het mengen en beproeven van kleuren. De nacht behoorde toe aan de stoutmoedigen, de dwazen en de kunstenaar – die zo vaak een en dezelfde persoon waren – en het was een gezegende tijd om te werken, want al zijn klanten waren nu thuis aan het eten en slapen zoals het menselijke wezens betaamt en zouden pas na zonsopgang weer aan zijn deur kloppen.

Omdat hij met zoveel genoegen opging in zijn werk, bemerkte maestro Ambrogio het lawaai op straat niet tot zijn hond, Dante, begon te grommen. Zonder zijn vijzel neer te leggen liep de schilder naar de deur en probeerde de ernst van de ruzie in te schatten, die zo te horen precies op zijn stoep plaatsvond. Het deed hem denken aan de grootse dood van Julius Caesar, neergestoken door een menigte Romeinse senatoren en sierlijk stervend, scharlakenrood op marmer, harmonieus omrand door zuilen. Kon een hooggeplaatste inwoner van Siena zich er maar toe brengen om op die manier te sterven en zo de Maestro de gelegenheid bieden om zich uit te leven in een tafereel op een plaatselijke wand!

Op dat moment bonkte er iemand op de deur en Dante begon te blaffen.

'Sst!' zei Ambrogio tegen de hond. 'Ik raad je aan je te verstoppen, voor het geval het de gehoornde is die binnen wil komen. Ik ken hem een heel stuk beter dan jij.'

Zodra hij de deur opendeed, barstte er een wervelwind van opgewonden stemmen los die de Maestro in een verhitte discussie betrokken, iets over een zeker geval dat naar binnen moest worden gedragen.

'Zeg het hen, mijn beste broeder in Christus!' hijgde een ademloze monnik dringend. 'Zeg hen dat we het zelf wel doen!'

'Welk geval?' wilde maestro Ambrogio weten.

'De kist!' antwoordde iemand anders. 'Met de dode klokkenluider! Kijk!'

'Ik denk dat u het verkeerde huis hebt,' zei maestro Ambrogio. 'Die heb ik niet besteld.'

'Ik smeek u om ons binnen te laten,' pleitte de monnik. 'Ik zal alles uitleggen.'

Er zat duidelijk niets anders op, dus stapte maestro Ambrogio opzij en zette de deur wijd open zodat de jongemannen de doodskist zijn atelier in konden dragen om hem midden op de vloer neer te zetten. Het verbaasde hem helemaal niet dat de jonge Romeo Marescotti en zijn neven – alweer – een streek uithaalden; wat de Maestro wel bevreemdde, was de aanwezigheid van de handenwringende monnik.

'Dat is de lichtste doodskist die ik ooit heb getorst,' zei een van Romeo's metgezellen. 'Je klokkenluider moet wel een heel tengere man zijn geweest, broeder Lorenzo. Zorg volgende keer dat je een dikke uitzoekt, die steviger op zijn benen staat in die winderige klokkentoren.'

'Dat doen we!' riep broeder Lorenzo onbeleefd gehaast uit. 'En nu dank ik u, heren, voor al uw diensten. Dank u, heer Romeo, voor het redden van ons leven... mijn leven! Hier...' Hij haalde ergens onder zijn monnikspij een klein, gebogen muntje vandaan. 'Een *centisimo* voor uw moeite!'

Het muntstuk hing een poosje in de lucht zonder opgeëist te worden. Uiteindelijk stopte broeder Lorenzo het weer terug onder zijn pij, zijn oren gloeiend als kooltjes in een plotselinge tochtvlaag.

'Het enige wat ik vraag, is dat je ons laat zien wat er in die doodskist zit,' zei Romeo, voornamelijk om te plagen. 'Want dat is geen monnik, dik of tenger, dat weet ik heel zeker.'

'Nee!' De verontruste houding van broeder Lorenzo verviel tot paniek. 'Dat kan ik niet toestaan! Met de Heilige Maagd als mijn getuige zweer ik u, ieder van u, dat de doodskist gesloten moet blijven, anders zal een grote ramp onze ondergang zijn!'

Maestro Ambrogio bedacht ineens dat hij nog nooit een vogel had afgebeeld. Een uit het nest gevallen mus, met opgezette veren en angstige kraaloogjes... Daar leek deze jonge broeder precies op, zoals hij daar stond, in een hoek gedreven door de beruchtste plaaggeesten van Siena.

'Kom nou, monnik,' zei Romeo. 'Ik heb je vanavond het leven gered. Heb ik onderhand je vertrouwen niet verdiend?'

'Ik vrees dat je je dreigement zult moeten waarmaken, dan wordt een ramp maar onze ondergang,' zei maestro Ambrogio tegen broeder Lorenzo. 'De eer vereist het.'

Bedrukt schudde broeder Lorenzo het hoofd. 'Goed dan! Ik zal de kist openmaken. Maar laat me eerst uitleggen...' Even schoot zijn blik heen en weer op zoek naar inspiratie, toen knikte hij en zei: 'U heeft gelijk, er ligt geen monnik in deze kist. Maar wel iemand die even heilig is. Ze is de enige dochter van mijn genereuze beschermheer, en...' Hij schraapte zijn keel om luider te kunnen praten: 'Ze is heel tragisch gestorven, twee dagen geleden. Hij heeft me hierheen gestuurd met haar stoffelijk overschot, om u, Maestro, te bidden haar gelaatstrekken in een portret te vangen, voordat ze voorgoed verloren gaan.'

'Twee dagen?' Maestro Ambrogio was onthutst en werd nu meteen zakelijk: 'Is ze al twee dagen dood? Beste man...' Zonder de toestemming van de monnik af te wachten tilde hij het deksel van de kist op om de schade vast te stellen. Maar gelukkig was het meisje daarbinnen nog niet aangetast door de dood. 'Blijkbaar hebben we nog tijd,' zei hij aangenaam verrast. 'Maar ik moet toch wel meteen beginnen. Heeft je beschermheer een motief genoemd? Meestal doe ik een standaard Heilige Maagd vanaf de taille, en in dit geval doe ik er gratis een Jezuskindje bij, omdat je van zo ver komt.'

'Ik denk... ik denk dat ik dan maar voor de standaard Heilige Maagd ga,' zei broeder Lorenzo met een nerveuze blik op Romeo, die naast de kist was neergeknield om het dode meisje te bewonderen. 'En onze heilige Verlosser, omdat het gratis is.'

'*Ahimè*!' riep Romeo uit, zonder acht te slaan op de waakzame houding van de monnik. 'Hoe kan God zo wreed zijn?'

'Stop!' riep broeder Lorenzo, maar het was al te laat: de jongeman had de wang van het meisje al aangeraakt.

'Zulke schoonheid zou nooit moeten sterven,' zei hij met tedere stem. 'Zelfs de dood heeft vanavond een hekel aan zijn werk. Kijk, hij heeft haar lippen nog niet bezoedeld met zijn purperen zegel.'

'Voorzichtig!' waarschuwde broeder Lorenzo, die het deksel probeerde te sluiten. 'U weet niet welke infectie die lippen dragen!'

'Als ze de mijne was, zou ik haar achternagaan naar het paradijs en haar terughalen,' mijmerde Romeo, die zonder aandacht voor zijn eigen gezondheid de monnik hinderde bij zijn inspanningen. 'Of voor altijd daar bij haar blijven.'

'Ja, ja, ja,' zei broeder Lorenzo en hij drukte het deksel omlaag zodat het bijna dichtsloeg op de pols van de ander. 'De dood maakt grote minnaars van alle mannen. Waren ze maar even hartstochtelijk geweest toen de dame nog leefde!'

'Heel waar, broeder,' zei Romeo met een knik terwijl hij eindelijk opstond. 'Nu, ik heb genoeg ellende gehoord en gezien voor een nacht. De taveerne roept. Ik laat u bij uw treurige bedrijf en ga een glas drinken op de ziel van dit arme meisje. Verscheidene glazen zelfs, en misschien stuurt de wijn me wel rechtstreeks naar het paradijs zodat ik haar persoonlijk kan ontmoeten om...'

Broeder Lorenzo sprong naar voren en siste, zonder duidelijk reden: 'Beteugel uw tong, voordat het u de hemelse genade kost, heer Romeo!'

De jongeman grinnikte: '... om haar mijn respect te betonen.'

Pas toen de schavuiten het atelier hadden verlaten en het geluid van paardenhoeven weggestorven was, tilde broeder Lorenzo het deksel weer van de kist. 'Nu is het veilig,' zei hij. 'Je kunt eruit komen.'

Eindelijk sloeg het meisje haar ogen op en ging overeind zitten, haar wangen hol van vermoeidheid.

'Almachtige God!' hijgde maestro Ambrogio en hij sloeg een kruisje met zijn vijzel. 'Wat is dit voor hekserij?'

'Ik bid u, Maestro,' zei broeder Lorenzo terwijl hij het meisje voorzichtig hielp met opstaan. 'Breng ons naar het Palazzo Tolomei. Deze jongedame is de nicht van Messer Tolomei, Giulietta. Ze is het slachtoffer van veel kwaad geweest en ik moet haar zo spoedig mogelijk in veiligheid brengen. Kunt u ons helpen?'

Maestro Ambrogio keek naar de monnik en het meisje; het kostte hem de grootste moeite om de werkelijkheid in te halen. Ondanks haar ellende stond het meisje rechtop, haar verwarde haar oplichtend in het kaarslicht, en haar ogen zo blauw als de hemel op een wolkeloze dag. Ze was ongetwijfeld het meest volmaakte schepsel dat hij ooit had aanschouwd. 'Mag ik vragen wat je ertoe bracht om mij in vertrouwen te nemen?' vroeg hij de monnik.

Broeder Lorenzo maakte een weids gebaar naar de schilderijen om hen heen. 'Een man die het goddelijke kan zien in aardse dingen, moet wel een broeder in Christus zijn.'

De Maestro keek ook rond, maar hij zag alleen maar lege wijnglazen, half afgemaakt werk, en portretten van mensen die van gedachten waren veranderd toen ze zijn factuur kregen. 'Je bent te royaal,' zei hij hoofdschuddend. 'Maar dat zal ik je niet euvel duiden. Wees niet bang, ik breng jullie naar het Palazzo Tolomei, maar bevredig alsjeblieft eerst mijn onwelvoeglijke nieuwsgierigheid en vertel me wat deze jongedame is overkomen, en waarom ze voor dood in die kist lag.'

Nu sprak Giulietta voor het eerst. Haar stem was even zacht en vast als haar gezicht gespannen was van verdriet. 'Drie dagen geleden vielen de mannen van Salimbeni ons huis binnen,' vertelde ze. 'Ze vermoordden iedereen die de naam Tolomei droeg – mijn vader, mijn moeder, mijn broers – en iedereen die hen in de weg liep, behalve deze man, mijn dierbare biechtvader. Ik zat in de biechtstoel in de kapel toen de overval plaatsvond, anders was ik ook...' Ze wendde haar blik af, worstelend tegen de wanhoop.

'We zijn hier gekomen om bescherming te zoeken,' nam broeder Lorenzo het woord. 'En om heer Tolomei te vertellen wat er is gebeurd.'

'We zijn hier gekomen om wraak,' corrigeerde Giulietta hem, met wijd opengesperde ogen vol haat en haar vuisten strak tegen haar borst gedrukt, alsof ze zich van gewelddadigheid wilde weerhouden. 'En om de buik van dat monster Salimbeni open te rijten en hem op te hangen aan zijn eigen darmen.'

'Ahem,' kuchte broeder Lorenzo. 'We zullen vanzelfsprekend christelijke barmhartigheid betrachten...'

Zonder iets te horen knikte Giulietta enthousiast en ging verder met: '... terwijl we hem stukje bij beetje aan zijn honden opvoeren!'

'Ik vind het heel erg voor je,' zei maestro Ambrogio, en hij wenste dat hij dit mooie kind in zijn armen kon nemen om haar te troosten. 'Je hebt zoveel te dragen...'

'Ik heb niets gedragen!' Haar blauwe ogen doorboorden het hart van de schilder. 'Treur niet om mij, wees alleen zo vriendelijk om ons nu zonder omwegen naar het huis van mijn oom te brengen.' Ze hernam zich, en voegde er rustig aan toe: 'Alstublieft.'

Toen hij de monnik en het meisje veilig bij het Palazzo Tolomei had afgeleverd, keerde maestro Ambrogio welhaast in galop terug naar zijn atelier. Hij had zich eigenlijk nooit zo gevoeld. Hij was verliefd, hij was in de hel... Hij was alles tegelijk, nu Inspiratie haar kolossale vleugels uitsloeg in zijn schedel en pijnlijk aan zijn ribben klauwde, op zoek naar een uitweg uit de gevangenis die het sterfelijke omhulsel vormt van de getalenteerde mens.

Op de grond uitgestrekt keek Dante, in eeuwige verwondering over de mensheid, met een half, bloeddoorlopen, oog toe hoe maestro Ambrogio zijn kleuren mengde en de gelaatstrekken van Giulietta Tolomei begon te schilderen op een tot nog toe gezichtloze Maagd Maria. Hij moest wel met haar ogen beginnen. Nergens anders in zijn atelier was zo'n intrigerende kleur te zien, noch was diezelfde tint in heel de stad te vinden, want hij had hem pas vanavond uitgevonden, in bijna koortsachtige haast, terwijl het beeld van het jonge meisje nog vochtig glansde op de muren van zijn geest.

Bemoedigd door het onmiddellijke resultaat aarzelde hij niet om de lijnen van dat opmerkelijke gezichtje aan te brengen onder die vlammende strengen haar. Zijn bewegingen waren toverachtig snel en trefzeker; als de jonge vrouw op dat moment voor hem had gezeten, poserend voor de eeuwigheid, zou de schilder niet met meer duizelingwekkende vastberadenheid hebben kunnen werken dan hij nu deed.

'Ja!' was het enige woord dat hem ontsnapte terwijl hij gepassioneerd, bijna hongerig die adembenemende trekken opnieuw tot leven bracht. Toen de tekening eenmaal af was, deed hij verscheidene stappen achteruit en reikte naar het glas wijn dat hij zich had ingeschonken in een vorig leven, vijf uur eerder.

Precies op dat moment werd er weer aan de deur geklopt.

'Sst!' siste maestro Ambrogio met een waarschuwend schudden van zijn vinger naar de blaffende hond. 'Jij denkt altijd het ergste. Misschien is het weer een engel.' Maar zodra hij de deur opendeed om te zien welke duivel op dit goddeloze uur door het noodlot was gezonden, zag hij dat de reactie van Dante gerechtvaardigder was dan de zijne.

Buiten, in het flakkerende schijnsel van een muurfakkel, stond Romeo Marescotti, zijn bedrieglijk charmante gezicht doormidden gespleten door een dronken grijns. Behalve van hun ontmoeting slechts enkele uren geleden, kende maestro Ambrogio de jongeman maar al te goed van een maand tevoren, toen de mannelijke leden van de familie Marescotti voor hem hadden geposeerd, een voor een, om hun trekken op te laten nemen in een formidabele nieuwe muurschildering in het Palazzo Marescotti. De pater familias, *comandante* Marescotti, had beslist dat zijn clan erop vertegenwoordigd zou zijn van het verleden tot in het heden, met alle geloofwaardige mannelijke voorouders – plus een paar ongeloofwaardige – in het midden, allen op hun beurt betrokken bij de beroemde Slag om Montaperti, terwijl de levenden erboven zweefden, poserend en gekleed als de Zeven Deugden. Tot ieders vermaak had Romeo het lot getrokken dat het minst bij zijn karakter paste, en daarom had maestro Ambrogio zowel het heden als het verleden moeten vervalsen toen hij de gelaatstrekken van de beruchtste playboy van Siena aanbracht op de prinselijke gestalte die de troon van de Kuisheid bekleedde.

Nu duwde de herboren Kuisheid zijn goede schepper opzij en liep het atelier in om de doodskist nog altijd gesloten op de vloer aan te treffen. De jongeman wilde hem klaarblijkelijk dolgraag openen om het stoffelijke overschot erin nog eens te bekijken, maar daartoe zou hij brutaal het palet van de Maestro en een paar natte kwasten hebben moeten verwijderen, die nu boven op het deksel lagen. 'Heeft u het schilderij al af?' vroeg hij in plaats daarvan. 'Ik wil het zien.'

Zachtjes deed maestro Ambrogio de deur achter hem dicht, zich maar al te bewust dat zijn bezoeker te veel gedronken had om evenwichtig te zijn. 'Waarom zou je de gelijkenis van een dood meisje willen zien? Er zijn toch zeker genoeg levende meisjes te vinden.'

'Klopt,' zei Romeo instemmend, terwijl hij de kamer rondkeek en uiteindelijk de nieuwe aanwinst bespeurde. 'Maar dat zou al te gemakkelijk zijn, nietwaar?' Hij liep naar het portret en bekeek het met de blik van een deskundige; niet in de kunst, maar in de vrouwen. Na een poosje knikte hij en zei: 'Niet slecht. Bijzondere ogen heeft u haar gegeven. Hoe wist u...'

'Ik dank u,' zei de Maestro haastig. 'Maar de ware kunstvaardigheid komt van God. Meer wijn?'

'Graag.' De jongeman pakte de beker aan en zette die op de doodskist, waarbij hij de druipende kwasten zorgvuldig ontweek. 'Zullen we proosten op uw vriend God, en op alle spelletjes die hij met ons speelt?'

'Het is al erg laat,' zei maestro Ambrogio, terwijl hij zijn palet verplaatste en op de doodskist naast Romeo ging zitten. 'Je zult wel moe zijn, beste vriend.'

Romeo leek wel verlamd door het portret dat voor hem stond, en hij kon zijn blik er niet lang genoeg van losrukken om de schilder aan te kijken. 'Ik ben niet zozeer moe, als wel heel wakker,' zei hij. 'Ik vraag me af of ik ooit zo wakker ben geweest.'

'Dat gebeurt vaak als men half in slaap is. Pas dan opent het innerlijk oog zich werkelijk.'

'Maar ik slaap niet, en ik wil ook niet slapen. Ik ga nooit meer slapen. Ik denk dat ik elke nacht hier kom zitten, in plaats van te slapen.'

Met een glimlach om die hartstochtelijke uitroep, het meest benijdenswaardige voorrecht van de jeugd, bekeek maestro Ambrogio zijn meesterwerk. 'Ze kan je goedkeuring dus wegdragen?'

'Goedkeuring?' Romeo stikte bijna in het woord. 'Ik aanbid haar!'

'Kun je dan een schrijn verheerlijken?'

'Ben ik geen man? Maar als man moet ik ook grote droefenis voelen bij de aanblik van zoveel verspilde schoonheid. Kon ik de dood maar overreden om haar terug te geven.'

'En dan?' De Maestro wist naar behoren te fronsen. 'Wat zou je doen als deze engel een levende, ademende vrouw was?'

Romeo haalde diep adem, maar vond geen woorden. 'Ik... ik weet het niet. Haar beminnen, vanzelfsprekend. Ik weet hoe ik een vrouw moet beminnen. Ik heb er velen bemind.'

'Misschien is het dan maar goed dat ze niet echt is. Want ik geloof dat deze extra inspanning zou vereisen. Ik vermoed zelfs dat iemand, om een dame zoals zij het hof te maken, door de voordeur naar binnen zou moeten, en niet als een dief in de nacht rond haar huis zou kunnen kruipen.' Toen hij zag dat de ander vreemd stilgevallen was, een veeg oker op zijn nobele gezicht, ging de Maestro zelfverzekerder verder: 'Je hebt de lust, dat weet je, en daarnaast heb je de liefde. Die twee zijn verwant, maar toch heel verschillend. Om toe te geven aan de eerste heb je weinig meer nodig dan honingzoete woorden en een nieuw kostuum; maar om de tweede te verwerven moet een man zijn rib opofferen. Op haar beurt maakt zijn vrouw dan de zonde van Eva ongedaan en brengt hem terug naar het paradijs.'

'Maar hoe weet een man wanneer hij zijn rib moet inruilen? Ik heb veel vrienden die al geen enkele rib meer overhebben, en ik kan u garanderen dat ze nooit in het paradijs zijn geweest.'

Bij de oprechte bezorgdheid op het gezicht van de jongeman knikte maestro Ambrogio. 'Je zegt het al,' zei hij instemmend. 'Een man weet het. Een jongen niet.'

Romeo lachte hardop. 'Ik bewonder u!' Hij legde een hand op de schouder van de Maestro. 'U bent moedig!'

'Wat is zo geweldig aan moed?' antwoordde de schilder, brutaler nu zijn rol van raadsman was goedgekeurd. 'Ik vermoed dat die ene deugd meer goede mannen heeft doen sterven dan alle ondeugden bij elkaar.'

Weer lachte Romeo hardop, alsof hij zelden het genoegen smaakte van zulke vrijpostige tegenstand, en plotseling merkte de Maestro dat hij de jongeman onverwacht graag mocht.

'Ik hoor vaak mannen zeggen dat ze alles wel voor een vrouw willen doen,' ging Romeo verder, nog niet bereid om het onderwerp te laten rusten. 'Maar bij haar allereerste verzoek beginnen ze te janken en sluipen weg als honden.'

'En jij? Sluip jij ook weg?'

In een flits liet Romeo een complete rij gezonde tanden zien, verbazend voor iemand van wie er werd gezegd dat hij overal waar hij kwam, vechtpartijen veroorzaakte. 'Nee,' antwoordde hij, nog steeds grijnzend. 'Ik heb een goede neus voor vrouwen die niet meer vragen dan ik geven wil. Maar als zulk een vrouw bestond...' Hij knikte naar het schilderij. 'Dan zou ik met liefde al mijn ribben breken om haar te krijgen. Sterker nog, ik zou door de voordeur binnengaan, zoals u zei, en om haar hand vragen voordat ik die zelfs maar had aangeraakt. En dat niet alleen, maar ik zou haar tot mijn eigen en enige vrouw maken en nooit meer naar een ander kijken. Ik zweer het! Ze zou het waard zijn, daar ben ik van overtuigd.'

Omdat hij verheugd was over wat hij hoorde en graag wilde geloven dat zijn kunstwerk zo'n diepgaand effect had op de jongeman dat hij afzag van zijn lichtzinnige levensstijl, knikte de Maestro, tevreden met zijn werk van die avond. 'Dat is ze zeker.'

Romeo wendde zijn hoofd, zijn ogen toegeknepen. 'U zegt dat alsof ze nog leeft?'

Maestro Ambrogio bleef even stilzitten, bestudeerde het gezicht van de jongeman en peilde de kracht van zijn vastberadenheid. 'Giulietta is haar naam,' zei hij ten slotte. 'Ik geloof dat jij haar uit de dood hebt gewekt met je aanraking vanavond, jonge vriend. Nadat je ons verliet voor de herberg, heb ik zelf gezien hoe haar lieflijke gestalte oprees uit deze kist...'

Romeo sprong van zijn zitplaats alsof die onder hem in brand was gevlogen. 'Dat zijn angstaanjagende woorden! Ik weet niet of deze koude rillingen op mijn arm veroorzaakt worden door vrees of door verrukking!'

'Vrees je de werken van mensen?'

'Van mensen, nee. Van God, heel erg.'

'Troost je dan met wat ik je nu vertel. Het was niet God die haar voor dood in deze kist legde, maar de monnik, broeder Lorenzo, uit angst voor haar veiligheid.'

Romeo's mond viel open. 'Bedoelt u dat ze nooit dood is geweest?'

Maestro Ambrogio glimlachte om de gelaatsuitdrukking van de jongeman. 'Ze was altijd al even levend als jij.'

Romeo greep naar zijn hoofd. 'U steekt de draak met me! Ik kan het onmogelijk geloven!'

'Geloof wat je wilt,' zei de Maestro terwijl hij opstond en de verfkwasten weghaalde. 'Of maak de kist open.'

Na een poosje onrustig ijsberen vatte Romeo eindelijk moed en rukte het deksel van de kist.

Zonder zich echter te verheugen over de leegte keek de jongeman de Maestro met hernieuwd wantrouwen boos aan. 'Waar is ze?'

'Dat kan ik je niet vertellen. Daarmee zou ik haar vertrouwen schenden.'

'Maar ze leeft?'

De Maestro haalde zijn schouders op. 'Ze leefde toen ik haar ten afscheid naar me zag zwaaien op de drempel van het huis van haar oom.'

'En wie is haar oom?'

'Zoals ik al zei: dat mag ik je niet vertellen.'

Met trillende handen deed Romeo een stap in de richting van de Maestro. 'Wilt u beweren dat ik serenades moet gaan zingen onder elk balkon in Siena, tot de juiste vrouw naar buiten komt?'

Dante was opgesprongen zodra de jongeman zijn meester leek te bedreigen, maar in plaats van waarschuwend te grommen, legde het dier zijn kop in zijn nek om een lang, expressief gejank te laten horen.

'Ze komt voorlopig niet naar buiten,' antwoordde maestro Ambrogio, die zich vooroverboog om de hond te aaien. 'Ze is niet in de stemming voor serenades. Misschien wel nooit meer.'

Romeo gooide de schildersezel en het portret bijna omver in zijn frustratie en riep uit: 'Maar waarom vertelt u me dit dan?'

Glimlachend om de wrevel van de jongeman zei maestro Ambrogio: 'Omdat het de blik van een kunstenaar kwetst om een sneeuwwitte duif te zien verdwalen onder kraaienvolk.'

III

I

Wat zegt een naam? Dat wat een roos heet, geurde,
Als het anders heette, immers even zoet.

Het uitzicht vanaf de Fortezza, de burcht van de Medici, was spectaculair. Niet alleen kon ik de terracotta daken van Siena zien bakken in de middagzon, maar rondom rezen en daalden ten minste dertig kilometer ver golvende heuvels als een oceaan in tinten groen en in de verte blauw. Telkens als ik opkeek van mijn leeswerk nam ik het weidse landschap in me op, in de hoop dat het alle bedorven lucht uit mijn longen zou dwingen en mijn ziel zou vervullen van zomer. Maar steeds als ik weer neerkeek op het dagboek van maestro Ambrogio, dook ik meteen in de duistere gebeurtenissen van 1340.

Ik had de ochtend doorgebracht in de espressobar van Malèna aan de Piazza Postierla, bladerend door de officiële vroege versies van *Romeo en Julia* van Masuccio Salernitano en Luigi da Porto uit respectievelijk 1476 en 1530. Het was interessant te zien hoe de plot zich had ontwikkeld, en hoe Da Porto een literaire draai aan een verhaal had gegeven dat volgens Salernitano op ware gebeurtenissen stoelde.

In de versie van Salernitano woonden Romeo en Julia, of liever gezegd Mariotto en Giannozza, wel in Siena, maar hun ouders voerden geen oorlog. Ze trouwden wel in het geheim, na een broeder te hebben omgekocht, maar het drama begon pas echt toen Mariotto een prominente burger doodde en verbannen werd. Ondertussen eisten de ouders van Giannozza – die niet wisten dat hun dochter al getrouwd was – dat ze met een ander trouwde. In haar wanhoop liet Giannozza de broeder een sterke slaapdrank brouwen, en het effect was zo groot dat haar imbeciele ouders geloofden dat ze dood was en haar meteen begroeven. Gelukkig wist de brave broeder haar uit haar graftombe te bevrijden, waarna Giannozza – in het geheim – per boot naar Alexandrië vertrok, waar Mariotto ondertussen van het leven genoot. De boodschapper die Mariotto moest inlichten over het snode plan met de slaapdrank werd echter door piraten gevangengenomen en toen Mariotto het nieuws van Giannozza's dood hoorde, keerde hij spoorslags terug naar Siena om aan haar zijde te sterven. Daar werd hij gevangengenomen door soldaten en onthoofd. En Giannozza had de rest van haar leven Kleenex zitten plukken in een klooster.

Volgens mij waren dat de sleutelelementen in deze originele versie: het geheime huwelijk, de verbanning van Romeo, het stompzinnige idee van de slaapdrank, de verdwenen boodschapper en de opzettelijke zelfmoordmissie van Romeo vanwege zijn onterechte overtuiging dat Julia dood was.

De grote verrassing was natuurlijk dat dit alles zich zogenaamd in Siena afspeelde, en als Malèna in de buurt was geweest, had ik haar gevraagd of dat algemeen bekend was. Ik vermoedde van niet.

Interessant was dat Da Porto, toen hij het verhaal een halve eeuw later overnam, het verhaal ook graag in de werkelijkheid wilde verankeren, door bijvoorbeeld Romeo en Giulietta bij hun echte voornamen te noemen. Maar hij had toch niet genoeg lef om de locatie te behouden: hij verhuisde het geheel naar Verona en veranderde de familienamen, en het was heel wel mogelijk dat hij dat had gedaan om vergelding door de machtige clans die bij het schandaal betrokken waren, te vermijden.

Alle logistiek daargelaten, in mijn interpretatie – geholpen door verscheidene kopjes cappuccino – schreef Da Porto een veel beter verhaal. Hij was degene die het gemaskerde bal en de balkonscène introduceerde, en het was zijn genie dat als eerste de dubbele zelfmoord bedacht. Het enige wat mij niet meteen aanstond, was dat hij Julia liet sterven door haar adem in te houden. Maar misschien had Da Porto het gevoel dat zijn publiek een bloederig tafereel niet zou waarderen – bedenkingen waar Shakespeare gelukkig geen last van had.

Na Da Porto had iemand met de naam Bandello zich geroepen gevoeld een derde versie te schrijven en een heleboel melodramatische dialoog toe te voegen, zonder, naar mijn mening, de essentiële verwikkelingen te veranderen. Vanaf dat moment waren de Italianen klaar met het verhaal; vervolgens reisde het eerst naar Frankrijk en toen naar Engeland, om uiteindelijk op het bureau van Shakespeare te belanden en in zijn pen onsterfelijk te worden.

Het grootste verschil tussen al deze poëtische versies en het dagboek van maestro Ambrogio was dat er in werkelijkheid drie families bij betrokken waren, niet slechts twee. De Tolomei's en de Salimbeni's leefden in onmin – de families Capulet en Montecchi, zogezegd – maar Romeo was in feite een Marescotti geweest, en daarmee een buitenstaander. In dat opzicht kwam de vroege vertelling van het verhaal door Salernitano het dichtst bij de waarheid: het speelde zich af in Siena, en er was geen sprake van een familievete.

Later, op de terugweg van de Fortezza met het dagboek van maestro Ambrogio tegen mijn borst geklemd, keek ik naar alle vrolijke mensen om me heen en voelde opnieuw de aanwezigheid van een onzichtbare muur tussen mij en hen. Zij liepen, wandelden, jogden, genoten van *gelati* en stelden zich geen vragen over het verleden, noch waren zij, zoals ik, belast met het idee dat ze niet werkelijk bij deze wereld hoorden.

Diezelfde ochtend had ik voor de badkamerspiegel de ketting met het zilveren kruisje uit het kistje van mijn moeder gepast en ik had besloten het te gaan dragen. Het was immers iets van haar, en door het in het kistje te leggen had ze het duidelijk voor mij bestemd. Misschien zou het me beschermen tegen de vloek die haar had aangewezen voor een vroege dood, dacht ik.

Was ik krankzinnig? Misschien. Er zijn immers vele verschillende vormen van krankzinnigheid. Tante Rose was er altijd van uitgegaan dat de hele wereld zich in een staat van telkens verschuivende waanzin bevond en dat neurose geen ziekte was, maar een onontkoombaar feit des levens, net als puistjes. Sommigen krijgen er meer, anderen minder, maar alleen echt abnormale mensen krijgen ze helemaal niet. Deze filosofie van het gezonde verstand had me al vele malen eerder getroost, en bood ook nu zijn heilzame effect.

Bij mijn terugkeer in het hotel snelde direttore Rossini naar me toe als was hij de boodschapper uit Marathon, stervend om mij het nieuws te vertellen. 'Juffrouw Tolomei! Waar bent u geweest? U moet gaan! Nu meteen! Contessa Salimbeni verwacht u in het Palazzo Pubblico! Toe, nu...' Hij gebaarde me weg zoals iemand een hond wegjaagt die bedelt om lekkere hapjes: 'U mag haar niet laten wachten!'

'Wacht!' Ik wees naar twee voorwerpen die opvallend midden op de vloer stonden. 'Dat zijn mijn koffers!'

'Ja, ja, ja, die zijn net bezorgd.'

'Nou, ik wil graag naar mijn kamer om...'

'Nee!' Direttore Rossini rukte de voordeur open en gebaarde dat ik erdoorheen moest rennen. 'U moet nu meteen weg!'

'Ik weet niet eens waar ik moet zijn!'

'Santa Caterina!' Hoewel ik wist dat hij stiekem verrukt was over deze nieuwe kans om mij iets over Siena te leren, sloeg direttore Rossini zijn ogen ten hemel en liet de deur los. 'Kom, ik teken de weg wel!'

Als je de Campo op liep, was het net of je in een gigantische schelp stapte. Eromheen stonden overal restaurants en cafés, en precies waar de parel zou hebben gezeten, onder aan de hellende piazza, stond het Palazzo Pubblico, het gebouw dat al sinds de middeleeuwen dienstdeed als stadhuis.

Ik stond even stil om alles in me op te nemen – het gezoem van de vele stemmen onder de koepel van een blauwe hemel, de rondfladderende duiven en de witmarmeren fontein met het turkooizen water – tot er een golf toeristen achter me arriveerde en me meesleepte, in opgetogen verwondering over de grootsheid van het reusachtige plein.

Bij het tekenen van zijn routebeschrijving had direttore Rossini me verzekerd dat de Campo als de mooiste piazza van heel Italië werd beschouwd, en niet alleen door de inwoners van Siena zelf. Hij kon zich zelfs niet heugen hoeveel hotelgasten uit alle hoeken van de wereld – zelfs uit Florence – hem hadden aangesproken om de Piazza del Campo op te hemelen. Hij had natuurlijk geprotesteerd en de vele schoonheden van andere plaatsen geroemd – die toch ook ergens moesten zijn – maar de mensen hadden niet willen luisteren. Ze hadden koppig volgehouden dat Siena de lieflijkste, meest onbedorven stad op de wereldbol was, en wat kon direttore Rossini tegenover zoveel overtuiging anders doen dan toegeven dat ze wel eens gelijk konden hebben?

Ik propte de aanwijzingen in mijn tas en liep in de richting van het Palazzo Pubblico. Het gebouw was moeilijk te missen met zijn hoge klokkentoren, de Torre del Mangia, waarvan direttore Rossini me zo gedetailleerd de bouw had beschreven dat het even had geduurd voor ik me realiseerde dat de toren niet echt voor zijn ogen was opgericht, maar ergens in de middeleeuwen. Een lelie, had hij de toren genoemd, een trots monument voor de vrouwelijke zuiverheid, met de witte stenen bloem die omhoog werd gehouden door een lange rode steel. En vreemd genoeg was hij zonder fundering opgetrokken. De Torre del Mangia stond er al zes eeuwen, beweerde hij, en bleef uitsluitend overeind door goddelijke genade en vertrouwen.

Ik schermde met mijn hand mijn ogen af tegen de zon en bekeek de toren die zich uitstrekte tegen het eindeloze blauw. Nergens anders had ik ooit de vrouwelijke zuiverheid zien eren door een honderdentwee meter hoog fallisch voorwerp. Maar dat kon natuurlijk aan mij liggen.

Het hele gebouw – het Palazzo Pubblico en zijn toren – bezat letterlijk zwaartekracht, alsof de Campo zelf ineenzakte onder zijn gewicht. Direttore Rossini had me verteld dat ik me voor moest stellen dat ik een bal had en die op de grond legde, als ik hem niet geloofde. Want waar ik ook stond op de Campo, de bal zou rechtstreeks naar het Palazzo Pubblico rollen. Het beeld had iets aantrekkelijks. Misschien door het idee van een bal die over het eeuwenoude plaveisel stuiterde. Of misschien alleen door de manier waarop hij de woorden had uitgesproken, met veel theatraal gefluister, als een goochelaar op een verjaarsfeestje van vierjarigen.

Het Palazzo Pubblico was met de jaren gegroeid, net als elke overheid. Van oorsprong was het weinig meer dan een vergaderzaal voor negen bestuurders, maar ondertussen was het uitgedijd tot een formidabel bouwwerk en ik liep naar binnen met het gevoel dat ik bekeken werd. Niet zozeer door mensen, veronderstel ik, als wel door de talmende schaduwen van vroegere generaties, gewijd aan het leven van deze stad, aan dit stukje grond dat zo klein was voor een stad, dit universum op zichzelf.

Eva Maria Salimbeni wachtte me op in de Sala della Pace, de zaal van de vrede. Ze zat op een bankje midden in de zaal en keek omhoog, alsof ze stilzwijgend in gesprek was met God. Zodra ik de zaal binnenkwam was ze echter weer bij de les, en op haar gezicht verspreidde zich een brede, verrukte glimlach.

'Dus je bent toch gekomen!' riep ze uit terwijl ze van het bankje opstond om me op beide wangen te zoenen. 'Ik begon me al ongerust te maken.'

'Sorry dat ik je heb laten wachten. Ik realiseerde me niet eens...'

Haar glimlach verwierp alles wat ik zou kunnen zeggen. 'Je bent er nu. Dat is het enige wat telt. Kijk...' Ze maakte een weids gebaar naar de reusachtige fresco's die de muren van de zaal bedekten: 'Heb je ooit zoiets magnifieks gezien? Onze grote Maestro, Ambrogio Lorenzetti, schilderde ze in de late jaren dertig van de veertiende eeuw. Deze boven de deur maakte hij waarschijnlijk in 1340 af. Het heet "Het goede bewind".'

Ik draaide me om naar het fresco dat ze aanwees. Het besloeg de hele lengte van de muur, en om het te schilderen moest een ingewikkelde stellage van ladders en steigers nodig zijn geweest, misschien zelfs platforms die aan het plafond hingen. De linkerhelft toonde een vredig stadstafereel met gewone burgers aan hun dagelijkse besognes; de rechterhelft bood een weids uitzicht op het platteland buiten de stadsmuren. Ineens viel me iets in en verbijsterd zei ik: 'Bedoel je... *maestro Ambrogio?*'

'O, ja,' knikte Eva Maria, helemaal niet verbaasd dat ik de naam kende. 'Een van de grootste meesters. Hij schilderde deze taferelen om het einde te vieren van een lange vete tussen onze twee families, de Tolomei's en de Salimbeni's. Eindelijk, in 1339, heerste er vrede.'

'Echt waar?' Ik dacht aan Giulietta en broeder Lorenzo die aan de bandieten van Salimbeni ontsnapten op de herenweg buiten Siena. 'Ik kreeg de indruk dat onze voorouders in 1340 nog steeds oorlog voerden. Zeker op het platteland.'

Eva Maria glimlachte raadselachtig: of ze was blij dat ik de moeite had genomen om de familiegeschiedenis door te nemen, of ze was op haar teentjes getrapt omdat ik het waagde om haar tegen te spreken. In dat laatste geval was ze in elk geval beleefd genoeg om te erkennen dat ik een punt had, en ze zei: 'Je hebt gelijk. De vrede had onbedoelde gevolgen. Dat komt ervan als bureaucraten proberen om burgers te helpen.' Ze haalde haar schouders op. 'Als mensen willen vechten, kun je ze niet tegenhouden. Als je ze er in de stad van weerhoudt, vechten ze op het platteland, en daar komen ze er mee weg. Binnen de stadsmuren van Siena werden de rellen ten minste altijd gestopt voordat het volkomen uit de hand liep. Waarom?'

Ze keek me aan om te zien of ik het kon raden, maar dat kon ik natuurlijk niet.

'Omdat we in Siena altijd een militie hebben gehad,' ging ze verder, een belerende vinger voor mijn neus heen en weer zwaaiend. 'Om de Salimbeni's en de Tolomei's in bedwang te houden moesten de burgers van Siena binnen enkele minuten kunnen mobiliseren en hun compagnieën op straat hebben.' Ze knikte ferm en instemmend: 'Ik geloof dat de traditie van de contrada's daarom ook vandaag de dag nog zo sterk is: in feite werd het bestaan van de republiek Siena mogelijk gemaakt door het toegewijde optreden van de oude buurtmilities. Als je de slechten onder de duim wilt houden, moet je ervoor zorgen dat de goeden bewapend zijn.'

Ik glimlachte om haar conclusie en deed mijn best om niet te laten merken wat ik ervan vond. Dit was niet het moment om Eva Maria te laten weten dat ik niet in wapens geloofde, en dat in mijn ervaring de zogenaamde goeden niets beter waren dan de slechten.

'Mooi, vind je niet?' zei Eva Maria met een knikje naar het fresco. 'Een stad die vrede heeft met zichzelf?'

'Ik denk van wel,' zei ik. 'Al moet ik zeggen dat de mensen er niet erg gelukkig uitzien. Kijk...' Ik wees naar een jonge vrouw die gevangen leek te zitten tussen een zwerm dansende meisjes. 'Dat meisje lijkt... ik weet het niet. In gedachten verzonken.'

'Misschien zag ze de bruiloftsstoet voorbijtrekken?' suggereerde Eva Maria met een knikje naar een stroom mensen die kennelijk achter een bruid op een paard aanliepen. 'En misschien deed dat haar denken aan een verloren geliefde?'

'Ze kijkt naar de trommel,' zei ik, en ik wees weer. 'Of is het een tamboerijn? En de andere dansers lijken... boosaardig. Kijk eens hoe ze haar gevangen hebben in de dans. En een ervan staart naar haar buik.' Ik wierp een blik op Eva Maria, maar de uitdrukking op haar gezicht was moeilijk te interpreteren. 'Of misschien verbeeld ik me alleen van alles.'

'Nee,' zei ze zacht. 'Maestro Ambrogio wil duidelijk dat we haar opmerken. Hij maakte die groep dansende vrouwen groter dan iedereen op het schilderij. En als je goed kijkt, is zij de enige met een tiara in het haar.'

Ik tuurde en zag dat ze gelijk had. 'Wie was ze? Weten we dat?' Eva Maria schokschouderde. 'Officieel weten we het niet. Maar onder ons gezegd...' Ze boog zich naar me toe en dempte haar stem. 'Ik denk dat ze jouw voorouder is. Haar naam was Giulietta Tolomei.'

Ik was zo geschokt dat ik haar die naam hoorde uitspreken – mijn naam – en dat ze precies dezelfde gedachte verwoordde die ik aan de telefoon tegen Umberto had geopperd, dat het me een paar tellen kostte om de enige logische reactie te verzinnen: 'Hoe kom je daar in hemelsnaam bij? Dat ze mijn voorouder zou zijn?'

Eva Maria lachte bijna. 'Is dat niet overduidelijk? Waarom zou je moeder je anders naar haar vernoemd hebben? Ze heeft het me trouwens zelf gezegd: jij stamt rechtstreeks af van Giulietta en Giannozza Tolomei.'

Hoewel het aangrijpend was om dat met zoveel zekerheid te horen zeggen, was het bijna meer informatie dan ik in een keer aankon. 'Ik wist niet dat je mijn moeder kende,' zei ik, en ik vroeg me af waarom ze me dat niet eerder had verteld.

'Ze is een keer bij ons geweest. Met je vader. Voordat ze getrouwd waren.' Eva Maria zweeg even. 'Ze was heel jong. Jonger dan jij. Het was een feest met honderd gasten, maar we hebben de hele avond over maestro Ambrogio gepraat. Zij leerden me alles wat ik jou nu vertel. Ze waren heel goed op de hoogte, heel geïnteresseerd in onze families. Het is heel triest, zoals dat is gelopen.'

We zwegen even. Eva Maria keek me met een scheve glimlach aan, alsof ze wist dat er een vraag was die een gat in mijn tong brandde, maar die ik niet durfde te stellen, namelijk: wat was haar verwantschap – als die er al was – met de gemene Luciano Salimbeni, en wat wist zij over de dood van mijn ouders?

'Je vader geloofde dat maestro Ambrogio een verhaal verborg in dit schilderij,' zei Eva Maria, zonder me de kans te geven om mijn vragen te stellen. 'Een drama dat in zijn eigen tijd plaatsvond en niet openlijk kon worden besproken. Kijk...' Ze wees op het fresco. 'Zie je dat vogelkooitje in het raam, daar? Als ik je nu eens vertelde dat het gebouw het Palazzo Salimbeni is, en dat de man die je daarbinnen ziet Salimbeni zelf is, als een koning op een troon, met mensen die aan zijn voeten knielen om geld te lenen?'

Omdat ik aanvoelde dat het verhaal haar op de een of andere manier pijn deed, glimlachte ik naar Eva Maria, vastbesloten om onze verhouding niet te laten verstoren door het verleden. 'Je klinkt niet erg trots op hem.'

Ze trok een gezicht. 'O, hij was een groot man. Maar maestro Ambrogio mocht hem niet. Zie je dat niet? Kijk... er was een bruiloft... een verdrietig meisje dat danst... en daar een vogel in een kooi. Wat maak je daaruit op?' Toen ik niet meteen antwoordde, keek Eva Maria uit het raam. 'Ik was tweeëntwintig, weet je. Toen ik met hem trouwde. Met Salimbeni. Hij was vierenzestig. Vind je dat oud?' Ze keek me recht aan, alsof ze mijn gedachten wilde lezen.

'Niet noodzakelijkerwijs,' zei ik. 'Je weet dat mijn moeder...'

'Nou, ik wel,' onderbrak Eva Maria me. 'Ik vond hem heel oud en ik dacht dat hij snel zou sterven. Maar hij was rijk. Ik heb een mooi huis. Je moet bij me op bezoek komen. Binnenkort.'

Ik was zo verbijsterd door haar onverbloemde bekentenis en de daaropvolgende uitnodiging dat ik alleen zei: 'Natuurlijk, heel graag.'

'Mooi!' Ze legde een bezitterige hand op mijn schouder. 'En nu moet je de held van het fresco zoeken!'

Ik lachte bijna. Eva Maria Salimbeni wist telkens virtuoos van onderwerp te veranderen.

'Kom op,' zei ze, als een onderwijzer voor een klas vol luie kinderen. 'Waar is de held? Er is altijd een held. Kijk naar het fresco.'

Plichtmatig keek ik omhoog. 'Het kan iedereen wel zijn.'

'De heldin staat in de stad,' zei ze wijzend. 'En kijkt heel verdrietig. Dus moet de held wel...? Kijk! Links heb je het leven binnen de stadsmuren. Dan krijg je de Porta Romana, de stadspoort naar het zuiden, die het fresco in tweeën verdeelt. En rechts...'

'Oké, nu zie ik hem,' zei ik sportief. 'Het is die vent op het paard, die de stad uitrijdt.'

Eva Maria glimlachte, niet tegen mij, maar tegen het fresco. 'Hij is knap, vind je niet?'

'Beeldschoon. Wat moet hij met die elfenhoed?'

'Hij is een jager. Bekijk hem eens. Hij heeft een jachtvogel en staat op het punt om die los te laten, maar iets houdt hem tegen. Die ander, die donkere man te voet die de schildersdoos draagt, probeert hem iets te vertellen en onze jonge held leunt achterover in zijn zadel om het te horen.'

'Misschien wil de man te voet dat hij in de stad blijft?' stelde ik voor.

'Misschien. Maar wat staat hem te wachten als hij dat doet? Kijk eens wat maestro Ambrogio boven zijn hoofd heeft getekend. De galg. Geen aangenaam alternatief, vind je wel?' Eva Maria glimlachte. 'Wie denk je dat hij is?'

Ik gaf niet meteen antwoord. Als de maestro Ambrogio die dit fresco had geschilderd, echt de maestro Ambrogio was van wie ik het dagboek aan het lezen was, en als die ongelukkige dansende vrouw met de tiara inderdaad mijn voorouder Giulietta Tolomei was, dan moest de man te paard Romeo Marescotti wel zijn. Maar ik wilde liever niet dat Eva Maria de reikwijdte van mijn recente ontdekkingen leerde kennen, noch de bron van mijn kennis. Dus schokschouderde ik alleen maar en zei: 'Ik heb geen idee.'

'En als ik je nu eens vertelde,' zei Eva Maria, 'dat het Romeo uit *Romeo en Julia* is? En dat jouw voorouder, Giulietta Tolomei, de Julia van Shakespeare was?'

Ik wist een lach te produceren. 'Speelde dat niet in Verona? En werden ze niet door Shakespeare verzonnen? In *Shakespeare in Love...*'

'*Shakespeare in Love!*' Eva Maria keek me aan alsof ze zelden zoiets weerzinwekkends had gehoord. 'Giulietta...' Ze legde een hand op mijn wang. 'Geloof me als ik je vertel dat het hier in Siena zelf is gebeurd. Lang, lang voor Shakespeare. En dat zijn ze, daarboven, op de muur. Romeo gaat in ballingschap en Julia bereidt zich voor op een huwelijk met een man die ze niet kan beminnen.' Ze glimlachte om mijn gezichtsuitdrukking en liet me eindelijk los. 'Maak je geen zorgen. Als je bij me op bezoek komt, praten we verder over deze treurige zaken. Wat doe je vanavond?'

Ik deed een stap achteruit en hoopte dat ik mijn geschoktheid over haar intieme kennis van mijn familiegeschiedenis wist te verbergen. 'Mijn balkon opruimen.'

Eva Maria liet zich niet kennen. 'Goed zo, als je daarmee klaar bent, wil ik dat je met me meegaat naar een heel mooi concert. Hier...' Ze groef in haar handtas en haalde een toegangskaartje tevoorschijn. 'Het is een fantastisch programma. Ik heb het zelf uitgekozen. Je zult het leuk vinden. Zeven uur. Daarna gaan we uit eten en vertel ik je meer over je voorouders.'

Toen ik later die dag naar het concertgebouw liep, zat me iets dwars. Het was een prachtige avond en de stad gonsde van de blije mensen, maar ik kon hun plezier niet delen. Terwijl ik de straten doorbeende en slechts oog had voor het plaveisel aan mijn voeten, kwam ik langzaam tot mezelf en wist de oorzaak van mijn ongenoegen te bepalen.

Ik werd gemanipuleerd.

Sinds mijn aankomst in Siena deed iedereen zijn best om me te vertellen wat me te doen en te denken stond. Vooral Eva Maria. Ze leek het heel gewoon te vinden dat haar eigen bizarre wensen en plannen mijn dagen zouden dicteren – inclusief kledingvoorschriften – en nu probeerde ze de loop van mijn gedachten ook nog te bepalen. En als ik de gebeurtenissen van 1340 nu eens niet met haar wilde bespreken? Pech gehad, ik had geen keus. En toch vond ik haar op een vreemde manier nog steeds aardig. Waarom was dat? Omdat ze de tegenpool was van tante Rose, die altijd zo bang was om iets verkeerd te doen dat ze ook nooit iets goed deed? Of mocht ik Eva Maria juist omdat ik geacht werd haar niet te mogen? Dat zou Umberto vinden: de beste manier om ervoor te zorgen dat ik met de Salimbeni's omging, was me te vertellen dat ik uit hun buurt moest blijven. Dat was een typisch Julia-trekje.

Nou, misschien werd het tijd dat Julia haar rationele pet opzette. Volgens presidente Maconi zouden de Salimbeni's altijd Salimbeni's blijven, en volgens mijn neef Peppo betekende dat narigheid voor elke Tolomei die hen in de weg stond. En dat gold niet alleen in de stormachtige middeleeuwen: zelfs nu, in het hedendaagse Siena, had de geest van de vermeende moordenaar Luciano Salimbeni het toneel nog niet verlaten.

Aan de andere kant: was dit misschien het soort vooroordeel waardoor de oude familievete al generaties lang standhield? Misschien had de ongrijpbare Luciano Salimbeni mijn ouders nooit een haar gekrenkt, maar was hij alleen al verdacht vanwege zijn naam? Geen wonder dat hij zich uit de voeten had gemaakt. Ergens waar groepsschuld heerst, zullen de beulen heus niet geduldig je rechtszaak afwachten.

Hoe meer ik erover nadacht, hoe meer de weegschaal eigenlijk in het voordeel van Eva Maria helde; zij leek immers het meest vastbesloten om te bewijzen dat wij wel bevriend konden zijn, ondanks onze voorouderlijke rivaliteit. En als dat inderdaad zo was, wilde ik haar feestje niet bederven.

Het concert werd georganiseerd door de Accademia Musicale Chigiana in het Palazzo Chigi-Saracini, precies tegenover de kapsalon van mijn vriend Luigi. Ik ging het gebouw binnen door een overdekte poort en kwam uit op een besloten binnenplaats met een loggia eromheen en een oude put in het midden. Ridders op witte paarden, dacht ik bij mezelf, zouden uit die put water hebben gehaald voor hun strijdrossen, en onder mijn hooggehakte sandalen waren de stenen van de vloer glad gesleten door eeuwen van paardenhoeven en karrenwielen. Het was er niet te groot en niet te imponerend, en het Palazzo bezat een bijzondere, kalme waardigheid waardoor ik me afvroeg of de dingen die zich buiten de muren van deze tijdloze vierhoek afspeelden, eigenlijk wel zo belangrijk waren.

Terwijl ik me stond te vergapen aan het mozaïekplafond onder de loggia, overhandigde een zaalwachter me een brochure en wees me de deur naar de concertzaal. Op de trap wierp ik een blik op de brochure, in de verwachting dat het muziekprogramma erin zou staan. Het was echter een korte geschiedenis van het gebouw in verschillende talen, en de Engelse versie begon met:

Palazzo Chigi-Saracini, een van de mooiste palazzi in Siena, was
oorspronkelijk eigendom van de familie Marescotti. Het hart van het
gebouw is heel oud, maar gedurende de middeleeuwen kocht de familie
Marescotti de naastgelegen gebouwen aan, en net als veel andere
machtige families in Siena bouwden ze er een grote toren bij. Vanaf
deze toren werd in 1260 de overwinning bij Montaperti verkondigd met
het geluid van een trommel of tamboerijn.

Ik stond midden op de trap stil om de alinea nog eens te lezen. Als
dit waar was, en als ik de namen in het dagboek van maestro Ambrogio niet helemaal door elkaar had gehaald, was het gebouw waarin ik nu stond oorspronkelijk het Palazzo Marescotti geweest, dat
wil zeggen, het huis van Romeo in 1340.

Pas toen mensen geërgerd langs me heen begonnen te dringen
schudde ik mijn verrassing van me af en liep verder. Wat dan nog,
als het Romeo's huis was geweest? Hij en ik werden door bijna ze-
venhonderd jaar van elkaar gescheiden, en bovendien, indertijd had
hij zijn eigen Julia. Ondanks mijn nieuwe kapsel en mijn kleren was
ik nog altijd maar een slungelige afstammeling van het volmaakte
schepsel dat zij was geweest.

Janice zou me hebben uitgelachen als ze mijn romantische ge-
dachten had gekend. 'Daar gaan we weer,' zou ze hebben gejoeld.
'Juul droomt van een man die ze niet krijgen kan.' En ze had gelijk.
Maar soms waren dat de beste.

Mijn vreemde obsessie met historische figuren was op mijn ne-
gende begonnen met president Jefferson. Terwijl alle anderen – onder wie Janice – hun muren bepleisterden met posters van popslet-
jes met blote middenriffen, was mijn kamer een altaar voor mijn
favoriete '*Founding Father*'. Ik had me heel veel moeite getroost om
de naam *Thomas* te leren kalligraferen, en ik had zelfs een kussen
geborduurd met een gigantische T, dat ik elke avond bij het slapengaan in mijn armen klemde. Helaas vond Janice mijn geheime schrift
en liet het de klas rondgaan, zodat iedereen brulde van het lachen
om mijn fantasievolle tekeningen van mezelf in een sluier en een
bruidsjapon voor het landhuis Monticello, hand in hand met een
wel bijzonder gespierde president Jefferson.

Daarna was iedereen me Jeff gaan noemen, zelfs de leraren, die geen idee hadden waarom ze het deden en die me, verbazend genoeg, niet in elkaar zagen krimpen als ze me in de klas zo aanspraken. Uiteindelijk stak ik mijn hand helemaal niet meer op en verschool me alleen nog achter mijn haar op de achterste rij, in de hoop dat niemand me zou opmerken.

Op de middelbare school richtte ik dankzij Umberto mijn blik op de klassieke wereld, en mijn fantasie sprong van Leonidas de Spartaan naar Scipio de Romein en zelfs een poos naar keizer Augustus, tot ik zijn duistere kant ontdekte. Toen ik eenmaal naar de universiteit ging, was ik zo ver teruggedwaald in de tijd dat mijn held een naamloze holbewoner op de Russische steppen was, die wolharige mammoeten doodde en spookachtige deuntjes speelde op zijn benen fluit onder de volle maan, helemaal alleen.

De enige die opmerkte dat al mijn vriendjes één ding gemeen hadden was uiteraard Janice. Op een avond toen we probeerden te gaan slapen in een tent in de tuin en zij erin geslaagd was om al mijn geheimen een voor een van me los te peuteren, in ruil voor toffees die oorspronkelijk van mij waren, had ze gezegd: 'Jammer dat ze allemaal hartstikke dood zijn.'

'Dat zijn ze niet!' had ik geprotesteerd, meteen vol spijt dat ik haar mijn geheimen had verteld. 'Beroemde mensen blijven eeuwig leven!'

Daarop had Janice alleen maar gesnoven: 'Kan wel zijn, maar wie wil er nou zoenen met een mummie?'

Ondanks de moeite die mijn zus zich had getroost, was het niet vanwege een bevlieging maar uit gewoonte dat ik een lichte huivering van opwinding voelde bij de ontdekking dat ik de geest van Romeo stalkte in zijn eigen huis; de enige voorwaarde om deze fijne relatie zo te houden, was dat Romeo precies bleef wat hij was: dood.

Eva Maria ontving haar hofhouding in de concertzaal, omringd door mannen in donkere pakken en vrouwen in glitterjurken. Het was een hoge zaal, ingericht in de kleuren van melk en honing en afgewerkt met gouden toetsen. Er stonden ongeveer tweehonderd stoelen voor het publiek en aan het aantal mensen te zien dat zich al had verzameld, zou het geen probleem worden om die vol te krijgen. Aan het andere eind van de zaal stemden orkestleden hun instrumenten, en een omvangrijke dame in een rode jurk zag eruit alsof ze dreigde te gaan zingen. Zoals in de meeste zalen in Siena was ook hier niets moderns om het oog te verstoren, behalve hier en daar een tiener met sportschoenen onder zijn bandplooibroek.

Zodra ze me binnen zag komen, wenkte Eva Maria me met een koninklijk gebaar naar haar entourage. Toen ik dichterbij kwam, hoorde ik dat ze me introduceerde met superlatieven die ik niet verdiende en binnen een paar minuten was ik beste maatjes met een paar van Siena's culturele hotshots, waaronder de president van de Monte dei Paschi-bank in het Palazzo Salimbeni.

'Monte dei Paschi is de grootste beschermheer van de kunsten in Siena,' legde Eva Maria uit. 'Niets van wat je hier ziet, zou mogelijk zijn geweest zonder de financiële steun van de stichting.'

De president keek me aan met een glimlachje, evenals zijn vrouw, die vlak naast hem aan zijn elleboog gedrapeerd stond. Net als Eva Maria was ze buitenmatig elegant voor haar leeftijd, en hoewel ik me had gekleed voor de gelegenheid, liet haar blik me weten dat ik nog veel te leren had. Ze fluisterde zelfs iets van die strekking tegen haar man, zo leek het althans.

'Mijn vrouw denkt dat u het niet gelooft,' zei de president plagerig, met een accent en een theatrale intonatie die suggereerden dat hij de tekst van een lied reciteerde. 'Misschien vindt u dat wij te...' Hij moest zoeken naar het juiste woord. 'Trots op onszelf zijn?'

'Niet noodzakelijkerwijs,' zei ik, met brandende wangen onder hun kritische blik. 'Ik vind het alleen... paradoxaal dat het huis Marescotti afhankelijk is van de goodwill van de Salimbeni's om te overleven, meer niet.'

De president erkende mijn logica met een knikje, alsof hij bevestigde dat de superlatieven van Eva Maria passend waren geweest. 'Een paradox, inderdaad.'

'Maar de wereld zit vol paradoxen,' zei een stem vlak achter me.

'Alessandro!' riep de president uit, plotseling een en al jolijt en enthousiasme. 'Je moet kennismaken met signorina Tolomei. Ze oordeelt heel... streng over ons allemaal. Vooral over jou.'

'Natuurlijk doet ze dat.' Alessandro pakte mijn hand en kuste die met gemaakte ridderlijkheid. 'Anders zouden we nooit geloven dat ze een Tolomei was.' Hij keek me recht aan voordat hij mijn hand losliet. 'Is het wel, juffrouw Jacobs?'

Het was een bizar moment. Hij had mij duidelijk niet verwacht op het concert en zijn reactie was voor geen van ons beiden vleiend. Maar ik kon hem niet verwijten dat hij me verhoorde; ik had hem immers nooit teruggebeld sinds hij drie dagen tevoren bij mijn hotel was geweest. Al die tijd had zijn visitekaartje op mijn bureau gelegen, als een slecht voorteken uit een Chinees gelukskoekje; pas vanmorgen vroeg had ik het eindelijk doormidden gescheurd en in de prullenbak gegooid, met het idee dat hij me allang gearresteerd zou hebben als hij dat echt wilde.

'Vind je niet dat Giulietta er lief uitziet vanavond, Sandro?' vroeg Eva Maria, die onze intense blikken verkeerd interpreteerde.

Alessandro wist een glimlach voort te brengen. 'Betoverend.'

'Si, si, maar wie waakt er over ons geld, nu jij hier bent?' kwam de president tussenbeide.

'De geest van de Salimbeni's,' antwoordde Alessandro, die me nog steeds recht aankeek. 'Een bijzonder geduchte macht.'

'*Basta!*' Eva Maria was heimelijk vergenoegd met zijn woorden, maar deed alsof ze haar voorhoofd fronste en tikte hem op zijn schouder met een opgerold programma. 'We zullen allemaal gauw genoeg geesten zijn. Vanavond vieren we het leven.'

Na het concert stond Eva Maria erop om uit eten te gaan, alleen wij drieën. Toen ik tegenstribbelde, speelde ze de verjaardagskaart uit en zei dat het juist vanavond – 'nu ik alweer een bladzijde omsla van de schitterende en deerniswekkende komedie van het leven' – haar enige wens was om naar haar favoriete restaurant te gaan met twee van haar favoriete mensen. Vreemd genoeg maakte Alessandro helemaal geen bezwaar. In Siena sprak men zijn peetmoeder kennelijk niet tegen op haar dag der dagen.

Het favoriete restaurant van Eva Maria stond aan de Via delle Campane, net buiten de grens van de Contrada dell'Aquila, dat wil zeggen, de wijk van de Adelaar. Kennelijk stond haar favoriete tafel op het verhoogde terras buiten, tegenover een bloemist die aan het afsluiten was voor de nacht.

'Zo,' zei ze tegen mij nadat ze een fles Prosecco en een schotel antipasti had besteld. 'Dus jij houdt niet van opera!'

'Jawel!' protesteerde ik, ongemakkelijk zittend omdat mijn over elkaar geslagen benen nauwelijks onder de tafel pasten. 'Ik ben dol op opera. De butler van mijn tante had altijd opera opstaan. Vooral *Aida*. Maar... Aida hoort een Ethiopische prinses te zijn, geen driedubbelbreed wonder van in de vijftig. Het spijt me.'

Eva Maria lachte verrukt. 'Doe wat Sandro doet. Doe je ogen dicht.'

Ik keek even naar Alessandro. Hij had tijdens het concert achter me gezeten en ik had zijn ogen de hele tijd in mijn rug voelen prikken. 'Waarom? Dan is het nog steeds dezelfde vrouw die zingt.'

'Maar de stem komt vanuit de ziel!' verklaarde Eva Maria namens hem terwijl ze zich naar me toe boog. 'Je hoeft alleen maar te luisteren, en dan zie je Aida zoals ze echt is.'

'Dat is wel heel tolerant.' Ik keek naar Alessandro. 'Ben je altijd zo grootmoedig?'

Hij gaf geen antwoord. Dat hoefde hij ook niet.

'Grootmoedigheid is de grootste aller deugden,' zei Eva Maria, die de Prosecco proefde en voor consumptie geschikt achtte. 'Blijf uit de buurt van gierige mensen. Ze zitten gevangen in kleine zielen.'

'Volgens de butler van mijn tante is schoonheid de grootste deugd,' zei ik. 'Maar hij zou zeggen dat grootmoedigheid een vorm van schoonheid is.'

'Waarheid is schoonheid,' zei Alessandro, die eindelijk zijn mond opendeed. 'En schoonheid is waarheid. Volgens Keats. Het leven is heel eenvoudig als je zo kunt leven.'

'Kun jij dat dan niet?'

'Ik ben geen vaas.'

Ik moest lachen, maar bij hem kon er nog geen glimlachje af.

Hoewel ze duidelijk wilde dat we bevriend zouden raken, kon Eva Maria zich er niet toe brengen om dat aan ons over te laten. 'Vertel eens wat meer over je tante!' spoorde ze mij aan. 'Waarom denk je dat ze je nooit heeft verteld wie je was?'

Ik keek van de een naar de ander met het idee dat ze mij hadden besproken en het niet met elkaar eens waren. 'Ik heb geen idee. Ik denk dat ze bang was dat... Of misschien vond ze...' Ik sloeg mijn ogen neer. 'Ik weet het niet.'

'In Siena,' zei Alessandro, bezig met zijn waterglas, 'maakt je naam alle verschil.'

'Namen, namen, namen!' verzuchtte Eva Maria. 'Wat ik niet begrijp is waarom deze tante – Rosa? – je nooit eerder naar Siena heeft meegenomen.'

'Misschien was ze bang,' zei ik, scherper deze keer. 'Bang dat degene die mijn ouders vermoord heeft, mij ook zou vermoorden.'

Eva Maria leunde onthutst achterover. 'Wat een vreselijke opmerking!'

'Nou, gefeliciteerd met je verjaardag!' Ik nam een slok van mijn Prosecco. 'En bedankt voor alles.' Ik keek nijdig naar Alessandro en dwong hem mijn blik te ontmoeten. 'Maak je geen zorgen, ik blijf niet lang.'

'Nee,' zei hij kil. 'Het zal hier wel te vreedzaam zijn naar jouw smaak.'

'Ik houd van vreedzaam.'

In het dennengroen van zijn ogen ving ik nu een waarschuwende glimp op van zijn ziel. Het was een verontrustende aanblik. 'Klaarblijkelijk.'

Zonder antwoord te geven klemde ik mijn tanden op elkaar en concentreerde me op de antipasto. Helaas pikte Eva Maria de fijnere nuances van mijn gevoelens niet op; het enige wat zij zag was mijn verhitte gezicht. 'Sandro, waarom heb je Giulietta niet meegenomen de stad in om haar wat mooie dingen te laten zien?' zei ze, meewaaiend op wat zij zag als geflirt. 'Dat zou ze enig vinden.'

'Vast wel.' Alessandro prikte een olijf aan zijn vork, maar stak hem niet in zijn mond. 'Helaas hebben we geen beelden van kleine zeemeerminnen.'

Toen wist ik zeker dat hij mijn dossier moest hebben bekeken en alles over Julia Jacobs had ontdekt wat er te ontdekken viel. Julia Jacobs, de antioorlogsdemonstrant die amper uit Rome weg was of ze vloog alweer naar Kopenhagen om met het vernielen van de Kleine Zeemeermin te protesteren tegen de betrokkenheid van Denemarken bij de oorlog in Irak. Jammer genoeg kon het dossier hem niet vertellen dat het allemaal een grote vergissing was, en dat Julia Jacobs alleen maar naar Denemarken was gegaan om haar zus te laten zien dat ze heus wel durfde.

Met de huiveringwekkende smaak van woede en angst in mijn keel greep ik blindelings naar de broodmand, hevig hopend dat mijn paniek niet te zien was.

'Nee, maar we hebben andere mooie beelden!' Eva Maria keek naar mij, toen naar hem, en probeerde te begrijpen wat er aan de hand was. 'En fonteinen. Je moet haar meenemen naar de Fontebranda...'

'Misschien wil juffrouw Jacobs wel graag de Via dei Malcontenti zien,' stelde Alessandro voor, Eva Maria onderbrekend. 'Daar brachten we vroeger misdadigers heen zodat hun slachtoffers hen met dingen konden bekogelen, onderweg naar de galg.'

Ik beantwoordde zijn kille blik, zonder nog behoefte te voelen om iets te verbergen. 'Kreeg er ooit iemand gratie?'

'Ja. Dat werd dan verbanning genoemd. Ze kregen het bevel Siena te verlaten en nooit meer terug te keren. In ruil daarvoor werd hun leven gespaard.'

'O, ik begrijp het,' snauwde ik terug. 'Net als jullie familie, de Salimbeni's.' Ik keek even snel naar Eva Maria, die voor de verandering met stomheid geslagen was.

Alessandro reageerde niet meteen. Te oordelen naar het trekken van de spieren in zijn kaak zou hij heel graag op dezelfde toon hebben geantwoord, maar hij wist dat hij dat niet kon doen waar zijn peetmoeder bij was. Ten slotte zei hij met gespannen stem: 'De familie Salimbeni werd in 1429 door de regering onteigend en gedwongen de Republiek Siena te verlaten.'

'Voorgoed?'

'Kennelijk niet. Maar ze werden wel voor lange tijd verbannen.' De manier waarop hij naar me keek suggereerde dat we het nu weer over mij hadden. 'En dat hadden ze waarschijnlijk verdiend.'

'Wat gebeurde er dan met ze, als ze toch terugkwamen?'

'Dan...' Hij zweeg even voor het effect, en het viel me op dat het groen van zijn ogen eigenlijk niet leek op dat van gebladerte, maar koud en gekristalliseerd was, zoals de schijf malachiet die ik als een speciale schat had meegenomen in de vierde klas, voordat de onderwijzer uitlegde dat het mineraal gedolven werd om er koper aan te onttrekken en daarmee natuurlijk schadelijk was voor het milieu. 'Dan moeten ze wel een hele goede reden hebben gehad.'

'Genoeg!' Eva Maria hief haar glas. 'Geen ballingschap meer. Geen ruzies. Nu zijn we allemaal vrienden.'

Ongeveer tien minuten lang wisten we een beleefd gesprek te voeren. Daarna verontschuldigde Eva Maria zich om naar het toilet te gaan en werden Alessandro en ik aan elkaars lot overgelaten. Toen ik even naar hem keek, zag ik zijn blik over mijn lichaam glijden en heel even slaagde ik erin mezelf te overtuigen dat het allemaal niets meer dan een kat-en-muisspelletje was, om te zien of ik genoeg pit had om een week lang zijn speeltje te zijn. Nou, dacht ik bij mezelf, wat die kat ook van plan is, er staat hem een akelige verrassing te wachten.

Ik reikte naar een plakje worst. 'Geloof jij in vergiffenis?'

'Het interesseert me niet wat je in Rome hebt gedaan,' zei Alessandro terwijl hij het bord naar mij toe schoof. 'Of ergens anders. Maar Siena interesseert me wel. Vertel dus eens waarom je hier bent?'

'Is dit een verhoor?' vroeg ik met mijn mond vol. 'Moet ik mijn advocaat bellen?'

Hij boog zich naar me toe en zei zachtjes: 'Ik kan je zo in de gevangenis zetten...' Hij knipte vlak voor mijn neus met zijn vingers. 'Wil je dat echt?'

Ik schepte mijn bord nog wat voller en hoopte dat hij het trillen van mijn handen niet zou opmerken toen ik zei: 'Weet je, machtspelletjes hebben bij mij nooit goed gewerkt. Misschien deden ze wonderen voor je voorouders, maar misschien herinner jij je ook wel dat mijn eigen voorouders er nooit bijster van onder de indruk waren.'

'Oké.' Hij leunde achterover in zijn stoel en veranderde van tactiek. 'Wat denk je hiervan: ik laat je met rust, op één voorwaarde. Dat je uit de buurt van Eva Maria blijft.'

'Waarom zeg je dat niet tegen haar?'

'Ze is een bijzondere vrouw, en ik wil niet dat ze gekwetst wordt.'

Ik legde mijn vork neer. 'En ik wel? Is dat wat je van me denkt?'

'Wil je dat echt weten?' Alessandro bekeek me van top tot teen alsof ik een te duur kunstvoorwerp was dat te koop stond. 'Ik denk dat je mooi en intelligent bent... en een geweldige actrice...' Toen hij mijn verwarring bemerkte, fronste hij zijn voorhoofd en ging verder, strenger: 'Ik denk dat iemand je heel veel geld heeft betaald om je hier te komen voordoen als Giulietta Tolomei...'

'Wat?!'

'... en ik denk dat het deel uitmaakt van je opdracht om zo dicht mogelijk bij Eva Maria te komen. Maar raad eens: dat ga ik niet laten gebeuren.'

Ik wist nauwelijks waar ik moest beginnen. Gelukkig waren zijn aantijgingen zo onwaarschijnlijk dat ik te verbijsterd was om werkelijk gekrenkt te zijn. 'Waarom geloof je niet dat ik Giulietta Tolomei ben?' vroeg ik ten slotte. 'Is het omdat ik geen babyblauwe ogen heb?'

'Wil je weten waarom? Dat zal ik je zeggen.' Hij leunde voorover met zijn ellebogen op tafel. 'Giulietta Tolomei is dood.'

'En hoe verklaar je dan dat ik hier zit?' antwoordde ik, eveneens voorovergeleund.

Hij keek me heel lang aan, zocht iets in mijn gezicht dat er op de een of andere manier niet was. Uiteindelijk wendde hij met strakgetrokken lippen zijn blik af, en ik wist dat ik hem om de een of andere reden niet had overtuigd, en waarschijnlijk nooit zou overtuigen.

'Weet je wat...' Ik duwde mijn stoel naar achteren en stond op. 'Ik ga je raad opvolgen en mezelf uit het gezelschap van Eva Maria verwijderen. Bedank haar namens mij voor het concert en het eten, en zeg dat ze haar kleren terug kan krijgen wanneer ze maar wil. Ik heb ze niet meer nodig.'

Ik wachtte zijn antwoord niet af, maar beende zonder omkijken het terras af en het restaurant uit. Zodra ik de eerste hoek om sloeg en uit het zicht was verdwenen, voelde ik tranen van woede opwellen en ondanks mijn hoge hakken begon ik te rennen. Als ik iets niet wilde, was het dat Alessandro me inhaalde en zich verontschuldigde voor zijn onbeleefdheid, mocht hij menselijk genoeg zijn om dat te proberen.

Toen ik die avond naar huis liep, bleef ik in de schaduw en koos de minder drukke straten. Wandelend door het donker – eerder in de hoop dan in de wetenschap dat ik de goede kant op ging – ging ik zo op in het herkauwen van mijn discussie met Alessandro, en meer in het bijzonder van alle briljante dingen die ik had kunnen zeggen, maar niet had gezegd, dat het even duurde voordat ik besefte dat ik werd gevolgd.

In het begin was het niet veel meer dan het griezelige gevoel dat ik bekeken werd. Maar al snel begon ik de flauwe geluiden te horen van iemand die stiekem achter me aan liep. Als ik snel doorliep, ving ik geschuifel van kleren en zachte zolen op, maar als ik langzamer ging lopen verdween het geschuifel, en hoorde ik alleen nog maar een onheilspellende stilte, wat bijna nog erger was.

Toen ik ineens zomaar een straat in sloeg, ving ik vanuit mijn ooghoek een beweging en een mannelijke gestalte op. Tenzij ik me heel erg vergiste, was het dezelfde engerd die me een paar dagen eerder had gevolgd, toen ik het Palazzo Tolomei uitkwam met het kistje van mijn moeder. Mijn hersenen hadden onze eerdere ontmoeting kennelijk opgeslagen onder 'gevaar', en nu ze zijn gestalte en tred herkenden, klonk er een oorverdovend evacuatiealarm dat alle rationele gedachten uit mijn hoofd verdreef en me mijn schoenen uit deed trekken om het – voor de tweede keer die avond – op een lopen te zetten.

II

Heb ik ooit werk'lijk liefgehad? Mijn oog zweert: neen!
Nooit zag ik ware schoonheid, tot vannacht.

SIENA, 1340 A.D.

De nacht was rijp van ondeugd.

Zodra Romeo en zijn neven uit het zicht van de toren van Marescotti waren, stoven ze hijgend en lachend de hoek om. Het was die avond wel heel simpel geweest om uit huis te ontsnappen, want het Palazzo Marescotti was vol met familiebezoek uit Bologna, en de vader van Romeo, comandante Marescotti, had met tegenzin een banket met muzikanten georganiseerd om iedereen te vermaken. Wat had Bologna immers te bieden dat Siena niet tienvoudig kon overtreffen?

Voor de zoveelste keer overtraden ze het uitgaansverbod van de comandante, en Romeo en zijn neven hielden even halt om de bonte carnavalsmaskers op te zetten die ze altijd droegen tijdens hun nachtelijke escapades. Terwijl ze stonden te worstelen met knopen en strikken kwam hun slager voorbij met een grote ham voor het feest en een slagersjongen met een fakkel, maar hij was te verstandig om de jongelui te herkennen. Op een dag zou Romeo heer en meester van het Palazzo Marescotti zijn, en daarmee degene die de bestellingen betaalde.

Toen de maskers eindelijk goed zaten, zetten de jongemannen hun fluwelen petten weer op zodat pet en masker hun gelaatstrekken zo goed mogelijk verborgen. Grinnikend bij de aanblik van zijn vrienden nam een van hen de luit die hij bij zich droeg en speelde een paar vrolijke akkoorden. 'Giu-hu-hu-lietta!' zong hij met een plagerige kopstem. 'Was ik maar je vo-ho-hogeltje, je kleine, lustige vo-ho-ho-o-geltje...' Hij hipte een paar keer als een vogel op en neer en iedereen proestte van het lachen, behalve Romeo.

'Leuk hoor!' sneerde Romeo. 'Blijf maar grappen maken over mijn littekens, dan zal ik jou er een paar bezorgen!'

'Kom op,' zei iemand anders ongeduldig: 'Als we niet opschieten ligt ze al in bed, dan is je serenade alleen nog maar een slaapliedje.'

In voetstappen gemeten was hun tocht die avond niet lang, nauwelijks vijfhonderd stappen. Maar in elk ander opzicht was het een odyssee. Ondanks het late uur krioelden de straten van het volk – bewoners mengden zich met buitenlanders, kopers met verkopers, pelgrims met dieven – en op elke hoek stond een profeet met een waskaars luidkeels de materialistische wereld te veroordelen, ondertussen elke passerende prostituee belorend met de blik van een hond op een verboden slinger van kronkelende, smakelijke worsten.

Met hun ellebogen baanden de jongelingen zich een weg door de straten, sprongen hier over een goot, daar over een bedelaar, en doken onder bestellingen en draagstoelen door tot ze uiteindelijk aan de rand van de Piazza Tolomei halt hielden. Romeo keek reikhalzend waarom de menigte stilstond en ving een blik op van een kleurige gestalte die op en neer dobberde in de zwarte avondlucht op de treden voor de ingang van San Cristoforo-kerk.

'Kijk!' zei een van zijn neven. 'Tolomei heeft San Cristoforo voor het eten uitgenodigd. Maar hij is niet versierd. Schande!'

Ze keken allemaal vol ontzag hoe de door fakkels verlichte processie van de kerk over de piazza naar het Palazzo Tolomei liep, en Romeo wist opeens dat dit zijn kans was om het grimmige huis door de voordeur binnen te komen, in plaats van stompzinnig onder het veronderstelde raam van Giulietta te staan. Een lange rij gewichtige mensen wandelde achter de priesters die de heilige droegen, en ze droegen allemaal carnavalsmaskers. Het was algemeen bekend dat Messer Tolomei om de paar maanden een gemaskerd bal organiseerde om verbannen bondgenoten en wetteloze familieleden zijn huis binnen te smokkelen. Als hij dat niet deed, kon hij zijn dansvloer amper vol krijgen.

'We hangen duidelijk in de klauwen van Vrouwe Fortuna,' zei Romeo terwijl hij zijn neven om zich heen schaarde. 'Of ze helpt ons nu alleen om ons straks te verpletteren zodat ze eens flink kan lachen. Kom mee!'

'Wacht!' zei een van zijn neven. 'Ik vrees...'

'Je vreest te vroeg!' onderbrak Romeo hem. 'Vooruit, kloeke knapen!'

De verwarring op de treden van de San Cristoforo was precies wat Romeo nodig had om een fakkel uit een muurdrager te stelen en op zijn nietsvermoedende prooi aan te vallen: een oudere weduwe, zo te zien zonder metgezel. 'Alstublieft,' zei hij, terwijl hij haar zijn arm bood. 'Messer Tolomei heeft ons gevraagd om te zorgen dat u het naar uw zin heeft.'

De veelbelovende gespierdheid van zijn arm en de brutale grijnzen van zijn metgezellen schenen de vrouw bepaald niet onwelgevallig. 'Dat zou dan voor het eerst zijn,' zei ze met enige waardigheid. 'Maar ik moet zeggen, hier maakt hij veel mee goed.'

Iemand die het niet met eigen ogen had gezien zou het onmogelijk toeschijnen, maar toen Romeo hun palazzo binnenkwam, moest hij wel tot de conclusie komen dat de Tolomei's de Marescotti's wat fresco's betreft hadden weten te overtreffen. Niet alleen vertelde elke muur weer een ander verhaal over de overwinningen van de Tolomei's in het verleden en de vroomheid van de Tolomei's in het heden, maar zelfs de plafonds waren toonbeelden van godvrezende zelfpromotie. Als Romeo alleen was geweest, zou hij zich met zijn hoofd in zijn nek hebben staan vergapen aan de talloze exotische schepselen die deze privéhemel doorkruisten. Hij was echter niet alleen; langs elke muur stonden volledig bewapende, in livrei geklede schildwachten in de houding, en de angst voor ontdekking was genoeg om zijn roekeloosheid te bedwingen en de weduwe zorgvuldig de nodige complimenten te geven terwijl ze zich opstelden voor de openingsdans.

Als de weduwe zich even tevoren nog afgevraagd had wat Romeo's status precies was – de geruststellende kwaliteit van zijn kledij werd enigszins gecompromitteerd door de verdachte manier waarop hij haar gezelschap had verworven – verzekerde de houding die hij innam voor de dans haar in elk geval van zijn edele afkomst.

'Wat heb ik een geluk vanavond,' mompelde ze, voorzichtig opdat niemand anders dan hij haar zou horen. 'Maar zeg eens, ben je hier gekomen met een bepaalde onderneming in gedachten, of ben je hier alleen om... te dansen?'

Gladjes, noch te veel, noch te weinig belovend antwoordde Romeo: 'Ik moet toegeven dat ik schandalig dol ben op dansen. Echt, dat kan ik uren volhouden, zonder te rusten.'

De vrouw lachte discreet, haar nieuwsgierigheid voorlopig bevredigd. Tijdens de dans veroorloofde ze zich meer vrijheden dan hem aangenaam was; af en toe streelde ze over zijn fluwelen buitenkant op zoek naar steviger vlees daaronder, maar Romeo was te afgeleid om haar te ontwijken.

Het enige waarvoor hij die avond belangstelling had, was de jonge vrouw vinden wier leven hij had gered, en wier lieflijke trekken maestro Ambrogio bijna gevangen had in een schitterend portret. De Maestro had geweigerd hem haar naam te zeggen, maar het had Romeo weinig tijd gekost om daar zelf achter te komen. Al een week na haar aankomst ging door de hele stad het gerucht dat Messer Tolomei een buitenlandse schone had meegebracht naar de mis op zondagochtend – een buitenlandse schone met ogen zo blauw als de oceaan, die Giulietta heette.

Terwijl hij nog eens de zaal rondkeek – een hoorn des overvloeds van mooie, zwierende vrouwen in bonte jurken en mannen die hen wilden vangen – begreep Romeo maar niet waarom het meisje nergens te bekennen was. Een schoonheid zoals zij zou toch zeker van arm tot arm gaan, nooit vrij om te rusten; haar te bevrijden van alle andere jongemannen die naar haar aandacht snakten, zou de enige uitdaging moeten zijn. Dat was een uitdaging die Romeo al vele malen was aangegaan, en een spel waar hij van genoot.

Geduld was altijd zijn eerste stap, zoals een Griekse prins voor de muren van Troje; geduld en volharding, terwijl alle rivalen zich om beurten belachelijk maakten. Dan kwam het eerste contact, een plagerige, veelbetekenende glimlach, met haar samenzwerend tegen de anderen. Wat later, een lange blik vanaf de andere kant van de zaal, een duistere blik zonder glimlach, en bij God, de volgende keer dat hun handen elkaar ontmoetten in de reidans zou haar hart zo wild tekeergaan in haar borst dat hij het kon zien kloppen in haar blote hals. En daar, precies op die plek, zou hij zijn eerste kus plaatsen...

Maar zelfs het homerische geduld van Romeo werd tot het uiterste beproefd; de ene dans volgde op de andere, de gasten draaiden als hemellichamen rond en tussen de dansers ontstond elke mogelijke constellatie, behalve juist die ene waar hij op hoopte. Omdat ze allemaal gemaskerd waren kon hij er niet helemaal zeker van zijn, maar aan hun kapsels en hun glimlachjes te zien, was het meisje dat hij het hof wilde maken er niet bij. Haar vanavond niet zien zou een ramp zijn, want alleen een gemaskerd bal kon hem deze clandestiene toegang tot het Palazzo Tolomei verlenen, en dan zou hij weer serenades moeten zingen onder haar balkon – waar dat ook wezen mocht – met een stem die door de Schepper nooit bedoeld was om te zingen.

Het gevaar bestond natuurlijk dat de geruchten hem hadden misleid en dat het blauwogige meisje bij de mis iemand anders was geweest. In dat geval waren zijn hanentreden op de dansvloer van Messer Tolomei vanavond slechts tijdverspilling; het meisje waar hij voor was gekomen, lag waarschijnlijk zoet te slapen in een ander huis in de stad. Romeo was daar al bijna bang voor, toen hij plotseling – midden in een galante buiging tijdens de *ductia* – bevangen werd door het sterke gevoel dat hij bekeken werd.

Door een draai te introduceren waar geen draai voorgeschreven was, kon Romeo met zijn blik de hele zaal bestrijken. En eindelijk zag hij een gezicht, half omsluierd door haar, dat rechtstreeks naar hem keek vanuit de schaduwen van de loggia op de bovenverdieping. Net had hij echter de ovale vorm herkend als het hoofd van een vrouw, toen ze zich weer terugtrok in de schaduwen, alsof ze ontdekking vreesde.

Met een blos van opwinding zwierde hij terug naar zijn partner. Ook al had het lot hem slechts een glimp van de dame daarboven vergund, in zijn hart twijfelde hij er niet aan dat de gestalte die hij had gezien, toebehoorde aan de lieflijke Giulietta. En zij had ook naar hem gekeken, alsof ze op de een of andere manier wist wie hij was en waarom hij was gekomen.

Een nieuwe ductia voerde hem in kosmische luister de zaal rond, en daarna nog de *estampie*, voordat Romeo eindelijk een neef ontwaarde in de menigte en hem met een veelbetekenende blik bij zich wist te roepen. 'Waar ben je geweest?' siste hij. 'Zie je niet dat ik hier kapotga?'

'Je bent me dank verschuldigd, geen vloeken!' fluisterde de ander terwijl hij de dans overnam. 'Want dit is een miezerig feest met miezerige wijn en miezerige vrouwen, en... wacht even!'

Maar Romeo was al onderweg, doof voor ontmoedigende woorden en blind voor de verwijtende blik van de weduwe toen hij op de vlucht sloeg. Op een avond als deze, wist hij, bleef voor een brutaal mens geen deur gesloten. Met alle dienstboden en schildwachten aan het werk op de begane grond, was alles daarboven voor de minnaar wat het bosmeertje is voor de jager: een zoete belofte voor een geduldig man.

Daarboven, op de eerste verdieping, maakten de duizelingwekkende dampen van het feest beneden de ouden jong, de wijzen dwaas, en de gierigen gul, en terwijl hij over de galerij liep passeerde hij meermaals donkere nissen vol ruisende zijde en gedempt gegiechel. Hier en daar verried een bleke flits de strategische verwijdering van kledingstukken, en toen hij langs een wel bijzonder wellustige plek kwam, bleef hij bijna staan kijken, geboeid door de eindeloze flexibiliteit van het menselijk lichaam.

Hoe verder hij zich echter van de trap verwijderde, hoe stiller de nissen, en toen hij eindelijk de loggia betrad die op de dansvloer uitkeek, was er niemand meer te zien. Waar Giulietta had gestaan, half verborgen achter een marmeren zuil, heerste nu slechts leegte, en aan het einde van de loggia was een gesloten deur die zelfs hij niet durfde te openen.

Zijn teleurstelling was groot. Waarom had hij zich niet eerder bevrijd uit de dans, zoals een vallende ster ontsnapt aan de onsterfelijke verveling van het firmament? Waarom was hij er zo zeker van geweest dat ze hier nog op hem zou staan wachten? Waanzin. Hij had zichzelf een sprookje wijsgemaakt, en nu was het tijd voor de tragische afloop.

Net op dat moment, toen hij zich omdraaide om te vertrekken, ging de deur aan het einde van de loggia open, en een tengere gestalte met vlammend haar glipte door de deuropening – als een eeuwenoude dryade uit een scheur in de tijd – voordat de deur zich met een holle klap weer sloot. Even was er geen beweging en geen ander geluid dan de muziek beneden, maar Romeo meende dat hij iemand hoorde ademen, iemand die was geschrokken toen ze hem daar zag staan, vaag opdoemend in de schaduwen, en nu worstelde om te ontspannen.

Misschien had hij een geruststellend woord moeten spreken, maar zijn opwinding was te groot om te worden bedwongen door goede manieren. In plaats van zijn verontschuldigingen aan te bieden omdat hij zich hier had binnengedrongen, of liever nog zijn naam te noemen, trok hij alleen zijn carnavalsmasker af en liep geestdriftig op haar toe om haar uit de schaduwen te lokken en eindelijk haar levende gezicht te onthullen.

Ze sprak hem niet aan en deinsde ook niet terug, maar liep naar de rand van het balkon en keek op de dansers neer. Bemoedigd liep Romeo met haar mee en toen ze over de balustrade leunde, smaakte hij het genoegen haar profiel te zien stralen in het licht van beneden. Waar maestro Ambrogio de hooggeboren lijnen van haar schoonheid misschien had overdreven, had hij de glans van haar ogen geen recht gedaan, evenmin als het mysterie van haar glimlach. En het ontdekken van de rijpe zachtheid van haar ademende lippen had hij aan Romeo zelf overgelaten.

'Dit moet dan het beroemde hof zijn van de koning der lafaards,' begon het meisje nu.

Romeo verbaasde zich over de verbittering in haar stem en wist niet wat zijn antwoord moest zijn.

Nog steeds zonder zich om te draaien ging ze door: 'Wie anders zou een nacht lang druiven voeren aan een beeld, terwijl er moordenaars in de stad paraderen en opscheppen over hun daden? En welk fatsoenlijk mens zou een feest als dit zelfs maar overwegen, als zijn eigen broer...' Ze kon niet verder spreken.

'De meeste mensen noemen Messer Tolomei een dapper man,' zei Romeo, zijn stem zelfs voor hem een vreemde.

'Dan hebben de meeste mensen het mis,' antwoordde ze. 'En u, *signore*, verspilt uw tijd. Ik zal vanavond niet dansen; mijn hart is te bezwaard. Keer maar terug naar mijn tante en geniet van haar strelingen; van mij zult u er geen krijgen.'

'Ik ben hier niet als danser,' zei Romeo, en hij kwam vrijpostig naderbij. 'Ik ben hier omdat ik niet weg kan blijven. Wil je me niet aankijken?'

Ze zweeg even en dwong zich om niet te bewegen. 'Waarom zou ik naar je kijken? Doet je ziel zozeer onder voor je lichaam?'

'Ik kende mijn ziel niet,' zei Romeo, zijn stem richtend naar haar hart, 'tot ik hem in jouw ogen weerspiegeld zag.'

Ze antwoordde niet meteen, maar toen ze dat deed, was haar stem scherp genoeg om zijn moed te verwonden: 'En wanneer heb jij dan mijn ogen geschonden met je eigen beeld? Voor mij ben je niet meer dan de verre gestalte van een uitstekende danser. Welke duivel heeft mijn ogen gestolen en aan jou gegeven?'

'Slaap was de schuldige,' zei Romeo, die naar haar profiel staarde en hoopte op de terugkeer van haar glimlach. 'Hij nam ze van je kussen en bracht ze bij mij. Ach, de zoete kwelling van die droom!'

'Slaap is de vader van de Leugen,' reageerde het meisje, haar hoofd nog steeds koppig afgewend.

'Maar de moeder van Hoop.'

'Misschien. Maar de eerstgeborene van Hoop is Tragedie.'

'Je spreekt met de vertrouwde genegenheid die men slechts voor verwanten bewaart.'

'O, nee!' riep ze uit, haar stem schril van bitterheid. 'Ik zou niet durven bogen op zulke verheven connecties. Als ik dood ben, mocht ik op grootse, godvruchtige wijze sterven, dan mogen de geleerden twisten over mijn bloedlijn.'

'Je bloedlijn interesseert me niet,' zei Romeo en hij beroerde vrijpostig haar hals met zijn vinger. 'Alleen het volgen van zijn zoete sporen op je huid.'

Even bracht zijn aanraking haar tot zwijgen. En toen ze weer sprak, deed het ademloze van haar woorden de bedoelde afwijzing teniet. 'Dan vrees ik dat je teleurgesteld zult worden,' zei ze over haar schouder. 'Mijn huid beschrijft namelijk geen mooi verhaal, maar een kroniek van slachting en wraak.'

Dapperder nu ze zijn eerste afgezant had toegelaten, legde Romeo zijn handen op haar schouders en boog zich voorover om haar door het zijden scherm van haar haren toe te spreken. 'Ik heb van je verlies gehoord. Er is geen hart in Siena dat niet meeleeft met je verdriet.'

'Ja, dat is er wel! Het woont hier in Palazzo Tolomei, en het is niet in staat tot menselijke gevoelens!' Ze schudde zijn handen af. 'Hoe vaak heb ik al niet gewenst dat ik een man was!'

'Als man geboren worden behoedt niet voor smart.'

'O, nee?' Eindelijk wendde ze zich naar hem, spottend met zijn ernst. 'En welke smarten heb jij, signore, vertel?' Haar ogen, zelfs in het donker levendig, bekeken hem geamuseerd van top tot teen en bleven toen rusten op zijn gezicht. 'Nee, net wat ik dacht, jij bent te knap om smart te kennen. Eigenlijk heb je de stem en het gezicht van een dief.'

Toen hij verontwaardigd keek, lachte ze fel en zei: 'Ja, een dief. Maar een dief die meer geeft dan hij neemt, en zichzelf daarom eerder grootmoedig vindt dan gulzig, eerder een engel dan een onmens. Spreek me tegen als je kunt. Jij bent een man die nooit een geschenk onthouden is. Hoe kan zo'n man ooit verdriet hebben gekend?'

Romeo ontmoette haar plagende blik zelfverzekerd. 'Geen man vertrok ooit op een queeste zonder het eindpunt te willen bereiken. Maar welke pelgrim wijst onderweg een maaltijd en een bed af? Neem mij de duur van mijn reis niet kwalijk. Als ik geen reiziger was, zou ik nooit op jouw oever zijn aangeland.'

'Maar welke exotische ongetemde kan een zeeman voor altijd op de walkant houden? Welke pelgrim wordt zijn huiselijke stoel mettertijd niet moe en vertrekt naar nog verdere, nog onontdekte altaren?'

'Je woorden doen ons geen van beiden recht. Ik smeek je, noem mij niet wispelturig voor je zelfs mijn naam maar kent.'

'Wijt het aan mijn lompe aard.'

'Ik zie niets dan schoonheid.'

'Dan zie je mij dus helemaal niet.'

Romeo pakte haar hand en dwong die geopend tegen zijn wang. 'Ik zag je, ongetemde liefste, voor je mij zag. Maar jij hoorde mij, voor ik jou hoorde. En zo hadden wij kunnen voortleven, onze liefde gescheiden door onze zintuigen, als Vrouwe Fortuna jou vanavond geen ogen had geschonken en mij oren.'

Het meisje fronste haar voorhoofd. 'Je poëzie is raadselachtig. Wil je dat ik je begrijp, of hoop je dat ik mijn domheid voor jouw wijsheid aan zal zien?'

'Bij God!' riep Romeo uit. 'Vrouwe Fortuna is een plaaggeest! Ze schonk je ogen, maar stal in ruil daarvoor je oren. Giulietta, herken je de stem van je ridder dan niet?' Hij stak zijn hand uit om haar wang weer aan te raken zoals hij had gedaan toen ze voor dood in de kist lag. 'Herken je dan zijn aanraking niet?' voegde hij eraan toe, zijn stem weinig meer dan gefluister.

Heel even verzachtte Giulietta haar houding en leunde tegen zijn hand, troost zoekend in zijn nabijheid. Maar net toen Romeo dacht dat ze zich aan hem overgaf, zag hij tot zijn verbazing dat haar ogen zich vernauwden. In plaats van de poorten van haar hart voor hem te openen, die tot nog toe wantrouwig op een kier stonden, deed ze abrupt een stap achteruit en ontweek zijn hand. 'Leugenaar! Wie heeft je hierheen gestuurd om met mij te spelen?'

Hij hapte verrast naar adem. 'Lieve Giulietta...'

Maar ze wilde niet luisteren en duwde hem weg. 'Verdwijn! Ga weg en lach me uit met al je vrienden!'

'Ik zweer het je!' Romeo hield stand en reikte naar haar handen, maar die gaf ze hem niet. Bij gebrek aan beter pakte hij haar bij haar schouders om haar stil te houden, wanhopig wensend dat ze naar hem zou luisteren.

'Ik ben de man die jou en broeder Lorenzo redde van de struikrovers,' zei hij dringend. 'En jij bent de stad binnengekomen onder mijn bescherming. Ik heb je in het atelier van de Maestro in de kist zien liggen...'

Bij die woorden zag hij dat haar ogen zich opensperden in het besef dat hij de waarheid vertelde, maar in plaats van dankbaarheid was haar gezicht vervuld van angst.

'Ik begrijp het,' zei ze met onzekere stem. 'En nu kom je hier je verdiende loon halen?'

Pas nu hij haar angst zag, begreep Romeo dat hij zich te veel vrijheid veroorloofde door haar bij haar schouders te grijpen, en dat ze in die greep wel moest twijfelen aan zijn bedoelingen. Zichzelf vervloekend om zijn impulsiviteit liet hij haar teder los en deed een stap achteruit, in de hoop dat ze niet weg zou lopen. Deze ontmoeting verliep niet zoals hij zich had voorgesteld, integendeel. Al nachtenlang droomde hij van het moment waarop Giulietta haar balkon op zou komen, naar buiten gelokt door zijn serenade, haar handen op haar hart ineengeslagen in bewondering voor zijn persoon, zo niet zijn lied.

Met een smeekbede om vergiffenis in zijn ogen zei hij: 'Ik ben gekomen om je beminde stem mijn naam te horen zeggen. Dat is alles.'

Nu ze zijn oprechtheid zag, durfde ze te glimlachen. 'Romeo. Romeo Marescotti,' fluisterde ze. 'Door de hemel gezegend. Zo, wat ben ik je nog meer verschuldigd?'

Hij zette bijna weer een stap dichterbij, maar wist zich te beheersen en zijn afstand te bewaren. 'Je bent me niets verschuldigd, maar ik wil alles. Ik heb je in de hele stad gezocht sinds ik hoorde dat je leefde. Ik wist dat ik je moest zien en... met je moest praten. Ik heb zelfs tot God gebeden...' Schaapachtig brak hij zijn zin af.

Giulietta keek hem een hele tijd aan, haar blauwe ogen vol verbazing. 'En wat heeft God je gezegd?'

Romeo kon zich niet langer inhouden maar greep haar hand en bracht die aan zijn lippen. 'Hij zei dat je vanavond hier zou zijn en op me wachtte.'

'Dan moet jij het antwoord zijn op mijn gebeden,' zei ze, en ze keek verwonderd toe hoe hij telkens weer haar hand kuste. 'Vanmorgen nog, in de kerk, bad ik om een man, een held, om de gruwelijke dood van mijn familie te wreken. Nu zie ik dat ik me vergiste toen ik om een onbekende vroeg. Want jij doodde de bandiet op de weg en beschermde me vanaf het moment dat ik hier aankwam. Ja...' Ze raakte met haar andere hand zijn gezicht aan. 'Ik geloof dat jij mijn held bent.'

'Dat is me een grote eer,' zei Romeo terwijl hij overeind kwam. 'Ik wil niets liever dan jouw ridder zijn.'

'Mooi,' zei Giulietta. 'Doe mij dan een groot plezier. Zoek die bastaard, Salimbeni, en doe hem lijden zoals hij de mijnen heeft doen lijden. En als je klaar bent, breng me dan zijn hoofd in een doos, zodat hij hoofdeloos ronddwaalt in de zalen van de hel.'

Romeo slikte moeizaam, maar knikte desondanks. 'Jouw wens is mijn bevel, liefste engel. Geef je me enkele dagen voor die opdracht, of moet hij vannacht al lijden?'

'Dat laat ik aan jou over,' zei Giulietta met bevallige bescheidenheid. 'Jij bent de deskundige wat het doden van Salimbeni's betreft.'

'En als ik dat heb volbracht,' zei Romeo met haar beide handen in de zijne, 'Geef je me dan een kus voor mijn moeite?'

'Als je dat hebt volbracht,' antwoordde Giulietta terwijl ze toekeek hoe hij zijn lippen op haar polsen drukte, eerst op de ene, toen op de andere, 'geef ik je alles wat je verlangt.'

III

Ze rust als op de wangen van de nacht,
'n Rijk juweel in een zwarte, Moorse baard.

De stad Siena was in diepe slaap en kende geen mededogen. De straten en stegen waar ik die nacht doorheen rende waren slechts donkere rivieren van stilte en alles wat ik tegenkwam – scooters, vuilnisbakken, auto's – was in mistig maanlicht gesluierd, alsof het voor honderd jaar betoverd was op dezelfde plek. De gevels van de huizen om me heen keken al even afwerend, de deuren leken aan de buitenkant geen knoppen te hebben en elk raam was grondig afgesloten en afgedekt met luiken. Wat er ook gebeurde in de nachtelijke straten van deze eeuwenoude stad, de bewoners wilden er niets mee te maken hebben.

Toen ik even stilstond, hoorde ik dat de schurk, ergens in de schaduwen achter me, ook was gaan rennen. Hij deed geen moeite om te verbergen dat hij achter me aan zat; zijn tred was zwaar en onregelmatig, zijn schoenzolen krasten op de hobbelige keistenen, en zelfs als hij stilstond om mijn spoor op te snuiven, hijgde hij hevig, als een man die niet gewend is aan lichamelijke inspanning. Toch kon ik niet aan hem ontsnappen, want hoe stil of hoe snel ik me ook bewoog, hij wist me op het spoor te blijven en om elke hoek te volgen, alsof hij mijn gedachten kon lezen.

Met pijnlijk kloppende blote voeten van het bonzen tegen het stenen plaveisel struikelde ik door een smalle doorgang aan het eind van een steegje, in de hoop dat er aan de andere kant een ontsnappingsroute was, liefste meerdere. Dat was niet zo: ik was in een doodlopende steeg beland, aan alle kanten ingesloten door hoge huizen. Er stond niet eens een muur of een hek waar ik overeen kon klimmen, geen vuilnisbak om me achter te verstoppen, en het enige wat ik had om me mee te verdedigen waren de puntige hakken van mijn schoenen.

Ik draaide me om naar mijn noodlot en zette me schrap voor de confrontatie. Wat kon hij in vredesnaam willen? Mijn tas? Het kruis om mijn hals?... Mij? Of misschien wilde hij weten waar de familiejuwelen verborgen waren, maar dat wilde ik ook, en op dit moment had ik hem niets bevredigends te vertellen. Helaas konden de meeste dieven volgens Umberto slecht tegen teleurstellingen, dus groef ik haastig in mijn handtas naar mijn portemonnee, in de hoop dat mijn creditcards er flitsend genoeg uit zouden zien om overtuigend te zijn. Behalve ikzelf wist niemand dat ze zo'n twintigduizend dollar aan schulden vertegenwoordigden.

Terwijl ik daar stond te wachten op het onvermijdelijke vervolg, werd het geluid van mijn bonkende hart overstemd door het gebrul van een naderende motorfiets. En in plaats van de schurk triomfantelijk bij de ingang van de doodlopende steeg te zien verschijnen, zag ik een flits van zwart metaal toen de motorfiets voorbijvloog en de straat in de andere richting uit reed. Hij verdween echter niet, maar remde ineens met piepende banden, keerde om en reed nog een paar keer langs, zonder bij mij te stoppen. Toen pas hoorde ik het geluid van iemand die hijgend van paniek de straat uitvluchtte en om een verre hoek verdween met de motorfiets op zijn hielen, als een prooi op de vlucht voor een roofdier.

En toen was het plotseling stil.

Een paar tellen gingen voorbij – misschien wel een halve minuut – maar noch de schurk, noch de motorfiets keerde terug. Toen ik eindelijk de steeg uit durfde, kon ik zelfs de volgende straathoek in geen van beide richtingen onderscheiden. Verdwaald zijn in het donker was echter de minste van de kwaden die mij vannacht waren overkomen, en zodra ik een telefooncel vond, kon ik direttore Rossini in het hotel bellen om de weg te vragen. Hoe verdwaald en ellendig ik ook was, mijn verzoek zou hem ongetwijfeld plezier doen.

Toen ik de straat inliep, zag ik na een paar meter ineens iets in het donker opdoemen. Ik kneep mijn ogen toe om beter te kunnen zien.

Het was een motorfiets met een berijder, die midden op straat stil stond en me recht aankeek. De helm van de berijder en het metaal van de motor vingen het maanlicht en boden zicht op een man in zwart leer, met gesloten vizier, die geduldig had zitten wachten tot ik tevoorschijn zou komen.

Angst zou een natuurlijke reactie zijn geweest, maar toen ik daar opgelaten stond met mijn schoenen in mijn hand, voelde ik alleen verwarring. Wie was die vent? En waarom zat hij daar alleen maar naar me te staren? Had hij me eigenlijk van die schurk gered? En zo ja, wachtte hij dan tot ik hem zou komen bedanken?

Mijn ontluikende dankbaarheid werd echter gesmoord toen hij plotseling zijn koplamp aanstak en me met de felle lichtstraal verblindde. En toen ik mijn handen naar mijn gezicht bracht om mijn ogen te beschermen, startte hij de motorfiets en liet de motor een paar keer brullen, alleen om me op mijn plaats te zetten.

Ik draaide me snel om en liep de andere kant uit, nog steeds deels verblind en mezelf vervloekend omdat ik zo'n idioot was. Wie die vent ook was, hij was duidelijk geen vriend; waarschijnlijk was hij een plaatselijke zielenpoot die zijn nachten op deze treurige manier verkwanselde, met rondrijden en vreedzame mensen angst aanjagen. Toevallig was zijn laatste slachtoffer mijn stalker geweest, maar daarom waren we zeker nog geen vrienden.

Hij liet me een poosje rennen en wachtte zelfs tot ik de eerste hoek om was voordat hij me achternakwam. Niet op hoge snelheid alsof hij me wilde overrijden, maar net snel genoeg om me te laten weten dat ik niet zou ontsnappen.

En toen zag ik de blauwe deur.

Ik was net weer een hoek omgeslagen en wist dat ik maar even respijt had voordat de koplamp me weer zou vinden, toen ik hem zag, recht voor me: de blauwe deur van het atelier van de schilder, die wonderbaarlijk genoeg op een kier stond. Ik vroeg me niet eens af of er misschien meer dan één blauwe deur was in Siena en of het wel zo'n goed idee was om midden in de nacht bij iemand binnen te vallen. Ik deed het gewoon. En zodra ik binnen was, sloot ik de deur en leunde ertegenaan, nerveus luisterend naar het geluid van de motorfiets die buiten langsreed en uiteindelijk verdween.

Toegegeven, toen we elkaar de vorige dag in de kloostertuin hadden ontmoet, had de langharige schilder me een beetje gek geleken, maar als je door kwaadwillende figuren achterna wordt gezeten door middeleeuwse steegjes, kun je niet al te kieskeurig zijn.

Het atelier van maestro Lippi was even wennen. Het zag eruit alsof er niet één keer, maar met enige regelmaat een bom van goddelijke inspiratie was ontploft die overal schilderijen, beelden en bizarre installaties had neergegooid. De Maestro was duidelijk niet iemand wiens talenten in een enkel medium of uitingsvorm konden worden gekanaliseerd: als een taalkundig genie sprak hij in de tong die bij zijn stemming paste, en koos zijn gereedschappen en materialen met de passie van een virtuoos. En te midden van dit alles stond een hond te blaffen die eruitzag als een onwaarschijnlijke kruising tussen een donzige *bichon frisé* en een deskundige dobermann.

'Ah!' zei maestro Lippi, die vanachter een schildersezel tevoorschijn kwam zodra hij de deur dicht hoorde gaan. 'Daar ben je. Ik vroeg me al af wanneer je zou komen.' Daarop verdween hij, zonder een woord. Bij zijn terugkeer een paar tellen later droeg hij een fles wijn, twee glazen en een brood. Toen hij zag dat ik me nog niet had verroerd, grinnikte hij. 'Je moet het Dante niet kwalijk nemen. Hij is altijd wantrouwig tegenover vrouwen.'

'Heet hij echt Dante?' Ik keek neer op de hond die me nu een slijmerige oude pantoffel kwam brengen, zich op zijn eigen manier verontschuldigend voor zijn geblaf. 'Dat is zo vreemd: zo heette de hond van Ambrogio Lorenzetti ook!'

'Nou, dit is zijn atelier.' Maestro Lippi schonk me een glas rode wijn in. 'Ken je hem?'

'Bedoelt u *de* Ambrogio Lorenzetti? Uit 1340?'

'Natuurlijk!' Maestro Lippi glimlachte en hief zijn eigen glas om te proosten. 'Welkom terug! Laten we drinken op vele gelukkige terugkeren. Laten we drinken op Diana!'

Ik stikte bijna in mijn wijn. Kende hij mijn moeder?

Voordat ik iets terug kon sputteren, boog de Maestro zich samenzweerderig naar me toe. 'Er bestaat een legende over een rivier, Diana, die heel diep ondergronds loopt. We hebben haar nooit gevonden, maar de mensen zeggen dat ze haar soms, als ze laat in de nacht ontwaken uit hun dromen, kunnen voelen. En weet je, in de klassieke tijd stond er een tempel van Diana op de Campo. De Romeinen hielden hun spelen daar, de stierenjachten en de duellen. Nu hebben we de Palio, ter ere van de Maagd Maria. Zij is de moeder die ons water geeft, zodat we vanuit het donker, als druivenranken, opnieuw kunnen groeien.'

Even stonden we elkaar alleen maar aan te kijken en ik had het vreemde gevoel dat maestro Lippi me, als hij dat had gewild, veel geheimen over mezelf had kunnen vertellen, over mijn lot en over de toekomst van alle dingen; geheimen waarvoor vele levens nodig zouden zijn om ze zelf te ontdekken. Maar zodra die gedachte geboren was, waaide hij weer weg, verjaagd door de luchthartige glimlach van de Maestro die ineens mijn wijnglas uit mijn hand nam en op tafel zette. 'Kom! Ik wil je iets laten zien. Weet je nog, dat zei ik al?'

Hij ging me voor naar een andere ruimte die zo mogelijk nog voller stond met kunstwerken dan het atelier zelf. Het was een binnenkamer zonder ramen, en het leek nog het meest op een magazijn. 'Een tel...' Maestro Lippi liep dwars door de rommel om voorzichtig een lap stof te verwijderen die een klein schilderij aan de verste muur bedekte. 'Kijk!'

Ik liep erheen om beter te kunnen zien, maar toen ik te dichtbij kwam, hield de Maestro me tegen. 'Voorzichtig. Ze is heel oud. Je mag niet op haar ademen.'

Het was het portret van een meisje, een mooi meisje, met grote blauwe ogen die dromerig keken naar iets wat zich achter mij bevond. Ze keek bedroefd maar hoopvol tegelijkertijd, en in haar hand hield ze een roos met vijf bloembladen.

'Ik vind dat ze op jou lijkt,' zei maestro Lippi, die van haar naar mij keek en weer terug. 'Of misschien lijk jij op haar. Niet de ogen, niet het haar, maar... iets anders. Ik weet het niet. Wat vind jij?'

'Ik vind het een compliment dat ik niet verdien. Wie heeft dit geschilderd?'

'Aha!' De Maestro boog zich met een geheimzinnig lachje naar me toe. 'Ik heb het gevonden toen ik het atelier overnam. Het was verborgen in een muur, in een metalen kist. Er lag ook een boek. Een dagboek. Ik denk...' Al voordat maestro Lippi was uitgesproken stonden alle haartjes op mijn arm rechtovereind en wist ik precies wat hij ging zeggen. 'Nee, eigenlijk weet ik wel zeker dat het Ambrogio Lorenzetti was die de kist verstopte. Het was zijn dagboek. En ik denk dat hij ook het schilderij heeft gemaakt. Haar naam is dezelfde als de jouwe: *Giulietta Tolomei*. Die schreef hij op de achterkant.'

Ik staarde naar het schilderij, nauwelijks in staat om te geloven dat dit werkelijk het portret was waarover ik gelezen had. Het was net zo fascinerend als ik me had voorgesteld. 'Heeft u dat dagboek nog?'

'Nee. Ik heb het verkocht. Ik had erover gepraat met een vriend, die erover praatte met een andere vriend, en plotseling stond hier een man die het wil kopen. Hij was professor. Professor Tolomei.' Maestro Lippi keek me met opgetrokken wenkbrauwen aan. 'Jij bent ook een Tolomei. Ken je hem? Hij is heel oud.'

Ik ging op de dichtstbijzijnde stoel zitten. De zitting ontbrak, maar dat kon me niet schelen. 'Dat was mijn vader. Hij vertaalde dat dagboek in het Engels. Ik ben het net aan het lezen. Het gaat allemaal over haar...' Ik knikte naar het schilderij. 'Giulietta Tolomei. Kennelijk is ze mijn voorouder. Hij beschreef haar ogen in het dagboek... en daar zijn ze.'

'Ik wist het!' Maestro Lippi draaide zich om en bekeek het schilderij met kinderlijke opgetogenheid. 'Zij is je voorouder!' Hij lachte en draaide zich weer om, greep me bij mijn schouders. 'Ik ben zo blij dat je me bent komen opzoeken.'

'Ik begrijp alleen niet waarom maestro Ambrogio het nodig vond om die dingen in de muur te verbergen,' zei ik. 'Of misschien was hij het niet, maar iemand anders...'

'Je moet niet zoveel denken!' waarschuwde maestro Lippi. 'Daar krijg je rimpels van.' Hij zweeg even, getroffen door onverwachte inspiratie. 'Als je weer komt, ga ik je schilderen. Wanneer kom je weer? Morgen?'

'Maestro....' Ik wist dat ik zijn bewustzijn moest grijpen zolang de baan ervan de werkelijkheid nog raakte: 'Ik vroeg me af of ik hier nog even kon blijven. Vannacht.'

Hij keek me nieuwsgierig aan, alsof ik degene was die tekenen van krankzinnigheid vertoonde en niet hij.

Ik zag me gedwongen om een verklaring te geven. 'Er was iemand buiten – ik weet niet wat er aan de hand is. Er is een vent...' Ik schudde mijn hoofd. 'Ik weet dat het raar klinkt, maar ik word gevolgd, en ik weet niet waarom.'

'Ah,' zei maestro Lippi. Heel voorzichtig drapeerde hij de lap weer over het portret van Giulietta Tolomei en ging me voor naar het atelier. Daar zette hij me op een stoel en stopte het wijnglas weer in mijn hand voordat hij ook ging zitten, tegenover me, als een kind dat een verhaaltje verwacht. 'Ik denk dat je dat wel weet. Vertel me waarom hij je volgt.'

Gedurende het halfuur daarop vertelde ik hem alles. Eigenlijk was dat niet mijn bedoeling, maar toen ik eenmaal was begonnen, kon ik niet meer ophouden. Er was iets met de Maestro en de manier waarop hij naar me keek – ogen fonkelend van opwinding, nu en dan knikkend – waardoor ik het gevoel kreeg dat hij me misschien kon helpen om de verborgen waarheid achter dit alles te ontdekken. Als die er al was.

En dus vertelde ik hem over mijn ouders en de ongelukken waardoor ze waren gestorven, en ik suggereerde dat een man met de naam Luciano Salimbeni daar iets mee te maken gehad kon hebben. Daarna beschreef ik het kistje van mijn moeder met de papieren en het dagboek van maestro Ambrogio, en de toespeling van mijn neef Peppo op een onbekende schat die de Ogen van Julia heette. 'Heeft u daar ooit van gehoord?' vroeg ik, toen ik maestro Lippi zijn voorhoofd zag fronsen.

Zonder antwoord te geven kwam hij overeind en bleef even staan, met geheven hoofd, alsof hij luisterde naar een verre roep. Toen hij wegliep, wist ik dat ik hem moest volgen, dus ging ik met hem mee een andere kamer door en een trap op, naar een lange, smalle bibliotheek met doorbuigende boekenplanken van de vloer tot het plafond. Eenmaal daar aangekomen kon ik alleen maar toekijken hoe de Maestro vele, vele keren heen en weer liep, naar ik veronderstelde op zoek naar een bepaald boek dat niet gevonden wilde worden. Toen het hem eindelijk lukte, trok hij het van de plank en hield het triomfantelijk omhoog. 'Ik wist dat ik het ergens had gezien!'

Het boek bleek een oude encyclopedie van legendarische monsters en schatten te zijn – die twee gaan kennelijk altijd en ondeelbaar samen – en toen de Maestro erdoorheen bladerde, zag ik verscheidene illustraties die meer met sprookjes te maken hadden dan met mijn leven tot nog toe.

'Daar!' riep hij uit, opgetogen naar een lemma wijzend. 'Wat zeg je daarvan?' Hij kon niet wachten tot we weer beneden waren en knipte een wankele schemerlamp aan, waarna hij de tekst hardop voorlas in een opgewonden mengeling van Italiaans en Engels.

De kern van het verhaal was dat de Ogen van Julia een paar ongewoon grote saffieren waren uit Ethiopië, die oorspronkelijk de Moorse Tweeling werden genoemd, en – naar verluidt – door Messer Salimbeni van Siena werden gekocht in het jaar 1340 als verlovingsgeschenk voor zijn aanstaande bruid, Giulietta Tolomei. Later, na de tragische dood van Giulietta, werden de saffieren als ogen geplaatst in een gouden beeld bij haar graf.

'Luister hier eens naar!' Maestro Lippi liet een geestdriftige vinger over de pagina glijden. 'Shakespeare wist ook van het standbeeld!' En hij begon de volgende regels van het slot van Romeo en Julia te vertalen, die in de encyclopedie in het Italiaans werden geciteerd:

In zuiver goud doe ik haar beeld verrijzen;
En zolang Verona nog Verona heet,
Zal er geen beeld zijn dat zijn weerga vindt,
Naast dat van Julia, trouw en standvastig kind.

Toen hij klaar was met lezen, liet maestro Lippi me de illustratie op de pagina zien en die herkende ik meteen. Het was een beeld van een man en een vrouw; de man zat geknield met de vrouw in zijn armen. Op een paar details na was het precies hetzelfde beeld als mijn moeder minstens twintig keer had geprobeerd te tekenen in het schrift dat ik in haar kistje had gevonden.

'Jeetje!' Ik boog me dichter naar de illustratie. 'Staat er iets over de exacte locatie van haar graf?'

'Wiens graf?'

'Van Julia, of eigenlijk moet ik Giulietta zeggen.' Ik wees naar de tekst die hij me net had voorgelezen. 'In het boek staat dat er een gouden beeld bij haar graf werd gezet... maar er staat niet waar dat graf eigenlijk was.'

Maestro Lippi sloeg het boek dicht en schoof het op een willekeurige plek terug in de boekenkast. 'Waarom wil je haar graf vinden?' vroeg hij plotseling op strijdlustige toon. 'Zodat je haar ogen kunt stelen? Als ze geen ogen heeft, hoe kan ze haar Romeo dan zien als hij haar komt wekken?'

'Ik zou haar ogen niet stelen!' protesteerde ik. 'Ik wil ze alleen maar... zien.'

'Dan denk ik dat je met Romeo moet praten,' zei de Maestro terwijl hij de schemerlamp uitknipte. 'Ik ken niemand anders die het zou weten te vinden. Maar wees voorzichtig. Er zijn daar veel geesten, en ze zijn niet allemaal zo aardig als ik.' Hij boog zich in het donker dichter naar me toe, alsof hij er genoegen in schepte om me angst aan te jagen, en siste: 'De pest! De pest over jullie beider huizen!'

'Dat is geweldig,' zei ik. 'Bedankt.'

Hij lachte hartelijk en sloeg zich op de knieën. 'Kom op! Wees niet zo'n kleine *pollo*! Ik plaag je maar!'

Weer beneden en verscheidene glazen wijn later wist ik het gesprek eindelijk weer terug te brengen op de Ogen van Julia. 'Wat bedoelde u precies,' vroeg ik, 'toen u zei dat Romeo weet waar het graf is?'

'Weet hij dat?' Nu keek maestro Lippi verbaasd. 'Ik weet het niet zeker. Maar ik denk dat je het hem moet vragen. Hij weet hier meer van dan ik. Hij is jong. Ik vergeet tegenwoordig dingen.'

Ik probeerde te glimlachen. 'U praat alsof hij nog leeft?'

De Maestro haalde zijn schouders op. 'Hij komt en gaat. Het is altijd 's avonds laat... hij komt hier zitten om naar haar te kijken.' Hij knikte in de richting van het magazijn met het portret van Giulietta. 'Ik denk dat hij nog steeds verliefd op haar is. Daarom laat ik de deur altijd open.'

'Even serieus,' zei ik terwijl ik zijn hand pakte. 'Romeo bestaat niet. Niet meer. Toch?'

De Maestro keek me boos aan, bijna beledigd. 'Jij bestaat immers! Waarom hij dan niet?' Hij fronste zijn wenkbrauwen. 'Wat? Denk je dat hij ook een geest is? Hm. Je weet maar nooit, natuurlijk, maar ik denk van niet. Ik denk dat hij echt is.' Hij zweeg even om het voor en tegen af te wegen, en zei toen ferm: 'Hij drinkt wijn. Geesten drinken geen wijn. Dat vergt oefening, en ze houden niet van oefenen. Ze zijn heel saai gezelschap. Ik heb liever mensen zoals jij. Jij bent grappig. Hier...' Hij schonk mijn glas nog eens vol. 'Drink nog wat.'

Gehoorzaam nam ik nog een slok en zei: 'Dus als ik deze Romeo iets zou willen vragen... hoe doe ik dat dan? Waar kan ik hem vinden?'

'Nou...' zei de Maestro terwijl hij de vraag overwoog. 'Ik ben bang dat je zult moeten wachten tot hij jou vindt.' Toen hij mijn teleurstelling bemerkte, leunde hij over de tafel heen om mijn ogen intensief te bestuderen en voegde eraan toe: 'Maar ik denk dat hij je misschien al gevonden heeft. Ja. Ik denk van wel. Ik zie het in je ogen.'

IV

Op liefdes lichte vleugels klom ik over die muur,
Geen stenen bolwerk houdt de ware liefde tegen.

SIENA, 1340 A.D.

Met lange, zorgvuldige gebaren haalde Romeo de wetsteen over het lemmet. Het was een tijd geleden dat hij gelegenheid had gehad om zijn zwaard te gebruiken, en er zaten roestplekjes op het lemmet die weggeschuurd en geolied moesten worden. In de regel gaf hij de voorkeur aan zijn dolk voor klusjes zoals dit, maar die dolk was blijven steken in de rug van een struikrover, en in een ongekend moment van onoplettendheid was hij vergeten om hem na gebruik terug te pakken. Bovendien was Salimbeni niet iemand die je in de rug kon steken als een ordinaire misdadiger; nee, dit zou een duel moeten worden.

Het was nieuw voor Romeo om zich vragen te stellen over zijn verhouding met een vrouw. Maar geen enkele vrouw had hem dan ook ooit gevraagd om een moord te plegen. Hij moest denken aan zijn gesprek met maestro Ambrogio tijdens die beslissende nacht twee weken geleden, toen hij de schilder vertelde dat hij een fijne neus had voor vrouwen die niet meer vroegen dan hij bereid was te geven, en dat hij, in tegenstelling tot sommige van zijn vrienden, niet iemand was die begon te janken en zich als een hond uit de voeten maakte bij het eerste verzoek van een vrouw. Gold dat nog steeds? Was hij werkelijk bereid om het zwaard ter hand te nemen tegen Salimbeni en misschien de dood te vinden voordat hij zijn beloning had kunnen krijgen, of zelfs nog eens in Giulietta's hemelse ogen had gekeken?

Met een diepe zucht draaide hij het zwaard om en begon de andere kant te wetten. Zijn neven vroegen zich ongetwijfeld af waar hij was en waarom hij niet buiten kwam, en zijn vader, comandante Marescotti, was meer dan eens bij hem gekomen, niet om vragen te stellen, maar om hem uit te nodigen voor het schijfschieten. Ondertussen was er alweer een slapeloze nacht voorbijgegaan, en was de sympathieke maan opnieuw verjaagd door de genadeloze zon. En Romeo, nog altijd aan tafel, vroeg zich weer af of dit de grote dag zou zijn.

Op dat moment hoorde hij gestommel op de trap buiten zijn kamer, gevolgd door een nerveuze klop op de deur.

'Nee, dank je!' gromde hij zoals hij al vele keren eerder had gedaan. 'Ik heb geen honger!'

'Messer Romeo? Bezoek!'

Nu stond Romeo eindelijk op, zijn spieren stijf van urenlang zonder beweging of slaap. 'Wie is het?'

Aan de andere kant van de deur klonk een kort gemompel. 'Ene broeder Lorenzo en broeder Bernardo. Ze zeggen dat ze belangrijk nieuws hebben en vragen om een onderhoud.'

Na het horen van de naam van broeder Lorenzo – de reisgenoot van Giulietta, tenzij hij zich heel erg vergiste – deed Romeo zijn deur open. Buiten op de gang stonden een bediende en twee monniken in pijen met kappen, en achter hen, beneden op het binnenhof, stonden verscheidene andere bedienden reikhalzend te kijken wie er eindelijk in was geslaagd om de jonge meester over te halen zijn deur te openen.

'Kom binnen!' Hij wenkte beide monniken naar binnen door de deur. 'En Stefano...' Hij richtte een onverzettelijke blik op de bediende: 'Zeg hier niets van tegen mijn vader.'

Enigszins aarzelend kwamen de twee monniken de kamer binnen. De stralen van de ochtendzon schenen door de openstaande balkondeuren binnen en vielen op Romeo's onbeslapen bed, een bord gebakken vis stond onaangeraakt op tafel, naast het zwaard.

'Vergeef ons dat we u op dit uur storen,' zei broeder Lorenzo met een blik op de deur om zich ervan te vergewissen dat hij dicht was.

De monnik werd onderbroken door zijn metgezel die naar voren kwam, de kap van zijn pij omlaag trok en een ingewikkeld kapsel onthulde. Het was geen medebroeder die vanmorgen met broeder Lorenzo naar het Palazzo Marescotti was gekomen, maar Giulietta zelf, ondanks de vermomming lieflijker dan ooit, met gloeiende wangen van opwinding.

'Vertel me alsjeblieft dat je... de daad nog niet verricht hebt?' zei ze.

Hoewel hij opgetogen en verbijsterd was om haar te zien, wendde Romeo nu beschaamd zijn blik af. 'Nog niet.'

'O, de hemel zij gezegend!' Opgelucht vouwde ze haar handen. 'Want ik kom om me te verontschuldigen, en je te smeken me te vergeven dat ik je ooit zoiets afschuwelijks heb gevraagd.'

Romeo keek verrast op en voelde een sprankje hoop. 'Wil je hem niet meer dood hebben?'

Giulietta fronste haar voorhoofd. 'Ik wil hem met elke klop van mijn hart dood hebben. Maar niet ten koste van jou. Het was heel verkeerd en heel zelfzuchtig van me om jou met mijn verdriet te gijzelen. Kun je me vergeven?' Ze keek hem diep in zijn ogen, en toen hij niet meteen antwoord gaf, trilde haar lip even. 'Vergeef me. Ik smeek het je.'

Nu, voor het eerst in dagen, glimlachte Romeo: 'Nee.'

'Nee?' Haar blauwe ogen werden donkerder, dreigden met storm, en ze zette een stap achteruit. 'Dat is heel onaardig!'

'Nee,' zei Romeo weer plagend. 'Ik wil je niet vergeven, want je hebt me een grote beloning beloofd, en nu kom je terug op je woord.'

Giulietta hapte naar adem. 'Dat doe ik niet! Ik red je leven!'

'O! En me nog beledigen ook!' Romeo drukte een vuist tegen zijn hart. 'Veronderstellen dat ik dat duel niet zou overleven... Vrouw! Je speelt met mijn eer als een kat met een muis! Bijt nog eens en zie hem kreupel dekking zoeken!'

'O, jij!' Giulietta's ogen vernauwden zich wantrouwig. 'Jij bent met míj aan het spelen! Ik heb niet gezegd dat je door Salimbeni's hand zou sterven, zoals je heel goed weet, maar ik geloof niet dat ze je na de moord zouden laten gaan. En dat...' Ze wendde nog steeds boos haar blik af. 'Dat zou zonde zijn, veronderstel ik.'

Romeo bekeek haar afwerende profiel met grote belangstelling. Toen hij zag dat ze vastberaden koppig bleef, wendde hij zich tot broeder Lorenzo. 'Mag ik je vragen om ons even alleen te laten?'

Broeder Lorenzo keurde het verzoek duidelijk af, maar omdat Giulietta niet protesteerde, kon hij moeilijk weigeren. Hij knikte dus en trok zich terug op het balkon, zijn rug gehoorzaam naar hen toe gewend.

'Nu dan,' zei Romeo zo zacht dat alleen Giulietta zijn woorden kon verstaan. 'Waarom zou het zo zonde zijn als ik stierf?'

Ze haalde diep maar boos adem. 'Je hebt mijn leven gered.'

'En het enige wat ik daarvoor in ruil vroeg, was je ridder te mogen zijn.'

'Wat heb ik aan een ridder zonder hoofd?'

Romeo glimlachte en kwam dichterbij. 'Ik verzeker je, zolang jij bij me bent, hoef je dat niet te vrezen.'

'En heb ik je woord?' Giulietta keek hem recht in zijn ogen. 'Beloof je me dat je geen poging zult doen om met Salimbeni te duelleren?'

'Dat klinkt alsof je me om een tweede gunst vraagt,' merkte Romeo op, met veel plezier in de woordenwisseling. 'En deze is veel-eisender dan de eerste. Maar ik zal ruimhartig zijn en je vertellen dat mijn prijs nog steeds dezelfde is.'

Haar mond viel open. 'Je prijs?'

'Of mijn beloning, of hoe je het ook noemen wilt. Die blijft ge-lijk.'

'Schavuit!' siste Giulietta en ze onderdrukte met moeite een glim-lach. 'Ik kom hier om je te verlossen van een dodelijke eed, en toch ben jij vastbesloten om mijn deugdzaamheid te schenden?'

Romeo grinnikte. 'Eén kus zal jouw deugdzaamheid toch niet be-lasten.'

Ze rechtte haar rug om zich te harden tegen zijn charmes. 'Dat ligt eraan wie me kust. Ik vermoed ten sterkste dat een kus van jou zestien jaar sparen in één klap tenietdoet.'

'Wat heb je aan sparen als je nooit iets uitgeeft?'

Net toen Romeo zeker wist dat hij haar in de val had gelokt, klonk er een luide kuch van het balkon, die Giulietta achteruit deed dein-zen. 'Geduld, Lorenzo!' zei ze streng. 'We gaan gauw genoeg weg.'

'Je tante vraagt zich beslist af wat voor biecht er zo lang moet du-ren,' merkte de monnik op.

'Een momentje nog!' Giulietta wendde zich weer naar Romeo, haar ogen vol teleurstelling. 'Ik moet gaan.'

'Biecht bij mij...' fluisterde Romeo terwijl hij haar handen pakte, 'Ik zal je een zegen geven die nooit verloopt.'

'De rand van je beker is besmeurd met honing,' antwoordde Giu-lietta terwijl ze zich naderbij liet trekken. 'Ik vraag me af welk gru-welijk gif hij bevat?'

'Als het gif is, zal het ons beide doden.'

'O jee... je moet me wel echt aardig vinden als je liever sterven wilt met mij, dan leven met een andere vrouw.'

'Ik geloof van wel.' Hij sloot haar in zijn armen. 'Kus me of ik zal zeker sterven.'

'Alweer sterven? Voor een dubbel verdoemde ben je wel erg le-vendig!'

Vanaf het balkon klonk weer geluid, maar dit keer bleef Giuliet-ta waar ze was. 'Geduld, Lorenzo! Alsjeblieft!'

'Misschien heeft mijn gif zijn kracht verloren,' zei Romeo, en hij draaide haar hoofd naar zijn gezicht om niet meer los te laten.

'Ik moet echt...'

Zoals een roofvogel landt op zijn prooi en de aardling meevoert naar de hemel, zo stal Romeo haar lippen voor ze hem weer konden ontvluchtten. Zwevend ergens tussen duivels en cherubijnen staakte zijn prooi haar verzet, en hij spreidde zijn vleugels en voerde hen op de stijgende wind mee door de lucht, tot ook het roofdier zelf elke hoop op terugkeer liet varen.

In die ene omhelzing werd Romeo zich bewust van een zekerheid dat hij niet voor mogelijk had gehouden, voor niemand, zelfs niet voor de deugdzamen. Wat zijn intenties ook waren geweest toen hij hoorde dat het meisje in de doodskist leefde – en die waren zelfs hem nu duister – op dit moment wist hij dat zijn woorden tegen maestro Ambrogio profetisch waren geweest: met Giulietta in zijn armen bestonden alle andere vrouwen, uit verleden, heden en toekomst, eenvoudigweg niet langer.

Toen Giulietta die ochtend terugkeerde in het Palazzo Tolomei werd ze ontvangen met een bijzonder onaangenaam spervuur van vragen en beschuldigingen, doorspekt met opmerkingen over haar plattelandsmanieren. 'Misschien is het onder boeren heel gewoon,' sneerde haar tante, haar nicht aan de arm meeslepend. 'Maar hier in de stad gaan ongetrouwde vrouwen van goede afkomst niet ineens naar de biecht om uren later terug te komen, met stralende ogen en...' Monna Antonia had boos naar Giulietta gekeken om verdere tekenen van ondeugd te vinden. 'En met hun haar in de war! Vanaf nu is het afgelopen met dergelijke uitstapjes, en als je beslist met je geliefde broeder Lorenzo wilt praten, doe je dat in het vervolg onder dit dak. Buiten rondhangen, overgeleverd aan elke roddelaar en verkrachter in de stad, is ontoelaatbaar!' zei ze tot slot, terwijl ze haar nicht de trap op trok en haar slaapkamer induwde.

'O, Lorenzo!' riep Giulietta toen de monnik haar eindelijk kwam opzoeken in haar vergulde gevangenis. 'Ik mag niet meer naar buiten! Ik geloof dat ik gek word!' Ze liep heen en weer over de vloer van haar slaapkamer en rukte aan haar haar. 'O, wat moet hij wel niet van me denken? Ik zei dat we elkaar zouden zien! Ik heb het beloofd!'

'Stil, mijn kind,' zei broeder Lorenzo en hij probeerde haar te bewegen te gaan zitten. 'Kalmeer. De heer van wie je spreekt weet van je nood, en het heeft zijn genegenheid alleen maar verdiept. Hij heeft me gevraagd je te zeggen...'

'Heb je hem gesproken?' Giulietta pakte de monnik bij zijn schouders. 'O, lieve, lieve Lorenzo! Wat zei hij? Vertel het me, snel!'

'Hij zei...' De monnik stak zijn hand in zijn pij en haalde er een rol met blauwe was verzegeld perkament uit. 'Hij zei me je deze brief te geven. Hier, pak aan. Hij is voor jou.'

Giulietta nam de brief eerbiedig aan en hield hem even vast voor ze het adelaarszegel verbrak. Met wijd open ogen ontrolde ze het perkament en bekeek het dichte patroon in bruine inkt. 'Hij is zo mooi! Ik heb van mijn leven nog nooit zoiets elegants gezien.' Ze keerde broeder Lorenzo haar rug toe en bleef even staan, opgaand in haar schat. 'Hij is een dichter! Wat schrijft hij mooi! Zo kunstig, zo... volmaakt. Hij moet er de hele nacht op hebben gezwoegd.'

'Ik geloof dat hij verscheidene nachten heeft gezwoegd,' zei broeder Lorenzo met een druppel cynisme in zijn stem. 'Deze brief is de vrucht van veel perkament en vele ganzenveren, kan ik je verzekeren.'

'Maar dit stuk begrijp ik niet...' Giulietta keerde zich snel naar hem toe om hem een passage in de brief te laten zien. 'Waarom zou hij zeggen dat mijn ogen niet in mijn hoofd horen, maar aan de nachtelijke hemel? Ik neem aan dat het als een compliment is bedoeld, maar het zou toch voldoende zijn om te zeggen dat mijn ogen een hemelse tint hebben. Die bewering kan ik niet volgen.'

'Het is geen bewering,' merkte broeder Lorenzo op terwijl hij de brief aanpakte. 'Het is poëzie, en dus niet rationeel. Zijn doel is niet om je te overtuigen, maar om je plezier te doen. Ik neem aan dat het je plezier doet?'

Ademloos zei ze: 'Maar natuurlijk!'

'Dan heeft de brief zijn werk gedaan,' zei de monnik zuinig. 'En nu stel ik voor dat we hem vergeten.'

'Wacht!' Giulietta rukte het document uit zijn handen voor hij het geweld kon aandoen. 'Ik moet een antwoord schrijven.'

'Dat wordt een beetje moeilijk, omdat je ganzenveer, noch inkt, noch perkament bezit. Is het wel?' merkte de monnik op.

'Ja,' zei Giulietta, niet in het minst ontmoedigd. 'Maar dat ga jij allemaal voor me halen. In het geheim. Ik wilde er toch al om vragen, zodat ik eindelijk aan mijn arme zus kan schrijven...' Ze keek opgewonden naar broeder Lorenzo, in de verwachting dat hij enthousiast in de houding zou springen om aan haar wens te voldoen. Toen ze echter zijn afkeurende frons zag, wierp ze wanhopig haar handen in de lucht. 'Wat is er?'

'Ik ben het niet eens met deze onderneming,' mopperde hij hoofdschuddend. 'Een ongehuwde vrouw hoort een clandestiene brief niet te beantwoorden. Vooral...'

'Maar een getrouwde vrouw wel?'

'... vooral gezien de afzender. Als oude, vertrouwde vriend moet ik je waarschuwen voor iemand als Romeo Marescotti, en ... wacht!' Broeder Lorenzo stak zijn hand op om te verhinderen dat Giulietta hem zou onderbreken. 'Ja, ik weet het. Hij is charmant, maar ik weet zeker dat hij in de ogen van God foeilelijk is.'

Giulietta zuchtte. 'Hij is niet foeilelijk. Je bent gewoon jaloers.'

'Jaloers?' De monnik snoof. 'Ik geef niets om uiterlijkheden, want die zijn slechts des vlezes en bestaan alleen tussen baarmoeder en graf. Ik bedoelde dat zijn zíél foeilelijk is.'

'Hoe kun je dat zeggen van de man die ons het leven heeft gered!' antwoordde Giulietta. 'Een man die je voor die tijd nooit had ontmoet! Een man van wie je niets weet!'

Broeder Lorenzo stak een waarschuwende vinger op. 'Ik weet genoeg om zijn ondergang te voorspellen. Er zijn planten en schepsels in deze wereld die geen ander doel hebben dan alles waarmee ze in aanraking komen pijn en ellende te bezorgen. Kijk naar jezelf! Je lijdt nu al onder deze verbintenis.'

'Maar...' Giulietta zweeg even om haar stem vaster te laten klinken. 'Maar zijn goede daad jegens ons heeft toch zeker alle zonden uitgewist die hij ooit heeft kunnen begaan?' Toen ze zag dat de monnik nog steeds vijandig keek, voegde ze er rustig aan toe: 'De hemel zou Romeo toch niet hebben gekozen tot het instrument van onze bevrijding, als God zelf zijn verlossing niet had gewenst.'

Broeder Lorenzo zwaaide nogmaals met zijn vinger: 'God is een hemels wezen en kent als zodanig geen wensen.'

'Nee, maar ik wel. Ik wens gelukkig te zijn.' Giulietta klemde de brief tegen haar hart. 'Ik weet wat jij denkt. Je wilt mij beschermen, als mijn oude, trouwe vriend. En je denkt dat Romeo me zal kwetsen. Grote liefde draagt de kiem van groot verdriet in zich, denk jij. Welnu, misschien heb je gelijk. Misschien wijzen verstandige mensen het ene af om het andere te vermijden, maar ik zou liever willen dat mijn ogen in hun kassen verbranden, dan zonder ogen geboren te worden.'

Er zouden vele weken en vele brieven voorbijgaan voordat Giulietta en Romeo elkaar weer zagen. Ondertussen steeg de toon van hun correspondentie naar een hevig crescendo, dat uiteindelijk – ondanks de pogingen van broeder Lorenzo om hun gevoelens te beteugelen – zijn hoogtepunt vond in een wederzijdse verklaring van eeuwige liefde.

De enige die verder op de hoogte was van de emoties van Giulietta was haar tweelingzusje Giannozza, de enige zus die Giulietta nog restte nadat de Salimbeni's haar huis hadden overvallen. Giannozza was een jaar eerder getrouwd en verhuisd naar het landgoed van haar echtgenoot in het zuiden, maar de twee meisjes waren altijd erg aan elkaar gehecht geweest en hielden door middel van brieven geregeld contact. Lezen en schrijven waren ongewone vaardigheden voor jonge vrouwen, maar hun vader was een ongewone man geweest met een hekel aan boekhouden; hij liet dergelijke taken, die binnenshuis uitgevoerd werden, graag over aan zijn vrouw en zijn dochters, die weinig anders te doen hadden.

Al schreven ze elkaar voortdurend, de bezorging van de brieven van Giannozza was op zijn best onregelmatig, en Giulietta vermoedde dat haar brieven die de andere kant opgingen al even laat aankwamen, als ze überhaupt ooit werden bezorgd. In feite had ze na haar aankomst in Siena nog geen enkele brief van Giannozza ontvangen, ook al had ze verscheidene verslagen gestuurd van de gruwelijke overval op hun huis en haar eigen ongelukkige toevlucht – en recentelijke gevangenschap – in het huis van hun oom, het Palazzo Tolomei.

Hoewel ze erop vertrouwde dat broeder Lorenzo haar brieven veilig en ongemerkt het huis uit smokkelde, wist Giulietta dat de monnik geen controle had over hun lot in handen van vreemdelingen. Ze had geen geld om een echte koerier te betalen, maar was afhankelijk van de vriendelijkheid en de zorg van reizigers die de kant van haar zusje opgingen. En nu ze huisarrest had, bestond altijd het gevaar dat iemand broeder Lorenzo tegenhield op zijn weg naar buiten en eiste dat hij zijn zakken leegmaakte.

Omdat ze zich van dat gevaar bewust was, besloot ze haar brieven aan Giannozza onder de vloerdelen te verstoppen in plaats van ze meteen te verzenden. Het was voldoende dat ze broeder Lorenzo vroeg om haar liefdesbrieven aan Romeo te bezorgen; hem vragen om nog meer verslagen van haar schaamteloze handelswijze mee te nemen, zou wreed zijn. Dus kwamen al haar fantastische vertellingen van haar amoureuze ontmoetingen met Romeo onder de vloer terecht, in afwachting van de dag waarop ze een koerier zou kunnen betalen om ze allemaal in één keer te bezorgen. Of de dag waarop ze allemaal in de haard zouden belanden.

Maar op elk van haar brieven aan Romeo ontving ze gloedvolle antwoorden. Waar zij in honderden sprak, antwoordde hij in duizenden, en waar zij zei dat ze leuk vond, zei hij dat hij beminde. Ze was vrijpostig genoeg om hem vuur te noemen, maar hij was nog vrijpostiger en noemde haar zon; zij waagde het om aan hen samen op de dansvloer te denken, maar hij kon aan niets anders denken dan met haar alleen te zijn...

Eenmaal uitgesproken, kende deze vurige liefde slechts twee uitwegen: de een leidde naar vervulling, de ander naar teleurstelling. Stilstand was onmogelijk. Toen Giulietta en haar nichtjes op een zondagochtend dan ook toestemming kregen om na de mis te gaan biechten in de San Cristoforo, ontdekte ze toen ze de biechtstoel binnenging dat er zich achter de scheidingswand helemaal geen priester bevond.

'Ik smeek u om vergiffenis, vader, want ik heb gezondigd,' begon ze plichtsgetrouw, in de verwachting dat de priester haar zou aansporen om verder te vertellen.

In plaats daarvan fluisterde een vreemde stem: 'Hoe kan de liefde een zonde zijn? Als God niet wilde dat wij elkaar beminnen, waarom dan zo'n schoonheid als de jouwe geschapen?'

Giulietta's adem stokte van spanning en angst. 'Romeo?' Ze knielde neer om haar vermoeden te bevestigen door het metalen filigrein, en inderdaad zag ze aan de andere kant van het rooster-werk de contouren van een allesbehalve priesterlijke glimlach. 'Hoe durf je hier te komen? Mijn tante zit hier maar drie meter vandaan!'

'Ach, in jouw stem schuilt meer gevaar dan in twintig van die tantes,' zei Romeo klaaglijk. 'Ik smeek je, zeg nog iets, en maak mijn vernietiging compleet.' Hij drukte zijn hand tegen het rooster in de hoop dat Giulietta hetzelfde zou doen. Dat deed ze en hoewel hun handen elkaar niet raakten, kon ze zijn warmte tegen haar handpalm voelen.

'Wat zou ik graag willen dat we gewone boerenmensen waren,' fluisterde ze. 'Vrij om elkaar te zien wanneer we maar wilden.'

'En wat zouden we dan doen, als gewone boerenmensen, wanneer we elkaar zagen?' vroeg Romeo.

Giulietta was dankbaar dat hij haar niet kon zien blozen. 'Er zou geen rooster tussen ons in zitten.'

'Dat zou al een kleine verbetering zijn, neem ik aan,' zei Romeo.

'En jij zou ongetwijfeld in rijmende coupletten spreken, zoals mannen doen als ze onwillige meiden willen verleiden,' ging Giulietta verder terwijl ze een vingertopje door het filigrein stak. 'Hoe onwilliger de meid, hoe fraaier de gedichten.'

Romeo bedwong zijn lach zo goed mogelijk. 'Ten eerste heb ik een boerenjongen nog nooit in verzen horen praten. Ten tweede vraag ik me af hoe fraai mijn gedichten zouden moeten zijn. Niet al te fraai, denk ik, gezien de meid.'

Ze hapte naar adem. 'Schavuit! Ik zal je ongelijk moeten bewijzen door heel preuts te zijn en je kussen te weigeren.'

'Dat is gemakkelijk gezegd, met een muur tussen ons in,' zei hij meesmuilend.

Even zwegen ze en probeerden elkaar te voelen door de houten planken heen.

'O, Romeo,' verzuchtte Giulietta plotseling bedroefd. 'Moet dit onze liefde zijn? Een geheim in een donkere kamer, terwijl de wereld buiten doorjaagt?'

'Niet voor lang, als het aan mij ligt.' Romeo sloot zijn ogen en deed alsof de muur Giulietta's voorhoofd tegen het zijne was. 'Ik wilde je vandaag zien om je te vertellen dat ik mijn vader ga vragen om ons huwelijk goed te keuren en je oom zo spoedig mogelijk te benaderen met een aanzoek.'

'Je wilt... met me trouwen?' Ze wist niet zeker of ze hem goed had verstaan. Hij had het niet als een vraag gesteld, maar als een feit. Maar misschien hoorde dat zo in Siena.

'Het kan niet anders,' kreunde hij. 'Ik moet je hebben, helemaal, aan mijn tafel en in mijn bed, anders teer ik nog weg als een uitgehongerde gevangene. Daar heb je het; vergeef me mijn gebrek aan dichterlijkheid.'

Toen er even niets dan stilte heerste aan de andere kant van het rooster, begon Romeo te vrezen dat hij haar had beledigd. Hij vervloekte zijn eigen oprechtheid al toen Giulietta weer sprak, en al die vliedende angsten verjoeg met de geur van een groter beest. 'Als je een echtgenote wilt, moet je Tolomei het hof maken.'

'Hoezeer ik je oom ook respecteer,' merkte Romeo op, 'ik had toch gehoopt jou naar mijn kamer te dragen, niet hem.'

Nu giechelde ze eindelijk, maar haar plezier was van korte duur. 'Hij is een man met veel ambitie. Zorg dat je vader een lange stamboom meeneemt als hij gaat.'

Romeo hapte naar adem bij deze vermeende belediging. 'Mijn familie droeg al gepluimde helmen en diende keizers, toen jouw oom Tolomei nog berenvellen aanhad en de varkens gerstebrij voerde!' Toen hij zich realiseerde dat hij kinderachtig deed, ging Romeo rustiger verder met: 'Tolomei zal mijn vader niet weigeren. Er heeft altijd vrede geheerst tussen onze twee huizen.'

'Was het maar een gestage stroom bloed geweest!' verzuchtte Giulietta. 'Zie je dat niet? Als onze huizen al vrede kennen, wat valt er dan te winnen bij onze vereniging?'

Hij weigerde haar te begrijpen. 'Alle vaders wensen het beste voor hun kinderen.'

'En daarom voeren ze ons bittere medicijnen en maken ons aan het huilen.'

'Ik ben achttien. Mijn vader behandelt mij als zijn gelijke.'

'Een oude man, dus. Waarom niet getrouwd? Of heb je de bruid uit je kinderjaren al begraven?'

'Mijn vader gelooft niet in ongespeende bruiden.'

Haar verlegen glimlach, ternauwernood zichtbaar door het filigrein, werd in dank ontvangen na zoveel kwellingen. 'Gelooft hij wel in oude vrijsters?'

'Jij kunt nog geen zestien zijn.'

'Net. Maar wie telt de bloemblaadjes van een verwelkende roos?'

'Als we eenmaal getrouwd zijn, zal ik je water geven en op mijn bed je blaadjes tellen, stuk voor stuk,' fluisterde Romeo terwijl hij zo goed als hij kon haar vingertoppen kuste.

Giulietta probeerde haar wenkbrauwen te fronsen. 'En de doorns dan? Misschien prik ik je wel en vernietig je geluk?'

'Geloof me, het genoegen zal de pijn ver overstijgen.'

En zo spraken ze verder, bedenkingen opperend en plagend, tot iemand ongeduldig op de muur van de biechtstoel klopte. 'Giulietta!' siste Monna Antonia, zodat haar nichtje geschrokken opsprong. 'Je kunt niet veel meer te biechten hebben. Schiet op, we gaan!'

Bij hun korte maar poëtische afscheid herhaalde Romeo zijn plan om haar te huwen, maar Giulietta durfde hem niet te geloven. Ze had gezien dat haar zusje Giannozza werd uitgehuwelijkt aan een man die zich een doodskist had moeten aanschaffen in plaats van een vrouw, en Giulietta wist heel goed dat het huwelijk niet iets was wat jonge minnaars zelf bepaalden; een huwelijk was vooraleerst een kwestie van politiek en erfenissen, en had niets te maken met de wensen van de bruid en bruidegom, maar alles met de ambities van hun ouders. Liefde – volgens Giannozza, wier eerste brieven als getrouwde vrouw Giulietta aan het huilen hadden gemaakt – kwam altijd later, en met iemand anders.

Comandante Marescotti was zelden tevreden over zijn eerstgeborene. Meestal moest hij zichzelf eraan herinneren dat tijd de enige remedie is voor jeugd, net als voor koorts. Of de zieke stierf, of de ziekte verdween, en liet de wijzen de wetenschap na dat geduld de enige deugd was waaraan ze zich konden vastklampen. Helaas was comandante Marescotti niet bepaald welvoorzien op dat gebied, en daarom was zijn vaderhart vergroeid tot een veelkoppig monster dat een donkere voorraad woede en vrees bewaakte, altijd alert, maar meestal zonder succes.

Deze gelegenheid was geen uitzondering.

'Romeo!' zei hij, en hij liet zijn kruisboog zakken na de slechtste scherpschutterskunst van die ochtend. 'Ik leen mijn oor niet meer. Ik ben Marescotti. Jarenlang werd Siena vanuit dit huis geregeerd. Oorlogen werden belegd vanaf deze binnenhof. De overwinning bij Montaperti werd vanuit deze zelfde toren afgekondigd! Deze muren spreken voor zichzelf!'

Comandante Marescotti, die in zijn eigen binnenhof even stram en rechtop stond als voor zijn leger, keek nijdig naar het nieuwe fresco en zijn bedrijvige, neuriënde schepper, maestro Ambrogio, en wist het genie van beide niet ten volle te waarderen. Zeker, het kleurrijke strijdtafereel voegde wat warmte toe aan het sobere atrium, en de familie Marescotti stond er knap op en zag er overtuigend deugdzaam uit, maar waarom moest het zo godsgruwelijk lang duren voor het af was?

'Maar vader!'

'Niets meer!' Deze keer verhief comandante Marescotti zijn stem. 'Ik wil niets te maken hebben met dat soort mensen! Zie je dan niet dat wij al die jaren in vrede hebben geleefd, terwijl die gulzige nieuwkomers, de Tolomei's, de Salimbeni's en de Malavolti's, elkaar afslachten op straat? Wil je dat hun kwade bloed zich verspreidt naar ons huis? Wil je al je broers en je neven laten vermoorden in hun bed?'

Vanaf de overkant van de binnenhof moest maestro Ambrogio even een blik werpen op de comandante, die zo zelden uiting gaf aan zijn gevoelens. De vader van Romeo was nog altijd langer dan zijn zoon – al was dat voornamelijk aan zijn houding te danken – en hij was een van de bewonderenswaardigste mannen die maestro Ambrogio ooit had geschilderd. Noch zijn gezicht, noch zijn gestalte vertoonde enig teken van overmaat; dit was een man die slechts zoveel at als zijn lichaam nodig had om gezond te blijven, en slechts zo lang sliep als het nodig had om uit te rusten. Zijn zoon Romeo at en dronk daarentegen wat hij maar wilde en veranderde net zo gemakkelijk nachten in dagen met zijn escapades, als dagen in nachten met ontijdige slaap.

Toch leken ze zoveel op elkaar, sterk en onverzettelijk, dat het ondanks Romeo's neiging om de huisregels te ontduiken, zeldzaam was om deze twee mannen in een dergelijke woordenwisseling te zien, beiden hoog rechtop om hun argumenten kracht bij te zetten.

'Maar vader!' zei Romeo weer, en weer werd hij genegeerd.

'En waarvoor? Voor een of andere vrouw!' Comandante Marescotti zou zijn ogen ten hemel hebben geslagen, maar hij had ze nodig om op zijn doelwit te richten. Deze keer boorde de pijl zich rechtstreeks in het hart van de stropop. 'Een vrouw, zomaar een willekeurige vrouw, terwijl er daarbuiten een hele stad vol vrouwen is. Alsof je dat niet wist!'

'Ze is geen willekeurige vrouw,' sprak Romeo zijn vader rustig tegen. 'Ze is de mijne.'

In de korte stilte die daarop volgde raakten nog twee pijlen vlak achter elkaar het doelwit, zodat de stropop aan zijn touw heen en weer danste als een gehangene aan de galg. Uiteindelijk haalde comandante Marescotti diep adem en sprak weer, nu met kalmere stem, een onwankelbaar toonbeeld van redelijkheid. 'Misschien, maar de dame is de nicht van een dwaas.'

'Een machtige dwaas.'

'Als mannen niet als dwazen geboren worden, worden ze het wel door macht en vleierij.'

'Ik hoor dat hij heel vrijgevig is tegenover zijn familieleden.'

'Heeft hij die dan nog?'

Romeo lachte, ook al wist hij dat zijn vader geen grap had willen maken. 'Een paar, toch zeker,' zei hij. 'Nu de vrede al twee jaar bewaard is gebleven.'

'Vrede, noem je dat?' Comandante Marescotti had het allemaal al eens eerder meegemaakt, en ijdele beloften ergerden hem nog meer dan schaamteloze leugens. 'Als dat volk van Salimbeni alweer kastelen van Tolomei's overvalt en de geestelijkheid berooft op de wegen, let op mijn woorden, dan loopt zelfs deze vrede nu ten einde.'

'Waarom dan nu niet gezorgd voor een alliantie met Tolomei,' zei Romeo dringend.

'En Salimbeni tot vijand maken?' Comandante Marescotti keek met samengeknepen ogen naar zijn zoon. 'Als jij in de stad evenveel informatie had gewonnen als wijn en vrouwen, mijn zoon, zou je weten dat Salimbeni zijn mensen aan het mobiliseren is. Zijn doel is niet alleen om zijn voet op de nek van Tolomei te zetten en al het bankverkeer vanuit de stad onder zijn beheer te krijgen, maar om deze stad te belegeren vanuit zijn bolwerken op het platteland en de teugels van onze republiek te grijpen, als ik me niet vergis.' De comandante fronste zijn wenkbrauwen en begon te ijsberen. 'Ik ken die man, Romeo. Ik heb hem in de ogen gekeken, en ik heb ervoor gekozen mijn oren en mijn poorten te sluiten voor zijn ambitie. Ik weet niet wie er slechter af is, zijn vrienden of zijn vijanden, en daarom heeft Marescotti gezworen om geen van beide te zijn. Op een dag, misschien al gauw, zal Salimbeni een brutale aanval uitvoeren om de staat omver te werpen, en dan zal er bloed door onze goten stromen. Dan worden er buitenlandse soldaten binnengehaald en zitten er mannen in torens te wachten op de klop op de deur, met spijt van de allianties die ze hebben gesloten. Ik wil daar niet bij horen.'

'Wie zegt dat al die ellende niet voorkomen kan worden?' zei Romeo heftig. 'Als wij onze krachten bundelen met Tolomei, zouden ook andere adellijke huizen het banier van de Adelaar volgen, en dan zou Salimbeni al snel terrein verliezen. We zouden de struikrovers samen kunnen opsporen en de wegen weer veilig maken, en met zijn geld en uw kwaliteiten zouden we grote projecten kunnen ondernemen. De nieuwe toren op de Campo kan binnen een paar maanden afgebouwd zijn. Binnen een paar jaar kan de nieuwe kathedraal worden gebouwd. En de voorzienigheid van Marescotti zou in ieders gebed geroemd worden.'

'Een man moet niet in een gebed voorkomen tot hij dood is,' zei comandante Marescotti en hij zweeg even om zijn kruisboog te spannen. Het schot ging dwars door het hoofd van de stropop en belandde in een pot rozemarijn. 'Dan mag hij doen wat hij wil. De levenden, mijn zoon, moeten zorgen dat ze oprechte glorie najagen, geen vleierij. Oprechte glorie is iets tussen jou en God. Vleierij is het voedsel van de ziellozen. Jij mag je erin verheugen dat je dat meisje het leven hebt gered, maar verlang geen erkenning of beloning van anderen. Snoeverij is voor een edelman ongepast.'

'Ik hoef geen beloning,' zei Romeo, en zijn mannengezicht verloor zich in de koppige gelaatsuitdrukking van de jongen: 'Ik wil alleen maar haar. Het kan me niet schelen wat mensen weten of denken. Als u uw zegen niet kunt geven aan mijn voornemen om haar te trouwen...'

Comandante Marescotti stak een gehandschoende hand op om zijn zoon te beletten woorden uit te spreken die, eenmaal gehoord, nooit konden worden ontkend. 'Bedreig me niet met maatregelen die jou meer pijn zouden doen dan mij. En laat ik niet merken dat jij je zo gedraagt, zo veel jonger dan je jaren, anders trek ik mijn toestemming in om je de Palio te laten rijden. Zelfs het spel van mannen – nee, juist hun spel – vereist het decorum van een man. En dat geldt ook voor het huwelijk. Ik heb je nooit aan iemand verbonden...'

'En alleen daarom al houd ik van mijn vader!'

'... omdat ik vanaf je eerste jeugd je karakter al afgetekend zag. Als ik een kwaadaardig man was geweest die een vijand wilde bestraffen, dan had ik misschien overwogen om zijn enige dochter te nemen en jou wormenaas van haar hart te laten maken. Maar zo'n man ben ik niet. Ik heb vastberaden afgewacht tot jij je wisselvallige aard zou verliezen om je tevreden te stellen met één prooi tegelijk.'

Romeo keek terneergeslagen. De toverdrank der liefde tintelde echter nog zo zoet op zijn tong, dat een glimlach zich niet lang liet bedwingen. Zijn vreugde ontsnapte als een veulen aan de stalknecht en galoppeerde op nog wankele benen over zijn gelaat. 'Maar vader, dat heb ik gedaan!' klonk zijn impulsieve reactie. 'Standvastigheid is mijn ware aard! De rest van mijn dagen zal ik niet meer naar een andere vrouw kijken, of liever, ik zal wel kijken, maar ze zullen als stoelen of tafels voor me zijn. Niet dat ik natuurlijk van plan bent om eraan te zitten of te eten, maar in de zin dat ik ze slechts als meubelstukken zal kennen. Of misschien moet ik zeggen dat zij, vergeleken met haar, zijn wat de maan is vergeleken met de zon...'

'Vergelijk haar niet met de zon,' waarschuwde comandante Marescotti en liep naar de stropop om zijn pijlen op te halen. 'Je hebt altijd de voorkeur gegeven aan het gezelschap van de maan.'

'Omdat ik in eeuwig duister leefde! Over een stakker die de zon nooit heeft aanschouwd, moet de maan immers wel heersen! Maar nu is de ochtend aangebroken, vader, de dageraad van mijn ziel, getooid in het rood en goud van het huwelijk!'

'Maar de zon trekt zich iedere nacht terug,' redeneerde comandante Marescotti.

'Dan trek ik mij ook terug!' Romeo klemde een vuistvol pijlen tegen zijn hart. 'En laat het donker over aan de uilen en de nachtegalen. De heldere uren zal ik vullen met bedrijvigheid, en jagen doe ik alleen nog op gezonde slaap.'

'Doe geen beloften over nachtelijke uren,' zei comandante Marescotti, en eindelijk legde hij een hand op de schouder van zijn zoon. 'Als je echtgenote maar half zo mooi is als je beschrijft, wordt er in het donker veel gejaagd en weinig geslapen!'

IV

I

Ontmoeten we hen nu, dan komt er vechten van,
Bij deze hitte kookt het dolle bloed zo snel.

Ik liep weer in mijn kasteel vol fluisterende spoken. Zoals altijd ging ik in mijn droom van kamer naar kamer, overal op zoek naar mensen van wie ik wist dat ze er in de val zaten, net als ik. Nieuw was dat de vergulde deuren deze keer voor me opengingen, al voor ik ze had aangeraakt. Het was net of de lucht gevuld was met onzichtbare handen die me de weg wezen en me meetrokken. Zo wandelde ik maar door, over eindeloze galerijen en door verlaten balzalen, betrad tot dusver ongeziene delen van het kasteel tot ik uiteindelijk bij een grote, versterkte deur aankwam. Kon dit de weg naar buiten zijn?

Ik keek naar het zware ijzeren beslag op de deur en stak mijn hand uit om de grendel te proberen. Maar ook die deur ontsloot zich al voor ik hem had aangeraakt, zwaaide open en onthulde een enorme, zwarte leegte.

Op de drempel stond ik stil en tuurde het donker in, om te zien of ik inderdaad de buitenwereld had bereikt of slechts weer een nieuwe zaal.

Terwijl ik daar blind en knipperend stond, kwam me uit het duister een ijzige wind tegemoet die zich om me heen kronkelde, aan mijn armen en benen trok en me aan het wankelen bracht. Toen ik de deurposten vastgreep, nam de wind in kracht toe, rukte razend en brullend aan mijn haren en kleren en probeerde me omlaag te trekken. De wind was zo sterk dat het kozijn uit elkaar dreigde te spatten en onder me brokkelde de vloer af. Om mezelf in veiligheid te brengen liet ik de deurpost los en wilde terugkruipen naar waar ik vandaan kwam, terug het kasteel in, maar een eindeloze stroom onzichtbare demonen zwermde, onder het sissen en sneren van de citaten van Shakespeare die ik zo goed kende, aan alle kanten om me heen in hun haast om eindelijk het kasteel te verlaten en mij in hun kielzog mee te slepen.

Daardoor viel ik op de vloer en gleed af naar de brokkelende rand, onderwijl wanhopig krabbelend naar iets stevigs om me aan vast te houden. Net toen ik over de rand dreigde te vallen, kwam er iemand in een zwart motorpak op me af stuiven om mijn armen te grijpen en me omhoog te trekken. 'Romeo!' gilde ik en ik strekte mijn armen naar hem uit, maar toen ik opkeek zag ik geen gezicht achter het vizier van de helm, alleen maar leegte.

Daarna viel ik omlaag, steeds verder omlaag... tot ik in water terechtkwam. En weer verdronk ik, tien jaar oud, in een soep van zeewier en afval in de jachthaven van Alexandria, Virginia, waar Janice en haar vriendinnen op de pier ijs stonden te eten terwijl de tranen over hun wangen stroomden van het lachen.

Net toen ik weer boven kwam om naar adem te happen en woedend probeerde een landvast te grijpen, werd ik met een schok wakker en ontdekte dat ik op de bank lag bij maestro Ambrogio, met een kriebelige deken tot een knoop geschopt om mijn benen, terwijl Dante mijn hand likte.

'Goedemorgen,' zei de Maestro terwijl hij een kop koffie voor me neerzette. 'Dante houdt niet van Shakespeare. Hij is een heel verstandige hond.'

Later die ochtend, onderweg naar het hotel in een stralende zon die me de weg wees, kwamen de gebeurtenissen van de afgelopen nacht me onwerkelijk voor, alsof het allemaal een gigantische toneelvoorstelling was geweest, opgevoerd voor het genoegen van iemand anders. Mijn diner met de Salimbeni's, mijn vlucht door de donkere straten en mijn bizarre schuilplaats in het atelier van maestro Ambrogio... het waren de ingrediënten waar nachtmerries van gemaakt zijn, en het enige bewijs dat het werkelijk gebeurd was, leken het vuil en de schaafwonden op mijn voetzolen te zijn.

Maar het was heus echt gebeurd en hoe eerder ik ophield mezelf een ongerechtvaardigd gevoel van veiligheid aan te praten, hoe beter. Dit was de tweede keer dat ik was gevolgd, en deze keer niet alleen door een willekeurige boef in een joggingpak, maar ook door een man op een motorfiets, wat zijn beweegredenen ook mochten zijn. Daarbij kwam nog eens het groeiende probleem van Alessandro, die duidelijk alles van mijn strafblad wist en niet zou aarzelen om het tegen me te gebruiken als ik ooit weer in de buurt van zijn dierbare petemoei kwam.

Allemaal uitstekende redenen om het land spoorslags te verlaten, maar Julia Jacobs was een volhouder, en dat gold voor mijn gevoel ook voor Giulietta Tolomei. Er stond immers een vrij aanzienlijke schat op het spel, als de verhalen van maestro Lippi klopten en als ik ooit het graf van Julia wist te vinden om de hand te leggen op het legendarische beeld met de saffieren ogen.

Of misschien was het verhaal van het beeld onzin. Misschien moest ik de ontdekking dat een paar idioten overtuigd waren van mijn verwantschap aan een heldin van Shakespeare wel beschouwen als de grandioze beloning aan het slot van al mijn moeizame inspanningen. Tante Rose klaagde altijd dat ik, al kon ik een toneelstuk achterstevoren en ondersteboven uit mijn hoofd leren, niet werkelijk om literatuur gaf, net zomin als om de liefde, en ze hield vol dat de grote, dikke schijnwerper van de waarheid op een dag op mijn dwaalwegen zou vallen.

In een van mijn vroegste herinneringen aan tante Rose zat ze laat op de avond aan haar grote mahoniehouten bureau onder een enkele lamp door een vergrootglas een enorme stapel papieren te bestuderen. Ik voel nog het wollige teddyberenpootje dat ik in mijn hand geklemd hield en de angst om weer naar bed gestuurd te worden. Eerst merkte ze me niet op, maar toen ze me eenmaal zag, schrok ze alsof ik een spookje was dat haar rust kwam verstoren. Het volgende dat ik me herinner is dat ik op haar schoot zit en uitkijk over die immense zee van papier.

'Kijk hier maar door,' zei ze, en ze hield me het vergrootglas voor. 'Dat is onze stamboom, en hier staat jouw moeder.'

Ik herinner me een vlaag van opwinding gevolgd door bittere teleurstelling. Het was helemaal geen foto van mijn moeder, maar een rij letters die ik nog niet had geleerd te lezen. 'Wat staat er?' moet ik hebben gevraagd, want ik herinner me het antwoord van tante Rose maar al te goed.

Met ongebruikelijke dramatiek zei ze: 'Lieve tante Rose, zorg alstublieft goed voor mijn kleine meisje. Ze is heel bijzonder. Ik mis haar erg.' Toen realiseerde ik me tot mijn afschuw dat ze huilde. Het was de eerste keer dat ik een volwassene zag huilen. Tot op dat moment was het zelfs niet bij me opgekomen dat ze zouden kúnnen huilen.

Naarmate Janice en ik ouder werden, vertelde tante Rose ons af en toe wel iets over onze moeder, maar nooit het hele verhaal. Een keer, nadat we aan de universiteit waren begonnen en wat ruggengraat hadden ontwikkeld, hadden we haar op een bijzonder mooie dag mee naar buiten genomen, op een stoel in de tuin gezet – koffie en muffins binnen handbereik – en haar vastbesloten gevraagd om ons het hele verhaal te vertellen. Het was een zeldzaam moment van synergie geweest tussen mijn zus en mij. Samen overstelpten we haar met vragen: we wisten al dat ze bij een auto-ongeluk waren omgekomen, maar wat voor mensen waren onze ouders geweest? En waarom hadden we helemaal geen contact met iemand in Italië, terwijl er in onze paspoorten stond dat we daar geboren waren?

Tante Rose was heel stil blijven luisteren naar onze preek zonder de muffins zelfs maar aan te raken, en toen we klaar waren, had ze geknikt. 'Jullie hebben het recht om deze vragen te stellen, en op een dag krijgen jullie de antwoorden. Maar voorlopig moeten jullie geduld hebben. Het is voor je eigen bestwil dat ik heel weinig heb verteld over jullie familie.'

Ik had nooit begrepen hoe het verkeerd kon zijn om alles van je familie te weten. Of in elk geval iets. Maar ik had gezien hoe moeilijk tante Rose het onderwerp vond en het onvermijdelijke conflict tot later uitgesteld. Op een dag zou ik haar neerzetten en een verklaring eisen. Op een dag zou ze me alles vertellen. Zelfs toen ze tachtig werd, bleef ik veronderstellen dat ze, op een dag, al onze vragen zou beantwoorden. Maar nu zou ze dat dus nooit meer doen.

Direttore Rossini was aan de telefoon in de achterkamer die als kantoortje dienstdeed toen ik het hotel binnenkwam, en ik bleef even staan wachten tot hij naar buiten kwam. Op de terugweg van het atelier van maestro Lippi had ik nagedacht over de woorden van de kunstenaar over zijn late bezoeker die Romeo heette, en ik had besloten dat het hoog tijd was dat ik de familie Marescotti en hun eventuele hedendaagse afstammelingen onder de loep nam.

De eerste logische stap, bedacht ik, was direttore Rossini om een lokaal telefoonboek vragen en ik was van plan om dat meteen te doen. Maar na minstens tien minuten wachten gaf ik het uiteindelijk op en reikte over de balie om mijn kamersleutel van de muur te halen.

Ontevreden over mezelf omdat ik maestro Lippi niet had gevraagd naar de Marescotti's toen ik de kans had, liep ik langzaam de trap op, mijn gewonde voeten schrijnend bij elke stap die ik zette. Dat ik geen hoge hakken gewend was, hielp ook al niet, vooral na alle kilometers die ik de laatste twee dagen op de klok had gezet. Zodra ik mijn deur opendeed, waren alle pijntjes echter vergeten: de kamer was volledig overhoop gehaald, misschien zelfs binnenstebuiten gekeerd.

Een bijzonder vastberaden inbreker, als het geen hele groep was geweest, had de deuren letterlijk van de garderobekast gerukt en het vulsel uit de kussens getrokken om te vinden wat het ook mocht zijn dat ze zochten, en overal lagen kleren, spulletjes en toiletartikelen; er slingerde zelfs vuil ondergoed aan een schilderij.

Ik had nog nooit een kofferbom af zien gaan, maar ik was ervan overtuigd dat het resultaat er achteraf zo uit zou zien.

'Juffrouw Tolomei!' Zwaar hijgend haalde direttore Rossini me eindelijk in. 'Contessa Salimbeni heeft gebeld om te vragen of u zich beter voelt, maar... Santa Cristina!' Zodra hij de verwoesting in mijn kamer zag, vergat hij wat hij had willen zeggen en even staarden we beiden in zwijgend afgrijzen naar mijn kamer.

'Afijn,' zei ik, vooral voor mijn publiek. 'Nu hoef ik in elk geval mijn koffers niet uit te pakken.'

'Dit is vreselijk!' riep direttore Rossini, die een stuk minder bereid was om de zaak positief te bekijken. 'Kijk nu toch! De mensen zullen zeggen dat dit hotel niet veilig is! O, wees voorzichtig, ga niet in dat glas staan.'

De vloer was bezaaid met glas van de balkondeur. De inbreker was duidelijk voor het kistje van mijn moeder gekomen, dat – vanzelfsprekend – verdwenen was, maar de vraag was waarom hij vervolgens mijn kamer had verwoest. Zocht hij nog iets anders dan het kistje?

'*Cavolo!*' riep direttore Rossini. 'Nu moet ik de politie bellen en die komen foto's maken, en dan schrijven alle kranten dat Hotel Chiusarelli niet veilig is!'

'Wacht!' zei ik. 'U hoeft de politie niet te bellen. Dat is niet nodig. We weten al waar ze voor kwamen.' Ik liep naar het bureau waar het kistje had gestaan. 'Ze komen heus niet meer terug. De hufters.'

'O!' Het gezicht van direttore Rossini klaarde ineens op. 'Dat vergeet ik te vertellen! Gisteren heb ik persoonlijk uw koffers naar boven gebracht...'

'Ja, dat zie ik.'

'... en toen zag ik dat u een bijzonder kostbare antiquiteit op tafel had laten staan. Dus heb ik de vrijheid genomen om het uit deze kamer te verwijderen en in de kluis van het hotel te zetten. Ik hoop dat u dat niet erg vindt? In de regel bemoei ik me niet met...'

Ik was zo opgelucht dat ik er niet eens aan dacht om me op te winden over zijn bemoeizucht, of om me te verbazen over zijn vooruitziende blik. In plaats daarvan greep ik hem bij zijn schouders. 'Het kistje is er nog?'

En ja hoor, het kistje van mijn moeder stond heel knus in de hotelkluis, tussen de grootboeken en de zilveren kandelaars. 'Ontzettend bedankt!' zei ik, en ik meende het. 'Dit kistje is heel bijzonder.'

'Ik weet het. Mijn grootmoeder had er net zo één. Ze worden niet meer gemaakt. Het is een oude Sienese traditie. We noemen het kistjes der geheimenissen, omdat ze verborgen vakjes hebben. Je kunt er dingen in verstoppen voor je ouders. Of voor je kinderen. Of voor wie dan ook.'

'Bedoelt u... dat het een geheim vakje heeft?'

'Ja!' Direttore Rossini pakte het kistje en onderzocht het. 'Ik zal het u laten zien. Je moet uit Siena komen om ze te kunnen vinden; het is heel slinks. Ze zitten nooit op dezelfde plek. Die van mijn grootmoeder zat hier opzij... maar deze is anders. Dit is lastig. Laat eens kijken... niet hier... niet hier...' Hij bekeek het kistje van alle kanten, zichtbaar genietend van de uitdaging. 'Zij bewaarde er een lok haar in, verder niets. Ik vond hem op een dag toen ze sliep. Ik heb nooit gevraagd... Aha!'

Op de een of ander maner was het direttore Rossini gelukt om het deblokkeermechanisme van het geheime vakje te vinden. Hij glimlachte triomfantelijk toen een kwart van de bodem op tafel viel, gevolgd door een klein, rechthoekig kaartje. We draaiden het kistje om en doorzochten het geheime vakje, maar er had niets anders ingezeten dan de kaart.

'Begrijpt u dit?' Ik liet direttore Rossini de letters en cijfers zien die met een ouderwetse schrijfmachine op de kaart getypt waren. 'Het ziet eruit als een soort code.'

'Dit is een oude... hoe heet het... een oude indexkaart,' zei hij terwijl hij het van me aanpakte. 'Die gebruikten we voordat we computers hadden. Dat was voor uw tijd. Ach, de wereld is zo veranderd! Ik herinner me nog dat...'

'Heeft u enig idee waar het vandaan zou kunnen komen?'

'Dit? Misschien uit een bibliotheek? Ik weet het niet. Ik ben geen deskundige. Maar...' Hij keek me aan als om te beoordelen of ik een dergelijk vertrouwen wel waard was. 'Ik ken iemand die dat wel is.'

Het kostte me wat tijd om het tweedehands boekenwinkeltje te vinden dat direttore Rossini had beschreven, en toen ik er eenmaal was, was het uiteraard tussen de middag gesloten. Ik probeerde door de ramen te kijken of er iemand binnen was, maar zag alleen maar boeken, boeken en nog eens boeken.

Ik liep de hoek om naar de Piazza del Duomo en ging op de trappen van de kathedraal van Siena zitten om de tijd te verdrijven. Ondanks de toeristen die er in en uit liepen had de hele plek iets sereens, iets heel aards en eeuwigs waardoor ik het gevoel had dat ik er, als ik geen missie had gehad, voor altijd had kunnen blijven, net als het gebouw zelf, om met een mengeling van nostalgie en mededogen de voortdurende wedergeboorte van de mensheid te aanschouwen.

Het meest opvallende aan de kathedraal was de klokkentoren. Hij was niet zo hoog als de Torre del Mangia, de viriele lelie van direttore Rossini op de Campo, maar hij was de meest opvallende van de twee omdat hij voorzien was van zebrastrepen. Smalle, afwisselende lagen witte en zwarte stenen klommen helemaal naar boven, als een trap van chocoladekoekjes met vanillevulling naar de hemel, en ik vroeg me onwillekeurig af wat de symboliek van het patroon was. Misschien was die er niet. Misschien was het alleen bedoeld om de toren te laten opvallen. Of misschien was het een afspiegeling van het wapen van Siena, de Balzana – deels zwart, deels wit, in de vorm van een wijnglas zonder steel, half gevuld met de donkerste rode wijn – dat ik al even onbegrijpelijk vond.

Direttore Rossini had me een verhaal verteld over een Romeinse tweeling die op een zwart-wit paard aan hun boosaardige oom ontsnapte, maar ik was er niet van overtuigd dat dat het onderliggende verhaal was van de kleuren van de Balzana. Het moest iets met contrasten te maken hebben. Iets met de gevaarlijke kunst van het verenigen van extremen en het afdwingen van compromissen, of misschien met de erkenning dat het leven een delicaat evenwicht is van grootse krachten, en dat het goede haar macht zou verliezen als er in de wereld geen kwaad meer te bestrijden viel.

Maar ik was geen filosoof en de felle zon liet me voelen dat dit het uur was waarop alleen dolle honden en Engelsen zich nog aan zijn stralen blootstelden. Toen ik de hoek weer omliep, zag ik dat de boekwinkel nog steeds gesloten was; zuchtend keek ik op mijn horloge en vroeg me af waar ik beschutting kon vinden tot het de jeugdvriendin van de moeder van direttore Rossini behaagde om van haar lunch terug te keren.

In de kathedraal van Siena was de lucht vol van goud en schaduwen. Aan alle kanten werd ik omringd door enorme zwart-witte pilaren die een immense hemel bezaaid met kleine sterren omhoog hielden, en de mozaïekvloer was een reusachtige legpuzzel van symbolen en legenden die ik op de een of andere manier kende maar niet begreep, alsof ik een vreemde taal herkende zonder de woorden te verstaan.

Deze kathedraal verschilde evenveel van de moderne kerken uit mijn jeugd als de ene godsdienst van de andere, en toch voelde ik mijn hart openbloeien in verbijsterde herkenning, alsof ik hier al eerder was geweest, op zoek naar dezelfde God, heel lang geleden.

En plotseling drong het tot me door dat ik hier, voor het eerst, in een gebouw stond dat leek op mijn droomkasteel vol fluisterende spoken. Misschien, dacht ik, terwijl ik de met sterren bezaaide koepel boven dit zwijgende woud van zilverberkzuilen bewonderde, had iemand me meegenomen naar deze kathedraal toen ik een baby was, en had ik dat ergens opgeslagen in mijn geheugen zonder te weten wat het was.

De enige andere keer dat ik in een kerk van deze omvang was geweest, was toen Umberto me had meegenomen naar de Basiliek van het Nationaal Heiligdom van de Onbevlekte Ontvangenis in Washington, spijbelend na een tandartsafspraak. Ik kan niet ouder dan zes of zeven zijn geweest, maar ik herinner me levendig dat hij midden in die immense zaal naast me neerknielde en vroeg: 'Hoor je het?'

'Wat moet ik horen?' had ik gevraagd, het plastic zakje met de nieuwe, roze tandenborstel in mijn knuistje geklemd.

Speels hield hij zijn hoofd scheef: 'De engelen. Als je heel stil bent, kun je ze horen giechelen.'

'Waar lachen ze dan om?' wilde ik toen weten. 'Om ons?'

'Hier krijgen ze vliegles. Er is geen wind, alleen de adem van God.'

'Kunnen ze daarop vliegen? Op de adem van God?'

'Er bestaat een kunstje om te vliegen. Dat hebben de engelen me verteld.' Hij glimlachte om het ontzag in mijn opengesperde ogen. 'Je moet alles vergeten wat je als mens weet. Als je mens bent, ontdek je dat er veel macht zit in het haten van de aarde. En daarmee kun je bijna vliegen. Maar nooit helemaal.'

Ik fronste mijn voorhoofd omdat ik hem niet helemaal begreep. 'Wat is dat kunstje dan?'

'De hemel beminnen.'

Terwijl ik in de kathedraal opging in de herinnering aan dat zeldzame, emotionele gedweep van Umberto, kwam er een groep Britse toeristen achter me staan; hun gids vertelde geanimeerd over de vele mislukte pogingen om de oude grafkelder van de kathedraal te vinden en op te graven, die naar verluidt in de middeleeuwen had bestaan maar kennelijk voorgoed verloren was gegaan.

Ik luisterde een poosje geamuseerd naar de sensationele draai die de gids aan het verhaal gaf, voordat ik de kathedraal weer aan de toeristen overliet en de Via del Capitano afslenterde om, tot mijn grote verrassing, weer op de Piazza Postierla te belanden, recht tegenover de espressobar van Malèna.

De andere keren dat ik er was geweest, was het druk op het pleintje, maar vandaag was het aangenaam rustig, misschien omdat het siëstatijd was en gloeiend heet. Tegenover een sokkel met een gebeeldhouwde wolf en twee zogende baby's erop stond een kleine fontein, waar een vervaarlijk ogende metalen vogel boven hing. Twee kinderen, een jongen en een meisje, waren elkaar met water aan het bespatten en renden heen en weer, joelend van plezier, terwijl een rij oude mannen op korte afstand in de schaduw zat, zonder jas maar met hun hoed op, die met milde blik hun eigen onsterfelijkheid beschouwden.

'Hallo daar!' zei Malèna toen ze me zag binnenkomen. 'Luigi heeft goed werk gedaan, nietwaar?'

'Hij is een genie.' Ik liep naar haar toe en voelde me op een vreemde manier thuis toen ik over de koele toog leunde. 'Ik ga nooit meer uit Siena weg zolang hij hier is.'

Ze lachte hardop, een hartelijke, speelse lach waardoor ik me weer afvroeg wat het geheime ingrediënt in het leven van deze vrouwen was. Wat het ook was, het ontbrak mij ten enenmale. Het was zoveel meer dan gewoon zelfvertrouwen; het leek de kunst te zijn jezelf lief te hebben, gul en geestdriftig, met lichaam en ziel, waaruit op natuurlijke wijze de overtuiging voortvloeide dat iedere man op de hele planeet er hevig naar verlangde om hetzelfde te mogen doen.

'Hier...' Malèna zette een espresso voor me neer en legde er met een knipoogje een *biscotto* naast: 'Eet meer. Daar krijg je... je weet wel, karakter van.'

'Wat een woest ogend schepsel,' merkte ik op over de fontein buiten. 'Wat voor vogel is het?'

'Dat is onze adelaar, *aquila* in het Italiaans. De fontein is onze... o, wat is het ook alweer?' Ze beet op haar lip, zoekend naar het woord. '*Fonte battesimale...* ons doopvont? Ja! Hier brengen we onze baby's zodat ze *aquilini* worden, kleine adelaartjes.'

'Is dit de contrada van de Adelaar?' Ik keek rond naar de andere klanten, plotseling helemaal kippenvellig. 'Klopt het dat het adelaarssymbool oorspronkelijk van de familie Marescotti afkomstig was?'

'Ja,' knikte ze. 'Maar wij hebben het natuurlijk niet uitgevonden. De adelaar kwam oorspronkelijk van de Romeinen, toen nam *Carlomagno* hem over, en omdat de Marescotti's in zijn leger dienden, kregen wij het recht om dat keizerlijke symbool te gebruiken. Maar dat weet tegenwoordig niemand meer.'

Ik staarde haar aan, er bijna zeker van dat ze naar de Marescotti's had verwezen alsof zij er zelf één was. Maar net toen ik mijn mond opendeed om de vraag te stellen, kwam het grijnzende gezicht van een ober tussenbeide. 'Alleen de mensen die het geluk hebben om hier te werken. Wij weten alles over haar grote vogel.'

'Negeer hem maar,' zei Malèna, en ze deed alsof ze hem met een dienblad op zijn hoofd wilde meppen. 'Hij is van de Contrada della Torre – de Toren, weet je wel.' Ze trok een gezicht. 'Altijd even geestig.'

Op dat moment, te midden van het algemene gelach, werd mijn blik ergens door naar buiten getrokken. Het was een zwarte motorfiets met berijder, met gesloten vizier, die even stopte om door de glazen deur naar binnen te kijken voordat hij brullend gas gaf en verdween.

'Ducati Monster S4,' reciteerde de ober alsof hij de tijdschriftadvertentie uit zijn hoofd had geleerd. 'Een echte straatvechter. Een met vloeistof gekoelde motor. Hij doet mannen van bloed dromen en badend in het zweet ontwaken omdat ze proberen hem te vangen. Maar hij heeft geen handgrepen. Dus...' Hij klopte suggestief op zijn buik: 'Geen meisje aan boord nemen als je geen wasbord als antiblokkeersysteem hebt!'

'Basta, basta, Dario!' schold Malèna. '*Tu parle di niente!*'

'Ken jij die vent?' vroeg ik, en ik deed mijn best zo onverschillig mogelijk te klinken, wat ik helemaal niet was.

'Die vent?' Ze rolde met haar ogen, niet onder de indruk. 'Je weet wat ze zeggen: als ze heel veel herrie maken, komen ze daar beneden iets tekort.'

'Ik maak helemaal niet veel herrie!' protesteerde Dario.

'Ik had het niet over jou, *stupido*! Ik had het over die *moscerino* op de motor.'

'Weet jij wie het is?' vroeg ik nogmaals.

Ze haalde haar schouders op. 'Ik houd van mannen met auto's. Mannen op motoren... dat zijn *players*. Je kunt een vriendin op een motorfiets meenemen, ja, maar je kinderen dan, je bruidsmeisjes, je schoonmoeder?'

'Precies,' zei Dario, met zijn wenkbrauwen wiebelend. 'Daarom spaar ik dus voor een motor.'

Ondertussen werden verschillende andere klanten in de rij achter me hoorbaar ongeduldig, en al leek Malèna ze moeiteloos te negeren zolang ze daar zin in had, ik besloot toch om mijn vragen over de Marescotti's en hun eventuele hedendaagse nakomelingen te bewaren voor een andere keer.

Bij het verlaten van de bar bleef ik rondkijken of ik de motorfiets zag, maar die was nergens te bekennen. Natuurlijk kon ik er niet zeker van zijn, maar mijn intuïtie zei me dat het dezelfde kerel was die me de vorige avond zo had geïntimideerd; als hij echt een player was, op zoek naar iemand om zijn voorremsysteem te testen, kon ik trouwens wel betere manieren bedenken om dat gesprek te beginnen.

Toen de eigenaresse van de boekwinkel eindelijk terugkwam van haar lunch, zat ik op haar stoep tegen de deur geleund en wilde het al bijna opgeven. Mijn geduld werd echter beloond: de lieve oude dame, zo spichtig gebouwd dat ze door weinig anders dan een enorme nieuwsgierigheid leek te worden aangedreven, wierp één blik op de indexkaart en knikte meteen.

'Ach, ja,' zei ze, niet in het minst verrast. 'Die komt uit het archief van de universiteit. Uit de geschiedeniscollectie. Ik geloof dat ze daar nog steeds de oude catalogus gebruiken. Laat eens kijken... ja, zie je wel, dit staat voor *Late middeleeuwen*. En dit betekent *plaatselijk*. En kijk...' Ze wees me de codes op de kaart aan: 'Dit is de letter van de plank, K, en dit is het nummer van de lade, 3-17b. Maar er staat niet op wat erin zit. Enfin, daar staat de code voor.' Nu ze dit geheim zo snel had opgelost, keek ze me aan in de hoop op meer. 'Hoe kom je aan die kaart?'

'Mijn moeder, of liever gezegd mijn vader, ik geloof dat hij professor was aan de universiteit. Professor Tolomei?'

Het gezicht van de oude vrouw begon te stralen als een kerstboom in december. 'Die herinner ik me! Ik was een van zijn studenten! Weet je, hij was degene die de hele collectie heeft georganiseerd. Het was een puinhoop. Ik heb twee zomers lang nummers op lades geplakt. Maar... ik vraag me af waarom hij deze kaart heeft meegenomen. Hij werd altijd heel boos als mensen indexkaarten lieten rondslingeren.'

De faculteiten van de Universiteit van Siena lagen over de hele stad verspreid, maar naar het geschiedenisarchief was het slechts een flinke wandeling in de richting van de stadspoort die Porta Tufi heette. Het kostte me even tijd om het juiste gebouw te vinden tussen de onopvallende gevels langs de weg; uiteindelijk verried het patchwork van socialistische verkiezingsposters op het hek erbuiten dat zich hier een onderwijsinstelling bevond.

In de hoop dat ik onopvallend zou kunnen opgaan in de menigte studenten ging ik naar binnen door de deur die de boekverkoopster me had beschreven, en liep rechtstreeks naar de kelder. Misschien kwam het omdat het siëstatijd was, of misschien omdat er vrijwel niemand was vanwege de zomer, maar ik kon naar beneden zonder ook maar iemand tegen te komen: het was overal heerlijk koel en stil. Het was bijna te simpel.

Met alleen de indexkaart om me de weg te wijzen liep ik verschillende keren het archief door, tevergeefs op zoek naar de juiste planken. Het was een aparte collectie, had de boekverkoopster uitgelegd, en zelfs in haar tijd werd er zelden gebruik van gemaakt. Ik moest het meest verafgelegen deel van het archief vinden, maar die instructie was lastig omdat elk deel van het archief in mijn ogen verafgelegen was. Bovendien hadden de planken waar ik naar keek geen lades; het waren gewone planken met boeken, geen voorwerpen. En er stond geen boek met K 3-17b op het etiket.

Nadat ik ten minste twintig minuten had rondgedwaald, kreeg ik ineens het idee om een deur helemaal achter in de zaal te proberen. Het was een verzegelde metalen deur, bijna zoiets als de deur van een bankkluis, maar hij ging probleemloos open, en onthulde nog een ruimte, een kleinere ditmaal, met een soort klimaatbeheersing waardoor de lucht heel anders rook, naar chocolademottenballen. Nu klopte mijn indexkaart eindelijk. Deze planken stonden inderdaad vol laden, precies zoals de boekverkoopster had beschreven. En de collectie was chronologisch georganiseerd, beginnend bij de Etrusken en eindigend – nam ik aan – in het jaar dat mijn vader overleed. De ruimte werd overduidelijk nooit door iemand gebruikt, want overal lag een dikke laag stof en toen ik de rolladder wilde verschuiven, bood die in eerste instantie weerstand doordat de metalen wieltjes aan de vloer waren vastgeroest. Toen hij eindelijk opstandig knarsend in beweging kwam, liet hij kleine bruine afdrukken achter op het grijze linoleum.

Ik zette de ladder bij de plank met het etiket K en klom omhoog om beter bij rij 3 te kunnen, waarop enkele tientallen middelgrote laden stonden, allemaal uit het zicht en buiten bereik, tenzij je een ladder had en precies wist wat je zocht. Eerst voelde lade nummer 17b aan alsof hij op slot zat; pas toen ik er verschillende keren met mijn vuist op had geslagen kwam hij los en kon ik hem opentrekken. Naar alle waarschijnlijkheid had niemand anders lade nummer 17b geopend sinds mijn vader hem tientallen jaren geleden had dichtgedaan.

In de lade vond ik een groot pakket, verpakt in luchtdicht, bruin plastic. Toen ik er voorzichtig op drukte, kon ik voelen dat het een soort sponsachtige stof bevatte, zoiets als een zak schuimrubber van een textielwinkel. Ik haalde het raadselachtige pakket uit de lade, klom de ladder af en ging op de onderste trede zitten om mijn vondst te inspecteren.

In plaats van het hele ding open te scheuren, stak ik een nagel in het plastic en maakte een gaatje. Zodra de luchtdichtheid was verbroken, leek de zak diep adem te halen en piepte er een hoekje vaalblauwe stof naar buiten. Ik maakte het gaatje groter en betaste de stof met mijn vingers. Ik was geen expert, maar ik vermoedde dat het zijde was, weliswaar in uitstekende conditie, maar heel erg oud.

In het volle besef dat ik iets fragiels in één keer aan lucht en licht blootstelde, haalde ik de lap stof voorzichtig uit het plastic en vouwde hem uit op mijn schoot. Bij het openvouwen viel er een voorwerp uit, dat met een metalig gekletter op de grond terechtkwam.

Het was een groot mes in een gouden schacht, dat in de vouwen van de zijden lap was verborgen. Ik raapte het op. Er stond een adelaar op het gevest gegraveerd.

Op dat moment, terwijl ik op mijn onderste trede het gewicht van de onverwachte schat in mijn hand woog, ving ik plotseling een geluid op vanuit het andere deel van het archief. Omdat ik me er maar al te zeer van bewust was dat ik me onrechtmatig in een instelling bevond waar zich ongetwijfeld veel onvervangbare kostbaarheden bevonden, kwam ik met een schuldbewuste ademstoot overeind en bundelde mijn buit zo goed mogelijk bij elkaar. Als ik ergens geen behoefte aan had, was het wel om te worden aangetroffen in die chique, geklimatiseerde kluis met de kanarieveren nog tussen mijn lippen.

Zo geruisloos mogelijk glipte ik het hoofdmagazijn weer binnen en trok de metalen deur bijna helemaal achter me dicht. Gehurkt achter de laatste rij boekenkasten luisterde ik aandachtig. Het enige geluid wat ik hoorde was echter mijn eigen onregelmatige ademhaling. Nu hoefde ik alleen nog maar naar die trap te lopen en het gebouw even achteloos te verlaten als ik was binnengelopen.

Ik had het mis. Zodra ik besloot om me te bewegen, hoorde ik het geluid van voetstappen; niet de voetstappen van een bibliothecaris die terugkwam van een siësta of van een student die een boek zocht, maar de onheilspellende voetstappen van iemand die niet wilde dat ik hem zou horen aankomen, iemand wiens doel in het archief nog twijfelachtiger was dan het mijne. Tussen de planken door turend, zag ik hem mijn kant op komen – en jawel, het was de ploert die me de vorige nacht had gevolgd: hij sloop van boekenkast naar boekenkast, zijn ogen gevestigd op de metalen deur naar de kluis. Deze keer had hij echter een pistool bij zich.

Het scheelde nog maar een paar tellen of hij zou de plek bereiken waar ik me had verstopt. Mezelf vervloekend vanwege mijn ongeschikte kleren wurmde ik me langs de boekenkast tot ik het einde ervan bereikte. Hier liep een nauw gangpad helemaal naar het bureau van de bibliothecarissen, en ik liep op mijn tenen zover als ik durfde voordat ik me met ingehouden buik tegen het smalle uiteinde van een boekenkast drukte, fervent hopend dat ik precies uit het zicht zou zijn wanneer de boef in het gangpad aan het andere uiteinde langsliep.

Ik durfde amper adem te halen en moest me uit alle macht inhouden om er niet als een haas vandoor te gaan. Ik dwong mezelf om roerloos stil te staan en wachtte een paar seconden extra voordat ik eindelijk durfde te kijken, en toen zag ik hem stilletjes de kluis in glippen.

Weer pelde ik mijn schoenen af en schuifelde het hele gangpad door; ik sloeg de hoek om bij het bureau van de bibliothecaris en stoof met drie treden tegelijk de trap op, zonder zelfs maar in te houden om een blik achter me te werpen.

Pas toen ik ver verwijderd was van het universiteitsgebouw en veilig in een donker straatje liep, durfde ik mijn pas te vertragen en enige opluchting te voelen. Maar die was van korte duur. Naar alle waarschijnlijkheid was dit de vent die mijn hotelkamer in een slagveld had veranderd, en het enige positieve aan dat verhaal was dat ik niet in mijn bed had liggen slapen toen hij binnendrong.

Peppo Tolomei was bijna net zo verbaasd om mij te zien, als ik om al zo snel weer terug te zijn in het museum van de Uil. 'Giulietta!' riep hij uit terwijl hij een trofee en een poetslap neerlegde. 'Wat is er aan de hand? En wat is dat?'

We keken beiden naar het rommelige bundeltje in mijn armen. 'Ik heb geen idee,' biechtte ik op. 'Maar ik denk dat het van mijn vader was.'

'Hier...' Hij maakte ruimte op de tafel voor me waar ik de blauwe zijde heel voorzichtig neerlegde, en het mes onthulde dat er in gerold zat.

'Heb jij enig idee waar dit mes vandaan komt?' zei ik terwijl ik het oppakte.

Peppo keek echter niet naar het mes, maar begon met eerbiedige handen de lap zijde open te vouwen. Toen die eenmaal helemaal uitgespreid was, deed hij overweldigd een stap achteruit en sloeg een kruis. 'Waar heb je dit in hemelsnaam gevonden?' vroeg hij, zijn stem weinig meer dan een gefluister.

'Eh... in mijn vaders collectie op de universiteit. Het zat om het mes heen gevouwen. Ik wist niet dat het iets bijzonders was.'

Peppo keek me verrast aan. 'Weet je niet wat dit is?'

Ik keek nog eens goed naar het stuk blauwe zijde. Het was veel langer dan het breed was, bijna als een banier, en er stond een vrouwenfiguur op geschilderd, haar haren omringd door een stralenkrans en haar armen geheven in een zegenend gebaar. De tijd had haar kleuren vervaagd, maar de betovering was gebleven. Zelfs een filistijn als ik kon zien dat dit een afbeelding van de Maagd Maria was. 'Een religieuze vlag?'

Peppo rechtte respectvol zijn rug en zei: 'Dit is een *cencio*, de grote prijs van de Palio. Maar hij is heel oud. Zie je die Romeinse cijfers in die onderste hoek? Dat is het jaartal.' Hij boog zich er nog eens overheen om het nummer te verifiëren. 'Ja! Santa Maria!' Met glanzende ogen wendde hij zich naar mij: 'Dit is niet zomaar een antieke cencio, het is de meest legendarische cencio ooit! Iedereen dacht dat hij voor altijd verloren was gegaan. Maar dit is hem! De cencio van de Palio van 1340. Een grote schat! Hij was afgewerkt met staartjes van... *viao*. Ik weet niet wat dat in het Engels moet zijn. Kijk...' Hij wees op de rafelige randen van de stof: 'Ze zaten hier en hier. Geen eekhoorns. Een speciaal soort eekhoorns. Maar die zijn nu weg.'

'En,' zei ik, 'wat zou zo'n ding waard zijn? In geld?'

'Geld?' Het concept was Peppo vreemd. Hij keek me aan alsof ik had gevraagd wat Jezus per uur rekende. 'Maar dit is de hoofdprijs! Het is heel bijzonder... een enorme eer. Al sinds de middeleeuwen krijgt de winnaar van de Palio een prachtige zijden banier, afgewerkt met kostbaar bont; de Romeinen noemden het een pallium, daarom heet onze race ook de Palio. Kijk...' Met zijn wandelstok wees hij naar de banieren aan de wanden om ons heen. 'Elke keer dat onze contrada de Palio wint, krijgen we een nieuwe cencio voor onze collectie. De oudste die we hebben zijn tweehonderd jaar oud.'

'Dus jullie hebben geen andere cencio's uit de veertiende eeuw?'

'O, nee!' Peppo schudde heftig van nee. 'Deze is heel bijzonder. Zie je, in het verleden nam de man die de Palio won de cencio mee om er kleding van te laten maken die hij dan triomfantelijk op zijn lichaam droeg. Daarom zijn ze allemaal verloren gegaan.'

'Dan moet het toch íets waard zijn,' hield ik vol. 'Als ze zo zeldzaam zijn, bedoel ik.'

'Geld, geld, geld,' schimpte hij. 'Geld is niet alles. Begrijp je dat niet? Het gaat om de geschiedenis van Siena!'

De geestdrift van mijn neef was in scherpe tegenspraak met mijn eigen gemoedstoestand. Kennelijk had ik vanochtend mijn leven gewaagd voor een roestig oud mes en een vale vlag. Ja, het was een cencio, en als zodanig een bijna magisch artefact van onschatbare waarde voor de Sienezen, maar helaas ook een volstrekt waardeloos oud vod als ik het ooit buiten de stadsmuren zou meenemen.

'En het mes dan?' zei ik. 'Heb je dat ooit eerder gezien?'

Peppo wendde zich weer naar de tafel en pakte het mes op. 'Dit is een dolk,' zei hij, terwijl hij het roestige lemmet uit de schacht trok en onder de kroonluchter bekeek. 'Een heel handig wapen.' Hij bestudeerde de gravure heel nauwkeurig en knikte bij zichzelf toen het hem klaarblijkelijk allemaal duidelijk werd. 'Een adelaar. Natuurlijk. En hij was verstopt in de cencio van 1340. Niet te geloven dat ik dit nog mag meemaken. Waarom heeft hij hem mij nooit laten zien? Waarschijnlijk omdat hij wist wat ik zou zeggen. Dit zijn kostbaarheden die toebehoren aan heel Siena, niet alleen aan de Tolomei's.'

'Peppo,' zei ik, over mijn voorhoofd wrijvend. 'Wat moet ik hier allemaal mee?'

Hij keek me aan met een vreemd afwezige blik, alsof hij maar voor een deel bij mij was en deels in 1340. 'Weet je nog dat ik zei dat je ouders geloofden dat Romeo en Julia hier woonden, in Siena? Nou, in 1340 was er een zeer omstreden Palio. Ze zeggen dat de cencio – deze cencio – verdween, en dat er een ruiter stierf tijdens de race. Ze zeggen ook dat Romeo in die Palio meereed, en ik denk dat dit zijn dolk was.'

Nu won mijn nieuwsgierigheid het eindelijk van mijn teleurstelling. 'Had hij gewonnen?'

'Dat weet ik niet zeker. Sommige mensen zeggen dat hij degene was die stierf. Maar let op mijn woorden...' Peppo keek me met half toegeknepen ogen aan. 'De Marescotti's zouden er alles voor overhebben om dit in handen te krijgen.'

'Bedoel je de Marescotti's die nu nog in Siena wonen?'

Peppo haalde zijn schouders op. 'Wat je ook van de cencio vindt, deze dolk is van Romeo. Zie je die gravure van de adelaar hier op het gevest? Kun je je voorstellen hoe kostbaar dit voor hen zou zijn?'

'Ik veronderstel dat ik hem terug zou kunnen geven...'

'Nee!' De opgetogen glans in de ogen van mijn neef werd verdrongen door andere emoties, die veel minder bekoorlijk waren. 'Je moet hem hier laten! Dit is een kostbare schat die toebehoort aan heel Siena, niet alleen aan de Aquilini of aan de Marescotti's. Je hebt er heel goed aan gedaan om het hier te brengen. We moeten het met alle magistraten van alle contrade bespreken. Zij weten wat het beste is. En ondertussen zal ik ze in onze kluis leggen, buiten bereik van lucht en licht.' Gretig begon hij de cencio op te vouwen. 'Ik beloof je dat ik er heel goed op zal passen. Onze kluis is heel veilig.'

'Maar mijn ouders hebben ze voor mij achtergelaten...' waagde ik ertegen in te brengen.

'Ja, ja, ja, maar dit is niet iets wat aan één mens moet toebehoren. Maak je geen zorgen, de magistraten weten wel wat er moet gebeuren.'

'En als...'

Peppo keek me streng aan. 'Ik ben je peetvader. Vertrouw je me niet?'

II

Wat denk je, zou jij die man kunnen beminnen?
Vanavond op ons feest zul je hem zien.

SIENA, 1340 A.D.

Voor maestro Ambrogio was de vooravond van Maria Hemelvaart even heilig als kerstavond. In de loop van de jaarlijkse avondwake zou een lange processie afgezanten van alle contrade door het middenschip naar het gouden altaar lopen om de verder onverlichte kathedraal van Siena te vullen met honderden kolossale votiefkaarsen, sommige wel meer dan honderd pond zwaar, ter ere van de Maagd Maria, beschermvrouwe van Siena, en haar hemelvaart.

Morgen, als Maria Hemelvaart aanbrak, zou de majestueuze kathedraal verlicht zijn door een woud van flakkerende kaarsvlammen wanneer de vazallen uit de omliggende steden en dorpen hun tributen kwamen brengen. Elk jaar waren zij wettelijk verplicht om op deze vijftiende augustus een nauwkeurig berekend aantal waskaarsen te schenken aan de heilige koningin van Siena; dan posteerden strenge ambtenaren zich in de kathedraal om zich ervan te verzekeren dat alle ondergeschikte steden en dorpen hun deel betaalden. Het feit dat de kathedraal al werd verlicht door een overvloed van gewijde lichten, bevestigde alleen maar wat de buitenlanders al wisten: dat Siena een glorieuze stad was, gezegend door een almachtige godin, en dat het ruimschoots de moeite loonde om daar deel van uit te maken.

Maestro Ambrogio was veel meer gesteld op de nachtwake dan op de optocht bij daglicht. Er gebeurde iets magisch met mensen als ze licht in het donker brachten; de warmte verbreidde zich in hun ziel, en als je goed keek, kon je dat wonder zien in hun ogen.

Vanavond kon hij echter niet zoals anders meedoen aan de processie. Sinds hij begonnen was aan de grote fresco's in het Palazzo Pubblico behandelde het stadsbestuur van Siena hem als een der hunnen – ongetwijfeld omdat ze wilden dat hij hen flatteus zou afbeelden – dus zat hij hier op een podium klem tussen de Heren Negen, de magistraten van de belastingdienst Biccherna, de *capitano di guerra* en de *capitano di popolo*. De enige troost was dat hij vanaf zijn hoge plek goed zicht had op het nachtelijke spektakel: de musici in hun scharlakenrode uniformen, de trommelaars en de vlaggendragers met hun insignes, de priesters in hun golvende gewaden en de door kaarsen verlichte processie die door zou gaan tot elke contrada eer had bewezen aan de heilige stadspatrones die haar beschermende mantel over hen allen uitspreidde.

De familie Tolomei liep pontificaal aan het hoofd van de processie uit de contrada van San Cristoforo. Gekleed in het rood en goud van hun blazoen hadden Messer Tolomei en zijn vrouw de allure van koningen op weg naar hun troon toen ze door het middenschip naar het hoofdaltaar liepen. Direct achter hen volgde een groep familieleden en het kostte maestro Ambrogio weinig moeite daartussen Giulietta te ontdekken. Al was haar hoofd bedekt met blauwe zijde – blauw voor de onschuld en de majesteitelijkheid van de Maagd Maria – en al werd haar gelaat alleen verlicht door het kleine waskaarsje in haar vroom gevouwen handen, haar lieflijkheid overtrof met gemak alles om haar heen, zelfs de schoonheid van haar nichtjes.

Giulietta merkte de bewonderende ogen die haar tot aan het altaar volgden echter niet op. Haar gedachten waren duidelijk alleen gewijd aan de Heilige Maagd, en terwijl iedereen om haar heen naar het hoge altaar liep met de zelfvoldaanheid van de schenkende, hield het meisje haar ogen neergeslagen tot ze samen met haar nichtjes mocht neerknielen om de priesters haar kaars aan te bieden.

Bij het opstaan maakte ze twee reverences en keerde zich om naar de wereld. Nu pas leek ze de grandeur van haar omgeving op te merken en even wankelde ze onder de weidsheid van de koepel en bezag de mensheid rondom met nerveuze nieuwsgierigheid. Maestro Ambrogio had niets liever gewild dan zich naar haar zijde reppen om zijn nederige hulp te bieden, maar het fatsoen vereiste dat hij bleef waar hij was en haar schoonheid slechts van verre bewonderde.

Hij was niet de enige die haar opmerkte. De magistraten, druk met onderhandelen en handen schudden, vielen stil toen ze het stralende gezichtje van Giulietta zagen. En onder het podium, dichtbij genoeg om eruit te zien alsof hij daar hoorde, keerde zelfs de hooghartige Messer Salimbeni zich uiteindelijk om en keek waarom iedereen zo stil werd. Toen hij de jonge vrouw zag, verscheen er een uitdrukking van aangename verrassing op zijn gezicht, en op dat precieze moment herinnerde hij maestro Ambrogio aan een fresco dat ooit zijn aandacht had getrokken – toen hij nog jong en dwaas was – in een huis van lichte zeden. Op dat tafereel daalde de klassieke god Dionysus af naar het eiland Naxos om daar Ariadne te treffen, verlaten door haar trouweloze minnaar Theseus. De mythe bleef vaag over de ontmoeting tussen vrouw en godheid; sommigen wilden graag geloven dat ze samen wegvlogen in liefdevolle harmonie, anderen wisten dat ontmoetingen tussen mensen en amoureuze goden nooit zo goed afliepen.

Salimbeni vergelijken met een godheid kon te edelmoedig lijken, gezien zijn reputatie. De oude, heidense goden waren echter allesbehalve welwillend en afstandelijk geweest; Dionysus was weliswaar de god van wijn en feesten, maar hij kon maar al te gemakkelijk veranderen in de god van razende waanzin, een verschrikkelijke natuurkracht die vrouwen kon verleiden om als wilden door het bos te rennen en dieren te verscheuren met hun blote handen.

Zoals hij nu dwars door de kathedraal naar Giulietta keek, leek

Salimbeni voor het ongeoefend oog een toonbeeld van welwillendheid en overvloed, maar de Maestro zag dat de transformatie onder zijn weelderige brokaat al in gang was gezet.

'Zeg,' mompelde een van de *nove*, luid genoeg zodat maestro Ambrogio het kon horen. 'Tolomei zit vol verrassingen. Waar heeft hij haar al die tijd verborgen gehouden?'

'Maak maar geen grappen,' antwoordde de oudste van de magistraten, Niccolino Patrizi. 'Ik heb gehoord dat ze verweesd is door een van de roversbendes van Salimbeni. Ze overvielen haar huis terwijl zij te biechten was. Ik herinner me haar vader. Hij was een zeldzaam mens. Ik heb zijn integriteit nooit aan het wankelen kunnen brengen.'

De andere man snoof. 'Weet je zeker dat ze thuis was? Het is niets voor Salimbeni om zich zo'n parel te laten ontglippen.'

'Ze werd gered door een priester, geloof ik. Tolomei heeft hen beiden onder zijn hoede genomen.' Niccolino Patrizi zuchtte en nam een slok wijn uit zijn zilveren bokaal. 'Ik hoop alleen dat dit die vete niet weer doet opvlammen, nu we die eindelijk onder controle hebben.'

Messer Tolomei zag al weken op tegen dit moment. Hij wist dat hij tijdens de processie voor *Madonna Assunta* oog in oog zou komen te staan met zijn vijand, die weerzinwekkendste aller mannen, Salimbeni, en dat zijn waardigheid vereiste dat hij wraak nam voor de dood van de familie van Giulietta. Dus ging hij, nadat hij voor het altaar had gebogen, naar het podium en zocht Salimbeni op tussen de daar verzamelde edellieden.

'Goedenavond, beste vriend!' Toen hij zijn oude vijand zag aankomen, spreidde Salimbeni hartelijk zijn armen. 'Ik hoop dat je familie goed gezond is?'

'Min of meer,' zei Tolomei met opeengeklemde kaken. 'Een aantal van hen hebben wij onlangs door een daad van geweld verloren, zoals je ongetwijfeld hebt vernomen?'

'Ik heb een gerucht gehoord,' zei Salimbeni, wiens hartelijke gebaar overging in een onverschillig schouderophalen. 'Maar ik vertrouw geruchten niet.'

'Dan heb ik meer geluk,' antwoordde Tolomei, die zowel in postuur als in houding boven de ander uittorende, maar hem toch niet kon overheersen. 'Want ik heb ooggetuigen die bereid zijn erop te zweren met hun hand op de bijbel.'

'Is dat zo?' Salimbeni wendde zijn blik af, alsof het onderwerp hem reeds verveelde. 'Welk gerechtshof zou er dom genoeg zijn om naar hen te luisteren?'

De vraag werd gevolgd door een beladen stilte. Tolomei en iedereen die om hem heen stond, wist dat hij een macht uitdaagde die hem kon verpletteren en binnen een paar uur alles kon verwoesten wat hij bezat: zijn leven, zijn vrijheid en zijn eigendommen. En de magistraten zouden niets doen om hem te beschermen. Er lag al te veel Salimbeni-goud in hun privékluizen en er was nog te veel meer te halen om de ondergang van deze tiran te wensen.

'Beste vriend,' ging Salimbeni verder, zijn welwillende geringschatting terug op zijn gezicht. 'Ik hoop dat je die verafgelegen gebeurtenissen je avond niet laat bederven. Je zou eerder blij moeten zijn dat onze strijdlustige dagen voorbij zijn, en dat we in vrede en begrip de toekomst tegemoet kunnen gaan.'

'En dit noem jij vrede en begrip?'

Salimbeni keek de kathedraal in en behalve Tolomei zag iedereen naar wie. 'Misschien kunnen we zelfs overwegen om onze vrede te bezegelen met een huwelijk?'

'Maar natuurlijk!' Tolomei had diezelfde maatregel al een aantal keren eerder voorgesteld, maar was altijd afgewezen. Als de Salimbeni's bloedverwanten werden van de Tolomei's, dacht hij, zouden ze misschien minder geneigd zijn om dat bloed te vergieten.

In zijn haast om het ijzer te smeden nu het heet was, wenkte hij ongeduldig naar zijn vrouw die zich aan de andere kant van de kerk bevond. Het kostte een paar keer wuiven voordat Monna Antonia eindelijk durfde te geloven dat de mannen haar tegenwoordigheid verlangden, en ze voegde zich met ongebruikelijke nederigheid bij hen, nerveus naar Salimbeni toeschuifelend als een slaaf naar een onvoorspelbare meester.

'Mijn goede vriend, Messer Salimbeni, stelt een huwelijk voor tussen onze beide families,' legde Tolomei uit. 'Wat zeg jij daarvan, lieve? Zou dat niet geweldig zijn?'

Monna Antonia wrong haar handen in gevlijde opwinding. 'Inderdaad, ja. Dat zou zeker geweldig zijn.' Ze maakte bijna een reverence voor Salimbeni voordat ze hem rechtstreeks aansprak. 'Nu u zo vriendelijk bent om het voor te stellen, Messer, ik heb een dochter van net dertien, die niet ongeschikt zou zijn voor uw bijzonder knappe zoon Nino. Het is een stil klein ding, maar ze is gezond. Daar staat ze...' Monna Antonia wees naar de overkant. 'Naast mijn oudste, Tebaldo, die morgen in de Palio meerijdt, zoals u misschien wel weet. En mocht u haar verliezen, dan is er nog altijd haar jongere zusje, die nu elf is.'

'Ik dank u voor uw royale aanbod, beste mevrouw,' zei Salimbeni met een volmaakt hoffelijke buiging. 'Ik dacht echter niet aan mijn zoon, maar aan mijzelf.'

Tolomei en Monna Antonia gaapten hem beiden in sprakeloze verbijstering aan. Overal om hen heen weerklonk een spontane uitbarsting van ongeloof, al snel beheerst tot een nerveus gemompel; zelfs de aanwezigen op het podium volgden de ontwikkelingen daar beneden in gespannen afwachting.

'Wie is dat?' vroeg Salimbeni, zonder acht te slaan op de commotie. Hij knikte in de richting van Giulietta. 'Is zij al eens getrouwd geweest?'

Iets van Tolomei's eerdere woede keerde terug in zijn stem toen hij zei: 'Dat is mijn nicht. Zij heeft de tragische evenementen overleefd die ik zojuist noemde. Ik geloof dat ze alleen nog leeft om zich te wreken op degenen die verantwoordelijk zijn voor het afslachten van haar familie.'

'Ik begrijp het.' Salimbeni zag er allesbehalve ontmoedigd uit. Hij leek zelfs te genieten van de uitdaging. 'Een pittig meisje, dus?'

Monna Antonia kon niet langer blijven zwijgen en deed gretig een stap naar voren. 'Bijzonder, Messer. Een uiterst onaangenaam meisje. Ik weet zeker dat u veel beter af zou zijn met een van mijn dochters. Zij zullen er niets op tegen hebben.'

Salimbeni glimlachte, merendeels bij zichzelf. 'Eerlijk gezegd houd ik wel van een beetje weerstand.'

Zelfs van een afstand voelde Giulietta vele ogen op zich gericht en ze wist nauwelijks waar ze moest kijken om de kritische blikken te ontwijken. Haar oom en tante hadden hun verwanten alleen gelaten om zich te mengen onder de andere edelen, en ze zag hen praten met een man die de gemoedsrust en de edelmoedigheid van een keizer uitstraalde, maar de ogen van een schraal en hongerig dier bezat. Het verwarrende was dat die ogen vrijwel ononderbroken op haar waren gevestigd.

Verscholen achter een zuil haalde ze een paar keer diep adem en zei tegen zichzelf dat alles in orde zou komen. Vanmorgen had broeder Lorenzo haar een brief gebracht van Romeo, waarin stond dat zijn vader, comandante Marescotti, haar oom zo spoedig mogelijk zou benaderen met een huwelijksaanzoek. Sinds ze die brief had ontvangen had ze weinig anders gedaan dan tot God bidden dat het aanzoek geaccepteerd zou worden, en dat haar afhankelijkheid van de familie Tolomei weldra tot het verleden zou behoren.

Toen ze voorzichtig van achter de zuil rondkeek, zag ze haar knappe Romeo staan in de kring van de edelen – tenzij ze zich vergiste, stond hij ook halsreikend naar haar uit te kijken en raakte steeds meer gefrustreerd dat hij haar nergens zag – en naast hem stond een man die zijn vader moest zijn. Ze voelde een golf van blijdschap toen ze hen zag, in de wetenschap dat zij beiden vastbesloten waren om haar als lid van hun familie op te eisen, en toen ze zag dat ze haar oom Tolomei aanspraken, kon ze zich nauwelijks beheersen. Discreet verplaatste ze zich van zuil tot zuil om binnen gehoorsafstand van de mannen te komen zonder dat ze haar aanwezigheid bemerkten. Gelukkig gingen ze allemaal te veel op in hun verhitte conversatie om ergens anders op te letten.

'Comandante!' riep haar oom Tolomei uit toen hij de Marescotti's op zich af zag komen. 'Staat de vijand aan de poorten?'

'De vijand is al binnen,' antwoordde comandante Marescotti met een korte knik naar de man met de dierlijke ogen naast haar oom, 'Zijn naam is corruptie, en hij wacht niet voor de poort.' Hij zweeg even tot het gelach verstomde. 'Messer Tolomei, ik heb een delicaat geval dat ik met u zou willen bespreken. Onder vier ogen. Wanneer kan ik u een bezoek brengen?'

Tolomei keek duidelijk verbaasd naar comandante Marescotti. De Marescotti's mochten dan niet de rijkdommen van de Tolomei's bezitten, de fakkel van het verleden scheen op hun naam, en de stamboom van de familie Marescotti was ontsproten aan het kamp van

Karel de Grote, vijf eeuwen geleden, als het al niet in de Hof van Eden was geweest. Niets, vermoedde Giulietta, zou haar oom Tolomei meer genoegen doen dan zaken te doen met iemand van die naam. En dus keerde hij de man met de dierenogen zijn rug toe en spreidde zijn armen. 'Vertel me wat je in gedachten hebt.'

Comandante Marescotti aarzelde, niet gelukkig met de openbaarheid en de luisterende oren die hen aan alle kanten omringden. 'Ik kan me niet voorstellen dat Messer Salimbeni onze zaken bijzonder onderhoudend zou vinden.'

Bij het horen van de naam Salimbeni voelde Giulietta haar hele lichaam van angst verstijven. Nu pas realiseerde ze zich dat deze man met zijn dierlijke ogen – de man die slechts enkele minuten geleden een schijn van nederigheid had opgewekt in Monna Antonia – verantwoordelijk was voor de moord op haar familie. Vele uren lang had ze geprobeerd zich voor te stellen hoe dit monster eruit zou zien, en nu hij eindelijk voor haar stond, was ze geschokt dat hij er, op zijn ogen na, niet uitzag als een monster.

Ze had zich iemand voorgesteld die vierkant en onverzettelijk was, zijn hele lichaam gebouwd op oorlog en geweld; in plaats daarvan zag ze een man die vast nooit zelf een wapen had gehanteerd en eruitzag alsof zijn kunsten die van retoriek en eetzaal waren. Er kon geen groter contrast bestaan tussen twee mannen dan tussen comandante Marescotti en Messer Salimbeni: de een was deskundig in oorlog, maar verlangde slechts vrede, de ander had wellevendheid als een gewaad om zich heen gedrapeerd, maar was, onder zijn weelderige stoffen, grondig verrot.

'U vergist zich, comandante Marescotti,' zei Salimbeni, genietend van zijn eigen macht over de conversatie. 'Ik ben altijd benieuwd naar zaken die niet kunnen wachten tot de volgende ochtend. En zoals u weet, zijn Messer Tolomei en ik de beste vrienden en...' Salimbeni was eerlijk genoeg om zelf te grinniken om zijn woordkeuze: 'Hij zou mijn *nederige* advies over zeer belangrijke kwesties vast niet versmaden.'

'Neemt u mij niet kwalijk,' zei de comandante, die zich wijselijk terugtrok. 'Maar u heeft gelijk. Dit kan wel tot de ochtend wachten.'

'Nee!' Romeo kon niet weglopen zonder hun zaak te hebben

voorgelegd en stapte abrupt naar voren voordat zijn vader hem kon tegenhouden. 'Het kan niet wachten! Messer Tolomei, ik wil met uw nichtje Giulietta trouwen.'

Tolomei was zo verbijsterd door dit rechtstreekse aanzoek dat een onmiddellijk antwoord onmogelijk was. Hij was niet de enige die tot zwijgen werd gebracht door Romeo's impulsieve tussenkomst in het gesprek van de heren; overal om hem heen gingen mensen zich op hun tenen staan om te zien wie er als volgende de moed zou hebben om iets te zeggen. Achter de zuil sloeg Giulietta haar hand voor haar mond; ze was diep geroerd door het ongeduld van Romeo, maar vol afgrijzen dat hij zo impulsief gesproken had, in weerwil van zijn vaders wens.

'U heeft het gehoord,' zei comandante Marescotti opmerkelijk rustig tegen de onthutste Tolomei. 'Ik zou graag een huwelijk voorstellen tussen mijn oudste zoon, Romeo, en uw nichtje, Giulietta. Ik ben ervan overtuigd dat u weet dat wij als familie zowel bemiddeld als van naam zijn, en, met alle respect, ik geloof dat ik kan beloven dat uw nichtje geen vermindering van comfort, noch van status zou lijden. Na mijn dood, bij de opvolging van mijn zoon Romeo als hoofd van de familie, wordt zij meesteres van een groot consortium met vele huishoudens en uitgestrekte landerijen, waarvan ik de details in een brief uiteengezet heb. Wanneer zou het een goed moment zijn om u te bezoeken, zodat ik u dat document persoonlijk kan overhandigen?'

Tolomei gaf geen antwoord. Vreemde schaduwen tekenden zijn gezicht, als haaien die hun slachtoffers omcirkelen onder water, en hij was duidelijk van slag en op zoek naar een manier om te ontsnappen.

Enigszins onaangenaam verrast door de aarzeling van zijn gesprekspartner ging comandante Marescotti verder: 'Als u zich zorgen maakt over haar geluk, heb ik het genoegen u te verzekeren dat mijn zoon geen bezwaar heeft tegen het huwelijk.'

Toen Tolomei ten slotte het woord nam, bevatte zijn stem weinig hoop. 'Grootmoedige Comandante,' zei hij grimmig. 'U bewijst mij een grote eer met uw aanzoek. Ik zal uw document doornemen en uw aanbod in overweging nemen...'

'Dat zult u niet!' Salimbeni ging tussen beide mannen in staan, woedend dat hij genegeerd werd. 'Ik beschouw deze kwestie als afgehandeld.'

Comandante Marescotti zette een stap achteruit. Hij mocht dan een legercommandant zijn en altijd op zijn hoede voor ongeoorloofde, achterbakse aanvallen, maar Salimbeni was gevaarlijker dan welke buitenlandse vijand dan ook. 'Neem me niet kwalijk!' zei hij. 'Ik geloof dat Messer Tolomei en ik in gesprek waren.'

'U kunt zoveel gesprekken hebben als u maar wilt,' snauwde Salimbeni terug. 'Maar dat meisje is van mij. Dat is mijn enige voorwaarde om deze absurde vrede te bewaren.'

In het algemene tumult dat volgde op Salimbeni's ongehoorde eis, hoorde niemand de kreet van afschuw die Giulietta slaakte. Gehurkt achter de zuil klemde ze beide handen tegen haar mond en zond een dringend gebed naar de hemel dat ze het gesprek van de mannen op de ene of andere manier verkeerd had verstaan, en dat niet zij, maar iemand anders het meisje in kwestie was.

Toen ze eindelijk weer durfde te kijken, zag ze dat haar oom Tolomei om Salimbeni heen liep om comandante Marescotti aan te spreken, zijn gezicht vertrokken van vertwijfeling. 'Beste comandante,' zei hij met onvaste stem. 'Dit is inderdaad een delicate zaak, zoals u al zei. Maar wij kunnen vast tot overeenstemming komen...'

'Inderdaad!' Zijn vrouw, Monna Antonia, waagde het eindelijk om weer te spreken en wierp zich deze keer kruiperig op de fronsende comandante. 'Ik heb een dochter, al dertien jaar oud, die een uitstekende vrouw zou zijn voor uw zoon. Ze staat daar, ziet u wel?'

De comandante keek haar niet eens aan. 'Messer Tolomei,' begon hij met al het geduld dat hij nog kon opbrengen. 'Ons aanzoek geldt alleen uw nichtje Giulietta. En u zou er goed aan doen om haar bij de kwestie te betrekken. Dit zijn niet langer de barbaarse tijden waarin vrouwen veronachtzaamd kunnen worden ...'

'Het meisje is van mij!' snauwde Tolomei, boos dat zijn vrouw tussenbeide was gekomen en ongelukkig dat hij het slachtoffer werd van een preek. 'Ik doe met haar wat ik wil. Ik dank u voor uw belangstelling, comandante, maar ik heb andere plannen met haar.'

'Ik raad u aan om dit zorgvuldiger te overwegen,' zei comandante Marescotti met een waarschuwende stap voorwaarts. 'Het meisje is erg gehecht aan mijn zoon, die zij als haar redder beschouwt, en ze zal u zeker verdriet bezorgen als u haar vraagt om een ander te huwen.' Met een blik vol weerzin op Salimbeni voegde hij eraan toe: 'Vooral iemand die geen besef lijkt te hebben van de tragedie waardoor haar familie is getroffen.'

Tegenover een dergelijke onwrikbare logica wist Tolomei geen woord van protest te vinden. Even voelde zelfs Giulietta een vlaag van sympathie voor hem; tussen deze twee mannen leek haar oom wel een drenkeling die naar de verspreide brokstukken van een boot graaide, en het resultaat was allesbehalve elegant.

'Moet ik begrijpen dat u zich tegen mijn eis verzet, comandante?' vroeg Salimbeni terwijl hij zich opnieuw tussen beide mannen posteerde. 'U wilt toch zeker de rechten van Messer Tolomei als hoofd van zijn familie niet in twijfel trekken?' De dreiging in zijn blik was onmiskenbaar. 'En het huis Marescotti kan toch geen twist willen met dat van Tolomei én Salimbeni?'

Achter de zuil kon Giulietta haar tranen niet langer bedwingen. Ze wilde naar de mannen toe rennen en hen tegenspreken, maar ze wist dat haar aanwezigheid de zaak alleen maar zou verergeren. Toen Romeo voor het eerst over zijn voornemen om met haar te trouwen had gesproken, die dag in de biechtstoel, had hij gezegd dat er tussen hun families altijd vrede had geheerst. Het zag ernaar uit dat die woorden nu, door haar, niet langer de waarheid waren.

Niccolino Patrizi, een van de negen voornaamste bestuurders van Siena, had het escalerende conflict onder het podium met toenemende ongerustheid aangehoord. Hij was niet de enige.

'Toen ze doodsvijanden waren, vreesde ik hen met grote vreze,' mijmerde zijn buurman, zijn ogen gevestigd op Tolomei en Salimbeni. 'Nu ze vrienden zijn, vrees ik hen nog veel meer.'

'Wij zijn het stadsbestuur! Wij moeten boven zulke menselijke gevoelens staan!' riep Niccolino Patrizi uit terwijl hij opstond uit zijn stoel. 'Messer Tolomei! Messer Salimbeni! Waarom zulk een heimelijk onderhoud tijdens de wake van Madonna Assunta? Ik mag er toch op vertrouwen dat u geen zaken doet in het huis van God?'

Over de verzamelde edelen viel een beladen stilte toen deze woorden klonken vanaf het podium, en onder het hoge altaar vergat de bisschop even om zijn zegeningen uit te spreken.

'Meest eerwaarde Messer Patrizi, u maakt uzelf noch een van ons een compliment met zulke woorden,' antwoordde Salimbeni met sarcastische hoffelijkheid. 'U zou ons juist moeten feliciteren, want mijn goede vriend Messer Tolomei en ik hebben besloten om onze duurzame vrede te vieren met een huwelijk.'

'Laat me u condoleren met de dood van uw echtgenote!' beet Niccolino Patrizi hem toe. 'Ik had het nieuws van haar overlijden nog niet vernomen!'

'Monna Agnese haalt het einde van de maand niet,' zei Salimbeni onbewogen. 'Ze ligt te bed in Rocca di Tentennano en eet niet meer.'

'Het is lastig eten als je niet gevoerd wordt,' mompelde een van de magistraten van de Biccherna.

'U zult de toestemming van de paus moeten hebben voor een huwelijk tussen voormalige vijanden!' zei Niccolino Patrizi koppig. 'En ik betwijfel of u die krijgt. De stroom van bloed die het pad tussen uw beider huizen heeft weggespoeld is zo breed, dat geen fatsoenlijk man zijn dochter kan laten oversteken. Er heerst een kwade geest...'

'Alleen een huwelijk kan kwade geesten verjagen!'

'De paus is het daarmee niet eens!'

'Misschien niet,' zei Salimbeni, en hij liet een onaangename glimlach zijn lippen beroeren. 'Maar de paus is mij geld schuldig. En dat geldt ook voor u. U allemaal.'

Die groteske bewering had het gewenste effect: Niccolino Patrizi ging rood aangelopen en woedend weer zitten, en Salimbeni keek brutaal naar de rest van het stadsbestuur, alsof hij hen wilde uitdagen om zich uit te spreken tegen zijn plannen. Maar het podium bleef stil.

'Messer Salimbeni!' Een stem doorsneed het onderdrukte verontwaardigde gemompel en iedereen keek halsreikend wie de uitdager was.

'Wie roept daar?' Salimbeni was altijd blij met een kans om mindere mannen op hun plaats te zetten. 'Wees niet verlegen!'

'Verlegenheid is voor mij, wat deugdzaamheid voor u is,' antwoordde Romeo terwijl hij naar voren stapte.

'En wat zou jij me te vertellen kunnen hebben, vraag ik me af?'

zei Messer Salimbeni, zijn hoofd hoog geheven in een poging om neer te kijken op zijn tegenstander.

'Alleen maar dit,' zei Romeo. 'De dame die u begeert behoort reeds aan een ander toe.'

'O ja?' Salimbeni wierp een blik op Tolomei. 'Hoe dat zo?'

Romeo rechtte zijn rug. 'De Maagd Maria gaf haar mij in handen, opdat ik voor eeuwig over haar zou waken. En wat God heeft verbonden, mag de mens niet scheiden!'

Salimbeni keek eerst ongelovig en schaterde het toen uit. 'Goed gesproken, jongen, nu herken ik je. Door jouw dolk is onlangs een goede vriend van mij gedood, maar ik zal grootmoedig zijn en geen wrok koesteren, omdat je zo goed voor mijn toekomstige bruid hebt gezorgd.'

Door zich af te wenden liet Salimbeni duidelijk blijken dat hij het gesprek als beëindigd beschouwde. Alle ogen richtten zich nu op Romeo, wiens gezicht brandde van afkeer, en verscheidene aanwezigen hadden medelijden met de jongeman die zo duidelijk een slachtoffer van het ondeugende boogschuttertje was.

'Kom, zoon,' zei comandante Marescotti, zich afwendend. 'Laten we hier niet talmen nu het spel verloren is.'

'Verloren?' riep Romeo. 'Er is geen spel geweest!'

'Wat de zaken van die twee mannen ook zijn, ze hebben elkaar de hand geschud onder het altaar van de Maagd,' zei zijn vader. 'Als je met hen twist, twist je met God.'

'En dat zal ik ook!' riep Romeo uit. 'Want de hemel heeft zich tegen zichzelf gekeerd door dit te laten gebeuren!'

Toen de jongeling weer naar voren liep, was er geen gebaar om stilte nodig; alle ogen richtten zich al in gespannen verwachting op zijn lippen.

'Heilige Moeder Gods!' schreeuwde Romeo, en hij verbaasde de hele gemeenschap door de lege lucht boven in de koepel aan te spreken in plaats van Salimbeni. 'Er wordt een groot misdrijf gepleegd, juist in dit huis, onder uw mantel, juist deze nacht! Ik smeek u om de schurken de waarheid te vertellen en u aan hen te tonen, opdat niemand kan twijfelen aan uw goddelijke wil! Laat de man die de Palio wint, uw uitverkorene zijn! Schenk mij uw heilige banier, zodat ik die op mijn huwelijksbed kan leggen om erop te rusten met mijn rechtmatige bruid! Aldus voldaan, zal ik hem u teruggeven, o genadige Moeder, want hij zal volgens uw wil gewonnen zijn, en mij door uw hand alleen zijn geschonken, om de hele mensheid uw voorkeur in deze zaak te laten kennen!'

Toen Romeo eindelijk zweeg, was er geen mens die zijn blik durfde te ontmoeten. Sommigen waren verstijfd van schrik door de heiligschennis, anderen schaamden zich om een Marescotti zo'n zelfzuchtige en ongebruikelijke afspraak te zien maken met de Maagd Maria, maar het merendeel had slechts medelijden met zijn vader, comandante Marescotti, die door iedereen bewonderd werd. Of het nu vanwege goddelijke tussenkomst was na zulke openlijke godslastering, of simpelweg vanwege menselijke politiek, de meeste mensen dachten dat de jonge Romeo Marescotti de Palio niet zou overleven.

III

Ja, ja, een schram, een schram, maar het volstaat.
Waar is mijn page? Snel, vlegel, haal een dokter!

Bij mijn vertrek uit het Uilenmuseum voelde ik me verscheurd. Aan de ene kant was het een opluchting dat de cencio en de dolk van Romeo nu in Peppo's kluis lagen; aan de andere kant speet het me dat ik ze zo snel had afgestaan. Stel je voor dat mijn moeder had gewild dat ik ze voor een speciaal doel gebruikte? Stel je voor dat ze ergens een aanwijzing bevatten over de locatie van het graf van Julia?

De hele weg terug naar het hotel moest ik de aandrang weerstaan om terug te rennen naar het museum en mijn schatten terug te vorderen. Dat lukte voornamelijk omdat ik wist dat mijn voldoening om ze terug te hebben, al snel zou worden overschaduwd door angst voor wat er nu mee moest gebeuren. Wie wist of ze veiliger waren in de kluis van direttore Rossini dan in die van Peppo? De schurk wist immers waar ik logeerde – hoe had hij anders in mijn hotelkamer kunnen inbreken? – en vroeg of laat zou hij raden waar ik mijn spullen verborg.

Ik geloof dat ik midden op straat stilstond. Tot op dat moment was het nog niet eens bij me opgekomen dat teruggaan naar het hotel het minst intelligente was wat ik kon doen, ook al droeg ik de artefacten niet langer bij me. Dat zou de schurk immers verwachten. En na ons spelletje verstoppertje in het universiteitsarchief was hij waarschijnlijk niet in een bijzonder vergevingsgezinde bui.

Ik moest dus van hotel veranderen, en wel zo dat mijn spoor doodliep. Of misschien was dit het definitieve teken dat ik op het volgende vliegtuig naar Virginia moest springen?

Nee. Ik kon het niet opgeven. Niet nu, nu ik eindelijk iets bereikte. Ik zou van hotel veranderen, misschien vanavond, als het donker was. Ik zou onzichtbaar worden, sluw, gemeen. Dit keer zou Julia zich niet laten kisten.

Er was een politiebureau in de straat waar Hotel Chiusarelli zich bevond. Daar treuzelde ik even, bekeek het komen en gaan van de agenten, en vroeg me af of dat wel zo slim zou zijn – mezelf bekend maken bij de plaatselijke autoriteiten en riskeren dat ze mijn dubbele identiteit ontdekten. Uiteindelijk besloot ik het niet te doen. Op basis van mijn ervaringen in Rome en in Kopenhagen wist ik dat politieagenten net journalisten zijn: ze luisteren wel naar je verhaal, maar ze verzinnen er nog liever zelf eentje.

Dus liep ik naar de binnenstad, keek elke tien stappen achter me om te zien of ik gevolgd werd, en vroeg me af wat mijn strategie van nu af aan precies moest zijn. Ik ging zelfs naar de bank in het Palazzo Tolomei om te vragen of presidente Maconi tijd had om me te ontvangen en me goede raad te geven; helaas was dat niet het geval, maar de bankbediende met de hippe smalle bril – die ondertussen mijn beste vriendin was geworden – verzekerde me dat hij meer dan verheugd zou zijn om mij te spreken wanneer hij over tien dagen terugkeerde van zijn vakantie aan het Comomeer.

Sinds mijn aankomst in Siena was ik al verschillende keren langs de grimmige hoofdingang van Monte dei Paschi gelopen. Telkens had ik mijn tred versneld om onopgemerkt voorbij deze burcht van de Salimbeni's te komen en dan boog ik zelfs mijn hoofd, terwijl ik me afvroeg of het kantoor van het Hoofd van de Beveiliging op de Corso uitkeek of elders.

Maar vandaag was het anders. Vandaag was de dag dat ik de koe bij de hoorns ging grijpen om er eens flink aan te schudden. En zo liep ik door de gotische voordeur naar binnen en zorgde dat de bewakingscamera's een goed beeld kregen van mijn nieuwe houding.

Voor een gebouw dat meermaals door rivaliserende families – waaronder de mijne – was afgebrand, verwoest door een woedende bevolking, verschillende keren herbouwd door de eigenaren, geconfisqueerd door de regering en uiteindelijk in het jaar 1472 was herboren als een financiële instelling, waarmee het de oudste nog bestaande bank ter wereld werd, was het Palazzo Salimbeni een opmerkelijk vredige plek. Binnen waren middeleeuwse en moderne architectuur vermengd op een manier die beide in hun waarde liet, en toen ik naar de receptie liep, sloten heden en verleden zich naadloos om me heen.

De receptionist was aan de telefoon, maar legde zijn hand op het mondstuk om mij – eerst in het Italiaans, toen in het Engels – te vragen voor wie ik kwam. Toen ik hem zei dat ik een persoonlijke vriendin was van het Hoofd van de Beveiliging en dat ik dringende zaken met hem te bespreken had, glimlachte de man me toe en zei dat de man die ik zocht in de kelder te vinden was.

Aangenaam verrast dat hij me zomaar binnenliet, onbegeleid en onaangekondigd, liep ik met bestudeerde onverschilligheid de trap af, terwijl ondertussen een koor van muisjes een klompendansje uitvoerde aan de binnenkant van mijn ribbenkast. Ze waren vreemd stil geweest toen ik eerder die dag op de vlucht was voor de joggingpakschurk, maar hier stampten ze op volle kracht, alleen maar omdat ik naar Alessandro ging.

Toen ik hem de avond tevoren in het restaurant had achtergelaten, had ik eerlijk gezegd geen behoefte gehad om hem ooit weer terug te zien. Dat gevoel was wederzijds, dat wist ik zeker. Maar nu liep ik hier, rechtstreeks naar zijn leger, met als enige reden mijn instinct. Janice zei altijd dat instinct niets anders was dan verstand met haast; daar was ik niet zo zeker van. Mijn verstand zei me dat Alessandro en de Salimbeni's naar alle waarschijnlijkheid iets te maken hadden met alle narigheid die me overkwam, maar mijn instinct vertelde me dat ik op hem kon rekenen, al was het maar om me te laten weten hoezeer hij me niet mocht.

Naarmate ik dieper in de kelder afdaalde, werd de lucht aanzienlijk koeler en er werden sporen van de oorspronkelijke structuur van het gebouw zichtbaar in de ruwe, uitgesleten muren om me heen. In de middeleeuwen hadden deze funderingen een hoge toren gedragen, misschien wel zo hoog als de Torre del Mangia op de Campo. De hele stad had vol gestaan met torenhuizen, die in tijden van onrust dienstdeden als versterkte vestingen.

Onder aan de trap leidde een nauwe gang het donker in, en door de gepantserde deuren aan beide zijden leek het er op een kerker. Ik begon al te vrezen dat ik ergens een verkeerde afslag had genomen, toen ik plotseling van achter een half openstaande deur luide stemmen hoorde, gevolgd door gejuich.

Enigszins ongerust liep ik naar de deur. Of Alessandro nu al dan niet hier beneden was, er zou heel wat uit te leggen zijn, en logica was nooit mijn sterkste punt geweest. Toen ik naar binnen gluurde, zag ik een tafel vol metalen onderdelen en half verorberde broodjes, een muur vol geweren en drie mannen in t-shirts en uniformbroeken om een klein televisiescherm geschaard; een van hen was Alessandro. Eerst dacht ik dat ze de input van een bewakingscamera ergens in het gebouw bekeken, maar toen ze plotseling allemaal kreunden en naar hun hoofd grepen, begreep ik dat het een voetbalwedstrijd was.

Omdat er niemand reageerde op mijn geklop, liep ik naar binnen – een klein stukje maar – en schraapte mijn keel. Nu wendde Alessandro eindelijk zijn hoofd om te zien wie er de euvele moed had om de wedstrijd te onderbreken, en toen hij mij daar zag staan, proberend te glimlachen, keek hij alsof hij een klap met een koekenpan op zijn hoofd had gekregen.

'Sorry voor het storen,' zei ik en ik deed mijn best er niet uit te zien als Bambi-op-stelten, al voelde ik me wel zo. 'Heb je even tijd?'

Enkele tellen later hadden de andere twee mannen de ruimte verlaten, half opgegeten broodjes tussen hun kaken geklemd, nadat ze hun geweren en uniformjasjes hadden gegrepen.

'Zo,' zei Alessandro, terwijl hij de wedstrijd uitzette en de afstandsbediening in een hoek gooide. 'Bevredig mijn nieuwsgierigheid.' Hij dacht kennelijk dat ik de rest van de zin niet nodig had. De manier waarop hij naar me keek suggereerde dat hij heimelijk blij was om me te zien, ook al maakte ik in zijn ogen deel uit van de misdadige onderbuik van de maatschappij.

Ik ging op de lege stoel zitten en keek naar de hardware aan de muren. 'Is dit je kantoor?'

'Ja...' Hij trok de bungelende bretels omhoog over zijn schouders en ging aan de andere kant van de tafel zitten. 'Hier verhoren we de mensen. Vooral Amerikanen. Vroeger was het een martelkamer.'

Bij zijn uitdagende blik vergat ik bijna mijn verlegenheid en de reden voor mijn komst. 'Past goed bij je.'

'Dat dacht ik al.' Hij zette een zware laars op de tafelrand en kantelde zijn stoel om tegen de muur te leunen. 'Oké, ik luister. Je hebt vast een heel goede reden om hier te zijn.'

'Ik kan het niet echt redelijk noemen.' Ik keek weg en probeerde me tevergeefs het officiële verhaal te herinneren dat ik onderweg naar beneden had gerepeteerd. 'Jij vindt me duidelijk een berekenend kreng...'

'Ik heb wel erger meegemaakt.'

'... en ik ben ook niet van plan om me bij jouw fanclub in te schrijven.'

Hij glimlachte wrang. 'En toch ben je hier.'

Ik sloeg mijn armen over elkaar en smoorde een nerveus lachje. 'Ik weet dat je niet gelooft dat ik Giulietta Tolomei ben, en weet je wat? Het kan me niets schelen. Maar het punt is...' Ik slikte hard om mijn stem niet te laten trillen. 'Iemand wil me vermoorden.'

'Iemand anders dan jijzelf, bedoel je?'

Zijn sarcasme hielp me om mijn zelfbeheersing terug te vinden. 'Ik word gevolgd door een vent,' zei ik stuurs. 'Akelig type. Joggingpak. Echt tuig. Ik nam aan dat het een vriend van jou was.'

Alessandro gaf geen krimp. 'En, wat wil je dat ik eraan doe?'

'Ik weet niet...' Ik zocht een glimp van mededogen in zijn blik. 'Me helpen?'

Nu zag ik wel een glimp, maar vooral van triomf. 'En waarom zou ik dat moeten doen?'

'Hé!' riep ik uit, oprecht geschokt door zijn houding. 'Ik ben een jonkvrouw in nood!'

'En wie ben ik dan, Zorro?'

Ik smoorde een kreun, razend op mezelf omdat ik had verwacht dat het hem iets zou kunnen schelen. 'Ik dacht dat Italiaanse mannen zo gevoelig waren voor vrouwelijke charmes.'

Hij dacht erover na. 'Dat zijn we ook. Als ze die hebben.'

'Oké,' zei ik, en ik slikte mijn woede in. 'Goed dan. Wat jou betreft kan ik naar de hel lopen, en dat ga ik doen ook. Ik ga terug naar Amerika en ik zal jou of je petemoei nooit meer lastigvallen. Maar eerst wil ik weten wie die vent is, en ik wil dat iemand hem te pakken neemt.'

'En die iemand ben ik?'

Met een nijdige blik zei ik: 'Misschien niet. Ik nam alleen aan dat iemand als jij niet zou willen dat iemand als hij vrij rondloopt in jouw o zo dierbare Siena. Maar...' Ik begon overeind te komen. 'Ik zie dat ik je helemaal verkeerd heb ingeschat.'

Nu leunde Alessandro eindelijk naar voren in zogenaamde bezorgdheid en steunde met zijn ellebogen op tafel. 'Goed, juffrouw Tolomei, vertel eens waarom u denkt dat iemand u wil vermoorden?'

Ook al kon ik nergens anders heen, ik zou meteen zijn weggelopen als hij me niet eindelijk met juffrouw Tolomei had aangesproken. 'Nou...' Ik schoof ongemakkelijk naar de rand van mijn stoel. 'Wat denk je hiervan: hij is me achternagelopen over straat, hij heeft in mijn hotelkamer ingebroken, en vanochtend kwam hij met een geweer op me af...'

'Dat betekent nog niet dat hij je wil vermoorden,' zei Alessandro met veel vertoon van geduld. Hij zweeg even om mijn gezicht te bestuderen en fronste toen zijn wenkbrauwen. 'Hoe wil je dat ik je help, als jij me de waarheid niet vertelt?'

'Maar dat doe ik wel! Ik zweer het!' Ik probeerde een andere manier te bedenken om hem te overtuigen, maar mijn ogen werden aangetrokken door de tatoeages op zijn rechteronderarm en mijn hoofd was druk bezig om die impuls te verwerken. Dit was niet de Alessandro die ik had verwacht aan te treffen bij mijn komst naar het Palazzo Salimbeni. De Alessandro die ik kende was gepolijst en glad, om niet te zeggen zelfvoldaan, en hij had zeker geen libel – of wat het ook wezen mocht – in zijn pols gegraveerd.

Als hij mijn gedachten kon lezen, liet hij dat niet merken. 'Niet de hele waarheid. Er mankeren heel wat stukjes aan die puzzel.'

Snel ging ik rechtop zitten: 'Waarom denk je dat er meer bij komt kijken?'

'Er komt altijd meer bij kijken. Vertel maar wat hij zoekt.'

Ik haalde diep adem, me maar al te zeer bewust van het feit dat ik mezelf in deze situatie had gebracht, en dat een uitgebreidere verklaring nodig was. 'Oké,' zei ik ten slotte. 'Ik denk dat hij op zoek is naar iets wat mijn moeder me heeft nagelaten. Een familie-erfstuk dat mijn ouders jaren geleden hebben gevonden, en waarvan ze wilde dat ik het kreeg. Dus verborg ze het ergens waar alleen ik het kon vinden. Waarom? Omdat ik, of jij het nu leuk vindt of niet, Giulietta Tolomei ben.'

Ik keek hem uitdagend aan en merkte dat hij mijn gezicht bestudeerde met iets wat op een glimlach leek. 'En heb je het gevonden?'

'Ik geloof van niet. Nog niet. Het enige wat ik gevonden heb is een roestige kist vol papieren, een oude... banier, en een soort dolk, en eerlijk gezegd zie ik niet...'

'*Aspetta!*' Alessandro stak een hand op om mijn tempo te vertragen. 'Wat voor papieren, wat voor banier?'

'Verhalen, brieven. Malligheid. Laat maar. En de banier is schijnbaar een cencio uit 1340. Die vond ik gewikkeld om een dolk, zo, in een lade...'

'Wacht! Wil je zeggen dat je de cencio uit 1340 hebt gevonden?'

Ik was verbaasd dat hij nog feller op dit nieuws reageerde dan mijn neef Peppo. 'Ja, ik denk het wel. Hij schijnt heel bijzonder te zijn. En de dolk...'

'Waar is hij?'

'Op een veilige plek. Ik heb hem in het Uilenmuseum achtergelaten.' Toen ik zag dat hij me niet kon volgen, voegde ik eraan toe: 'Mijn neef, Peppo Tolomei, is daar curator. Hij zei dat hij hem in de kluis zou leggen.'

Alessandro kreunde en haalde zijn handen door zijn haar.

'Wat?' zei ik. 'Was dat geen goed idee?'

'*Merda!*' Hij stond op, haalde een pistool uit een lade en liet die in het holster aan zijn riem glijden. 'Kom mee, we gaan!'

'Wacht! Wat is er aan de hand?' Met tegenzin stond ik op. 'Je stelt toch niet voor dat we mijn neef gaan opzoeken met dat... pistool?'

'Nee, het is geen voorstel. Kom op!'

Toen we ons door de gang haastten, keek hij even naar mijn voeten. 'Kun je hardlopen op die dingen?'

'Hoor eens,' zei ik, hem met moeite bijbenend. 'Ik wil een ding volkomen duidelijk maken: ik geloof niet in wapens. Ik wil alleen maar vrede. Oké?'

Midden in de gang stond Alessandro stil, haalde het pistool tevoorschijn en vouwde mijn hand eromheen voordat ik besefte wat hij aan het doen was. 'Voel je dat? Dat is een pistool. Het bestaat. En er zijn een heleboel mensen in de wereld die er wel in geloven. Vergeef me dus dat ik die mensen voor mijn rekening neem, zodat jij je mooie vrede kunt hebben.'

We verlieten de bank via de achteruitgang en renden een straat door waar gemotoriseerd verkeer was toegestaan. Dit was niet de weg die ik kende, maar hij bracht ons rechtstreeks naar het Piazzetta del Castellare. Alessandro haalde zijn pistool tevoorschijn toen we bij het Uilenmuseum aankwamen; ik deed alsof ik het niet merkte.

'Blijf achter me,' zei hij. 'En als het verkeerd gaat, ga je op de vloer liggen en bedek je je hoofd.' Zonder op mijn antwoord te wachten legde hij een vinger op zijn lippen en duwde langzaam de deur open.

Gehoorzaam ging ik een paar passen achter hem het museum binnen. Ik twijfelde er niet aan dat hij overdreef, maar ik zou hem die conclusie zelf laten bereiken. Voorlopig was het hele gebouw doodstil zonder een enkel blijk van criminele activiteiten. We liepen verscheidene zalen door, het pistool voorop, maar ten slotte stond ik stil. 'Oké, luister eens...' Maar Alessandro legde onmiddellijk een hand op mijn mond om me tot zwijgen te brengen, en toen we daar stonden, allebei gespannen, hoorde ik het ook: het geluid van iemand die kreunde.

We liepen wat sneller door de overgebleven zalen en bereikten het geluid, en toen Alessandro zich ervan vergewist had dat het geen hinderlaag betrof, haastten we ons naar binnen en vonden Peppo uitgestrekt op de vloer van zijn kantoor, gewond maar in leven.

'O, Peppo!' riep ik uit en ik probeerde hem te helpen. 'Gaat het wel?'

'Nee!' antwoordde hij. 'Natuurlijk gaat het niet! Ik geloof dat ik gevallen ben. Ik kan mijn been niet gebruiken.'

'Wacht even...' Ik keek rond om te zien waar hij zijn kruk had gelaten, en mijn blik viel op een kluis in de hoek, open en leeg. 'Heb je de man gezien die dit gedaan heeft?'

'Welke man?' Peppo probeerde overeind te gaan zitten, maar zijn gezicht vertrok van de pijn. 'O, mijn hoofd. Ik moet mijn pillen hebben. Salvatore! O nee, wacht. Salvatore heeft vandaag vrij... welke dag is het?'

'*Non ti muovere!*' Alessandro knielde neer en bekeek Peppo's been. 'Ik denk dat zijn scheenbeen gebroken is. Ik bel een ambulance.'

'Wacht! Nee!' Peppo wilde kennelijk geen ambulance. 'Ik ging net de kluis dichtdoen. Hoor je me? Ik moet de kluis afsluiten.'

'Over de kluis maken we ons later wel druk,' zei ik.

'De dolk... die ligt in de raadskamer. Ik was hem aan het opzoeken in een boek. Hij moet ook in de kluis. Dat ding is boosaardig!'

Alessandro en ik wisselden een blik. Dit was niet het moment om Peppo te vertellen dat het al veel te laat was om de kluis af te sluiten. De cencio was duidelijk verdwenen, evenals alle andere kostbaarheden die mijn neef erin bewaarde. Maar misschien had de dief de dolk niet gezien. En dus kwam ik overeind en liep naar de raadskamer, en ja hoor, daar lag Romeo's dolk, op tafel, naast een gids voor verzamelaars van middeleeuws wapentuig.

Met de dolk in mijn hand geklemd ging ik terug naar het kantoor van Peppo, net toen Alessandro een ambulance belde.

'Ja, goed zo,' zei mijn neef toen hij de dolk zag. 'Daar is hij. Leg hem in de kluis, gauw. Hij brengt ongeluk. Kijk maar wat er met mij is gebeurd. Het boek zegt dat hij de geest van de duivel bevat.'

Peppo had een lichte hersenschudding en een gebroken scheenbeen, maar voor de zekerheid wilde de arts beslist dat hij de nacht in het ziekenhuis doorbracht, aangesloten op verschillende machines. Helaas wilde ze hem ook beslist vertellen wat hem precies was overkomen.

'Ze zegt dat iemand hem op zijn hoofd heeft geslagen en de inhoud van de kluis heeft gestolen,' vertaalde Alessandro fluisterend het geanimeerde gesprek tussen de arts en haar kregelige patiënt.

'En hij zegt dat hij de echte dokter wil spreken en dat niemand hem in zijn eigen museum op zijn hoofd zou slaan.'

'Giulietta!' riep Peppo uit toen hij de arts eindelijk weg had weten te jagen. 'Wat vind jij hier nou van? De verpleegster zegt dat iemand heeft ingebroken in het museum!'

'Ik vrees dat het klopt,' zei ik en ik pakte zijn hand. 'Het spijt me zo. Dit is allemaal mijn schuld. Als ik niet...'

'En wie is dat?' Peppo keek argwanend naar Alessandro. 'Is hij hier om het verslag te schrijven? Zeg hem dat ik niets gezien heb.'

'Dit is kapitein Santini,' legde ik uit. 'Hij heeft je gered. Als hij er niet was geweest, zou je nog steeds... heel veel pijn hebben.'

'Huh.' Peppo was nog niet klaar om zijn strijdlustige stemming op te geven. 'Ik heb hem eerder gezien. Hij is een Salimbeni. Heb ik je niet gewaarschuwd om bij die mensen uit de buurt te blijven?'

'Sst! Alsjeblieft!' Ik deed mijn best hem zijn mond te laten houden, maar ik wist dat Alessandro ieder woord had gehoord. 'Je moet rusten.'

'Nee, dat moet ik helemaal niet! Ik moet Salvatore spreken. We moeten erachter komen wie dit gedaan heeft. Er lagen veel kostbaarheden in die kluis.'

'Ik ben bang dat de dief voor de cencio en de dolk kwam,' zei ik. 'Als ik die niet bij jou had gebracht, was dit allemaal niet gebeurd.'

Peppo keek verbijsterd. 'Maar wie zou...O!' Zijn blik werd op een vreemde manier afstandelijk terwijl hij in een nevelig verleden keek. 'Natuurlijk! Waarom heb ik daar niet aan gedacht? Maar zou hij dat echt doen?'

'Over wie heb je het?' Ik kneep in zijn hand om te proberen hem bij de les te houden. 'Weet je wie jou dit heeft aangedaan?'

Peppo greep mijn hand en keek me met koortsige intensiteit aan. 'Hij zei altijd dat hij terug zou komen. Patrizio, je vader. Hij zei altijd dat Romeo op een dag zou terugkomen en alles terug zou nemen, zijn leven... zijn liefde... alles wat wij hem hebben ontnomen.'

'Peppo,' zei ik terwijl ik zijn arm streelde. 'Ik vind dat je moet proberen wat te slapen.' Uit mijn ooghoeken zag ik dat Alessandro de dolk van Romeo op zijn hand woog, met gefronst voorhoofd, alsof hij de verborgen krachten ervan kon voelen.

'Romeo,' ging Peppo verder, doezeliger nu de pijnstiller eindelijk begon te werken. 'Romeo Marescotti. Nou, je kunt niet eeuwig een spook blijven. Misschien is dit zijn wraak. Op ons allemaal. Voor de manier waarop we zijn moeder hebben behandeld. Hij was... hoe heet het... *un figlio illegitimo*? Kapitein?'

'Buiten het huwelijk geboren,' zei Alessandro, die zich eindelijk bij ons voegde.

'Si, si!' knikte Peppo. 'Buiten het huwelijk geboren! Het was een groot schandaal. O, ze was zo'n mooi meisje... En hij gooide ze eruit...'

'Wie?' vroeg ik.

'Marescotti. De grootvader. Hij was een heel ouderwetse man. Maar heel knap. Ik herinner me nog altijd de *comparsa* van '65 – de eerste overwinning van Aceto, trouwens – ach, die Topolone, dat was een best paard. Zo maken ze ze niet meer, tegenwoordig. Indertijd verzwikten ze hun enkels nooit en raakten niet gediskwalificeerd, en toen hadden we ook al die veeartsen en burgemeesters niet nodig om ons te vertellen dat we niet mochten rijden... oef!' Misprijzend schudde hij zijn hoofd.

'Peppo?' Ik streelde zijn hand. 'Je had het over de Marescotti's. Romeo, weet je wel?'

'O, ja! Ze zeiden dat de jongen boosaardige handen had. Alles wat hij aanraakte, ging kapot. De paarden verloren. Mensen stierven. Zeggen ze. Omdat hij naar Romeo vernoemd was, begrijp je. Hij kwam uit die lijn. Het zit in dat bloed... narigheid. Alles moest snel zijn, en lawaaiig... hij kon nooit stilzitten. Altijd scooters, altijd motoren...'

'Kende u hem?'

'Nee, ik weet alleen wat de mensen zeggen. Ze kwamen nooit weerom. Hij en zijn moeder. Niemand heeft ze ooit teruggezien. Ze zeiden dat hij wild opgroeide, in Rome, en dat hij een misdadiger werd en mensen vermoordde. Ze zeggen... ze zeggen dat hij is omgekomen. In Nassiriya. Onder een andere naam.'

Ik draaide me om naar Alessandro en hij ontmoette mijn blik, zijn ogen ongewoon donker. 'Waar ligt Nassiriya?' fluisterde ik. 'Weet jij dat?' Om de een of andere reden bracht mijn vraag hem van zijn stuk en hij keek me aan alsof hij wilde zeggen: onvoorstelbaar, dat je dat nog moest vragen. Ondertussen zuchtte Peppo diep en zei:

'Volgens mij is het alleen maar een legende. Mensen houden van legendes. En tragedies. En samenzweringen. Het is hier erg stil, 's winters.'

'Dus jij gelooft het niet?'

Peppo zuchtte weer; zijn oogleden werden zwaar. 'Hoe moet ik nog weten wat ik geloof? O, waarom sturen ze geen dokter?'

Op dat moment vloog de deur open en stroomde de hele familie Tolomei de kamer binnen om hun gevallen held te omringen met gejammer en weeklachten. Ze hadden kennelijk van de dokter een samenvatting van de situatie gekregen, want Pia, de vrouw van Peppo, keek me achterdochtig aan en duwde me toen opzij om mijn plaats naast haar man in te nemen, en niemand zei iets dat als dankbaarheid kon worden opgevat. Om mijn vernedering compleet te maken schuifelde de oude Nonna Tolomei net naar binnen toen ik mijn ontsnapping beraamde en zij twijfelde er geen moment aan dat de dader in dit verhaal niet de dief was, maar mijn persoontje.

'*Tu!*' gromde ze, en ze richtte een beschuldigende vinger op mijn hart. '*Bastarda!*'

Ze zei nog veel meer dat ik niet begreep. Verlamd door haar woede bleef ik staan, als een hert voor een aanstormende trein, zonder me te kunnen bewegen, totdat Alessandro – die duidelijk zijn bekomst had van alle familievreugde – me bij mijn elleboog greep en meetrok naar buiten om me in veiligheid te brengen.

'Foei!' hijgde ik. 'Wat een boze dame! Kun je je voorstellen dat ze mijn tante is? Wat zei ze allemaal?'

'Laat maar,' zei Alessandro, die door de ziekenhuisgang liep met het gezicht van iemand die wenste dat hij een extra handgranaat bij zich had.

'Ze noemde jou een Salimbeni!' zei ik, trots dat ik dat in elk geval had begrepen.

'Dat deed ze inderdaad. En het was niet bedoeld als compliment.'

'Wat zei ze tegen mij? Dat verstond ik niet.'

'Maakt niet uit.'

'Jawel.' Midden in de gang stond ik stil. 'Hoe noemde ze mij?'

Alessandro keek me aan, zijn blik ineens teder. 'Bastaardkind, zei ze. Jij hoort niet bij ons.'

'O.' Ik zweeg even om de woorden door te slikken. 'Kennelijk gelooft niemand dat ik echt Giulietta Tolomei ben. Misschien heb ik dit wel verdiend. Misschien is dit een speciaal soort hel, gereserveerd voor mensen zoals ik.'

'Ik geloof je wel.'

Verrast keek ik hem aan. 'Echt? Dat is nieuw. Sinds wanneer?'

Hij haalde zijn schouders op en begon weer te lopen. 'Sinds ik je in mijn deuropening zag staan.'

Ik wist niet hoe ik moest reageren op zijn plotselinge vriendelijkheid en dus legden we de rest van de weg in stilte af, de trap af en de voordeur van het ziekenhuis uit, om buiten aan te komen in dat gladde, gouden licht dat het einde van de dag markeert, en het begin van iets veel minder voorspelbaars.

'En, Giulietta,' zei Alessandro, zich naar mij wendend met zijn handen in zijn zij. 'Is er nog iets anders wat ik weten moet?'

'Nou,' zei ik, mijn ogen half dichtgeknepen tegen het licht. 'Er is ook een vent op een motorfiets...'

'Santa Maria!'

'Maar die is anders... Hij volgt me alleen maar. Ik weet niet wat hij wil...'

Alessandro rolde met zijn ogen. 'Je weet niet wat hij wil! Moet ík je soms vertellen wat hij wil?'

'Nee, het is wel goed.' Ik trok mijn jurk recht. 'Het is niet echt een probleem. Maar die ander, die joggingpakvent, heeft in mijn hotelkamer ingebroken. En dus... denk ik dat ik van hotel moet veranderen.'

'Denk je?!' Alessandro was niet onder de indruk. 'Ik zal je wat vertellen, het eerste wat we doen is naar de politie gaan...'

'Nee, niet de politie!'

'Zij zijn de enigen die je kunnen vertellen wie Peppo dat heeft aangedaan. Ik heb geen toegang vanuit Monte dei Paschi tot het misdaadregister. Maak je geen zorgen, ik ga met je me. Ik ken die jongens.'

'Ja, vast!' Bijna prikte ik met mijn vinger in zijn borst. 'Dit is gewoon een sluwe streek om me in de gevangenis te krijgen.'

Hij stak zijn handen op. 'Als ik je in de gevangenis wil hebben, hoef ik niet al te sluw te zijn, is het wel?'

'Hé, luister eens even!' Ik richtte me zo hoog op als ik kon. 'Ik vind al die machtsspelletjes van jou nog steeds maar niks!'

Hij moest glimlachen om mijn houding. 'Waarom blijf je dan toch meespelen?'

Het hoofdbureau van de politie van Siena was een uiterst rustige bedoening. Om tien voor zeven ergens in het verleden was de batterij van de wandklok leeggelopen, en zo voelde ik me ook toen ik daar die avond gehoorzaam door pagina na pagina vol gedigitaliseerde schurken bladerde. Hoe meer ik naar de gezichten op het computerscherm keek, hoe meer ik besefte dat ik eerlijk gezegd geen idee had hoe mijn stalker er van dichtbij uitzag. De eerste keer dat ik die engerd zag, had hij een zonnebril op. De tweede keer was het te donker geweest om veel te zien, en de derde keer – die middag nog – was ik te geconcentreerd op het pistool in zijn hand om me bezig te houden met de details van zijn tronie.

'Het spijt me...' Ik wendde me naar Alessandro, die heel geduldig met zijn ellebogen op zijn knieën zat te wachten op mijn eurekamoment. 'Ik herken echt niemand.' Ik glimlachte verontschuldigend tegen de vrouwelijke agente die de computer beheerde omdat ik wist dat ik ook haar tijd verspilde. '*Mi dispiace.*'

'Het geeft niet,' zei ze, met een glimlach omdat ik een Tolomei was. 'Het zal niet lang duren voordat we zijn vingerafdrukken kunnen koppelen.'

Bij aankomst in het politiebureau had Alessandro eerst de inbraak in het Uilenmuseum aangegeven. Er waren onmiddellijk twee politieauto's heen gestuurd, en de vier agenten waren maar al te opgetogen geweest dat er eens een echte misdaad op hun pad was gekomen. Als de schurk zo dom was geweest om in het museum sporen achter te laten – vooral vingerafdrukken – was het alleen maar een kwestie van tijd voordat we wisten wie hij was. Op voorwaarde natuurlijk dat hij al eerder gearresteerd was.

'Denk je dat we Romeo Marescotti op moeten zoeken, nu we toch moeten wachten?' zei ik.

Alessandro fronste zijn voorhoofd. 'Geloof je dan wat Peppo vertelde?'

'Waarom niet? Misschien was hij het wel. Misschien was hij het de hele tijd al.'

'In een joggingpak? Dacht het niet.'

'Waarom niet? Ken je hem?'

Alessandro keek omhoog. 'Ja, en hij staat niet in die computer. Ik heb al gekeken.'

Ik staarde hem aan, te onthutst om iets te zeggen. Toen hij mijn gezicht zag, trok hij een gezicht en schudde zijn hoofd. 'Wees maar blij dat hij het niet was. Hij krijgt meestal wat hij hebben wil.'

Voordat ik verder kon vragen, kwamen er twee agenten de kamer in, de ene met een laptop die hij voor me neerzette. Geen van beiden sprak Engels, dus Alessandro moest vertalen wat ze tegen me zeiden. 'Ze hebben een vingerafdruk gevonden in het museum,' legde hij uit. 'En nu willen ze je een paar foto's laten zien om te kijken of je een bekend gezicht ziet.'

Ik draaide me om en keek naar het scherm. Er stonden vijf mannengezichten op een rij, die me elk aankeken met een mengeling van lusteloosheid en afkeer. Na een poosje zei ik: 'Ik ben er niet honderd procent zeker van, maar als je wilt weten welke van de vijf er het meest lijkt op de vent die mij achternazat, zou ik nummer vier zeggen.'

Na een kort gesprek met de agenten knikt Alessandro. 'Dat is de man die in het museum heeft ingebroken. Nu willen ze weten waarom hij in het museum heeft ingebroken, en waarom hij jou volgde.'

'Zou je me niet eens vertellen wie hij is?' Ik keek naar hun ernstige gezichten. 'Is hij een moordenaar of zo?'

'Zijn naam is Bruno Carrera. Hij is in het verleden betrokken geweest bij de georganiseerde misdaad, en hij is in verband gebracht met een paar heel slechte mensen. Hij was een poos verdwenen, maar...' Alessandro knikte naar het scherm. 'Hij is terug.'

Ik keek weer naar de foto. Bruno Carrera had duidelijk zijn beste tijd gehad. Vreemd dat hij uit de vergetelheid was opgedoken om een oude zijden lap zonder enige handelswaarde te stelen. Zonder erbij na te denken zei ik: 'Zomaar uit nieuwsgierigheid... is hij ooit in verband gebracht met iemand die Luciano Salimbeni heet?'

De agenten keken elkaar even aan.

'Heel handig,' fluisterde Alessandro, precies het tegendeel bedoelend. 'Ik dacht dat jij geen vragen wilde beantwoorden.'

Ik keek op en zag dat de agenten me met hernieuwde belangstelling opnamen. Ze vroegen zich klaarblijkelijk af wat ik eigenlijk in Siena kwam doen, en wat ik nog meer voor cruciale informatie te onthullen had over de inbraak in het museum.

'*La signorina conosce Luciano Salimbeni?*' vroeg een van hen aan Alessandro.

'Zeg maar dat mijn neef Peppo Tolomei me over Luciano Salimbeni heeft verteld,' zei ik. 'Kennelijk had hij twintig jaar geleden al een oogje op onze familie-erfstukken. En dat is nog waar ook.'

Alessandro bepleitte mijn zaak zo goed als hij kon, maar de agenten waren niet tevreden en bleven om meer details vragen. Het was een vreemde machtsstrijd, want ze hadden duidelijk veel respect voor hem, en toch was er iets met mij en mijn verhaal dat gewoon niet klopte. Op zeker moment verlieten ze samen de kamer en ik wendde me verward tot Alessandro. 'Is dat alles? Mogen we nu gaan?'

'Denk je nou echt dat ze je zullen laten gaan voordat je uitlegt wat jouw familie te maken heeft met een van de meest gezochte misdadigers van Italië?' vroeg hij vermoeid.

'Te maken heeft? Ik zei alleen dat Peppo een vermoeden had...'

'Giulietta.' Alessandro boog zich naar me toe omdat hij niet wilde dat iemand ons zou afluisteren en zei: 'Waarom heb je me dit allemaal niet verteld?'

Voordat ik antwoord kon geven, kwamen de agenten terug met het dossier van Bruno Carrera en vroegen Alessandro om mij te ondervragen over een specifieke alinea.

'Het ziet ernaar uit dat je gelijk hebt,' zei hij terwijl hij de tekst snel doornam. 'Bruno deed vroeger klusjes voor Luciano Salimbeni. Hij werd een keer gearresteerd en vertelde een of ander verhaal over een beeld met gouden ogen...' Hij keek me aan en probeerde mijn oprechtheid in te schatten. 'Weet jij daar iets van?'

Enigszins van mijn stuk gebracht omdat de politie kennelijk van het gouden standbeeld wist – ook al klopte wat ze wisten niet – slaagde ik er desondanks in om heftig mijn hoofd te schudden. 'Geen idee.'

Een paar tellen lang hielden onze blikken elkaar vast in een zwijgende strijd, maar ik gaf niet toe. Uiteindelijk keek hij weer naar het dossier. 'Het lijkt erop dat Luciano betrokken was bij de dood van je ouders, vlak voordat hij vermist raakte.'

'Vermist? Ik dacht dat hij dood was?"

Alessandro keek me niet eens aan. 'Voorzichtig. Ik ga je niet vragen wie je dat heeft verteld. Klopt het dat jij niet van zins bent om deze agenten meer te vertellen dan je al hebt gedaan?' Hij wierp me een blik toe ter bevestiging en ging toen verder: 'In dat geval stel ik voor dat je overstuur gaat doen, zodat we hier weg kunnen. Ze hebben al twee keer om je burgerservicenummer gevraagd.'

'O ja, voor het geval dat vergeten mocht worden,' zei ik heel zachtjes. 'Jij hebt me hier naar binnen gesleept!'

'En nu sleep ik je weer naar buiten.' Hij legde een arm om me heen en streelde mijn haar alsof ik getroost moest worden. 'Maak je geen zorgen over Peppo. Het komt goed.'

Meespelend leunde ik op zijn schouder en slaakte een diepe, betraande zucht die bijna echt aanvoelde. Toen ze zagen dat ik emotioneel werd, trokken de agenten zich eindelijk terug en lieten ons alleen, en een paar minuten later liepen we samen het politiebureau uit.

'Goed gedaan,' zei Alessandro zodra we buiten gehoorsafstand waren.

'Van hetzelfde. Hoewel... dit was niet echt mijn soort dag, dus verwacht geen medaille.'

Hij bleef staan en keek me aan met een kleine frons op zijn voorhoofd. 'Nu weet je in elk geval hoe de man heet die je volgde. Dat was toch wat je wilde toen je me vanmiddag kwam opzoeken?'

De wereld was donker geworden terwijl wij op het politiebureau waren, maar het was nog warm en door de straatverlichting baadde alles in een zacht, geel licht. Als de Vespa's die in alle richtingen om ons heen stoven er niet waren geweest, had het hele piazza op een toneel in een opera geleken, net voordat de muziek begint en de zanger opkomt.

'Wat betekent *ragazza*?' vroeg ik. 'Iets gemeens?'

Alessandro stak zijn handen in zijn zakken en begon te lopen. 'Ik dacht dat ze zouden ophouden met vragen naar je burgerservicenummer – én je telefoonnummer – als ik zei dat je mijn vriendin was.'

Ik lachte. 'En vroegen ze zich niet af wat Julia in vredesnaam met een Salimbeni moest?'

Alessandro glimlachte, maar ik zag dat mijn vraag hem dwars zat. 'Ik vrees dat ze hier op de politieschool geen Shakespeare onderwijzen.'

We liepen een poosje zwijgend verder, zonder specifieke bestemming. Het zou een natuurlijk moment zijn geweest om uit elkaar te gaan, maar daar had ik geen zin in. Niet alleen omdat Bruno Carrera me wel eens kon staan opwachten als ik terugging naar mijn hotelkamer; dicht bij Alessandro blijven leek de meest vanzelfsprekende zaak van de wereld.

'Zou het nu misschien een goed moment zijn om je te bedanken?' zei ik.

'Nu?' Hij keek op zijn polshorloge. '*Assolutamente si*. Nu is het moment.'

'Wat denk je van een hapje eten? Voor mijn rekening?'

Mijn voorstel amuseerde hem. 'Prima. Tenzij je liever op je balkon rondhangt om op Romeo te wachten?'

'Er heeft iemand ingebroken via mijn balkon, weet je nog?'

'Ik begrijp het al.' Zijn ogen vernauwden zich een beetje. 'Je wilt dat ik je bescherm.'

Ik deed mijn mond open om iets scherps terug te zeggen, maar realiseerde me dat ik dat niet wilde. De waarheid was dat ik, na alles wat er was gebeurd en alles wat er nog zou kunnen gebeuren, niets liever wilde dan Alessandro op minder dan een armlengte afstand te houden, compleet met pistool, gedurende de rest van mijn verblijf in Siena. Ik slikte mijn trots in en zei: 'Nou, ik geloof niet dat ik daar bezwaar tegen zou hebben.'

IV

Je bent verliefd, leen dan Cupido's vleugels
En vlieg er hoger mee dan elke sprong.

SIENA, 1340 A.D.

Het was de dag van de Palio en de bevolking van Siena dobberde vrolijk rond op een zee van gezang. Elke straat was een rivier geworden, elke piazza een draaikolk van godsdienstige extase, en zij die werden meegevoerd op de stroom zwierden met hun vlaggen en banieren om uit het ondiepe te rijzen op golven van geluk, naar hun Hemelse Moeder reikend om haar tedere aanraking te voelen.

Het getij van vrome mensen had de sluizen van de stad allang doorbroken en was helemaal tot aan Fontebecci uitgestroomd, een kilometer of drie ten noorden van de Porta Camollia. Daar keek een deinende oceaan van gezichten gespannen toe terwijl de vijftien ruiters van de Palio in volle wapenrusting uit hun tenten tevoorschijn kwamen, klaar om de pasgekroonde Maagd te eren met een driest vertoon van mannelijkheid.

Het had maestro Ambrogio het grootste deel van de ochtend gekost om de stad uit te komen, zich met zijn ellebogen door de mensenmenigte werkend, en als hij zich minder schuldig had gevoeld over de hele kwestie, had hij het graag opgegeven en zou zich al duizend keer hebben omgedraaid, voordat hij zelfs maar halverwege Fontebecci was. Maar dat kon hij niet. Wat voelde de oude kunstenaar zich die ochtend bezwaard! Als hij niet zo'n haast had gehad om, om schoonheidswege, schoonheid met schoonheid te verenigen, zou Romeo nooit hebben geweten dat Giulietta in leven was, en zij zou op haar beurt nooit zijn aangestoken door zijn hartstocht.

Wat een vreemd idee, dat de liefde van een kunstenaar voor schoonheid hem zo gemakkelijk tot een delinquent kon maken. Wat was Fortuna wreed om een oude man een lesje te leren ten koste van het geluk van een jong minnepaar. Of vergiste hij zich, als hij zijn eigen fout probeerde te verklaren met verheven ideeën? Was het in feite niet zijn eigen minderwaardige menselijkheid en niets anders, waardoor de jonge geliefden vanaf het begin verdoemd waren? Had hij misschien zijn eigen krachteloze lust overgedragen op het bewonderenswaardige lichaam van Romeo, en was zijn hoop op de gelukkige vereniging van de jongelui alleen maar een manier geweest om indirect zelf toegang te verwerven tot de bruidskamer van Giulietta Tolomei?

De Maestro was niet iemand die zich overgaf aan religieuze raadsels, tenzij ze deel uitmaakten van een schilderij en er betaling tegenover stond, maar ineens besefte hij dat de lichte onpasselijkheid die hij gewaarwerd bij de gedachte aan zichzelf als een wellustige poppenspeler, moest lijken op wat God elke minuut van iedere dag voelde. Als Hij al iets voelde. Hij was ten slotte een goddelijk wezen, en goddelijkheid kon best onverenigbaar zijn met emotie. Zo niet, dan had de Maestro oprecht medelijden met God, want de geschiedenis van de mensheid was één eindeloos lang treurspel.

Voor de Maagd Maria was het anders. Zij was een mens geweest en begreep wat het betekende om verdriet te hebben. Zij was degene die altijd zou luisteren naar je ellende en zou zorgen dat God zijn bliksemschichten de juiste kant op stuurde. Zoals de lieflijke vrouw van een machtig man, was zij degene om zegeningen en smeekbeden aan te richten, degene die Zijn goddelijke hart wist te bereiken. Aan haar had Siena zijn voordeursleutels geschonken, aan de vrouwe die een speciale genegenheid voelde voor de inwoners van Siena en hen zou beschermen tegen hun vijanden, zoals een moeder haar zoontje beschermt als hij haar omarming zoekt tegen het geplaag van zijn broers.

Maestro Ambrogio's onheilspellende voorgevoel weerspiegelde zich niet in de gezichten van de mensen die hij opzij duwde in zijn jacht om Fontabecci te bereiken voordat de race begon. Iedereen vierde feest en niemand had echt haast om door te lopen; zolang er een plek was langs de hoofdweg, was het niet nodig om helemaal naar Fontebecci te trekken. Natuurlijk zou er van alles te zien zijn aan de startlinie, met alle tenten, de vele valse starten, en de adellijke families wier zonen meedongen, maar welk spektakel kon er waardevoller zijn dan het aanstormende gebrul van vijftien galopperende strijdrossen, bereden door ridders in fonkelende wapenrusting?

Toen hij er eindelijk was, zette maestro Ambrogio rechtstreeks koers naar de kleuren van Marescotti's Adelaar. Romeo was de gele tent al uitgekomen, omringd door zijn mannelijke familieleden, en onder de aanwezigen heerste een opmerkelijk gebrek aan glimlachen. Zelfs comandante Marescotti, die erom bekendstond dat hij zelfs in de wanhopigste situaties altijd voor iedereen een bemoedigend woord had, zag eruit als een soldaat die wist dat hij in een hinderlaag was gelopen. Hij was het die in eigen persoon het paard vasthield terwijl Romeo zich in het zadel zette, en hij was de enige die zijn zoon ronduit aansprak.

'Vrees niet,' hoorde de Maestro hem zeggen terwijl hij ondertussen het pantser aanpaste dat het gezicht van het beest bedekte. 'Hij blijft als een engel staan, maar hij rent als de duivel.'

Romeo knikte alleen maar, te nerveus om te kunnen praten, en pakte de lans met de adelaarsvlag aan die hem werd voorgehouden. Die zou hij de hele weg moeten dragen, en als de Maagd Maria hem goedgezind was, zou die vlag aan de finishlijn geruild worden voor de cencio. Als de Maagd echter een kwaadgezinde bui had, zou hij de laatste ruiter zijn die zijn vlag voor de kathedraal neerzette, en zou hij in ruil een varken moeten aannemen als symbool van zijn vernedering.

Net toen de helm naar buiten werd gebracht, kreeg Romeo maestro Ambrogio in zicht, en zijn verrassing was zo groot dat het paard onder hem nerveus werd. 'Maestro!' riep hij uit, en zijn stem klonk begrijpelijk genoeg verbitterd. 'Bent u gekomen om mijn ondergang vast te leggen op een tekening? Ik kan u verzekeren dat het een heel spektakel wordt voor een kunstenaarsoog.'

'Je hebt gelijk dat je me beschimpt,' antwoordde maestro Ambrogio. 'Ik gaf je een kaart die rechtstreeks naar een ramp leidde; nu wil ik graag de schade ongedaan maken.'

'Maak het maar ongedaan, oude man!' zei Romeo. 'U moet wel opschieten, want ik zie het touw al hangen.'

'Dat zal ik ook,' zei de Maestro. 'Als je mij ronduit laat spreken.'

'Voor meer dan ronduit hebben we geen tijd,' zei comandante Marescotti. 'Laat maar horen!'

Maestro Ambrogio schraapte zijn keel. De zorgvuldig gerepeteerde toespraak waar hij de hele ochtend aan had gewerkt was hem nu volkomen ontschoten, zelfs de eerste regel herinnerde hij zich nauwelijks. Maar al snel werd welsprekendheid door noodzaak overtroffen en hij gooide zijn inlichtingen eruit in de volgorde waarin ze bij hem opkwamen. 'Je bent in groot gevaar!' begon hij. 'En als je me niet gelooft...'

'We geloven je!' blafte comandante Marescotti. 'Vertel ons de details!'

'Een van mijn leerlingen, Hassan,' ging de Maestro verder, 'heeft per ongeluk gisteravond een gesprek afgeluisterd in het Palazzo Salimbeni. Hij werkte aan een engel op het plafond, een cherubijn, geloof ik...'

'Naar de duivel met je cherubijn!' brulde comandante Marescotti. 'Vertel ons wat Salimbeni van plan is met mijn zoon!'

Maestro Ambrogio haalde diep adem. 'Ik geloof dat dit hun plan is: hier in Fontebecci wordt er niets geprobeerd, omdat er zoveel ogen toekijken. Maar halverwege Porta Camollia, waar de weg zich verbreedt, gaan de zoon van Tolomei en nog iemand proberen je de doorgang te beletten of je in een greppel te duwen. Als Salimbeni's zoon ver op je voorligt, zullen ze je alleen vertragen. Maar dat is slechts het begin. Als je eenmaal de stad binnenkomt, wees dan voorzichtig in de contrada waar Salimbeni regeert. Wanneer je langs de huizen in de wijken Magione en Santo Stefano rijdt, gaan mensen in de torens dingen naar je gooien indien je een van de eerste drie ruiters bent. Als je eenmaal in San Donato en Sant'Egidio bent, zijn ze zo brutaal niet, maar als je voorop ligt en het lijkt alsof je gaat winnen, zullen ze het risico wel nemen.'

Romeo keek naar zijn vader. 'Wat denk jij ervan?'

'Hetzelfde als jij,' zei comandante Marescotti. 'Dit is geen verrassing, ik verwachtte het al. Maar dankzij de Maestro hebben we nu zekerheid. Romeo, je moet vooraan starten en vooraan blijven. Spaar het paard niet, blijf gewoon doorgaan. Als je Porta Camollia eenmaal hebt bereikt, moet je hen voorbij laten gaan, een voor een, tot je op de vierde plaats rijdt.'

'Maar...'

'Val me niet in de rede! Ik wil dat je op de vierde plaats blijft rijden tot je Santo Stefano voorbij bent. Daar kun je opklimmen naar de derde of de tweede plaats. Maar niet de eerste. Pas als je het Palazzo Salimbeni voorbij bent, hoor je me?'

'Dat is te dicht bij de finish! Dan kan ik er niet langs!'

'Dat kun je wel.'

'Het is te smal! Niemand heeft het ooit gedaan!'

'Sinds wanneer heeft dat mijn zoon ooit ergens van weerhouden?' zei comandante Marescotti op mildere toon.

Een trompetgeschal vanaf de startlijn maakte een eind aan elk gesprek, en de adelaarshelm werd met gesloten vizier over Romeo's hoofd geplaatst. De familiepriester sprak snel de – waarschijnlijk laatste – zegen uit over de jongeman, en de goede wensen van de Maestro strekten zich zelfs uit tot het paard; nu was het alleen nog aan de Maagd om haar kampioen te beschermen.

Toen de vijftien paarden zich bij de touwen opstelden, begon de mensenmassa de namen van de favorieten en de vijanden te scanderen. Elke adellijke familie had supporters en tegenstanders; geen enkel huis was universeel geliefd of gehaat. Zelfs de familie Salimbeni had zijn menigte toegewijde klanten, en bij gelegenheden als deze verwachtten grote, ambitieuze mannen te worden beloond voor de grootmoedigheid die zij hun klanten het hele jaar betoonden, met overdadig vertoon van openbare bijval.

Onder de ruiters die zich bij de touwen opstelden, hielden slechts weinigen zich met iets anders bezig dan de weg die voor hen lag. Oogcontact werd gezocht en ontweken, beschermheiligen werden gemobiliseerd als sprinkhanen boven Egypte, en er werd met ultieme beledigingen gesmeten alsof het projectielen op dichtvallende stadspoorten waren. De tijd voor gebeden was voorbij, naar raad werd niet langer geluisterd en afspraken konden niet meer ongedaan worden gemaakt. Welke demonen, goed of kwaad, er ook uit de collectieve ziel van het volk van Siena tevoorschijn waren getoverd, ze waren tot leven gekomen en alleen door de strijd zelf, de race, kon het recht wedervaren. Er was geen andere wet dan die van het lot, geen ander recht dan de gunst van het fortuin, en overwinning was de enige waarheid die het kennen waard was.

Laat dit dan de dag zijn, waarop u, goddelijke Maagd, uw kroning in de Hemel viert met goedertierenheid voor ons, arme zondaars, oud en jong, dacht maestro Ambrogio. Ik smeek u mededogen te tonen met Romeo en hem te beschermen tegen de boosaardige krachten die deze stad vanuit haar eigen ingewanden gaan verslinden. En als u hem laat leven, beloof ik dat ik de rest van mijn leven aan uw schoonheid zal wijden. Maar als hij vandaag sterft, dan sterft hij door mijn hand, en uit smart en schaamte zal die hand nooit meer schilderen.

Toen Romeo met de adelaarsbanier naar de start reed, voelde hij het benarde web van een samenzwering zich rondom hem sluiten. Iedereen had gehoord van zijn onbezonnen uitdaging aan Salimbeni, en iedereen wist dat daarop een familiestrijd moest volgen. Omdat ze de strijdende partijen kenden, was de vraag voor de meeste mensen niet wie de race zou winnen, maar wie er aan het einde ervan nog in leven zou zijn.

Romeo keek om zich heen naar de andere ruiters om zijn kansen in te schatten. De Maansikkel – de zoon van Tolomei, Tebaldo – stond duidelijk aan de kant van de Diamant – de zoon van Salimbeni, Nino – en zelfs de Haan en de Stier keken hem aan met ogen vol verraad. Alleen de Uil knikte naar hem met de ferme genegenheid van een vriend, maar de Uil had vele vrienden.

Toen het touw viel, stond Romeo nog niet eens helemaal in het startgebied. Hij was te druk geweest met het bekijken van de andere ruiters en het beoordelen van hun tenue om de verantwoordelijke magistraat in het oog te houden. Bovendien ging de aanvang van de Palio altijd met veel valse starten gepaard, en de starter zag er nooit tegenop om iedereen een keer of tien terug te roepen en opnieuw te laten starten; dat hoorde zelfs bij het spel.

Maar vandaag niet. Voor het eerst in de geschiedenis van de Palio klonk er geen kreet van herroeping na de eerste start; ondanks de verwarring en het ene achtergebleven paard mochten de andere veertien ruiters doorrijden, en de race was begonnen. Romeo was te geschokt door het valse spel om meer dan een vlaag van woede te voelen; hij liet zijn lans zakken tot hij strak onder zijn arm geklemd zat, groef zijn hakken in de buik van het paard en zette de achtervolging in.

De andere ruiters lagen zo ver voorop dat hij onmogelijk kon zien wie de leiding had; het enige wat hij door de spleet van zijn vizier kon onderscheiden was het stof en de naar hem gewende, ongelovige gezichten van toeschouwers die hadden verwacht dat de jonge minnaar al ver voor zou liggen op zijn rivalen.

Romeo negeerde hun geroep en hun gebaren – sommige bemoedigend, andere allesbehalve dat – en reed dwars door de menigte, waarbij hij zijn paard de vrije teugel gaf en hoopte dat het dier die ook zou nemen.

Comandante Marescotti had bewust een risico genomen door zijn zoon een hengst te geven; met een merrie of een ruin maakte Romeo wel een goede kans, maar een goede kans is niet genoeg als je leven op het spel staat. Met een hengst was het tenminste alles of niets. Ja, Cesare zou kunnen gaan vechten, achter een merrie aanjagen of zelfs zijn berijder afwerpen om de jongen te laten zien wie de baas was, maar aan de andere kant had hij de extra kracht die nodig was om zich uit een gevaarlijke situatie te redden, en, belangrijker nog, de wil om te winnen.

Cesare had ook een ander talent, iets wat onder normale omstandigheden volkomen irrelevant was voor de Palio, maar wat Romeo nu voorkwam als de enige manier waarop hij ooit kon hopen de rest nog in te halen: het was een uitzonderlijk goed springpaard.

In de regels voor de Palio stond niets over op de weg blijven. Zolang een ruiter bij Fontebecci begon en bij de kathedraal van Siena eindigde, kwam hij in aanmerking voor de prijs. Het was nooit nodig geweest de exacte route af te spreken, want niemand was ooit dwaas genoeg geweest om niet de weg te volgen. De velden aan beide kanten ervan waren ongelijk, stonden vol vee of stapels drogend hooi, en werden bovendien doorkruist door talrijke hekken en hagen. Een kortere weg door de velden nemen betekende met andere woorden een leger hindernissen ontmoeten, obstakels die misschien aardig waren voor een ruiter in een linnen hemd, maar een heksentoer voor een paard met een gepantserde ridder en een lans op zijn rug.

Romeo aarzelde niet lang. De veertien andere ruiters reden naar het zuidwesten, over een weg die hen met een vijf kilometer lange bocht uiteindelijk bij Porta Camollia zou brengen. Dit was zijn kans.

Toen hij een opening zag in de juichende menigte, wendde hij Cesare van de weg een onlangs geoogst graanveld in, en reed recht op de stadspoorten af.

Het paard genoot van de uitdaging en vloog door het veld met meer energie dan hij op straat had getoond, en toen Romeo het eerste houten hek zag opdoemen, trok hij de adelaarshelm van zijn hoofd en gooide hem in een langsschietende hooiberg. De regels kenden geen eisen over de uitrusting van de ruiters, behalve dat ze de lans met het blazoen van hun familie moesten dragen; hun wapenrustingen en helmen droegen de ruiters uitsluitend om zichzelf te beschermen. Romeo wist dat hij zich door het afwerpen van zijn helm blootstelde aan de vuistslagen van andere ruiters en aan voorwerpen die mensen opzettelijk van de torenhuizen in de stad lieten vallen, maar hij wist ook dat zijn paard, hoe sterk hij ook was, de stad nooit zou bereiken als zijn last niet werd verlicht.

Na zijn sprong over het eerste hek landde Cesare zwaar aan de andere kant, en Romeo trok zonder een moment te verliezen het borstschild van zijn schouders en gooide het midden in een varkenshok waar hij doorheen reed. De volgende twee hekken waren lager dan het eerste en het paard sprong er met gemak overheen, terwijl Romeo de lans hoog boven zijn hoofd hield opdat die niet in het hek zou blijven steken. De lans met de vlag van Marescotti verliezen betekende de race verliezen, ook al kwam hij als eerste binnen.

Iedereen die hem die dag zag gaan, zou hebben gezworen dat Romeo het onmogelijke probeerde. De afstand die hij won door de kortere weg te nemen, werd ruimschoots teniet gedaan door de vele sprongen, en als hij eenmaal weer op de weg uitkwam, zou hij even ver op de andere ruiters achterliggen als eerst. Om nog niet te spreken van de schade die het paard opliep door hem over hobbels en gaten te laten galopperen en als een dolle hond te laten springen onder de gloeiende augustuszon.

Gelukkig kende Romeo zijn kansen niet. Hij wist ook niet dat hij alleen vanwege zeer ongewone omstandigheden aan de andere kant vóór de rest van deelnemers uitkwam. Ergens onderweg had een anonieme toeschouwer vlak voor de Palio-ruiters een mand vol ganzen losgelaten en in de aldus ontstane verwarring werden er met grote nauwkeurigheid rotte eieren naar een specifieke ruiter gelanceerd – een ruiter die tot een bepaald torenhuis behoorde, een revanche vanwege een vergelijkbaar incident het jaar tevoren. Zulke grappen hoorden bij de Palio, maar hadden slechts zelden een verstrekkende invloed op de race.

Er waren mensen die hier de hand van de Maagd Maria in zagen: de ganzen, de vertraging en Romeo's magische vlucht over welgeteld zeven hekken. Maar voor de veertien ruiters die plichtsgetrouw de weg hadden gevolgd, kon de plotselinge verschijning van Romeo voor hen uit alleen maar het werk van de duivel zijn. En daarom achtervolgden ze hem met furieus fanatisme over de weg die zich geleidelijk vernauwde om de ruiters in een fuik de Porta Camollia door te leiden.

Alleen de kwajongens boven op de hoge stadsmuur hadden het laatste stuk van Romeo's gewaagde rit met eigen ogen kunnen zien, en waar hun oorspronkelijke loyaliteit ook lag, voor wie de liefde en de haat van hun krioelende verwanten aan de voet van de muur ook bestemd waren, zij moesten de roekeloze uitdager wel toejuichen toen hij onder hen door de poort vloog, ontstellend kwetsbaar zonder wapenrusting en helm, en onmiddellijk gevolgd door een bende uitzinnige vijanden.

Bij de Porta Camollia waren al heel wat races besloten; de ruiter die het geluk had als eerste de stadspoort door te gaan, maakte een redelijke kans om aan de leiding te blijven in de nauwe straten van de stad en als winnaar te eindigen op de Piazza del Duomo. Vanaf dit moment vormden de torenhuizen aan weerszijden van de straten het grootste probleem; ondanks de wet dat een toren gesloopt moest worden als er met opzet voorwerpen vanaf werden gegooid, bleven er – op wonderbaarlijke of duivelse wijze, naargelang je loyaliteit – bloempotten en bakstenen vallen op rivalen die beneden op straat langskwamen. Dergelijke daden werden ook zelden bestraft, want weinig ambtenaren hadden zich ooit de moeite getroost om een nuchter en eensgezind verslag te krijgen van gebeurtenissen die tot ongelukken leidden langs de route van de Palio.

Toen hij door die doorslaggevende poort Siena in de leidende positie binnenvloog, was Romeo zich er maar al te zeer van bewust dat hij zijn vader ongehoorzaam was. Comandante Marescotti had hem opgedragen de voorste positie te vermijden, juist vanwege het gevaar dat er projectielen van de torens gegooid zouden worden. Zelfs met een helm op zijn hoofd kon een man heel goed van zijn paard worden geworpen met een welgemikte terracotta bloempot; zonder helm zou hij beslist al dood zijn voor hij de grond raakte.

Maar Romeo kon de anderen niet laten passeren. Hij had zoveel moeite gedaan om de anderen in te halen en voorbij te racen, dat het idee van terugvallen naar de vierde plaats – zelfs in het belang van strategie en zelfbehoud – even weerzinwekkend was als helemaal opgeven en de anderen de race zonder hem te laten beëindigen.

Dus gaf hij zijn paard de sporen en denderde zonder hem in te houden de stad in, de oceaan van mensen scheidend zoals Mozes de zee had bedwongen, in het vertrouwen dat de Maagd Maria zijn weg zou vrijmaken met haar heilige staf en hem zou behoeden voor elk kwaad dat van boven kwam.

Romeo zag geen gezichten, geen ledematen, geen lichamen; aan weerzijden van zijn pad stonden muren van schreeuwende monden en wijd opengesperde ogen, monden die geen geluid voortbrachten en ogen die blind waren voor alles behalve zwart en wit, rivaal en bondgenoot, en die de feiten van de race nooit zouden kunnen navertellen, want in een waanzinnige menigte zijn die er niet. Het is een en al emotie, een en al hoop, en de wensen van de menigte gaan altijd boven de waarheid van een enkeling.

Het eerste projectiel raakte hem toen hij net de wijk Magione inreed. Hij zag niet wat het was, voelde alleen een plotse, brandende pijn in zijn schouder toen het voorwerp langs hem schampte en ergens in zijn kielzog op de grond viel.

Het volgende raakte zijn dij met een verdovende klap en even vreesde hij dat de treffer het bot had verbrijzeld. Maar toen hij zijn hand op zijn been legde, voelde hij niets, zelfs geen pijn. Niet dat het iets uitmaakte of het bot gebroken was of niet, zolang hij maar in het zadel bleef met zijn voet stevig in de stijgbeugel.

Het derde voorwerp dat hem trof was kleiner, en dat was maar goed ook, want het raakte hem precies op zijn voorhoofd en vloerde hem bijna. Hij moest een paar keer naar adem happen om de schemering van zich af te schudden en zijn paard weer in bedwang te krijgen, en ondertussen lachte de muur van schreeuwende monden om hem heen om zijn verwarring. Nu pas begreep hij wat zijn vader al had geweten: als hij aan kop bleef in de wijken die onder heerschappij van de Salimbeni's stonden, zou hij de race nooit uitlopen.

Toen de beslissing eenmaal genomen was, was het niet moeilijk om terug te vallen uit zijn positie; het probleem was om zich niet te laten inhalen door meer dan drie ruiters. Ze keken hem allemaal woedend aan toen ze hem passeerden – de zoon van Tolomei, de zoon van Salimbeni, en nog iemand die er niet toe deed – en Romeo keek even nijdig terug; hij haatte hen omdat ze meenden dat hij opgaf, en zichzelf omdat hij zijn toevlucht nam tot een truc.

Hij zette de achtervolging in en bleef zo dicht als hij kon bij de andere drie, zijn hoofd omlaag, in het vertrouwen dat geen van Salimbeni's aanhangers in de torens het risico zou nemen de zoon van zijn beschermheer te raken. Die berekening bleek juist. Bij het zien van de banier van Salimbeni met de drie diamanten aarzelden allen net iets te lang met het gooien van hun bakstenen en bloempotten, en toen de vier ruiters door de wijk San Donato reden, werd Romeo door geen enkel voorwerp getroffen.

Toen ze eindelijk de Piazza Salimbeni overstaken wist hij dat de tijd gekomen was om het onmogelijke te doen: zijn drie rivalen een voor een passeren voordat de route de scherpe bocht maakte naar de Via del Capitano, de Piazza del Duomo op. Dit was het moment waarop goddelijke tussenkomst zich werkelijk zou moeten tonen: mocht hij slagen en de race vanuit zijn huidige positie winnen, dan kon dat slechts het resultaat zijn van hemelse goedertierenheid.

Romeo spoorde zijn paard aan en trok op om de zoon van Tolomei en de zoon van Salimbeni in te halen – zij aan zij, alsof ze altijd bondgenoten waren geweest – maar net toen hij op het punt stond om hen te passeren, gooide Nino Salimbeni zijn arm naar achteren als de staart van een schorpioen en liet een glimmende dolk in het vlees van Tebaldo Tolomei zinken, net boven het harnas waar de weke hals nog even zichtbaar was tussen het borstschild en de helm.

Het gebeurde zo snel dat niemand precies kon hebben gezien wie er had aangevallen en hoe. Een flits van goud, een korte worsteling. Daarop tuimelde de zeventien jaar oude Tebaldo Tolomei krachteloos van zijn paard, midden op de Piazza Tolomei, om weggesleept te worden door krijsende klanten van zijn vader, terwijl de moordenaar op volle snelheid doorreed zonder zelfs maar om te kijken.

De enige die op de gruweldaad reageerde was de derde ruiter die, uit vrees voor zijn leven nu hij meende de enige overgebleven mededinger te zijn, met zijn banier naar de moordenaar begon te slaan om te proberen hem uit het zadel te werpen.

Romeo gaf Cesare de vrije teugel en probeerde de worstelende ruiters te passeren, maar werd bijna van zijn paard geduwd toen Nino Salimbeni tegen hem aan botste in een poging om de banier van de derde ruiter te ontwijken. Terwijl hij aan weinig meer dan een stijgbeugel hing te worstelen om weer in het zadel te komen, zag Romeo het Palazzo Marescotti langs vliegen en wist dat de dodelijkste bocht van de Palio in het verschiet lag. Als hij niet in het zadel zat wanneer de bocht begon, zou zijn Palio – en misschien zijn leven – een eerloos einde kennen.

Op de Piazza del Duomo had broeder Lorenzo spijt – voor de zoveelste keer die ochtend – dat hij niet met zijn gebedenboek in zijn eenzame cel was gebleven. Hij had zich echter mee naar buiten laten slepen door de waanzin van de Palio. Daar stond hij, gevangen in de menigte en nauwelijks in staat om de finish te zien, laat staan de duivelse lap stof die wapperde aan een hoge paal, die zijden strop om de hals van de onschuld: de cencio.

Naast hem stond het podium met daarop de hoofden van de adellijke families, niet te verwarren met het podium van het stadsbestuur, dat weliswaar minder luxueus was en minder voorname voorouders bevatte, maar – ondanks alle nederige retoriek – een even grote mate van ambitie. Zowel Tolomei als Salimbeni zat op het eerstgenoemde podium, omdat ze hun zonen liever vanuit een gerieflijke stoel zagen winnen, dan te lijden onder het stof van de startlijn in Fontebecci, alleen om hun vaderlijke advies te verspillen aan ondankbare jongemannen die er toch geen gehoor aan zouden geven.

Terwijl ze daar met afgemeten minzaamheid wuifden naar hun juichende aanhangers, waren ze niet doof voor het feit dat de toon van de menigte dit jaar anders was. De Palio was altijd een kakofonie van stemmen, waar de liederen van de eigen contrada schalden en de eigen helden bezongen werden – waaronder de huizen van Tolomei en Salimbeni, als zij een ruiter in de race hadden – maar dit jaar leek het alsof er veel meer mensen meezongen met de liederen van Aquila, de adelaar van de Marescotti's.

Tolomei keek ongerust. Nu pas, waagde broeder Lorenzo het te veronderstellen, vroeg de grote man zich af of het wel zo'n goed idee was geweest om de echte prijs van de Palio mee te nemen: zijn nichtje Giulietta.

De jonge vrouw was nauwelijks te herkennen zoals ze daar zat tussen haar oom en haar aanstaande man, haar luisterrijke gewaad in tegenspraak met haar bleke wangen. Eén keer had ze haar gezicht gewend en broeder Lorenzo recht aangekeken, alsof ze al die tijd had geweten dat hij daar naar haar stond te kijken. De uitdrukking op haar gezicht bezorgde hem een steek van mededogen in zijn hart, onmiddellijk gevolgd door een steek van woede om zijn onvermogen haar te redden.

Had God haar hiervoor laten ontsnappen aan de slachting van haar familie? Alleen om haar in de armen te werpen van de schurk die hun bloed had vergoten? Het was een wreed, wreed lot, en broeder Lorenzo wenste plotseling dat zij, noch hij, die vreselijke dag had overleefd.

Als Giulietta de gedachten van haar vriend had kunnen lezen toen ze op dat podium zat, tentoongesteld voor ieders medelijden, zou ze ermee hebben ingestemd dat trouwen met Salimbeni erger was dan sterven. Maar het was te vroeg om te wanhopen: de Palio was nog niet voorbij, Romeo was – voor zover zij wist – nog altijd in leven, en de hemel zou nog altijd aan hun kant kunnen staan.

Als de Maagd Maria werkelijk beledigd was door Romeo's optreden in de kathedraal de avond tevoren, zou ze hem zeker ter plekke hebben gedood; het feit dat hij in leven was gebleven en ongedeerd naar huis had kunnen gaan, moest wel betekenen dat de hemel hem in de Palio wilde zien rijden. Maar... de bedoeling van de hemel was één ding; de wil van de man naast haar, Salimbeni, was iets heel anders.

Bij het verre gedreun van aanstormende paarden verdichtte de menigte zich in gespannen verwachting en barstte los in hevig gejuich, riep de namen van favorieten en rivalen alsof hun geschreeuw het lot zou kunnen sturen. Overal rondom haar keken mensen reikhalzend wie van de vijftien ruiters in de Palio als eerste op de piazza zou aankomen, maar Giulietta kon niet kijken. Ze sloot haar ogen voor het tumult, drukte haar gevouwen handen tegen haar lippen en waagde het dat ene woord uit te spreken dat alles goed zou maken: 'Aquila!'

Een ademloos moment later werd dat woord overal rondom haar door duizenden stemmen herhaald: 'Aquila! Aquila! Aquila!' Het werd geschreeuwd, het werd gegrinnikt, het werd gesneerd... en Giulietta opende opgetogen haar ogen om te zien hoe Romeo over de piazza snelde, zijn paard struikelend op de ongelijke weg en schuimend van uitputting, rechtstreeks naar de engelenwagen met de cencio. Zijn gezicht was vertrokken van razernij en ze zag tot haar schrik dat hij besmeurd was met bloed, maar hij had de adelaarsbanier nog altijd in zijn hand, en hij was de eerste. De eerste.

Zonder halt te houden om te juichen reed Romeo naar de engelenwagen, duwde de mollige, met vleugels beklede en aan touwen opgehangen koorknapen opzij, greep de paal met de cencio en zette zijn eigen banier ervoor in de plaats. Met zijn beloning in ongebreidelde triomf hoog opgeheven, draaide hij zich om naar zijn grootste rivaal, Nino Salimbeni, om te genieten van zijn woede.

Niemand gaf iets om de ruiters die als derde, vierde en vijfde binnenkwamen; bijna als één man draaiden alle hoofden in de menigte om te zien hoe Salimbeni zou reageren op Romeo en deze onverwachte gang van zaken. Ondertussen was er geen man of vrouw in Siena die niet op de hoogte was van Romeo's uitdaging aan Salimbeni en van zijn eed aan de Maagd Maria: als hij de Palio won, zou hij geen kledij maken van de cencio, maar hem op zijn bruidsbed leggen – en er waren slechts weinig harten die geen sympathie voelden voor de jonge minnaar.

Toen hij zag dat Romeo de cencio in bezit had, stond Tolomei abrupt op en wankelde in de zijwind van het noodlot. Overal rondom hem weeklaagde en pleitte het volk van Siena, hem smekend om zijn hand over zijn hart te strijken. Naast hem zat echter een man die dat hart vervolgens zou doorboren.

'Messer Tolomei!' loeide Romeo, de cencio hooghoudend terwijl het paard onder hem steigerde. 'De hemel heeft in mijn voordeel gesproken! Durft u de wens van de Maagd Maria te negeren? Levert u de stad over aan haar toorn?' Brutaal wees hij op Salimbeni: 'Betekent het genot van die man meer dan ons aller veiligheid?'

In de menigte ging een gebrul van woede op bij dat idee en de schildwachten die het podium omringden, zetten zich schrap om hun zwaarden te trekken ter verdediging. Onder de stadsmensen waren er die de schildwachten trotseerden en stoutmoedig naar Giulietta reikten en haar aanspoorden van het podium te springen en zich door hen naar Romeo te laten brengen. Salimbeni maakte echter een einde aan hun inspanningen toen hij opstond en een ferme hand op haar schouder legde.

'Heel goed, jongen!' schreeuwde hij naar Romeo, rekenend op zijn vele vrienden en aanhangers om hem toe te juichen en het getij te keren. 'Je hebt de race gewonnen! Ga nu naar huis en maak een mooie jurk van die cencio, misschien laat ik je dan wel mijn bruidsmeisje zijn als...'

Maar de menigte had genoeg gehoord en liet hem niet uitpraten. 'Schande over Salimbeni!' riep iemand. 'Om zo de hemelse wil te schenden!' En de rest reageerde onmiddellijk; ze schreeuwden hun verontwaardiging uit jegens de adellijke heren en bereidden zich voor om hun woede tot een rel op te zwepen. Oude Palio-rivaliteiten waren vergeten en de paar idioten die nog zongen, werden door hun medeburgers snel tot zwijgen gebracht.

Het volk van Siena wist dat zij, als ze zich verenigden tegen de adel, misschien het podium zouden kunnen bestormen om de dame te stelen die zo duidelijk aan een ander toebehoorde. Het zou niet de eerste keer zijn dat ze tegen Salimbeni in opstand kwamen, en ze wisten allemaal dat ze, als ze bleven doorduwen, de machtige mannen hun hoge torens in konden drijven, buiten hun bereik achter opgetrokken trappen en ladders.

Voor Giulietta, die op het podium zat als een onervaren matroos op een stormachtige zee, was het angstaanjagend en bedwelmend om de kracht te voelen van de elementen die rondom haar woedden. Daar stonden duizenden vreemdelingen met onbekende namen, bereid om de hellebaarden van de schildwachten te trotseren om gerechtigheid voor haar te verkrijgen. Als ze maar bleven duwen zou het podium al snel omvallen, en dan zouden alle adellijke heren zichzelf en hun fraaie gewaden haastig moeten zien te redden van het gepeupel.

In zo'n pandemonium, redeneerde Giulietta, zouden Romeo en zij misschien kunnen verdwijnen, en de Maagd Maria zou de rel vast lang genoeg laten duren om hen samen uit de stad te laten ontsnappen.

Maar het mocht niet zo zijn. Voordat de opstandige menigte vaart had gekregen, stormde er een nieuwe groep mensen het plein op om vreselijk nieuws te schreeuwen naar Messer Tolomei: 'Tebaldo!' weeklaagden ze, en ze trokken zich in wanhoop aan de haren. 'Het is Tebaldo! O, de arme jongen!' En toen ze ten slotte het podium bereikten en Tolomei op zijn knieën aantroffen, hen smekend om hem te vertellen wat er met zijn zoon was gebeurd, antwoordden ze in tranen met een bloederige dolk omhooggestoken: 'Hij is dood! Vermoord! Doodgestoken tijdens de Palio!'

Zodra hij de boodschap begreep, viel Tolomei stuiptrekkend neer en het hele podium werd door angst aangegrepen. Giulietta schrok bij de aanblik van haar oom in die toestand, alsof hij door de duivel bezeten was; ze deinsde eerst terug maar dwong zich toen om bij hem neer te knielen en hem zo goed als ze kon te verzorgen, hem beschermend tegen het geschuifel van voeten en benen tot Monna Antonia en de bedienden haar konden bereiken. 'Oom Tolomei!' zei ze dringend, niet wetend wat ze anders moest zeggen. 'Rustig maar!'

De enige man die rechtop bleef staan in het gewoel was Salimbeni; hij eiste het moordwapen op en hield het meteen omhoog zodat iedereen het kon zien. 'Kijk!' brulde hij. 'Hier hebben jullie je held! Dit is de dolk waar Tebaldo Tolomei mee werd gedood tijdens onze heilige race! Zien jullie wel?' Hij wees op het gevest en zei: 'De adelaar van Marescotti staat erop gegraveerd! Wat zeggen jullie daarvan?'

Giulietta keek in afgrijzen op en zag dat de menigte ongelovig naar Salimbeni en de dolk staarde. Hier stond de man die ze een paar tellen geleden hadden willen straffen, maar het schokkende nieuws van de misdaad en de aanblik van de smartelijke gestalte van Messer Tolomei had hen van hun stuk gebracht. Nu wisten ze niet wat ze moesten denken en bleven staan staren, in afwachting van een aanwijzing.

Toen ze hun gelaatsuitdrukkingen zag veranderen, begreep Giulietta meteen dat Salimbeni dit moment van tevoren had gepland, om de opgewonden menigte tegen Romeo op te zetten als hij de Palio mocht winnen. De reden om het podium aan te vallen was vergeten, maar hun emoties laaiden nog steeds hoog op en ze smachtten naar iets anders om uiteen te rukken.

Ze hoefden niet lang te wachten. Salimbeni had genoeg trouwe klanten in de menigte opdat er, zodra hij de dolk in de lucht stak, iemand riep: 'Romeo is de moordenaar!'

Binnen een enkele tel was het volk van Siena weer eensgezind, deze keer in gruwelende haat tegen de jongeman die ze zojuist als held hadden toegejuicht.

In volle vaart op deze onstuimige zee van emoties durfde Salimbeni nu het bevel te geven om Romeo onmiddellijk te arresteren, en om iedereen die het daarmee niet eens was een verrader te noemen. Maar tot grote opluchting van Giulietta brachten de schildwachten bij hun terugkeer een kwartier later alleen een met schuim overdekt paard, de banier van de Adelaar en de cencio terug. Van Romeo Marescotti was geen spoor gevonden. Hoeveel mensen ze het ook gevraagd hadden, ze kregen hetzelfde antwoord: niemand had Romeo de piazza zien verlaten.

Pas toen ze later die avond huis aan huis vragen gingen stellen, bekende een man, om zijn vrouw en zijn dochters van de geüniformeerde schurken te redden, dat hij had horen zeggen dat Romeo ontsnapt was via het ondergrondse aquaduct, de Bottini, in gezelschap van een jonge franciscaner monnik.

Zodra Giulietta de bedienden dat gerucht hoorde fluisteren, zond ze een dankbaar gebed naar de Heilige Maagd. Ze twijfelde er niet aan dat de franciscaner monnik broeder Lorenzo was geweest, en ze kende hem goed genoeg om te weten dat hij alles zou doen wat in zijn macht lag om de man te redden die zij beminde.

V

Ach, hij is zo'n beminn'lijk man! Naast hem
Is Romeo een vaatdoek; een adelaar, mevrouw,
Heeft niet zo'n groen, zo'n mooi, zo'n vurig oog
Als Paris.

De Monte dei Paschi-bank was na sluitingstijd donker en stil, en begroette ons sereen toen we samen de middentrap op liepen. Alessandro had me gevraagd of ik het erg vond om een tussenstop te maken onderweg naar het avondeten, en natuurlijk had ik gezegd van niet. Nu ik achter hem aan helemaal naar boven liep, vroeg ik me af waar hij me eigenlijk heenbracht, en waarom.

'Na u...' Hij trok een zware, mahoniehouten deur open en wachtte tot ik binnen was in wat een groot hoekkantoor bleek te zijn. 'Geef me één tel.' Nadat hij een lamp had aangeknipt, verdween hij in een achterkamer en liet de deur op een kier staan. 'Nergens aankomen!'

Ik keek rond naar de pluchen banken en het statige bureau met een stoel. Het kantoor droeg weinig tekenen van daadwerkelijke arbeid. Een eenzame archiefmap op het bureau zag eruit alsof hij daar voornamelijk voor de schijn was neergelegd. De enige wandversiering waren de ramen die uitkeken op het Palazzo Salimbeni; er was niets persoonlijks zoals diploma's of foto's, noch iets anders om de eigenaar aan te herkennen. Net had ik een vinger op de rand van het bureau gelegd om naar stof te tasten, toen Alessandro weer verscheen, een overhemd dichtknopend. 'Pas op!' zei hij. 'Zulke bureaus kunnen meer mensen doden dan geweren.'

'Is dit jouw kantoor?' vroeg ik dom.

'Sorry...' Hij greep een jasje van een stoel. 'Ik weet dat je de voorkeur geeft aan de kelder.' Hij wierp een onenthousiaste blik op de opulente inrichting. 'Voor mij is dit de echte martelkamer.'

Weer buiten stond hij midden op de Piazza Salimbeni stil en keek me met een plagerige glimlach aan. 'Zo, en waar gaan we heen?'

Ik haalde mijn schouders op. 'Ik wil wel eens zien waar de Salimbeni's eten.'

Zijn glimlach verdween. 'Dat denk ik niet. Tenzij je de rest van de avond met Eva Maria wilt doorbrengen.' Toen hij zag dat ik dat liever niet wilde, ging hij verder: 'Waarom gaan we niet heel ergens anders heen? Ergens in jouw wijk.'

'Maar ik ken niemand in de contrada van de Uil,' protesteerde ik. 'Behalve neef Peppo. En ik zou niet weten waar ik moest gaan eten.'

'Mooi.' Hij begon te lopen. 'Dan worden we ook niet lastiggevallen.'

We kwamen terecht in de Taverna di Cecco, net om de hoek van het Uilenmuseum. Het was een klein tentje aan een onbekende straat, vol bewoners van de contrada. Alle gerechten – sommige opgediend in stenen kommen – zagen eruit als moeders beste kookkunst. Toen ik om me heen keek, zag ik geen artistiekerige experimenten met op de rand van halflege borden gesprenkelde kruiden; hier lagen de borden vol en zaten de kruiden waar ze hoorden: in de gerechten.

Aan de meeste tafels zaten vijf of zes mensen samen te lachen of druk te discussiëren, zonder zich af te vragen of ze niet te luidruchtig waren of vlekken op het tafelkleed maakten. Nu begreep ik waarom Alessandro ergens wilde eten waar niemand hem kende; te oordelen naar de manier waarop mensen hier met hun vrienden omgingen – ze nodigden iedereen en zijn hondje uit om mee te eten, en wonden zich op als iemand weigerde – viel het in Siena niet mee van een rustig diner voor twee te genieten. Toen we ons langs iedereen heen een weg baanden naar een ongestoord hoekje, was Alessandro zichtbaar opgelucht dat hij niemand herkende.

Zodra we zaten, stak hij zijn hand in zijn jasje, haalde Romeo's dolk tevoorschijn en legde hem tussen ons in op tafel. 'Het ziet ernaar uit dat ik me moet verontschuldigen,' zei hij, en hij sprak die ongewone woorden heel langzaam, om niet te zeggen met tegenzin uit.

Ik stak mijn neus in mijn menu om mijn meesmuilende grijns te verbergen. 'Ach, maak er maar niet te veel werk van. Je hebt mijn strafblad gezien. Ik ben nog steeds een gevaar voor de maatschappij.'

Maar hij was nog niet klaar om het weg te lachen en even bleven we pijnlijk zwijgen, deden alsof we het menu bestudeerden en prutsten om de beurt aan de dolk.

Pas toen we een fles Prosecco en een schotel antipasto voor ons hadden staan, glimlachte Alessandro toch nog, zij het verontschuldigend, en hief zijn glas. 'Ik hoop dat je er deze keer meer van zult genieten. Zelfde wijn, nieuwe fles.'

'Het hoofdgerecht halen zou al een hele verbetering zijn,' zei ik, en ik tikte met mijn glas tegen het zijne. 'En als ik zou kunnen vermijden dat ik achteraf op straat blootsvoets achternagezeten wordt, pakt vanavond in ieder geval beter uit dan gisteravond.'

Zijn gezicht betrok. 'Waarom kwam je niet terug naar het restaurant?'

'Het spijt me,' zei ik lachend. 'Maar mijn schurkachtige vriend Bruno was altijd nog beter gezelschap dan jij. Hij geloofde tenminste de hele tijd al dat ik Giulietta was.'

Alessandro wendde zijn blik af, en ik merkte dat ik de enige was die het komische van de situatie wist te waarderen. Ik wist dat hij gevoel voor humor had – en zeker sarcastisch genoeg was – maar op dit moment vond hij het duidelijk niet leuk om aan zijn eigen onaangename gedrag te worden herinnerd.

Met een kleine frons op zijn voorhoofd zei hij uiteindelijk: 'Toen ik dertien was, bracht ik een zomer door bij mijn grootouders hier in Siena. Ze hadden een mooie boerderij. Wijngaarden. Paarden. Stromend water. Op een dag kregen ze bezoek. Het was een Amerikaanse vrouw, Diane Tolomei, met haar twee dochtertjes, Giulietta en Giannozza...'

'Wacht!' Ik viel hem in de rede. 'Bedoel je mij?'

Hij keek me met een vreemde scheve glimlach aan. 'Ja. Je was nog heel klein, en... hoe zeg je dat... mollig.' Hij negeerde mijn protesten en ging verder: 'Mijn oma zei dat ik met jou en je zusje moest spelen terwijl zij met je moeder praatte, en dus nam ik jullie mee naar de schuur om de paarden te laten zien. Helaas werd jij bang en je viel, op een hooivork.' Hij schudde zijn hoofd terwijl hij het voorval opnieuw beleefde. 'Het was afschuwelijk. Je krijste en je zat onder het bloed. Ik droeg je naar de keuken, maar je schreeuwde en schopte, en je moeder keek me aan alsof ik je met opzet had gemarteld. Gelukkig wist mijn oma wat ze moest doen, ze gaf je een grote ijsco en hechtte de wond zoals ze dat al zo vaak bij haar kinderen en kleinkinderen had gedaan.' Alessandro nam een slok Prosecco voordat hij verder praatte. 'Twee weken later lazen mijn grootouders in de krant dat Diane Tolomei was omgekomen bij een auto-ongeluk, samen met haar dochtertjes. Ze waren er kapot van.' Hij sloeg zijn ogen op en keek me eindelijk aan. 'Daarom geloofde ik niet dat jij Giulietta Tolomei was.'

Even bleven we elkaar alleen maar aankijken. Het was voor ons allebei een triest verhaal, maar tegelijkertijd had het idee dat wij elkaar als kinderen al hadden ontmoet iets bitterzoets en onweerstaanbaars.

'Het is waar dat mijn moeder is omgekomen bij een auto-ongeluk, maar ze had ons die dag niet bij zich,' antwoordde ik zachtjes. 'De krant had het mis. Maar wat de hooivork betreft,' ging ik vrolijker verder, 'ik ben blij dat ik nu eindelijk weet wat er gebeurd is. Heb je enig idee hoe verwarrend het is om een litteken te hebben zonder te weten hoe je eraan komt?'

Alessandro keek ongelovig. 'Heb je het litteken nog?'

'Jazeker!' Ik trok mijn rok omhoog en liet hem de witte streep op mijn dijbeen zien. 'Lelijk, hè? Maar nu weet ik tenminste wie ik de schuld moet geven.' Toen ik keek of hij er schuldbewust uitzag, zag ik dat hij naar mijn dijbeen staarde met zo'n onwaarschijnlijk gechoqueerd gezicht, dat ik het uitproestte. 'Sorry!' Ik trok mijn rok weer omlaag. 'Ik liet me meeslepen door je verhaal.'

Alessandro schraapte zijn keel en reikte naar de fles Prosecco. 'Laat maar horen als je er nog eentje wilt.'

Halverwege de maaltijd kreeg hij een telefoontje van het politiebureau. Toen hij terugkwam naar onze tafel, kon ik zien dat hij goed nieuws had.

Weer aanschuivend zei hij: 'Nou, het ziet ernaar uit dat je vannacht niet van hotel hoeft te veranderen. Ze hebben Bruno bij zijn zus thuis aangetroffen, met een koffer vol gestolen spullen uit het museum van je neef. Toen zijn zus ontdekte dat hij zijn vroegere streken weer had opgepakt, heeft ze hem zo toegetakeld dat hij smeekte om meteen gearresteerd te worden.' Hij grijnsde hoofdschuddend, maar toen hij mijn opgetrokken wenkbrauwen zag, ontnuchterde hij snel. 'Helaas hebben ze de cencio niet gevonden. Die moet hij ergens anders hebben verstopt. Maak je geen zorgen, hij komt wel terecht. Hij kan dat oude vod toch nergens verkopen...' Toen hij zag hoe ontzet ik was over zijn woordkeuze, haalde hij zijn schouders op. 'Ik ben hier niet opgegroeid.'

'Een particuliere verzamelaar zou veel geld betalen voor dat oude vod,' zei ik fel. 'Die dingen hebben een enorme emotionele waarde voor de mensen hier... zoals je vast heel goed weet. Wie weet, misschien zitten de Marescotti's hier wel achter, de familie van Romeo. Mijn neef Peppo zei immers dat de nazaten van Romeo de cencio en de dolk als hun eigendom zouden beschouwen.'

'Als dat zo is, horen we het morgen, als de jongens een praatje hebben gemaakt met Bruno,' zei Alessandro, die achteroverleunde terwijl de ober onze borden weghaalde. 'Hij is niet van het zwijgzame soort.'

'En jij? Geloof jij het? Dat de Marescotti's hem hebben ingehuurd om de cencio te stelen?'

Ik zag dat het onderwerp Alessandro bepaald onaangenaam was. 'Als zij er echt achter zaten, zouden ze Bruno niet hebben gebruikt,' zei hij uiteindelijk. 'Ze hebben hun eigen mensen. En die hadden de dolk nooit op tafel laten liggen.'

'Dat klinkt alsof je ze kent?'

Hij schokschouderde. 'Siena is maar een klein stadje.'

'Ik dacht dat je zei dat je hier niet was opgegroeid.'

'Klopt.' Hij trommelde even met zijn vingers op tafel, duidelijk geërgerd door mijn volharding. 'Maar ik bracht de zomers hier door, bij mijn grootouders. Dat heb ik je al verteld. Mijn neven en ik speelden elke dag in de wijngaard van de Marescotti's. We waren altijd bang om betrapt te worden. Dat was een deel van de pret. Iedereen was bang voor de oude Marescotti. Behalve Romeo, natuurlijk.'

Bijna stootte ik mijn wijnglas om. 'Bedoel je dé Romeo? De Romeo waar neef Peppo het over had, die misschien de cencio gestolen zou hebben?' Toen Alessandro geen antwoord gaf, ging ik rustiger verder. 'Ik begrijp het. Dus zo zit het in elkaar. Jullie waren jeugdvrienden.'

Hij trok een gezicht. 'Niet echt vrienden.' Toen hij zag dat ik nog vol vragen zat, overhandigde hij me het menu. 'Hier. Tijd om aan zoetere dingen te denken.'

Tijdens het dessert, amandelkoekjes – *cantucci* – gedoopt in vin santo, probeerde ik terug te cirkelen naar het onderwerp Romeo, maar daar wilde Alessandro het niet over hebben. In plaats daarvan vroeg hij me naar mijn eigen jeugd en naar de aanleiding voor mijn betrokkenheid bij de antioorlogsbeweging. 'Kom nou,' zei hij, duidelijk geamuseerd over mijn stuurse gezicht. 'Het kan niet allemaal de schuld van je zus zijn.'

'Dat heb ik nooit gezegd. We hebben alleen heel verschillende prioriteiten.'

'Laat me raden...' Hij schoof me de koekjes toe. 'Je zus is bij het leger? Ze is naar Irak geweest?'

'Ha!' Ik nam nog wat cantucci. 'Janice zou Irak nog niet kunnen vinden op een schuimrubberen vloerpuzzel. Zij vindt dat alles in het leven draait om... plezier maken.'

'Wat schandalig van haar.' Alessandro schudde zijn hoofd. 'Van het leven genieten.'

Ik brieste fel mijn adem uit. 'Ik wist wel dat je het niet zou begrijpen! Toen wij...'

'Ik begrijp het wel,' viel hij me in de rede. 'Zij vermaakt zich, dus kun jij dat niet. Zij geniet van het leven, dus kun jij dat niet. Jammer dat iemand dat in steen gehouwen heeft.'

'Luister eens...' Ik draaide mijn lege wijnglas rond, niet bereid hem gelijk te geven. 'Voor Janice Jacobs is de belangrijkste persoon ter wereld Janice Jacobs. Zij zou iedereen aan het spit rijgen om een punt te scoren. Zij is van het soort dat...' Ik hield me in, omdat ik me realiseerde dat ik op deze aangename avond ook geen zin had om het akelige verleden op te roepen.

'En hoe zit het met Julia Jacobs?' Alessandro schonk mijn glas vol. 'Wie is er voor haar het belangrijkste?'

Ik keek naar zijn glimlach, niet zeker of hij me nog steeds zat te plagen.

'Laat me raden.' Hij leunde achterover in zijn stoel. 'Julia Jacobs wil de hele wereld redden en iedereen gelukkig maken...'

'Maar ondertussen maakt ze iedereen doodongelukkig,' zei ik, om de moraal van zijn verhaal te kapen. 'Onder wie zichzelf. Ik weet wat jij denkt. Jij denkt dat het doel de middelen niet heiligt, en dat hoofden van kleine zeemeerminnen afzagen niet de manier is om van oorlogen af te komen. Dat weet ik. Dat weet ik allemaal.'

'Waarom deed je het dan?'

'Ik heb het niet gedaan! Zo had het niet moeten gaan.' Ik keek hem aan om te zien of we alsjeblieft konden vergeten dat ik de Kleine Zeemeermin ter sprake had gebracht en een gezelliger onderwerp konden aansnijden. Maar dat konden we niet. Hoewel hij half glimlachte, zag ik in zijn ogen dat de kwestie niet langer kon worden uitgesteld.

'Oké,' zuchtte ik. 'Dit is het verhaal: ik dacht dat we haar gingen verkleden in camouflagepak, en dat de Deense pers zou komen om foto's te nemen...'

'Wat ze ook deden.'

'Dat weet ik! Maar ik wilde echt haar hoofd niet afzagen...'

'Jij had de zaag in handen.'

'Dat was per ongeluk!' Ik verborg mijn gezicht in mijn handen. 'We hadden niet gedacht dat ze zo klein zou zijn. Het is een piepklein beeld. De kleren pasten niet. En toen trok er iemand – een of andere debiel – een zaag tevoorschijn...' Ik kon niet verder praten.

We bleven even zwijgend zitten, tot ik door mijn vingers gluurde of me zien of hij nog steeds afkerig keek. Dat was niet het geval. Eigenlijk keek hij nogal geamuseerd. Hoewel hij niet echt glimlachte, had hij wel die kleine fonkeling in zijn ogen.

'Wat is er zo grappig?' mopperde ik.

'Jij,' zei Alessandro. 'Je bent een echte Tolomei. Weet je nog? "... *Ik zal me een tiran betonen. Als ik de mannen heb bevochten, zal ik de maagden wreed behand'len. Ik maak ze af.*"' Toen hij zag dat ik het citaat herkende, glimlachte hij eindelijk. '"*Ja, ik maak ze af of maak ze maagd-af, neem het maar zoals je wilt.*"' Ik liet mijn handen in mijn schoot vallen, deels opgelucht en deels gegeneerd door de wending die ons gesprek nam. 'Je verbaast me. Ik wist niet dat je *Romeo en Julia* uit je hoofd kende.'

Hij glimlachte. 'Alleen de stukken waarin gevochten wordt. Ik hoop dat dat je niet tegenvalt.'

Onzeker of hij met me flirtte of gewoon een grapje maakte, begon ik weer met de dolk te prutsen. 'Het is vreemd,' zei ik. 'Maar ik ken het hele toneelstuk. Altijd al. Zelfs voordat ik begreep wat het was. Het was een soort stem in mijn hoofd...' Ik begon te lachen. 'Ik weet niet waarom ik je dit vertel.'

'Omdat je pas onlangs hebt ontdekt wie je bent,' zei Alessandro ronduit. 'En nu begint het eindelijk te kloppen. Alles wat je hebt gedaan, alles wat je hebt verkozen niet te doen... nu begrijp je het. Dat is wat mensen je lotsbestemming noemen.'

Ik sloeg mijn ogen op en merkte dat hij niet naar mij keek, maar naar de dolk. 'En jij?' vroeg ik. 'Heb jij je lotsbestemming al ontdekt?'

Hij haalde diep adem. 'Die heb ik altijd al gekend. En als ik hem vergeet, is Eva Maria er als de kippen bij om me eraan te herinneren. Maar het idee dat je toekomst al bepaald is, heeft me nooit aangestaan. Ik probeer mijn leven lang al aan mijn lot te ontsnappen.'

'Is het gelukt?'

Hij dacht erover na. 'Voor een tijdje. Maar het komt altijd terug, weet je. Hoe ver je ook weggaat.'

'En ben jij ver weggegaan?'

Hij knikte, maar slechts één keer. 'Heel ver. Tot aan de rand.'

'Je maakt me wel erg nieuwsgierig,' zei ik luchtig, in de hoop dat hij zou uitweiden. Maar dat deed hij niet. Aan de frons op zijn voorhoofd te zien vond hij het geen plezierig onderwerp. Ik snakte naar meer informatie over zijn verleden, maar zonder de avond te willen bederven, dus vroeg ik: 'Is het ver?'

Hij glimlachte bijna. 'Waarom? Wil je erheen?'

Ik schokschouderde, terwijl ik afwezig de dolk liet rondtollen op het tafelkleed tussen ons in. 'Ik probeer niet aan mijn lot te ontsnappen.'

Toen ik zijn blik niet ontmoette, legde hij zachtjes een hand op het wapen om het niet langer te laten draaien. 'Misschien zou je dat wel moeten doen.'

'Ik denk dat ik liever blijf staan om te vechten,' antwoordde ik, en ik schoof plagerig mijn kostbare schat onder zijn handpalm vandaan.

Na het eten stond Alessandro erop om me naar mijn hotel terug te brengen. Aangezien hij de strijd om de restaurantrekening al had gewonnen, bood ik geen weerstand. Bovendien zat Bruno Carrera nu weliswaar achter tralies, maar er zwierf nog steeds een loser op een motorfiets door de stad, op jacht naar angsthazen zoals ik.

'Weet je,' zei hij terwijl we samen door het donker liepen. 'Vroeger was ik net als jij. Ik dacht dat je moest vechten voor vrede, en dat er altijd opofferingen zouden staan tussen jou en je volmaakte wereld. Nu weet ik wel beter.' Hij keek me aan. 'Laat de wereld met rust.'

'Probeer niet om haar te verbeteren?'

'Dwing mensen niet om volmaakt te zijn. Dat wordt je dood.'

Ik kon niet anders dan glimlachen om zijn nuchtere conclusie. 'Niettegenstaande het feit dat mijn neef in het ziekenhuis ligt en mishandeld wordt door vrouwelijke artsen, heb ik het erg naar mijn zin. Jammer dat we geen vrienden kunnen zijn.'

Dat was nieuws voor Alessandro. 'Kan dat niet?'

'Natuurlijk niet,' zei ik. 'Wat zouden al je andere vrienden zeggen? Jij bent een Salimbeni. Ik ben een Tolomei. We zijn voorbestemd om vijanden te zijn.'

Zijn glimlach keerde terug. 'Of minnaars.'

Ik begon te lachen, vooral van verbazing. 'O, nee! Jij bent een Salimbeni, en klaarblijkelijk werd Salimbeni bij Shakespeare Paris, de rijke vent die met Julia wilde trouwen toen ze al met Romeo was getrouwd!'

Alessandro nam het nieuws onaangedaan op. 'O, ja, nu weet ik het weer: de rijke, knappe Paris. Dat ben ik?'

'Daar ziet het wel naar uit.' Ik wist een theatrale zucht te produceren. 'Laten we het niet vergeten: mijn voorouder, Giulietta Tolomei, was verliefd op Romeo Marescotti, maar werd gedwongen zich te verloven met de boosaardige Salimbeni, jouw voorouder! Ze zat gevangen in een driehoeksverhouding, net als de Julia van Shakespeare.'

'Ben ik ook boosaardig?' Alessandro begon het verhaal steeds mooier te vinden. 'Rijk, knap en boosaardig. Geen slechte rol.' Hij dacht er even over na en zei toen, op kalmere toon: 'Tussen ons gezegd en gezwegen, ik heb Paris eigenlijk altijd een betere man gevonden dan Romeo. Volgens mij was Julia een idioot.'

Ik stond midden op straat stil. 'Pardon?'

Alessandro stond ook stil. 'Denk eens na. Als Julia Paris het eerst had ontmoet, was ze op hem verliefd geworden. En dan zouden ze nog lang en gelukkig hebben geleefd. Ze was gewoon klaar om verliefd te worden.'

'Niet waar!' sprak ik hem tegen. 'Romeo was schattig...'

'Schattig?' Alessandro rolde met zijn ogen. 'Welke man is er nou schattig?'

'... en een uitstekende danser...'

'Romeo had voeten van lood! Dat zei hij zelf!'

'... maar het belangrijkste was, dat hij mooie handen had,' besloot ik.

Nu keek Alessandro eindelijk verslagen. 'Ik begrijp het. Hij had mooie handen. Daar heb je me. Dus dat is de basis voor een geweldige minnaar?'

'Volgens Shakespeare wel.' Ik wierp een blik op zijn handen, maar dat verhinderde hij door ze in zijn zakken te steken.

'En wil jij echt je leven leiden volgens Shakespeare?' vroeg hij terwijl hij verder liep.

Ik keek omlaag naar de dolk. Het was lastig om er zo mee rond te lopen, maar hij was te groot om in mijn tas te stoppen en ik wilde Alessandro niet weer vragen om hem voor me te dragen. 'Niet noodzakelijkerwijs.'

Hij keek ook even naar de dolk, en ik wist dat we hetzelfde dachten. Als Shakespeare gelijk had, was dit het wapen waarmee Giulietta Tolomei zichzelf om het leven had gebracht.

'Waarom herschrijf je het dan niet?' stelde hij voor. 'Dan verander je je lotsbestemming.'

Ik keek hem fel aan. '*Romeo en Julia* herschrijven, bedoel je?'

Hij ontmoette mijn blik niet, maar bleef recht voor zich uit kijken. 'En met mij bevriend zijn.'

In het donker bestudeerde ik zijn profiel. We hadden de hele avond gepraat, maar ik wist nog steeds bijna niets over hem. 'Op één voorwaarde,' zei ik. 'Dat jij me meer vertelt over Romeo.' Zodra ik de woorden echter had uitgesproken, had ik er spijt van, omdat ik de frustratie op zijn gezicht zag.

'Romeo, Romeo,' schimpte hij. 'Altijd maar weer Romeo. Ben je daarom naar Siena gekomen? Om die schattige vent met zijn dansende voeten en zijn mooie handjes te vinden? Nou, dan vrees ik dat je teleurgesteld zult worden. Hij lijkt helemaal niet op de Romeo die jij denkt te kennen. Hij bedrijft de liefde niet in rijmende coupletten. Neem het maar van mij aan: hij is een echte hufter. Als ik jou was...' Eindelijk keek hij me aan: 'Zou ik mijn balkon in deze ronde maar met Paris delen.'

'Ik ben helemaal niet van plan om mijn balkon met wie dan ook te delen,' zei ik zuur. 'Ik wil alleen de cencio terugkrijgen, en volgens mij is Romeo de enige die een reden heeft om hem te stelen. Als jij niet denkt dat hij het gedaan heeft, zeg dat dan, dan laat ik het onderwerp verder rusten.'

'Oké,' zei Alessandro. 'Ik denk niet dat hij het gedaan heeft. Maar dat betekent nog niet dat hij onschuldig is. Je hebt je neef gehoord: Romeo heeft boosaardige handen. Iedereen zou graag denken dat hij dood is.'

'Hoe weet jij zo zeker dat hij dat niet is?'

Hij kneep zijn ogen half dicht. 'Dat voel ik.'

'Een fijne neus voor uitschot?'

Hij gaf niet meteen antwoord. En wat hij ten slotte zei, was evenzeer tegen zichzelf als tegen mij: 'Een fijne neus voor rivalen.'

Direttore Rossini kuste de voeten van een denkbeeldig kruisbeeld toen hij me die avond de voordeur van zijn hotel binnen zag lopen. 'Juffrouw Tolomei! *Grazie a Dio!* U bent veilig! Uw neef heeft zo vaak gebeld vanuit het ziekenhuis...' Toen pas zag hij Alessandro achter me, en hij begroette hem kort met een knikje. 'Hij zei dat u in slecht gezelschap verkeerde. Waar bent u geweest?'

Ik haalde gegeneerd mijn schouders op. 'Zoals u ziet ben ik in de allerbeste handen.'

'In de op een na de beste,' corrigeerde Alessandro, die een absurde mate van genoegen schepte in de situatie. 'Tot dusver.'

'En ik moest u van hem ook vertellen dat u de dolk op een veilige plek moet opbergen,' ging direttore Rossini verder.

Ik keek neer op de dolk in mijn hand.

'Geef hem maar aan mij,' zei Alessandro. 'Ik bewaar hem wel voor je.'

'Ja,' zei direttore Rossini dringend. 'Geef hem aan kapitein Santini. Ik wil geen inbraken meer.'

Dus gaf ik Romeo's dolk aan Alessandro en zag hem weer in zijn binnenzak verdwijnen. 'Ik kom morgen terug,' zei hij. 'Om negen uur. Doe voor niemand anders open.'

'Zelfs mijn balkondeur niet?'

'Vooral je balkondeur niet.'

Die avond kroop ik in bed met het document getiteld *Stamboom van Giulietta en Giannozza* uit het kistje van mijn moeder. Ik had er al eerder naar gekeken, maar het niet bijster verhelderend gevonden. Maar nu Eva Maria min of meer had bevestigd dat ik van Giulietta Tolomei afstamde, was me ineens veel duidelijker waarom mijn moeder het opsporen van onze afkomst zo belangrijk had gevonden.

Mijn kamer was nog steeds een ravage, maar ik had geen zin om me nu al met mijn bagage bezig te houden. De glasscherven waren in ieder geval verdwenen en er was een nieuw raam in gezet terwijl ik weg was; als er vannacht weer iemand mijn kamer in wilde, zou hij me eerst moeten wekken.

Ik rolde het lange document open op mijn bed en was een hele tijd bezig om me te oriënteren in het woud van namen. Het was geen gewone stamboom, want hij vermeldde uitsluitend de namen in de vrouwelijke lijn en was alleen bedoeld om het directe verband te leggen tussen de Giulietta Tolomei uit 1340 en mij. Uiteindelijk vond ik mezelf en Janice helemaal onderaan, recht onder de naam van onze ouders:

James Jacobs ∞ Rose Tomasi – Maria Tomasi ∞ Gregory Lloyd
|
Diane Lloyd ∞ Patrizio Tolomei
|
Giulietta Tolomei – Giannozza Tolomei

Na mijn eerste gegrinnik vanwege het feit dat de echte naam van Janice *Giannozza* was – ze had altijd een hekel gehad aan de naam Janice en hield tot huilens toe vol dat het haar naam niet was – trof ik helemaal boven aan het document precies dezelfde namen aan:

Giulietta Tolomei – Giannozza Tolomei ∞ Mariotto da Gambacorta
|
Francesco Saracini ∞ Bella da Gambacorta
|
Federico da Silva ∞ **Giulietta** Saracini – **Giannozza** Saracini

En zo verder. De lijst ertussenin was zo lang, dat ik hem als touwladder had kunnen gebruiken om van mijn balkon te klimmen. Het was indrukwekkend dat iemand, of liever gezegd tientallen mensen in de loop der eeuwen, onze bloedlijn zo ijverig hadden bijgehouden, helemaal vanaf 1340 bij Giulietta en haar zusje Giannozza.

Om de zoveel tijd verschenen die twee namen, Giulietta en Giannozza, naast elkaar op de stamboom, maar altijd met een andere achternaam, nooit Tolomei. Vooral interessant was dat Eva Maria, voor zover ik het begreep, niet helemaal gelijk had gehad met haar bewering dat Giulietta Tolomei mijn voorouder was. Want volgens dit document stamden wij allemaal – mama, Janice en ik – van de zus van Giulietta, Giannozza, en haar man Mariotto da Gambacorta. Wat Giulietta betreft, er stond nergens dat zij met iemand getrouwd was, en zeker niet dat ze kinderen had gekregen.

Vol akelige voorgevoelens legde ik het document ten slotte opzij en dook weer in de andere teksten. Met de wetenschap dat Giannozza Tolomei feitelijk mijn voorouder was, kreeg ik veel meer belangstelling voor Giulietta's fragmentarische brieven aan haar en haar incidentele opmerkingen over Giannozza's rustige plattelandsleven, ver van Siena.

'Jij hebt geluk, lieve zus, dat je huis zo groot is en je man zo moeilijk loopt...' schreef ze ergens. En verderop peinsde ze: 'O, om jou te zijn, naar buiten te kunnen glippen en tussen de wilde tijm een vredig uurtje te kunnen stelen...'

Uiteindelijk viel ik in slaap en sliep een paar uur lang vast, tot ik in de nog donkere nacht werd gewekt door harde geluiden.

Ik was nog wat wazig over de aard van de geluiden in de wakende wereld, zodat het even duurde voordat ik het lawaai herkende als dat van een heftig ronkende motorfiets onder mijn balkon.

Even bleef ik me liggen ergeren aan de onnadenkendheid van de jeugd van Siena, en het kostte meer tijd dan nodig was om te begrijpen dat dit geen gewone bendevergadering was, maar een enkele motorrijder die iemands aandacht probeerde te trekken. En die iemand was ik, begon ik te vrezen.

Door de spleten van de luiken onderscheidde ik weinig van de straat beneden, maar turend van de ene naar de andere kant begon ik aan alle kanten geluid te horen. Kennelijk kwamen de andere hotelgasten ook uit hun bed en sloegen de luiken open om te zien wat er in hemelsnaam aan de hand was.

Moed puttend uit de collectieve onrust deed ik mijn balkondeuren open om naar buiten te kijken en zag hem eindelijk: het was inderdaad mijn motorrijdende stalker, die keurige achtjes reed onder een straatlantaarn. Ik twijfelde er geen moment aan dat het dezelfde vent was die me al twee keer eerder was gevolgd – een keer om me te redden van Bruno Carrera, en een keer om naar me te kijken door de glazen deur van de espressobar bij de adelaarsfontein – want hij was nog altijd zwart op zwart, vizier gesloten, en ik had nog nooit eerder een motorfiets als de zijne gezien.

Op zeker moment wendde hij zijn hoofd en zag me voor mijn balkondeur staan. Toen het motorlawaai ineens afzwakte tot een gespin, werd het bijna overstemd door boos geschreeuw vanuit andere ramen en balkons van Hotel Chiusarelli, maar dat kon hem niets schelen; hij stak zijn hand in zijn zak, haalde een rond voorwerp tevoorschijn, zwaaide zijn arm naar achteren en wierp wat het ook was met een volmaakte boog op mijn balkon.

Met een vreemd, ploffend geluid belandde het aan mijn voeten en stuiterde zelfs even voordat het stil kwam te liggen. Zonder enige verdere poging tot communicatie trapte mijn in leer gestoken vriend heftig op het gaspedaal waardoor de Ducati bijna steigerde en hem afwierp. Luttele seconden later sloeg hij de hoek om en verdween, en als de andere hotelgasten er niet waren geweest – sommigen mopperend, anderen lachend – zou de nacht weer stil zijn geworden.

Ik stond even te staren naar het projectiel voordat ik het uiteindelijk op durfde te pakken en mee naar binnen nam, waarna ik de balkondeur stevig achter me dichtdeed. Toen ik het licht aanknipte, zag ik dat het een tennisbal was, verpakt in zwaar schrijfpapier dat met een elastiek was vastgemaakt. Het papier bleek een met de hand geschreven bericht te bevatten, opgesteld door een sterke, zelfverzekerde hand in de donkerrode inkt van liefdesbrieven en zelfmoordepistels. Dit is wat er stond:

Giulietta ~
Vergeef mij dat ik voorzichtig ben, ik heb heel goede reden.
Weldra zul je begrijpen. Ik moet met je praten om je uit te
leggen. Kom naar de top van de Torre del Mangia
morgenochtend om 9, en vertel niemand,
~ Romeo

V

I

Deels daal ik in dit doodsbed af om haar
Geliefd gelaat nog eenmaal van dichtbij te zien,
Maar vooral om van haar dode vinger
Een ring, een kostbaar kleinood, weg te nemen.

SIENA, I340 A.D.

De nacht na die fatale Palio lag het lichaam van de jonge Tebaldo Tolomei opgebaard in de San Cristoforo, aan de andere kant van het plein, tegenover het Palazzo Tolomei. In een vriendschappelijk gebaar was Messer Salimbeni gekomen om de cencio over de dode held te draperen en de treurende vader te beloven dat de moordenaar snel gevonden zou worden. Daarna had hij zich verontschuldigd en de familie Tolomei met hun verdriet alleen gelaten; hij pauzeerde onderweg naar buiten alleen even om te buigen voor Messer Tolomei en een waarderende blik te werpen op de tengere, aanlokkelijke gestalte van Giulietta, die voor de baar van haar neef lag te bidden.

Alle vrouwen van de familie Tolomei waren die nacht bijeen in de San Cristoforo, weeklagend en biddend met Tebaldo's moeder, terwijl de mannen heen en weer renden tussen kerk en Palazzo, met naar wijn ruikende adem wachtend om Romeo Marescotti terecht te stellen. Telkens als Giulietta fragmenten van hun gedempte gesprekken opving, verstrakte haar keel van angst, en haar ogen vulden zich met tranen als ze zich voorstelde dat de man die zij beminde, werd gevangen door zijn vijanden en gestraft voor een misdaad waarvan zij zeker wist dat hij hem niet had gepleegd.

Het sprak in haar voordeel dat men haar zo diep zag rouwen om een neef met wie ze nooit een woord had gewisseld; de tranen die Giulietta die nacht plengde vermengden zich met die van haar nichtjes en tantes als rivieren die in een en hetzelfde meer uitmondden; ze stroomden zo overvloedig dat niemand de moeite nam om hun werkelijke bron te zoeken.

'Ik geloof dat je oprecht verdriet hebt,' had haar tante gezegd, toen ze even opkeek van haar eigen smart en zag dat Giulietta huilde in de cencio die over Tebaldo gedrapeerd was. 'En zo hoort het ook! Als jij er niet was geweest, had die ellendige Romeo nooit durven...' Voordat ze haar zin kon afmaken, was Monna Antonia alweer in tranen; Giulietta had zich discreet teruggetrokken uit het middelpunt van de aandacht en was in een bank te gaan zitten in een van de donkerdere hoeken van de kerk.

Terwijl ze daar zat, eenzaam en ellendig, kwam ze sterk in de verleiding om het erop te wagen en te voet uit de San Cristoforo te ontsnappen. Ze had geen geld en niemand om haar te beschermen, maar met Gods hulp kon ze misschien haar weg terugvinden naar het atelier van maestro Ambrogio. De straten van de stad krioelden echter van de soldaten op zoek naar Romeo, en aan weerszijden van de kerkdeur stond een rij schildwachten. Alleen een engel – of een geest – zou er ongezien in of uit kunnen komen.

Even na middernacht keek ze op van haar gevouwen handen en zag broeder Lorenzo de leden van het treurende gezelschap aanspreken. De aanblik verraste haar; ze had Tolomei met zijn mannen horen praten over een franciscaner monnik die – naar men zei – Romeo vlak na de Palio via de Bottini had helpen ontsnappen, en zij had natuurlijk aangenomen dat broeder Lorenzo die man was. Nu ze hem zo kalmpjes door de kerk zag wandelen en de oudere vrouwen zag troosten, werd de teleurstelling haar zwaar te moede. Wie Romeo ook had helpen ontsnappen, het was niet iemand die zij kende of waarschijnlijk ooit zou kennen.

Toen hij haar ten slotte alleen in de hoek zag zitten, kwam hij meteen naar haar toe. Hij wrong zich de bank in en was zo vrij om haar knielbankje te lenen, mompelend: 'Vergeef me dat ik je stoor in je verdriet.'

Giulietta antwoordde zachtjes opdat niemand hen zou horen: 'U bent de oudste vriend van mijn verdriet.'

'Zou het je troosten als je wist dat de man om wie je werkelijk huilt onderweg is naar vreemde landen, waar zijn vijanden hem nooit zullen vinden?'

Giulietta klemde haar hand voor haar mond om een uitroep te smoren. 'Als hij inderdaad veilig is, ben ik het gelukkigste schepsel ter wereld...' Haar stem trilde: 'Maar ook het meest beklagenswaardige schepsel. O, Lorenzo, hoe kunnen we zo leven... hij daar, ik hier? Was ik maar met hem meegegaan! Was ik maar een valk op zijn arm, en geen lichtzinnig vogeltje in deze corrupte kooi!'

Ze realiseerde zich dat ze te luid en veel te oprecht had gesproken, en keek nerveus rond of iemand haar had gehoord. Monna Antonia ging gelukkig te veel op in haar eigen ellende om veel te merken van wat er om haar heen gebeurde, en haar andere tantes zwermden nog steeds om de lijkbaar heen, bezig met het schikken van de bloemstukken.

Broeder Lorenzo keek haar doordringend aan van achter zijn gevouwen handen. 'Als je hem achterna kon, zou je dan gaan?'

'Natuurlijk!' Ondanks zichzelf ging Giulietta rechtop zitten: 'Ik zou hem over de hele wereld volgen!' Toen ze besefte dat ze zich weer liet meeslepen, zakte ze dieper weg op het knielbankje en voegde er plechtig fluisterend aan toe: 'Ik zou hem volgen door de dalen van duisternis en dood.'

'Bedaar dan,' fluisterde broeder Lorenzo, en hij legde een waarschuwende hand op haar arm. 'Want hij is hier, en... rustig! Hij wilde Siena niet zonder jou verlaten. Wend je hoofd niet, want hij zit net...'

Giulietta moest wel omdraaien om een glimp op te vangen van de monnik met de kap van zijn pij over zijn hoofd getrokken die op het bankje achter haar knielde, zijn hoofd gebogen in een volmaakte vermomming; als ze zich niet vergiste, droeg hij de pij die broeder Lorenzo haar had laten aantrekken toen ze die keer samen naar het Palazzo Marescotti waren gegaan.

Giulietta was duizelig van opwinding, en ze keek nerveus berekenend naar haar tante en nichtjes. Als iemand ontdekte dat Romeo hier was, in deze kerk op deze nacht, zou vast noch hij, noch zij, noch zelfs broeder Lorenzo de nacht overleven om de zon te zien opgaan.

Het was te brutaal, te duivels dat een veronderstelde moordenaar de wake van de arme Tebaldo bezoedelde om het nichtje van de dode held te verleiden, en geen Tolomei zou die belediging ooit vergeven.

'Ben je maanziek?' siste ze over haar schouder. 'Als ze je ontdekken, vermoorden ze je!'

'Je stem is scherper dan hun zwaarden!' klaagde Romeo. 'Ik smeek je, wees lief, dit zijn misschien de laatste woorden die je ooit tegen me zult zeggen.' Giulietta voelde meer dan ze zag de oprechtheid in zijn ogen, die haar toe glansden vanuit de schaduw van zijn pij toen hij verder sprak: 'Als je meende wat je zojuist zei, neem dit dan...' Hij trok een ring van zijn vinger en stak hem haar toe: 'Hier, ik geef je deze ring...'

Giulietta's adem stokte, maar ze pakte de ring toch aan. Het was een gouden zegelring met de adelaar van Marescotti, maar door de woorden van Romeo: 'Ik geef je deze ring,' werd dit ook haar trouwring.

'Moge God jullie beide voor altijd zegenen!' fluisterde broeder Lorenzo, in de wetenschap dat altijd misschien niet langer zou duren dan die nacht. 'En moge de heiligen in de hemel de getuigen zijn van jullie gelukkige verbintenis. Luister nu goed. Morgen wordt de begrafenis gehouden bij de grafkelder van de familie Tolomei, buiten de stadsmuren...'

'Wacht!' riep Giulietta uit. 'Ik ga toch zeker nu met jullie mee?'

'Sst! Dat is onmogelijk!' Broeder Lorenzo legde weer zijn hand op haar schouder om haar tot bedaren te brengen. 'De schildwachten bij de deur zouden je tegenhouden. En vannacht is het te gevaarlijk in de stad...'

Het geluid van iemand die hen tot stilte maande vanaf de andere kant van de kerk deed hen opschrikken. Giulietta keek nerveus naar haar tantes en zag dat ze gezichten trokken opdat ze stil zou zijn en Monna Antonia niet nog meer overstuur zou maken. En dus boog ze gehoorzaam haar hoofd en hield haar mond tot ze niet langer naar haar keken. Toen draaide ze zich nogmaals om en keek smekend naar Romeo.

'Je mag niet met me trouwen om me meteen weer te verlaten!' zei ze dringend. 'Vannacht is onze huwelijksnacht!'

'Morgen,' fluisterde hij, en hij kon zich er nauwelijks van weerhouden om haar wang aan te raken. 'Morgen kijken we hierop terug en lachen erom.'

'Morgen komt misschien wel nooit!' snikte Giulietta in haar handpalm.

'Wat er ook gebeurt, wij zullen samen zijn,' verzekerde Romeo haar. 'Als man en vrouw. Dat beloof ik je. In deze wereld... of in de volgende.'

De grafkelder van de familie Tolomei bevond zich op een enorme begraafplaats buiten de Porta Tufi. Al sinds de oudheid begroef de bevolking van Siena haar doden buiten de stadsmuren, en iedere adellijke familie had een eeuwenoud gewelf bijgehouden – of ingenomen – met daarin een passende hoeveelheid overleden eminente voorouders. De grafkelder van de familie Tolomei verhief zich als een marmeren kasteel in die stad des doods; het grootste deel van het bouwwerk bevond zich onder de grond, maar bovengronds was er een grandioze entree, die veel leek op de graven van de verheven Romeinse keizers waar Messer Tolomei zich graag mee vergeleek.

Op deze treurige dag waren er grote aantallen familieleden en naaste vrienden meegekomen naar de begraafplaats, om Tolomei en zijn vrouw te troosten nu hun eerstgeborene te rusten werd gelegd in de granieten sarcofaag die Tolomei oorspronkelijk voor zichzelf had besteld. Het was een zonde en een schande zo'n gezonde jongeman over te dragen aan de onderwereld; er waren geen woorden van troost voor de huilende moeder of het jonge meisje dat met Tebaldo verloofd was geweest sinds de dag dat ze geboren was, twaalf jaar geleden. Waar moest ze nu nog een geschikte echtgenoot vinden, nu ze bijna een vrouw werd, en al jaren gewend was om zichzelf te zien als meesteres van het Palazzo Tolomei?

Giulietta was echter te bezorgd om haar eigen onmiddellijke toekomst om lang te zwelgen in medelijden met haar treurende familie. Ze was ook uitgeput door slaapgebrek. De wake had de hele nacht geduurd, en nu, ver in de middag van de volgende dag, nu alle hoop op wederopstanding ijdel was gebleken, zag Monna Antonia eruit alsof ze zich spoedig bij haar zoon zou voegen in zijn voortijdige graf. Bleek en afgetrokken leunde ze zwaar op de armen van haar broers; slechts één keer wendde ze zich tot Giulietta, haar spookachtige gezicht vertrokken van haat.

'En daar is ze, de adder aan mijn borst!' beet ze haar toe, opdat iedereen het zou horen. 'Had zij hem niet zo schaamteloos aangemoedigd, dan zou Romeo Marescotti het nooit hebben gewaagd om een vinger uit te steken naar dit huis! Kijk naar haar doortrapte gezicht! Kijk naar die verraderlijke tranen! Ik wed dat die niet voor Tebaldo zijn, maar voor zijn moordenaar, Romeo!' Ze spuwde twee keer op de grond om zich te ontdoen van de smaak van die naam. 'Het is tijd dat jullie in actie komen, broeders! Sta daar niet als bange schapen! Er is een valse misdaad gepleegd tegen het huis van Tolomei en de moordenaar paradeert rond in de stad en denkt dat hij boven de wet staat...' Ze trok een glimmende stiletto uit haar sjaal en zwaaide ermee in de lucht. 'Als jullie mannen zijn, halen jullie de stad leeg en vinden hem, waar hij zich ook moge verschuilen, opdat een rouwende moeder dit lemmet in zijn zwarte hart kan begraven!'

Na deze emotionele uitbarsting stortte Monna Antonia zich terug in de armen van haar broers en bleef daar slap en ellendig hangen, terwijl de processie de stenen treden afdaalde naar de ondergrondse grafkelder. Toen iedereen zich beneden had verzameld, werd het in een lijkwade gehulde lichaam van Tebaldo in de sarcofaag gelegd, en werden hem de laatste sacramenten toegediend.

Gedurende de begrafenis tuurde Giulietta heimelijk naar alle hoeken en gaten van de schemerige ruimte om te beslissen wat een goede schuilplaats zou zijn. Het plan van broeder Lorenzo vereiste namelijk dat zij na de ceremonie achterbleef in de grafkelder, onopgemerkt door de vertrekkende gasten, en dat ze daar in eenzaamheid zou schuilen tot de nacht viel en Romeo haar veilig kon komen halen. Het was de enige plek waar de schildwachten van Tolomei niet op hun hoede zouden zijn bij het bewaken van de familieleden, had de monnik uitgelegd, en omdat de begraafplaats zich buiten de stadsmuren bevond, zou Romeo zonder voortdurende angst voor ontdekking en aanhouding zijn gang kunnen gaan.

Wanneer ze eenmaal uit de grafkelder was bevrijd, zou Giulietta Romeo in zijn ballingschap vergezellen, en als ze eenmaal veilig in verre landen waren, zouden ze een geheime brief sturen aan broeder Lorenzo, met uitgebreide verhalen over gezondheid en geluk en aansporingen om zich zo snel mogelijk bij hen te voegen.

Dat was het plan dat ze de avond tevoren in alle haast overeengekomen waren in de San Cristoforo, en het kwam niet bij Giulietta op om naar de details te vragen tot het moment waarop ze zelf in actie moest komen. Ze voelde misselijkheid opwellen in haar keel toen ze naar de verzegelde sarcofagen tuurde die haar aan alle kanten omringden, en vroeg zich af hoe ze in vredesnaam onzichtbaar en onhoorbaar weg kon glippen om zich tussen die reusachtige doodskisten te verstoppen.

Pas helemaal aan het einde van de ceremonie, toen de priester iedereen met gebogen hoofden in gebed verenigde, zag Giulietta haar kans schoon om stilletjes afstand te nemen van haar nietsvermoedende familie en achter de dichtstbijzijnde sarcofaag neer te hurken. En toen de priester iedereen voorging in een lang aangehouden melodieus 'amen' om de ceremonie af te sluiten, greep ze het moment aan om op handen en knieën nog verder de schaduwen in te kruipen, met armen die al beefden van het contact met de koude, vochtige aarde.

Terwijl ze daar tegen de ruwe steen van een doodskist geleund zat en probeerde niet te ademen, verlieten de leden van de begrafenisstoet beurtelings de grafkelder, zetten hun kaarsen op het kleine altaar aan de voeten van het beeld van de gekruisigde Christus en begonnen aan de lange, betraande wandeling naar huis. Weinigen hadden geslapen sinds de Palio van de vorige dag, en zoals broeder Lorenzo al had voorzien had niemand de tegenwoordigheid van geest om zich ervan te vergewissen dat er evenveel mensen uit de grafkelder kwamen als er oorspronkelijk naar binnen waren gegaan. Bovendien, welk levend mens zou ervoor kiezen om achter te blijven in een gewelf vol angst en gruwelijke geuren, gevangen achter een zware deur die van binnenuit niet open kon?

Toen iedereen weg was, viel de deur naar de grafkelder met een holle dreun dicht. De kleine kaarsjes op het altaar bij de ingang flakkerden, maar de duisternis rond Giulietta, naar adem happend tussen de graven van haar voorouders, leek in alle opzichten volledig.

In de grafkelder, zonder enig besef van tijd, begon Giulietta langzaam te begrijpen dat de dood – meer dan wat dan ook – een kwestie was van wachten. Hier lagen ze, al haar illustere voorzaten, in geduldige afwachting van de goddelijke klop op het deksel van hun doodskisten die hun geest opnieuw tot leven zou wekken; een leven dat zij zich nooit hadden kunnen voorstellen toen ze zelf nog in leven waren.

Sommigen zouden uit hun sarcofaag tevoorschijn komen in de wapenrusting van een kruisridder, misschien met ontbrekende ledematen of ogen, en anderen zouden opstaan in hun nachtkleding, ziekelijk ogend en vol zweren; sommigen zouden slechts jammerende zuigelingen zijn, en anderen hun jonge moeders, gedrenkt in geronnen bloed...

Al twijfelde Giulietta er niet aan dat die klop op het deksel voor alle brave mensen op een dag zou klinken, de aanblik van al die oude doodskisten en de gedachte aan al die slapende eeuwen vervulden haar met afschuw. Maar ze moest zich schamen, dacht ze, om bang en rusteloos te zijn terwijl ze op Romeo wachtte tussen de roerloze stenen kisten; wat waren een paar angstige uren in het aangezicht van die eeuwigheid?

Toen de deur van de grafkelder eindelijk openging, waren de meeste kaarsjes op het altaar al opgebrand, en de paar die nog gloeiden wierpen angstaanjagende, verwrongen schaduwen die bijna nog erger waren dan de duisternis. Zonder zelfs maar af te wachten of er misschien iemand anders dan Romeo was gekomen, rende Giulietta gretig naar haar redder, hunkerend naar zijn levende aanraking en dorstend naar een zucht heilzame lucht.

'Romeo!' riep ze, nu pas toegevend aan haar zwakheid. 'Goddank...!'

Maar het was Romeo niet die met een fakkel in zijn hand vanuit de deuropening cryptisch glimlachend naar haar keek; het was Messer Salimbeni.

'Het lijkt alsof je overmatig rouwt om de dood van je neef, als je zo achterblijft in zijn graf,' zei hij, zijn gespannen stem in tegenspraak met zijn opgewekte houding.

'Maar ik zie geen teken van tranen op die roze wangen. Kan het zijn...' Hij daalde een paar treden af, maar hield in walging stil bij de geur van bederf. 'Kan het zijn dat mijn honingbruidje gek geworden is? Ik vrees van wel. Ik vrees dat ik je zal moeten zoeken in knekelhuizen, mijn liefje, als een krankzinnige spelend met botten en holle schedels. Maar...' Hij trok een wellustige grijns. 'Zulke spelletjes zijn mij niet vreemd. Eigenlijk denk ik dat wij heel goed bij elkaar zullen passen, jij en ik.'

Giulietta was als versteend bij zijn aanblik en wist niets te zeggen; ze begreep nauwelijks wat hij bedoelde. Ze dacht alleen aan Romeo en waarom niet hij, maar de weerzinwekkende Salimbeni haar was komen bevrijden uit het graf. Maar die vraag durfde ze natuurlijk niet te stellen.

'Kom hier!' Salimbeni wenkte dat ze de grafkelder moest verlaten, en Giulietta wist niets anders te doen dan te gehoorzamen. En zo kwam ze naast hem uit de grafkelder in de zwarte nacht, omringd door een kring van fakkels in handen van de schildwachten in het livrei van de familie Salimbeni.

Rondkijkend naar de gezichten van de mannen meende Giulietta in gelijke mate medelijden en onverschilligheid te zien, maar het meest onthutsend was de indruk dat zij iets wisten wat zij niet wist.

'Wil je niet weten hoe ik je heb weten te redden uit de etterende omarming van de dood?' vroeg Salimbeni, die genoot van haar verwarring.

Giulietta had nauwelijks het benul om te knikken, maar dat hoefde ook niet, want Salimbeni was maar al te bereid om zijn monoloog voort te zetten zonder haar instemming.

'Gelukkig voor jou had ik een uitstekende gids,' ging hij verder. 'Mijn mannen zagen hem ronddwalen en in plaats van hem meteen aan hun zwaard te rijgen, zoals hun opgedragen was, vroegen ze zich wijselijk af welke kostbaarheid een banneling kon verleiden om terug te keren naar zijn verboden stad, en zo het gevaar te lopen van ontdekking en de zekerheid van een gewelddadige dood? Zijn pad leidde, zoals je vast al hebt geraden, rechtstreeks naar dit monument, en daar het genoegzaam bekend is dat een man geen twee keer kan worden vermoord, kon ik gemakkelijk raden dat hij niet uit bloeddorst afdaalde in de grafkelder van je neef.'

Toen hij vond dat Giulietta genoeg verbleekt was tijdens zijn toespraak, gebaarde Salimbeni zijn schildwachten om de man in kwestie te laten zien, en dat deden ze door het lichaam in hun kring te werpen, als slagers die een ziekelijk karkas voor de gehaktmolen gooien.

Giulietta schreeuwde het uit toen ze hem daar zag liggen, haar Romeo, bebloed en gebroken, en als Salimbeni het haar niet had belet, zou ze zich op hem hebben geworpen om over zijn verkleefde haar te strijken en het bloed van zijn lippen te kussen terwijl er nog adem restte in zijn lichaam.

'Baarlijke duivel!' krijste ze tegen Salimbeni, worstelend als een dier om zich van zijn greep te ontdoen. 'God zal je straffen! Laat me bij hem, jij onmens, zodat ik met mijn echtgenoot kan sterven! Want ik draag zijn ring aan mijn vinger, en ik zweer bij alle engelen in de hemel dat ik nooit, nooit de jouwe zal zijn!'

Nu fronste Salimbeni eindelijk zijn voorhoofd. Hij greep naar Giulietta's pols en brak bijna het bot om de ring aan haar vinger te bekijken. Toen hij genoeg had gezien, duwde hij haar in de armen van een schildwacht en liep naar Romeo om hem hard in zijn buik te schoppen. 'Jij gladde dief!' snauwde hij, spugend van walging. 'Je kon je niet inhouden, is het wel? Nu, hoor dit: het was jouw omhelzing die je vrouwe doodde! Ik wilde alleen jou vermoorden, maar nu zie ik dat zij even waardeloos is als jij!'

'Ik bid u!' hoestte Romeo, terwijl hij moeizaam zijn hoofd van de grond tilde om Giulietta nog een keer te zien. 'Laat haar leven! Het was slechts een belofte! Ik heb nooit met haar geslapen! Alstublieft! Ik zweer het bij mijn ziel!'

'Hoe ontroerend,' merkte Salimbeni op, niet overtuigd en van de een naar de ander kijkend. 'Wat zeg jij, meisje...' Hij pakte Giulietta bij haar kin. 'Spreekt hij de waarheid?'

'Wees vervloekt!' spuwde ze en ze probeerde zijn vuist af te schudden. 'Wij zijn man en vrouw, en je kunt me maar beter doden, want zoals ik met hem op ons bruidsbed heb gelegen, zal ik naast hem liggen in ons graf!'

Salimbeni verstrakte zijn greep. 'Is dat zo? En wil jij dat ook zweren op zijn ziel? Denk erom, als je liegt, gaat hij vannacht nog rechtstreeks naar de hel.'

Giulietta keek omlaag naar Romeo, die zo ellendig op de grond aan haar voeten lag, en de wanhoop smoorde de woorden in haar keel en belette haar om verder te spreken – of te liegen.

'Ha!' Salimbeni torende triomfantelijk boven hen uit. 'Dat is dan één bloem die jij niet geplukt hebt, vuile hond.' Hij schopte Romeo

nog eens, genietend van het gekerm van zijn slachtoffer en het ge-
snik van het meisje dat hem smeekte op te houden. Toen trok hij
Romeo's dolk uit zijn *cotehardie* en nam hem uit de schede: 'Laten
we zorgen dat je er nooit meer één zult plukken.'

Met één trage, genotzuchtige beweging liet hij de adelaarsdolk
diep in de onderbuik van zijn eigenaar zinken en trok hem er weer
uit, de jongeman in ademloos lijden achterlatend, zijn hele lichaam
verkrampt rond de gruwelijke wond.

'Nee!' gilde Giulietta en ze stortte zich naar voren, in haar paniek zo sterk dat de mannen haar niet konden tegenhouden. Ze
wierp zich aan Romeo's zijde en sloeg haar armen om hem heen in
haar wanhopige verlangen om te gaan waar hij ging en niet achtergelaten te worden.

Salimbeni had echter genoeg van haar theatrale dramatiek en trok
haar aan haar haren overeind. 'Stil!' blafte hij, en hij sloeg haar in
het gezicht tot ze gehoorzaamde. 'Dit gejank helpt niemand. Kalmeer, en bedenk dat je een Tolomei bent.' En voordat ze begreep
wat hij deed, trok hij de zegelring van haar vinger en wierp hem op
de grond naast Romeo. 'Daar gaat je huwelijksbelofte, met hem mee.
Wees blij dat ze zo gemakkelijk ongedaan wordt gemaakt!'

Door de sluier van haar bebloede haren heen zag Giulietta hoe
de schildwachten Romeo's lichaam oppakten en het de trap naar de
grafkelder van de Tolomei's af smeten, alsof het niet meer was dan
een zak graan in een pakhuis. Maar ze zag niet meer dat ze de deur
achter hem dichtsloegen en zich ervan verzekerden dat die goed afgesloten was. In haar afgrijzen was ze vergeten hoe ze moest ademen, en nu sloot een genadige engel eindelijk haar ogen om haar
in de armen van troostende vergetelheid te laten vallen.

II

Door misbruik kan deugd in ondeugd verkeren,
En soms kan waardig hand'len ondeugd eren.

Vanaf de top van de Mangia-toren leek de halvemaanvormige Campo op een handvol kaarten met hun afbeelding omlaag. Passend,

voor een stad met zoveel geheimen, dacht ik. Wie had er ooit kunnen denken dat mannen zoals de boosaardige Messer Salimbeni konden gedijen op zo'n mooie plek, of liever gezegd, dat hem dat werd toegestaan.

In het dagboek van maestro Ambrogio suggereerde niets dat deze middeleeuwse Salimbeni ook goede eigenschappen had – zoals de vrijgevigheid van Eva Maria of de charme van Alessandro – en al had hij die, dan veranderde dat nog niets aan het feit dat hij iedereen die Giulietta ooit bemind had, meedogenloos had vermoord, met uitzondering van broeder Lorenzo en haar zusje, Giannozza.

Ik was het grootste deel van de nacht gekweld door de genadeloze gebeurtenissen in het dagboek, en het afnemende aantal bladzijden zei me dat er een bitter einde dreigde. Romeo en Julia zou geen lang en gelukkig leven beschoren zijn, vreesde ik; niet alleen literaire acrobatiek, maar harde feiten hadden hun levens tot een tragedie gemaakt. Voor zover ik kon zien was Romeo al dood, in zijn buik gestoken met die verdomde dolk – míjn dolk – en een verafschuwde vijand had Giulietta in zijn klauwen. De vraag was alleen nog of zij ook zou sterven voordat de bladzijden ten einde liepen.

Misschien was ik daarom niet in een beter humeur toen ik die ochtend boven op de Torre del Mangia stond te wachten op mijn motorrijdende Romeo. Of misschien was ik bedrukt omdat ik heel goed wist dat ik niet had moeten komen. Welke vrouw gaat er akkoord met een blind date boven op een toren? En wat voor een man brengt zijn nachten door met een helm op zijn hoofd om met gesloten vizier te communiceren via tennisballen?

Toch stond ik hier.

Want als deze geheimzinnige man echt afstamde van de middeleeuwse Romeo, moest ik eenvoudigweg zien hoe hij eruitzag. Er was meer dan zeshonderd jaar verstreken sinds onze voorouders onder uiterst gewelddadige omstandigheden uiteengerukt waren, en tussen toen en nu was hun rampzalige romance een van de grootste liefdesverhalen geworden die de wereld ooit had gekend.

Waarom was ik niet opgetogen? Ik zou toch zeker moeten overkoken van opwinding bij het idee dat een van mijn historische figuren – onweerlegbaar de belangrijkste van allemaal, in elk geval wat mij betrof – eindelijk tot leven was gekomen. Al sinds maestro Lippi me had verteld dat er 's nachts een hedendaagse, kunstminnende, wijndrinkende Romeo Marescotti rondwaarde in Siena, droomde ik in het geheim van een ontmoeting. Maar nu ik die eindelijk in het verschiet had – in letters van rode inkt en zwierig ondertekend – besefte ik dat ik eigenlijk een beetje onpasselijk was... zoals je onpasselijk wordt als je iemand bedriegt wiens waardering je niet wilt verliezen.

Die iemand, begreep ik toen ik daar zat in een schietgat dat uitkeek op de stad, die zowel pijnlijk mooi als onweerstaanbaar arrogant was, was Alessandro. Ja, hij was een Salimbeni, en nee, hij mocht mijn Romeo helemaal niet, maar zijn glimlach – als hij die al liet zien – was zo oprecht en zo aanstekelijk dat ik er nu al aan verslaafd was.

Maar het was belachelijk. We kenden elkaar net een week, geen dag langer, en het grootste deel van die tijd hadden we elkaar naar het leven gestaan, gretig aangespoord door mijn eigen met vooroordelen behepte familie. Zelfs de echte Romeo en Giulietta konden niet bogen op zo'n aanvankelijke vijandschap. Het was ironisch dat het verhaal van onze voorouders in deze vorm terugkeerde, zodat wij shakespeareaanse wannabe's leken, maar tegelijkertijd onze liefdesdriehoek danig herschikten.

Zodra ik mijn bevlieging voor Alessandro echter had aanvaard, kreeg ik medelijden met de Romeo die ik op het punt stond te ontmoeten. Volgens mijn neef Peppo was hij naar het buitenland gevlucht om te ontsnappen aan de hatelijkheden die hem en zijn moeder de stad uit hadden gedreven, en wat hij uiteindelijk ook beoogde met zijn terugkeer naar Siena, misschien zette hij dat wel allemaal op het spel met zijn voorstel om mij vandaag te ontmoeten op de Torre del Mangia.

En zelfs als hij niet aan Alessandro kon tippen, was het minste wat ik kon doen hem de kans te geven om mij te imponeren en niet koppig mijn hart voor hem te sluiten, zoals Julia haar hart had gesloten voor Paris nadat ze Romeo had leren kennen. Of... misschien trok ik overhaaste conclusies. Misschien wilde hij alleen maar met me praten. Als dat zo was, zou dat eerlijk gezegd een opluchting zijn.

Toen ik eindelijk voetstappen hoorde op de trap, stond ik op van mijn plek in het stenige schietgat, klopte met stramme handen mijn jurk af en zette me schrap voor de quasi legendarische ontmoeting die zo dadelijk plaats zou vinden. Het duurde echter even voordat mijn held de top van de wenteltrap bereikte, en hoewel ik oprecht bereid was om hem leuk te vinden, merkte ik wel op dat ik van ons tweeën het beste in vorm was, te oordelen naar zijn zware ademhaling en de manier waarop zijn tred op het laatste stuk vertraagde.

Toen verscheen mijn hijgende stalker eindelijk boven aan de trap, leren motorpak over de ene arm, bungelende helm aan de andere, en plotseling klopte nergens meer iets van.

Het was Janice.

Het is moeilijk om precies vast te stellen op welk moment mijn relatie met Janice verzuurde. Onze kindertijd was vol conflicten geweest, maar dat geldt voor de meeste mensen, en de overweldigende meerderheid van de mensheid schijnt de volwassenheid te kunnen bereiken zonder de genegenheid van hun broers en zussen volledig te verliezen.

Wij niet. Nu, op mijn vijfentwintigste, kon ik me niet meer heugen wanneer ik mijn zus voor het laatste had omhelsd, of een gesprek met haar had gevoerd dat niet ontaardde in een kinderachtige ruzie. Altijd als we elkaar zagen, leek het alsof we weer acht jaar oud waren en vervielen we in de primitiefste vormen van ruzie. 'Omdat ik het zeg!' en: 'Ik had hem eerst!' zijn uitdrukkingen die het merendeel van de mensen verheugd achter zich laten als restanten van een barbaarse periode, net als knuffellapjes en spenen; voor Janice en mij waren het de hoekstenen van onze hele relatie.

Tante Rose was van mening geweest dat het mettertijd vanzelf over zou gaan, zolang snoep en liefde gelijkelijk verdeeld werden. Als we om haar tussenkomst vroegen, had ze er al genoeg van voordat ze het verhaal had gehoord – het was immers slechts een van de vele die zich rondom haar opstapelden – en gaf ons altijd een standaardantwoord over delen en lief zijn voor elkaar. 'Kom, kom!' zei ze dan en ze reikte naar de kristallen kom met chocoladekrakelingen op het dressoir, binnen handbereik naast haar leunstoel. 'Wees eens lief, meisjes! Julia, wees aardig voor je zusje, en leen haar in hemelsnaam je...' – pop, boek, riem, tas, pet, laarzen, wat het ook was – 'zodat we hier eindelijk eens rust krijgen!'

Onvermijdelijk liepen we dan bij haar weg met een heel nieuw stel verbolgenheden, Janice gniffelend om mijn verliezen en om haar eigen onverdiende winst. De reden dat ze mijn spullen überhaupt wilde hebben was dat de hare kapot waren of 'saai', en mijn spullen inpikken was gemakkelijker dan geld verdienen om nieuwe te kopen. En dus verlieten we de leunstoel na alweer een herverdeling van middelen die mij mijn eigendom had ontnomen en had vervangen door niets meer dan een droge chocoladekrakeling uit de kom. Ondanks al haar litanieën over eerlijkheid veroorzaakte tante Rose onophoudelijk nare, onbedoelde gevolgen; het hele helse pad van mijn kindertijd was geplaveid met haar goede bedoelingen.

Tegen de tijd dat ik naar de middelbare school ging, wendde ik me niet eens meer tot haar om hulp, maar holde rechtstreeks naar de keuken om mijn beklag te doen bij Umberto, die in mijn herinnering altijd messen aan het slijpen was, met een opera keihard op de achtergrond. Telkens als ik mijn toevlucht nam tot het aloude: 'Maar het is niet eerlijk!' pareerde hij met: 'Wie heeft je ooit verteld dat het leven eerlijk is?' en als ik eindelijk gekalmeerd was, vroeg hij me: 'En, wat wil je dat ik eraan doe?'

Naarmate ik ouder en wijzer werd, leerde ik het juiste antwoord op die vraag: 'Niets. Ik moet het zelf doen.' En dat was ook zo. Ik holde niet naar hem toe omdat ik echt wilde dat hij Janice op haar nummer zette – al zou dat wel fijn zijn geweest – maar omdat hij niet bang was om mij, op zijn manier, te vertellen dat ik beter was dan zij, en dat ik beter verdiende in het leven. Ik moest het echter wel zelf zien te krijgen. Het enige probleem was, dat hij me nooit vertelde hoe.

Het leek wel of ik mijn hele leven al rondrende met mijn staart tussen mijn benen om te proberen kansen op te duikelen die Janice niet op de een of andere manier kon stelen of bederven, maar ze wist mijn kostbaarheden altijd op te sporen en onherkenbaar te verminken, waar ik ze ook verborg. Als ik mijn nieuwe balletschoenen bewaarde voor de uitvoering aan het einde van het seizoen en op het laatste moment de doos openmaakte, bleek zij ze al gepast te hebben en had ze de linten in de knoop laten zitten, en een keer, toen ik weken had gewerkt aan een collage van kunstschaatsers voor de tekenles, had ze er een uitgeknipte Pino van Sesamstraat opge-plakt zodra ik hem mee naar huis had gebracht.

Het maakte niet uit hoe ver ik wegrende of in welke stinkende rommel ik me rolde om mijn geur te camoufleren, ze kwam altijd weer met haar tong uit haar mond hijgend aanhollen om speels on-deugend om me heen te stuiteren en midden op mijn pad een dam-pende hoop achter te laten.

Daar op de Torre del Mangia schoten ze me allemaal te binnen, mijn ontelbare redenen om een hekel te hebben aan Janice. Het leek wel alsof iemand een diavoorstelling van slechte herinneringen had opgestart in mijn hoofd, en ik voelde een woede opwellen die ik nooit in het gezelschap van iemand anders had ervaren.

'Verrassing!' zei ze; ze liet het motorpak en de helm op de grond vallen en spreidde haar armen voor het applaus.

'Wat denk jij in godsnaam dat je hier komt doen?' hijgde ik ein-delijk, met een stem die beefde van woede. 'Was jij dat, die me ach-ternazat op die belachelijke motor? En die brief...' Ik haalde het briefje uit mijn tas, propte het tot een bal en smeet het naar haar toe. 'Hoe stom denk je dat ik ben?'

Janice grinnikte, genietend van mijn boosheid. 'Stom genoeg om deze verrekte toren op te klimmen! Ach!' Ze trok een treiterig me-delijdend gezicht waar ze al patent op had sinds ze vijf was: 'Is dat het? Dacht je echt dat ik je *wieve Womeo* was?'

'Oké,' zei ik om haar gelach te onderbreken. 'Leuk, je hebt je grap gemaakt. Ik hoop dat het de reis waard was. Neem me niet kwalijk, ik was graag gebleven, maar ik ga nog liever mijn hoofd in een bi-det steken.'

Ik probeerde om haar heen te lopen naar de trap, maar ze stapte meteen achteruit en blokkeerde de uitgang. 'Helemaal niet!' siste ze, en haar gezichtsuitdrukking sloeg van zonnig om naar storm-achtig. 'Niet voordat je me mijn deel hebt gegeven!'

'Pardon?' zei ik verbaasd.

'Nee, zonder pardon,' zei ze, met ongewoon heldere ogen. Het leek wel alsof ze voor de verandering de rol van gekwetste partij uit-probeerde. 'Ik ben blut. Failliet.'

'Nou, waarom bel je de miljonairstelefoon niet!' zei ik, terugval-lend in onze zussenspel. 'Ik dacht dat jij onlangs een fortuin van iemand had geërfd? Iemand die we allebei goed kennen?'

'O, ha, ha!' Janice produceerde een verwrongen glimlach. 'Ja, dat was kostelijk. Goeie ouwe Rose en haar triljoenen.'

'Ik heb geen idee waar je over zeurt,' zei ik hoofdschuddend. 'De laatste keer dat ik je zag, had je net de loterij gewonnen. Als je nog meer geld wilt, ben ik wel de laatste bij wie je moet aankloppen.' Ik probeerde nog eens om de deur te bereiken, en deze keer was ik vastbesloten om langs haar te komen. 'Ga – uit – de – weg,' zei ik. En tot mijn verbazing ging ze opzij.

'Kijk toch eens aan!' smaalde ze toen ik haar voorbijliep. Het leek onmogelijk, maar toch meende ik jaloezie in haar blik te zien. 'Het weggelopen prinsesje.'

Toen ik gewoon doorliep zonder zelfs maar te pauzeren om haar antwoord te geven, hoorde ik haar scharrelen om haar spullen bijeen te pakken en me achterna te lopen. De hele weg omlaag bleef ze vlak achter me op de wenteltrap, eerst schreeuwend van woede, toen van frustratie, en toen van zoiets ongekends als wanhoop. 'Wacht!' riep ze, en ze gebruikte de motorhelm als buffer tegen de stenen muur. 'We moeten praten! Stop! Juul! Serieus!'

Maar ik was helemaal niet van plan om te stoppen. Als Janice me echt iets belangrijks te vertellen had, waarom had ze dat dan niet meteen gedaan? Waarom al die poespas met die motorfiets en de rode inkt? En waarom had ze onze vijf minuten in de toren dan verspild aan haar gebruikelijke streken? Als het haar nu al gelukt was om het fortuin van tante Rose erdoorheen te jagen, zoals ze had laten doorschemeren, dan kon ik haar frustratie zeker begrijpen. Maar volgens mij was dat toch echt haar eigen probleem.

Zodra ik de voet van de toren had bereikt, verwijderde ik me van het Palazzo Pubblico en stak met ferme pas de Campo over, Janice aan haar lot overlatend. Het Ducatimonster stond recht voor het gebouw geparkeerd, als een limousine voor de Oscaruitreiking, en ik telde minstens drie politiemannen– gespierde armen in de zij, zonnebrillen op hun neus – die ongeduldig stonden te wachten op de terugkeer van de eigenaar.

De espressobar van Malèna was de enige plek die ik kon bedenken waar Janice me niet meteen zou vinden. Als ik terugging naar het hotel, zou ze binnen een paar minuten verschijnen om haar achtjes te gaan draaien onder mijn balkon, veronderstelde ik.

En dus rende ik bijna de hele weg omhoog naar de Piazza Postierla en keek elke tien stappen achter me om te kijken of ze me niet achternakwam, mijn keel nog steeds dichtgeknepen van woede. Malèna begroette me met een schaterlach toen ik eindelijk de deur van de bar binnenstoof en hem achter me dichtsloeg: '*Dio mio*! Wat doe jij hier? Je ziet eruit alsof je te veel koffie hebt gedronken.'

Toen ze zag dat ik zelfs geen lucht had om te reageren, schonk ze snel een groot glas kraanwater voor me in. Terwijl ik dronk, leunde zij op de bar met onverholen nieuwsgierigheid op haar gezicht. 'Valt iemand je lastig?' opperde ze, en aan haar gezichtsuitdrukking zag ik dat ze in dat geval wel een paar neven achter de hand had – naast Luigi, de kapper – die me maar al te graag zouden helpen.

'Nou...' zei ik. Maar waar moest ik beginnen? Toen ik om me heen keek, zag ik tot mijn opluchting dat we bijna alleen in de bar waren en dat de andere klanten in hun eigen gesprekken opgingen. Ik besefte dat dit de gelegenheid was waarop ik al hoopte sinds Malèna de vorige dag de familie Marescotti had genoemd.

'Heb ik je goed verstaan...' begon ik, de sprong wagend voordat ik van gedachten kon veranderen. 'Zei jij nou dat je Marescotti heette?'

Bij die vraag glimlachte Malèna stralend: '*Certamente*! Ik ben een geboren Marescotti. Nu ben ik getrouwd, maar hier' – ze legde haar hand op haar hart – 'blijf ik altijd een Marescotti. Heb je het Palazzo gezien?'

Ik knikte beleefd enthousiast, met het nogal pijnlijke concert in gedachten dat ik er twee dagen geleden had bijgewoond met Eva Maria en Alessandro. 'Het is erg mooi. Ik vroeg me af... Iemand vertelde me dat...' Ik kwam stotterend tot stilstand omdat ik de verlegenheid naar mijn wangen voelde stijgen toen ik besefte dat ik, hoe ik de volgende vraag ook formuleerde, voor gek zou staan.

Toen ze me zag blozen, viste Malèna een fles van iets zelfgemaakts onder de bar vandaan – ze hoefde niet eens te kijken – en goot er een flinke scheut van in mijn waterglas. 'Hier,' zei ze. 'Een Marescotti-speciaal. Daar word je vrolijk van. *Cin cin.*'

'Het is tien uur 's ochtends,' protesteerde ik, met weinig zin om het troebele vocht te proeven, wat de afkomst ook was.

'Poeh!' schokschouderde ze. 'Misschien is het tien uur in Florence...'

Nadat ik gehoorzaam het smerigste drankje had doorgeslikt dat ik ooit had geproefd sinds de poging van Janice om bier te brouwen in de klerenkast van haar slaapkamer, en ook nog een compliment wist te produceren, vond ik dat ik het recht had verdiend om mijn vraag te stellen: 'Ben jij familie van een vent die Romeo Marescotti heet?'

De metamorfose die Malèna onderging toen ze mijn vraag hoorde was bijna griezelig. Eerst leunde ze als mijn beste vriendin op haar ellebogen om mijn problemen aan te horen, en toen schoot ze ineens recht overeind en deed de kurk op de fles. Terwijl ze mijn lege glas weghaalde en de toog schoonveegde met een zwiep van haar theedoek, zei ze: 'Romeo Marescotti is dood.' Toen pas ontmoette ze mijn blik, en waar even tevoren vriendelijkheid heerste, zag ik nu slechts pijn en wantrouwen. 'Hij was mijn neef. Waarom?'

'O!' De teleurstelling zakte als een steen door mijn lichaam en ik werd vreemd licht in mijn hoofd. Of misschien kwam dat van het drankje. 'Neem me niet kwalijk. Ik had niet...' Dit was waarschijnlijk niet het moment om haar te vertellen dat mijn neef Peppo Romeo had verdacht van de inbraak in het museum, bedacht ik. 'Het is alleen dat maestro Lippi, de schilder... hij zei dat hij hem kende.'

Malèna snoof, maar keek in elk geval opgelucht. 'Maestro Lippi praat met geesten,' fluisterde ze, en ze tekende met haar vinger kringetjes rond haar oor. 'Luister niet naar hem. Hij is...' Ze zocht een geschikt woord, maar vond er geen.

'Er is ook iemand anders,' zei ik, omdat ik vond dat ik alles nu maar in een keer aan duigen moest schieten. 'Het hoofd van de beveiliging in Monte dei Paschi. Alessandro Santini. Ken je hem?'

Malèna's ogen verwijdden zich even verrast en vernauwden zich toen snel. 'Siena is maar een klein stadje.' Aan de manier waarop ze het zei, rook ik dat er ergens lont in dit verhaal zat.

Zachter ging ik verder, in de hoop dat mijn vragen geen oude wonden open zouden rijten: 'Waarom denk je dat iemand zou rondvertellen dat je neef Romeo nog leeft?'

'Zei hij dat?' Malèna keek me doordringend aan, eerder ongelovig dan bedroefd.

'Het is nogal een lang verhaal,' zei ik. 'Maar het komt erop neer dat ík naar Romeo vroeg. Want... ik ben Giulietta Tolomei.'

Ik had niet verwacht dat zij de implicaties van mijn naam in verband met Romeo zou begrijpen, maar de schok op haar gezicht vertelde me dat ze precies wist wie ik was, voorouders en al. Toen ze die verrassing eenmaal had verwerkt, reageerde ze heel lief: ze kneep me in mijn neus.

'*Il gran disegno*,' mompelde ze. 'Ik wist wel dat er een reden moest zijn waarom je bij mij terechtkwam.' Toen zweeg ze even, alsof ze nog iets wilde zeggen, maar wist dat ze dat niet moest doen. 'Arme Giulietta,' zei ze in plaats daarvan met een sympathieke glimlach. 'Ik wou dat ik je kon zeggen dat hij leeft, maar dat kan ik niet...'

Toen ik de espressobar eindelijk verliet, was ik Janice helemaal vergeten. Ik was dan ook onaangenaam verrast dat ze me voor de bar stond op te wachten, op haar gemak tegen de muur geleund als een cowgirl die de tijd moet doden tot de saloon opengaat.

Zodra ik haar zag staan, triomfantelijk stralend omdat ze me had opgespoord, kwam het allemaal weer terug – motorfiets, briefje, toren, ruzie – en ik zuchtte diep en liep de andere kant op, zonder veel belangstelling voor waar ik heenging, zolang zij maar niet meeging.

'Wat is dat met jou en die Yammie Mammie daarbinnen?' Janice struikelde bijna over haar eigen voeten in haar haast om me in te halen. 'Probeer je me jaloers te maken?'

Ondertussen was ik zo ziek van haar dat ik midden op de Piazza Postierla stilstond en me omkeerde om tegen haar te gillen: 'Moet ik dat nou echt nog uitleggen? Ik probeer van je af te komen!'

In al onze jaren samen had ik meer dan genoeg gemene dingen tegen mijn zus gezegd, en dit was bij lange na niet het ergste. Maar misschien vanwege de onbekende omgeving trof het haar keihard in het gezicht, en even keek ze geschokt, bijna alsof ze zou gaan huilen.

Met afkeer draaide ik me weer om en liep weg, en ik wist enige afstand tussen ons te scheppen voordat ze alweer in mijn kielzog kwam aanstrompelen, omdat de stilettohakken van haar laarzen telkens vast kwamen te zitten tussen de kasseien van de stoep.

'Oké!' riep ze uit, met haar armen wapperend om haar evenwicht te bewaren. 'Het spijt me van die motor, oké? En het spijt me van de brief. Oké? Ik wist toch niet dat je het zo zou opnemen.' Toen ze zag dat ik niet antwoordde en ook niet langzamer ging lopen, kreunde ze en liep verder, nog steeds niet in staat om me in te halen. 'Luister nou, Juul, ik weet dat je nijdig bent. Maar we moeten echt praten. Herinner je je het testament van tante Rose? Het was ne... au!'

Ze moest iets verzwikt hebben, want toen ik me omdraaide om te kijken, zat Janice midden op straat over haar enkel te wrijven.

'Wat zei je?' vroeg ik argwanend terwijl ik een paar stappen in haar richting deed. 'Over het testament?'

'Je hebt me wel gehoord,' zei ze mistroostig terwijl ze haar kapotte hak inspecteerde. 'Het was nep. Ik dacht dat jij ervan wist, daarom hield ik me gedeisd, maar... ik ben bereid om je het voordeel van de twijfel te gunnen.'

Mijn boze tweelingzus had geen goede week gehad. Om te beginnen, vertelde ze me terwijl ze voortkreupelde met een arm om mijn nek, had ze ontdekt dat onze familieadvocaat, meester Gallagher, niet echt meester Gallagher was. Hoe dan? Nou, omdat de echte meester Gallagher was komen opdraven. Ten tweede, het testament dat hij ons na de begrafenis had laten zien, was een en al fictie geweest. In werkelijkheid had tante Rose niets na te laten aan wie dan ook, en als haar erfgenaam zou Janice alleen maar schulden hebben geërfd. Ten derde waren er de dag nadat ik was vertrokken twee politieagenten bij het huis gearriveerd die Janice op haar kop hadden gegeven omdat ze het gele lint had weggehaald. Welk gele lint? Nou, het lint dat ze om het gebouw heen hadden gezet toen ze ontdekt hadden dat er een misdaad was gepleegd.

'Een misdaad?' Ondanks de zon die hoog aan de hemel stond, kreeg ik het koud. 'Bedoel je dat tante Rose vermoord is?'

Janice haalde zo goed en zo kwaad als het ging haar schouders op, met moeite haar evenwicht bewarend. 'Joost mag het weten. Kennelijk zat ze onder de blauwe plekken, ook al is ze zogenaamd in haar slaap overleden.'

'Janice!' Ik wist amper wat ik moest zeggen, behalve een berisping omdat ze zo luchthartig deed. Dit onverwachte nieuws – dat tante Rose niet vredig was gestorven, zoals Umberto had beschreven – sloot zich als een strop om mijn keel en verstikte me bijna.

'Wat?' snauwde ze met een stem die gezwollen was van emoties. 'Denk je dat het leuk was om de hele nacht in de verhoorkamer te zitten en... vragen te beantwoorden of ik al dan niet...' Ze kreeg de woorden nauwelijks uit haar mond: 'Of ik wel echt van haar hield?'

Ik keek haar van opzij aan en vroeg me af wanneer ik mijn zus voor het laatst had zien huilen. Met haar uitgelopen mascara en haar kleren in de war van het vallen, leek ze ineens menselijk en bijna aardig, misschien vanwege haar kloppende enkel, het verdriet en de teleurstelling. Toen ik me realiseerde dat ik voor de verandering de sterkste zou moeten zijn, greep ik haar beter vast en probeerde elke gedachte aan tante Rose in elk geval tijdelijk te onderdrukken. 'Ik snap het niet. Waar was Umberto in vredesnaam?'

'Ha!' De vraag bood Janice een gelegenheid om iets van haar pit terug te vinden. 'Je bedoelt *Luciano*?' Ze keek me aan om te zien of ik geschokt genoeg was. 'Inderdaad. Die goeie ouwe Birdie was een vluchteling, een desperado, een gangster... zoek er maar een uit. Al die jaren verstopte hij zich in onze rozentuin terwijl de politie én de maffia naar hem op zoek waren. Kennelijk hebben ze hem gevonden – zijn vroegere maffiavriendjes – en is hij zomaar...' Met haar vrije hand knipte ze met haar vingers: 'Poef, verdwenen!'

Ik stond stil om op adem te komen, hard slikkend om de Marescotti-speciaal van Malèna binnen te houden; ik had er vrolijk van moeten worden, maar hij smaakte naar een gebroken hart. 'Hij heette toch niet toevallig... Luciano Salimbeni, is het wel?'

Janice stond zo versteld van mijn inzicht dat ze helemaal vergat om geen gewicht op haar linkerbeen te zetten. 'Zo, zo,' riep ze uit terwijl ze haar arm van mijn schouder haalde. 'Jij weet er meer van!'

Tante Rose zei altijd dat ze Umberto had aangenomen vanwege zijn kersentaart. En al was dat tot op zekere hoogte waar – hij produceerde inderdaad de verrukkelijkste toetjes – ze was in feite hulpeloos zonder hem. Hij zorgde voor alles, van de keuken tot de tuin tot het onderhoud van het huis, maar nog bewonderenswaardiger was dat hij de indruk wist te wekken dat zijn bijdrage niets voorstelde, vergeleken met de enorme taken die tante Rose zelf op zich nam. Zoals het schikken van de bloemen voor de eettafel. Of het opzoeken van moeilijke woorden in het Engelse woordenboek.

Het ware genie van Umberto was zijn vermogen om ons te laten geloven dat we zelfredzaam waren. Het was bijna alsof hij in zijn inspanningen had gefaald als wij zijn invloed konden detecteren in de zegeningen die ons ten deel vielen; hij was net een kerstman die het hele jaar door alleen maar cadeautjes wil geven aan de kindertjes die vast in slaap zijn.

Zoals de meeste dingen in onze jeugd, was de oorspronkelijke aankomst van Umberto op de stoep van onze Amerikaanse levens in stilzwijgen gehuld. Janice en ik konden ons geen van beiden een tijd herinneren dat hij er niet was geweest. Als we soms, onder het toeziend oog van de volle maan, in ons bed lagen en elkaar probeerden te overtroeven met herinneringen aan onze exotische babytijd in Toscane, was Umberto er op de een of andere manier altijd bij.

In zeker opzicht hield ik meer van hem dan ik ooit van tante Rose had gehouden, want hij koos altijd partij voor mij en noemde mij zijn kleine prinses. Het werd nooit uitgesproken, maar ik weet zeker dat we allemaal zijn afkeuring voelden voor de steeds slechter wordende manieren van Janice en zijn subtiele steun voor mij wanneer ik besloot haar ondeugden niet te imiteren.

Als Janice hem om een verhaaltje voor het slapengaan vroeg, kreeg ze een kort moralistisch verhaal waarin tot slot iemands hoofd werd afgehakt; als ik me op de bank in de keuken nestelde, pakte hij het speciale blauwe koekblik en vertelde me verhalen die uren duurden, verhalen over ridders en schone jonkvrouwen en begraven schatten. En toen ik oud genoeg was, verzekerde hij me dat Janice gauw genoeg gestraft zou worden. Waar ze ook ging in het leven, ze zou altijd een onontkoombaar stukje van de hel met zich meedragen, omdat ze zelf hels was, en mettertijd zou ze gaan beseffen dat ze haar eigen ergste bezoeking was. Ik was daarentegen een prinses, en op een dag – als ik maar had gezorgd dat ik me verre hield van verderfelijke invloeden en onomkeerbare misstappen – zou ik een knappe prins ontmoeten en mijn eigen betoverde schat vinden.

Ik moest toch wel van hem houden?

Het was ver voorbij het middaguur toen we eindelijk waren bijgepraat over al ons nieuws. Janice vertelde me wat de politie allemaal had gezegd over Umberto, of liever gezegd, Luciano Salimbeni, wat niet erg veel was, en op mijn beurt vertelde ik haar alles wat mij was overkomen sinds ik in Siena was geland, wat wel heel veel was.

Uiteindelijk lunchten we op de Piazza del Mercato, met uitzicht op de Via dei Malcontenti en een diepe, groene vallei. De ober vertelde ons dat de melancholieke Via di Porta Giustizia aan de andere kant van de vallei liep, met aan het einde ervan de plek waar in vroeger tijd misdadigers in het openbaar ter dood werden gebracht.

'Gezellig,' zei Janice terwijl ze haar kom *ribollita* leegslurpte, ellebogen op tafel, haar kortstondige verdriet allang verdwenen. 'Geen wonder dat Birdie geen zin had om hier terug te komen.'

'Ik kan het nog steeds niet geloven,' prevelde ik en ik prikte wat in mijn eten. Janice zien eten was op zich al afdoende om mij mijn eetlust te doen verliezen, om niet te spreken van de verrassingen die ze had meegebracht. 'Als hij mama en papa echt heeft vermoord, waarom ons dan niet?'

'Weet je, soms dacht ik dat hij dat zou doen,' zei Janice. 'Echt. Hij had die seriemoordenaarsblik in zijn ogen.'

'Misschien voelde hij zich schuldig over wat hij had gedaan...' opperde ik.

'Of misschien wist hij dat hij ons nodig had,' viel Janice me in de rede. 'Jou in elk geval, om mama's kistje van meneer Macaroni te krijgen.'

'Ik ga ervan uit dat hij Bruno Carrera kan hebben ingehuurd om mij te volgen?' zei ik, in een poging logica toe te passen waar logica niet voldeed.

'Nou, tuurlijk!' Janice rolde met haar ogen. 'En je kunt er donder op zeggen dat hij ook degene is die de touwtjes van je *toy boy* in handen heeft.'

Ik wierp haar een vuile blik toe die ze niet eens leek op te merken. 'Ik hoop niet dat je Alessandro bedoelt.'

'Mmm, Alessandro...' Ze liet zijn naam over haar tong rollen. 'Ik moet toegeven, Julia, hij was het wachten waard. Jammer dat hij al in bed ligt met Birdie.'

'Je bent weerzinwekkend,' zei ik, zonder me kwaad te laten maken. 'En je hebt het mis.'

'Echt?' Janice had het niet graag mis. 'Leg me dan eens uit waarom hij in je hotelkamer heeft ingebroken?'

'Wat?!'

'O, ja...' Ze nam rustig de tijd om het laatste sneetje brood in de olijfolie te dopen. 'Die nacht dat ik je redde van Bruno Bordeelsluiper en jij aan de drank ging met de kunstschilder, bouwde Alessandro een feestje op je hotelkamer. Geloof je me niet?' Ze stak haar hand in haar zak, maar al te bereid om mijn wantrouwen te voeden. 'Kijk hier maar eens naar.'

Ze haalde haar mobiele telefoon tevoorschijn en liet me een reeks wazige foto's zien van iemand die mijn balkon beklom. Het was moeilijk te zien of het echt Alessandro was, maar Janice hield vol van wel en ik kende haar lang genoeg om te weten dat die zeldzame trekjes rond haar mond betekenden dat ze oprecht was.

'Sorry,' zei ze, en ze keek bijna alsof ze het meende. 'Ik weet dat dit je fantasietje verknalt, maar ik dacht dat je wel zou willen weten dat je teddybeer niet alleen maar voor de honing meespeelt.'

Ik gooide haar de telefoon toe zonder te weten wat ik moest zeggen. De laatste paar uur had ik zoveel moeten opnemen dat mijn verzadigingspunt beslist was bereikt. Eerst Romeo... dood en begraven. Toen Umberto... herboren als Luciano Salimbeni. En nu Alessandro...

'Kijk me niet zo aan!' siste Janice. Met haar gebruikelijke sluwheid rechtvaardigde ze zich: 'Ik doe je een plezier! Stel je voor dat je echt voor die vent gevallen was, en dan ontdekte dat hij alleen maar achter de familiejuwelen aanzat.'

'Doe me nog een plezier,' zei ik, terwijl ik achteroverleunde in mijn stoel om zo ver mogelijk afstand te nemen van haar woorden. 'En leg eens uit hoe je me überhaupt gevonden hebt? En vanwaar dat stomme Romeo-gedoe?'

'Geen woord van dank! Het is altijd hetzelfde!' Nogmaals stak Janice haar hand in haar zak. 'Als ik Bruno niet had verjaagd, had je wel dood kunnen zijn. Maar dat interesseert je niet. Je moppert en je klaagt alleen maar!' Ze gooide een brief op tafel, bijna in de dipsaus. 'Hier. Kijk zelf maar. Dit is de echte brief van de echte tante

Rose, gekregen van de echte meester Gallagher. Blijf wel ademhalen. Het is het enige wat ze ons heeft nagelaten.'

Terwijl ze de ene sigaret opstak die ze zich per week toestond, veegde ik met trillende handen een paar kruimels van de envelop en haalde de brief tevoorschijn. Hij besloeg acht kantjes, allemaal dicht beschreven in het handschrift van tante Rose, en als de datum klopte, had ze hem een aantal jaren geleden bij meester Gallagher achtergelaten.

Dit stond erin:

Mijn liefste meisjes,
Jullie hebben me vaak naar je moeder gevraagd en ik heb jullie nooit de waarheid verteld. Dat was voor jullie eigen bestwil. Ik was bang dat jullie net zo zouden willen zijn als zij, als jullie eenmaal wisten hoe ze was. Maar ik wil haar verhaal niet meenemen in mijn graf, dus hier is het, alles wat ik jullie niet heb durven vertellen.
Jullie weten dat Diane bij mij kwam wonen toen haar ouders en haar broertje stierven. Maar ik heb jullie nooit verteld hoe ze omkwamen. Het was heel triest en een enorme schok voor haar, en ik geloof niet dat ze er ooit overheen is gekomen. Het was een auto-ongeluk in vreselijk druk vakantieverkeer en Diane heeft me verteld dat ze ruzie hadden, en dat het haar schuld was omdat ze met haar broertje aan het vechten was. Het was op kerstavond. Ik geloof niet dat ze het zichzelf ooit heeft vergeven. Ze wilde nooit haar cadeaus openmaken. Ze was een heel godsdienstig meisje, veel vromer dan haar oude tante, vooral met kerst. Ik wou dat ik haar had kunnen helpen, maar in die tijd renden mensen niet zomaar naar de dokter.
Haar grootste interesse was genealogie. Ze geloofde dat onze familie in de vrouwelijke lijn afstamde van Italiaanse adel, en ze vertelde me dat mijn moeder haar, voordat ze stierf, een groot geheim had verteld. Ik vond het vreemd dat mijn moeder haar kleindochter iets zou vertellen wat ze nooit aan mij of Maria, haar eigen dochters, had verteld, en ik geloofde er geen woord van, maar Diane was koppig en

bleef volhouden dat wij afstamden van de Julia van Shakespeare, en dat er een vloek rustte op onze bloedlijn. Ze zei ook dat die arme Jim en ik daarom nooit kinderen hadden gekregen, en dat haar ouders daarom moesten sterven. Ik moedigde haar nooit aan als ze zo praatte, ik liet haar gewoon begaan. Na haar dood heb ik steeds gedacht dat ik iets had moeten doen om haar te helpen, maar daar is het nu te laat voor.

Die arme Jim en ik probeerden Diane haar studie te laten afmaken, maar ze was te rusteloos. Voordat we het wisten was ze met haar rugzak naar Europa vertrokken, en kort daarna schreef ze dat ze ging trouwen met een of andere Italiaanse professor. Ik ben niet naar de bruiloft geweest. Jim was indertijd heel ziek, en na zijn dood had ik geen zin om te reizen. Nu heb ik daar spijt van. Diane was helemaal alleen, ze kreeg een tweeling, en daarna was er die afschuwelijke brand waar haar man bij omkwam, dus ik heb hem nooit ontmoet, de arme ziel.

Ik heb haar veel brieven geschreven om haar te zeggen dat ze thuis moest komen, maar Diane wilde niet, koppig schepsel dat ze was, de lieverd. Ze had een eigen huis gekocht en ze zei steeds dat ze het onderzoek van haar man wilde voortzetten. Aan de telefoon vertelde ze me dat hij zijn hele leven had gezocht naar een schat die de vloek zou kunnen opheffen, maar ik geloofde er geen woord van. Ik zei haar dat het heel dom was om binnen je eigen familie te trouwen, ook al was het een hele verre verwantschap, maar zij zei dat ze wel moest, omdat zíj weliswaar van haar moeder en grootmoeder de genen van de Tolomei's had, maar hij had de naam, en die twee moesten samenkomen. Het was allemaal heel vreemd, als je het mij vraagt. Jullie werden in Siena gedoopt als Giulietta en Giannozza Tolomei. Volgens je moeder waren die namen een familietraditie.

Ik deed heel erg mijn best om haar thuis te laten komen, alleen maar op bezoek zei ik, we hadden zelfs al vliegtickets gekocht. Maar ze had het zo druk met haar onderzoek, en ze bleef maar zeggen dat ze de schat bijna had gevonden, en dat ze een man moest opzoeken vanwege een of andere oude ring. Op een ochtend werd ik gebeld door een politieagent uit Siena die me vertelde dat er een afschuwelijk ongeluk was gebeurd en dat jullie arme moeder dood was. Hij zei me dat jullie bij je peetouders waren, maar dat jullie waarschijnlijk gevaar liepen en dat ik jullie meteen moest komen halen. Toen ik aankwam om jullie op te halen, vroeg de politie of Diane het ooit had gehad over een man die Luciano Salimbeni heette, en dat maakte me erg bang. Ze wilden dat ik bleef voor een hoorzitting, maar ik was zo bang dat ik jullie meteen heb meegenomen naar het vliegveld en naar huis ben gevlogen, zonder zelfs maar te wachten op de adoptiepapieren. Jullie namen veranderde ik ook. Ik noemde Giulietta Julia, en Giannozza Janice. En in plaats van Tolomei gaf ik jullie mijn naam, Jacobs. Ik wilde niet dat een of andere krankzinnige Italiaan jullie zou komen zoeken, of andere mensen die zeiden dat ze jullie wilden adopteren. Ik nam zelfs Umberto aan om jullie te beschermen en om op te passen voor Luciano Salimbeni. Gelukkig hebben we nooit meer iets van hem gehoord.

Ik weet niet veel over wat Diane al die jaren alleen in Siena deed. Maar ik denk dat ze iets heel kostbaars heeft gevonden, en dat ze het in Siena heeft achtergelaten opdat jullie het zouden vinden. Ik hoop dat jullie het eerlijk samen zullen delen, als jullie het ooit vinden. Ze had ook een huis, en ik geloof dat haar man welgesteld was. Als er iets van waarde voor jullie is in Siena, misschien willen jullie dan ook voor die lieve Umberto zorgen?

Het is heel pijnlijk voor me om dit te moeten vertellen, maar ik ben niet zo rijk als jullie denken. Ik leef van het pensioen van die arme Jim, maar als ik doodga, is er niets over voor jullie tweeën, alleen maar schulden. Misschien had ik dat eerder moeten zeggen, maar ik ben nooit goed geweest in die dingen.

Ik wou dat ik meer wist over de schat van Diane. Soms praatte ze erover, maar ik luisterde niet. Ik dacht dat het gewoon een van haar gekke verhalen was. Maar er is een man bij de bank in het Palazzo Tolomei die jullie misschien kan helpen. Ik kan me met geen mogelijkheid zijn naam herinneren. Hij was de financiële adviseur van je moeder en ik geloof dat hij indertijd vrij jong was, dus misschien leeft hij nog.

Als jullie besluiten om erheen te gaan, onthoud dan dat er in Siena mensen zijn die in dezelfde verhalen geloven als je moeder. Ik wilde maar dat ik had opgelet toen ze me dat allemaal vertelde. Vertel niemand jullie echte namen, behalve aan die man van de bank. Misschien kan hij jullie helpen om het huis te vinden. Ik zou graag willen dat jullie samen gingen. Dat zou Diane hebben gewild. We hadden jaren geleden al moeten gaan, maar ik was te bang dat jullie iets zou overkomen.

Nu weten jullie dat ik jullie niets heb nagelaten om van te leven. Maar ik hoop dat jullie met deze brief in elk geval een kans hebben om te vinden wat je moeder heeft nagelaten. Ik ben vanmorgen bij meester Gallagher geweest. Ik had echt niet zo lang moeten leven, er blijft straks niets over, zelfs geen herinneringen, omdat ik nooit wilde dat jullie die zouden kennen. Ik was altijd bang dat jullie zouden weglopen zoals Diane en in moeilijkheden zouden raken. Nu weet ik dat jullie altijd in moeilijkheden zullen raken, waar jullie ook zijn. Ik weet wat het betekent, die blik in jullie ogen. Jullie moeder had die ook. En ik wil dat jullie weten dat ik elke dag voor jullie bid.

Umberto weet waar de instructies voor de begrafenis liggen. God zegene jullie onschuldige hartjes!

Veel liefs,

Tante Rose

III

Woont er dan geen meelij in de wolken
Dat in de diepte van mijn leed kan zien?

SIENA, 1340 A.D.

Omdat ze in haar kamer gevangen werd gehouden, helemaal boven in de toren van Tolomei, wist Giulietta niets van wat er in de stad beneden gebeurde. Ze zat daar sinds de dag van Tebaldo's begrafenis en niemand had haar mogen bezoeken. Een van de schildwachten van Tolomei had de luiken voor de ramen dichtgetimmerd, en eten werd door een spleet onder de deur door geschoven, maar dat maakte niet uit, want ze at al een hele tijd niet.

Gedurende de eerste paar uur van haar gevangenschap had ze iedereen die haar maar horen kon door de deur heen bezworen om haar eruit te laten. 'Liefste tante!' had ze gesmeekt, haar betraande wang tegen de deur. 'Doe me dit alstublieft niet aan! Bedenk wiens dochter ik ben!... Lieve nichten? Kunnen jullie me horen?' Maar toen niemand het waagde om te reageren, was ze in plaats daarvan tegen de schildwachten gaan schreeuwen en had hen vervloekt omdat ze bevelen opvolgden van een als man vermomde duivel.

Toen er niemand met een enkel woord reageerde, verloor ze uiteindelijk de moed. Verzwakt van verdriet lag ze op haar bed met een laken over haar hoofd, en kon alleen maar denken aan het verminkte lichaam van Romeo en haar eigen onvermogen om zijn gruwelijke dood te verhinderen. Toen pas kwamen angstige bedienden aan de deur om eten en drinken aan te bieden, maar Giulietta weigerde alles, zelfs water, in de hoop haar eigen overlijden te verhaasten om haar geliefde naar het paradijs te kunnen volgen voordat zijn voorsprong te groot werd.

De enige plicht die haar nog restte in het leven, vond ze, was in het geheim een brief te schrijven aan haar zusje Giannozza. Het was bedoeld als een afscheidsbrief en er bleven maar tranen op het perkament druppelen die de inkt deden uitlopen, maar uiteindelijk werd het slechts de eerste brief van vele, geschreven bij het licht van een kaarsstompje en verborgen onder een losse plank in de vloer bij alle anderen. En dan te bedenken, schreef ze, dat ze ooit zo nieuwsgierig was geweest naar deze wereld en iedereen die erin leefde; nu begreep ze dat broeder Lorenzo steeds gelijk had gehad. 'De sterfelijke wereld is een wereld van stof,' had hij altijd gezegd. 'Overal waar je ook maar een voet neerzet, verkruimelt hij, en als je niet voorzichtig loopt, verlies je je evenwicht en val je over de rand, in het voorgeborchte.' Dat voorgeborchte was dan zeker waar ze zich nu bevond, dacht Giulietta: het ravijn vanwaaruit gebeden niet gehoord konden worden.

Giannozza, zo wist ze, was zulke ellende niet vreemd. Ondanks zijn vooruitstrevende idee dat zijn dochters moesten kunnen lezen en schrijven, was hun vader een ouderwetse man geweest wat het huwelijk betreft. Dochters waren volgens hem afgezanten die konden worden uitgezonden om verbintenissen te sluiten met belangrijke mensen in verafgelegen plaatsen, en toen de neef van zijn vrouw, een edelman met een groot landgoed ten noorden van Rome, dan ook belangstelling had getoond voor een nauwere band met de familie Tolomei, had hij Giulietta verteld dat zij zou moeten gaan. Ze was immers vier minuten ouder dan haar zusje, Giannozza, en het was de plicht van het oudste meisje om als eerste te gaan.

Na het horen van dit nieuws waren de zusjes dagenlang in tranen bij het vooruitzicht te worden gescheiden en op zo'n grote afstand van elkaar te moeten wonen. Hun vader was echter onvermurwbaar, en hun moeder minstens evenzeer – de bruidegom was tenslotte haar neef en geen vreemde – en uiteindelijk hadden de meisjes hun ouders benaderd met een nederig voorstel.

'Vader,' had Giannozza gezegd, aangezien zij de enige was die dapper genoeg was om hun mening te geven. 'Giulietta is vereerd dat u zulke grootse plannen voor haar heeft, maar ze smeekt u om te overwegen of het niet beter zou zijn mij in haar plaats te sturen. U weet dat haar hart altijd bij het klooster heeft gelegen, en ze vreest dat ze geen erg gelukkige bruid zou zijn voor iemand anders dan Christus. Ik heb daarentegen geen bezwaar tegen een aards huwelijk, ik denk zelfs dat ik een eigen huishouden wel prettig zou vinden. En dus vroegen wij ons af...' Toen pas had Giannozza voor het eerst ook naar haar moeder gekeken, hopend op haar instemming. 'Wij vroegen ons af of u ons samen zou willen sturen – mij als bruid, en Giulietta als novice in een nabijgelegen klooster. Dan kunnen wij elkaar zien wanneer we maar willen en hoeft u zich geen zorgen te maken over ons welzijn.'

Toen hij zag dat Giulietta zo tegen het idee van een huwelijk was, stemde hun vader er uiteindelijk mee in dat Giannozza haar plaats zou innemen. Maar wat de andere helft van hun plan betreft, bleef hij afwijzend. Met zijn armen over elkaar geslagen achter zijn grote bureau en zijn vrouwvolk smekend ervoor, zei hij: 'Als Giulietta nu niet wil trouwen, trouwt ze later, als ze deze onzin ontgroeid is.' Hoofdschuddend, boos om dit verstoren van zijn plannen, voegde hij eraan toe: 'Ik had jullie meisjes nooit moeten leren lezen! Ik vermoed dat jullie achter mijn rug de Bijbel hebben gelezen – dat is genoeg om het hoofd van ieder meisje met dwaasheid te vullen!'

'Maar vader...'

Toen pas kwam haar moeder met vlammende ogen naar voren en siste tegen haar dochters: 'Schaam je! Om je vader in zo'n situatie te brengen! We zijn niet arm, en toch vragen jullie hem om zich zo te gedragen! Jullie hebben beiden bruidsschatten die groot genoeg zijn om een prins te verleiden! Maar we zijn kieskeurig geweest. Velen zijn om je hand komen vragen, Giulietta, maar je vader heeft hen allemaal afgewezen, omdat hij wist dat we een betere partij konden krijgen. En nu wil je dat hij zich verheugt om je als non te zien? Alsof we niet de middelen en de connecties hebben om je te laten trouwen? Schaam je dat je je eigen zelfzuchtige verlangens voor laat gaan op de eer van je familie!'

En dus was Giannozza getrouwd met een man die ze nooit eerder had gezien, en ze had haar huwelijksnacht doorgebracht met een bruidegom die drie keer zo oud was als zij, met de ogen van haar moeder, maar de handen van een vreemde. Toen ze de volgende ochtend afscheid nam van haar familie om haar thuis voorgoed te verlaten met haar nieuwe echtgenoot had ze hen woordeloos een voor een tegen zich aan geklemd, haar lippen strak opeengeperst om haar ouders niet te vervloeken.

De woorden kwamen later, in eindeloze brieven vanuit haar nieuwe huis, niet rechtstreeks aan Giulietta geadresseerd, maar aan hun vriend, broeder Lorenzo, opdat hij haar epistels heimelijk zou bezorgen als hij Giulietta te biecht had in de kapel. Dit waren brieven om nooit te vergeten, brieven die de lezer voor altijd zouden bijblijven, en Giulietta verwees er vaak naar in haar eigen geschriften, zoals wanneer ze met haar zusje instemde dat er 'inderdaad, zoals je zegt, mannen in deze wereld zijn die gedijen op het kwade, mannen die slechts leven om anderen te zien lijden.' Maar ze maande Giannozza altijd om de dingen van de positieve kant te bekijken: haar man was oud en ziekelijk en zou vast sterven als zij nog jong was, en zelfs al mocht ze niet naar buiten, het uitzicht vanuit haar kasteel was magnifiek; ze ging zelfs zo ver om op te merken: 'In tegenstelling tot wat jij zegt, mijn lieve, is er wel enig genoegen te vinden in het gezelschap van mannen. Ze zijn niet allemaal door en door rot.'

In haar afscheidsbrief aan Giannozza, geschreven in haar gevangeniscel de dag na de begrafenis van Tebaldo, kon Giulietta echter niet meer zo dapper ten gunste van de toekomst spreken. 'Jij had gelijk, en ik niet,' schreef ze eenvoudigweg. 'Als het leven meer pijn doet dan de dood, is het niet de moeite waard geleefd te worden.'

Dus had ze besloten te sterven, door elk voedsel te weigeren tot haar lichaam het opgaf en haar ziel vrij was om zich met Romeo te herenigen. Maar op de derde dag van haar hongerstaking, toen haar lippen uitgedroogd waren en haar hoofd voortdurend pijnlijk bonsde, begon een nieuwe gedachte haar te kwellen, namelijk de vraag waar ze precies heen zou moeten in het paradijs om hem te vinden. Het was er natuurlijk enorm groot, dat moest wel, en het was niet te zeggen of zij beiden wel naar hetzelfde deel gestuurd zouden worden. Ze vreesde eigenlijk van niet.

Hoewel zij in de ogen van God misschien niet volmaakt schuldeloos was, was ze nog altijd een onschuldige jonkvrouw; Romeo liet daarentegen ongetwijfeld een lang spoor van ondeugden achter. Bovendien waren er geen sacramenten of gebeden uitgesproken over zijn lijk en daarom was het zelfs twijfelachtig of hij überhaupt naar het paradijs zou gaan. Misschien was hij wel veroordeeld om als geest rond te dwalen, gewond en bloederig, tot er ooit een barmhartige samaritaan verscheen die medelijden met hem kreeg en zijn lichaam eindelijk te rusten legde.

Verschrikt ging Giulietta rechtop in bed zitten. Als zij nu doodging, wie moest er dan zorgen dat Romeo behoorlijk begraven werd? Als het aan de Tolomei's werd overgelaten om het lichaam te ontdekken bij de volgende familiebegrafenis – naar alle waarschijnlijkheid de hare – zouden ze het zeker geen rust gunnen. Nee, dacht ze, eindelijk toch met bevende hand naar het water reikend, ze zou in leven moeten blijven tot ze broeder Lorenzo had gesproken en hem de situatie had uitgelegd.

Waar was de monnik in hemelsnaam? In haar ellende had Giulietta niemand willen spreken, zelfs haar oudste vriend niet, en het was een opluchting geweest dat hij haar nooit kwam bezoeken. Maar nu ze haar zinnen had gezet op een plan dat ze onmogelijk alleen kon uitvoeren, was ze woedend dat hij niet aan haar zijde was. Pas later, nadat ze elk beetje eten dat er in haar kamer te vinden was naar binnen had geschrokt, bedacht ze dat haar oom bezoek van de monnik misschien wel verboden had, om hem te beletten de details van haar misère te verspreiden.

Terwijl ze heen en weer liep en af en toe stilstond voor een spleet in de dichtgetimmerde luiken om het uur van de dag te raden, kwam Giulietta uiteindelijk tot de slotsom dat de dood zou moeten wachten. Niet omdat ze wilde blijven leven, maar omdat er nog twee taken restten in dit leven die zij alleen kon vervullen. Een ervan was broeder Lorenzo te zien krijgen – of een andere heilige man die meer hechtte aan het gehoorzamen van God dan Tolomei – en hem te laten zorgen dat Romeo fatsoenlijk begraven werd; de andere was Salimbeni te doen lijden zoals nog nooit een mens geleden had.

Monna Agnese stierf op Allerheiligen, na meer dan een halfjaar het bed te hebben gehouden. Er waren mensen die fluisterden dat de arme vrouw alleen zo lang in leven was gebleven om haar man te ergeren, Messer Salimbeni, wiens nieuwe bruiloftskleren al gereedlagen sinds zijn verloving met Giulietta Tolomei in augustus.

De begrafenis vond plaats in Rocca di Tentennano, de onneembare vesting van de Salimbeni's in Val d'Orcia. De weduwnaar had zijn handvol aarde nog niet op de doodskist geworpen of hij vertrok al naar Siena, met de opgewonden haast van een gevleugelde Cupido. Slechts één kind vergezelde hem bij zijn terugkeer naar de stad:

zijn negentien jaar oude zoon Nino, volgens sommigen reeds een geharde Palio-moordenaar, wiens eigen moeder Monna Agnese enkele jaren eerder was voorgegaan in de grafkelder van de familie Salimbeni, na een vergelijkbare aandoening, die gewoonlijk bekendstaat als verregaande verwaarlozing.

De traditie vereiste een periode van rouw na een dergelijk verlies, maar weinigen waren verbaasd de grote man al zo snel in de stad terug te zien. Salimbeni stond bekend om zijn snelle verstand; waar andere mannen verscheidene dagen rouwden om de dood van een vrouw of kind, schudde hij dat al na enkele uren van zich af, en hij miste nooit een belangrijke zakelijke transactie.

Ondanks zijn incidentele twijfelachtige handelswijze en zijn onvermoeibare rivaliteit met het huis Tolomei, was Salimbeni een man die de meeste mensen wel moesten bewonderen, wat soms zelfs tot kruiperij leidde. Wanneer hij bij een bijeenkomst aanwezig was, was hij het onbetwiste middelpunt van de aandacht. En wanneer hij vermakelijk wilde zijn, reageerde iedereen met gelach, zelfs als ze hem nauwelijks hadden verstaan. Zijn kwistigheid maakte hem altijd meteen geliefd bij vreemden, en zijn klanten wisten dat ze royaal beloond zouden worden als ze zijn vertrouwen eenmaal hadden verdiend. Hij begreep de dynamiek van de stad beter dan wie ook, en wist wanneer hij voedsel moest uitdelen onder de armen en wanneer hij een ferm standpunt in moest nemen tegenover het stadsbestuur. Het was geen toeval dat hij zich graag als een Romeinse keizer kleedde in een fraaie, wollen toga omzoomd met scharlaken, want hij leidde Siena als een eigen klein keizerrijk, en eenieder die zich verzette tegen zijn autoriteit was een verrader van de stad in zijn geheel.

In het licht van Salimbeni's politieke en fiscale gewiekstheid waren de inwoners van Siena verbaasd over zijn blijvende verzotheid op het melancholieke nichtje van Messer Tolomei. Daar stond hij, beleefd buigend voor haar bleke gestalte bij de mis, terwijl zij hem nauwelijks aan kon kijken. Niet alleen walgde ze van hem vanwege wat haar familie was overkomen – haar tragedie was nu wijd en zijd bekend – maar hij was ook de man die haar minnaar Romeo uit de stad had verjaagd na hem te hebben beschuldigd van de verdachte moord op Tebaldo.

Waarom, vroegen de mensen zich af, zette een man van Salimbeni's formaat zijn waardigheid op het spel door te trouwen met een meisje dat nooit van hem zou houden, al leefden ze beiden duizend jaar? Ze was mooi, zeker, en de meeste jongemannen konden zich de perfecte lippen en dromerige ogen van Giulietta op elk moment dat ze daar behoefte aan hadden voor de geest halen. Maar het was heel iets anders voor zo'n gevestigd man als Salimbeni om elk fatsoen aan de kant te zetten en haar zo snel na het verdwijnen van haar liefje en het verscheiden van zijn eigen vrouw voor zichzelf op te eisen.

'Het is allemaal een kwestie van eer!' zeiden sommigen, die de verloving goedkeurden. 'Romeo daagde Salimbeni uit tot een gevecht om Giulietta, en zo'n gevecht kan slechts één logische uitkomst hebben: de winnaar moet leven, de verliezer moet sterven, en de dame vervalt aan de staande man, of hij haar hebben wil of niet.'

Anderen waren openhartiger en gaven toe dat ze de hand van de duivel zagen in het gedrag van Salimbeni. Boven een glas wijn in de herbergen laat op de avond, fluisterden ze dan: 'Dit is een man wiens macht lange tijd door niemand is bedwongen. Nu is die macht uiteindelijk boosaardig geworden, en bedreigt als zodanig niet alleen ons, maar hem evenzeer. U heeft het zelf wel gezegd, Maestro: de deugden van Salimbeni zijn gerijpt tot het punt waarop het verdorvenheden worden, en nu ze zo verzadigd zijn, moet zijn immense begeerte naar roem en invloed natuurlijk nieuwe voedingsbronnen zoeken.'

Een voorbeeld noemen van zulke voedingsbronnen was niet slechts giswerk: er waren zekere vrouwen in de stad die zonder aarzelen zouden getuigen van Salimbeni's steeds weerzinwekkendere wegen.

Waar hij eerst een man was die wilde genieten en doen genieten, had Salimbeni nu, zo vertelde een dame aan de Maestro, een afkeer gekregen van mensen die te gemakkelijk bogen voor zijn wensen. Hij koos nu weerspannige of zelfs ronduit vijandige slachtoffers om een reden te hebben zijn vermogen tot overheersing volledig uit te oefenen, en niets deed hem meer genoegen dan een confrontatie met iemand – meestal een pas aangekomen, opstandige vreemdelinge – die nog niet wist dat hij een man was die gehoorzaamd moest worden.

Maar zelfs opstandige vreemdelingen luisteren naar geruchten, en het duurde niet lang of Salimbeni werd tot zijn intense ergernis weer alleen bejegend met weeë glimlachjes en poppenkast als hij de stad in ging in wat hij als een vermomming beschouwde. De meeste bedrijfseigenaren zouden niets liever willen dan hun deur dichthouden voor de roofzuchtige klant, maar hoe konden particuliere zakenlieden ooit veilig zijn voor zulke inbreuken, in afwezigheid van mannen die bereid waren de wet toe te passen op de tiran? En zo kon het spel der wellust doorgaan, met de hoofdrolspeler eeuwig op zoek naar steeds lonendere uitdagingen voor zijn potentie, terwijl het koor van mensen dat hij in zijn kielzog achterliet weinig meer kon doen dan verhalen van de talloze gevaren van hybris, en de tragische blindheid voor rede die daar onvermijdelijk uit voortkomt.

'Zo ziet u, Maestro,' besloot de dame, die altijd genegen was om roddels uit te wisselen met buren die niet op straat spuwden als ze haar zagen. 'De obsessie van deze man met die bepaalde jongedame is helemaal geen raadsel.' Ze steunde op haar bezem en wenkte hem naderbij, bang dat iemand haar mening zou horen. 'Hier hebben we een meisje, een lieflijk, huwbaar schepsel, dat niet alleen de nicht is van zijn vijand, maar zelf ook alle reden heeft hem te verachten. Er is geen gevaar dat haar felle tegenstand verwordt tot zoete onderdanigheid... geen gevaar dat zij hem ooit vrijwillig tot haar slaapkamer zal toelaten. Begrijpt u, Maestro? Door haar te trouwen verwerft hij de diepste essentie van het afrodisiacum dat zijn grootste voorkeur heeft – haat – en die bron zal zeker nooit verdrogen.'

De Salimbeni-begrafenis werd na een week en een dag gevolgd door het Salimbeni-huwelijk. Met de aarde van de begraafplaats nog vochtig onder zijn vingernagels, verspilde de weduwnaar geen tijd en sleepte zijn volgende vrouw naar het altaar opdat ze zijn kwijnende stamboom zo spoedig mogelijk zou aanvullen met het uitgelezen bloed van de Tolomei's.

Ondanks al zijn charisma en vrijgevigheid vond het volk van Siena dit openlijke vertoon van zelfzucht weerzinwekkend. Toen de bruiloftsstoet door de stad trok, merkte meer dan één toeschouwer de gelijkenis op met een militaire triomftocht in de Romeinse tijd: ook hier werd door een triomfantelijke generaal, zwaaiend vanuit een langsrijdende strijdwagen, de buit uit verre landen gepresenteerd aan het onbenullige publiek: tot op heden onbekende mannen en beesten, en een geketende koningin te paard, bespottelijk gekroond.

Deze aanblik van de tiran in al zijn glorie bracht al het argwanende gemompel dat Messer Salimbeni sinds de Palio volgde waar hij maar ging, op volle kracht terug. Dit was een man, zeiden sommigen, die had gemoord, niet slechts een keer, maar wanneer hij maar wilde, en toch durfde niemand zich tegen zijn daden uit te spreken. Een man die zulke misdaden ongestraft kon plegen en daarbij nog een huwelijk met een onwillige bruid kon afdwingen, was een man die iedereen van alles kon en zou aandoen.

Toen hij in de druilerige novemberregen langs de weg stond te kijken naar de vrouw wier pad door elke ster aan de hemel gedwarsboomd was, bad maestro Ambrogio dat er iemand naar voren zou treden om Giulietta van haar noodlot te redden. In de ogen van de menigte was ze nu niet minder mooi dan eerst, maar de schilder, die haar sinds de nacht voor de fatale Palio niet meer had gezien, zag duidelijk dat zij nu de stenen schoonheid van Athene bezat en niet langer de glimlachende charmes van Aphrodite.

Hoezeer wenste hij dat Romeo op dit moment in Siena terug zou keren en de stad in zou stormen met een bende buitenlandse soldaten om zijn dame te schaken voor het te laat was. Maar Romeo, zeiden de mensen hoofdschuddend, was ver weg in afgelegen landen en zocht troost bij vrouwen en drank waar Salimbeni hem nooit zou vinden.

Naast de weg, met zijn kap omhoog tegen de regen, wist maestro Ambrogio ineens hoe hij het grote fresco in het Palazzo Pubblico moest afmaken. Er moest een bruid zijn, een treurig meisje verloren in bittere herinneringen, en een man op een paard die de stad verliet, maar achteroverleunde op zijn paard om de smeekbede van een schilder aan te horen. Alleen door dat toe te vertrouwen aan de stille muur, dacht de Maestro, kon hij de pijn in zijn hart verlichten en deze verfoeilijke dag overleven.

Zodra ze klaar was met het ontbijt, wist Giulietta dat dit haar laatste maaltijd zou zijn in het Palazzo Tolomei: Monna Antonia had iets in haar eten gedaan om haar te kalmeren. Haar tante kon ook niet weten dat Giulietta niet van plan was om de bruiloft te verstoren door te weigeren erheen te gaan. Hoe moest ze anders dicht genoeg bij Salimbeni komen om hem te doen lijden?

Ze beleefde alles in een waas – de bruiloftsstoet, de zich vergapende hordes op straat, de sobere bijeenkomst in de donkere kathedraal – en pas toen Salimbeni haar sluier optilde om haar bruidskroon aan de bisschop en de eerbiedige bruiloftgasten te laten zien, ontwaakte ze uit haar trance en deinsde terug voor hun verbijstering en zijn nabijheid.

De kroon was een zondig visioen van goud en fonkelende stenen, mooier dan ooit ergens was gezien, in Siena of elders. Het was een kostbaarheid die geschikter was voor iemand van koninklijken bloede dan voor een nukkig plattelandsmeisje, maar hij was dan ook niet echt voor haar. Hij was voor Salimbeni zelf.

'Wat vind je van mijn geschenk?' vroeg hij terwijl hij haar gezicht bestudeerde. 'Hij bevat twee Ethiopische saffieren die me aan je ogen deden denken. Onbetaalbaar. Maar toen leken ze zo verloren dat ik ze het gezelschap bood van twee Egyptische smaragden die me deden denken aan de manier waarop die knul, Romeo, naar je placht te kijken.' Hij glimlachte om de schok op haar gezicht. 'Zeg eens, mijn lieve, vind je me niet vrijgevig?'

Giulietta moest zich schrap zetten voordat ze tegen hem kon praten. 'U bent meer dan royaal, Messer.'

De bisschop had de boosaardige opmerking echter gehoord en was niet geamuseerd. Evenmin als de priesters die later de bruiloftsmaaltijd bijwoonden en de bruidskamer binnengingen om die te zegenen met wijwater en wierrook, om tot de ontdekking te komen dat de cencio van Romeo over het bed was gespreid. 'Messer Salimbeni!' riepen ze uit. 'U kunt uw bed niet opmaken met deze cencio!'

'Waarom niet?' vroeg Salimbeni, drinkglas in de hand, muzikanten in touw.

'Omdat hij aan een andere man toebehoort,' antwoordden zij. 'Hij werd Romeo geschonken door de Heilige Maagd zelf en was alleen voor zijn bed bestemd. Waarom zou u de wil van de hemel tarten?'

Maar Giulietta wist heel goed waarom Salimbeni de cencio op het bed had gelegd, want om diezelfde reden had hij de smaragden in haar bruidskroon gezet: om haar eraan te herinneren dat Romeo dood was, en dat zij niets kon doen om hem terug te krijgen.

Uiteindelijk gooide Salimbeni de priesters eruit zonder hun zegen voor de nacht te krijgen, en toen hij genoeg kruiperig gezever had aangehoord van de dronken bruiloftsgasten, gooide hij hen er ook uit, samen met de muzikanten. Als sommige mensen zich verbaasden over het plotselinge gebrek aan gastvrijheid van hun beschermheer, begrepen ze allemaal zijn reden om een einde te maken aan het feest – die zat in een hoekje, meer slapend dan wakker, maar zelfs in die wanordelijke staat was ze te lieflijk om nog langer alleen te laten.

Terwijl Salimbeni bezig was van iedereen afscheid te nemen en hun goede wensen in ontvangst nam, zag Giulietta haar kans schoon om een mes van de eettafel te grijpen en onder haar kleren te verbergen. Ze had dat specifieke wapen de hele avond al bekeken en gezien hoe het licht van de kaarsen erin weerspiegelde als de bedienden vlees sneden voor de gasten. Zelfs voordat ze het in haar hand hield, was ze al aan het bedenken hoe ze haar afschuwwekkende bruidegom ermee zou bewerken. Ze wist uit de brieven van Giannozza dat Salimbeni op zeker moment, omdat dit haar huwelijksnacht was, bij haar zou komen, ongekleed en met gedachten die allesbehalve strijdlustig waren, en ze wist dat ze op dat moment zou moeten toeslaan.

Ze kon bijna niet wachten om hem zo dodelijk te verwonden dat het bed doordrenkt zou zijn met zijn bloed in plaats van het hare. Maar bovenal verlangde ze ernaar zijn reactie op zijn eigen verminking in te drinken, voordat ze het lemmet in zijn duivelse hart liet zinken.

Daarna waren haar plannen minder gedetailleerd. Omdat ze geen contact had gehad met broeder Lorenzo sinds de nacht na de Palio, en in zijn afwezigheid geen andere sympathieke toehoorder had gevonden, wist ze dat Romeo's lichaam waarschijnlijk nog onbegraven in de grafkelder van de familie Tolomei lag. Het zou kunnen dat haar tante, Monna Antonia, de volgende dag teruggekeerd was naar het graf van Tebaldo om te bidden en een kaars aan te steken, maar Giulietta vermoedde eigenlijk dat zij en de rest van Siena het zouden hebben gehoord als haar tante per ongeluk op Romeo's lijk was gestuit, of, nog waarschijnlijker, zouden hebben gezien hoe de treurende moeder het lijk van de vermeende moordenaar van haar zoon aan zijn hielen door de straten sleepte, vastgebonden aan haar rijtuig.

Toen Salimbeni zich bij Giulietta voegde in de met kaarsen verlichte bruidskamer, was ze nauwelijks klaar met haar gebeden, en ze had nog geen plek gevonden om het mes te verbergen. Toen ze zich omdraaide naar de indringer, zag ze geschokt dat hij weinig meer droeg dan een tuniek; hem een wapen te zien dragen zou minder verwarrend zijn geweest dan de aanblik van zijn blote armen en benen.

'Ik meen dat het de gewoonte is om een echtgenote tijd te geven om zich voor te bereiden...' zei ze met bevende stem.

'O, ik denk dat je wel klaar bent!' Salimbeni sloot de deur en liep op haar af, pakte haar kin vast. Hij glimlachte. 'Hoe lang je me ook laat wachten, ik zal nooit de man zijn die je hebben wilt.'

Giulietta slikte hard, onpasselijk van zijn aanraking en zijn geur. 'Maar u bent mijn echtgenoot...' begon ze deemoedig.

'Is dat zo?' Hij keek geamuseerd, zijn hoofd schuin. 'Waarom begroet je me dan niet hartelijker, lieve? Vanwaar die kille ogen?'

'Ik...' Ze had moeite om de woorden eruit te krijgen. 'Ik ben nog niet gewend aan je tegenwoordigheid.'

'Je stelt me teleur,' zei hij met een raadselachtige glimlach. 'Ze hebben me verteld dat je meer pit zou hebben dan dit.' Hij schudde zijn hoofd, wrevel veinzend. 'Ik begin te geloven dat je me aardig zou kunnen gaan vinden.'

Toen ze niet reageerde, liet hij zijn hand zakken om naar de hals van haar bruidsjurk te reiken, op zoek naar haar boezem. Giulietta hapte naar adem toen ze zijn gulzige vingers voelde, en vergat even haar sluwe plan om hem te laten geloven dat hij haar had veroverd.

'Hoe durf je me aan te raken, jij stinkende geit!' siste ze en ze probeerde zijn hand van haar lichaam los te maken. 'God zal je niet toestaan mij aan te raken!'

Salimbeni lachte verrukt om haar plotselinge verzet en stak een klauw in haar haren om haar stil te houden terwijl hij haar kuste. Pas toen ze kokhalsde van walging liet hij haar mond los en met zijn zure adem heet op haar gezicht zei hij: 'Ik zal je een geheim vertellen. Die oude God kijkt graag mee!' Vervolgens pakte hij haar op om haar op het bed te gooien. 'Waarom zou hij anders een lichaam zoals het jouwe hebben geschapen, maar het aan mij overlaten om ervan te genieten?'

Zodra hij haar had losgelaten om de riem om zijn tuniek los te maken, probeerde Giulietta weg te kruipen. Helaas werd het mes dat ze had vastgebonden op haar dij zichtbaar onder haar rokken, toen hij haar aan haar enkels weer naar zich toe trok. Bij de aanblik ervan barstte het beoogde slachtoffer in lachen uit.

'Een verborgen wapen!' riep hij uit, terwijl hij het lostrok en het smetteloze lemmet bewonderde. 'Je weet al hoe je me moet plezieren.'

'Smerig varken dat je er bent!' Giulietta probeerde het mes van hem af te pakken en sneed zichzelf bijna. 'Het is van mij!'

'O ja?' Hij keek met toenemend plezier naar haar vertrokken gezicht. 'Ga het dan maar halen!' Een snelle worp later zat het mes trillend in een houten balk ver buiten haar bereik, en toen Giulietta hem gefrustreerd wilde schoppen, duwde hij haar omlaag en drukte haar op de cencio, haar pogingen om hem te krabben en in zijn gezicht te spuwen gemakkelijk ontwijkend. 'Welnu,' zei hij, haar tartend met zogenaamde tederheid. 'Wat heb je nog meer voor verrassingen voor me in petto vannacht, mijn liefste?'

'Een vloek!' sneerde ze en ze probeerde haar armen te bevrijden. 'Een vloek op alles wat je lief is. Je hebt mijn ouders gedood en je hebt Romeo gedood. Jij zult branden in de hel, en ik zal schijten op je graf!'

Zoals ze daar hulpeloos lag, haar wapen kwijt, opkijkend in het triomfantelijke gezicht van de man die nu in een plas bloed had moeten liggen, in stukken gesneden, zo niet dood, had Giulietta wanhopig moeten zijn. Een paar vreselijke tellen lang was ze dat ook.

Maar toen gebeurde er iets. Eerst was het weinig meer dan een plotselinge warmte, die door haar hele lichaam heen drong vanuit het bed onder haar. Het was een vreemde, prikkelende hitte, alsof ze in een pan boven een laag vuur lag, en toen het gevoel zich verdiepte, barstte ze in lachen uit. Want ineens begreep ze dat wat zij voelde een moment van religieuze extase was, en dat de Maagd Maria een goddelijk wonder bewerkstelligde door middel van de cencio waarop zij lag.

Voor Salimbeni was het maniakale gelach van Giulietta veel verontrustender dan elke belediging of elk wapen dat ze hem toegeworpen had kunnen hebben, en hij sloeg haar in haar gezicht, een keer, twee keer, tot zelfs drie keer toe, zonder iets anders te bereiken dan het vergroten van haar wilde plezier. In zijn wanhoop haar tot zwijgen te brengen begon hij aan de zijde te rukken die haar boezem bedekte, maar in zijn opwinding lukte het hem niet om het mysterie van haar kledij te doorgronden. Terwijl hij de kleermakers van Tolomei vervloekte om de kwaliteit van hun werk en de kracht van hun garen, begon hij in plaats daarvan aan haar rokken, in hun ingewikkelde lagen op zoek naar een minder versterkt toegangspunt.

Giulietta verzette zich niet eens. Ze lag daar maar, nog steeds grinnikend, terwijl Salimbeni zich belachelijk maakte. Want zij wist, met een zekerheid die slechts van de hemel zelf afkomstig kon zijn, dat hij haar vannacht geen kwaad kon doen. Hoe vastbesloten hij ook was om haar op haar plaats te zetten, de Maagd Maria was aan haar zijde, met getrokken zwaard, om zijn invasie te beletten en de gewijde cencio te beschermen tegen een daad van barbaarse heiligschennis.

Nogmaals grinnikend keek ze met ogen vol vervoering naar haar aanvaller. 'Heb je me niet gehoord?' vroeg ze simpelweg. 'Je bent vervloekt. Voel je dat niet?'

De inwoners van Siena wisten heel goed dat geroddel een plaag of een wreker kan zijn; het hing ervan af of je zelf het slachtoffer was. Het is sluw, hardnekkig en fataal; als je eenmaal getekend bent, is roddel tot alles in staat om je ten val te brengen. Als roddel je in zijn huidige vorm niet in de hoek kan drijven, verandert het van aard en grijpt je van achteren of van boven; hoe ver je ook wegrent, hoe lang je ook stilletjes gehurkt blijft zitten: roddel weet je te vinden.

Maestro Ambrogio hoorde het gerucht voor het eerst bij de slager. Later diezelfde dag hoorde hij het fluisteren bij de bakker. En tegen de tijd dat hij met zijn boodschappen thuiskwam, wist hij genoeg om te besluiten dat hij iets moest doen.

Elke gedachte aan eten was verdwenen; hij zette zijn mand met boodschappen opzij en liep rechtstreeks naar de achterkamer van zijn atelier om het portret van Giulietta Tolomei te halen en terug te zetten op zijn ezel. Hij had het nooit helemaal afgemaakt, maar nu wist hij eindelijk wat ze in haar vroom gevouwen handen moest hebben: geen rozenkrans, geen crucifix, maar een roos met vijf bloembladen, de *rosa mistica*. Die bloem, een eeuwenoud symbool van de Maagd Maria, werd beschouwd als de uitdrukking van zowel het mysterie van haar maagdelijkheid, als van haar onbevlekte ontvangenis, en volgens maestro Ambrogio bestond er geen passender zinnebeeld van de hemelse bescherming van onschuld.

De schilder had altijd de lastige taak om deze intrigerende plant zo af te beelden dat de toeschouwers aan het denken werden gezet over godsdienstige doctrine, zonder afgeleid te worden door de bekoorlijke, organische symmetrie van de bloembladen. Die uitdaging ging de Maestro van ganser harte aan, en terwijl hij zijn kleuren mengde om de volmaakte tint rood te produceren, deed hij zijn best om zijn geest te ontdoen van alles behalve botanie.

Dat lukte hem echter niet. De geruchten die hij in de stad had gehoord waren te wonderbaarlijk, en te welkom, om er niet nog wat langer van te genieten. Er werd namelijk gezegd dat Nemesis een tijdig bezoek had gebracht aan de bruidskamer op de avond van de trouwdag van Salimbeni met Giulietta, en daar zeer genadig een daad van onuitsprekelijke wreedheid had verhinderd.

Sommigen noemden het tovenarij, anderen noemden het de menselijke aard of eenvoudige logica; wat de oorzaak ook was, ze waren het allemaal eens over het effect: de bruidegom was niet in staat geweest om de huwelijksdaad te volbrengen.

Bewijzen voor deze opmerkelijke situatie, zo was maestro Ambrogio te verstaan gegeven, waren overvloedig. Een ervan betrof het gedrag van Salimbeni en luidde aldus: een oudere man huwt een mooi, jong meisje en brengt zijn huwelijksnacht door in haar bed. Na drie dagen verlaat hij het huis en zoekt een dame van plezier, maar is niet in staat om van haar diensten gebruik te maken. Als de dame hem vriendelijk een assortiment drankjes en poedertjes voorstelt, roept hij woedend dat hij die allemaal al heeft geprobeerd en dat het allemaal oplichterij is. Wat valt er anders te concluderen dan dat hij tijdens zijn bruidsnacht onmachtig was, en dat zelfs het raadplegen van een specialist geen genezing had opgeleverd?

Een ander bewijs van deze veronderstelde situatie kwam uit een veel betrouwbaardere hoek, want het ontsprong aan het huishouden van Salimbeni zelf. Zolang als iemand zich wilde herinneren, was het in die familie traditie om na elke huwelijksnacht het beddenlaken te inspecteren, om zeker te zijn dat de bruid maagd was geweest. Als er geen bloed op het laken werd aangetroffen, werd het meisje in ongenade teruggestuurd naar haar ouders en voegden de Salimbeni's een nieuwe naam toe aan hun lange lijst vijanden.

Op de ochtend na het huwelijk van Salimbeni zelf werd zo'n laken echter niet tentoongesteld, en ook de cencio van Romeo werd niet triomfantelijk uitgehangen. De enige die het lot van de cencio kende, was de bediende die de opdracht kreeg hem diezelfde middag in een doos af te leveren bij Messer Tolomei, met een verontschuldiging voor het ongerechtvaardigd verwijderen ervan van het lichaam van Tebaldo. En toen er eindelijk, verscheidene dagen na de bruiloft, een stuk met bloed bevlekt bedlinnen werd overgedragen aan het kamermeisje, die het aan de huishoudster overhandigde die het op haar beurt prompt bij de oudste grootmoeder van het huis bezorgde, wuifde de oude grootmoeder het onmiddellijk weg als een vervalsing.

De onschuld van een bruid was een zaak van eer die vaak veel bedrog behoefde, en daarom wedijverden grootmoeders in de hele stad met elkaar in het ontwikkelen en ontdekken van de meest overtuigende brouwsels om snel op een bruidslaken te kunnen aanbrengen bij gebrek aan echt bloed. Bloed alleen was niet genoeg: het moest vermengd zijn met andere stoffen, en iedere grootmoeder van elke familie had haar eigen geheime recept en haar eigen testmethode. Net als de oude alchemisten spraken deze vrouwen niet in wereldse, maar in magische termen; hun grote uitdaging was de perfecte combinatie te vinden van pijn en plezier, van mannelijk en vrouwelijk.

Zo een vrouw, opgeleid en ervaren in dit soort semihekserij, liet zich niet bedotten door het huwelijkslaken van Salimbeni, dat duidelijk het werk was van een man die na de eerste schermutseling geen blik meer had geworpen op zijn vrouw of zijn bed. Toch waagde niemand het om er tegen de meester zelf over te beginnen, want het was al wijd en zijd bekend dat het probleem niet bij zijn dame lag, maar bij hem.

Het portret van Giulietta Tolomei afmaken was niet genoeg. Vol rusteloze energie ging maestro Ambrogio een week na de bruiloft naar het Palazzo Salimbeni om de bewoners te melden dat hun fresco's inspectie en misschien onderhoud behoefden. Niemand durfde de beroemde Maestro tegen te spreken en niemand vond het nodig om Salimbeni te raadplegen over deze kwestie, en daarom stond het maestro Ambrogio gedurende vele dagen vrij om in het huis te komen en te gaan.

Zijn bedoeling was natuurlijk een glimp op te vangen van Giulietta en haar indien mogelijk zijn hulp aan te bieden. Waarmee wist hij niet precies, maar hij wist dat hij geen rust zou hebben tot ze wist dat ze nog vrienden had in deze wereld. Maar hoe lang hij ook wachtte en op ladders rondklom alsof hij fouten zocht in zijn eigen werk, de jonge vrouw verscheen nooit beneden. Ook noemde niemand ooit haar naam. Het leek wel alsof ze niet meer bestond.

Op een avond toen maestro Ambrogio op de hoogste trede van een lange ladder hetzelfde blazoen voor de derde maal inspecteerde en zich afvroeg of het soms tijd werd om van strategie te veranderen, ving hij toevallig een gesprek op tussen Salimbeni en zijn zoon Nino in de kamer ernaast. De twee mannen verkeerden kennelijk in de veronderstelling dat ze alleen waren en hadden zich in dit afgelegen deel van het Palazzo teruggetrokken om iets te bespreken dat enige discretie vereiste; ze wisten natuurlijk niet dat maestro Ambrogio heel stil op zijn ladder stond en door de spleet tussen zijdeur en kozijn elk woord kon horen.

'Ik wil dat jij Monna Giulietta meeneemt naar Rocca di Tentennano en ervoor zorgt dat ze behoorlijk... ondergebracht wordt,' zei Salimbeni tegen zijn zoon.

'Zo gauw al?' riep de jongeman uit. 'Denk je niet dat de mensen zullen praten?'

'De mensen praten toch al,' merkte Salimbeni op; hij was kennelijk gewend om dergelijke openhartige gesprekken te voeren met zijn zoon. 'En ik wil niet dat dit alles tot een uitbarsting komt. Tebaldo, Romeo... dat allemaal. Het is beter voor je om een poosje de stad uit te gaan. Tot de mensen vergeten. Er is de laatste tijd te veel gebeurd. Het gepeupel roert zich. Dat baart me zorgen.'

Nino maakte een geluid dat een poging tot lachen moest zijn. 'Misschien zou u in mijn plaats moeten gaan. Een verandering van lucht...'

'Zwijg!' De kameraadschap van Salimbeni had zijn grenzen. 'Jij gaat, en je neemt haar mee. Eruit met dat ongehoorzame stuk bagage! Ik word er beroerd van om haar in huis te hebben. En als je er eenmaal bent, wil ik dat je daar blijft...'

'Daar blijven?' Nino kon zich niets ergers voorstellen dan een verblijf op het platteland. 'Voor hoelang?'

'Tot ze zwanger is.'

Begrijpelijkerwijs viel er een stilte, waarin maestro Ambrogio zich met beide handen aan de ladder moest vastklemmen om zijn evenwicht niet te verliezen terwijl hij die schokkende eis verwerkte.

'O, nee...' Nino liep weg van zijn vader; hij vond het hele geval belachelijk. 'Ikke niet. Zoek maar een ander. Wie dan ook.'

Met een rood aangelopen gezicht van woede liep Salimbeni op zijn zoon af en vatte hem bij zijn kraag. 'Ik hoef jou niet te vertellen wat er aan de hand is. Onze eer staat op het spel. Ik zou haar graag om zeep helpen, maar ze is een Tolomei. Dus stel ik me tevreden met de tweede keus: ik zet haar op het platteland waar niemand haar ziet, daar is ze druk met haar kinderen en een eind uit de weg.' Toen pas liet hij zijn zoon los. 'De mensen zullen zeggen dat ik genadig ben geweest.'

'Kinderen?' Nino zag steeds minder in het plan. 'Hoeveel jaren lang wil je dat ik met mijn moeder slaap?'

'Ze is zestien!' reageerde Salimbeni. 'En jij doet wat ik zeg. Voordat deze winter voorbij is, wil ik dat iedereen in Siena weet dat ze in verwachting is van mijn kind. Bij voorkeur een jongen.'

'Ik zal mijn best doen om voldoening te schenken,' zei Nino sarcastisch.

Toen hij merkte dat zijn zoon hem bespotte, stak Salimbeni een waarschuwende vinger op. 'Maar God sta je bij als je haar uit het oog verliest. Niemand anders dan jij mag haar aanraken. Ik wil geen bastaard in de familie.'

Nino zuchtte. 'Goed dan. Ik zal Paris spelen en je vrouw nemen, oude man. O, wacht even, ze is niet echt je vrouw, is het wel?'

De klap in zijn gezicht was geen verrassing voor Nino; hij had erom gevraagd. 'Zo is dat,' zei hij terwijl hij een paar stappen achteruit deed. 'Sla me elke keer als ik de waarheid vertel, en beloon me als ik slecht ben. Draag me op wat je wilt, een rivaal ombrengen, een vriend ombrengen, een maagdenvlies ombrengen, en ik doe het. Maar vraag me achteraf niet om respect.'

's Avonds, onderweg naar zijn atelier, moest maestro Ambrogio onophoudelijk denken aan het gesprek dat hij had afgeluisterd. Hoe was het mogelijk dat zulke perversie bestond in de wereld, laat staan in zijn eigen stad? En waarom deed niemand er iets tegen? Hij voelde zich ineens oud en overbodig, en wenste dat hij nooit naar het Palazzo Salimbeni was gegaan, en nooit die boosaardige plannen had gehoord.

Bij zijn atelier aangekomen trof hij de blauwe deur niet op slot. Op de drempel vroeg hij zich even aarzelend af of hij had vergeten hem bij zijn vertrek op slot te doen, maar toen hij Dante niet hoorde blaffen, vreesde hij een inbraak. 'Hallo?' Hij duwde de deur open en liep bevreesd naar binnen, in de war vanwege de brandende lampen.

Bijna onmiddellijk trok iemand hem bij de deur weg en sloot die stevig achter hem. Toen hij zich omkeerde naar zijn tegenstander, zag hij echter dat het geen kwaadwillende vreemdeling was, maar Romeo Marescotti. En vlak naast hem stond broeder Lorenzo met Dante in zijn armen; de bek van het dier hield hij dicht.

'De hemel zij geprezen!' riep maestro Ambrogio uit, zich verbazend over de volle baarden van de jongemannen die hij voor zich zag. 'Eindelijk teruggekeerd uit verre landen?'

'Niet zo erg ver,' zei Romeo, die enigszins kreupel naar de tafel liep om te gaan zitten. 'We waren in een klooster niet ver hiervandaan.'

'Allebei?' vroeg de schilder verbaasd.

'Lorenzo heeft mijn leven gered,' zei Romeo met een grimas toen hij zijn been strekte. 'Zij lieten me voor dood achter – de Salimbeni's, op de begraafplaats – maar hij heeft me gevonden en tot leven gewekt. De afgelopen maanden... ik zou dood zijn als hij er niet was geweest.'

'God wilde dat je in leven bleef,' zei broeder Lorenzo terwijl hij eindelijk de hond neerzette. 'En hij wilde dat ik je hielp.'

'God vergt wel veel van ons, vind je niet?' zei Romeo met iets van zijn vroegere schalksheid.

'Je had niet op een beter moment kunnen terugkeren,' zei maestro Ambrogio, op zoek naar wijn en bekers. 'Ik heb namelijk net gehoord...'

'Wij hebben het ook gehoord,' viel Romeo hem in de rede. 'Maar het kan me niet schelen. Ik laat haar niet bij hem blijven. Lorenzo wilde dat ik zou wachten tot ik helemaal hersteld was, maar ik weet niet zeker of dat ooit zal gebeuren. We hebben mannen en paarden. Het zusje van Giulietta, Monna Giannozza, wil haar al evenzeer uit Salimbeni's klauwen redden als wij.' De jongeman leunde achterover in zijn stoel, buiten adem van het praten. 'Welnu, u doet in fresco's, dus u kent alle huizen. Ik heb een plattegrond van het Palazzo Salimbeni van u nodig...'

'Neem me niet kwalijk,' zei maestro Ambrogio, hoofdschuddend van verbijstering. 'Wat hebben jullie precies gehoord?'

Romeo en broeder Lorenzo keken elkaar even aan.

'Ik heb begrepen dat Giulietta enkele weken geleden met Salimbeni is getrouwd?' zei de monnik verdedigend. 'Is dat niet waar?'

'En is dat werkelijk alles wat jullie gehoord hebben?' vroeg de schilder.

Opnieuw keken de jongemannen elkaar aan.

'Wat is er, Maestro?' Romeo fronste argwanend zijn voorhoofd. 'Vertel me niet dat ze al in verwachting is van zijn kind?'

'Hemel, nee!' lachte de schilder, plotseling opgetogen. 'Integendeel zelfs.'

Romeo keek hem door half toegeknepen ogen aan. 'Ik weet dat ze hem nu drie weken heeft gekend...' Hij slikte moeizaam, alsof de woorden hem misselijk maakten. 'Maar ik hoop dat ze nog niet al te zeer gesteld is geraakt op zijn omhelzingen.'

'Beste vrienden,' zei maestro Ambrogio, die eindelijk een fles had gevonden. 'Zet je schrap voor een zeer ongewoon verhaal.'

Zonde van uw lippen? Verrukkelijk vergrijp,
Geef mij mijn zonde weer!

De ochtend gloorde toen Janice en ik eindelijk in mijn hotelkamer in slaap vielen op een bed van documenten, duizelend van familiegeschiedenis na een hele nacht heen en weer springen tussen het heden en 1340. Tegen de tijd dat onze ogen dichtvielen, wist Janice bijna net zoveel over de Tolomei's, de Salimbeni's, de Marescotti's en hun shakespeareaanse tegenhangers als ik. Ik had haar elk stukje papier uit het kistje van onze moeder laten zien, met inbegrip van het beduimelde exemplaar van *Romeo en Julia* en het schrift vol schetsen. Verbazend genoeg had ze er geen bezwaar tegen gemaakt dat ik de zilveren crucifix om mijn hals droeg; ze had meer belangstelling voor onze stamboom en het terugvinden van haar eigen afkomst van het zusje van Giulietta, Giannozza, van wie wij beiden afstamden.

'Kijk eens,' had ze opgemerkt toen ze het lange document ontrolde. 'Er staan overal Giulietta's en Giannozza's!'

'Ze waren oorspronkelijk tweelingen,' legde ik uit en ik wees op een passage in een van de laatste brieven van Giulietta aan haar zusje. 'Zie je? Hier schrijft ze: "Je hebt vaak gezegd dat jij vier minuten jonger, maar vier eeuwen ouder bent dan ik. Nu begrijp ik wat je bedoelde."'

'Goh!' Janice stak haar neus weer in het document. 'Misschien zijn dit allemaal tweelingen! Misschien is het een gen dat in de familie zit.'

Maar naast het feit dat onze middeleeuwse naamgenoten ook tweelingen waren geweest, kostte het ons moeite om veel andere overeenkomsten te vinden tussen hun leven en dat van ons. Zij leefden in een tijd waarin vrouwen de zwijgende slachtoffers van de fouten van mannen waren; wij waren, naar het scheen, vrij om onze eigen fouten te maken en er zo luid over te roepen als we maar wilden.

Pas toen we samen verder lazen in het dagboek van maestro Ambrogio, smolten de twee heel verschillende werelden eindelijk samen in een taal die we beiden konden begrijpen: de taal van het geld. Salimbeni had Giulietta een bruidskroon gegeven met vier reusachtige edelstenen – twee saffieren en twee smaragden – en dat waren vermoedelijk de stenen die later in het beeld bij haar graf zouden belanden. Maar voordat we zover waren, vielen we in slaap.

Na amper een paar uur te hebben geslapen, werd ik gewekt door de telefoon.

'Juffrouw Tolomei,' kweelde direttore Rossini, genietend van zijn rol als vroege vogel, 'Bent u al op?'

'Nu wel.' Ik kneep mijn ogen half dicht om naar mijn horloge te turen. Het was negen uur. 'Wat is er aan de hand?'

'Kapitein Santini is hier voor u. Wat zal ik tegen hem zeggen?'

'Eh...' Ik keek om me heen naar de rommel. Janice lag nog steeds zwaar snurkend naast me. 'Ik ben over vijf minuten beneden.'

Met nog nadruipende haren van een vliegensvlugge douchebeurt rende ik zo snel als ik kon naar beneden en trof Alessandro aan op een bankje in de voortuin, afwezig spelend met een bloem van de magnolia. Zijn aanblik vervulde me met warme verwachting, maar zodra hij opkeek om mijn blik te ontmoeten, herinnerde ik me de foto's van zijn inbraak in mijn hotelkamer, en het vrolijke gekriebel veranderde onmiddellijk in stekende twijfel.

'Een hele goede morgen,' zei ik zonder het werkelijk te menen. 'Nog nieuws over Bruno?'

'Ik ben gisteren ook al geweest,' zei hij met een peinzende blik. 'Je was er niet.'

'O nee?' Ik deed mijn best om verbaasd te klinken. In mijn haast om Romeo Motorfiets te ontmoeten op de Torre del Mangia was ik de dag tevoren mijn afspraak met Alessandro helemaal vergeten. 'Dat is vreemd. Nou ja... En wat zei Bruno?'

'Weinig.' Alessandro gooide de bloem weg en stond op. 'Hij is dood.'

Ik schrok. 'Dat is plotseling! Wat is er gebeurd?'

Terwijl we samen door de stad wandelden legde Alessandro uit dat Bruno Carrera, de man die had ingebroken in het museum van mijn neef Peppo, op de ochtend na zijn arrestatie dood in zijn cel was aangetroffen. Het was moeilijk te zeggen of het zelfmoord was geweest, of dat iemand binnen de politiebureau was betaald om hem tot zwijgen te brengen, maar, merkte Alessandro op, het vereist nogal wat deskundigheid, om niet te zeggen toverkunst, om je op te hangen aan je rafelige schoenveters zonder dat die breken bij je val.

'Jij denkt dus dat hij vermoord is?' Ondanks zijn karakter, zijn gedrag en zijn geweer had ik medelijden met de man. 'Ik veronderstel dat iemand niet wilde dat hij zou praten.'

Alessandro keek me aan alsof hij vermoedde dat ik meer wist dan ik liet blijken. 'Daar ziet het wel naar uit.'

Fontebranda was een oude openbare bron die dankzij moderne watervoorzieningen niet langer werd gebruikt, en bevond zich onder aan een aflopend doolhof van straatjes op een grote open plek. Het was een vrijstaand, loggia-achtig gebouw van eeuwenoude rossige baksteen, bereikbaar via door onkruid overwoekerde, brede traptreden.

Ik ging naast Alessandro op de rand zitten en bewonderde het kristalgroene water in het brede stenen bassin en de caleidoscoop van licht weerspiegeld op de muren en het gewelfde plafond erboven.

Onder de indruk van al dat moois zei ik: 'Weet je, jouw voorvader was een enorm stuk stront!'

Hij lachte verrast, een ongelukkige lach. 'Ik hoop niet dat je mij beoordeelt naar mijn voorouders. En ik hoop dat je jezelf ook niet naar de jouwe beoordeelt.'

En wat denk je van een oordeel aan de hand van een foto op de mobiel van mijn zus, dacht ik bij mezelf terwijl ik me vooroverboog om mijn vingers in het water te steken. Maar in plaats daarvan zei ik: 'Die dolk – die mag je houden. Ik denk niet dat Romeo hem ooit terug zou willen.' Ik keek naar hem op met een dringende behoefte om iemand aansprakelijk te stellen voor de misdaden van Messer Salimbeni. 'Wat een afschuwelijke manier om te sterven. Maar hij stierf immers niet? Hij kwam terug. Om haar te redden.'

We zwegen even; Alessandro glimlachte om mijn gefronste gezicht. 'Kom op,' zei hij ten slotte. 'Jij leeft! Kijk! De zon schijnt. Dit is de tijd om hier te zijn, als het licht door de bogen komt en het water raakt. Later op de dag wordt Fontebranda donker en koud, als een grot. Je zou het hier niet herkennen.'

'Wat vreemd dat een plek binnen een paar uur zo kan veranderen,' mompelde ik.

Als hij vermoedde dat ik op hem doelde, liet hij dat niet merken. 'Alles heeft zijn schaduwzijde. Volgens mij maakt dat het leven interessant.'

Ondanks mijn mistroostige bui kon ik een glimlach om zijn logica niet onderdrukken. 'Moet ik nu bang worden?'

'Nou...' Hij trok zijn jasje uit en leunde achterover tegen de muur van de nis. 'De oude mensen zullen je vertellen dat Fontebranda bijzondere krachten heeft.'

'Ga door. Ik waarschuw wel als ik het eng genoeg vind.'

'Trek je schoenen uit.'

Tegen mijn wil barstte ik in lachen uit. 'Oké, dat is behoorlijk eng.'

'Kom op, het is leuk.' Ik keek toe hoe hij zijn eigen schoenen en sokken uittrok, zijn broekspijpen oprolde en zijn voeten in het water stak.

'Moet jij niet werken vandaag?' vroeg ik met een blik op zijn bungelende benen.

Alessandro haalde zijn schouders op. 'De bank is meer dan vijfhonderd jaar oud. Ik denk dat ze een uurtje zonder mij wel overleven.'

'Nou, vertel eens over die bijzondere krachten?' vroeg ik, terwijl ik mijn armen over elkaar sloeg.

Hij dacht even na en zei toen: 'Ik denk dat er twee soorten gekte in de wereld zijn. Creatieve gekte en destructieve gekte. Van het water van Fontebranda, zo zegt men, word je gek, pazzo, maar op een goede manier. Het is moeilijk uit te leggen. Bijna duizend jaar lang raakten mannen en vrouwen die dit water dronken vervuld van *pazzia*. Sommigen werden dichters en sommigen werden heiligen; de beroemdste van allemaal is natuurlijk Santa Caterina, die hier om de hoek is opgegroeid, in Oca, de contrada van de Gans.'

Ik was niet in de stemming om het over wat dan ook met hem eens te zijn of om me door sprookjes te laten afleiden, en daarom schudde ik gedecideerd mijn hoofd. 'Dat hele heiligenverhaal, vrouwen die zich uithongeren en op de brandstapel terechtkomen? Hoe kun je dat creatief noemen? Dat is gewoon krankzinnig.'

'Ik denk dat de meeste mensen stenen gooien naar de politie van Rome ook krankzinnig vinden,' reageerde hij nog steeds glimlachend. 'Vooral als je niet eens je voeten in deze aangename bron wilt steken.'

'Ik zeg alleen maar dat het van je perspectief afhangt,' zei ik terwijl ik mijn schoenen uittrok. 'Wat voor jou creatief is, kan voor mij wel volkomen destructief zijn.' Voorzichtig stak ik mijn voeten in het water. 'Ik denk dat het ervan afhangt wat je gelooft. Of... aan wiens kant je staat.'

Zijn glimlach kon ik niet duiden. 'Wil je beweren dat ik mijn theorie moet herzien?' vroeg hij met een blik op mijn wiebelende tenen.

'Ik denk dat je je theorieën voortdurend moet herzien. Als je dat niet doet, zijn het geen theorieën meer. Dan worden ze iets anders.' Ik zwaaide dreigend met mijn handen in de lucht. 'Dan worden het draken onder je toren, die niemand erin of eruit laten.'

Hij keek even naar me en vroeg zich waarschijnlijk af waarom ik vanochtend zo stekelig bleef doen. 'Wist je dat de draak hier een symbool is van maagdelijkheid en bescherming?'

Ik wendde mijn blik af. 'Hoe ironisch. In China vertegenwoordigt de draak de bruidegom, de aartsvijand van de maagdelijkheid.'

Een tijdlang zeiden we geen van beiden iets. Het water in de Fontebranda rimpelde zachtjes en wierp zijn flonkerende weerspiegeling op het gewelfde plafond met het geduldige vertrouwen van een onsterfelijke ziel, en even dacht ik bijna dat ik een dichter zou kunnen zijn. Ik schudde het idee van me af voordat het wortel schoot, en zei: 'En geloof jij dat dan? Dat Fontebranda je pazzo maakt?'

Hij keek neer op het water. Onze voeten leken ondergedompeld te zijn in vloeibare jade. Toen glimlachte hij loom, alsof hij wist dat ik niet werkelijk een antwoord nodig had. Want dat had ik al, weerspiegeld in zijn ogen, de glinsterende groene belofte van vervoering.

Ik schraapte mijn keel. 'Ik geloof niet in wonderen.'

Zijn ogen daalden naar mijn hals. 'Waarom draag je dat dan?'

Met mijn hand raakte ik de crucifix aan. 'Dat doe ik normaal gesproken ook niet. In tegenstelling tot jou.' Ik knikte naar de openstaande hals van zijn overhemd.

'Bedoel je dit?' Hij viste het voorwerp op dat aan een leren veter om zijn hals hing. 'Dit is geen crucifix. Ik heb geen crucifix nodig om in wonderen te geloven.'

Ik staarde naar de hanger. 'Draag jij een kógel?'

Hij glimlachte wrang. 'Ik noem het een liefdesbrief. Het rapport noemde het eigen vuur. Heel eigen. Hij stopte op twee centimeter van mijn hart.'

'Stevige ribbenkast.'

'Stevige partner. Dit soort kogels is gemaakt om door veel mensen heen te gaan. Deze doorboorde eerst iemand anders.' Hij liet hem terugglijden in zijn hemd. 'En als ik niet in het ziekenhuis had gelegen, zou ik zijn opgeblazen. Dus ziet het ernaar uit dat God weet waar ik ben, ook als ik geen crucifix draag.'

Ik wist nauwelijks wat ik moest zeggen. 'Wanneer was dat? Waar?'

Hij leunde voorover en raakte het water aan. 'Dat heb ik je al verteld. Ik ben tot aan de rand gegaan.'

Ik probeerde zijn blik te vangen, maar dat ging niet. 'Is dat alles?'

'Voor het moment is dat alles.'

'Nou,' zei ik. 'Ik zal je vertellen waar ík in geloof. Ik geloof in wetenschap.'

Zijn gezichtsuitdrukking veranderde niet terwijl zijn ogen over mijn gezicht dwaalden. 'Ik denk dat jij in wel meer gelooft dan alleen wetenschap,' zei hij. 'Tegen je zin. En daarom ben je bang. Je bent bang voor de pazzia.'

'Bang?' Ik probeerde te lachen. 'Ik ben helemaal niet...'

Hij onderbrak me door een handvol water op te scheppen en me die voor te houden. 'Als je toch niet gelooft, drink dan maar. Je hebt niets te verliezen.'

'Kom, zeg!' Ik leunde met afkeer achterover. 'Dat spul zit vol bacteriën!'

Hij schudde het water van zijn handen. 'Mensen drinken het al honderden jaren.'

'En zijn gek geworden!'

'Zie je?' Hij glimlachte. 'Je gelooft wel.'

'Ja! Ik geloof in microben!'

'Ooit een microbe gezien?'

Nijdig keek ik naar zijn plagerige glimlach, geïrriteerd dat hij me zo moeiteloos op de kast had gejaagd. 'Toe nou! Wetenschappers zien ze de hele tijd.'

'Santa Caterina zag Jezus,' zei Alessandro met fonkelende ogen. 'Daarboven in de lucht, boven de Basilica di San Domenico. Wie geloof je? Je wetenschapper of Santa Caterina, of allebei?'

Toen ik geen antwoord gaf, maakte hij een kommetje van zijn handen, schepte weer water uit de bron en dronk een paar monden vol. Vervolgens bood hij mij de rest aan, maar weer leunde ik achterover.

Alessandro schudde zijn hoofd zogenaamd teleurgesteld. 'Dit is niet de Giulietta die ik me herinner. Wat hebben ze met je gedaan in Amerika?'

Ik schoot overeind. 'Goed dan, geef maar hier!'

Ondertussen zat er niet veel water meer in zijn handen, maar ik slurpte het toch op, alleen om te bewijzen dat ik het durfde. Ik besefte niet eens hoe intiem dat gebaar was, tot ik zijn gezicht zag.

'Nu is er geen ontsnappen meer aan de pazzia,' zei hij hees. 'Je bent een ware Sienese.'

'Een week geleden zei je nog dat ik naar huis moest gaan,' merkte ik op, door half toegeknepen ogen turend om mijn evenwicht te hervinden.

Glimlachend om mijn gefronste voorhoofd raakte Alessandro mijn wang aan. 'En hier ben je dan.'

Het vergde al mijn wilskracht om niet tegen zijn hand te leunen. Ondanks mijn vele uitstekende redenen om hem niet te vertrouwen – laat staan met hem te flirten – kon ik niets anders bedenken om te zeggen dan: 'Shakespeare zou het maar niets vinden.'

Niet in het minst ontmoedigd door mijn ademloze afwijzing streek Alessandro langzaam met een vinger over mijn wang en stopte bij mijn mondhoek. 'Shakespeare hoeft het niet te weten.'

Wat ik in zijn ogen zag was even vreemd als een verre kust na eindeloze nachten op de oceaan: achter het gebladerte van de jungle voelde ik de aanwezigheid van een onbekend dier, een oerwezen dat wachtte tot ik aan land kwam. Wat hij in de mijne zag weet ik niet, maar wat het ook was, hij liet zijn hand zakken.

'Waarom ben je bang voor mij?' fluisterde hij. '*Fammi capire*. Leg het me uit.'

Ik aarzelde. Dit moest mijn kans zijn. 'Ik weet niets van je.'

'Ik ben toch hier.'

'Waar...' Ik wees naar zijn borst en de kogel die ik daar wist. 'Waar is dat gebeurd?'

Even sloot hij zijn ogen, opende ze toen weer en gunde me een blik in zijn afgematte ziel. 'O, dat zul je geweldig vinden. Irak.'

Met dat ene woord raakte al mijn woede en wantrouwen even bedolven onder een stroom van medeleven. 'Wil je erover praten?'

'Nee. Volgende vraag.'

Het koste me even tijd om het feit te verwerken dat ik, met opvallend weinig moeite, Alessandro's grote geheim had ontdekt, of in ieder geval een ervan. Het was echter heel onwaarschijnlijk dat hij de rest ook zo gemakkelijk zou loslaten, vooral wat betreft het inbreken in mijn hotelkamer.

'Heb jij...' begon ik, maar ik verloor de moed meteen weer. Toen vond ik een andere invalshoek en ik begon opnieuw, met: 'Ben jij op een of andere manier verwant aan Luciano Salimbeni?'

Alessandro schrok op, hij verwachtte duidelijk iets heel anders. 'Waarom? Denk je dat hij Bruno Carrera heeft vermoord?'

'Ik had de indruk dat Luciano Salimbeni dood was,' zei ik zo kalm mogelijk. 'Maar misschien ben ik verkeerd ingelicht. Na alles wat er is gebeurd, en gezien de mogelijkheid dat hij mijn ouders heeft vermoord, vind ik dat ik recht heb om dat te weten.' Een voor een haalde ik mijn voeten uit het water. 'Jij bent een Salimbeni. Eva Maria is je peetmoeder. Vertel me alsjeblieft hoe dat allemaal in elkaar zit.'

Toen hij zag dat ik het meende, kreunde Alessandro en haalde zijn vingers door zijn haar. 'Ik geloof niet...'

'Alsjeblieft.'

'Goed dan.' Hij haalde diep adem, misschien nijdiger op zichzelf dan op mij. 'Ik zal het uitleggen.' Hij dacht een hele tijd na, vroeg zich af waar hij moest beginnen, en zei uiteindelijk: 'Ken je Karel de Grote?'

'Karel de Grote?' herhaalde ik, niet zeker of ik hem goed had verstaan.

'Ja,' knikte Alessandro. 'Hij was heel... groot.'

Op dat moment knorde mijn maag, en ik besefte dat ik geen behoorlijke maaltijd meer had genoten sinds de lunch van de middag tevoren – tenzij je een fles chianti, een bakje gemarineerde artisjokken en een halve chocolade-*panforte* avondeten wilt noemen.

'Als je de rest eens bij een kop koffie vertelde?' stelde ik voor, terwijl ik mijn schoenen aantrok.

Op de Campo waren de voorbereidingen voor de Palio in volle gang, en toen we langs een hoop zand liepen die bedoeld was voor de renbaan, hurkte Alessandro even neer om er een handvol van op te rapen, even eerbiedig als was het de fijnste saffraan. 'Zie je dat?' Hij toonde me het zand. '*La terra in piazza*.'

'Laat me raden: het betekent "deze piazza is het middelpunt van het universum"?'

'Bijna. Het betekent aarde op de piazza. Grond.' Hij stopte me wat in de hand. 'Hier, voel maar. Ruik maar. Dat betekent Palio.' We gingen bij het dichtstbijzijnde café zitten en hij wees naar de werklieden die om de hele Campo heen gecapitonneerde barricades plaatsten. 'Buiten de Palio-hekken bestaat er geen wereld.'

'Hoe poëtisch,' zei ik, en ik veegde discreet het zand van mijn handen. 'Jammer dat Shakespeare zo'n Verona-fiel was.'

Hij schudde zijn hoofd. 'Word je nooit eens moe van Shakespeare?'

Bijna zei ik, 'hé, jij begon', maar ik wist me te beheersen. Er was geen enkele reden om hem eraan te herinneren dat ik nog in luiers liep toen wij elkaar voor het eerst ontmoetten in de tuin van zijn grootouders.

Zo bleven we elkaar even aankijken, in een zwijgende strijd over de Bard en zoveel andere dingen, tot de serveerster onze bestelling kwam opnemen. Zodra ze weer verdwenen was, leunde ik voorover en zette mijn ellebogen op tafel. 'Ik wacht nog steeds op uitleg over jou en Luciano Salimbeni,' zei ik ter herinnering tegen Alessandro, niet bereid tot onderhandelen. 'Dus waarom slaan we dat stuk over Karel de Grote niet over en...'

Net op dat moment ging zijn telefoon, en na een blik op het scherm verontschuldigde hij zich en verliet de tafel, ongetwijfeld opgelucht dat zijn verhaal weer uitgesteld werd. Toen ik hem op een afstand bekeek, leek het me ineens bijzonder onwaarschijnlijk dat hij degene was die in mijn hotelkamer had ingebroken. Hoewel ik hem pas een week kende, was ik bereid te zweren dat het een meer dan gemiddeld moeilijk parket zou vergen om deze man zijn kalmte te doen verliezen. Ook al had Irak hem bijna gedood, hij was er beslist niet door gebroken, integendeel. Dus als hij echt in mijn hotelkamer had rondgeslopen, om welke reden dan ook, dan zou hij zeker niet als een Tasmaanse duivel door mijn koffers zijn geraasd en mijn vuile ondergoed aan de kroonluchter hebben geslingerd. Dat klopte gewoon niet.

Toen Alessandro vijf minuten later naar onze tafel terugkeerde, schoof ik zijn espresso naar hem toe met een naar ik hoopte vergevingsgezinde glimlach. Maar hij keek me nauwelijks aan toen hij zijn kopje pakte en er een schepje suiker door roerde. Er was iets veranderd in zijn gedrag, en ik voelde dat hij iets verontrustends had vernomen van wie hem dan ook gebeld had. Iets over mij.

'Zo, waar waren we gebleven?' vroeg ik luchtig, terwijl ik door het melkschuim heen mijn cappuccino dronk. 'O ja, Karel de Grote was heel groot...'

'Waarom vertel jij mij niet eens over je vriend op de motorfiets?' vroeg Alessandro daarop, zijn toon te vrijblijvend om oprecht te zijn. Toen hij zag dat ik te verbijsterd was om antwoord te geven, voegde hij er wrang aan toe: 'Volgens mij heb je me verteld dat je gevolgd werd door een vent op een Ducati.'

'O!' Ik wist een lach te produceren. 'Die vent! Geen idee. Nooit meer gezien. Ik denk dat mijn benen niet lang genoeg waren.'

Alessandro glimlachte niet. 'Lang genoeg voor Romeo.'

Bijna morste ik mijn cappuccino. 'Wacht! Wil je soms suggereren dat ik word gevolgd door je oude jeugdrivaal?'

Hij wendde zijn blik af. 'Ik suggereer helemaal niets. Gewoon nieuwsgierigheid.'

Even ontstond er een pijnlijke stilte. Hij piekerde duidelijk nog steeds ergens over en ik pijnigde mijn hersens om erachter te komen wat het was. Hij wist natuurlijk van de Ducati, maar niet dat het mijn zus was die erop reed. Misschien had hij gehoord dat de politie de motor in beslag had genomen, na de vorige dag tevergeefs onder aan de Torre del Mangia te hebben gewacht tot de eigenaar zich kwam melden. Volgens Janice had ze één blik geworpen op de verontwaardigde politieagenten en besloten de benen te nemen. Een enkele agent zou een fluitje van een cent zijn geweest, twee had misschien nog leuk kunnen worden, maar drie padvinders in uniform was zelfs voor mijn zus een brug te ver.

'Luister eens,' zei ik in een poging om iets van onze eerdere intimiteit te herstellen. 'Ik hoop niet dat je denkt dat ik nog altijd... van Romeo droom.'

Alessandro gaf niet meteen antwoord. Toen hij even later sprak, was dat met tegenzin, omdat hij zich ervan bewust was dat hij zijn kaarten deels op tafel legde. Terwijl hij met een theelepeltje op het tafelkleed tekende, zei hij: 'Vertel me dan maar of het uitzicht van-af de Mangia je beviel?'

Ik keek hem boos aan. 'Wacht eens even! Volg je me soms?'

'Nee,' zei hij, niet al te trots op zichzelf. 'Maar de politie houdt een oogje op je. In je eigen belang. Voor het geval de vent die Bru-no heeft vermoord ook naar jou op zoek gaat.'

'Heb jij ze dat gevraagd?' Ik keek hem recht in zijn ogen en las er de bevestiging voordat hij die uitsprak. 'Goh, dank je wel,' ging ik droogjes verder. 'Jammer dat ze niet in de buurt waren toen die schooier die avond inbrak in mijn hotelkamer!'

Alessandro vertrok geen spier. 'Nou, gisteravond waren ze er wel. Ze zeggen dat ze een man op je kamer zagen.'

Ik moest echt lachen, omdat het allemaal zo absurd was. 'Dat is te belachelijk! Een man op mijn kamer? Míjn kamer?' Toen ik zag dat hij nog niet overtuigd was, hield ik op met lachen. Ernstig zei ik: 'Hoor eens, er was gisteravond geen man op mijn kamer, en er was ook geen man op de toren.' Ik wilde er net aan toevoegen: niet dat jij daar ook maar iets mee te maken hebt, maar hield me in om-dat ik besefte dat ik het niet echt meende. In plaats daarvan lachte ik. 'Ach hemel. We klinken net als een oud, getrouwd stel.'

'Als we een oud, getrouwd stel waren, zou ik het niet hoeven vra-gen,' zei Alessandro, nog steeds zonder glimlach. 'Dan zou ik die man op je kamer zijn.'

'De genen van de Salimbeni's steken hun lelijke kop weer eens op,' zei ik met mijn ogen ten hemel geslagen. 'Laat me raden, als we getrouwd waren, zou je me elke keer als je de deur uitging, vast-ketenen in de kerker?'

Hij dacht erover na, maar niet te lang. 'Dat zou niet nodig zijn. Als je mij eenmaal leert kennen, wil je nooit meer een ander.' Ein-delijk legde hij zijn theelepeltje neer. 'En dan vergeet je iedereen die je ooit hebt gekend.'

Zijn woorden – half plagerig, half in ernst – kronkelden om me heen als een school palingen om een drenkeling, en ik voelde dui-zenden kleine tandjes mijn zelfbeheersing beproeven.

'Ik geloof dat jij me nog iets zou vertellen over Luciano Salimbeni?' zei ik streng, terwijl ik mijn benen over elkaar sloeg.

Alessandro's glimlach verdween. 'Ja. Je hebt gelijk.' Hij zat een poosje te fronsen, speelde weer met zijn theelepeltje, en zei ten slotte: 'Ik had je dit lang geleden al moeten vertellen... nou ja, ik had het je die avond moeten vertellen, maar... ik wilde je niet bang maken.'

Net toen ik mijn mond opendeed om hem aan te moedigen en te zeggen dat ik niet zo snel bang werd, wrong een andere klant zich langs mijn stoel om met een diepe zucht aan het tafeltje net naast ons te gaan zitten.

Janice weer.

Ze droeg het rood-met-zwarte mantelpakje van Eva Maria en een enorme zonnebril, maar ondanks de glamoureuze outfit maakte ze er geen show van; ze pakte alleen het menu en leek haar keuzes te overwegen. Ik zag Alessandro naar haar kijken en was even bang dat hij misschien een gelijkenis tussen ons zou ontdekken, of misschien zelfs de kleren van zijn peetmoeder zou herkennen. Maar dat deed hij niet. De nabijheid van iemand anders weerhield hem er echter van om met het verhaal te beginnen dat hij me had willen vertellen, en eens te meer zaten we gefrustreerd te zwijgen.

'*Ein cappuccino, bitte!*' zei Janice tegen de ober, heel erg klinkend als een Amerikaanse die deed alsof ze Duits was. '*Und zwei biscotti.*'

Ik kon haar wel vermoorden. Er was geen twijfel aan dat Alessandro op het punt had gestaan om iets van groot belang te onthullen, en nu begon hij weer over de Palio, terwijl de ober bleef rondhangen als een bedelende hond om aan mijn schaamteloze zus te ontfutselen waar uit Duitsland ze vandaan kwam.

'Praag!' flapte ze eruit, maar ze herstelde zich snel: 'Praag... heim... stadt.'

De ober zag er overtuigd genoeg en stapelverliefd uit toen hij wegholde om haar bestelling te vervullen met de haast van een ridder van de ronde tafel.

'Kijk eens naar de Balzana,' Alessandro liet me het wapen van Siena zien dat op mijn cappuccinokopje stond, in de waan dat ik aandachtig luisterde. 'Alles is hier simpel. Zwart en wit. Vloeken en zegeningen.'

Ik bekeek het kopje. 'Is dat wat het betekent? Vloeken en zegeningen?'

Hij haalde zijn schouders op. 'Het kan betekenen wat je maar wilt. Voor mij is het een houdingmeter.'

'Een houding? Zoals in "mijn beker is halfvol"?'

'Het is een instrument. In een cockpit. Het laat je zien of je ondersteboven hangt. Als ik naar de Balzana kijk, weet ik dat ik rechtop sta.' Hij legde zijn hand op de mijne, zonder aandacht te besteden aan Janice. 'En als ik naar jou kijk...'

Snel trok ik mijn hand terug, omdat ik niet wilde dat Janice onze intimiteit zag zodat ze me er achteraf mee zou kunnen pesten. 'Wat voor soort piloot weet er nou niet of hij ondersteboven vliegt?'

Alessandro staarde me aan, hij begreep mijn plotselinge afwijzing niet. Zachtjes vroeg hij: 'Waarom wil jij altijd ruzie maken?' Hij reikte weer naar mijn hand. 'Waarom ben je zo bang om gelukkig te zijn?'

Dat deed het hem. Janice hield het niet meer, en achter haar Duitse reisgids barstte ze in lachen uit. Ook al probeerde ze het te verbergen door te hoesten, het was zelfs voor Alessandro duidelijk dat ze alles had gehoord wat we zeiden en hij wierp haar een nijdige blik toe, waarmee hij zich bij mij nog geliefder maakte. 'Het spijt me,' zei hij en hij wilde zijn portefeuille pakken.

'Ik neem dit wel voor mijn rekening,' zei ik en ik bleef zitten waar ik zat. 'Misschien bestel ik nog een kop koffie. Heb je later tijd? Je bent me nog een verhaal schuldig.'

'Maak je geen zorgen,' zei hij, mijn wang aanrakend voordat hij opstond. 'Jij krijgt je verhaal.'

Zodra hij buiten gehoorsafstand was, wendde ik me woedend naar Janice. 'Moest je echt alles komen bederven?' siste ik, mijn ogen gericht op de verdwijnende gestalte van Alessandro. 'Hij stond op het punt om me iets te vertellen. Iets over Luciano Salimbeni!'

'O, neem me niet kwalijk,' teemde Janice met suikerzoete onoprechtheid. 'Het spijt me dat ik je tête-à-tête heb verstoord met de vent die je kamer heeft vernield. Zeg eens, Juul, ben je helemaal gek geworden?'

'Ik weet niet zeker of...'

'O, jawel! Ik heb hem gezíen, weet je nog?' Toen ze zag dat ik

haar nog steeds niet wilde geloven, snoof Janice en gooide de reisgids op tafel. 'Ja, hij is een lekker ding, en ja, ik zou best zijn post-
zegels willen likken, maar kom op nou! Hoe kun je hem je zo laten
bespelen? Als het hem nou nog alleen om je kont ging, maar je weet
best wat hij eigenlijk wil.'

'Eigenlijk niet, nee,' zei ik ijzig. 'Maar jij hebt kennelijk veel ervaring met uitschot, dus vertel het me maar.'

'Alsjeblieft zeg!' Janice kon niet geloven hoe naïef ik was. 'Het is
duidelijk dat hij rondhangt om te zien wanneer je gaat graf roven.
Laat me raden, hij heeft je nooit expliciet gevraagd naar het graf en
het beeld?'

'Fout!' zei ik. 'Toen we op het politiebureau waren, vroeg hij of
ik iets wist over een beeld met gouden ogen. Gouden ogen! Hij had
duidelijk geen idee...'

'Hij had duidelijk allerlei ideeën!' beet Janice me toe. 'Dat is het
oudste kunstje dat er bestaat: doen alsof je dom bent. Zie je dan niet
dat hij je bespeelt alsof je een xylofoon bent?'

'Dus, wat wil je dan zeggen? Dat hij van plan is om te wachten
tot wij de stenen gevonden hebben om ze van ons te stelen?' Toen
ik het zei, hoorde ik al dat het heel logisch klonk.

Janice wierp getergd haar handen in de lucht. 'Welkom in de werkelijkheid, sukkel. Ik zeg dat je die vent *pronto* moet dumpen en naar
mijn hotel moet verhuizen. We zorgen dat het lijkt alsof je naar het
vliegveld gaat...'

'En dan? Me in jouw kamer verstoppen? Dit is maar een klein
stadje, voor het geval je dat nog niet was opgevallen.'

'Laat mij het veldwerk maar doen.' Janice zag het helemaal voor
zich. 'Ik zet dit *spettacolo* in minder dan geen tijd op poten.'

'Je bent zo *hilariosa*,' zei ik. 'We zitten samen in dit schuitje...'

'Nu wel, ja.'

'En ik kan je wel zeggen dat ik liever door hem word genaaid dan
door jou.'

'Nou, waarom ga je hem dan niet meteen achterna?' zei Janice
beledigd. 'Ik weet zeker dat hij je met alle plezier van dienst zal zijn.
Ondertussen ga ík kijken hoe het met neef Peppo gesteld is. En nee,
jij bent niet uitgenodigd.'

Diep in gedachten liep ik in mijn eentje terug naar het hotel. Hoe ik het ook wendde of keerde, Janice had gelijk: ik zou Alessandro niet moeten vertrouwen. Het probleem was dat ik hem niet alleen vertrouwde, ik was voor hem gevallen. En in mijn verliefdheid kon ik mezelf bijna wijsmaken dat er iemand anders op de wazige foto's van Janice stond, en dat hij me later alleen maar had laten volgen vanuit misplaatste ridderlijkheid.

Bovendien had hij me beloofd dat hij me zou vertellen hoe het allemaal in elkaar zat, en het was toch niet zijn schuld dat we verschillende keren onderbroken werden. Of wel? Als hij echt had gewild dat ik het wist, waarom had hij dan gewacht tot ik het ter sprake bracht? En nu net, toen Janice ons onderbrak, waarom had hij me toen niet gewoon gevraagd mee te lopen naar Monte Paschi, om me de hoogtepunten van zijn verhaal onderweg uit de doeken te doen?

Toen ik Hotel Chiusarelli naderde, kwam er een zwarte limousine met getinte ramen naast me rijden; een achterraam schoof half omlaag en onthulde het glimlachende gezicht van Eva Maria. 'Giulietta!' riep ze uit. 'Wat toevallig! Kom een stukje Turks fruit eten!'

Toen ik op de roomkleurige leren achterbank tegenover Eva Maria ging zitten, vroeg ik me even af of dit misschien een valstrik was. Maar als Eva Maria me zou willen ontvoeren, waarom zou ze Alessandro dat dan niet laten doen? Ze had ongetwijfeld van hem gehoord dat ik al uit zijn hand at – of in elk geval dronk.

'Ik ben zo blij dat je er nog bent!' jubelde Eva Maria, terwijl ze me een snoepje aanbood uit een satijnen doos. 'Ik heb je gebeld, weet je. Heb je mijn berichten niet gekregen? Ik was bang dat mijn peetzoon je had weggejaagd. Ik moet me voor hem verontschuldigen. Meestal gedraagt hij zich niet zo.'

'Maak je geen zorgen,' zei ik; ik likte de poedersuiker van mijn vingers en vroeg me af wat ze precies wist over mijn omgang met Alessandro. 'Hij is de laatste tijd heel aardig.'

'Is dat zo?' Ze keek me met opgetrokken wenkbrauwen aan, tegelijkertijd blij om het te horen en geërgerd dat zij er niets van had geweten. 'Dat is mooi.'

'Het spijt me dat ik zomaar wegliep van je verjaardagsdiner,' vervolgde ik, een beetje schaapachtig omdat ik haar sinds die vreselijke avond niet had gebeld. 'En over de kleren die je me geleend hebt...'

'Je mag ze houden!' Ze wuifde achteloos. 'Ik heb er veel te veel. Vertel eens, ben je hier dit weekend nog? Ik geef een feestje en er komen een paar mensen die je moet leren kennen... Mensen die veel meer over vroegere Tolomei's weten dan ik. Het feest is morgenavond, maar ik wil je graag uitnodigen om het hele weekend te blijven.' Ze glimlachte als een toverfee die een pompoen in een rijtuig verandert. 'Je zult Val d'Orcia prachtig vinden, dat weet ik zeker! Alessandro rijdt je er wel heen. Hij komt ook.'

'Eh...' zei ik. Hoe kon ik in vredesnaam weigeren? Maar als ik dat niet deed, zou Janice me wurgen. 'Ik zou graag komen, maar...'

'Fantastisch!' Eva Maria leunde voorover om mijn deur open te maken zodat ik kon uitstappen. 'Tot morgen, dan. En... o! Breng een zwempak mee!'

V

Hoe vaak zijn mensen op het punt van sterven
Niet ineens vrolijk – een laatste levensflits
Noemen hun wachters dat. Hoe moet ik dit
Een flits van leven noemen?

SIENA, 1340 A.D.

Rocca di Tentennano was een angstaanjagend bouwwerk. Als een enorme gier stond het hoog op een heuvel in Val d'Orcia, in de volmaakte positie om wijd en zijd naar aas te zoeken. De enorme muren waren gebouwd om ontelbare vijandige belegeringen en aanvallen te weerstaan, en gezien het gedrag en de moraal van de eigenaren, waren die muren geen centimeter te dik.

Gedurende haar reis erheen had Giulietta zich afgevraagd waarom Salimbeni zo vriendelijk was geweest om haar naar het platteland te sturen, ver bij hem vandaan. Toen hij een paar dagen geleden afscheid van haar nam op de binnenhof van het Palazzo Salimbeni en haar aankeek met een zekere zachtmoedigheid in zijn blik, had ze zich afgevraagd of hij nu – dankzij de vloek op zijn mannelijkheid – berouw had van zijn daden, en of haar wegsturen een manier was om haar te compenseren voor al het verdriet dat hij haar had aangedaan.

In haar hoopvolle stemming had ze hem geobserveerd toen hij afscheid nam van zijn zoon Nino, die met haar meeging naar Val d'Orcia, en ze meende oprechte genegenheid in Salimbeni's ogen te zien toen hij hem zijn laatste instructies voor onderweg gaf. 'Moge God je zegenen,' zei hij terwijl Nino het paard besteeg dat hij in de Palio bereden had. 'Op je reis en daarna.'

De jongeman had geen antwoord gegeven, hij had zelfs gedaan alsof zijn vader er helemaal niet was, en ondanks al zijn boosaardigheid had Giulietta heel even medelijden gehad met Salimbeni.

Maar later, toen ze op Rocca di Tentennano het uitzicht vanuit haar raam bekeek, meende ze zijn ware bedoeling te begrijpen toen hij haar hierheen stuurde: het was geen genereus gebaar, maar slechts een nieuwe, ingenieuze vorm van straf.

Het was een vesting. Evenmin als iemand die er niet hoorde er kon binnenkomen, kon iemand die dat niet mocht eruit vertrekken. Nu wist ze eindelijk wat de mensen hadden bedoeld als ze op ernstige toon over de vorige vrouwen van Salimbeni zeiden dat ze naar Rocca di Tentennano waren gestuurd; vanuit deze plek was de dood de enige mogelijke ontsnapping.

Tot haar grote verrassing kwam er meteen een dienstmeisje om de haard op haar kamer aan te steken en haar uit haar reiskleren te helpen. Het was een koele dag vroeg in december, en tijdens de laatste, lange uren van de reis waren haar vingertoppen bleek en gevoelloos geworden. Nu stond ze in een wollen jurk en droge slippers te dralen voor de open haard, en probeerde zich te herinneren wanneer ze zich voor het laatst behaaglijk had gevoeld.

Toen ze haar ogen opsloeg, zag ze dat Nino haar vanuit de deuropening niet onvriendelijk bekeek. Het was jammer dat hij een schurk was zoals zijn vader, vond ze, want hij was een knappe, sterke en bekwame jongeman, voor wie glimlachen gemakkelijker leek dan hem betaamde, gezien het gewicht van zijn geweten, dat toch bezwaard moest zijn.

'Mag ik je vragen om met mij te eten vanavond?' vroeg hij, zijn toon zo hartelijk alsof hij haar op de dansvloer aansprak. 'Ik begrijp dat je de afgelopen drie weken alleen hebt gegeten, en ik verontschuldig me uit naam van mijn ongemanierde familie.' Toen hij haar verbazing zag, glimlachte hij charmant. 'Wees niet bang. Ik verzeker je dat we helemaal alleen zijn.'

En dat waren ze inderdaad. Aan weerszijden van een eettafel waaraan gemakkelijk twintig mensen konden plaatsnemen, aten Giulietta en Nino het grootste deel van hun maaltijd in stilte; hun blikken ontmoetten elkaar slechts af en toe tussen de kandelaars. Als hij zag dat ze naar hem keek, glimlachte Nino, en na een tijdje vond Giulietta de benodigde moed om de woorden uit te spreken die ze in gedachten had: 'Heb jij mijn neef Tebaldo vermoord, in de Palio?'

Nino's glimlach verdween. 'Natuurlijk niet. Hoe kun je dat denken?'

'Wie dan wel?'

Hij keek haar nieuwsgierig aan, maar geen van beide vragen had hem zichtbaar verontrust. 'Je weet wie het gedaan heeft. Dat weet iedereen.'

'En weet iedereen...' Giulietta wachtte even om haar stem in bedwang te krijgen. 'Weet iedereen ook wat je vader Romeo heeft aangedaan?'

In plaats van te antwoorden stond Nino op uit zijn stoel en liep langs de hele tafel naar haar stoel. Daar knielde hij bij haar neer en nam haar hand zoals een ridder de hand van een jonkvrouw in nood zou pakken. 'Hoe kan ik het kwaad dat mijn vader heeft gedaan ooit goedmaken?' Hij drukte haar hand tegen zijn wang. 'Hoe kan ik de krankzinnige maan die op mijn verwanten schijnt ooit verduisteren? Liefste dame, zeg me alsjeblieft hoe ik je genoegen kan doen?'

Giulietta keek heel lang indringend naar zijn gezicht en zei toen eenvoudig: 'Je kunt me laten gaan.'

Hij keek haar bevreemd aan, niet zeker wat ze bedoelde.

'Ik ben je vaders vrouw niet,' ging ze verder. 'Je hoeft me hier niet te houden. Laat me gewoon gaan, en je zult nooit meer last van me hebben.'

'Het spijt me,' zei Nino, die haar hand deze keer aan zijn lippen drukte. 'Maar dat kan ik niet doen.'

'Ik begrijp het,' zei Giulietta en ze trok haar hand terug. 'In dat geval kun je me naar mijn kamer laten gaan. Dat zou me veel genoegen doen.'

'En dat zal ik ook doen,' zei Nino terwijl hij opstond. 'Na nog een glas wijn.' Hij schonk wijn bij in het glas dat ze nauwelijks had aangeraakt. 'Je hebt niet veel gegeten. Je zult wel honger hebben?' Toen ze geen antwoord gaf, glimlachte hij. 'Het leven hier kan heel aangenaam zijn, weet je. Frisse lucht, goed eten, heerlijk brood – niet de droge stenen die we thuis krijgen – en...' Hij stak vrolijk zijn handen op. 'En uitstekend gezelschap. Het is allemaal van jou om van te genieten. Je hoeft het alleen maar te grijpen.'

Pas toen hij haar nog steeds glimlachend het glas aanbood, begon Giulietta zijn bedoeling echt te begrijpen. 'Ben je niet bang voor wat je vader daarvan zou zeggen?' vroeg ze luchthartig terwijl ze het glas aanpakte.

Nino lachte. 'Ik denk dat we het beiden plezierig zouden vinden om eens een avond niet aan mijn vader te denken.' Tegen de tafel geleund, wachtte hij tot ze dronk. 'Je merkt vast wel dat ik in niets op hem lijk.'

Giulietta zette haar glas neer en stond op. 'Ik dank je voor deze maaltijd en je vriendelijke aandacht,' zei ze. 'Maar nu is het mijn tijd om naar bed te gaan, en ik wens je een goede nacht...'

Een hand om haar pols belette haar te vertrekken.

'Ik ben geen gevoelloze man,' zei Nino, eindelijk ernstig. 'Ik weet wat je hebt doorstaan, en ik wilde dat het anders was. Maar het lot heeft bevolen dat wij hier samen zijn...'

'Het lot?' Giulietta probeerde zich te bevrijden, maar slaagde daar niet in. 'Je bedoelt je vader?'

Nu pas liet Nino alle schijn varen en keek haar vermoeid aan. 'Besef je niet dat ik grootmoedig ben? Geloof me, dat hoef ik niet te zijn. Maar ik vind je aardig. Je bent het waard.' Hij liet haar pols los. 'Ga nu maar doen wat het ook is dat vrouwen doen, en dan kom ik bij je.' Hij veroorloofde zich zelfs een glimlach. 'Ik beloof je dat je me tegen middernacht niet meer zo afschuwwekkend zult vinden.'

Giulietta keek hem in zijn ogen, maar zag alleen vastberadenheid. 'Is er niets wat ik kan zeggen om je daarvan af te brengen?'

Maar hij glimlachte alleen en schudde zijn hoofd.

Op iedere hoek van elke gang stond een schildwacht geposteerd toen Giulietta naar haar kamer liep. En toch zat er naast al die bescherming geen slot op haar deur; er was geen enkele manier om Nino buiten te houden.

Toen ze haar luiken opende naar de vriesnacht buiten, keek ze op naar de sterren en verbaasde zich over hun aantal en hun helderheid. Het was een verbijsterend spektakel, door de hemel opgezet voor haar alleen, scheen het, als een laatste kans om haar ziel met schoonheid te vullen voordat het allemaal verdween.

Ze had gefaald in alles wat ze had willen doen. Haar plannen om Romeo te begraven en Salimbeni te vermoorden waren op niets uitgelopen, en ze moest tot de slotsom komen dat ze zichzelf alleen in leven had gehouden om misbruikt te worden. Haar enige troost was dat ze er niet in waren geslaagd om haar beloften aan Romeo teniet te doen, wat ze ook hadden geprobeerd: ze had niemand anders toebehoord. Hij was haar echtgenoot, en toch ook niet. Ook al waren hun zielen verstrengeld, hun lichamen waren gescheiden door de dood. Maar niet voor lang. Het enige wat ze nu moest doen was trouw blijven tot het einde, en dan, als broeder Lorenzo haar de waarheid had verteld, zou ze in het hiernamaals met Romeo worden herenigd.

Giulietta liet de luiken open en liep naar haar bagage. Zoveel jurken, zoveel opschik... maar genesteld in een brokaten slipper lag het enige wat ze wilde. Het was een parfumflesje dat op haar nachtkastje had gestaan in het Palazzo Salimbeni, dat ze echter al snel besloten had ergens anders voor te gebruiken.

Elke avond na haar bruiloft was er een oude min gekomen om haar een lepel slaapdrank te geven, haar ogen vol onuitgesproken mededogen. 'Mond open!' had ze kordaat gezegd. 'En een braaf meisje zijn. Je wilt toch mooie dromen krijgen?'

De eerste paar keer had Giulietta het drankje meteen uitgespuwd in haar kamerpot zodra de min de deur uit was, vastbesloten om klaarwakker te blijven voor het geval Salimbeni weer naar haar bed kwam, zodat ze hem aan zijn vervloeking kon herinneren.

Maar na die eerste paar nachten kreeg ze het idee om het flesje rozenwater dat Monna Antonia haar ten afscheid had gegeven leeg te gooien, en het parfum geleidelijk te vervangen door de slaapdrank die ze elke avond toegediend kreeg.

In het begin zag ze het drankje als een wapen dat ooit tegen Salimbeni kon worden gebruikt, maar toen zijn bezoeken aan haar kamer zeldzamer werden, stond het flesje zonder bepaald doel op haar nachtkastje, behalve om Giulietta eraan te herinneren dat het, eenmaal vol, dodelijk zou zijn voor degene die het leegdronk.

Ze herinnerde zich vanuit haar vroegste jeugd bizarre verhalen over vrouwen die zichzelf doodden met slaapdrankjes als hun minnaars hen verlieten. Hoewel hun moeder had geprobeerd haar dochters te behoeden voor zulke roddels, waren er te veel bedienden in huis die genoten van de aandachtige, wijd opengesperde ogen van de kleine meisjes. Zo hadden Giulietta en Giannozza heel wat middagen doorgebracht in hun geheime greppel vol madeliefjes en om beurten de dode gespeeld, terwijl de ander het afgrijzen speelde van de mensen die het lijk en het lege flesje vonden. Een keer was Giulietta zo lang stil en roerloos blijven liggen, dat Giannozza werkelijk had geloofd dat ze dood was.

'Giu-giu?' had ze gezegd terwijl ze aan haar armen trok. 'Hou alsjeblieft op! Het is niet leuk meer! Alsjeblieft!'

Uiteindelijk was Giannozza gaan huilen, en hoewel Giulietta op zeker moment lachend was opgestaan, was Giannozza ontroostbaar geweest. Ze had de hele middag en de hele avond gehuild en was van het avondmaal weggelopen zonder te eten. Daarna hadden ze het spel niet meer gespeeld.

Tijdens de gevangenschap van Giulietta in het Palazzo Salimbeni waren er dagen geweest dat ze met het flesje in haar handen had gezeten en wenste dat het vol was, en dat ze de macht had om een einde te maken aan haar leven. Maar pas op de laatste avond voor haar vroege vertrek naar Val d'Orcia was het flesje eindelijk overgelopen, en tijdens de reis had de gedachte aan de schat die in haar slipper tussen haar bagage genesteld lag, haar troost geboden.

Nu zat ze op het bed met het flesje in haar hand, vol vertrouwen dat wat ze in haar handen had, haar hart zou doen stilstaan. Dit moest dan steeds het plan van de Maagd Maria zijn geweest, dacht ze: dat haar huwelijk met Romeo in de hemel voltrokken zou worden, en niet op aarde. Het visioen was zoet genoeg om haar te doen glimlachen.

Ze pakte de veer en de inkt die ze ook in haar bagage had verstopt en ging even zitten om een laatste brief aan Giannozza te schrijven. De inktpot die broeder Lorenzo haar had gegeven toen ze nog bij haar oom Tolomei woonde, was nu bijna leeg, en de ganzenveer zo vaak geslepen dat er slechts een klein stukje over was; toch nam ze de tijd voor een laatste bericht aan haar zus, voordat ze het perkament oprolde en het verborg in een scheur in de muur achter het bed. 'Ik zal op je wachten, mijn liefste, in ons veld vol madeliefjes,' schreef ze, en de inkt liep uit onder haar tranen. 'En ik beloof je dat ik meteen wakker zal worden als je me kust.'

Romeo en broeder Lorenzo kwamen bij Rocca di Tentennano aan met tien ruiters, die allemaal geoefend waren in alle soorten gewapende strijd. Zonder maestro Ambrogio hadden ze Giulietta nooit weten te vinden, en zonder Giulietta's zus Giannozza en de krijgers die zij hen had geleend, hadden ze nooit de daad bij het woord kunnen voegen.

Hun relatie met Giannozza was het werk van broeder Lorenzo geweest. Toen ze zich schuilhielden in het klooster en Romeo nog bedlegerig was vanwege zijn buikwond, had de monnik een brief gezonden aan de enige persoon met sympathie voor hun situatie die hij kon bedenken. Hij kende het adres van Giannozza maar al te goed, omdat hij meer dan een jaar lang de geheime koerier van de zusjes was geweest, en binnen twee weken kreeg hij antwoord.

'Uw uiterst pijnlijke brief bereikte mij op een goede dag,' schreef ze hem. 'Want ik heb zojuist de man begraven die aan het hoofd van dit huishouden stond, en ben eindelijk meester over mijn eigen lot. Maar mijn smart toen ik las over uw beproevingen en het noodlot van mijn arme zusje, beste Lorenzo, kan ik niet in woorden uitdrukken. Laat me alstublieft weten wat ik kan doen om te helpen. Ik heb mannen, ik heb paarden. Ze zijn voor u.'

Maar zelfs de capabele krijgers van Giannozza stonden machteloos tegenover de massieve vestingpoort van Rocca di Tentennano, en toen ze het vanuit de verte observeerden in de schemering, wist Romeo dat hij een list nodig zou hebben om binnen te komen en zijn vrouw te redden.

Tegen de anderen, die stilgevallen waren bij het zien van de burcht, zei hij: 'Het doet me denken aan een wespennest. Bij daglicht aanvallen zou voor ons allemaal de dood betekenen, maar misschien maken we een kans na het vallen van de nacht, als iedereen slaapt, op enkele schildwachten na.'

Dus selecteerde hij toen het donker was acht mannen – onder wie broeder Lorenzo, die niet achtergelaten kon worden – en voorzag hen van touwen en dolken, alvorens hun heimelijk voor te gaan naar de voet van de rots waarop de burcht van Salimbeni was gebouwd.

Met alleen de twinkelende sterren aan de maanloze hemel als toeschouwers beklommen de indringers zo stil mogelijk de berg om uiteindelijk onder aan het grote gebouw te arriveren. Eenmaal daar aangekomen, kropen ze langs de onderkant van de hellende muur tot iemand een veelbelovende opening ontdekte op ongeveer zeven meter hoogte; hij porde Romeo tegen zijn schouder en wees hem zonder een woord op het gat.

Romeo gunde niemand anders de eer om als eerste te gaan; hij knoopte een touw om zijn middel en nam twee scherpe dolken stevig in zijn greep, voordat hij aan zijn klim begon door de dolken in het voegsel tussen de keien te steken en zich moeizaam aan zijn armen omhoog te trekken. De muur helde net genoeg om een dergelijke onderneming mogelijk te maken, maar niet genoeg om het gemakkelijk te maken, en broeder Lorenzo hapte meer dan eens naar adem als Romeo's voet zijn greep verloor en hij zich alleen aan zijn armen moest vasthouden. Hij zou niet zo bezorgd zijn geweest als Romeo in goede gezondheid had verkeerd, maar hij wist dat elke beweging van zijn vriend bij het beklimmen van de muur bijna ondraaglijke pijn moest veroorzaken, omdat zijn buikwond nooit behoorlijk genezen was.

Romeo voelde zijn oude wond echter nauwelijks terwijl hij de muur beklom, want die werd overstemd door de pijn in zijn hart bij de gedachte dat Giulietta tot overgave werd gedwongen door de zoon van Salimbeni. Hij herinnerde zich Nino maar al te goed van de Palio, waar hij had gezien hoe deskundig hij Tebaldo Tolomei had doodgestoken, en hij wist dat geen vrouw in staat zou zijn haar deur te vergrendelen tegen zijn wil. Ook zou Nino waarschijnlijk niet ten prooi vallen aan dreigementen over een vloek; de jongeman wist vast wel dat hij in de ogen van de hemel al tot in de eeuwigheid vervloekt was.

De opening bovenin bleek een schietgat te zijn, net breed genoeg om hem door te laten. Toen Romeo er aan de andere kant uit kwam, zag hij dat hij zich in een wapenmagazijn bevond en moest bijna glimlachen om de ironie. Nadat hij het touw rond zijn middel had losgemaakt en het had bevestigd aan een toortsdrager in de muur, rukte hij er twee keer aan om de mannen aan het andere uiteinde te laten weten dat ze hem veilig konden volgen.

Rocca di Tentennano was vanbinnen al even vreugdeloos als vanbuiten. Er waren geen fresco's om de muren te verlichten, geen wandtapijten om de tocht buiten te houden; in tegenstelling tot het Palazzo Salimbeni, dat een toonbeeld van verfijning en overvloed was, was deze plek alleen gebouwd om te overheersen, en elke poging tot opsmuk zou slechts een obstakel hebben gevormd voor de snelle verplaatsing van mannen en wapens.

Toen Romeo de eindeloze, kronkelende gangen doorliep met broeder Lorenzo en de anderen vlak achter zich, begon hij te vrezen dat Giulietta vinden in dit levende mausoleum en ongemerkt met haar ontsnappen eerder een kwestie van geluk dan moed zou worden.

'Voorzichtig!' siste hij op zeker moment, en hij stak zijn hand op om de anderen tegen te houden toen hij zag dat er op een hoek een schildwacht stond. 'Achteruit!'

Om de schildwacht te vermijden moesten ze een doolhofachtige omweg maken, waarna ze uiteindelijk precies op dezelfde plek uitkwamen, roerloos hurkend in de schaduwen, waar het licht van de fakkels hen niet kon bereiken.

'Er staan schildwachten op elke hoek,' fluisterde een van de mannen van Giannozza. 'Maar vooral die kant op...' Hij wees vooruit.

Romeo knikte ernstig. 'Ik weet het. Misschien moeten we ze een voor een aanpakken, maar ik wil liever zo lang mogelijk wachten.'

Hij hoefde niet uit te leggen waarom hij het wapengekletter zo lang mogelijk wilde uitstellen. Ze waren zich er allemaal van bewust dat ze ver in de minderheid waren tegenover alle schildwachten die nu in de krochten van het kasteel lagen te slapen, en ze wisten dat, als het vechten eenmaal begon, vluchten hun enige hoop zou zijn. Voor dat doel had Romeo drie mannen buiten laten staan om de paarden klaar te zetten en Giulietta indien nodig op te vangen in haar val, maar hij begon te vrezen dat hun taak zich zou beperken tot een rit naar Giannozza om het treurige relaas van hun mislukking te doen.

Net toen hij aan hun vorderingen wanhoopte, porde broeder Lorenzo hem in zijn schouder en wees op een bekende gestalte met een fakkel aan het andere eind van een gang. De gestalte – Nino – liep langzaam, zelfs met tegenzin, alsof dit een taak was die hij graag zou hebben uitgesteld. Ondanks de koude nacht was hij gekleed in een tuniek, maar hij had een zwaard aan zijn riem gegespt; Romeo wist meteen wat zijn bestemming was.

Hij wenkte broeder Lorenzo en de mannen van Giannozza met zich mee en kroop zwijgend achter de boosdoener aan door de gang, alleen stoppend toen Nino ook halt hield om twee schildwachten aan weerszijden van een gesloten deur toe te spreken.

'Jullie kunnen gaan,' zei hij. 'Rust tot de morgen. Ik zal er persoonlijk voor zorgen dat Monna Giulietta veilig is.' Hij draaide zich om en riep alle schildwachten toe: 'Eigenlijk kunnen jullie allemaal vertrekken! En vertel de keuken dat de wijn vanavond onbeperkt mag vloeien.'

Pas toen de schildwachten allemaal weg waren, grijnzend bij het vooruitzicht van een slemppartij, haalde Nino diep adem en stak zijn hand uit naar de deurknop. Maar op dat moment schrok hij op van een geluid vlak achter zich. Het was het onmiskenbare geluid van een zwaard dat uit een schede werd getrokken.

Nino draaide zich om en bekeek zijn aanvaller ongelovig. Toen hij de man herkende die van zo ver was gekomen om hem uit te dagen, sprongen zijn ogen bijna uit hun kassen. 'Onmogelijk! Jij bent dood!'

Romeo stapte de kring van fakkellicht in met een onheilspellende glimlach. 'Als ik dood was, zou ik een geest zijn en hoefde jij mijn lemmet niet te vrezen.'

Nino staarde zijn rivaal in zwijgende verbijstering aan. Hier stond een man die hij nooit meer had verwacht te zullen zien; een man die het graf had weerstaan om de vrouw die hij liefhad te redden.

Misschien dacht de zoon van Salimbeni voor het eerst van zijn leven dat dit een ware held was, en dat hij, Nino, de schurk was. 'Ik geloof je,' zei hij rustig, en hij plaatste de fakkel in een houder aan de muur. 'En ik heb respect voor je zwaard, maar ik vrees het niet.'

'Dat is dan een grote vergissing,' merkte Romeo op, en hij wachtte tot de ander zijn positie innam.

Net om de hoek luisterde broeder Lorenzo met vergeefse onrust naar de woordenwisseling. Het ging zijn begrip te boven dat Nino de schildwachten niet terugriep om Romeo zonder gevecht te overmeesteren. Dit was een infame inbraak, geen publiek spektakel; Nino hoefde dit duel niet te riskeren. Romeo echter ook niet.

Vlak naast hem, gehurkt in het duister, zag broeder Lorenzo de mannen van Monna Giannozza elkaar aankijken en zich afvragen waarom Romeo hen niet riep om Nino de keel door te snijden voordat de verwaande schurk zelfs maar om hulp kon roepen. Dit was immers geen toernooi om het hart van een dame te winnen; het was gewoon diefstal. Romeo was de man die zijn vrouw had gestolen toch zeker geen eerbaar steekspel verschuldigd.

De twee rivalen dachten daar echter anders over.

'Jij bent degene die zich vergist,' antwoordde Nino, terwijl hij trots zijn zwaard uit de schede trok. 'Nu moet ik vertellen dat je twee keer bent neergeslagen door een Salimbeni. De mensen gaan nog denken dat je gesteld begint te raken op de aanraking van ons ijzer.'

Romeo keek zijn tegenstander met een verachtende glimlach aan. 'Mag ik je eraan herinneren dat je familie tegenwoordig een tekort aan ijzer heeft,' zei hij, en hij nam een gevechtspositie in. 'Ik geloof dat de mensen te veel praten over de... lege smeltkroes van je vader, om zich ergens anders druk over te maken.'

Bij zo'n aanstootgevende opmerking zou een minder ervaren krijger woedend zijn uitgevallen naar de spreker, vergetend dat woede je concentratie verstoort en een gemakkelijk slachtoffer van je maakt, maar Nino liet zich niet zomaar verrassen. Hij hield zich in en raakte alleen met de punt van zijn zwaard dat van Romeo aan, om zijn punt te bevestigen. 'Dat is waar,' zei hij. Hij bewoog zich in een cirkel rond zijn tegenstander, op zoek naar een opening. 'Mijn vader is wijs genoeg om zijn beperkingen te kennen. Daarom heeft hij mij gestuurd om het meisje aan te pakken. Het is erg onbeleefd van je haar genot zo uit te stellen. Ze zit precies achter die deur en wacht op mij met roze wangen en vochtige lippen.'

Nu was het Romeo die zich moest inhouden; hij raakte de kling van Nino's zwaard slechts heel licht aan en ving de trilling in zijn hand. 'De dame over wie je spreekt is mijn vrouw,' zei hij streng. 'En ze zal mij toejuichen met kreten van genoegen wanneer ik jou in stukken hak.'

'Is dat zo?' Nino deed een uitval in de hoop hem te verrassen, maar miste. 'Voor zover ik weet is ze net zomin jouw vrouw als die van mijn vader.' Hij grijnsde. 'En binnenkort is ze niemands vrouw, maar mijn hoertje, dat er overdag naar hunkert dat ik haar de hele nacht kom vermaken...'

Romeo haalde naar Nino uit en miste de ander op een haar omdat Nino het benul had om de stoot af te weren en de kling weg te slaan. Het was echter genoeg om een einde te maken aan hun gesprek, en een tijdlang weerklonk er niets anders dan het geluid van hun zwaarden die elkaar met hatelijk gekletter kruisten in hun dodelijke rondedans.

Al was Romeo niet langer de lichtvoetige strijder die hij voor zijn verwonding was geweest, zijn beproevingen hadden hem veerkracht geleerd en, het belangrijkste, hem vervuld van de withete haat die, als hij goed bedwongen wordt, elke strijdvaardigheid kan overwinnen. En daarom hapte Romeo niet toe, al danste Nino nog zo tartend om hem heen, maar wachtte geduldig op het moment voor zijn wraak... een moment waarvan hij wist dat de Heilige Maagd het hem zou gunnen.

'Wat ben ik een geluksvogel!' riep Nino uit, die Romeo's gebrek aan daadkracht aan vermoeidheid weet. 'Ik mag op dezelfde avond van twee favoriete sporten genieten. Vertel, hoe voelt het om...'

Romeo had niet meer nodig dan een kort moment van onoplettende onevenwichtigheid in Nino's houding om onwaarschijnlijk snel naar voren te springen en zijn zwaard tussen de ribben van de ander te drijven, zijn hart te doorboren en hem, even, aan de muur vast te pinnen.

'Hoe het voelt?' sneerde hij, recht in Nino's verbijsterde gezicht. 'Wilde je dat echt weten?'

Daarmee trok hij zijn lemmet in afkeer terug en keek hoe het levenloze lichaam op de grond gleed, een donkerrood spoor achterlatend op de muur.

Om de hoek keek broeder Lorenzo geschokt naar het slot van het korte duel. De dood was Nino zo abrupt overkomen dat het gezicht van de jongeman alleen verrassing toonde; de monnik had graag gezien dat Nino zijn nederlaag had beseft voordat hij stierf, al was het maar een oogwenk lang. De hemel had zich echter genadiger betoond dan hijzelf en had het lijden van de schurk beëindigd voordat het zelfs maar was begonnen.

Zonder de tijd te nemen om zijn zwaard schoon te vegen stapte Romeo dwars over het lijk heen om de deurknop om te draaien die Nino met zijn leven had bewaakt. Toen hij zijn vriend zag verdwijnen door die noodlottige deur, kwam broeder Lorenzo eindelijk overeind uit zijn schuilplaats en haastte zich met de mannen van Giannozza in zijn kielzog door de gang, om Romeo het onbekende in te volgen.

Toen hij door de deur liep, wachtte broeder Lorenzo even om zijn ogen aan de duisternis te laten wennen. Er was geen licht behalve de gloed van wat sintels in de haard en het vage schijnsel van de sterren door een open raam; toch was Romeo rechtstreeks naar het bed gelopen om de slaapster te wekken.

'Giulietta, mijn liefste!' zei hij dringend, terwijl hij haar omhelsde en haar bleke gezichtje met kussen overstelpte.

Toen het meisje zich eindelijk verroerde, zag broeder Lorenzo meteen dat er iets niet in orde was. Hij kende Giulietta goed genoeg om te weten dat ze buiten zichzelf was, en dat er een sterkere macht dan Romeo aan het werk was om haar weer te laten slapen.

'Romeo...' murmelde ze, terwijl ze probeerde te glimlachen en zijn gezicht aan te raken. 'Je hebt me gevonden!'

'Kom,' spoorde Romeo haar aan en hij probeerde haar overeind te laten zitten. 'We moeten gaan voordat de schildwachten terugkomen!'

'Romeo...' Giulietta sloot haar ogen weer en haar hoofd hing slap omlaag als de knop van een bloem geveld door de zeis. 'Ik wilde...' Ze wilde meer zeggen, maar haar tong liet haar in de steek en Romeo keek wanhopig naar broeder Lorenzo.

'Kom me helpen!' maande hij zijn vriend. 'Ze is ziek. We zullen haar moeten dragen.' Toen hij de ander zag aarzelen, volgde Romeo de blik van de monnik en zag het flesje en de kurk op het nachtkastje. 'Wat is dat?' vroeg hij, hees van angst. 'Vergif?'

Broeder Lorenzo vloog de kamer door om het flesje te bekijken. 'Het was rozenwater,' zei hij toen hij aan de hals rook. 'Maar ook nog iets anders...'

'Giulietta!' Romeo schudde het meisje ruw door elkaar. 'Je moet wakker worden! Wat heb je gedronken? Hebben ze je vergiftigd?'

'Slaapdrank...' mompelde Giulietta zonder haar ogen te openen. 'Zodat jij me zou wekken.'

'Genadige Moeder!' Broeder Lorenzo hielp Romeo haar overeind te zetten. 'Giulietta! Kom tot jezelf! Het is je oude vriend, Lorenzo!'

Giulietta fronste en slaagde erin haar ogen te openen. Nu pas, bij het zien van de monnik en alle vreemden rond haar bed, leek ze te begrijpen dat ze nog niet dood was, nog niet in het paradijs. En toen de waarheid haar hart bereikte, hapte ze naar adem, haar gezicht vertrokken van paniek.

'O, nee!' fluisterde ze, en ze klemde zich met alle kracht die haar restte vast aan Romeo. 'Dit klopt niet! Mijn liefste... je leeft! Je bent...'

Toen ze begon te hoesten werd haar lichaam getroffen door heftige krampen, en broeder Lorenzo zag de ader in haar hals kloppen alsof de huid zou breken. Niet wetend wat ze anders moesten doen, probeerden de twee mannen haar pijn te verzachten en haar te kalmeren, en ze bleven haar vasthouden, terwijl het zweet van haar lichaam stroomde en ze stuiptrekkend achterover op het bed viel.

'Help ons!' schreeuwde Romeo naar de mannen die rond het bed stonden. 'Ze stikt!'

Maar de krijgers van Giannozza waren geoefend in het beëindigen van levens, niet in het behoud ervan, en stonden nutteloos rond het bed terwijl de echtgenoot en de monnik worstelden om de vrouw te redden die zij beminden. Hoewel het vreemden waren, gingen de mannen zo op in het drama dat zich voor hun ogen ontvouwde, dat ze de komst van de schildwachten van Salimbeni niet opmerkten voordat ze de deur bereikten en vluchten onmogelijk was.

Het was een kreet van afgrijzen uit de hal die hen eerst waarschuwde voor gevaar. Iemand had kennelijk de jonge meester Nino in het oog gekregen, uitgestrekt in zijn eigen bloed. Toen stroomden de schildwachten van Salimbeni de kamer binnen en kregen Giannozza's mannen eindelijk de kans hun wapens te trekken.

In een situatie die zo wanhopig was als de hunne, was geen hoop meer hebben juist hun enige hoop om te overleven. Omdat ze wisten dat ze toch al ten dode opgeschreven waren, wierpen de mannen van Giannozza zich met onverschrokken heftigheid op Salimbeni's soldaten, hakten ze genadeloos neer, zonder te kijken of het lijden van hun slachtoffers wel voorbij was voordat ze op de volgende aanvielen. De enige gewapende man die zich niet in de strijd mengde, was Romeo, die zijn Giulietta niet los kon laten.

Een tijdlang wisten de mannen van Giannozza hun positie te verdedigen en iedereen te doden die de kamer binnenkwam. De deur was te smal om meer dan één vijand tegelijk door te laten, en zodra iemand zich naar binnen stortte, werd hij ontvangen door zeven messen in de handen van mannen die zich niet de hele avond laveloos hadden gedronken. In zo'n kleine ruimte als dit stonden een paar vastbesloten mannen niet zo machteloos tegenover een honderdtal tegenstanders als in het open veld het geval zou zijn geweest; zolang die honderd een voor een op hen afkwamen, stonden zij samen sterker.

Maar niet alle schildwachten van Salimbeni waren imbeciel; net toen Giannozza's mannen hoop kregen dat ze misschien de nacht wel zouden overleven, werden ze afgeleid door luid misbaar aan de andere kant van de kamer en toen ze zich haastig omdraaiden, zagen ze een geheime deur opengaan waar een golf schildwachten door naar binnen stroomde. Nu de vijand van voren en van achteren tegelijk op hen afkwam, werden de mannen snel overweldigd. Een voor een zakten Giannozza's mannen op hun knieën, sommigen stervend, sommigen al dood, terwijl de kamer volliep met schildwachten.

Zelfs nu alle hoop verloren was, wendde Romeo zich niet van Giulietta af om te vechten.

'Kijk me aan!' zei hij dringend tegen het meisje, te geconcentreerd op het tot leven wekken van haar dode lichaam om zichzelf te verdedigen. 'Kijk me...' Maar een speer vanaf de andere kant van de kamer trof hem precies tussen zijn schouderbladen en hij stortte zonder een woord op het bed, zelfs in de dood niet bereid Giulietta los te laten.

Toen zijn lichaam verslapte, viel de zegelring met de adelaar uit zijn hand, en broeder Lorenzo begreep dat het Romeo's laatste wens was geweest om de ring weer aan de vinger van zijn echtgenote te schuiven, waar hij hoorde. Zonder erbij na te denken greep hij het gewijde voorwerp van het bed, voordat het in beslag genomen kon worden door mannen die zijn afkomst nooit zouden respecteren, maar voor hij hem om Giulietta's vinger kon schuiven, werd hij door sterke handen bij haar weggetrokken.

'Wat is hier gebeurd, beuzelende monnik?' vroeg de kapitein van de wacht. 'Wie is die man, en waarom heeft hij Monna Giulietta vermoord?'

Te verdoofd door de schok en het verdriet om werkelijk bang te zijn antwoordde Lorenzo: 'Die man was haar ware echtgenoot.'

'Echtgenoot?' De kapitein greep de monnik bij de kap van zijn pij en schudde hem door elkaar. 'Jij bent een stinkende leugenaar!' Hij ontblootte zijn tanden in een grijns. 'Maar daar weten wij wel iets op.'

Maestro Ambrogio zag het met eigen ogen. De wagen arriveerde 's avonds laat uit Rocca di Tentennano, net toen hij langs het Palazzo Salimbeni liep, en de schildwachten laadden hun miserabele last uit aan de voeten van hun meester zelf, op de treden voor zijn deur.

Eerst kwam broeder Lorenzo, gebonden en geblinddoekt, nauwelijks in staat om zelf van de wagen te klimmen. Te oordelen naar de meedogenloze manier waarop de schildwachten hem het gebouw in trokken, brachten ze hem rechtstreeks naar de martelkamer. Vervolgens laadden ze de lijken van Romeo, Giulietta en Nino uit... allemaal gewikkeld in hetzelfde bloederige laken.

Later zeiden er mensen dat Salimbeni zonder enige emotie naar het dode lichaam van zijn zoon had gekeken, maar de Maestro werd niet misleid door het versteende gelaat van Salimbeni toen hij op zijn eigen tragedie neerkeek. Hier lag de uitkomst van zijn boze daden: God had hem gestraft door hem zijn eigen zoon als een ge-slacht lam op te dienen, besmeurd met het bloed van de twee men-sen die hij zelf had willen scheiden en vernietigen, tegen de wil van de hemel. Op dat moment begreep Salimbeni ongetwijfeld dat hij zich al in de hel bevond en dat zijn demonen hem altijd en overal zouden volgen, waar ter wereld hij ook ging en hoe lang hij ook mocht leven.

Toen maestro Ambrogio later die avond terugkeerde in zijn ate-lier, wist hij dat de soldaten van Salimbeni elk moment aan zijn deur konden kloppen. Als de geruchten over de martelpraktijken van Sa-limbeni klopten, zou de arme broeder Lorenzo er waarschijnlijk voor middernacht alles uitgooien wat hij wist, aangevuld met een stortvloed van onwaarheden en overdrijvingen.

Maar, vroeg de Maestro zich af, zouden ze hem echt ook durven ophalen? Hij was immers een beroemde kunstenaar met vele adel-lijke beschermheren. Toch kon hij daar niet op vertrouwen. Er was maar een ding zeker: weglopen en onderduiken zou zijn schuld ze-ker bevestigen, en als hij eenmaal weggelopen was, kon hij nooit meer terugkeren naar de stad die hij beminde als geen ander.

En dus zocht de schilder in zijn werkplaats naar bezwarende be-wijzen, zoals het portret van Giulietta en zijn dagboek, dat op tafel lag. Nadat hij een laatste alinea had toegevoegd – een paar verwar-de zinnen over wat hij die nacht had gezien – pakte hij het boek en het portret, wikkelde ze allebei in een lap, stopte ze in een lucht-dicht kistje en verborg die doos in een geheime holte in de muur, waar niemand het ooit zou kunnen vinden.

VI

I

Hoe kan ik weggaan als mijn hart hier is?
Keer om, zielloze klomp, en zoek je spil.

Janice had niet gelogen toen ze zei dat ze goed kon klimmen. Om de een of andere reden had ik nooit veel geloof gehecht aan haar ansichtkaarten uit exotische oorden, behalve als ze verhaalden van teleurstelling en liederlijkheden. Ik wilde haar liever stomdronken voor me zien in een motel in Mexico, dan – zoals ze ooit aan tante Rose had gekrabbeld, niet aan mij – snorkelend tussen de koraalriffen, in water zo schoon dat je erin kon springen als de onreine, oude zondaar die je was en er weer uit kwam zoals Eva op haar eerste ochtend in het paradijs voordat Adam verscheen met de krant en sigaretten.

Toen ik op mijn balkon stond te kijken hoe ze zich inspande om naar me toe te klimmen, was ik verbaasd dat ik zo had uitgekeken naar de terugkeer van mijn zus. Want nadat ik minstens een uur had lopen ijsberen in mijn kamer, was ik tot de frustrerende conclusie gekomen dat ik in mijn eentje nooit iets van de situatie zou begrijpen.

Zo was het altijd al geweest. Als ik als kind mijn problemen aan tante Rose voorlegde, redderde ze van alles, maar loste nooit iets op, en uiteindelijk voelde ik me dan nog beroerder dan voorheen. Als een jongen me treiterde op school, belde ze de directeur en alle onderwijzers en eiste dat zijn ouders gebeld zouden worden. Janice, daarentegen – die ons gesprek per ongeluk had gehoord – haalde simpelweg haar schouders op en zei: 'Hij is verliefd op haar. Gaat wel weer over. Wat eten we?' En ze had altijd gelijk, al vond ik het verschrikkelijk om dat te moeten toegeven.

Naar alle waarschijnlijkheid had ze nu ook gelijk. Niet dat ik haar sarcastische opmerkingen over Alessandro en Eva Maria waardeerde, maar iemand moest ze maken, en mijn eigen verstand was duidelijk ten prooi gevallen aan een belangenverstrengeling.

Puffend van de voortdurende inspanning om in leven te blijven greep Janice dankbaar de hand die ik haar toestak en slaagde er uiteindelijk in om een been over de balustrade te slaan. 'Klimmen, het is zo'n zoete kwelling...' hijgde ze, terwijl ze als een zak aardappels aan de andere kant neerplofte.

'Waarom nam je de trap niet?' vroeg ik toen ze naar adem zat te happen op de vloer van het balkon.

'Heel grappig!' zei ze fel terug. 'Aangezien er daarbuiten een massamoordenaar loopt die me niet kan luchten!'

'Kom nou toch!' zei ik. 'Als Umberto ons de nek had willen omdraaien, had hij dat allang gedaan!'

'Je weet nooit wanneer zulke mensen ineens doorslaan!' Janice stond eindelijk op en veegde haar kleren af. 'Vooral nu we het kistje van mama hebben. Ik zeg dat we hier *prontissimo* weggaan en...' Toen pas zag ze mijn gezicht en mijn roodomrande, gezwollen ogen. 'Jezus, Juul!' riep ze uit. 'Wat is er aan de hand?'

'Niets,' zei ik afwijzend. 'Ik ben net klaar met lezen over Romeo en Giulietta. Sorry dat ik het einde voor je bederf, maar het loopt niet goed af. Nino probeert haar te verleiden, dat wil zeggen, te verkrachten, en ze pleegt zelfmoord met een slaapdrank, net voordat Romeo binnenstormt om haar te redden.'

'Wat had je dan in hemelsnaam verwacht?' Janice liep naar binnen om haar handen te wassen. 'Mensen zoals de Salimbeni's veranderen niet. In geen miljoen jaar. Het zit in hun systeem gebakken. Kwaadaardig met een glimlach. Nino... Alessandro... van hetzelfde laken een pak. Ofwel je vermoordt ze, ofwel je laat je door hen vermoorden.'

'Eva Maria is niet zo...' begon ik, maar Janice liet me niet uitpraten.

'O, nee?' sneerde ze vanuit de badkamer. 'Laat mij je horizon even verbreden. Eva Maria bespeelt je al sinds dag nummer één. Denk je nou echt dat ze bij toeval in dat vliegtuig zat?'

'Doe niet zo belachelijk!' zei ik verschrikt. 'Niemand wist dat ik die dag zou aankomen behalve...'

'Precies!' Janice wierp de handdoek opzij en liet zich op het bed vallen. 'Ze werken duidelijk samen, zij en Umberto. Het zou me niets verbazen als het broer en zus zijn. Zo werkt de maffia, weet je. Het gaat allemaal om familie, om dienst en wederdienst en elkaars rug dekken... en ik zou dat vriendje van jou best willen dekken, maar ik weet nog niet zo zeker of ik ergens onder een betonnen vloer wil belanden.'

'Ach, hou nou toch eens op!'

'Nee, dat doe ik niet!' Janice was op dreef, met haar benen in de lucht: 'Neef Peppo zegt dat de man van Eva Maria, Salimbeni, een *bastardo classico* was. Hij gedroeg zich als soort ultrageorganiseerde misdadiger met limousines en kerels in glimmende pakken en Siciliaanse connecties, de hele poespas. Sommige mensen denken dat Eva Maria haar suikeroompje heeft laten omleggen zodat ze de zaak kon overnemen en van de limiet op haar creditcard af was. En jouw snoepje van de week is duidelijk haar favoriete spierbundel, en misschien zelfs haar schoothondje. Maar nu – tada! – heeft ze hem op jou afgestuurd, en de vraag is: graaft hij het bot voor haar op, of niet? Kan de maagd de playboy van het slechte pad afbrengen, of wint de griezelige stiefmoeder de strijd en steelt ze haar familiejuwelen terug zodra jij ze in je poezelige handjes hebt?'

Ik keek haar alleen maar aan. 'Ben je bijna klaar?'

Janice knipperde even, herstelde zich van haar solodroomvlucht. 'Zeker weten. Ik ben er helemaal klaar mee. Jij?'

'O, shit.' Ik ging naast haar zitten, ineens uitgeput. 'Mama probeerde ons een schat na te laten. En we hebben het verprutst. Ik heb het verprutst. Ben ik het dan haar niet verschuldigd om het goed te maken?'

'Volgens mij zijn we haar alleen verschuldigd om in leven te blijven.' Janice liet een paar sleutels voor me heen en weer bungelen. 'Laten we naar huis gaan.'

'Waar zijn die sleutels van?'

'Mama's oude huis. Peppo heeft me er alles over verteld. Het ligt ten zuidoosten van hier, in een plaatsje dat Montepulciano heet. Het heeft al die jaren leeggestaan.' Ze keek me behoedzaam hoopvol aan. 'Ga je mee?'

Ik keek haar met grote ogen aan, verbijsterd dat ze zich ertoe kon brengen om me dat te vragen. 'Wil je echt dat ik meega?'

Janice ging overeind zitten. 'Juul,' zei ze met ongebruikelijke nuchterheid. 'Ik wil echt dat we hier allebei weggaan. Dit gaat niet alleen maar om een standbeeld en wat edelstenen. Er is iets heel engs aan de hand. Peppo heeft me verteld over een geheim genootschap van mensen die geloven dat er een vloek op onze familie rust, en dat ze die moeten opheffen. En raad eens wie de leiding heeft? Jazeker, jouw maffiakoninginnetje. Dit zijn de zieke toestanden waar mama zich mee bezighield... iets met geheime bloedrituelen om de geesten van de doden op te roepen. Vergeef me dat ik niet al te enthousiast ben.'

Ik stond op om naar het raam te lopen en fronste mijn wenkbrauwen naar mijn spiegelbeeld. 'Ze heeft me uitgenodigd voor een feest. Bij haar thuis in Val d'Orcia.'

Toen Janice geen antwoord gaf, draaide ik me om, om te zien wat er aan de hand was. Ze lag achterover op het bed met haar handen voor haar gezicht geslagen. 'God sta me bij!' kreunde ze. 'Niet te geloven! Laat me raden: El Niño gaat ook?'

Ik gooide mijn armen omhoog. 'Kom op, Jan! Wil jij dit niet tot op de bodem uitzoeken? Ik wel!'

'En dat zul je ook!' Janice sprong van het bed en begon met gebalde vuisten heen en weer te benen. 'Je komt ergens op een bodem terecht, dat is zeker, met een gebroken hart en je voeten in een plak beton. Ik zweer bij onze lieve Heer... als je dit doet, en je gaat dood net als al onze voorouders die zogenaamd bij Eva Maria voor de voordeur begraven liggen, praat ik nooit meer tegen je!'

Ze keek me strijdlustig aan en ik keek ongelovig terug. Dit was niet de Janice die ik kende. De Janice die ik kende, had helemaal geen belangstelling voor mijn belevenissen, of voor mijn lot, behalve om te hopen dat alles wat ik probeerde zou mislukken. En bij het idee dat ik met mijn voeten in beton zou staan zou ze op haar dijen moeten kletsen van het lachen, niet op haar lippen bijten alsof ze bijna moest huilen.

'Goed dan,' zei ze rustiger, toen ik bleef zwijgen. 'Ga dan maar, en laat je maar vermoorden in een of ander... satanisch ritueel. Wat kan mij het ook schelen.'

'Ik heb niet gezegd dat ik ging.'

Ze ontspande zich een beetje. 'O! Nou, in dat geval vind ik het hoog tijd om een *gelato* te gaan eten.'

De rest van de middag probeerden we oude en nieuwe smaken in Bar Nannini, een ijssalon die toevallig aan de Piazza Salimbeni lag. Niet echt verzoend, maar in elk geval eenstemmig over twee zaken: we wisten veel te weinig over Alessandro om hem morgenochtend met mij te laten wegrijden, en ten tweede, gelato was beter dan seks.

'Geloof mij maar,' zei Janice met een knipoog om me op te monteren.

Ondanks al haar fouten was mijn zusje altijd enorm volhardend geweest, en ze hield in haar eentje vrijwel drie uur lang de wacht, terwijl ik ineengedoken op een bankje in de verste hoek van de winkel zat en me van tevoren al geneerde bij het idee dat we ontdekt zouden worden.

Plotseling trok Janice me overeind. Ze zei geen woord; dat was ook niet nodig. Toen we samen door de glazen deur gluurden, zagen we Alessandro te voet de Piazza Salimbeni oversteken en de Corso aflopen.

'Hij gaat de stad in!' merkte Janice op. 'Ik wist het wel! Kerels zoals hij wonen niet in buitenwijken. Of misschien...' Ze trok een gezicht naar me: 'Misschien gaat hij wel naar zijn maîtresse.' We strekten allebei onze hals om beter te kunnen kijken, maar Alessandro was nergens meer te bekennen. 'Verdorie!'

We stoven de Bar Nannini uit en holden zo goed en zo kwaad als het ging over straat zonder al te veel aandacht te trekken, wat altijd een uitdaging was in het gezelschap van Janice. 'Wacht!' Ik greep haar arm om haar tegen te houden. 'Ik zie hem! Hij gaat daar... pas op!'

Alessandro stopte en wij doken samen een portiek in. 'Wat doetie?' siste ik, te bang om gezien te worden als ik zelf keek.

'Hij praat met een of andere vent,' zei Janice halsreikend. 'Een vent met een gele vlag. Wat is dat toch met die vlaggen? Iedereen loopt hier met een vlag...'

Een paar tellen later zetten we de achtervolging weer in, langs etalages en portieken sluipend om niet ontdekt te worden, en volgden onze prooi door de hele straat, voorbij de Campo en omhoog naar de Piazza Postierla. Hij was al meerdere keren gestopt om mensen te begroeten die de andere kant op liepen, maar naarmate de weg steiler werd, nam het aantal vrienden toe.

'Joh!' riep Janice uit toen Alessandro weer stopte om een baby in een wandelwagen onder haar kinnetje te kriebelen. 'Wil die vent burgemeester worden of zo?'

'Het heet intermenselijke relaties,' mompelde ik. 'Je zou het eens moeten proberen.'

Janice rolde met haar ogen. 'Moet je ons sociale kuddediertje horen!'

Ik broedde nog op een snedig antwoord toen we merkten dat ons doelwit verdwenen was.

'O, nee!' protesteerde Janice. 'Waar is hij gebleven?'

Snel holden we naar het punt waar we Alessandro voor het laatst hadden gezien voordat hij verdween, vrijwel recht tegenover de kapsalon van Luigi, en daar ontdekten we de ingang van het allerkleinste, allerdonkerste steegje van heel Siena.

'Zie jij hem?' fluisterde ik verscholen achter Janice.

'Nee, maar dit is de enige plek waar hij kan zijn.' Ze greep mijn hand en trok me mee. 'Kom!'

Toen we op onze tenen door de steeg liepen, moest ik giechelen. Hier slopen we dan rond, hand in hand, net als toen we kleine meisjes waren. Janice keek me streng aan, ongerust over het lawaai, maar toen ze mij zag lachen, liet ze zich vermurwen en begon ook te giechelen.

'Ik geloof gewoon niet dat we dit doen! Dit is zo gênant!'

'Sst!' siste ze. 'Ik geloof dat dit een slechte buurt is.' Ze knikte naar de graffiti op een van de muren. 'Wat is een *galleggiante*? Het klinkt behoorlijk obsceen. En wat is er in godsnaam in '92 gebeurd?'

'Columbus ontdekt Amerika?' opperde ik, waarop we allebei weer in lachen uitbarstten.

Onderaan draaide de steeg scherp naar rechts, en we bleven even staan op de hoek om te luisteren of we verdwijnende voetstappen hoorden. Janice stak haar hoofd er zelfs omheen om de situatie op te nemen, maar ze trok het heel snel terug.

'Heeft hij je gezien?' fluisterde ik.

Janice haalde diep adem. 'Hij staat met een man te praten. En er is een paard bij.'

'Een paard?!' Ik geloofde mijn oren niet en boog voorover om zelf te kijken. Er stond inderdaad een paard, in een kleine box aan het uiteinde van de smalle straat, net waar er een paar heldere stralen zonlicht op het plaveisel terechtkwamen. Alessandro was echter nergens meer te zien en ik draaide me verwijtend om naar Janice. 'Hij is weg. Wat nu?'

Zonder mijn instemming af te wachten zette ze zich af tegen de muur en liep de steeg in naar het paard en de verzorgers. Niet wetend wat ik anders moest doen rende ik haar achterna en trok aan haar arm om haar tot stilstand te dwingen.

'Ben je gek!' siste ik. 'Dat moet wel een paard voor de Palio zijn, en die kerels willen geen toeristen in de buurt...'

'O, ik ben geen toerist,' zei Janice terwijl ze mijn handen van zich afschudde en verder liep: 'Ik ben journalist.'

'Nee! Jan! Wacht!'

Toen ze op de mensen die het paard bewaakten afliep, voelde ik een vreemde mengeling van bewondering en het verlangen om haar te vermoorden. De laatste keer dat ik me echt zo had gevoeld was in de brugklas, toen ze spontaan de telefoon had gepakt en het nummer van een jongen uit onze klas had gedraaid, alleen omdat ik zei dat ik hem leuk vond.

Op dat moment sloeg iemand vlak boven ons een paar luiken open, en zodra ik me realiseerde dat het Alessandro was, deinsde ik terug tegen de muur, Janice met me meetrekkend, zodat hij ons vooral niet als een paar zwijmelende tienermeisjes in zijn buurt zou zien rondsnuffelen.

'Niet kijken!' fluisterde ik, nog steeds in shock vanwege de nipte ontsnapping. 'Ik denk dat hij daarboven woont, op de derde verdieping. Missie volbracht. Zaak gesloten. Tijd om te gaan.'

'Hoe bedoel je, missie volbracht?' Janice boog zich met glimmende ogen achterover om naar Alessandro's raam te kijken. 'We zijn hier gekomen om te kijken wat hij in zijn schild voert. Ik vind dat we in de buurt moeten blijven.' Ze probeerde de dichtstbijzijnde deur, en toen die zonder moeite openging, wiebelde ze met haar wenkbrauwen en liep naar binnen. 'Kom op!'

'Ben je helemaal gek geworden?' Zenuwachtig keek ik naar de mannen. Ze vroegen zich duidelijk af wie we waren en wat we van plan waren. 'Ik zet geen stap in dat gebouw! Daar woont hij!'

'Prima,' schokschouderde Janice. 'Blijf hier maar rondhangen dan. Dat vinden ze vast niet erg.'

We bleken niet in een trapgat te staan. Achter Janice in het halfdonker was ik bang geweest dat ze voor me uit helemaal naar de derde verdieping zou rennen, vastbesloten om Alessandro's deur in te trappen en vragen op hem af te vuren. Maar toen ik zag dat er geen trap was, begon ik geleidelijk te ontspannen.

Aan het einde van de gang stond een deur open en we strekten onze halzen om te zien wat er zich aan de andere kant bevond.

'Vlaggen!' merkte Janice op. 'Meer vlaggen. Iemand heeft hier iets met geel. En met vogels.'

'Het is een museum,' zei ik, omdat ik een paar cencio's aan de muur zag hangen. 'Een contradamuseum, net als dat van Peppo. Ik vraag me af of...'

'Cool,' zei Janice en ze duwde de deur open voordat ik kon protesteren. 'Laten we gaan kijken. Jij was altijd al dol op stoffige, oude troep.'

'Ben je mal?' Ik probeerde haar tegen te houden, maar ze schudde mijn hand af en liep brutaal de zaal in. 'Kom terug! Jan!'

'Welke vent woont er nou in een museum?' zei ze peinzend terwijl ze naar de tentoongestelde voorwerpen keek. 'Het is nogal griezelig.'

'Niet in,' corrigeerde ik. 'Boven. En ze hebben hier heus geen mummies.'

'Hoe weet jij dat?' Ze wipte het vizier van een harnas open om te kijken. 'Misschien hebben ze wel paardenmummies. Misschien houden ze die geheime bloedrituelen wel hier en roepen ze de geesten van de doden op.'

'O, ja.' Ik probeerde haar met toegeknepen ogen vuil aan te kijken vanachter de deur. 'Nog bedankt dat je dat zo fijn hebt uitgezocht.'

'Hé!' Ze stak beide handen op. 'Peppo wist er verder ook niets van, oké!'

Ik bleef naar haar kijken terwijl ze nog een paar minuten op haar tenen rondliep en deed alsof ze geïnteresseerd was in de expositie. We wisten allebei dat ze het alleen deed om mij te ergeren. 'Oké,' siste ik uiteindelijk. 'Heb je nu genoeg vlaggen gezien?' Janice liep echter zonder te antwoorden gewoon door naar een andere kamer en liet mij staan, half verborgen en helemaal alleen.

Het duurde even voordat ik haar had gevonden; ze liep in een kleine kapel waar brandende kaarsen op een altaar stonden, met schitterende olieverfschilderijen aan elke muur. 'Wauw!' zei ze toen ik me bij haar voegde. 'Hoe zou je dit vinden als woonkamer? Wat doen ze hierbinnen? Ingewanden lezen?'

'Ik hoop dat ze binnenkort die van jou lezen! Kunnen we nu eindelijk gaan?'

Maar voordat ze me een bijdehand antwoord kon geven, hoorden we voetstappen. We struikelden bijna over elkaars voeten in onze paniek en zetten het op een lopen om de kapel uit te komen en een schuilplaats te vinden in de zaal ernaast.

'Hierin!' Ik trok Janice mee in een hoek achter een glazen vitrinekast met gedeukte ruiterhelmen, en vijf tellen later liep er een oudere vrouw langs met haar armen vol gevouwen gele kledingstukken. Achter haar aan kwam een jongetje van een jaar of acht, handen in zijn zakken, ontevreden trek op zijn gezicht. De vrouw liep meteen de zaal door, maar de jongen bleef helaas op drie meter afstand van onze schuilplaats staan om de antieke zwaarden aan de muur te bekijken.

Janice trok een gezicht, maar we durfden geen van beiden een vin te verroeren, laat staan te fluisteren, gehurkt als we daar zaten in de hoek, de klassieke boosdoeners. Gelukkig voor ons was de jongen te gefixeerd op zijn eigen kattenkwaad om ergens anders op te letten. Hij keek of zijn grootmoeder goed en wel weg was, strekte zich uit om een rapier van de haken aan de muur te halen en nam een paar schermhoudingen aan die er helemaal niet gek uitzagen. Hij ging zo op in zijn verboden spel dat hij pas hoorde dat er iemand binnenkwam toen het al te laat was.

'Nee, nee, nee!' mopperde Alessandro, die dwars door de zaal op de jongen toeliep en hem de rapier uit handen nam. Maar in plaats van het wapen terug te hangen aan de muur, zoals elke verantwoordelijke volwassene zou hebben gedaan, deed hij de jongen de juiste houding voor en gaf hem toen de rapier terug. '*Tocca a te!*'

Het wapen ging een paar keer van de een naar de ander tot Alessandro uiteindelijk een ander rapier van de muur haalde en de jongen trakteerde op een speels duel, dat pas eindigde toen een vrouwenstem boos riep: '*Enrico! Dove sei?*'

Binnen een oogwenk hingen de wapens weer aan de muur en toen grootmoeder in de deuropening verscheen, stonden zowel Alessandro als de jongen onschuldig met hun handen achter hun rug.

'Ah!' riep de vrouw uit, verrukt om Alessandro te zien, en ze zoende hem op beide wangen. 'Romeo!'

Ze zei nog veel meer, maar dat hoorde ik niet. Als Janice en ik niet al gehurkt zaten, zou ik misschien door mijn knieën zijn gezakt, want mijn benen waren softijs geworden.

Alessandro was Romeo.

Natuurlijk was hij Romeo. Hoe kon ik dat niet gemerkt hebben? Was dit niet het Adelaarsmuseum? Had ik de waarheid niet al in Malèna's ogen gezien? En in de zijne...?

'Jezus, Juul!' gebaarde Janice geluidloos en boos. 'Beheers je!'

Maar er viel niets meer te beheersen. Alles wat ik dacht te weten over Alessandro draaide voor mijn ogen als cijfers op een roulettewiel, en ik besefte dat ik – in elk gesprek dat ik met hem had gevoerd – al mijn fiches op de verkeerde kleur had ingezet.

Hij was Paris niet, hij was Salimbeni niet, hij was zelfs Nino niet. Hij was altijd Romeo geweest. Niet Romeo, de ongenode gast op feestjes met een elfenhoed, maar Romeo de banneling, lang geleden verbannen door roddel en bijgeloof, die zijn hele leven had geprobeerd om iemand anders te worden. Romeo, had hij gezegd, was zijn rivaal. Romeo had boosaardige handen, en de mensen wilden graag geloven dat hij dood was. Romeo was niet de man die ik dacht te kennen; hij zou mij nooit zijn liefde verklaren in rijmende coupletten. Maar Romeo was wel de man die 's avonds laat naar het atelier van maestro Ambrogio kwam, om een glas wijn te drinken en het portret van Giulietta Tolomei te bewonderen. Dat betekende meer voor mij dan de mooiste poëzie.

En toch, waarom had hij me de waarheid nooit verteld? Ik had hem telkens weer gevraagd naar Romeo, maar telkens weer had hij gereageerd alsof we het over iemand anders hadden. Iemand die ik voor mijn eigen bestwil beter niet kon kennen.

Ineens herinnerde ik me weer dat hij me de kogel liet zien die aan een leren veter om zijn nek hing, en dat Peppo me vanuit zijn ziekenhuisbed vertelde dat Romeo dood was. En ik herinnerde me de uitdrukking op Alessandro's gezicht toen Peppo had verteld dat Romeo buiten het huwelijk geboren was. Nu pas begreep ik waarom hij zo boos was op mijn familieleden, de Tolomei's, die zijn ware identiteit niet kenden en hem met zoveel genoegen als een Salimbeni en dus als een vijand hadden behandeld.

Net als ik.

Toen iedereen de zaal eindelijk had verlaten – grootmoeder en Enrico de ene kant op, Alessandro de andere – pakte Janice me bij mijn schouders, haar ogen witheet. 'Wil je je nu beheersen!'

Maar dat was veel gevraagd. 'Romeo!' kreunde ik terwijl ik naar mijn hoofd greep. 'Hoe kan hij Romeo zijn? Ik ben zo'n idioot!'

'Ja, dat klopt, maar dat is geen nieuws.' Janice was niet in de stemming om aardig te zijn. 'We weten niet of hij Romeo ís. Dé Romeo. Misschien is het gewoon zijn tweede naam. Romeo is een heel gewone Italiaanse naam. En als hij echt dé Romeo is – dan verandert er nog niets. Hij speelt nog steeds onder één hoedje met de Salimbeni's! Hij heeft toch die ravage aangericht in je hotelkamer!'

Ik slikte een paar keer. 'Ik voel me niet goed.'

'Nou, laten we hier dan als de bliksem weggaan.' Janice nam mijn hand en trok me mee, in de waan dat ze ons naar de hoofdingang van het museum leidde.

We belandden echter in een deel van de tentoonstelling dat we nog niet hadden gezien: een schemerige kamer met heel oude en versleten cencio's aan de muur, ingelijst in glazen vitrines. De zaal had de sfeer van een voorouderlijke gedenkplaats, en aan de ene kant leidde een gebogen trap in donkere steen steil naar het ondergrondse.

'Wat is daarbeneden?' fluisterde Janice halsreikend.

'Vergeet het maar!' zei ik snel, iets van mijn energie terugvindend. 'We gaan niet gevangen zitten in een of andere kerker!'

Maar Fortuna gaf kennelijk de voorkeur aan de brutaliteit van Janice boven mijn zenuwen, want het volgende moment hoorden we weer stemmen die van alle kanten tegelijk op ons af leken te komen, en we vielen bijna van de trap in onze haast om uit het zicht te raken. Hijgend van de angst om ontdekt te worden, hurkten we onder aan de trap terwijl de stemmen naderbij kwamen en de voetstappen uiteindelijk net boven ons hoofd tot stilstand kwamen. 'O, nee!' fluisterde ik. 'Hij is het!'

We keken elkaar met grote ogen aan. Nu we letterlijk in Alessandro's kelder gehurkt zaten, leek zelfs Janice het vooruitzicht op een ontmoeting niet van harte te verwelkomen.

Op dat moment gingen de lichten om ons heen aan; we zagen Alessandro de trap afdalen en toen stilstaan. *'Ciao, Alessio, come stai...?'* hoorden wij hem zeggen, ter begroeting van iemand anders, en Janice en ik wierpen elkaar een blik toe, ons maar al te bewust van het feit dat onze vernedering was uitgesteld, al was het maar enkele minuten.

Toen we verwoed om ons heen keken om onze opties te bepalen, zagen we dat we echt in de val zaten op een ondergrondse, doodlopende weg, precies zoals ik al had voorspeld. Naast drie gapende gaten in de muur – de zwarte muilen van de Bottini-grotten – was er geen andere manier om weg te komen dan weer omhoog, langs Alessandro. En iedere poging om de grotten in te gaan werd onmogelijk gemaakt door de zwarte ijzeren roosters die de gaten bedekten.

Maar zeg nooit nooit tegen een Tolomei. Opstandig bij het idee dat we in de val zaten, stonden we beiden op en begonnen met bevende vingers de roosters te inspecteren. Ik probeerde vooral te zien of we ons er met brute kracht langs zouden kunnen dringen, terwijl Janice deskundig iedere schroef en scharnier betastte en kennelijk weigerde te geloven dat de constructies niet op de een of andere manier open konden. Voor haar had iedere muur een deur en elke deur een sleutel; kortom, elke vastloper had een ejectknop. Het enige wat je hoefde te doen was rondkijken en hem vinden.

'Psst!' Enthousiast wenkte ze me en liet zien dat het derde en laatste rooster inderdaad openzwaaide, net als een deur, en zonder het minste geknars. 'Kom op!'

We gingen zo ver de aarde in als het licht toestond, en liepen toen nog een paar meter door in het pikkedonker, tot we uiteindelijk niet verder konden. 'Als we een zaklamp hadden...' begon Janice. 'O, shít!' We bonsden bijna met onze hoofden tegen elkaar toen een lichtstraal de hele lengte van de grot bescheen tot waar wij stonden, slechts enkele centimeters voor hij ons bereikte stopte, en zich toen weer terugtrok, zoals een golf de oever oprolt en weer terugtrekt naar zee.

Geschrokken van de nipte ontsnapping, struikelden we verder de grot in tot we iets vonden wat op een nis leek en groot genoeg was om ons allebei op te slokken. 'Komt hij eraan? Komt hij eraan?' siste Janice, achter mij gevangen zonder iets te kunnen zien. 'Is hij het?'

Ik stak even mijn hoofd naar buiten en trok het snel weer terug: 'Ja, ja en ja!'

Het was moeilijk om iets anders te onderscheiden dan het heen en weer stuiterende felle licht van de zaklamp, maar op zeker moment stabiliseerde alles en durfde ik weer te kijken. Het was inderdaad Alessandro – of, moest ik eigenlijk zeggen, een versie van Romeo – en voor zover ik kon zien, stond hij stil om een kleine deur in de muur van de grot van het slot te halen, met de zaklamp strak onder zijn arm geklemd.

'Wat is hij aan het doen?' wilde Janice weten.

'Het lijkt op een soort kluis... hij haalt er iets uit. Een doosje.'

Janice krabde me opgewonden. 'Misschien is het de cencio!'

Ik keek nog eens. 'Nee, daar is het te klein voor. Meer een sigarenkistje.'

'Ik wist het! Hij rookt!'

Ik keek strak naar Alessandro toen hij de kluis afsloot en met het kistje terugliep naar het museum. Enkele tellen later viel het ijzeren rooster achter hem dicht, met een klap die veel te lang nagalmde in de Bottini en in onze oren.

'O, nee!' zei Janice.

'Zeg nou niet dat...!' Ik keerde me naar haar toe in de hoop dat ze me gerust zo stellen. Maar zelfs in het donker zag ik de angstige uitdrukking op haar gezicht.

'Nou, ik vroeg me af waarom hij eerst niet op slot was...,' zei ze defensief.

'Maar dat weerhield je nergens van, hè!' snauwde ik. 'En nu zitten we in de val!'

'Waar is je gevoel voor avontuur?' Janice probeerde altijd van de nood een deugd te maken, maar deze keer kon ze zelfs zichzelf niet overtuigen. 'Dit is geweldig! Ik heb altijd al speleoloog willen zijn. Het moet ergens op uitkomen, toch?' Ze keek me aan en probeerde haar nervositeit te bezweren door mij te pesten: 'Of wil de *kweine Juwia wiever doow Womeo gewed* worden?'

Umberto had ons ooit de Romeinse catacomben beschreven, nadat we tante Rose een hele avond hadden geteisterd met vragen over Italië en waarom we er niet heen konden. Nadat hij ons allebei een theedoek had gegeven zodat we ons nuttig konden maken en hij zelf zijn handen in het afwaswater doopte, legde hij uit hoe de eerste christenen zich in geheime ondergrondse grotten verzamelden om de mis te vieren waar niemand hen kon zien om hun activiteiten aan de heidense Keizer door te brieven. In diezelfde geest hadden de vroege christenen ook de Romeinse traditie van het cremeren van de doden getart, door hun doden in lijkwaden te wikkelen en de stoffelijk overschotten op richels in de rotsen te leggen, waar ze begrafenisrituelen uitvoerden die draaiden om de hoop op wederkomst.

Als we echt zo graag naar Italië wilden, zei Umberto tot slot, zou hij ons allereerst meenemen in die grotten en ons alle interessante skeletten laten zien.

Terwijl Janice en ik door de Bottini liepen, struikelend in het donker en om beurten aan kop, haalde ik me de enge verhalen van Umberto in al hun hevigheid weer voor de geest. Net als de mensen in zijn verhaal liepen we hier onder de grond om ontdekking te vermijden, en net als die vroege christenen wisten we niet precies waar en wanneer we uiteindelijk boven zouden komen, als dat al ooit gebeurde.

De aansteker voor de wekelijkse sigaret van Janice hielp een beetje; ongeveer elke twintig stappen stopten we en staken hem even aan, om ons ervan te vergewissen dat we niet bijna in een bodemloos gat vielen of in een enorm spinnenweb terechtkwamen, zoals Janice op een gegeven moment jammerde toen de muur van de grot ineens slijmerig werd.

'Beestjes zijn wel de minste van onze zorgen,' zei ik terwijl ik de aansteker van haar overnam. 'Maak het gas niet op. We kunnen hier wel de hele nacht zitten.'

Zwijgend liepen we een poosje door, ik voorop, Janice vlak achter me, mompelend over spinnen die dol waren op vocht, tot mijn voet een steen raakte zodat ik op de ongelijke vloer terechtkwam en mijn knieën en polsen zo bezeerde dat ik wel had kunnen huilen, als ik niet zoveel haast had gehad om te kijken of de aansteker het nog deed.

'Gaat het?' vroeg Janice met een van angst vervulde stem. 'Kun je lopen? Ik denk niet dat ik je zou kunnen dragen.'

'Het gaat best,' bromde ik en ik rook bloed aan mijn vingers. 'Jouw beurt om voorop te lopen. Hier...' Ik frommelde haar de aansteker in handen. 'Breek je benen niet.'

Met Janice voorop kon ik achterblijven en mijn wonden inspecteren, zowel geestelijk als lichamelijk, terwijl we traag het onbekende tegemoet kropen. Mijn knieën lagen min of meer aan flarden, maar dat was nog niets vergeleken bij het tumult in mijn ziel.

'Jan?' Ik legde mijn vingers op haar rug onder het lopen. 'Denk je dat hij me misschien niet heeft verteld dat hij Romeo was, omdat hij wilde dat ik om de juiste redenen verliefd op hem zou worden, niet alleen vanwege zijn naam?'

Eigenlijk kon ik het haar niet kwalijk nemen dat ze kreunde.

'Oké...' ging ik verder. 'Dus hij heeft me niet verteld dat hij Romeo was omdat een lastige maagd die zijn incognitospelletje verstoort wel het laatste is waar hij op zit te wachten?'

'Juul!' Janice was zo geconcentreerd haar weg aan het zoeken in het gevaarlijke duister dat ze weinig geduld had met mijn gissingen. 'Wil je ophouden met jezelf zo te martelen! We weten niet eens of hij Romeo wel is! Trouwens, zelfs als hij het is, ga ik hem nog altijd binnenstebuiten keren om de manier waarop hij je heeft behandeld.'

Ondanks haar boze stem was ik opnieuw verbijsterd dat ze zo bezorgd was om mijn gevoelens, en ik vroeg me af of dat iets nieuws was of gewoon iets wat me niet eerder was opgevallen.

'Maar weet je, hij heeft nooit echt gezegd dat hij een Salimbeni was,' ging ik verder. '*Ik* was steeds degene die... oeps!' Weer viel ik bijna en ik moest me aan Janice vastgrijpen om mijn evenwicht te hervinden.

'Laat me raden,' zei ze, terwijl ze de aansteker aanknipte zodat ik haar opgetrokken wenkbrauwen kon zien. 'Hij heeft ook gezegd dat hij niets met de inbraak in het museum te maken had?'

'Dat was Bruno Carrera!' riep ik uit. 'En hij werkte voor Umberto!'

'O nee, Julia, liefje,' imiteerde Janice, en ze klonk helemaal niet als Alessandro. 'Ik heb Romeo's cencio niet gestolen, waarom zou ik zoiets doen? Voor mij is het alleen maar een oud vod. Maar hé, laat mij voor je op dat scherpe mes passen, zodat jij je geen pijn doet. Hoe zei je dat het heette? Een dolk?'

'Zo ging het helemaal niet,' prevelde ik.

'Schatje, hij loog tegen je!' Eindelijk doofde ze de aansteker en liep verder. 'Hoe sneller je dat in je kleine Julia-mutsje opneemt, hoe beter. Geloof me, deze vent heeft hoe dan ook absoluut geen gevoelens voor je. Het is allemaal één grote vertoning om bij de... au!' Zo te horen had ze haar hoofd ergens aan gestoten, en weer hielden we halt. 'Wat was dat in vredesnaam?' Janice knipte de aansteker aan om te kijken – ze moest het drie of vier keer proberen voordat hij eindelijk aanging – en ontdekte toen dat ik huilde.

Geschokt door die ongewone aanblik legde ze met onhandige tederheid haar armen om me heen. 'Het spijt me, Juul. Ik wilde je alleen een gebroken hart besparen.'

'Ik dacht dat ik geen hart had?'

'Nou...' Ze gaf me een kneepje. 'Het ziet ernaar uit dat je er eentje hebt geteeld. Jammer, zonder was je leuker.' Met een plakkerige hand die nog steeds naar mokkavanille-ijs rook, schudde ze even aan mijn kin en slaagde er uiteindelijk in me aan het lachen te maken; hartelijker ging ze verder met: 'Het is trouwens mijn schuld. Ik had het moeten zien aankomen. Hij rijdt verdorie in een Alfa Romeo!'

Als we daar niet hadden stilgehouden, in het laatste, flakkerende vlammetje van de aansteker, was de opening in de muur aan onze linkerkant ons misschien niet eens opgevallen. Hij was nauwelijks een halve meter breed, maar voor zover ik kon zien toen ik neerknielde en mijn hoofd erin stak, helde het minstens tien of vijftien meter omhoog, zoals een luchtschacht in een piramide, en eindigde in een schelpvormig stukje blauwe lucht. Ik was er zelfs van overtuigd dat ik verkeersgeluiden hoorde.

'Heilige Maria!' juichte Janice. 'We kunnen weer verder! Ga jij maar eerst. Oudjes gaan voor.'

De pijn en de frustratie tijdens het lopen door de donkere tunnel vielen in het niet vergeleken bij mijn claustrofobie toen ik in de smalle schacht omhoogkroop en bij de kwelling van het schrapen op mijn geschaafde knieën en ellebogen. Want elke keer dat ik me een pijnlijke twintig centimeter omhoog wist te hijsen met mijn tenen en mijn vingertoppen, gleed ik weer een paar centimeter omlaag.

'Kom op!' zei Janice dringend, vlak achter me. 'Ga nou door!'

'Waarom ging jij dan niet eerst?' beet ik terug. 'Jij bent toch zo'n geweldige bergbeklimmer.'

'Hier...' Ze legde een hand onder mijn hooggehakte sandaal. 'Zet maar af op mijn hand.'

Langzaam en pijnlijk klommen we naar de bovenkant van de schacht, en hoewel die zich helemaal bovenaan aanzienlijk verbreedde, zodat Janice naast me kon kruipen, was het nog steeds een weerzinwekkende plek.

'Jakkes!' zei ze toen ze rondkeek naar de rommel die mensen door het rooster omlaag hadden gegooid. 'Dit is walgelijk. Is dat... een cheeseburger?'

'Zit er kaas op?'

'Hé, kijk!' Ze raapte iets op. 'Een mobiel! Wacht even... nee, sorry. De batterij is leeg.'

'Als je klaar bent met het vuilnis doorzoeken, kunnen we dan verder?'

We elleboogden ons een weg door rommel die te vies was voor woorden, tot we uiteindelijk aankwamen onder het verticale, kunstige riooldeksel dat ons van het aardoppervlak scheidde. 'Waar zijn we?' Janice perste haar neus tegen het bronzen filigrein en we keken samen naar de benen en voeten die voorbijliepen. 'Het is een soort piazza. Maar enorm groot.'

'Jeetje!' riep ik uit toen ik besefte dat ik de plek al eerder had gezien, vaak zelfs, maar uit hele andere hoeken. 'Ik weet precies waar we zijn! Het is de Campo.' Ik klopte tegen het riooldeksel. 'Au! Het is behoorlijk stevig.'

'Hallo? Hallo?!' Janice strekte zich uit om beter te kunnen zien. 'Kan iemand me horen? Is daar iemand?'

Een paar tellen later kwam een ongelovige tiener met een waterijsje en groene lippen in zicht, die zich vooroverboog om naar ons te kijken. 'Ciao?' zei ze, met een glimlach alsof ze een verborgen camera vermoedde. 'Ik ben Antonella.'

'Hoi, Antonella,' zei ik en ik probeerde oogcontact te maken. 'Spreek je Engels? We zitten een beetje in de val hier. Denk je dat je... iemand kan vinden om ons te helpen?'

Twintig uiterst gênante minuten later kwam Antonella terug met een paar blote voeten in sandalen.

'Maestro Lippi?' Ik was zo verbijsterd om mijn vriend de schilder te zien dat mijn stem me bijna ontviel. 'Hallo? Kent u me nog? Ik heb bij u op de bank geslapen.'

'Natuurlijk ken ik je nog!' zei hij stralend. 'Hoe gaat het met je?'

'Eh...' zei ik. 'Denkt u dat u dit ding zou kunnen... weghalen?' Ik wiebelde met mijn vingers door het opengewerkte riooldeksel. 'We zitten hier een beetje vast. En dit is mijn zusje trouwens.'

Maestro Lippi knielde neer om ons beter te kunnen zien. 'Zijn jullie ergens geweest waar je niet had moeten zijn?'

Ik glimlachte zo timide als ik kon. 'Ik ben bang van wel.'

De Maestro fronste zijn wenkbrauwen. 'Heb je haar graf gevonden? Heb je haar ogen gestolen? Heb ik je niet gezegd die te laten zitten waar ze zijn?'

'We hebben niets gedaan!' Ik wierp Janice een blik toe om te kijken of zij ook onschuldig genoeg keek. 'We kwamen klem te zitten, meer niet. Denkt u dat we dit ding op de een of andere manier los kunnen krijgen?' Weer klopte ik op het riooldeksel, en weer voelde het knap onbuigzaam aan.

'Natuurlijk!' zei hij zonder aarzelen. 'Dat is heel gemakkelijk.'

'Weet u dat zeker?'

'Natuurlijk weet ik dat zeker!' Hij wierp geestdriftig zijn handen in de lucht. 'Ik heb het zelf gemaakt!'

Het eten die avond was *pasta primavera* uit blik, opgeleukt met een takje rozemarijn uit de vensterbank van maestro Lippi, met een doos pleisters voor onze verwondingen als bijgerecht. Er was nauwelijks ruimte voor ons drieën aan de tafel in zijn atelier, aangezien we die deelden met kunstwerken en potplanten in diverse stadia van ontbinding, maar toch hadden Janice en hij de grootste lol.

'Wat ben jij stil,' merkte de kunstenaar op zeker moment op toen hij even bijkwam van het lachen en meer wijn inschonk.

'Julia had een kleine aanvaring met Romeo,' legde Janice namens mij uit. 'Hij vergeleek haar met de maan. Grote vergissing.'

'Ach!' zei maestro Lippi. 'Hij was hier gisteravond. Hij was niet gelukkig. Nu begrijp ik waarom.'

'Hij was hier gisteravond?' echode ik.

'Ja,' knikte de Maestro. 'Hij zei dat je niet op het schilderij lijkt. Jij bent veel mooier. En veel – wat zei hij ook alweer – o ja, dodelijker...' De Maestro glimlachte en proostte naar me in speelse verbondenheid.

'Heeft hij toevallig ook gezegd waarom hij schizo-spelletjes met me heeft gespeeld in plaats van me meteen te vertellen dat hij Romeo is?' zei ik, zonder de scherpte van mijn toon te verdoezelen. 'Ik dacht dat hij iemand anders was.'

Maestro Lippi keek verbaasd. 'Maar herkende je hem dan niet?'

'Nee!' Gefrustreerd greep ik naar mijn hoofd. 'Ik herkende hem niet. En hij herkende mij verdorie ook niet!'

'Wat kunt u ons precies vertellen over die man?' vroeg Janice aan de Maestro. 'Hoeveel mensen weten er dat hij Romeo is?'

'Het enige wat ik weet,' zei de Maestro schouderophalend, 'is dat hij geen Romeo genoemd wil worden. Alleen zijn familie noemt hem zo. Ik weet niet waarom. Hij wil Alessandro Santini worden genoemd...'

Ik hapte naar adem. 'U wist al die tijd al hoe hij heette? Waarom heeft u me dat niet verteld?'

'Ik dacht dat je het wist!' schoot de Maestro terug. 'Jij bent Julia! Misschien heb je een bril nodig!'

'Neem me niet kwalijk,' zei Janice, terwijl ze een schram op haar arm krabde. 'Maar hoe wist u dan dat hij Romeo was?'

Maestro Lippi keek verbijsterd. 'Ik... ik...'

Ze reikte naar de verbanddoos om nog een pleister te pakken.

'Zeg alstublieft niet dat u hem herkende uit een vorig leven.'

'Nee,' zei de Maestro met een frons. 'Ik herkende hem van het fresco. En toen zag ik de adelaar van de familie Marescotti op zijn arm...' Hij pakte mijn pols en wees op de binnenkant van mijn onderarm. 'Precies hier. Is die je niet opgevallen?'

Even was ik weer terug in de kelder van het Palazzo Salimbeni, waar ik de tatoeages van Alessandro probeerde te negeren terwijl we bespraken dat ik werd gevolgd. Zelfs toen was ik me ervan bewust geweest dat de zijne – in tegenstelling tot de slettenstempels op de vetrolletjes van Janice – geen souvenirs waren van dronken voorjaarsreisjes naar Amsterdam, maar het was niet bij me opgekomen dat ze belangrijke aanwijzingen bevatten over zijn identiteit. Ik had het eigenlijk te druk gehad met het zoeken naar diploma's en voorouders aan de muren van zijn kantoor om te beseffen dat dit een man was die zijn deugden niet in een zilveren lijstje tentoonspreidde, maar ze in verschillende vormen op zijn lichaam droeg.

'Ze heeft geen bril nodig,' merkte Janice op, die plezier had in mijn scheelogige zelfbeschouwing. 'Ze heeft nieuwe hersens nodig.'

'Niet dat ik van onderwerp wil veranderen, hoor,' zei ik terwijl ik mijn tas pakte. 'Maar zou u misschien iets voor ons willen vertalen?' Ik gaf maestro Lippi de Italiaanse tekst uit het kistje van mijn moeder, die ik al dagen met me meedroeg in de hoop een gewillige vertaler tegen te komen. Oorspronkelijk had ik met het idee gespeeld om het Alessandro te vragen, maar iets had me daarvan weerhouden. 'Wij denken dat het misschien belangrijk is.'

De Maestro pakte de tekst aan en las de titel en de eerste paar alinea's door. 'Dit is een verhaal,' zei hij een beetje verbaasd. 'Het heet *La Maledizione sul Muro*... De vloek op de muur. Het is vrij lang. Weten jullie zeker dat je het wilt horen?'

II

De pest over uw beider huizen!
Ze hebben wormenaas van mij gemaakt.

DE VLOEK OP DE MUUR

SIENA, 1370 A.D.

Er bestaat een legende die slechts weinig mensen kennen. Vanwege de beroemde personen die erbij betrokken waren, werd de hele zaak gesust voordat hij bij het publiek bekend werd. Het verhaal begint met Santa Caterina, die al sinds ze een klein meisje was bekendstond om haar bijzondere krachten. Mensen kwamen uit heel Siena bij haar met hun kwalen en pijntjes, en werden genezen door haar aanraking. Toen ze volwassen was, bracht ze het grootste deel van haar tijd door met het verzorgen van de patiënten in het ziekenhuis van de kathedraal van Siena, de Santa Maria della Scala, waar ze haar eigen kamertje met een bed had.

Op een dag wordt Santa Caterina naar het Palazzo Salimbeni geroepen, en als ze daar aankomt, ziet ze dat het hele huis vervuld is van angst. Vier nachten geleden, zo vertelt men haar, werd hier een grote bruiloft gevierd, en de bruid was een vrouw uit de familie Tolomei, de lieflijke Mina. Het was een magnifiek feest geweest, want de bruidegom was een zoon van Salimbeni en de twee families waren bij elkaar gekomen om te eten en te drinken, en om een duurzame vrede te vieren.

Maar als de bruidegom op het middernachtelijk uur naar de bruidskamer gaat, is zijn bruid er niet. Hij vraagt het de bedienden, maar niemand heeft haar gezien, en hij raakt vervuld van angst. Wat is er met Mina gebeurd? Is ze weggelopen? Of is ze ontvoerd door vijanden? Maar wie zou het wagen de families Tolomei en Salimbeni zoiets aan te doen? Het is onmogelijk. Dus rent de bruidegom overal heen, naar boven, naar beneden, stelt vragen aan bedienden, aan schildwachten, maar zonder resultaat. Mina kan het huis niet ongezien hebben verlaten. En ook zijn hart zegt nee! Hij is een vriendelijke jongeman, een knappe man. Ze zou nooit bij hem weglopen. Maar nu moet deze jonge Salimbeni het aan zijn vader vertellen, en aan haar vader, en als zij horen wat er aan de hand is, begint het hele huishouden te zoeken naar Mina.

Urenlang zoeken ze, in de slaapkamers, in de keuken, zelfs op zolder, tot de leeuwerik zingt en ze het eindelijk opgeven. Maar dan, als de nieuwe dag is aangebroken, komt de oudste grootmoeder van het bruiloftsgezelschap, Monna Cecilia, naar beneden en treft hen daar aan, allemaal in tranen en pratend over oorlog tegen deze, oorlog tegen gene. De oude Monna Cecilia hoort hen aan en zegt hun dan: 'Treurende heren, kom met mij mee, en ik zal uw Mina vinden. Want er is een plek in huis waar u nog niet heeft gezocht, en ik voel in mijn hart dat ze daar is.'

Monna Cecilia neemt hen mee, diep onder de grond naar de eeuwenoude kerkers van het Palazzo Salimbeni. En ze laat hen zien dat de deuren geopend zijn met de huishoudsleutels die tijdens de huwelijksceremonie aan de bruid werden overhandigd, en vertelt dat dit spelonken zijn waar al jaren niemand is geweest, uit angst voor het donker. De oude mannen van de bruiloftspartij zijn doodsbang, want ze kunnen niet geloven dat de nieuwe bruid sleutels heeft gekregen voor al deze geheime deuren, en ze worden steeds bozer naarmate ze verder lopen, en steeds banger. Want ze weten dat er zich daaronder veel duisters bevindt, en dat er veel dingen zijn gebeurd in het verleden, vóór de pest, die beter vergeten kunnen worden. Daar lopen ze dus, al die grote, oude mannen, achter de oude Monna Cecilia aan met hun fakkels, en ze geloven hun ogen niet.

Ten slotte komen ze aan bij een kamer die in vroeger tijden werd gebruikt voor straffen, en nu staat Monna Cecilia stil, en alle mannen staan stil, en ze horen iemand huilen. Bij dat geluid stuift de jonge bruidegom naar voren met zijn fakkel, en als het licht de verste hoek van de cel bereikt, ziet hij daar zijn bruid zitten, op de vloer in haar mooie blauwe nachtjapon. Ze rilt van de kou en ze is zo bang dat ze schreeuwt als ze de mannen ziet, en ze herkent niemand, zelfs haar eigen vader niet.

Natuurlijk tillen ze haar op en dragen haar naar boven naar het daglicht, en ze wikkelen haar in wol en geven haar water te drinken en lekkere dingen te eten, maar Mina blijft rillen en duwt iedereen weg. Haar vader probeert met haar te praten, maar ze wendt haar hoofd af en wil hem niet aankijken. Ten slotte pakt de arme man haar bij de schouders en vraagt zijn dochter: 'Weet je niet meer dat jij mijn kleine Mina bent?' Maar Mina duwt hem met een sneer van zich af en zegt, met een stem die niet de hare is, een stem zo donker als de dood: 'Nee, ik ben jouw Mina niet. Mijn naam is Lorenzo.'

Je kunt je het afgrijzen van beide families voorstellen wanneer ze beseffen dat Mina haar verstand verloren heeft. De vrouwen beginnen te bidden tot de Heilige Maagd Maria en de mannen beginnen elkaar te verwijten dat ze slechte vaders zijn, en slechte broers, en dat ze Mina veel te laat gevonden hebben. De enige die rustig blijft is de oude Monna Cecilia, die naast Mina gaat zitten en haar over de haren strijkt en probeert haar weer te laten praten.

Maar Mina wiegt heen en weer en wil niemand aankijken tot Monna Cecilia uiteindelijk zegt: 'Lorenzo, Lorenzo, mijn beste, ik ben Monna Cecilia. Ik weet wat ze je hebben aangedaan!'

Nu kijkt Monna Mina de oude vrouw eindelijk aan en begint weer te huilen. En Monna Cecilia neemt haar in haar armen en laat haar huilen, huilen, urenlang, tot ze samen in slaap vallen op het bruidsbed. Drie dagen lang slaapt Monna Mina, en ze heeft dromen, vreselijke dromen, en wekt het hele huishouden met haar kreten, tot de familie ten slotte besluit om Santa Caterina te laten komen.

Als ze het hele verhaal heeft aangehoord, begrijpt Santa Caterina dat Monna Mina bezeten is door een geest. Maar ze is niet bang. Ze blijft de hele nacht bij het bed van de jonge vrouw zitten en bidt onophoudelijk, en tegen de ochtend wordt Monna Mina wakker en weet weer wie ze is.

Er heerst vreugde in het huis en iedereen prijst Santa Caterina, ook al moppert ze en zegt ze dat alleen Christus lof verschuldigd is. Maar zelfs tijdens dit uur van grote blijdschap is Monna Mina nog steeds verontrust, en als ze vragen wat haar zorgen baart, vertelt ze dat ze een boodschap voor hen heeft van Lorenzo. En ze kan niet rusten tot ze die heeft bezorgd. Je kunt je voorstellen hoe angstig iedereen moet zijn geweest om haar weer over die Lorenzo te horen praten, die geest die haar bezeten heeft, maar ze zeggen: 'Goed, we zijn bereid naar de boodschap te luisteren.' Maar Monna Mina kan zich de boodschap niet herinneren en ze begint weer te huilen, en iedereen is ontsteld. 'Misschien,' zeggen ze met gedempte, bezorgde stemmen tegen elkaar, 'zal ze weer haar verstand verliezen.'

Maar nu overhandigt de wijze Santa Caterina aan Monna Mina een in inkt gedoopte veer en zegt: 'Lieve kind, laat Lorenzo zijn boodschap uitschrijven met jouw hand.'

'Maar ik kan niet schrijven!' zegt Mina.

'Nee,' zegt Santa Caterina. 'Maar als Lorenzo die vaardigheid wel meester is, zal zijn hand de jouwe bewegen.'

Dus neemt Monna Mina de veer aan en blijft een poos zitten, wachtend tot haar hand beweegt, en Santa Caterina bidt voor haar. Ten slotte komt Monna Mina zonder een woord overeind, loopt als een slaapwandelaar naar de trap en gaat naar beneden, steeds dieper de kelder in, en iedereen volgt haar. En als ze in de kamer aankomt waar ze haar gevonden hebben, gaat ze naar de muur en strijkt er met haar vinger over, en de mannen komen voorwaarts met fakkels en kijken wat ze doet. Ze vragen haar wat ze schrijft, maar Monna Mina zegt: 'Lees het maar!' En wanneer ze haar vertellen dat wat ze schrijft onzichtbaar is, zegt ze: 'Nee, het staat daar, zien jullie dat niet?'

Dan stuurt Santa Caterina uiteindelijk een jongen om textielverf te halen uit de werkplaats van haar vader, en ze laat Monna Mina haar vinger in de verf dopen en natrekken wat ze al geschreven heeft. Monna Mina vult de hele muur, deze vrouw die nooit heeft leren lezen of schrijven, en als ze lezen wat ze heeft geschreven, verkillen alle grote mannen van angst. Dit is de boodschap die de geest Lorenzo Monna Mina heeft laten schrijven:

De pest over uw beider huizen
Jullie zullen vergaan in vlammen en bloed
Jullie kinderen zullen eeuwig jammeren onder een krankzinnige
maan
Tot jullie je zonden ongedaan maken en knielen voor de Maagd,
En Giulietta weer ontwaakt om haar Romeo te zien

Toen Monna Mina uitgeschreven was, stortte ze ineen in de armen van haar bruidegom, noemde hem bij zijn naam en vroeg hem haar mee te nemen uit deze kamer omdat haar taak volbracht was. Aldus geschiedde en huilend van opluchting bracht hij haar naar boven, naar het licht, en nimmer meer sprak Monna Mina met de stem van

Lorenzo. Ze vergat echter nooit wat haar was overkomen, en ze besloot dat ze wilde weten wie Lorenzo was geweest en waarom hij via haar had gesproken, ook al deden haar vader en haar schoonvader alle mogelijke moeite om de waarheid voor haar te verbergen.

Maar Monna Mina was een koppige vrouw, een echte Tolomei. Ze bracht vele uren door bij Monna Cecilia als haar man van huis was voor zaken, luisterde naar verhalen uit het verleden en stelde heel veel vragen. En hoewel de oude vrouw eerst angstig was, wist ze ook dat het haar vrede zou schenken als ze deze zware last aan iemand anders over zou dragen, zodat de waarheid niet met haar zou sterven.

Monna Cecilia vertelde Monna Mina dat precies op de plek waar zij die vreselijke vloek op de muur had geschreven, een jonge monnik met de naam Lorenzo met zijn eigen bloed diezelfde woorden schreef, vele jaren geleden. Dat was de kamer waar ze hem hadden vastgehouden en gemarteld tot hij stierf.

'Maar wie dan?' vroeg Monna Mina, die over de tafel heen leunde om de knoestige handen van Monna Cecilia in de haren te klemmen. 'Wie deed hem dat aan, en waarom?'

'Een man,' zei Monna Cecilia met haar hoofd gebogen van verdriet. 'Een man die ik allang niet meer als mijn vader erken.'

Die man, legde Monna Cecilia uit, heerste ten tijde van de grote pest over het huis Salimbeni, en hij heerste als een tiran. Sommige mensen probeerden hem te verontschuldigen door te vertellen dat zijn moeder, toen hij nog een kleine jongen was, voor zijn ogen was vermoord door bandieten van Tolomei, maar dat geeft een man geen recht om anderen hetzelfde aan te doen. En dat was wat Salimbeni deed. Hij was wreed voor zijn vijanden en streng voor zijn familie; als hij genoeg kreeg van zijn vrouwen, zette hij hen gevangen op het platteland en gaf de bedienden opdracht hen nooit genoeg te eten te geven. En zodra ze dood waren, trouwde hij opnieuw. Naarmate hij ouder werd, werden zijn vrouwen jonger, maar ten slotte kon zelfs de jeugd hem niet langer plezieren, en in zijn wanhoop ontwikkelde hij een onnatuurlijk verlangen naar een vrouw wier ouders hij zelf had laten doden. Haar naam was Giulietta.

Ondanks het feit dat Giulietta in het geheim al met een ander was verloofd en dat de Maagd Maria geacht werd het jonge paar haar zegen te hebben gegeven, dwong Salimbeni zijn eigen huwelijk met het meisje af en tartte daarmee de geduchtste vijand die een mens kan hebben. Want eenieder weet dat de Heilige Maagd menselijke tussenkomst in haar plannen niet op prijs stelt, en inderdaad eindigde het allemaal in dood en ellende. Niet alleen doodden de jonge minnaars zichzelf, maar ook de oudste zoon van Salimbeni kwam om, in een wanhopige strijd om zijn vaders eer te verdedigen.

Voor al deze beledigingen en al dat verdriet arresteerde en martelde Salimbeni broeder Lorenzo, omdat hij hem verantwoordelijk hield voor het heimelijk helpen van de jonge minnaars in hun rampzalige verhouding. En de oom van Giulietta, Messer Tolomei, nodigde hij uit om getuige te zijn van de straf van de brutale monnik die hun plannen had verijdeld om hun twistende families te verenigen in een huwelijk. Dat waren de mannen die broeder Lorenzo vervloekte toen hij op de muur schreef: Messer Salimbeni en Messer Tolomei.

Nadat de monnik was gestorven, liet Salimbeni volgens zijn gewoonte het lichaam onder de vloer van de martelkamer begraven. En hij liet zijn bedienden de vloek wegschrobben en nieuwe kalk op de muur smeren. Hij ontdekte echter al gauw dat deze maatregelen niet voldoende waren om het gebeurde ongedaan te maken.

Toen broeder Lorenzo een paar nachten later in zijn dromen verscheen en hem waarschuwde dat noch zeep, noch kalk de vloek ooit zou opheffen, werd Salimbeni bang en sloot hij de oude martelkamer af om de boosaardige krachten van de muur in te sluiten. En nu begon hij plotseling te luisteren naar de stemmen van de mensen die zeiden dat hij vervloekt was, en dat de Maagd Maria zocht naar een manier om hem te straffen. De stemmen waren overal; in de straten, op de markt, in de kerk; zelfs als hij helemaal alleen was, hoorde hij ze nog. En toen er op een nacht een grote brand uitbrak in zijn Palazzo, wist Salimbeni zeker dat het allemaal deel uitmaakte van de vloek van broeder Lorenzo, die zei dat zijn familie zou *vergaan in vlammen en bloed.*

Rond deze tijd klonken in Siena de eerste geruchten over de Zwarte Dood. Pelgrims keerden uit het oosten terug met verhalen over een vreselijke plaag die meer dorpen en steden had uitgemoord dan een machtig leger, maar de meeste mensen zagen het als iets wat alleen de heidenen zou treffen. Ze waren ervan overtuigd dat de Maagd Maria haar beschermende mantel zou uitspreiden over Siena, zoals ze al zo vaak had gedaan, en dat gebeden en kaarsen het kwaad verre zouden houden, als het ooit de zeeën zou oversteken.

Salimbeni verkeerde echter al heel lang in de illusie dat al het goede dat hem overkwam, het gevolg was van zijn eigen genialiteit. Nu het kwaad arriveerde, was het voor hem heel natuurlijk om te denken dat hij dat ook zelf had veroorzaakt. Daarom raakte hij geobsedeerd door het idee dat hij, en hij alleen, de oorzaak was van iedere ramp die er in zijn omgeving plaatsvond, en dat het zijn schuld was dat de pest naar Siena dreigde te komen. In zijn waanzin groef hij de lichamen van Giulietta en Romeo op uit hun ongewijde grond en bouwde voor hen een zeer heilig graf om de stemmen van het volk tot zwijgen te brengen of, misschien beter gezegd, de stemmen in zijn eigen hoofd, die hem beschuldigden van de dood van het jonge minnepaar wier liefde door de hemel gezegend was.

Hij wilde zo graag vrede sluiten met de geest van broeder Lorenzo dat hij vele nachten doorbracht met het lezen van de vloek die hij had uitgeschreven op een stuk perkament, op zoek naar een manier om tegemoet te komen aan de eis van 'je zonden ongedaan maken en knielen voor de Maagd'. Hij liet zelfs slimme professoren van de universiteit naar zijn huis komen om te speculeren hoe Giulietta gewekt kon worden 'om haar Romeo te zien', en uiteindelijk kwamen die slimme professoren met een plan.

Om de vloek op te heffen, zeiden ze, moest Salimbeni eerst gaan inzien dat rijkdom boosaardig is en dat een man die goud bezit geen gelukkig man is. Als hij dat eenmaal erkent, zal het hem niet moeilijk vallen om grote sommen van zijn fortuin te geven aan mensen die hem graag van zijn schuld willen bevrijden, zoals slimme professoren van de universiteit. Bovendien zal zo'n man graag opdracht geven voor een duur beeldhouwwerk dat de vloek vrijwel zeker zal opheffen, zodat de eigenaar 's nachts eindelijk rustig kan slapen, in de wetenschap dat hij alleen, door zijn kwade geld op te offeren, vergiffenis heeft gekocht voor zijn hele stad, en zo tegoeden heeft verzameld tegen het kwaad van de voorspelde pest.

Het beeld, zo vertelden ze hem, moest op het graf van Giulietta en Romeo worden geplaatst en worden bedekt met het zuiverste goud. Het moest het jonge paar voorstellen en wel op zo'n manier dat het een tegengif werd voor de vloek van broeder Lorenzo. Salimbeni moest de edelstenen uit de bruidskroon van Giulietta halen en ze als ogen in het beeld zetten; twee groene smaragden in het gezicht van Romeo, en twee blauwe saffieren in het gezicht van Giulietta. En onder aan het beeld moest de volgende inscriptie staan:

Hier slaapt de oprechte en trouwe Giulietta
Om bij de liefde en gratie van God
Gewekt te worden door Romeo, haar rechtmatige echtgenoot
In een uur van volmaakte genade.

Op die manier kon Salimbeni het moment van hun wederopstanding kunstmatig herscheppen, zodat de twee jonge minnaars elkaar opnieuw en voor eeuwig zouden zien, en zodat elke burger van Siena het beeld kon zien en Salimbeni een vrijgevig en godsdienstig man zou noemen.

Om die indruk te versterken moest Salimbeni echter zorgen dat hij het blijken van zijn goedheid cultiveerde, en een verhaal bestellen dat hem volledig bevrijdde van zijn schuld. Het verhaal moest over Romeo en Giulietta gaan en veel poëzie en verwarring bevatten, zoals het goede kunst betaamt, want een getalenteerd verteller die overloopt van schitterende verzinsels trekt veel meer aandacht dan een eerlijke zeurkous.

Wat de mensen betreft die nog steeds niet wilden zwijgen over de kwestie van Salimbeni's schuld, die moesten tot zwijgen worden gebracht door goud in hun handen of ijzer in hun rug. Want alleen door zich te ontdoen van dergelijke kwade tongen, kon Salimbeni ooit hopen om gezuiverd te worden in de ogen van het volk en zijn weg terug te vinden in hun gebeden, en daarmee in het heilige oor van de hemel.

Dat waren de aanbevelingen van de universiteitsprofessoren, en Salimbeni zette zich energiek aan het voldoen aan hun eisen. Ten eerste – en in navolging van hun eigen advies – zorgde hij dat de professoren tot zwijgen werden gebracht voordat ze hem konden belasteren. Ten tweede nam hij een plaatselijke dichter in dienst om een verhaal te verzinnen over een minnepaar door grimmige sterren bezwaard, wier tragische dood aan niemand dan henzelf te wijten was, en dat te laten circuleren onder de lezende klasse, niet als fictie, maar als schandelijk veronachtzaamde waarheid. En ten slotte nam Salimbeni de grote kunstenaar maestro Ambrogio in dienst om toezicht te houden op het werk aan het gouden beeld. Toen dat eenmaal klaar was en de kostbare ogen op hun plaats waren gezet, posteerde hij te allen tijde vier schildwachten in de kapel om het onsterfelijke paar te beschermen.

Maar zelfs het beeld en de schildwachten konden de pest niet tegenhouden. Meer dan een jaar lang werd Siena geteisterd door de vreselijke ziekte, die gezonde lichamen bedekte met zwarte zweren en iedereen doodde die ermee in aanraking kwam. De helft van de bevolking kwam om – voor eenieder die bleef leven, stierf een ander. Uiteindelijk waren er zelfs niet genoeg overlevenden om de doden te begraven; de straten lagen vol bloed en verrotting, en degenen die nog konden eten, verhongerden door voedselgebrek.

Toen het voorbij was, was de wereld veranderd. De lei van de menselijke herinnering was schoongeveegd, ten goede of ten kwade. Degenen die waren blijven leven, hadden het te druk met hun eigen behoeften om veel om kunst en oude geruchten te geven, en daarom werd het verhaal van Romeo en Giulietta niet veel meer dan een flauwe echo uit een andere wereld, die af en toe in herinnering werd gebracht, maar meestal slechts in fragmenten. Wat het graf betreft, dat was voor altijd verdwenen, begraven onder een berg doden, en er waren slechts weinig mensen die de waarde van het beeld kenden. Maestro Ambrogio, die de edelstenen persoonlijk had aangebracht en wist wat ze waren, was een van de vele duizenden inwoners van Siena die tijdens de pest omkwamen.

Toen Monna Mina alles had gehoord wat Monna Cecilia wist over broeder Lorenzo, besloot ze dat er nog meer gedaan kon worden om zijn geest te verzoenen. Dus beval ze, op een dag dat haar man bijzonder verliefd op haar scheen voordat hij wegreed voor zijn zaken, zes capabele bedienden om haar te volgen naar de kelder en de vloer van de vroegere martelkamer open te breken.

Natuurlijk waren de bedienden niet blij met hun sombere taak, maar omdat hun meesteres geduldig naast hen stond terwijl ze werkten en hen aanspoorde met beloften van koek en zoetigheid, durfden ze niet te klagen.

In de loop van de ochtend vonden ze de botten van niet slechts één, maar meerdere mensen. Eerst werden ze allemaal onpasselijk bij de ontdekking van dood en foltering, maar toen ze zagen dat Monna Mina weliswaar bleek werd, maar geen krimp gaf, overwonnen ze hun afgrijzen en pakten hun gereedschap op om hun werk voort te zetten. En naarmate de dag vorderde waren ze allemaal vol bewondering voor de jonge vrouw, die zo vastbesloten was om hun huis van kwaad te bevrijden.

Toen alle botten waren gevonden, liet Monna Mina ze door de bedienden in lijkwaden wikkelen en naar de begraafplaats brengen, op de meest recente overblijfselen na, die volgens haar beslist van broeder Lorenzo moesten zijn. Omdat ze niet zeker wist wat haar te doen stond, zat ze een poosje bij de resten van het lichaam en keek naar de zilveren crucifix die in zijn hand was geklemd, tot zich in haar hoofd een plan ontwikkelde.

Vóór haar huwelijk had Monna Mina een biechtvader gehad, een heilige en wonderbaarlijke man, die uit de zuidelijk gelegen stad Viterbo kwam en haar vaak had verteld over de kathedraal van die stad, de San Lorenzo. Zou dat niet de juiste plaats zijn om de overblijfselen van de monnik heen te sturen, vroeg ze zich af, zodat zijn heilige broeders hem konden helpen om vrede te vinden, ver van het Siena dat hem zo onzegbaar veel leed had bezorgd?

Toen haar man die avond terugkeerde, had Monna Mina alles voorbereid. Het stoffelijk overschot van broeder Lorenzo lag nu in een houten doodskist, klaar om op een kar te worden gezet, en er was een brief geschreven aan de priesters van de San Lorenzo, met net voldoende uitleg om hen te doen begrijpen dat dit een man was die verdiende dat er een einde aan zijn lijden kwam. Het enige wat ontbrak was de toestemming van haar echtgenoot en een handvol geld om de onderneming in gang te zetten, maar Monna Mina was een vrouw die al na enkele maanden huwelijk had begrepen hoe ze dergelijke zaken met een aangename avond van haar man kon loskrijgen.

De volgende ochtend vroeg, voordat de mist boven de Piazza Sa-limbeni was opgetrokken, stond ze aan haar slaapkamerraam, haar echtgenoot vredig in slaap in het bed achter haar, en zag de kar met de doodskist vertrekken, richting Viterbo. Om haar hals hing de cru-cifix van broeder Lorenzo, schoongemaakt en opgepoetst. Eerst had ze het kruisje instinctief in de doodskist bij de overblijfselen van de monnik willen leggen, maar ten slotte had ze besloten het te hou-den, als aandenken aan hun mystieke verbond.

Ze begreep nog steeds niet waarom zijn geest had verkozen om door haar te spreken en haar hand te dwingen de oude vloek op te schrijven die een pest had uitgeroepen over haar familie, maar ze had het gevoel dat hij het uit vriendelijkheid had gedaan, om haar te vertellen dat ze ergens genezing moest vinden. En tot ze dat deed, zou ze het kruisje omhouden om zich de woorden op de muur te herinneren, en de man wiens laatste gedachten niet voor zichzelf waren geweest, maar voor Romeo en Giulietta.

VII

I

Ga, kindje, ga mooie nachten voegen bij je mooie dagen.

Toen maestro Lippi ophield met lezen, bleven we even zwijgend zitten. Aanvankelijk had ik de Italiaanse tekst tevoorschijn gehaald als afleiding van het onderwerp Alessandro en Romeo, maar als ik had geweten dat het ons naar zulke duistere oorden zou voeren, had ik hem in mijn tas laten zitten.

'Arme broeder Lorenzo,' zei Janice en ze dronk haar wijnglas leeg. 'Voor hem geen goede afloop.'

'Ik heb altijd al gedacht dat hij er bij Shakespeare te gemakkelijk van afkwam,' zei ik in een poging tot luchthartigheid. 'In *Romeo en Julia* wordt hij met allerlei dode lichamen op heterdaad betrapt op de begraafplaats, en hij geeft zelfs toe dat hij achter die hele mislukte oplichterij met het slaapdrankje zat... en dat is alles. Je zou denken dat de families Capulet en Montecchi in ieder geval zouden proberen hem aansprakelijk te stellen.'

'Misschien deden ze dat ook wel, later,' zei Janice. '*Sommigen worden vergeven, en sommigen gestraft*... dat klinkt alsof het verhaal niet uit was, ook al viel het doek.'

'Blijkbaar niet,' zei ik, met een blik op de tekst die maestro Lippi zojuist had voorgelezen. 'En volgens mama is het nog steeds niet uit.'

'Dit is erg onrustbarend,' zei de Maestro, nog steeds met afkeuring in zijn blik over de boosaardigheid van de oude Salimbeni. 'Als het waar is dat broeder Lorenzo zo'n vloek heeft geschreven, met precies die woorden, zou die theoretisch voor altijd van kracht blijven, tot...' Hij bekeek de tekst om de juiste woorden te zoeken. *'Tot jullie je zonden ongedaan maken en knielen voor de Maagd... en Giulietta ontwaakt om haar Romeo te zien.'*

'Oké,' zei Janice, toch al geen grote fan van bijgelovige prietpraat. 'Dan heb ik twee vragen. Eén: wie zijn die *jullie*...?'

'Dat is duidelijk,' viel ik haar in de rede. 'Aangezien hij een *'pest over uw beider huizen'* uitroept. Hij heeft het blijkbaar tegen Salimbeni en Tolomei, die daar in de kelder waren en hem folterden. En aangezien jij en ik tot het huis Tolomei behoren, zijn wij ook vervloekt.'

'Luister nou eens naar jezelf!' snauwde Janice. 'Tot het huis van Tolomei behoren! Wat zegt een naam?'

'Niet alleen een naam,' zei ik. 'De genen én de naam. Mama had de genen, papa had de naam. Dat laat weinig ruimte voor ontkenning.'

Janice was niet blij met mijn logica, maar ze kon er niets tegen inbrengen. 'Oké, goed dan,' zuchtte ze. 'Shakespeare had het mis. Er was nooit een Mercutio, die stierf vanwege Romeo en een pest over hem en Tybalt uitriep; de vloek kwam van broeder Lorenzo. Maar ik heb nog een vraag, en dat is: als je echt in die vloek gelooft, wat dan? Hoe kan iemand stom genoeg zijn om te denken dat ze die kunnen opheffen? We hebben het nu niet alleen over berouw. We hebben het verdorie over het ongedaan maken van zonden! Nou, hoe dan? Moeten we de oude Salimbeni opgraven en hem van gedachten doen veranderen en... en... en hem naar de kathedraal slepen zodat hij op zijn knieën kan vallen voor het altaar of zo? Alsjeblieft zeg!' Ze keek ons strijdlustig aan, alsof de Maestro en ik haar met dit probleem hadden opgezadeld. 'Waarom vliegen we niet gewoon naar huis en laten die vloek hier in Italië achter? Waarom zou het ons iets kunnen schelen?'

'Omdat het mama iets kon schelen,' zei ik simpelweg. 'Dit is wat ze wilde: volhouden en een einde maken aan de vloek. Nu moeten wij het voor haar doen. Dat zijn we haar verschuldigd.'

Janice wees naar me met het takje rozemarijn. 'Wij zijn haar geen klap verschuldigd!' begon ze, maar zodra ze zag dat mijn ogen zich vernauwden, hernam ze zich en zei rustiger: 'Als we haar al iets verschuldigd zijn, dan is het wel om te blijven leven.'

Ik raakte het kruisje om mijn hals aan. 'Dat is precies wat ik bedoel. Als we lang en gelukkig willen leven, dan moeten we volgens mama de vloek opheffen. Jij en ik, Giannozza. Er is niemand anders meer om het te doen.'

Aan de manier waarop ze naar me keek, zag ik dat ze aarzelde, omdat ze besefte dat ik gelijk had, of in elk geval een overtuigend verhaal vertelde. Maar ze vond het niet leuk. 'Dit is zo stom,' zei ze. 'Maar goed, laten we even aannemen dat er echt een vloek is uitgesproken, en dat die ons echt zal doden als we hem niet opheffen, net als hij mama en papa heeft vermoord. De vraag is nog steeds: hoe? Hoe heffen we die vloek op?'

Ik keek even naar de Maestro. Hij was ongewoon bij de – tegenwoordige – tijd geweest vanavond, en nu nog, maar zelfs hij had geen antwoord op de vraag van Janice. 'Ik weet het niet,' gaf ik toe. 'Maar ik vermoed dat het gouden beeld een rol speelt. En misschien de dolk en de cencio ook, al weet ik niet hoe.'

'O, nou!' Janice stak haar handen omhoog. 'Dan gaat het goed!... Behalve dat we geen idee hebben waar het beeld is. Het verhaal zegt alleen dat Salimbeni "een zeer heilig graf voor hen maakte" en schildwachten posteerde "bij de kapel", maar dat kan overal zijn! Dus... we weten niet waar het beeld is, en jíj bent de dolk en de cencio kwijtgeraakt! Het verbaast me dat je dat kruisje nog hebt, maar dat is vermoedelijk omdat het helemaal niets betekent!'

Ik keek naar maestro Lippi. 'Dat boek dat u had, over de Ogen van Julia en het graf... weet u zeker dat er niets in stond over waar het is? Toen we erover spraken, zei u alleen dat ik het Romeo moest vragen.'

'En heb je dat gedaan?'

'Nee! Natuurlijk niet!' Ik voelde een vlaag van ergernis, maar wist dat het onredelijk was om de schilder mijn eigen blindheid te verwijten. 'Tot vanmiddag wist ik niet eens dat hij Romeo was.'

Alsof niets vanzelfsprekender kon zijn, zei maestro Lippi: 'Waarom vraag je het hem dan niet als je hem weer ziet?'

Tegen de tijd dat Janice en ik terugkeerden in Hotel Chiusarelli was het middernacht. Zodra we de lobby binnen liepen, kwam direttore Rossini overeind achter de balie en overhandigde me een stapel opgevouwen briefjes. 'Kapitein Santini heeft om vijf uur vanmiddag gebeld,' liet hij me weten, me duidelijk verwijtend dat ik niet op mijn kamer in de startblokken had gestaan om het telefoontje aan te nemen. 'En vele keren daarna.' Hij leunde voorover om op de klok aan de muur te kijken hoe laat het was en voegde eraan toe: 'De laatste keer dat hij belde was zeventien minuten geleden.'

Toen we zwijgend de trap op liepen, zag ik Janice boos kijken naar het handjevol berichten van Alessandro, de bewijzen van zijn intense belangstelling voor mijn besognes, maar zodra we de kamer binnenkwamen werden we begroet door een onverwachte bries door de balkondeur, die vanzelf leek te zijn opengegaan, zonder tekenen van braak. Meteen op mijn hoede keek ik snel of er geen papieren ontbraken uit het kistje van mijn moeder; we hadden het daar laten staan, op het bureau, omdat we er nu van overtuigd waren dat het niets bevatte wat op een schatkaart leek.

'Bel me terug...' zong Janice, die de berichten van Alessandro een voor een doorbladerde. 'Bel me terug... Heb je tijd om te gaan eten?... Is alles in orde?... Het spijt me... Bel me terug... Trouwens, ik ben een travestiet...'

Ik krabde op mijn hoofd. 'Hadden we die deur niet op slot gedaan voordat we weggingen? Ik herinner me duidelijk dat ik hem afgesloten heb.'

'Is er iets verdwenen?' Janice gooide Alessandro's berichten zo op het bed dat ze alle kanten op vlogen.

'Nee,' zei ik. 'Alle papieren zijn er nog.'

'Bovendien houdt de halve politiemacht van Siena een oogje op jouw raam,' zei ze terwijl ze zich recht ervoor uit haar topje wrong.

'Wil je daar wel eens weggaan!' riep ik en ik trok haar opzij.

Janice lachte verrukt. 'Waarom? Zo weten ze tenminste dat het geen man is met wie je slaapt!'

Op dat moment rinkelde de telefoon.

'Die vent is krankzinnig,' merkte Janice hoofdschuddend op. 'Let op mijn woorden.'

'Waarom?' riep ik terug, terwijl ik naar de hoorn greep. 'Omdat hij mij toevallig aardig vindt?'

'Aardig!?' Janice had klaarblijkelijk nog nooit van haar leven zoiets naïefs gehoord en barstte uit in een langdurig, snurkend gelach, dat pas ophield toen ik een kussen naar haar hoofd gooide.

'Hallo?' Ik pakte de telefoon en schermde de hoorn zorgvuldig af tegen het geluid van mijn zus die opstandig rondstampte in de kamer en een sinister melodietje uit een griezelfilm neuriede.

Het was inderdaad Alessandro, bezorgd dat me iets was overkomen omdat ik zijn telefoontjes niet had beantwoord. Nu was het natuurlijk te laat om aan eten te denken, gaf hij toe, maar zou ik hem ten minste kunnen vertellen of ik van plan was om morgen het feest van Eva Maria bij te wonen?

'Ja, petemoei...' aapte Janice hem na op de achtergrond. 'Wat u maar wenst, petemoei...'

'Ik was niet echt...' begon ik, terwijl ik me al mijn voortreffelijke redenen om de uitnodiging af te slaan voor de geest probeerde te halen. Maar die leken volstrekt ongefundeerd, nu ik wist dat hij Romeo was. Hij en ik speelden uiteindelijk in hetzelfde team. Toch? Maestro Ambrogio en maestro Lippi zouden het ermee eens zijn, en Shakespeare ook. Bovendien was ik er nooit echt van overtuigd geweest dat het Alessandro was die had ingebroken in mijn hotelkamer. Het zou beslist niet de eerste keer zijn dat mijn zus zich vergiste. Of tegen me loog.

'Toe,' zei hij, aandringend met een stem die een vrouw tot alles zou kunnen bewegen, en dat waarschijnlijk al vele malen had gedaan. 'Het zou zoveel voor haar betekenen.'

Ondertussen worstelde Janice in de badkamer luidruchtig met het douchegordijn, waar ze zo te horen uitbeeldde dat ze doodgestoken werd.

'Ik weet het niet,' antwoordde ik, terwijl ik probeerde haar kreten te dempen. 'Alles is op het moment zo... idioot.'

'Misschien heb je een weekendje vrij nodig?' merkte Alessandro op. 'Eva Maria rekent op je. Ze heeft een heleboel mensen uitgenodigd. Mensen die je ouders gekend hebben.'

'Echt waar?' zei ik. Mijn nieuwsgierigheid verscheurde mijn toch al zwakke voornemens.

Hij verkoos mijn aarzeling op te vatten als instemming en zei: 'Ik kom je om één uur halen, goed? En ik beloof dat ik onderweg al je vragen zal beantwoorden.'

Toen Janice uit de badkamer kwam, verwachtte ik een scène, maar die kwam niet.

'Doe maar wat je wilt,' zei ze alleen maar, haar schouders ophalend alsof het haar niet kon schelen. 'Maar zeg niet dat ik je niet gewaarschuwd heb.'

'Voor jou is het zo gemakkelijk, hè?' Ik ging, plotseling uitgeput, op de rand van het bed zitten. 'Jij bent Julia niet.'

'En jij ook niet,' zei Janice terwijl ze naast me kwam zitten. 'Jij bent gewoon een meisje met een rare moeder. Net als ik. Luister eens...' Ze legde een arm om me heen. 'Ik weet dat je naar dat feest wilt. Ga dan maar. Ik wou alleen... Ik hoop dat je het niet al te letterlijk neemt. Dat hele Romeo-en-Julia-gedoe. Shakespeare is God niet. Hij heeft je niet geschapen, en je bent zijn bezit niet. Je bent van jezelf.'

Later lagen we samen in bed en namen het schrift van mama nog eens door. Nu we het verhaal achter het beeld kenden, waren haar schetsen van een man met een vrouw in zijn armen heel duidelijk. Maar de schetsen bevatten nog altijd niets wat de feitelijke locatie van het beeld aangaf. De meeste bladzijden waren kriskras beschreven met schetsen en krabbels, maar één pagina was uniek in de zin dat er een rand van rozen met vijf bloembladen omheen stond, en een heel elegant geschreven citaat uit *Romeo en Julia*:

En wat in jullie boek nog duister is gebleven,
Vind je in de marges van mijn ogen beschreven

Dat bleek het enige expliciete citaat van Shakespeare in het hele schrift, en we moesten er allebei over nadenken.

'Dat zegt de moeder van Julia over Paris,' zei ik. 'Maar het klopt niet. Het is niet "jullie boek" of "mijn oog" maar "dat boek" en "zijn oog".'

'Misschien heeft ze een fout gemaakt?' opperde Janice.

Ik keek haar boos aan. 'Mama een fout maken in Shakespeare? Dat lijkt me sterk. Ik denk dat ze het met opzet heeft gedaan. Om iemand een boodschap te sturen.'

Janice ging overeind zitten. Ze was altijd dol geweest op raadsels en geheimen, en voor het eerst sinds het telefoontje van Alessandro keek ze echt opgewonden. 'Wat is de boodschap dan? Iemand is duidelijk verduisterd. Maar we kunnen hem vinden. Klopt dat?'

'Ze heeft het over een boek,' zei ik. 'En een marge, dat betekent kantlijn. Dat hoort ook bij een boek.'

'Niet maar één boek,' merkte Janice op. 'Maar twee boeken: ons boek, en haar boek. Ze noemt haar eigen boek haar "ogen", wat voor mij klinkt als een schetsboek...' Ze tikte op de bladzijden van het schrift. 'Zoals dit boek. Ben je het met me eens?'

'Maar er staat niets in de marge...' Ik begon door het schrift te bladeren, en nu vielen ons voor het eerst de cijfers op die schijnbaar willekeurig op de randen van de bladzijden waren gepend. 'O kijk, je hebt gelijk! Waarom hebben we dat niet eerder gezien?'

'Omdat we er niet naar zochten,' zei Janice en ze nam het boek van me over. 'Als deze cijfers niet naar bladzijden en regels verwijzen, mag je mij Ishmael noemen.'

'Maar bladzijden en regels van wat?' vroeg ik.

De waarheid trof ons allebei tegelijk. Als het schrift *haar* boek was, dan moest de pocketuitgave van *Romeo en Julia* – het enige andere boek in het kistje – *ons* boek zijn. En de nummers van de bladzijden en de regels moesten verwijzen naar bepaalde passages uit het toneelstuk van Shakespeare. Hoe toepasselijk.

We probeerden allebei als eerste bij het kistje te komen, maar we vonden geen van beiden wat we zochten. Want toen pas zagen we wat er was verdwenen sinds we de kamer die middag hadden verlaten. Het aftandse pocketboek was er niet meer.

Janice had altijd vast geslapen. Het irriteerde me verschrikkelijk dat ze door haar wekker heen kon slapen zonder zelfs maar naar de sluimerknop te tasten. Onze kamers lagen immers tegenover elkaar op de gang, en we sliepen altijd met onze deur op een kier. In haar wanhoop probeerde tante Rose elke wekker in de stad, op zoek naar iets dat monsterlijk genoeg was om mijn zus uit haar bed en naar school te krijgen. Het lukte haar nooit. Waar ik een klein Doornroosje-wekkertje op mijn nachtkastje had staan tot ik naar de universiteit ging, had Janice uiteindelijk een soort industrieel apparaat – door Umberto persoonlijk op de keukentafel aangepast met een combinatietang – dat klonk als het evacuatiealarm van een kerncentrale. Maar de enige die er wakker van werd, was ik, meestal met een gil van doodsangst.

Op de ochtend na ons diner met maestro Lippi was ik dan ook verbaasd dat Janice klaarwakker lag te kijken naar de eerste gouden strepen van de dageraad die door de luiken heen gleden.

'Akelig gedroomd?' vroeg ik, in gedachten bij de naamloze geesten die me de hele nacht hadden nagejaagd in mijn droomkasteel – dat steeds meer ging lijken op de kathedraal van Siena.

'Ik kon niet slapen,' antwoordde ze terwijl ze me haar gezicht toedraaide. 'Ik rijd vandaag naar mama's huis.'

'Hoe? Ga je een auto huren?'

'Ik ga de motor ophalen.' Ze wiebelde met haar wenkbrauwen, maar niet van harte. 'De neef van Peppo heeft de leiding over de weggesleepte auto's. Wil je mee?' Maar ik zag aan haar gezicht dat ze al wist dat ik dat niet zou doen.

Toen Alessandro me om één uur kwam halen zat ik met een weekendtas aan mijn voeten op de treden van Hotel Chiusarelli met de zon te flirten door de takken van de magnolia. Zodra ik zijn auto aan zag komen, begon mijn hart te sneller te kloppen; misschien omdat hij Romeo was, misschien omdat hij een of twee keer in mijn kamer had ingebroken, of misschien eenvoudigweg omdat ik, zoals Janice beweerde, mijn hoofd moest laten nakijken. Het was verleidelijk om het allemaal te wijten aan het water in de Fontebranda, maar je kon ook zeggen dat mijn waanzin, mijn pazzia, al heel lang daarvoor was begonnen. Al minstens zeshonderd jaar.

'Wat is er met je knieën gebeurd?' vroeg hij toen hij de stoep op liep en voor me stilstond, allesbehalve middeleeuws in zijn spijkerbroek en zijn overhemd met opgerolde mouwen. Zelfs Umberto zou hebben moeten toegeven dat Alessandro er opmerkelijk betrouwbaar uitzag, ondanks zijn vrijetijdskleding, maar ja, Umberto was in het beste geval zelf een schurk, dus waarom zou ik nog volgens zijn morele wetten moeten leven?

Bij de gedachte aan Umberto voelde ik een kleine steek in mijn hart: waarom bleek telkens weer dat de mensen om wie ik gaf een schaduwzijde hadden? Misschien met uitzondering van tante Rose, die praktisch non-dimensionaal was geweest.

Ik schudde mijn sombere gedachten van me af en trok mijn rok omlaag om het bewijs van mijn tijgersluipgang door de Bottini de vorige dag te verbergen. 'Ik ben gestruikeld over de werkelijkheid.'

Alessandro keek me vragend aan, maar zei niets. Hij boog zich voorover om mijn tas te pakken en nu zag ik voor het eerst de adelaar van de familie Marescotti op zijn onderarm. En dan te bedenken dat die daar de hele tijd had gezeten, letterlijk pal in het zicht toen ik uit zijn handen dronk bij de Fontebranda... maar de wereld zat vol vogels en ik was beslist geen kenner.

Het was vreemd om weer in zijn auto te zitten, deze keer op de passagiersstoel. Er was zoveel gebeurd sinds mijn aankomst in Siena met Eva Maria – soms leuk, soms helemaal niet – deels dankzij hem. Onderweg de stad uit brandde er maar één onderwerp op mijn lippen, maar ik kon me er niet toe zetten het aan te kaarten. En ik kon ook niets anders bedenken om over te praten dat ons niet onvermijdelijk terug zou brengen bij die meest prangende aller vragen: waarom had hij me niet verteld dat hij Romeo was?

In alle eerlijkheid had ik hem ook niet alles verteld. Eigenlijk had ik hem vrijwel niets verteld over mijn – weliswaar bedroevende – onderzoek naar het gouden beeld, en helemaal niets over Umberto en Janice. Maar ik had hem in elk geval vanaf het begin verteld wie ik was, en het was zijn eigen beslissing geweest om me niet te geloven. Al had ik hem wel alleen verteld dat ik Giulietta Tolomei was, om te verhinderen dat hij Julia Jacobs zou ontdekken, dus eigenlijk telde dat niet zo zwaar mee in de uiteindelijke schuldverdeling.

'Je bent erg zwijgzaam vandaag,' zei Alessandro terwijl hij onder het rijden een blik op me wierp. 'Ik heb het gevoel dat het mijn schuld is.'

'Je hebt me nog steeds niet verteld over Karel de Grote,' antwoordde ik, en sloot voorlopig het deksel op mijn geweten.

Hij lachte. 'Is dat het? Maak je geen zorgen, tegen de tijd dat we in Val d'Orcia aankomen, weet je meer over mij en mijn familie dan je ooit had gewild. Maar vertel me eerst wat je al weet, zodat ik niet in herhalingen verval.'

Ik probeerde zijn profiel te lezen, maar dat lukte niet: 'Bedoel je... wat ik weet over de familie Salimbeni?'

Zoals altijd wanneer ik de Salimbeni's noemde, glimlachte hij wrang. Nu begreep ik natuurlijk waarom. 'Nee. Vertel me over je eigen familie, de Tolomei's. Vertel me alles wat je weet over de gebeurtenissen in 1340.'

En dat deed ik. Gedurende de volgende paar minuten vertelde ik hem het verhaal dat ik bijeen had gesprokkeld uit de biecht van broeder Lorenzo, de brieven van Giulietta aan Giannozza en het dagboek van maestro Ambrogio, en hij onderbrak me geen enkele keer. Toen ik het einde van het drama in Rocca di Tentennano had bereikt, vroeg ik me even af of ik het Italiaanse relaas over de bezeten Monna Mina en de vloek van broeder Lorenzo op de muur zou vertellen, maar besloot het niet te doen. Het was te vreemd, te deprimerend, en bovendien wilde ik niet weer over de kwestie van het beeld met edelstenen ogen beginnen, nadat ik regelrecht had ontkend dat ik daar iets over wist toen hij er die dag op het politiebureau voor het eerst naar had gevraagd.

'En zo stierven ze in Rocca di Tentennano,' sloot ik af. 'Niet door een dolk en een flesje gif, maar door een slaapdrankje en een speer in de rug. Broeder Lorenzo zag het allemaal met eigen ogen.'

'En hoeveel daarvan heb je zelf verzonnen?' vroeg Alessandro plagerig.

Ik haalde mijn schouders op. 'Een beetje hier en daar. Om de gaten te vullen. Ik dacht dat het verhaal er beter van zou worden. Maar dat verandert de essentie niet...' Ik keek naar hem en zag zijn gezicht vertrekken. 'Wat?'

'De essentie is niet wat de meeste mensen denken,' zei hij. 'Volgens mij gaat jouw verhaal – en ook *Romeo en Julia* – niet over de liefde. Het gaat over politiek, en de boodschap is eenvoudig: als oude mannen vechten, sterven de jongen.'

'Dat is opmerkelijk onromantisch van je,' zei ik grinnikend.

Alessandro haalde zijn schouders op. 'Shakespeare zag er de romantiek ook niet van in. Kijk maar hoe hij ze afbeeldt. Romeo is een jankerd, en Julia is de echte held. Denk maar eens na. Hij drinkt vergif. Welke vent drinkt er nou vergif? Zij steekt zichzelf met een dolk. Als een man.'

Ik moest hem wel uitlachen. 'Misschien geldt dat voor de Romeo van Shakespeare. Maar de echte Romeo Marescotti was geen jankerd. Hij was spijkerhard.' Ik wierp een blik op hem en zag dat hij glimlachte. 'Het is geen verrassing dat Giulietta van hem hield.'

'Hoe weet je dat ze dat deed?'

'Dat is toch duidelijk?' zei ik, onderhand een beetje wrevelig. 'Ze hield zoveel van hem dat ze, toen Nino haar probeerde te verleiden, zelfmoord pleegde om trouw te blijven aan Romeo, zelfs al hadden ze nooit echt... je weet wel.' Ik keek hem verbolgen aan omdat hij nog steeds glimlachte. 'Ik veronderstel dat jij dat belachelijk vindt?'

'Beslist!' zei Alessandro terwijl we vooruitsnelden om een andere auto in te halen. 'Denk eens na. Nino was zo slecht nog niet...'

'Nino was verschrikkelijk!'

'Misschien was hij wel verschrikkelijk goed in bed,' sprak hij tegen. 'Waarom heeft ze dat niet eerst afgewacht? Zelfmoord plegen kon ze de volgende ochtend altijd nog doen.'

'Hoe kun je dat nou zeggen?' protesteerde ik, oprecht geschokt. 'Ik geloof gewoon niet dat je dat echt meent! Als jij Romeo was, zou je toch ook niet willen dat Julia... een proefritje maakte met Paris!'

Hij lachte hardop. 'Kom op! Jij was degene die beweerde dat ik Paris was! Rijk, knap en boosaardig. Natuurlijk wil ik dat Julia mij uitprobeert.' Hij keek me aan en grijnsde van plezier om mijn chagrijnige gezicht. 'Wat voor Paris zou ik zijn als ik dat niet wilde?'

Ik trok weer aan mijn rok in een poging om mijn knieën te bedekken. 'En voor wanneer had je dat precies gepland?'

'Wat denk je van nu meteen?' zei Alessandro terugschakelend.

Ik was te veel opgegaan in ons gesprek om op de weg te letten, maar nu zag ik dat we al lang van de snelweg af waren en over een verlaten grindweggetje kropen met sjofele ceders aan weerszijden. Het liep dood aan de voet van een hoge heuvel, maar in plaats van te keren reed Alessandro een lege parkeerplaats op en zette de motor af.

'Woont Eva Maria hier?' vroeg ik schor, want ik zag nergens een huis in de buurt.

'Nee,' antwoordde hij terwijl hij uit de auto stapte en een fles met twee glazen uit de kofferbak haalde. 'Dit is Rocca di Tentennano. Of wat ervan over is.'

We liepen helemaal de heuvel op tot we aan de voet van een vervallen fort kwamen. Ik wist uit de beschrijving van maestro Ambrogio dat het gebouw indertijd kolossaal was geweest; hij had het een 'onheilspellende rots' genoemd 'met een reusachtig nest van angstaanjagende roofvogels, die mensenetende vogels van weleer'. Het was niet moeilijk om me voor te stellen hoe het er ooit had uitgezien, want een deel van de enorme toren stond nog overeind, en zelfs in verval leek hij nog dreigend boven ons uit te steken en ons te herinneren aan de macht die ooit was geweest.

'Indrukwekkend,' zei ik terwijl ik de muur aanraakte. De stenen waren warm onder mijn handen, heel anders dan ze voor Giulietta waren in die noodlottige winternacht in 1340, wist ik. Eigenlijk was het contrast tussen heden en verleden nooit duidelijker geweest dan hier. In de middeleeuwen gonsde deze heuveltop van menselijke activiteit; nu was het er zo stil dat je het vrolijke gezoem van de kleinste insecten kon horen. Maar om ons heen in het gras lag hier en daar een brok pas neergestorte steen, alsof het eeuwenoude gebouw, dat al zoveel jaren geleden voor dood werd achtergelaten, ergens nog steeds rees en daalde, als de borstkas van een slapende reus.

'Ze noemden het vroeger "het eiland",' legde Alessandro uit terwijl hij verder wandelde. '*L'isola*. Het waait hier meestal, maar vandaag niet. We hebben geluk.'

Ik liep achter hem aan over een smal, stenig pad, en nu pas viel me het spectaculaire uitzicht op de Val d'Orcia op, gehuld in het felle palet van de zomer. Helgele velden en groene wijngaarden strekten zich overal om ons heen uit, met hier en daar een vlek blauw of rood waar bloemen een groene weide hadden overgenomen. Hoge cipressen omzoomden de wegen die door het landschap kronkelden, en aan het einde van elke weg stond een boerderij. Het was het soort uitzicht dat me deed wensen dat ik niet op mijn elfde was gestopt met tekenlessen, alleen omdat Janice zich in dreigde te schrijven.

'Voor de Salimbeni's blijft niets verborgen,' zei ik, mijn hand boven mijn ogen tegen de zon. 'Ze wisten hun plekjes wel te kiezen.'

'Het is strategisch een enorm belangrijk punt,' knikte Alessandro. 'Van hieruit kun je de wereld regeren.'

'Of in elk geval een deel ervan.'

Hij haalde zijn schouders op. 'Het deel dat het regeren waard is.'

Zoals Alessandro daar voor me uitliep, leek hij zich verrassend thuis te voelen in deze seminatuurlijke toestand met zijn glazen en zijn fles Prosecco, en hij had kennelijk geen haast om de kurk te trekken. Toen hij eindelijk stopte, was dat in een kuil begroeid met gras en wilde kruiden, en toen hij zich met een jongensachtig trotse grijns naar me omdraaide, moest ik lachen.

'Laat me raden,' zei ik terwijl ik mijn armen om me heen sloeg, al was er nauwelijks een briesje. 'Hier breng je al je dates naartoe? Denk erom, voor Nino pakte het niet zo goed uit.'

Hij keek oprecht gekwetst. 'Nee! Ik heb geen... mijn oom nam me mee hiernaartoe toen ik tien was.' Hij knikte naar de struiken en de verspreid liggende keien. 'Precies hier hielden we een zwaardgevecht... mijn nichtje Malèna en ik. Ze...' Misschien omdat hij zich realiseerde dat hij zijn grote geheim aan de kopse kant zou ontrafelen als hij verderging, zweeg hij abrupt en ging verder met: 'Sindsdien heb ik hier altijd terug willen komen.'

'Daar heb je dan knap lang over gedaan,' merkte ik op, me maar al te zeer bewust dat mijn zenuwen aan het woord waren, niet ikzelf, en dat ik ons geen van beiden plezier deed door zo schichtig te doen. 'Maar ik klaag niet.' Ik probeerde te glimlachen. 'Het is hier prachtig. Een mooie plek om iets te vieren.' Toen hij nog steeds niets zei, schopte ik mijn schoenen uit en liep blootsvoets een paar stappen naar voren. 'En, wat vieren we?'

Met gefronste wenkbrauwen draaide Alessandro zich om naar het uitzicht, en ik zag dat hij worstelde met de woorden waarvan hij wist dat hij ze moest uitspreken. Toen hij zich eindelijk weer naar mij toekeerde, was alle speelse ondeugd die ik zo goed had leren kennen van zijn gezicht verdwenen, en in plaats daarvan keek hij me aan met gekwelde vrees. Langzaam zei hij: 'Ik vond dat het tijd was om een nieuw begin te vieren.'

'Een nieuw begin voor wie?'

Nu zette hij eindelijk de fles en de glazen in het hoge gras en liep naar waar ik stond. 'Giulietta,' zei hij met een lage stem. 'Ik heb je hier niet gebracht om Nino te spelen. Of Paris. Ik heb je hierboven gebracht omdat het hier eindigde.' Hij stak zijn hand uit en raakte eerbiedig mijn gezicht aan, als een archeoloog die eindelijk dat kostbare voorwerp vindt waarnaar hij al zijn hele leven graaft. 'En ik dacht dat dit een goede plek zou zijn om opnieuw te beginnen.' Toen hij mijn gezichtsuitdrukking niet echt wist te duiden, voegde hij er ongerust aan toe: 'Het spijt me dat ik je niet eerder de waarheid heb verteld. Ik hoopte dat ik dat niet zou hoeven. Je bleef maar naar Romeo vragen en hoe hij werkelijk was. Ik hoopte dat...' Hij glimlachte weemoedig. 'Ik hoopte dat je me zou herkennen.'

Hoewel ik al wist wat hij me wilde vertellen, troffen zijn plechtigheid en de spanning van het moment me onverwacht midden in mijn hart, en ik had niet geschokter kunnen zijn als ik onvoorbereid in Rocca di Tentennano was aangekomen en zijn biecht had gehoord.

'Giulietta...' Hij probeerde mijn blik te vangen, maar dat stond ik niet toe. Ik had wanhopig naar dit gesprek verlangd sinds ik had ontdekt wie hij werkelijk was, en nu het eindelijk zo ver was, wilde ik dat hij het telkens en telkens weer zei. Maar tegelijkertijd had ik de afgelopen paar dagen emotionele spitsroeden gelopen en hoewel hij daar natuurlijk de details niet van kende, wilde ik wel dàt hij mijn verdriet voelde.

'Je hebt me voorgelogen.'

In plaats van terug te deinzen kwam hij dichterbij. 'Ik heb je niet voorgelogen over Romeo. Ik heb je verteld dat hij niet de man was die jij dacht.'

'En je zei dat ik bij hem uit de buurt moest blijven,' zei ik. 'Je zei dat ik beter af was met Paris.'

Hij glimlachte om mijn beschuldigende gezicht. 'Jij zei tegen me dat ik Paris was...'

'En jij liet me dat geloven!'

'Ja, dat klopt.' Hij raakte zachtjes mijn kin aan, alsof hij zich afvroeg waarom ik niet wilde glimlachen. 'Omdat het was wat jij wilde dat ik was. Jij wilde dat ik de vijand was. Dat was de enige manier waarop je met me om kon gaan.'

Ik deed mijn mond open om te protesteren, maar realiseerde me dat hij gelijk had.

Alessandro ging verder, wetend dat hij me begon te overreden: 'Al die tijd wachtte ik mijn moment af. En ik dacht... Na gisteren, bij de Fontebranda, dacht ik dat je gelukkig zou zijn.' Zijn duim aarzelde bij mijn mondhoek. 'Ik dacht dat je me... aardig vond.'

In de stilte die daarop volgde bevestigden zijn ogen alles wat hij had gezegd en smeekten mij om een bevestigend antwoord. Maar in plaats van meteen iets te zeggen, stak ik mijn hand uit naar zijn borst, en toen ik zijn warme hartenklop tegen mijn palm voelde, borrelde er een irrationele, extatische vreugde in me op vanuit een plek waarvan ik nooit had geweten dat hij bestond, om eindelijk een weg naar de oppervlakte te vinden. 'Dat is ook zo.'

Hoe lang onze kus duurde zal ik nooit weten. Het was een van die momenten die geen wetenschapper ooit tot cijfers zal kunnen reduceren, hoe hard ze dat ook proberen. Ik weet alleen dat alles helderder was geworden, waardevoller dan ooit te voren, toen de wereld ten slotte van ergens aangenaam ver weg weer terug wentelde. Het leek alsof de hele kosmos een exorbitante renovatie had ondergaan sinds de laatste keer dat ik keek... of misschien had ik gewoon nooit goed gekeken.

'Ik ben zo blij dat jij Romeo bent,' fluisterde ik met mijn voorhoofd tegen het zijne. 'Maar zelfs als dat niet zo was, zou ik nog steeds...'

'Wat zou je nog steeds?'

Bedremmeld keek ik omlaag. 'Gelukkig zijn.'

Hij grinnikte, omdat hij heel goed wist dat ik op het punt had gestaan om iets veelzeggenders te onthullen. 'Kom...' Hij trok me omlaag in het gras naast hem. 'Door jou vergeet ik mijn belofte. Daar ben je erg goed in!'

Ik keek hem aan en zag hoe vastbesloten hij was om zijn gedachten te ordenen. 'Welke belofte?'

'Om je over mijn familie te vertellen,' antwoordde hij, hulpeloos. 'Ik wil dat je alles weet...'

'O, maar ik wil niet alles weten,' onderbrak ik hem terwijl ik op zijn schoot kroop. 'Niet nu meteen.'

'Wacht!' Tevergeefs probeerde hij mijn onbeschaamde handen af te weren. 'Eerst wil ik je vertellen over...'

'Sst!' Ik legde mijn vingers op zijn mond. 'Eerst wil je me weer kussen.'

'... Karel de Grote...'

'... kan wachten.' Ik haalde mijn vingers weg en drukte mijn lippen op de zijne in een kus die geen ruimte liet voor tegenspraak. 'Vind je ook niet?'

Hij keek me aan als een eenzame soldaat tegenover een barbaarse invasie. 'Maar ik wil dat je weet waar je in verzeild raakt.'

'O, maak je geen zorgen,' fluisterde ik. 'Ik denk dat ik wel weet waarin ik verzeild raak...'

Na nog drie nobele seconden weerstand te hebben geboden smolt zijn vastberadenheid eindelijk; hij trok me zo dicht tegen zich aan als de Italiaanse mode toeliet toen hij zei: 'Weet je dat heel zeker?' En voor ik het wist lag ik op mijn rug in een bed van wilde tijm, giechelend van verrassing. 'Zeg, Giulietta...' Alessandro keek me streng aan. 'Ik hoop dat je geen rijmend couplet verwacht.'

Ik lachte. 'Het is jammer dat Shakespeare nooit toneelaanwijzingen opschreef.'

'Waarom?' Hij kuste me zachtjes in mijn nek. 'Denk je echt dat die kleine William een betere minnaar was dan ik?'

Uiteindelijk was het niet mijn zedigheid die een einde maakte aan ons genoegen, maar het ongewenste schrikbeeld van de aloude Sienese ridderlijkheid.

Terwijl hij mijn armen tegen de grond drukte om de resterende knopen van zijn overhemd te redden, gromde Alessandro: 'Wist je dat het Columbus zes jaar kostte om de binnenlanden van Amerika te ontdekken?' Toen hij daar zo boven me hing, het toonbeeld van zelfbeheersing, bungelde de kogel als een pendel tussen ons in.

'Waarom zo lang?' vroeg ik, met veel plezier in de dappere strijd die hij met zichzelf voerde tegen de strakblauwe lucht op de achtergrond.

'Hij was een Italiaanse gentleman,' zei Alessandro, evenzeer tegen zichzelf als tegen mij. 'Geen conquistador.'

'O, hij had het op het goud voorzien,' zei ik, en ik probeerde zijn opeengeklemde kaken te kussen.

'In het begin misschien wel.' Hij reikte omlaag om de zoom van mijn rok fatsoenlijk omlaag te trekken. 'Maar toen ontdekte hij hoe heerlijk het was om de kustlijn te ontdekken en die vreemde, nieuwe cultuur te leren kennen.'

'Zes jaar is wel erg lang,' protesteerde ik, nog niet bereid om overeind te komen en de werkelijkheid tegemoet te gaan. 'Veel te lang.'

'Nee.' Hij moest glimlachen om mijn uitnodigende opmerking. 'Zeshónderd jaar is lang. Dus vind ik dat jij best een halfuurtje geduld kunt hebben terwijl ik je mijn verhaal vertel.'

De Prosecco was warm toen we er eindelijk aan toe waren, maar het was nog altijd het beste glas wijn dat ik ooit had geproefd. Het smaakte naar honing en wilde kruiden, naar liefde en duizelingwekkende plannen, en zo tegen Alessandro aangeleund, die op zijn beurt tegen een grote kei aan zat, kon ik bijna geloven dat mijn leven lang en vreugdevol zou zijn, en dat ik eindelijk een zegen had gevonden die mijn nachtmerries tot rust kon brengen.

'Ik weet dat je nog steeds boos bent omdat ik je niet meteen heb verteld wie ik was,' zei hij, mijn haar strelend. 'Misschien denk je dat ik bang was dat je verliefd zou worden op de naam en niet de man. Maar het tegenovergestelde is waar. Ik was bang, en ik ben nog steeds bang, dat je zult wensen dat je me nooit had leren kennen als je mijn verhaal hoort, het verhaal van Romeo Marescotti.'

Ik deed mijn mond open om te protesteren, maar hij gaf me geen kans. 'Wat je neef Peppo over me zei, is allemaal waar. Ik weet zeker dat psychologen het allemaal met een paar grafieken zouden kunnen uitleggen, maar in mijn familie luisteren we niet naar psychologen. We luisteren naar niemand. Wij – de Marescotti's – hebben onze eigen theorieën en we zijn er zo zeker van dat die kloppen dat ze, zoals je al zei, draken onder onze toren worden, die niemand naar binnen en niemand naar buiten laten.' Hij zweeg even om mijn glas bij te vullen. 'Hier, de rest is voor jou. Ik moet rijden.'

'Rijden?' Ik lachte. 'Dat klinkt niet als de Romeo Marescotti over wie Peppo me vertelde! Ik dacht dat jij zo roekeloos was. Dit is wel een heel grote teleurstelling.'

'Maak je geen zorgen...' Hij trok me dichter tegen zich aan. 'Ik compenseer het wel met andere dingen.'

Terwijl ik mijn Prosecco dronk, vertelde hij over zijn moeder, die op haar zeventiende zwanger werd en niet wilde zeggen wie de vader was. Natuurlijk werd haar eigen vader – de oude Marescotti, Alessandro's grootvader – woedend. Hij gooide haar het huis uit en ze ging bij de schoolvriendin van haar moeder wonen, Eva Maria Salimbeni. Toen Alessandro werd geboren, werd Eva Maria zijn peetmoeder, en ze had erop gestaan dat de jongen gedoopt zou worden met de traditionele familienaam, Romeo Alessandro Marescotti, ook al wist ze dat de oude Marescotti zou schuimbekken van woede omdat een bastaard zijn naam droeg.

In 1977 wist de grootmoeder van Alessandro zijn grootvader eindelijk te overreden om hun dochter en kleinzoon naar Siena te laten komen, voor het eerst sinds Alessandro's geboorte, en de jongen werd gedoopt in de Aquila-fontein, net voordat de Palio verreden zou worden. Dat jaar verloor de contrada beide Palio's op een vreselijke manier, en de oude Marescotti zocht een zondebok. Toen hij hoorde dat zijn dochter haar zoontje voor de race had meegenomen om de Aquila-stal te bekijken – en hem het paard had laten aaien – was hij ervan overtuigd dat daar de oorzaak lag: de kleine bastaard had de hele contrada ongeluk gebracht.

Hij had zijn dochter toegebruld dat ze haar kind mee moest nemen en terug moest gaan naar Rome, en dat ze niet meer thuis hoefde te komen voordat ze een man had gevonden. En dat deed ze. Ze ging terug naar Rome en vond een echtgenoot – een goede man – die officier was bij de *carabinieri*. Deze man liet Alessandro zijn achternaam gebruiken en voedde hem net zo op als zijn eigen zonen, met liefde en discipline. Zo werd Romeo Marescotti Alessandro Santini.

Alessandro moest echter elke zomer een maand doorbrengen op de boerderij van zijn grootouders in Siena, om zijn neefjes en nichtjes te leren kennen en uit de grote stad weg te zijn. Dat idee kwam niet van zijn grootvader, noch van zijn moeder; zijn grootmoeder had dat beslist. Het enige waar ze de oude Marescotti niet toe kon overhalen was Alessandro naar de Palio te laten gaan. Iedereen ging erheen, neven, nichten, ooms en tantes, maar Alessandro moest thuisblijven, omdat zijn grootvader bang was dat hij het paard van de Aquila ongeluk zou brengen. Dat beweerde hij in elk geval. Dus bleef Alessandro helemaal alleen achter op de boerderij en reed zijn eigen Palio op het oude werkpaard. Later leerde hij scooters en motorfietsen repareren en werd zijn Palio even gevaarlijk als de echte.

Uiteindelijk wilde hij helemaal niet meer naar Siena, want telkens als hij daar kwam, zeurde zijn grootvader tegen hem over zijn moeder, die – met reden – nooit op bezoek kwam. Uiteindelijk ging Alessandro na zijn eindexamen bij de carabinieri, net als zijn vader en zijn broers, en deed wat hij kon om te vergeten dat hij Romeo Marescotti was. Vanaf die tijd noemde hij zich alleen nog Alessandro Santini, en hij reisde zo ver van Siena als hij kon door zich telkens op te geven als er een vredesmissie in een ander land plaatsvond. Zo belandde hij in Irak, waar hij zijn Engels perfectioneerde in schreeuwende ruzies met Amerikaanse particuliere beveiligers, en net niet werd opgeblazen toen opstandelingen een vrachtwagen vol explosieven op het hoofdkwartier van de carabinieri in Nassiriyah afstuurden.

Toen hij Siena uiteindelijk weer eens bezocht, vertelde hij dat aan niemand, zelfs niet aan zijn peetmoeder. Maar op de avond voor de Palio bezocht hij de stal van de contrada. Hij was het niet van plan geweest, maar hij kon het gewoon niet laten. Zijn oom was er en bewaakte het paard, en toen Alessandro hem vertelde wie hij was, was zijn oom zo opgetogen dat hij hem het geel-zwarte *giubetto* van de Aquila – het jack dat de jockey tijdens de race zou dragen – liet aanraken om geluk te brengen.

Helaas greep de jockey van de Pantera, de rivaliserende contrada, de volgende dag tijdens de Palio diezelfde giubetto vast en wist daarmee jockey en paard van de Aquila zoveel vertraging te bezorgen dat ze de race verloren.

Op dit punt in het verhaal moest ik me wel omkeren en naar Alessandro kijken. 'Zeg niet dat je dacht dat het jouw schuld was.'

Hij haalde zijn schouders op. 'Wat moest ik denken? Ik had onze giubetto ongeluk gebracht en we verloren. Zelfs mijn oom zei het. En sindsdien hebben we geen Palio meer gewonnen.'

'Ja, maar...!'

'Sst!' Even legde hij zijn hand licht op mijn mond. 'Luister. Daarna bleef ik een hele tijd weg, en pas een paar jaar geleden kwam ik weer in Siena. Net op tijd. Mijn grootvader was erg vermoeid. Ik herinner me dat hij op een bankje naar de wijngaard zat te kijken, en hij hoorde me pas toen ik mijn hand op zijn schouder legde. Hij keek me aan en begon te huilen van geluk. Dat was een mooie dag. We hadden een groot diner, en mijn oom zei dat ze me nooit meer zouden laten gaan. Eerst wist ik niet of ik wel wilde blijven. Ik had nooit eerder in Siena gewoond, en ik had er een heleboel slechte herinneringen. Bovendien wist ik dat iedereen over me zouden roddelen als ze wisten wie ik was. Mensen vergeten het verleden niet, weet je. Eerst nam ik dus alleen verlof. Maar toen gebeurde er iets. In juli deed de Aquila mee in de Palio, en voor ons was het de slechtste race ooit. In de hele geschiedenis van de Palio geloof ik niet dat er een contrada zo vreselijk verloren heeft. We lagen gedurende de hele race voorop, maar in de allerlaatste bocht wist de Pantera ons in te halen en won.' Hij zuchtte toen hij het moment opnieuw beleefde. 'Er is geen ergere manier om de Palio te verliezen, en het was een grote schok. Daarna moesten we onze eer verdedigen in de Palio van augustus, en onze *fantino* – onze jockey – werd gestraft. We werden allemaal gestraft. Het volgende jaar mochten we niet meedoen, en het jaar daarop ook niet: we kregen een sanctie. Noem het politiek als je wilt, maar in mijn familie vonden we dat het meer was dan dat.

Mijn grootvader was ontzettend overstuur; hij kreeg een hartaanval toen hij zich realiseerde dat het wel twee jaar kon duren voordat de Aquila weer in de Palio zou racen. Hij was zevenentachtig. Drie dagen later overleed hij.' Alessandro zweeg even en keek in de verte. 'Die drie dagen heb ik aan zijn bed gezeten. Hij was zo boos op zichzelf omdat hij zoveel tijd had verspild; nu wilde hij mijn gezicht zo veel mogelijk zien. Eerst dacht ik dat hij boos op me zou zijn, omdat ik weer ongeluk had gebracht, maar hij vertelde me dat het niet mijn schuld was. Het was zijn schuld, omdat hij het niet eerder had begrepen.'

Ik moest het vragen: 'Wat had hij niet begrepen?'

'Mijn moeder. Hij had begrepen dat het voorbestemd was, wat er met haar was gebeurd. Mijn oom had vijf dochters en geen zonen. Ik ben het enige kleinkind dat de familienaam draagt. Omdat mijn moeder niet getrouwd was toen ik werd geboren, kreeg ik haar naam toen ik gedoopt werd. Begrijp je?'

Ik ging rechtop zitten. 'Welke zieke, chauvinistische...'

'Giulietta, alsjeblieft!' Hij trok me weer terug tegen zijn schouder. 'Je zult het nooit begrijpen als je niet luistert. Wat mijn grootvader besefte, was dat er na vele generaties een oud kwaad was gewekt, en dat het mij had gekozen vanwege mijn naam.'

Ik voelde de haartjes op mijn arm overeind gaan staan. 'Jou gekozen... waarvoor?'

Alessandro vulde mijn glas bij en zei: 'Nu komen we bij Karel de Grote.'

II

Er is geen wereld buiten dit Verona,
Dan vagevuur en helse foltering.

DE PEST EN DE RING
SIENA, 1340-1370 A.D.

De familie Marescotti is een van de oudste adellijke families van Siena. Men vermoedt dat de naam afkomstig is van Marius Scotus, een Schotse generaal in het leger van Karel de Grote. De meeste Marescotti's vestigden zich in Bologna, maar de familie verbreidde zich in heel Italië en de Sienese tak was vooral beroemd om zijn moed en leiderschap in tijden van nood.

Maar het is bekend dat niets wat groots is, altijd groots blijft, en de roem van de Marescotti's is geen uitzondering. In Siena herinnert bijna niemand zich tegenwoordig hun glorieuze verleden, maar de geschiedenis had altijd al meer belangstelling voor mannen die leven om te vernietigen, dan voor mannen die zich wijden aan behoud en bescherming.

Romeo werd geboren toen de familie nog vermaard was. Zijn vader, comandante Marescotti, werd bewonderd om zijn gematigdheid en zijn decorum; natuurlijk moest Romeo die grenzen zo goed mogelijk op de proef stellen.

Vroeg in het jaar 1340 ontmoette Romeo de vrouw Rosalina. Ze was de echtgenote van een slager, maar iedereen wist dat ze samen niet gelukkig waren. In de versie van Shakespeare is Rosalina een jeugdige schoonheid die Romeo kwelt met haar eed van kuisheid; de waarheid is precies tegenovergesteld: Rosalina was tien jaar ouder dan hij en werd zijn maîtresse. Maandenlang probeerde Romeo haar te overreden om met hem weg te lopen, maar ze was te verstandig om hem te vertrouwen.

Net na de kerst van 1340, niet lang nadat Romeo en Giulietta hier in Rocca di Tentennano om het leven kwamen, schonk Rosalina het leven aan een zoon, en iedereen kon zien dat de slager zijn vader niet was. Het was een groot schandaal en Rosalina vreesde dat haar man de waarheid zou horen en de baby zou vermoorden. Daarom bracht ze de pasgeborene naar comandante Marescotti en vroeg of hij hem in zijn huis wilde opvoeden.

De comandante weigerde echter. Hij geloofde haar verhaal niet en stuurde haar weg. Voordat ze vertrok zei Rosalina echter tegen hem: 'Op een dag zult u spijt krijgen van wat u mij en dit kind hebt aangedaan. Op een dag zal God u straffen om het recht dat u mij onthoudt!'

De comandante vergat dit alles, tot de Zwarte Dood in 1348 door Siena raasde. In enkele maanden stierf meer dan een derde deel van de bevolking, en binnen de stadsmuren was het sterftecijfer het hoogst. Lijken hoopten zich op in de straten, zonen lieten hun vaders in de steek, vrouwen verlieten hun mannen; iedereen was te bang om zich te herinneren wat het betekent een mens te zijn, en geen beest.

Binnen een enkele week verloor comandante Marescotti zijn moeder, zijn vrouw en al zijn vijf kinderen; alleen hij bleef in leven. Hij waste ze en kleedde ze en legde ze allemaal op een kar en bracht ze naar de kathedraal om een priester te zoeken die een begrafenisplechtigheid kon uitvoeren. Maar er waren geen priesters. De priesters die nog leefden, hadden het te druk met het verzorgen van de zieken in het ziekenhuis naast de kathedraal, de Santa Maria della Scala. Zelfs daar hadden ze te veel doden om ze te kunnen begraven, en dat losten ze op door in het ziekenhuis een holle muur te bouwen waar ze alle lijken in legden, en die vervolgens te verzegelen.

Toen de comandante bij de kathedraal van Siena aankwam, stonden de broeders van Barmhartigheid buiten op de piazza een groot gat te graven voor een massagraf, en hij betaalde de monniken om zijn gezin in die gewijde grond te mogen leggen. Hij vertelde hen dat dit zijn moeder was, en zijn vrouw, en hij noemde de namen en leeftijden van al zijn kinderen, en legde uit dat ze gekleed waren in hun mooiste kerkkleren. Het kon de mannen echter niets schelen. Ze namen zijn goud aan en kantelden de kar, en de comandante zag al zijn dierbaren, zijn hele toekomst, in het gat tuimelen, zonder gebed, zonder zegen en zonder *speranza*... zonder hoop.

Toen hij terugliep door de stad, wist hij niet waar hij naartoe ging. Hij zag niets om zich heen. Voor hem was dit het einde van de wereld, en hij begon te schreeuwen tegen God, te vragen waarom hij moest blijven leven om getuige te zijn van deze ellende, om zijn eigen kinderen te begraven. Hij viel zelfs op zijn knieën en schepte het vuile water uit de goot vol verrotting en dood en goot het over zichzelf heen. Hij dronk ervan, in de hoop eindelijk ziek te worden en te sterven zoals alle anderen.

En terwijl hij daar op zijn knieën in de modder ligt, hoort hij plotseling een jongensstem zeggen: 'Dat heb ik al geprobeerd. Het werkt niet.'

De comandante kijkt naar de jongen op en meent een spook te zien: 'Romeo!' zegt hij. 'Romeo? Ben jij het?'

Maar het is Romeo niet, het is gewoon een jongetje van een jaar of acht, heel vuil en gekleed in vodden. 'Ik heet Romanino,' zegt de jongen. 'Ik kan die kar wel voor u trekken.'

'Waarom wil jij mijn kar trekken?' vraagt de comandante.

'Omdat ik honger heb,' zegt Romanino.

'Hier.' De comandante haalt de rest van zijn geld tevoorschijn. 'Ga wat te eten kopen.'

Maar de jongen duwt zijn hand weg en zegt: 'Ik ben geen bedelaar.'

Dus laat de comandante de jongen met de kar worstelen, helemaal naar het Palazzo Marescotti – af en toe geeft hij de kar een duwtje om de jongen te helpen – en als ze bij het hek aankomen, kijkt Romanino naar de gebeeldhouwde adelaars aan de muur en zegt: 'Mijn vader is hier geboren.'

Je kunt je voorstellen hoe geschokt de comandante is om dat te horen en hij vraagt de jongen: 'Hoe weet je dat?'

'Mijn moeder vertelde me vroeger verhalen,' antwoordde de jongen. 'Ze zei dat mijn vader heel dapper was. Hij was een grote ridder met wel zúlke armen. Maar hij moest met de keizer mee om te vechten in het Heilige Land en hij is nooit teruggekomen. Ze zei altijd dat hij misschien, op een dag, terug zou komen om me te zoeken. En als hij dat deed, moest ik hem iets vertellen en dan zou hij weten wie ik was.'

'Wat moest je hem dan vertellen?'

De jongen grijnsde, en op dat moment, in die glimlach, zag de comandante de waarheid al voordat hij de woorden hoorde: 'Dat ik een kleine adelaar ben, een *aquilino*.'

Diezelfde avond zat comandante Marescotti aan de lege personeelstafel in de keuken en at voor het eerst sinds dagen. Tegenover hem knaagde Romanino aan een kippenbotje, te druk om vragen te stellen.

'Vertel eens,' zei de comandante, 'wanneer is je moeder Rosalina gestorven?'

'Lang geleden,' antwoordde de jongen. 'Al voor de pest. Hij sloeg haar, weet u. En op een dag stond ze niet meer op. Hij schreeuwde tegen haar en trok aan haar haren, maar ze bewoog niet. Ze bewoog helemaal niet. Toen begon hij te huilen. En ik ging naar haar toe en sprak tegen haar, maar ze deed haar ogen niet open. Ze was koud. Ik legde mijn hand op haar gezicht... Toen wist ik dat hij haar te hard had geslagen en dat zei ik tegen hem, en hij schopte me, en toen probeerde hij me te grijpen, maar ik rende weg... de deur uit. Hij schreeuwde me wel na, maar ik bleef rennen en rennen, tot ik bij mijn tante kwam, en die liet me binnen, en toen mocht ik daar blijven. Ik werkte, weet u. Ik droeg mijn steentje bij. En ik paste op de baby toen die kwam, en ik hielp haar om het eten op tafel te zetten. En ze vonden me aardig, ik geloof dat ze het echt fijn vonden dat ik er was om voor de baby te zorgen, tot... tot iedereen dood begon te gaan. De bakker ging dood, en de slager, en de boer die ons fruit verkocht, en we hadden niet genoeg te eten. Maar ze bleef mij hetzelfde geven als de anderen, ook al hadden ze nog steeds honger, dus... dus toen ben ik weggelopen.'

De jongen keek hem met wijze groene ogen aan, en de comandante vroeg zich af hoe het mogelijk was dat deze jongen, een mager achtjarig jongetje, meer integriteit bezat dan hij ooit in een man had gezien. 'Hoe heb je dan kunnen overleven?' vroeg hij.

'Weet ik niet.' Romanino haalde zijn schouders op. 'Maar moeder zei altijd dat ik anders was. Sterker. Dat ik niet ziek en stom zou worden zoals de anderen. Ze zei dat ik een ander soort hoofd op mijn schouders had. En dat ze me daarom niet mochten. Omdat ze wisten dat ik beter was dan zij. Zo ben ik in leven gebleven. Door te denken aan wat zij zei. Over mij. En hun. Ze zei dat ik zou overleven. En dat heb ik gedaan.'

'Weet je wie ik ben?' vroeg de comandante ten slotte.

De jongen keek hem aan. 'U bent een groot man, denk ik.'

'Dat weet ik nog zo net niet.'

'Maar dat bent u wel,' zei Romanino koppig. 'U bent een groot man. U heeft een grote keuken. En een kip. En u heeft me uw kar de hele weg laten trekken. En nu deelt u uw kip met mij.'

'Daarom ben ik nog geen groot man.'

'U dronk rioolwater toen ik u vond,' merkte de jongen op. 'Nu drinkt u wijn. Volgens mij bent u daarom de grootste man die ik ooit heb ontmoet.'

De volgende dag bracht comandante Marescotti de jongen terug naar zijn oom en tante. Toen ze samen door de steile straten in de richting van Fontebranda liepen en zich een weg baanden door het vuilnis en het bloed, kwam voor het eerst in dagen de zon tevoorschijn. Of misschien had die wel elke dag geschenen, maar de comandante had al zijn tijd doorgebracht in zijn donkere huis, water druppelend tussen lippen die niet langer konden drinken.

'Hoe heet je oom?' vroeg de comandante, die zich realiseerde dat hij vergeten was die heel gewone vraag te stellen.

'Benincase,' antwoordde de jongen. 'Hij maakt kleuren. Ik vind het blauw mooi, maar dat is duur.' Hij keek de comandante even aan. 'Mijn vader droeg altijd mooie kleuren, weet u. Geel, meestal, met een zwarte cape die op vleugels leek als hij hard reed. Als je rijk bent, kun je dat doen.'

'Dat zal wel,' zei de comandante.

Romanino hield stil voor een hek van hoge ijzeren staven en keek er somber naar binnen. 'Hier is het. Dat is Monna Lappa, mijn tante. Of... ze is niet echt mijn tante, maar ze wil toch dat ik haar zo noem.'

Comandante Marescotti was verbaasd over de grootte van het huis, hij had zich iets veel nederigers voorgesteld. Op het erf waren drie kinderen hun moeder aan het helpen met het uitspreiden van de was, terwijl een klein meisje op handen en voeten rondkroop en graantjes oppakte die voor de ganzen bestemd waren.

'Romanino!' De vrouw sprong overeind toen ze de jongen zag door het hek en zodra de grendel van de haak was getild en de poort openging, trok ze hem naar binnen en bedolf hem onder knuffels en zoenen. 'We dachten dat je dood was, malle jongen!'

In alle commotie lette niemand op het kleine meisje; de comandante, die zich net wilde terugtrekken van de vrolijke hereniging, was de enige die merkte dat ze naar het open hek kroop en hij pakte haar met onbeholpen handen op.

Het was een opmerkelijk mooi klein meisje, vond comandante Marescotti, en veel charmanter dan je zou verwachten van iemand van die maat. Eigenlijk was hij ondanks zijn gebrek aan ervaring met zulke kleine manschappen haast onwillig om het kind terug te geven aan Monna Lappa, en hij bleef maar kijken naar dat kleine gezichtje en voelde dat iets zich roerde in zijn borst, als een voorjaarsbloempje dat zich een weg omhoog baant door bevroren grond.

De bekoring was wederzijds; weldra begon de baby zachtjes tegen het gezicht van de comandante te tikken en aan hem te plukken met alle tekenen van verrukking.

'Caterina!' riep haar moeder. Ze bevrijdde de voorname bezoeker door het meisje van hem over te nemen. 'Neemt u mij niet kwalijk, Messer!'

'Niet nodig, niet nodig,' zei de comandante. 'God heeft u en de uwen de hand boven het hoofd gehouden, Monna Lappa. Ik denk dat uw huis gezegend is.'

De vrouw keek hem lang aan. Toen boog ze haar hoofd. 'Dank u, Messer.'

De comandante wendde zich af om te vertrekken, maar aarzelde. Hij draaide zich weer om en keek naar Romanino. De jongen stond rechtop, als een jonge boom die zich schrap zet tegen de wind, maar zijn ogen hadden hun moed verloren.

'Monna Lappa,' zei comandante Marescotti. 'Ik wil... ik zou graag... Ik vraag me af of u deze jongen misschien zou willen laten gaan. Met mij mee.'

Op het gezicht van de vrouw stond vooral ongeloof te lezen.

Snel voegde de comandante toe: 'Ziet u, ik denk dat hij mijn kleinzoon is.'

De woorden kwamen voor iedereen als een verrassing, ook voor de comandante zelf. Hoewel Monna Lappa vooral angstig keek bij de bekentenis, was Romanino helemaal door het dolle heen, en bij het zien van de blijdschap van de jongen begon comandante Marescotti onwillekeurig bijna te lachen.

'U bent comandante Marescotti?' riep de vrouw uit, blozend van opwinding. 'Dan was het waar! Ach, dat arme meisje! Nooit...' Te geschokt om zich een houding te geven greep Monna Lappa Romanino bij de schouder en duwde hem naar de comandante. 'Ga maar! Ga maar, domme jongen! En... vergeet niet om God te danken!'

Dat hoefde ze geen drie keer te zeggen, en voordat de comandante hem zelfs maar zag aankomen, lagen Romanino's armen al rond zijn middel en werd er een snotterige neus in het geborduurde fluweel van zijn vest gedrukt.

'Kom, jongen,' zei hij met een klopje op het vuile hoofd. 'We moeten een paar schoenen voor je zoeken. En andere dingen. Hou dus maar op met huilen.'

'Ik weet het,' snufte de jongen en hij veegde zijn tranen af. 'Ridders huilen niet.'

'Natuurlijk wel,' zei de comandante, en hij nam hem bij de hand. 'Maar pas als ze schoon en aangekleed zijn, en schoenen aanhebben. Denk je dat je zo lang kunt wachten?'

'Ik zal mijn best doen.'

Toen ze samen hand in hand de straat uitliepen, moest comandante Marescotti een vlaag van schaamte het hoofd bieden. Hoe was het mogelijk dat hij, een man die ziek was van verdriet, die alles was verloren behalve zijn eigen hartenklop, zoveel troost kon vinden in de vaste greep van een kleine, kleverige vuist in de zijne?

Vele jaren waren voorbijgegaan toen er op een dag een reizende monnik naar het Palazzo Marescotti kwam en het hoofd van de familie te spreken vroeg. De monnik legde uit dat hij uit een klooster in Viterbo kwam, en dat zijn abt hem had opgedragen om een grote schat aan zijn rechtmatige eigenaar terug te geven.

Romanino, nu een volwassen man van dertig, liet de monnik binnen en stuurde zijn dochters naar boven om te zien of hun overgrootvader, de oude comandante, zich sterk genoeg voelde om hun gast te ontmoeten. Terwijl ze op de comandante wachtten, zorgde Romanino dat de monnik te eten en te drinken kreeg, en zijn nieuwsgierigheid was zo groot dat hij de vreemdeling naar de aard van de schat vroeg.

'Ik weet weinig van de oorsprong,' antwoordde de monnik tussen de happen door. 'Maar ik weet dat ik hem niet mee terug mag nemen.'

'Waarom niet?' vroeg Romeo.

'Omdat hij een enorme, vernietigende kracht heeft,' zei de monnik, en hij pakte nog wat brood. 'Iedereen die het kistje opent, wordt ziek.'

Romanino leunde achterover op zijn stoel. 'Ik dacht dat je zei dat het een schat was? En nu vertel je me dat het boosaardig is!'

'Neem me niet kwalijk, Messer,' corrigeerde de monnik. 'Ik heb nooit gezegd dat hij boosaardig is. Ik zei alleen dat hij veel kracht bezit. Om te beschermen, maar ook om te vernietigen. En daarom moet hij worden teruggegeven in handen die de kracht kunnen beheersen. Hij moet terug naar zijn rechtmatige eigenaar. Dat is alles wat ik weet.

'En die eigenaar is comandante Marescotti?'

De monnik knikte weer, minder overtuigd deze keer. 'Dat denken we.'

'Want als dat niet zo is, brengt u een duivel mijn huis binnen. Dat beseft u toch wel?' merkte Romanino op.

De monnik keek schaapachtig. 'Messer,' zei hij dringend. 'Gelooft u alstublieft dat ik niet de bedoeling heb uw familie of uzelf schade toe te brengen. Ik doe alleen wat mij is opgedragen.' Hij pakte zijn tas en haalde er een klein, eenvoudig houten kistje uit, dat hij voorzichtig op tafel zette. 'Dit kistje werd ons gegeven door de priesters van San Lorenzo, onze kathedraal, en ik weet het niet zeker maar ik geloof dat er misschien een reliek in zit van een heilige, dat onlangs naar Viterbo werd gestuurd door een adellijke beschermer in Siena.'

'Ik heb nog nooit van zo'n heilige gehoord!' riep Romanino uit, met een ongeruste blik op het kistje. 'Wie was die adellijke beschermer?'

De monnik vouwde respectvol zijn handen. 'De vrome en deugdzame Monna Mina van het huis Salimbeni, Messer.'

'Huh.' Romanino was een poosje stil. Hij had van de dame gehoord, natuurlijk – wie had er niet gehoord van de waanzin van de jonge bruid en de vermeende vloek op de keldermuur? – maar wat voor soort heilige kon er nu bevriend zijn met de Salimbeni's? 'Mag ik u dan vragen waarom u deze zogenaamde schat niet bij haar terugbrengt?'

'O!' De monnik was geschokt door het idee. 'Nee! De schat houdt niet van de Salimbeni's! Een van mijn arme broeders, een Salimbeni van geboorte, stierf in zijn slaap nadat hij het kistje had aangeraakt...'

'Moge God je verdoemen, monnik!' brulde Romanino en hij stond op. 'Neem dat vervloekte kistje mee en verlaat mijn huis onmiddellijk!'

'Maar hij was dan ook honderdentwee!' haastte de monnik zich toe te voegen. 'En andere mensen die het hebben aangeraakt zijn op wonderbaarlijke wijze genezen van langdurige aandoeningen!'

Op dat moment kwam comandante Marescotti met grote waardigheid de eetzaal binnen, zijn trotse gestalte overeind gehouden door een wandelstok. In plaats van de monnik met een bezem de deur uit te werken zoals hij zojuist van plan was geweest, maande Romanino zichzelf tot kalmte en zorgde ervoor dat zijn grootvader comfortabel aan het hoofdeinde van de tafel zat voordat hij hem de omstandigheden van het onverwachte bezoek uitlegde.

'Viterbo?' De comandante fronste zijn voorhoofd. 'Hoe kennen zij mijn naam?'

De monnik stond er ongemakkelijk bij, niet zeker of hij moest gaan zitten of blijven staan, en of hijzelf of Romanino geacht werd die vraag te beantwoorden. 'Hier,' zei hij ten slotte, en hij zette het kistje voor de oude man neer. 'Mij is verteld dat ik dit moet teruggeven aan zijn rechtmatige eigenaar.'

'Vader, wees voorzichtig!' riep Romanino uit toen de comandante zijn hand uitstrekte om het kistje te openen. 'We weten niet welke duivels het bevat!'

'Nee, mijn zoon, maar dat gaan we nu uitvinden,' antwoordde de comandante.

Er heerste even een angstaanjagende stilte terwijl de comandante het deksel voorzichtig oplichtte en in het kistje gluurde. Toen hij zag dat zijn grootvader niet onmiddellijk verlamd op de grond viel, kwam Romanino dichterbij en keek ook.

In het kistje lag een ring.

'Ik zou niet...' begon de monnik. Maar comandante Marescotti had de ring al gepakt en staarde er ongelovig naar.

'Wie heeft u deze ring gegeven, zei u?' vroeg hij, met bevende hand.

'Mijn abt,' antwoordde de monnik, die bevreesd achteruit stapte. 'Hij vertelde me dat de mannen die hem vonden de naam *Marescotti* noemden voordat ze stierven aan een vreselijke koorts, drie dagen na ontvangst van de doodskist van de heilige.'

Romanino keek naar zijn grootvader en wenste dat hij de ring weg zou leggen. De comandante bevond zich echter in een andere wereld; hij raakte het adelaarszegel van de ring onbevreesd aan en mompelde bij zichzelf het oude devies van de familie, *Trouw door de eeuwen*, dat in kleine letters aan de binnenkant gegraveerd stond. 'Kom, mijn zoon,' zei hij ten slotte, zijn hand uitstekend naar Romanino. 'Dit was de ring van je vader. Nu is hij van jou.'

Romanino wist niet wat hij moest doen. Aan de ene kant wilde hij zijn grootvader gehoorzamen; aan de andere kant was hij bang voor de ring en wist hij niet zeker of hij de rechtmatige eigenaar was, ook al was de ring van zijn vader geweest. Maar toen comandante Marescotti hem zag aarzelen, raakte hij vervuld van woede, explosieve woede, en hij schreeuwde dat Romanino een lafaard was en eiste dat hij de ring aan zou nemen. Maar net toen Romanino naar voren stapte, viel de comandante stuiptrekkend achterover in zijn stoel en liet de ring op de grond vallen.

Toen hij zag dat de oude man ten prooi viel aan de boosaardigheid van de ring, gilde de monnik van afgrijzen en vluchtte de kamer uit, en liet het aan Romanino over om zijn grootvader te hulp te snellen en zijn ziel te smeken in zijn lichaam te blijven voor het laatste sacrament. 'Monnik!' brulde hij, terwijl hij de comandante in zijn armen nam. 'Kom terug en doe je werk, lelijke rat, anders zweer ik dat ik de duivel meebreng naar Viterbo om je levend op te eten!'

Bij dat dreigement kwam de monnik terug naar de keuken en zocht in zijn tas naar het kleine flesje gewijde olie dat zijn abt hem voor de reis had meegegeven. Zo kreeg de comandante het heilig oliesel en even bleef hij vredig liggen, zijn blik gericht op Romanino. Zijn laatste woorden voor hij stierf waren: 'Wees een stralende ster, mijn zoon.'

Begrijpelijkerwijs wist Romanino niet wat hij van die vervloekte ring moest denken. Aan de ene kant was hij klaarblijkelijk boosaardig en had zijn grootvader vermoord, maar aan de andere kant had hij aan zijn vader, Romeo, toebehoord. Uiteindelijk besloot Romanino hem te houden, maar het kistje ergens te verbergen waar niemand anders het zou kunnen vinden. Dus ging hij naar de kelder en van daaruit de Bottini in, om het kistje in een donkere hoek te zetten waar niemand ooit kwam. Hij vertelde zijn kinderen er nooit over, uit angst dat hun nieuwsgierigheid de demonen weer zou vrijlaten, maar hij zette het hele verhaal op papier, verzegelde het en bewaarde het bij de rest van de annalen van de familie.

Het is twijfelachtig of Romanino de waarheid over de ring bij zijn leven ontdekte, en vele generaties lang bleef het kistje verborgen in de Bottini onder het huis, onaangeraakt en nooit opgeëist. Toch voelden de Marescotti's dat er ergens in het huis een oud kwaad lag ingebed, en in 1506 besloot de familie het gebouw uiteindelijk te verkopen. Het kistje met de ring bleef waar het was.

Vele honderden jaren later liep er op een dag een andere grootvader, de oude Marescotti, door zijn wijngaard toen hij omlaag keek en ineens een klein meisje aan zijn voeten zag staan. Hij vroeg haar in het Italiaans wie ze was, en zij antwoordde, ook in het Italiaans, dat ze Giulietta heette en dat ze bijna drie was. Hij was erg verbaasd, want meestal waren kleine kinderen bang voor hem, maar dit kind bleef met hem praten alsof ze oude vrienden waren, en toen ze begonnen te lopen, legde ze haar hand in de zijne.

Weer thuisgekomen trof hij een mooie, jonge vrouw aan die koffiedronk met zijn vrouw. En er was nog een klein meisje, dat zich volpropte met biscotti. Zijn vrouw legde hem uit dat de jonge vrouw Diane Tolomei was, de weduwe van de oude professor Tolomei, en dat ze wat vragen kwam stellen over de familie Marescotti.

Grootvader Marescotti was heel vriendelijk tegen Diane Tolomei en beantwoordde al haar vragen. Ze vroeg hem of het waar was dat zijn familie rechtstreeks afstamde van Romeo Marescotti, via de jongen Romanino, en hij zei ja. Ze vroeg hem of hij wist dat Romeo Marescotti de Romeo uit *Romeo en Julia* van Shakespeare was, en hij zei ja, ook daar was hij zich van bewust. Toen vroeg ze of hij wist dat haar lijn rechtstreeks van Julia kwam, en hij zei ja, hij vermoedde al zoiets, aangezien zij een Tolomei was, en een van haar dochtertjes Giulietta had genoemd. Maar toen ze hem vroeg of hij de reden voor haar bezoek kon raden, zei hij nee, dat niet.

Nu vroeg Diane Tolomei hem of zijn familie de ring van Romeo nog altijd in bezit had. Grootvader Marescotti zei dat hij geen idee had wat ze daarmee bedoelde. Toen vroeg ze hem of hij ooit een klein, houten kistje had gezien dat vermoedelijk een boosaardige schat bevatte, of ooit over zo'n kistje had horen praten door zijn ouders of grootouders. Hij zei nee, daar had hij van niemand ooit iets over gehoord. Ze leek een beetje teleurgesteld, en toen hij vroeg waar dit allemaal over ging, zei ze dat het misschien maar beter was zo, misschien moest ze deze oude zaken niet tot leven brengen.

Je kunt je wel voorstellen wat grootvader Marescotti daarop zei. Hij vertelde Diane dat ze al te veel vragen had gesteld en dat hij elk daarvan had beantwoord, dus nu was het tijd dat ze de zijne beantwoordde. Over wat voor ring had ze het, en waarom dacht ze dat hij daar iets van zou weten?

Wat Diane Tolomei hem eerst vertelde, was het verhaal van Romanino en de monnik uit Viterbo. Ze legde uit dat haar man deze zaken al zijn hele leven onderzocht, en dat hij degene was die de annalen van de familie Marescotti had gevonden in het stadsarchief en Romanino's aantekeningen over het kistje had ontdekt. Het was maar goed, zei ze, dat Romanino te verstandig was geweest om de ring te dragen, want hij was niet de rechtmatige eigenaar, en hij had hem wel eens veel kwaad kunnen doen.

Voordat ze verder kon gaan met haar uitleg, verscheen de kleinzoon van de oude man, Alessandro – of, zoals zij hem noemden, Romeo – aan tafel om een biscotto te stelen. Toen Diane begreep dat hij Romeo was, was ze opgetogen en zei: 'Het is een grote eer om je te ontmoeten, jongeman. Ik heb hier een heel bijzonder meisje dat ik graag aan je wil voorstellen.' En ze trok een van de kleine meisjes op haar schoot en zei, alsof ze een wereldwonder tentoonstelde: 'Dit is Giulietta.'

Romeo stak de biscotto in zijn broekzak en keek naar het kleine meisje. 'Ik denk het niet,' zei hij. 'Ze heeft een luier om.'

'Nee!' zei Diane Tolomei terwijl ze het jurkje van het meisje naar beneden trok. 'Dat is een extra mooie onderbroek. Ze is al groot. Is het niet, Juul?'

Nu begon Romeo achteruit te schuifelen in de hoop te kunnen verdwijnen, maar zijn grootvader hield hem tegen en beval hem de twee kleine meisjes mee te nemen en met hen te spelen terwijl de volwassenen koffiedronken. Dus deed hij dat.

Ondertussen vertelde Diane Tolomei grootvader Marescotti en zijn vrouw over de ring van Romeo. Ze legde uit dat het zijn zegelring was geweest, en dat hij hem aan Giulietta Tolomei had gegeven in een geheime huwelijksceremonie uitgevoerd door hun vriend, broeder Lorenzo. Daarom, beweerde ze, was Giulietta, haar dochter, de rechtmatige erfgename van de ring, en ze zei dat het heel belangrijk was dat hij werd teruggevonden, zodat de vloek op de Tolomei's eindelijk kon worden opgeheven.

Grootvader Marescotti was geboeid door het verhaal van Diane Tolomei, vooral omdat ze overduidelijk geen Italiaanse was en zich toch zo hartstochtelijk betrokken voelde bij de gebeurtenissen uit het verleden. Het verbijsterde hem dat deze moderne vrouw uit Amerika ervan overtuigd leek dat er een vloek rustte op haar familie, een eeuwenoude vloek uit de middeleeuwen nog wel, en dat ze zelfs dacht dat haar man als gevolg daarvan was gestorven. Het was logisch, veronderstelde hij, dat ze zo graag wilde proberen om de vloek op te heffen, zodat haar kleine meisjes konden opgroeien zonder die dreiging boven hun hoofd. Om de een of andere reden leek ze te denken dat vooral haar dochters blootstonden aan de vloek, misschien omdat hun beide ouders Tolomei's waren.

Natuurlijk speet het grootvader Marescotti dat hij de arme, jonge weduwe niet kon helpen, maar Diane viel hem in de rede zodra hij zich begon te verontschuldigen. 'Naar wat u mij heeft verteld, signore, denk ik dat het kistje met de ring er misschien nog altijd is, verborgen in de Bottini onder het Palazzo Marescotti, onaangeraakt sinds Romanino het daar meer dan zeshonderd jaar geleden verborg.'

Grootvader Marescotti sloeg zich op de knieën van het lachen. 'Dat is al te dwaas!' zei hij. 'Ik kan me niet voorstellen dat het er nog altijd is. En zo ja, dan moet dat zijn omdat het zo goed verstopt is dat niemand het kan vinden. Ikzelf inbegrepen.'

Om hem over te halen naar het kistje te gaan zoeken, vertelde Diane hem dat zij hem, als hij het zou weten te vinden en aan haar wilde geven, iets in ruil zou geven dat de familie Marescotti net zo graag zou willen terughebben; iets wat al veel te lang in het bezit van de Tolomei's was geweest. Ze vroeg hem of hij enig idee had waar ze op doelde, maar dat had hij niet.

Daarop haalde Diane Tolomei een foto uit haar tas en legde die voor hem op tafel neer. En grootvader Marescotti sloeg een kruis toen hij zag dat het niet zomaar een oude cencio op een tafel was, maar een cencio die hij vele malen had horen beschrijven door zijn grootvader, een cencio die hij nooit had gedacht te zien of aan te raken, omdat hij onmogelijk nog kon bestaan.

'Hoe lang heeft jouw familie dit al voor ons verborgen gehouden?' vroeg hij met bevende stem.

'Even lang als uw familie de ring voor ons verborgen heeft,' antwoordde Diane Tolomei. 'En ik denk dat u het met me eens zult zijn dat het tijd is deze kostbaarheden aan hun rechtmatige eigenaren terug te geven en een einde te maken aan het kwaad dat ons in deze erbarmelijke situatie heeft gebracht.'

Natuurlijk was grootvader beledigd door de suggestie dat hij zich in een erbarmelijke situatie bevond, en dat liet hij haar weten door luid de zegeningen op te sommen die hem aan alle kanten omringden.

Diane Tolomei boog zich over de tafel en raakte zijn handen aan: 'Wilt u me vertellen dat er geen dagen zijn waarop u voelt dat een sterke macht op u neerkijkt met ongeduldige ogen, een eeuwenoude bondgenoot die wacht tot u dat ene doet wat u behoort te doen?'

Haar woorden maakten diepe indruk op haar gastheer en zijn vrouw en ze bleven even zwijgend zitten, tot ze plotseling een vreselijk lawaai hoorden vanuit de schuur en Romeo aan zagen komen rennen, die probeerde een van zijn tegenstribbelende, schreeuwende en schoppende gasten mee te dragen. Het was het meisje Giulietta dat zich had opengehaald aan een hooivork, en de grootmoeder van Romeo moest de wond aan de keukentafel hechten.

De grootouders van Romeo waren niet boos op hem om wat er was gebeurd. Het was nog veel erger. Ze waren vervuld van afgrijzen omdat hun kleinzoon overal waar hij zich vertoonde verdriet en vernieling veroorzaakte. En nu, na het verhaal van Diane Tolomei te hebben gehoord, begonnen ze te vrezen dat hij werkelijk boosaardige handen had... dat er een oude duivel in zijn lichaam woonde, en dat hij, net als zijn voorvader Romeo, een leven – een kort leven – van geweld en smart zou leiden.

Grootvader Marescotti voelde zich zo schuldig over wat het kleine meisje was overkomen dat hij Diane beloofde alles te doen wat in zijn vermogen lag om de ring te vinden. En ze bedankte hem en zei dat ze, ongeacht of hij daarin slaagde, binnenkort zou terugkomen met de cencio, zodat Romeo in ieder geval zou krijgen wat hem toekwam. Om de een of andere reden was het erg belangrijk voor haar dat Romeo er nog zou zijn als ze terugkwam, want ze wilde iets met hem proberen. Ze zei niet wat het was, en niemand durfde het te vragen.

Ze spraken af dat Diane over twee weken terug zou komen, zodat grootvader Marescotti tijd genoeg zou hebben om de kwestie van de ring uit te zoeken, en ze gingen als vrienden uiteen. Voordat ze wegreed, vertelde Diane hem echter nog iets. Ze zei dat hij, als zijn zoektocht naar de ring succesvol was, erg voorzichtig moest zijn en het kistje zo min mogelijk moest openen. En hij moest de ring zelf in geen geval aanraken. Die had mensen in het verleden immers veel verdriet bezorgd.

Grootvader Marescotti was heel blij dat ze Diane en haar twee kleine meisjes hadden ontmoet. Meteen de volgende dag reed hij naar de stad, vastbesloten om de ring te vinden. Dagenlang zocht hij in de Bottini onder het Palazzo Marescotti naar de geheime schuilplaats van Romanino. Toen hij die eindelijk vond – hij had zelfs een metaaldetector moeten lenen – begreep hij wel waarom niemand anders erop was gestuit: het kistje was diep in een scheur in de muur geduwd, en bedolven geraakt onder afgebrokkeld zandsteen.

Toen hij het tevoorschijn haalde, herinnerde hij zich dat Diane Tolomei hem had gezegd het niet verder open te maken dan noodzakelijk was, maar na zes eeuwen onder stof en grind was het hout zo droog en fragiel geworden dat zelfs zijn voorzichtige aanraking te veel was voor het kistje: het hout viel als een klomp zaagsel uit elkaar, en binnen enkele seconden stond hij met de ring in zijn rechterhand.

Hij besloot om niet toe te geven aan irrationele angsten en stopte de ring in zijn broekzak in plaats van hem in een ander doosje te doen; zo reed hij terug naar zijn huis buiten de stad. Na die rit met de ring in zijn zak werd er in zijn familie nooit meer een zoon geboren om de naam Romeo Marescotti te dragen – tot zijn grote frustratie bleef iedereen maar meisjes krijgen, het ene na het andere. Er zou altijd alleen maar zijn ene kleinzoon Romeo zijn, en hij betwijfelde ernstig of die rusteloze jongen ooit zou trouwen en zelf zonen zou krijgen.

Natuurlijk besefte grootvader Marescotti dat indertijd niet, hij was alleen maar blij dat hij de ring voor Diane Tolomei had gevonden en hij kon niet wachten de oude cencio uit 1340 in handen te krijgen en er in de hele contrada mee te pronken. Hij maakte al plannen hem aan het Adelaarsmuseum te schenken en verbeeldde zich dat hij hun veel geluk zou brengen bij de volgende Palio.

Maar het mocht niet zo zijn. Op de dag dat Diane Tolomei weer op bezoek zou komen, had hij de hele familie bijeengeroepen voor een groot feest en zijn vrouw stond dagenlang in de keuken. Hij had de ring in een nieuw doosje gedaan, en zij had er een rood lint omheen gestrikt. Ze hadden Romeo zelfs meegenomen naar de stad – ook al was het kort voor de Palio – om zijn haar echt te laten knippen, zonder de gnocchi-pot en keukenschaar. Nu hoefden ze alleen nog maar te wachten.

En ze wachtten. En wachtten. Maar Diane Tolomei kwam niet. Doorgaans zou grootvader Marescotti woedend zijn geweest, maar deze keer was hij ongerust. Hij kon het niet verklaren. Hij had het gevoel dat hij koorts had en kon geen hap door zijn keel krijgen. Diezelfde dag nog hoorde hij het vreselijke nieuws. Zijn neef belde hem dat er een auto-ongeluk was geweest, en dat de weduwe van professor Tolomei en haar twee dochtertjes daarbij om het leven waren gekomen. Stel je eens voor hoe hij zich voelde. Zijn vrouw en hij huilden om Diane Tolomei en de kleine meisjes, en die avond schreef hij een brief aan zijn dochter in Rome en vroeg haar om hem te vergeven en weer thuis te komen. Maar ze schreef nooit terug, en ze kwam niet.

VIII

I

Ja, ik heb een liefdeshuis gekocht,
Maar ben er nog niet ingetrokken; 'k ben wel verkocht,
Maar nog niet in bezit genomen.

Toen Alessandro zijn verhaal eindelijk afsloot, lagen we naast elkaar op de wilde tijm omhoog te kijken naar de helderblauwe mantel van de hemel.

'Ik herinner me die dag nog steeds,' voegde hij eraan toe. 'De dag dat we van het auto-ongeluk hoorden. Ik was pas dertien, maar ik begreep best hoe verschrikkelijk het was. En ik dacht aan het kleine meisje – jij – die verondersteld werd Giulietta te zijn. Natuurlijk had ik altijd geweten dat ik Romeo was, maar ik had daarvoor nooit veel nagedacht over Giulietta. Toen pas begon ik over haar na te denken, en ik besefte dat het heel vreemd was om Romeo te zijn als er geen Giulietta in de wereld is. Vreemd en eenzaam.'

'Ach, kom!' Ik rolde me om, steunde op een elleboog en prikte met een wild viooltje in zijn ernstige gezicht. 'Ik weet zeker dat er geen gebrek was aan vrouwen om je gezelschap te houden.'

Hij grijnsde en veegde het viooltje opzij. 'Ik dacht dat je dood was! Wat moest ik anders?'

Hoofdschuddend zuchtte ik. 'Dus dat is het waard, de inscriptie in de ring van Romeo, *Trouw door de eeuwen*.'

'Hé!' Alessandro rolde ons allebei om en keek fronsend op me neer. 'Romeo gaf de ring aan Julia, weet je nog?'

'Verstandig van hem.'

'Goed dan...' Hij keek in mijn ogen, niet gelukkig met het verloop van ons gesprek. 'En vertel eens, Giulietta uit Amerika... ben jij trouw geweest door de eeuwen?'

Hij zei het half in scherts, maar voor mij was het geen grapje. In plaats van hem antwoord te geven, ontmoette ik vastberaden zijn blik en vroeg hem ronduit: 'Waarom heb je in mijn hotelkamer ingebroken?'

Hoewel hij op het ergste was voorbereid, kon ik hem niet heviger hebben geschokt. Kreunend rolde hij op zijn rug en sloeg zijn handen voor zijn gezicht; hij deed zelfs geen poging om me te laten geloven dat er een vergissing in het spel was. '*Porca vacca!*'

'Ik neem aan dat je een goede verklaring hebt,' zei ik zonder me te verroeren, nog steeds met half toegeknepen ogen omhoogkijkend. 'Anders was ik hier niet.'

Hij kreunde weer. 'Die heb ik ook. Maar ik kan het je niet vertellen.'

'Pardon?' Abrupt ging ik rechtop zitten. 'Je haalt mijn kamer overhoop, maar je gaat me niet vertellen waarom?'

'Wat? Nee!' Alessandro kwam ook overeind. 'Dat heb ik niet gedaan! Dat was al zo – ik dacht dat je zelf zo'n rommel had gemaakt.' Toen hij mijn gezicht zag, stak hij beduusd zijn handen op. 'Luister, het is echt waar. Die avond, nadat we ruzie hadden gemaakt en jij het restaurant uit was gelopen, ging ik naar je hotel om... ik weet niet waarom. Maar toen ik daar aankwam, zag ik je van je balkon klimmen en wegglippen...'

'Echt niet!' riep ik uit. 'Waarom zou ik dat in vredesnaam doen?'

'Oké, dus jij was het niet,' zei Alessandro, steeds minder op zijn gemak. 'Maar het was wel een vrouw. Die op jou leek. En zij was degene die je kamer overhoop heeft gehaald. Je balkondeur stond al open toen ik binnenkwam en het was een enorme bende. Geloof me alsjeblieft.'

Ik greep naar mijn hoofd. 'Hoe wil je in hemelsnaam dat ik je geloof als je me niet eens wilt vertellen waarom je het deed?'

'Het spijt me.' Hij stak een hand uit om een takje tijm uit mijn haar te plukken. 'Ik wou dat ik dat kon. Maar het is niet aan mij om dat verhaal te vertellen. Hopelijk krijg je het gauw te horen.'

'Van wie? Of is dat ook geheim?'

'Ik vrees van wel.' Hij waagde een glimlach. 'Maar ik hoop dat je me gelooft als ik je zeg dat ik goede bedoelingen had.'

Ik schudde mijn hoofd, geschokt omdat ik zo gemakkelijk overstag ging. 'Ik moet wel krankzinnig zijn.'

Zijn glimlach werd breder. 'Is dat Engels voor ja?'

Ik stond op en veegde met korte bewegingen mijn rok af, nog altijd een beetje boos. 'Ik weet niet waarom ik je hiermee weg laat komen...'

'Kom hier.' Hij pakte mijn hand en trok me omlaag. 'Je kent me. Je weet dat ik je nooit pijn zou kunnen doen.'

'Mis,' zei ik en ik wendde mijn gezicht af. 'Jij bent Romeo. Jij kan mij juist heel veel pijn doen.'

Maar toen hij me in zijn armen trok, bood ik geen weerstand. Het leek alsof er een versperring binnen in mij ineenstortte – de hele middag al aan het instorten was – en me zacht en kneedbaar achterliet, amper in staat ergens anders aan te denken dan het huidige moment.

'Geloof jij echt in vervloekingen?' fluisterde ik, in zijn omhelzing genesteld.

'Ik geloof in zegeningen,' antwoordde hij naast mijn jukbeen. 'Ik geloof dat er voor elke vloek een zegen is.'

'Weet jij waar de cencio is?"

Ik voelde zijn armen verstrakken. 'Was het maar waar. Ik wil hem net zo graag terug als jij.'

Ik keek naar hem op om te zien of hij loog. 'Waarom?'

'Omdat...' Hij keek op me neer en ontmoette mijn argwanende blik met integriteit. 'Omdat, waar hij ook is, hij niets betekent zonder jou.'

Toen we eindelijk terugwandelden naar de auto, strekten onze schaduwen zich voor ons uit op het pad en zat er al wat avondlicht in de lucht. Net toen ik me afvroeg of we misschien laat waren voor het feestje van Eva Maria, ging Alessandro's telefoon, en hij liet mij de glazen en de lege fles in de kofferbak leggen terwijl hij van de auto wegliep en probeerde onze mysterieuze vertraging uit te leggen aan zijn peetmoeder.

Op zoek naar een veilige plek voor de glazen merkte ik een houten wijnkist op in de verste hoek van de kofferbak met het etiket

CASTELLO SALIMBENI op de zijkant. Toen ik het deksel optilde om erin te kijken, zag ik dat er geen wijnflessen in de kist zaten, alleen maar houtkrullen, en ik nam aan dat Alessandro daar de glazen en de Prosecco in had vervoerd. Om er zeker van te zijn dat ik de glazen veilig in de kist kon stoppen, woelde ik met mijn handen door de houtwol. Daarbij raakte ik iets hards met mijn vingertoppen, en toen ik het tevoorschijn trok, zag ik dat het een oud kistje was, ongeveer zo groot als een sigarenkistje.

Terwijl ik daar zo stond met dat kistje, waande ik me ineens weer in de Bottini met Janice, toen we zagen hoe Alessandro een vergelijkbaar doosje uit een kluis in de tufstenen muur haalde. Niet in staat om de verleiding te weerstaan tilde ik met de bevende haast van een inbreker het deksel van het kistje; het kwam niet eens in me op dat ik de inhoud al kende. Pas toen ik eroverheen streek met mijn vingers – over de gouden, in blauw fluweel gevatte zegelring – kwam de waarheid verpletterend uit de lucht vallen, als een piano in een tekenfilm.

Na de schokkende ontdekking dat wij zomaar rondreden met een voorwerp dat – al dan niet letterlijk – een heleboel mensen had vermoord, wist ik alles maar net op tijd terug te stoppen in de wijnkist voordat Alessandro naast me stond, de dichtgeklapte telefoon in zijn hand.

'Wat zoek je?' vroeg hij met argwanend toegeknepen ogen.

'Mijn zonnebrandolie,' zei ik luchthartig terwijl ik mijn weekendtas open ritste. 'De zon is hier... moordend.'

Toen we weer reden, had ik moeite om mezelf te kalmeren. Niet alleen had hij in mijn kamer ingebroken en gelogen over zijn naam, maar zelfs nu, na alles wat er tussen ons was gebeurd – het gezoen, de bekentenissen, het openbaren van familiegeheimen – vertelde hij me nog altijd niet de waarheid. Ja, hij had me wel een deel van de waarheid verteld en ik wilde hem graag geloven, maar ik was niet zo dom om te denken dat hij me alles had verteld wat er te weten viel. Hij had dat zelfs toegegeven met zijn weigering om te vertellen waarom hij in mijn hotelkamer was. Hij mocht dan een paar symbolische kaarten voor me op tafel hebben gelegd, over het grootste deel van zijn spel was hij duidelijk nog steeds terughoudend.

En ik eigenlijk ook.

'Gaat het wel goed met je?' vroeg hij na een poosje. 'Je bent zo stil.'

'Het gaat prima!' Ik veegde een druppel zweet van mijn neus en merkte dat mijn hand beefde. 'Alleen warm.'

Hij gaf mijn knie een kneepje. 'Straks als we er zijn voel je je zo weer beter. Eva Maria heeft een zwembad.'

'Natuurlijk heeft ze dat.' Ik ademde diep in en langzaam weer uit. Mijn hand voelde vreemd gevoelloos aan, precies waar de oude ring mijn huid had geraakt, en discreet veegde ik mijn vingers af aan mijn kleren. Het was beslist niets voor mij om toe te geven aan bijgelovige angsten, maar toch stuiterden die rond in mijn buik als popcorn in een pannetje. Ik sloot mijn ogen en hield mezelf voor dat dit niet het moment was voor een paniekaanval, en dat het strakke gevoel in mijn borst alleen maar mijn verstand was dat een spaak in het wiel van mijn geluk wilde steken, zoals altijd. Maar deze keer liet ik dat niet gebeuren.

Alessandro remde af om een met grind verharde oprijlaan in te slaan: 'Ik denk dat jij moet... *cazzo!*'

Een monumentaal ijzeren hek barricadeerde de toegang. Aan zijn reactie te zien was hij niet gewend om zo begroet te worden, en er was een diplomatiek onderhoud met een intercom nodig voordat de tovertuin openging en wij de lange oprijlaan omzoomd door cipressen op konden rijden. Zodra we veilig op het terrein waren, zwaaiden de hoge deuren van het hek moeiteloos achter ons dicht, het klikken van het slot nauwelijks hoorbaar boven het zachte knerpen van het grind en het vogelgezang van de namiddag.

De plek waar Eva Maria woonde was als een droom. Haar majestueuze boerderij, of liever *castello*, stond hoog op een heuvel niet ver van het dorp Castiglione, en aan alle kanten van het landgoed welfden velden en wijngaarden omlaag, als de rokken van een melkmeid in een weiland. Het was zo'n plek die je ziet in onhandige koffietafelboeken maar nooit in de werkelijkheid aantreft, en naarmate we het huis naderden, feliciteerde ik mezelf in stilte met mijn besluit om alle waarschuwingen in de wind te slaan en toch te komen.

Sinds Janice me had verteld dat Peppo Eva Maria ervan verdacht een maffiakoningin te zijn, schommelde ik heen en weer tussen lippenbijtende ongerustheid en hoofdschuddend ongeloof, maar nu ik hier eindelijk was, bij daglicht, leek het hele idee belachelijk. Als Eva Maria werkelijk de touwtjes van iets duisters in handen had, zou ze toch nooit een feest geven bij haar thuis en een buitenstaander zoals ik uitnodigen?

Zelfs de dreiging van de boosaardige zegelring leek te vervagen toen Castello Salimbeni in de verte opdoemde, en tegen de tijd dat we stilhielden bij de middenfontein werden eventuele zorgen die zich nog onder in mijn buik roerden al ras overstemd door het turkooizen water dat omlaag klaterde uit drie Hoornen des Overvloeds, omhooggehouden door naakte nimfen op marmeren griffioenen.

Voor een zijingang stond een cateringbusje geparkeerd, en twee mannen in leren schorten laadden dozen uit terwijl Eva Maria er met samengeklemde handen bij stond om toezicht te houden. Zodra ze onze auto in het oog kreeg, repte ze zich opgetogen zwaaiend op ons af, wenkend dat we moesten parkeren en een beetje vlug graag. '*Benvenuti*!' kweelde ze terwijl ze met gespreide armen naar ons toe liep. 'Ik ben zo blij dat jullie er allebei zijn!'

Zoals altijd was ik zo overdonderd door Eva Maria's uitbundigheid dat ik niet meer normaal kon reageren; het enige wat door mijn hoofd ging was: als ik zo'n broek aan kan op haar leeftijd, ben ik meer dan gelukkig.

Ze omhelsde me stevig, alsof ze tot op dit moment had gevreesd voor mijn veiligheid, en wendde zich toen naar Alessandro – haar glimlach koket toen ze kussen uitwisselden – en vouwde haar vingers rond zijn biceps. 'Jij bent stout geweest, denk ik! Ik verwachtte je uren geleden al!'

'Ik bedacht ineens dat ik Giulietta Rocca di Tentennano kon laten zien,' zei hij zonder enig vertoon van schuldgevoel.

'O, nee!' riep Eva Maria uit. Ze gaf hem nog net geen tik. 'Niet die vreselijke plek! Arme Giulietta!' Ze richtte zich tot mij met een gezicht vol medeleven: 'Het spijt me dat je dat afschuwelijke gebouw hebt moeten zien. Wat vond je ervan?'

'Eigenlijk vond ik het nogal... idyllisch,' zei ik met een blik op Alessandro.

Om de een of andere onverklaarbare reden deed mijn antwoord

Eva Maria zoveel genoegen dat ze een kus op mijn voorhoofd drukte voordat ze het huis in marcheerde. 'Deze kant op!' Ze ging ons voor door een achterdeur, de keuken in en om een gigantische tafel die volgestapeld stond met eten. 'Ik hoop dat je het niet erg vindt dat we langs deze kant gaan, lieverd... Marcello! Dio Santo!' Ze wierp vertwijfeld haar handen in de lucht bij een van de cateraars en zei iets waardoor hij de doos die hij net had neergezet weer oppakte en heel voorzichtig ergens anders neerzette. 'Ik moet deze mensen zo in de gaten houden, ze zijn hopeloos!... De arme zielen! En... o Sandro!'

'Pronto!'

'Wat doe je?' Eva Maria gebaarde hem ongeduldig om op te schieten. 'Ga de tassen halen! Giulietta heeft haar spulletjes nodig!'

'Maar...' Alessandro had weinig zin om me met zijn peetmoeder alleen te laten en zijn hulpeloze gezicht maakte me bijna aan het lachen.

'Wij redden ons wel!' ging Eva Maria verder. 'We willen vrouwenpraatjes! Ga nu maar! Haal de tassen!'

Ondanks de chaos en Eva Maria's energieke tred kon ik onderweg de dramatische proporties van de keuken bewonderen. Ik had nog nooit zulke grote potten en pannen gezien, of een haard met het oppervlakte van mijn studentenkamer; het was zo'n rustieke, landelijke keuken waar de meeste mensen van zeggen te dromen, maar die ze als het erop aankwam absoluut niet zouden weten te gebruiken.

Vanuit de keuken kwamen we in een grote hal die duidelijk de officiële ingang vormde van het Castello Salimbeni. Het was een vierkante, opzichtige zaal met een plafond van vijftien meter hoog en een loggia rondom op de eerste verdieping, die eigenlijk wel wat leek op de Library of Congress in Washington, waar tante Rose mij en Janice een keer mee naartoe had genomen – om educatieve redenen en om niet te hoeven koken – toen Umberto op zijn jaarlijkse vakantie was.

'Hier hebben we vanavond ons feest!' zei Eva Maria, even omkijkend om zich ervan te vergewissen dat ik genoegzaam onder de indruk was.

'Het is... adembenemend,' was het enige antwoord dat ik kon bedenken; mijn woorden gingen verloren onder het hoge plafond.

De logeerkamers bevonden zich boven, aan de loggia, en mijn gastvrouw was zo attent geweest om me een kamer met balkon te geven, met uitzicht op een zwembad en een boomgaard, en achter de muur rond de boomgaard baadde de Val d'Orcia in het gouden zonlicht. Het leek wel happy hour in het paradijs.

'Geen appelbomen?' schertste ik terwijl ik over het balkon leunde en de oude wijnranken tegen de muur bewonderde. 'Of slangen?'

'In al mijn jaren hier heb ik nog nooit een slang gezien,' zei Eva Maria, die me serieus nam. 'En ik loop elke avond door de boomgaard. Maar als ik er één zou zien, zou ik hem zó verpletteren met een steen.' Ze deed het voor.

'Ja, dan is hij er geweest,' zei ik.

'Maar als je bang bent, Sandro slaapt daar...' Ze knikte naar de balkondeuren naast de mijne. 'Jullie kamers delen dit balkon.' Ze gaf me een samenzweerderige por met haar elleboog. 'Ik dacht dat ik het jullie gemakkelijk zou maken.'

Ietwat verbijsterd liep ik achter haar aan mijn kamer weer in. Daar was het belangrijkste meubelstuk een kolossaal hemelbed, opgemaakt met wit linnengoed, en toen ze mijn ontzag bemerkte, wiebelde Eva Maria met haar wenkbrauwen, precies zoals Janice zou doen. 'Mooi bed, hè? Homerisch!'

Mijn wangen werden warm en ik zei: 'Weet u, ik wil niet dat u de verkeerde indruk krijgt over mij en uw... petekind.'

Ze keek me aan met iets wat akelig veel leek op teleurstelling: 'Nee?'

'Nee. Zo ben ik niet.' Toen ik zag dat ze niet onder de indruk was van mijn zedigheid, voegde ik eraan toe: 'Ik ken hem pas een week. Of zo.'

Nu glimlachte Eva Maria eindelijk en gaf me een klopje op mijn wang.

'Je bent een braaf meisje. Daar houd ik van. Kom, nu zal ik je de badkamer laten zien...'

Toen Eva Maria me eindelijk alleen liet – nadat ze me had verteld over de bikini in mijn maat in het laatje van het nachtkastje en de kimono in de garderobekast – liet ik me achterover op het bed vallen. Haar overdadige gastvrijheid was heerlijk ontspannend; als ik wilde, kon ik ongetwijfeld de rest van mijn leven hier blijven en de schilderachtige seizoenen van een Toscaanse muurkalender beleven, in bijpassende kleding. Maar tegelijkertijd was het scenario enigszins verontrustend, ik had het idee dat er iets heel belangrijks aan de hand was met Eva Maria dat ik zou moeten weten – niet het maffiaverhaal, iets anders – en het hielp niet dat de aanwijzingen die ik nodig had ergens heel hoog boven mijn hoofd dansten, als pasopgeblazen ballonnen gevangen tegen een plafond. Net zomin, moest ik toegeven, als de halve fles Prosecco die ik op een lege maag had gedronken, en het feit dat ik zelf ook hoog in de zevende hemel ronddanste na mijn middag met Alessandro.

Net toen ik in slaap begon te vallen, hoorde ik een luide plons ergens buiten, en een paar tellen later een stem die mijn naam riep. Nadat ik mijn ledematen een voor een van het heerlijke bed had losgeweekt, stommelde ik het balkon op en zag Alessandro – die er uitzonderlijk energiek uitzag – naar me zwaaien vanuit het zwembad eronder.

'Wat doe je daarboven?' riep hij. 'Het water is heerlijk!'

'Wat moet jij toch altijd met water?' riep ik terug.

Hij keek perplex, maar dat versterkte zijn aantrekkelijkheid alleen maar: 'Wat mankeert er aan water?'

Alessandro lachte toen ik in de kimono van Eva Maria gewikkeld bij het zwembad aankwam. 'Ik dacht dat jij het zo warm had,' zei hij, op de rand van het bad met zijn voeten in het water, genietend van de laatste heldere zonnestralen.

'Is ook zo,' zei ik, onzeker spelend met de riem van de kimono. 'Maar ik voel me al beter. En om eerlijk te zijn ben ik niet zo'n zwemmer.'

'Je hoeft niet te zwemmen,' merkte hij op. 'Het is niet erg diep. En bovendien ben ik er om je te beschermen.' Hij keek me indringend aan.

Ik keek overal om me heen, behalve naar hem. Hij droeg een van die krap bemeten Europese zwembroekjes, maar dat was het enige aan hem dat krap bemeten was. In het late namiddaglicht zag hij eruit alsof hij in brons was gegoten, zijn lichaam bijna glanzend, en klaarblijkelijk gebeeldhouwd door iemand die intiem bekend was met de ideale proporties van het menselijk gestel.

'Kom op!' zei hij terwijl hij zich weer in het water liet glijden als-of dat zijn natuurlijke habitat was. 'Ik beloof je dat je het heerlijk zult vinden.'

'Ik maak geen grapje,' zei ik en ik bleef staan waar ik was. 'Ik ben echt niet goed met water.'

Alessandro geloofde me niet echt; hij zwom naar waar ik stond en leunde op de rand van het zwembad op zijn armen. 'Wat bete-kent dat? Los je erin op?'

'Ik ben geneigd te verdrinken,' antwoordde ik, misschien wat bit-ser dan nodig was. 'En ik raak in paniek. Niet in die volgorde.' Toen ik zijn ongelovige blik zag, zuchtte ik en voegde eraan toe: 'Toen ik tien was, duwde mijn zusje me van een steiger om indruk te maken op haar vriendinnen. Ik stootte mijn hoofd tegen een meertros en verdronk bijna. En nu raak ik nog steeds in paniek in diep water. Dus, voilà. Giulietta is een mietje.'

'Die zus van jou...' zei Alessandro hoofdschuddend.

'Eigenlijk is ze wel oké,' zei ik. 'Ik had eerst geprobeerd om haar eraf te duwen.'

Hij lachte. 'Dus je kreeg je verdiende loon. Kom eens hier. Je bent te ver weg.' Hij tikte op de grijze leisteen. 'Ga hier zitten.'

Met tegenzin deed ik eindelijk de kimono uit om de minuscule bikini van Eva Maria te onthullen, en ik liep naar hem toe om naast hem te gaan zitten met mijn voeten in het water. 'Au, die stenen zijn heet!'

'Kom dan hier!' spoorde hij me aan. 'Leg je armen om mijn nek. Ik houd je wel vast.'

Ik schudde mijn hoofd. 'Nee. Sorry.'

'Jawel, kom. Zo kunnen we niet leven, jij daarboven en ik hier be-neden.' Hij stak een hand uit en greep me bij mijn pols. 'Hoe moet ik onze kinderen leren zwemmen als ze zien dat jij bang bent voor water?'

'O, wat grappig!' sneerde ik. Ik legde mijn handen op zijn schou-ders. 'Als ik verdrink, klaag ik je aan!'

'Ja, klaag me maar aan,' zei hij terwijl hij me van de rand in het water tilde. 'Wat je ook doet, neem vooral nergens verantwoorde-lijkheid voor.'

Het was waarschijnlijk maar goed dat ik te geïrriteerd raakte door zijn commentaar om veel aandacht te besteden aan het water. Voordat ik het wist stond ik er tot mijn borst toe in, met mijn benen om zijn naakte middel. En ik voelde me prima.

'Zie je wel?' Hij glimlachte triomfantelijk. 'Lang niet zo erg als je dacht.'

Ik keek omlaag in het water en zag mijn eigen vervormde spiegelbeeld. 'Denk erom dat je me niet loslaat!'

Hij greep de onderste helft van Eva Maria's bikini stevig vast. 'Ik laat je nooit meer los. Je zit aan me vast, in dit zwembad, overal, voor altijd.'

Naarmate mijn angst voor het water langzaam afnam, begon ik het gevoel van zijn lijf tegen het mijne te waarderen, en te oordelen naar de blik in zijn ogen – onder andere – was dat wederzijds. '"Al is zijn gelaat ook schoner dan dat van enig ander, en overtreft zijn been dat van alle mannen, en al heeft hij een hand, een voet, een lichaam... waar eigenlijk niets van te zeggen valt, toch zijn ze zonder weerga",' citeerde ik. '"Hij is niet het toonbeeld van beleefdheid, maar hij is waarachtig zo zacht als een lam".'

Alessandro deed duidelijk moeite om de ingenieuze constructie van mijn bikinibovenstukje te negeren. 'Zie je, daar heeft Shakespeare nou eens gelijk over Romeo, voor de verandering.'

'Laat me raden... jij bent niet het toonbeeld van beleefdheid?'

Hij trok me nog dichter tegen zich aan. 'Maar zo zacht als een lam.'

Ik legde een hand op zijn borst. 'Een wolf in schaapskleren, zul je bedoelen.'

'Wolven zijn heel zachtaardige beesten,' zei hij, en hij liet me zakken tot er slechts enkele centimeters tussen onze gezichten restten.

Toen hij me kuste, kon het me niet schelen wie er stond te kijken. Dit was waar ik al sinds Rocca di Tentennano naar verlangde, en ik kuste hem gulhartig terug. Pas toen ik voelde dat hij de flexibiliteit van Eva Maria's bikini beproefde, hapte ik naar adem en zei: 'Hoe zat het ook alweer met Columbus en het verkennen van de kustlijn?'

'Columbus heeft jou nooit ontmoet,' antwoordde Alessandro terwijl hij me tegen de zijkant van het zwembad drukte en me de mond snoerde met nog een kus. Hij had nog meer willen zeggen en ik zou waarschijnlijk een positief antwoord hebben gegeven, als we niet waren onderbroken door een roep van het balkon.

'Sandro!' gilde Eva Maria, zwaaiend om zijn aandacht te trekken. '*Dai, vieni dentro, svelto!*'

Hoewel ze meteen weer verdween, waren we allebei verrast opgeschrokken door haar plotselinge verschijning, en zonder na te denken liet ik Alessandro los en ging bijna kopje-onder. Gelukkig liet hij mij niet los.

'Dank je wel!' hijgde ik. Ik klemde me aan hem vast. 'Kennelijk heb je toch geen boosaardige handen.'

'Zie je wel, ik zei het toch?' Hij veegde een paar lokken haar opzij die als natte spaghetti aan mijn gezicht vastplakten. 'Elke vloek kent zijn zegen.'

Ik keek in zijn ogen en was verrast door zijn plotselinge ernst. 'Volgens mij werken vloeken alleen als je erin gelooft,' zei ik met een hand op zijn wang.

Toen ik eindelijk weer in de logeerkamer was, ging ik midden op de vloer zitten lachen. Het was zo'n Janice-achtig iets om te doen – vrijen in een zwembad – en ik kon niet wachten om het haar te vertellen. Hoewel... het zou haar bepaald geen genoegen doen dat ik me zo slecht wist te beheersen wat Alessandro betrof en dat ik absoluut geen aandacht besteedde aan haar waarschuwingen. Ergens was het heel leuk om te zien dat ze zo jaloers op hem was – als dat het was. Ze had het nooit expliciet gezegd, maar ik kon merken dat ze ernstig teleurgesteld was dat ik niet met haar mee wilde rijden naar Montepulciano om samen mama's huis te gaan zoeken.

Pas op dat moment, toen een steek van schuldgevoel me uit mijn dwaze gedroom wekte, viel me een rokerige geur op – wierook? – waarvan ik me afvroeg of die al eerder in mijn kamer hing. Toen ik in mijn natte kimono het balkon op liep voor wat frisse lucht, zag ik de zon achter de verre bergen verdwijnen in een feest van goud en bloed, en overal om me heen verduisterde de hemel in steeds donkerder tinten blauw. Nu het daglicht was verdwenen, voelde ik de dauw in de lucht die de belofte van alle geur, alle hartstocht en alle spookachtige kilte van de nacht met zich meebracht.

Weer in mijn kamer knipte ik het licht aan en zag dat er een jurk voor me klaarlag op het bed, met op een handgeschreven briefje: *Draag dit voor het feest.* Ik pakte hem ongelovig op; niet alleen bepaalde Eva Maria weer wat ik aan moest, maar deze keer wilde ze me ook nog belachelijk maken. Het was een tot op de grond hangend geval van donkerrood fluweel met een strenge, hoekige halslijn en wijd uitlopende mouwen; Janice zou het de nieuwste trend voor ondoden hebben genoemd en de jurk met een smalende lach opzij gooien. Ik kwam sterk in de verleiding om hetzelfde te doen.

Maar toen ik mijn eigen jurk tevoorschijn haalde en de twee vergeleek, bedacht ik dat naar beneden trippelen in mijn kleine zwarte dingetje op deze specifieke avond misschien wel de grootste faux pas van mijn carrière zou kunnen blijken. Alle diepe decolletés en dubbelzinnige opmerkingen van Eva Maria ten spijt, was het heel goed mogelijk dat de mensen die ze vanavond had uitgenodigd een preutse compagnie vormden, die mij zouden wegen naar mijn spaghettibandjes en me te licht zouden bevinden.

Toen ik eenmaal gehoorzaam gekleed was in Eva Maria's middeleeuwse outfit en mijn haar op mijn hoofd had gestapeld bij wijze van feestelijk kapsel, bleef ik even bij mijn deur staan luisteren naar het geluid van de gasten die beneden arriveerden. Er klonk gelach en muziek, en tussen de knallende kurken door hoorde ik mijn gastvrouw niet alleen dierbare familie en vrienden begroeten, maar ook dierbare geestelijkheid en adel. Niet zeker of ik genoeg ruggengraat had om in mijn eentje de pret in te duiken, liep ik op mijn tenen door de gang om discreet op de kamerdeur van Alessandro te kloppen. Hij was er echter niet. En net toen ik mijn hand uitstak om de deurknop te proberen, legde iemand een klauw op mijn schouder.

'Giulietta!' Eva Maria wist me te besluipen op een manier die me ernstig uit mijn evenwicht bracht. 'Ben je klaar om naar beneden te komen?'

Ik schrok en draaide me snel om, in verlegenheid gebracht door waar ik was aangetroffen, bijna ongenood binnendringend in de kamer van haar petekind. 'Ik zocht Alessandro!' flapte ik eruit, geschokt dat ze zo vlak achter me stond, op de een of andere manier langer dan ik me herinnerde, met een gouden tiara en – zelfs voor haar doen – ongewoon theatrale make-up.

'Hij moest een boodschap doen,' zei ze terloops. 'Hij komt zo terug. Kom mee...'

Op de loggia was het moeilijk om niet naar haar jurk te staren.
Weliswaar vond ik dat mijn eigen kledij me deed lijken op de heldin van een toneelstuk, maar nu begreep ik dat ik hooguit een bij-
rolletje speelde. Eva Maria droeg een visioen van goudkleurige taf-
zijde waarin ze feller straalde dan elke zon, en toen we samen de
brede trap afliepen – haar hand strak om mijn bovenarm – konden
de verzamelde gasten beneden haar onmogelijk negeren.

Er stonden minstens honderd mensen in de grote hal en ze keken in zwijgende bewondering op naar hun gastvrouw die in al haar
pracht neerdaalde en mij minzaam in hun kring binnenvoerde met
de gebaren van een bosfee die rozenblaadjes strooit voor de voeten
van de koningen van het woud. Eva Maria had dit drama klaarblijkelijk ruim van tevoren gepland, want de hele zaal werd uitsluitend
verlicht door lange kaarsen in kroonluchters en kandelabers, en bij
hun flakkerende licht kwam haar jurk tot leven alsof hij ook in brand
stond. Een tijdlang was de muziek het enige wat ik kon horen; niet
de favoriete klassieken die je zou verwachten, maar echte muziek op
middeleeuwse instrumenten bespeeld door een groepje muzikanten
aan de andere kant van de hal.

Toen ik over de zwijgende menigte uitkeek, was ik opgelucht dat
ik de roodfluwelen jurk had verkozen boven mijn eigen jurk. Beweren dat de gasten van Eva Maria vanavond een preuts stel waren,
zou veel te zwak uitgedrukt zijn: het was nauwkeuriger om te zeggen dat ze in een andere wereld thuis leken te horen. Op het eerste
gezicht was er niemand onder de zeventig; op het tweede gezicht
werd dat eerder onder de tachtig. Een welwillend mens zou misschien zeggen dat het allemaal lieve oudjes waren die maar eens in
de twintig jaar naar een feest gingen, en dat geen van hen sinds de
Tweede Wereldoorlog een modeblad had opengeslagen... maar ik
had Janice te lang meegemaakt voor dat soort barmhartigheid. Als
mijn zus hier was en zag wat ik zag, zou ze een griezelgezicht hebben getrokken en suggestief haar mondhoeken aflikken. Het enige
positieve was dat ze er zo breekbaar uitzagen dat ik, als het inderdaad vampiers waren, waarschijnlijk harder kon lopen dan zij.

Toen we onder aan de trap arriveerden kwam er een hele zwerm van hen op me af, allemaal in rap Italiaans babbelend, terwijl ze met bloedeloze vingers in me prikten om zich ervan te verzekeren dat ik echt was. Hun verbijstering bij mijn aanblik suggereerde dat ik in hun ogen degene was die voor de gelegenheid uit het graf was herrezen, en niet zij.

Toen ze zag dat ik in verwarring was en niet op mijn gemak, begon Eva Maria hen al gauw weg te wuiven, en uiteindelijk bleven alleen de twee vrouwen over die me echt iets te vertellen hadden.

'Dit is Monna Teresa,' legde Eva Maria uit, 'en dit Monna Chiara. Monna Teresa is een afstammelinge van Giannozza Tolomei, net als jij, en Monna Chiara stamt af van Monna Mina van de Salimbeni's. Ze zijn heel opgetogen dat je hier bent, want ze hebben jarenlang gedacht dat je dood was. Allebei weten ze heel veel over het verleden, en over de Giulietta Tolomei van wie jij je naam hebt geërfd.'

Ik keek naar de twee oude vrouwen. Het leek me heel redelijk dat zij alles zouden weten over mijn voorouders en de gebeurtenissen in 1340, want ze zagen eruit alsof ze met paard en wagen rechtstreeks uit de middeleeuwen waren gekomen om Eva Maria's feest bij te wonen. Ze leken uitsluitend overeind te worden gehouden door hun korset en de kanten plooikraag om hun hals; een van hen glimlachte voortdurend ingetogen achter een zwarte waaier, terwijl de ander me met meer terughouding aankeek, haar haar opgestoken in een stijl die ik alleen kende van oude schilderijen, met een pauwenveer erin gestoken. Naast hun ouderwetse gestalten leek zelfs Eva Maria jeugdig en ik was blij dat ze naast me bleef staan, op haar tenen van opwinding, om alles te vertalen wat ze tegen me zeiden.

'Monna Teresa wil weten of je een tweelingzus hebt die Giannozza heet?' begon ze, met een gebaar naar de vrouw met de waaier. 'Honderden jaren lang is het traditie geweest in de familie om meisjestweelingen Giulietta en Giannozza te noemen.'

'Die heb ik inderdaad,' zei ik. 'Ik wou dat ze hier vanavond kon zijn.' Ik keek om me heen naar de met kaarsen verlichte hal en alle bizarre mensen, en moest even slikken. 'Ze zou genoten hebben.'

De oude vrouw brak in een rimpelige glimlach uit toen ze hoorde dat wij met ons tweeën waren, en ik moest beloven dat ik de volgende keer dat ik kwam mijn zus mee zou brengen.

'Maar als die namen een familietraditie zijn, moeten er nog honderden, nee, duizenden Giulietta Tolomei's zijn!' zei ik.

'Nee, nee, nee!' riep Eva Maria uit. 'Vergeet niet dat we het hebben over een traditie in de vrouwelijke lijn, en dat vrouwen de naam van hun man aannemen bij hun huwelijk. Voor zover Monna Teresa weet is er in al die jaren nooit iemand anders Giulietta of Giannozza Tolomei gedoopt. Maar je moeder was eigenwijs...' Eva Maria schudde haar hoofd met onwillige bewondering. 'Ze wilde wanhopig graag die naam hebben, dus trouwde ze met professor Tolomei. En wat denk je, ze kreeg een meisjestweeling!' Ze keek Monna Teresa aan om haar woorden bevestigd te krijgen. 'Voor zover wij weten, ben jij de enige Giulietta Tolomei ter wereld. Daarom ben je heel bijzonder.'

Ze keken me allemaal verwachtingsvol aan, en ik deed mijn best om dankbaar en belangstellend te kijken. Natuurlijk vond ik het heerlijk om meer over mijn familie te horen en verre verwanten te leren kennen, maar de timing had beter gekund. Er zijn avonden waarop een mens volmaakt tevreden is met het converseren met oudere dames in kanten plooikragen, en avonden waarop je liever iets anders zou willen doen. Bij deze specifieke gelegenheid verlangde ik er eerlijk gezegd naar om alleen te zijn met Alessandro – waar was hij in vredesnaam? – en hoewel ik moeiteloos al heel wat uurtjes had gespendeerd aan de tragische gebeurtenissen van 1340, was mijn familiegeschiedenis niet echt wat ik op deze specifieke avond graag wilde onderzoeken.

Nu was het echter de beurt aan Monna Chiara om mijn arm te grijpen en dringend tegen me te praten over het verleden, met een stem die knisperde en breekbaar was als vloeipapier, en ik boog me zo dicht mogelijk naar haar toe om de pauwenveer te ontwijken.

'Monna Chiara nodigt je uit om bij haar op bezoek te komen,' vertaalde Eva Maria. 'Zodat je haar archief van familiedocumenten kunt bekijken. Haar voorouder, Monna Mina, was de eerste vrouw die probeerde het verhaal van Giulietta, Romeo en broeder Lorenzo te ontrafelen. Zij had de meeste van de oude papieren gevonden; de gerechtelijke procedure tegen broeder Lorenzo, met zijn biecht, trof ze aan in een verborgen archief in de oude martelkamer van het

Palazzo Salimbeni, en ze vond ook de overal verstopte brieven van Giulietta aan Giannozza. Sommige lagen onder een vloer in Palazzo Tolomei, andere waren verborgen in het Palazzo Salimbeni, en ze vond er zelfs eentje, de laatste, in Rocca di Tentennano.'

'Die brieven zou ik dolgraag willen zien,' zei ik, oprecht. 'Ik heb wel wat fragmenten gelezen, maar...'

Eva Maria viel me in de rede op aandringen van Monna Chiara, wier ogen vreemd glansden in het kaarslicht, maar toch afstandelijk keken: 'Toen Monna Mina ze had gevonden, ondernam ze een verre reis om Giulietta's zusje Giannozza te bezoeken en haar eindelijk de brieven te geven. Dat was rond het jaar 1372, toen Giannozza al grootmoeder was, een gelukkige grootmoeder, getrouwd met haar tweede man, Mariotto. Maar je kunt je voorstellen wat een schok het voor Giannozza was om te lezen wat haar zusje haar zoveel jaren eerder had geschreven, voordat ze zich van het leven beroofde. Samen bespraken die twee vrouwen – Mina en Giannozza – alles wat er gebeurd was, en ze beloofden dat ze alles zouden doen wat in hun macht lag om het verhaal te bewaren voor toekomstige generaties.'

Ze zweeg even terwijl ze glimlachend een tedere arm om de schouders van de twee oude vrouwen legde en hen even naar zich toe trok om haar waardering te laten blijken, en beide vrouwen giechelden meisjesachtig om haar gebaar.

Met een betekenisvolle blik op mij zei ze: 'En daarom zijn we hier vanavond bijeen: om ons te herinneren wat er is gebeurd, en ervoor te zorgen dat het nooit weer gebeurt. Monna Mina deed dat als eerste, meer dan zeshonderd jaar geleden. Elk jaar op de verjaardag van haar huwelijksnacht ging ze naar de kelder van het Palazzo Salimbeni, naar die gruwelijke kamer, en stak kaarsen aan voor broeder Lorenzo. En toen haar dochters oud genoeg waren, nam ze hen ook mee, zodat ze vriendschap konden sluiten met zijn geest. Vele generaties lang werd die traditie in leven gehouden door de vrouwen van beide families. Maar nu zijn die gebeurtenissen voor de meeste mensen erg ver weg.' Ze knipoogde naar mij en liet even een glimp van haar ware aard zien toen ze eraan toevoegde: 'En ik kan je wel vertellen dat grote moderne banken niet erg gesteld zijn op nachtelijke processies van oude vrouwen in blauwe nachtponnen die met kaarsen in hun kluizen rondlopen. Vraag maar aan Sandro. Daarom houden we onze bijeenkomsten tegenwoordig hier, in Castello Salimbeni, en nu steken we onze kaarsen boven aan, niet meer in de kelder. We zijn geciviliseerd, zie je, en we zijn niet meer zo jong. Daarom zijn we zo blij dat jij hier bent, carissima, op Mina's huwelijksnacht, en dat we je in onze kring mogen begroeten.'

Bij de buffettafel realiseerde ik me voor het eerst dat er iets niet in orde was. Ik probeerde een poot van een elegant op een zilveren blad liggende, gebraden eend te wrikken, toen een golf warme vergetelheid de kust van mijn bewustzijn oprolde en me even heen en weer wiegde. Het was niets dramatisch, maar de opscheplepel viel zomaar uit mijn hand, alsof mijn spieren ineens helemaal verslapten.

Na een paar keer diep ademhalen was ik weer helder genoeg om mijn omgeving te bekijken. Eva Maria's spectaculaire buffet was op het terras naast de grote hal opgezet, onder de opkomende maan, en daarbuiten tartten hoge fakkels de duisternis met concentrische halve cirkels van vlammen. Achter me glansde het huis schitterend met zijn tientallen open ramen en schijnwerpers; het was een baken dat de nacht op afstand hield, een laatste, verfijnd bolwerk van de trots van de Salimbeni's, en als ik me niet vergiste, golden de wereldse wetten maar tot aan het hek.

Ik pakte opnieuw de opscheplepel en probeerde het plotselinge lichte gevoel in mijn hoofd af te schudden. Ik had maar één glas wijn gehad, persoonlijk voor me ingeschonken door Eva Maria, die wilde weten wat ik vond van haar pas geoogste *sangiovese*, maar ik had de helft in een potplant geschonken omdat ik haar wijnbouwerskunst niet wilde beledigen door mijn glas niet leeg te drinken. Maar na alles wat er die dag was gebeurd, zou het raar zijn als ik niet enigszins van slag was geweest.

Toen pas zag ik Alessandro. Hij was uit de donkere tuin tevoorschijn gekomen om tussen de fakkels te gaan staan en hij keek me recht aan, en hoewel ik opgelucht en opgetogen was om hem eindelijk weer terug te zien, wist ik meteen dat er iets mis was. Niet dat hij boos keek, zijn gezicht stond eerder ongerust, misschien zelfs meelevend, alsof hij op mijn deur kwam kloppen om me te vertellen dat er een vreselijk ongeluk was gebeurd.

Vol akelige voorgevoelens zette ik mijn bord neer en liep naar hem toe. Met een poging tot een glimlach zei ik: "'Een minuut omvat al vele dagen, ach, zo berekend ben ik hoogbejaard, voor ik mijn Romeo weer zie!'" Vlak voor hem stond ik stil en probeerde zijn gedachten te lezen. Maar zijn gezicht was op dat moment volkomen verstoken van emotie, net als de allereerste keer dat ik hem zag.

'Shakespeare, Shakespeare,' zei hij zonder waardering voor mijn poëzie. 'Waarom moet hij altijd tussen ons komen?'

Ik waagde een uitgestoken hand. 'Maar hij is onze vriend.'

'Is dat zo?' Alessandro nam mijn hand en kuste die, draaide hem toen om en kuste mijn pols, zijn ogen strak op de mijne gevestigd. 'Is hij dat echt? Vertel dan eens, wat zou onze vriend nu willen dat we deden?' Toen hij het antwoord in mijn ogen las, knikte hij langzaam. 'En daarna?'

Het duurde even voordat ik begreep wat hij bedoelde. Na de liefde kwam de scheiding, en na de scheiding de dood... volgens mijn vriend, meneer Shakespeare. Maar voordat ik Alessandro eraan kon herinneren dat wij bezig waren onze eigen goede afloop te schrijven – toch? – kwam Eva Maria op ons af fladderen als een magnifieke gouden zwaan, haar jurk opvlammend in het licht van de fakkels.

'Sandro! Giulietta! *Grazie a Dio!*' Ze wenkte ons haar te volgen. 'Kom! Kom snel!'

Er zat niets anders op dan haar te gehoorzamen, en we liepen terug naar het huis in Eva Maria's glanzende kielzog, zonder de moeite te nemen haar te vragen wat er zo dringend kon zijn. Of misschien wist Alessandro al wat ons te wachten stond en waarom; te oordelen naar zijn sombere blik waren we opnieuw overgeleverd aan de genade van de Bard, of het grillige fortuin, of welke andere macht onze lotsbestemming die nacht ook regeerde.

Terug in de grote hal leidde Eva Maria ons dwars door de menigte naar een zijdeur, door een gang en van daaruit naar een kleinere, formele eetzaal die opmerkelijk donker en stil was, gezien de feestelijkheden om de hoek. Nu pas, op de drempel, wachtte ze even en gebaarde naar ons, haar ogen groot van opwinding, om te zorgen dat we vlak achter haar bleven en geen geluid maakten.

Op het eerste gezicht had de zaal leeg geleken, maar door het theatrale gedrag van Eva Maria keek ik beter. En toen zag ik ze. Aan weerszijden van de lange tafel stonden twee grote kandelaars met brandende kaarsen, en in elk van de twaalf hoge eetkamerstoelen zat een man in de zwart-witte kledij van de geestelijkheid. Aan de zijkant, gehuld in schaduwen, stond een jongere man in een monnikspij discreet met een wierookvat te zwaaien.

Mijn pols versnelde toen ik die mannen zag en ik moest ineens denken aan de waarschuwing van Janice de dag tevoren. Eva Maria, had ze gezegd – barstensvol sensationele krantenkoppen na haar gesprek met neef Peppo –, was een maffiakoningin met occulte neigingen, en daarnaast, in haar afgelegen kasteel, was ze betrokken bij geheime bloedrituelen om de geesten van de doden tot leven te wekken.

Zelfs in mijn wazige gemoedstoestand zou ik meteen de deur weer zijn uitgelopen, als Alessandro geen bezitterige arm om mijn middel had geslagen.

Met enigszins bevende stem fluisterde Eva Maria: 'Deze mannen zijn leden van de Broederschap van Lorenzo. Ze zijn helemaal uit Viterbo gekomen om kennis met je te maken.'

'Met mij?' Ik keek naar het strenge stel. 'Maar waarom?'

'Sst!' Met veel omhaal begeleidde ze me naar het hoofd van de tafel om me voor te stellen aan de bejaarde monnik die ineengezakt in de troonachtige stoel aan het hoofdeinde zat. 'Hij spreekt geen Engels, dus ik zal voor jullie vertalen.' Ze maakte een reverence voor de monnik, die zijn ogen doordringend op mij richtte, of om precies te zijn op de crucifix om mijn hals. 'Giulietta, dit is een heel bijzonder moment. Ik wil je graag voorstellen aan broeder Lorenzo.'

II

O goddelijke, goddelijke nacht! Maar juist de nacht
Verontrust me... Slaap ik, is dit geen droom
Te strelend zoet om waar te kunnen zijn.

'Giulietta Tolomei!' De oude monnik stond op uit zijn stoel om mijn hoofd met zijn handen te omlijsten en diep in mijn ogen te kijken.

Toen pas raakte hij het kruisje om mijn hals aan, niet wantrouwig, maar vol eerbied. Toen hij genoeg had gezien, boog hij zich voorover om mijn voorhoofd te kussen met lippen zo droog als hout.

'Broeder Lorenzo is de overste van de Broederschap van Lorenzo,' legde Eva Maria uit. 'De overste neemt altijd de naam Lorenzo aan in herinnering aan de vriend van je voorouder. Het is een grote eer dat deze mannen hier vanavond willen zijn om je iets te geven dat jou toebehoort. Vele honderden jaren lang hebben de mannen van de Broederschap van Lorenzo uitgekeken naar dit moment!'

Toen Eva Maria zweeg, gebaarde broeder Lorenzo de andere monniken om ook op te staan en dat deden ze zonder een woord te zeggen. Een van hen leunde voorover om een doosje te pakken dat midden op de eetkamertafel had gestaan, en het werd met groot ceremonieel van hand tot hand doorgegeven tot het uiteindelijk broeder Lorenzo bereikte.

Zodra ik het doosje herkende als het doosje dat ik eerder die dag in Alessandro's kofferbak had aangetroffen, deinsde ik achteruit, maar toen Eva Maria merkte dat ik bewoog, groef ze haar vingers in mijn schouders om te zorgen dat ik bleef waar ik was. En toen broeder Lorenzo een langdradige uitleg in het Italiaans inzette, vertaalde ze elk woord dat hij zei met ademloze haast. 'Dit is een schat die vele eeuwen lang door de Heilige Maagd Maria is bewaakt, en alleen jij mag hem dragen. Vele jaren lang lag hij begraven onder de vloer bij de oorspronkelijke broeder Lorenzo, maar toen zijn lichaam van het Palazzo Salimbeni in Siena naar gewijde grond in Viterbo werd overgebracht, vonden de monniken hem bij zijn overblijfselen. Zij geloven dat hij hem ergens op zijn lichaam moet hebben verborgen om te zorgen dat hij niet in verkeerde handen viel. Daarna was hij vele jaren verdwenen, maar nu is hij eindelijk hier en kan hij opnieuw gezegend worden.'

Eindelijk deed broeder Lorenzo het doosje open om de zegelring van Romeo te onthullen, genesteld in blauw fluweel, en allemaal bogen we naar voren – zelfs ik – om te kijken.

'*Dio!*' fluisterde Eva Maria bewonderend. 'Dit is de trouwring van Giulietta. Het is een wonder dat broeder Lorenzo hem heeft weten te redden.'

Ik wierp een heimelijke blik op Alessandro, in de verwachting dat hij zich in elk geval een beetje schuldig zou voelen omdat we de hele dag hadden rondgereden met dat verrekte ding in de kofferbak en hij me slechts een deel van het verhaal had verteld. Maar zijn gezichtsuitdrukking was volmaakt sereen; ofwel hij kende geen schuldgevoel, of hij wist het angstaanjagend goed te verbergen. Ondertussen gaf broeder Lorenzo de ring een uitgebreide zegen alvorens hem met bevende vingers uit het doosje te halen en niet aan mij, maar aan Alessandro te overhandigen. 'Romeo Marescotti... *per favore.*'

Alessandro aarzelde even voordat hij de ring aanpakte, en toen ik opkeek naar zijn gezicht zag ik hem een blik uitwisselen met Eva Maria, een donkere, strakke blik die een of ander beslissend, symbolisch moment markeerde en die zich vervolgens om mijn hart sloot met de greep van een slager voor de nekslag.

Op dat moment werd mijn zicht wazig door een tweede vlaag vergetelheid, en ik wankelde even toen de zaal om me heen begon te draaien en niet meer tot stilstand kwam. Ik greep Alessandro's arm om steun te zoeken en knipperde een paar keer moeizaam met mijn ogen om me te herstellen. Verbazend genoeg liet noch hij, noch Eva Maria het moment verstoren door mijn plotselinge verwarring.

'In de middeleeuwen was het heel eenvoudig,' zei Alessandro, vertalend wat broeder Lorenzo hem vertelde. 'De man zei: "Ik geef je deze ring," en dat was het. Dat was het huwelijk.' Hij nam mijn hand en liet de ring aan mijn vinger glijden. 'Geen diamanten. Alleen de adelaar.'

Ze hadden geluk dat ik te versuft was om mijn mening te geven over het feit dat er zonder mijn instemming een boosaardige ring uit de kist van een dode vent aan mijn vinger werd geschoven. Nog steeds bracht iets vreemds – niet de wijn, iets anders – mijn tegenwoordigheid van geest aan het wankelen, en al mijn verstandelijke vermogens werden bedolven onder een lawine van beneveld fatalisme. Dus bleef ik gewoon als een mak schaap staan, terwijl broeder Lorenzo een gebed zond aan hogere machten en om een tweede voorwerp vroeg dat op tafel lag.

Het was de dolk van Romeo.

'Deze dolk is besmet,' legde Alessandro met zachte stem uit.

'Maar broeder Lorenzo gaat daar iets aan doen en zorgen dat hij geen kwaad meer doet...'

Zelfs in mijn benevelde toestand kon ik nog denken: Wat attent van hem! En wat attent dat jullie het me eerst even gevraagd hebben, voordat je die vent een erfstuk overhandigde dat mijn ouders mij hebben nagelaten! Maar ik zei het niet.

'Sst!' Het kon Eva Maria kennelijk niet schelen of ik begreep wat er gebeurde. 'Jullie rechterhand!'

Alessandro en ik keken haar allebei vragend aan toen zij haar rechterhand uitstak en op de dolk legde, die broeder Lorenzo ons voorhield. 'Toe!' zei ze dringend tegen mij. 'Leg je hand op de mijne.'

En dat deed ik. Ik legde mijn hand op de hare als een kind dat een spelletje speelt, en daarna legde Alessandro op zijn beurt zijn rechterhand op de mijne. Om de kring te sluiten legde broeder Lorenzo zijn vrije hand op die van Alessandro, terwijl hij een gebed prevelde dat klonk als een aanroeping van de lagere machten.

'Nooit meer,' fluisterde Alessandro, de waarschuwende blik van Eva Maria negerend. 'Nooit meer zal deze dolk een Salimbeni, een Tolomei of een Marescotti schaden. De kringloop van geweld is beëindigd. Nooit meer zullen wij elkaar kunnen kwetsen met een wapen. Nu is de vrede eindelijk gesloten, en deze dolk moet worden teruggebracht naar waar hij vandaan komt, hij moet worden teruggegoten in de aders van de aarde.'

Toen broeder Lorenzo klaar was met bidden, legde hij de dolk heel voorzichtig in een rechthoekige, metalen kist met een slot erop. En toen pas, nadat hij de kist aan een van zijn broeders had overhandigd, keek de oude monnik op en glimlachte naar ons alsof dit een heel gewoon sociaal samenzijn was en we niet zojuist hadden deelgenomen aan een middeleeuws huwelijksritueel en een duiveluitdrijving.

'En nu nog een laatste ding,' zei Eva, al even verrukt als hij. 'Een brief...' Ze wachtte tot broeder Lorenzo een kleine, vergeelde rol perkament uit een zak van zijn pij had gehaald. Als het echt een brief was, was hij heel oud en nooit geopend, want hij was nog verzegeld met een rode wassen stempel. Eva Maria legde uit: 'Dit is een brief die Giannozza aan haar zusje Giulietta zond in 1340, toen ze in het Palazzo Tolomei woonde. Broeder Lorenzo kon hem echter nooit aan Giulietta overhandigen, vanwege de gebeurtenissen tijdens de Palio. De broeders van Lorenzo hebben hem pas onlangs gevonden, in het archief van het klooster waar Romeo door broeder Lorenzo heen werd gebracht om te herstellen nadat hij zijn leven had gered.'

'Eh, dank u wel,' zei ik terwijl ik toekeek hoe broeder Lorenzo de brief weer in zijn zak stopte.

'En nu...' Eva Maria knipte met haar vingers in de lucht, en in een oogwenk stond er een ober naast haar met een blad vol antieke wijnbokalen. '*Prego*...' Eva Maria reikte broeder Lorenzo de grootste aan voordat ze ons bediende en hief haar eigen bokaal in een ceremoniële toast. 'O, en Giulietta... broeder Lorenzo zegt dat als je eenmaal... Als dit voorbij is, moet je naar Viterbo komen en de crucifix aan zijn rechtmatige eigenaar teruggeven. In ruil daarvoor geeft hij je dan Giannozza's brief.'

'Welke crucifix?' vroeg ik, me maar al te bewust van mijn dubbele tong.

'Die...' Ze wees op het kruisje rond mijn hals. 'Die was van broeder Lorenzo. Hij wil hem terug.'

Ondanks het boeket van stof en zilverpoets nam ik een flinke slok; spookachtige monniken met geborduurde pijen kunnen een mens zeldzaam veel trek in een borrel bezorgen. Om niet te spreken van mijn telkens terugkerende wazigheid en de ring van Romeo, die nu stevig, of liever gezegd helemaal klem om mijn vinger zat. Maar ik had in elk geval eindelijk iets gevonden dat echt van mij was. Wat de dolk betreft, die nu was opgeborgen in een metalen kistje voor de terugreis naar de smeltkroes, het was waarschijnlijk tijd om toe te geven dat die nooit echt van mij was geweest.

'En nu is het tijd voor onze processie,' zei Eva Maria en ze zette haar bokaal op tafel.

Toen ik klein was en opgekruld op de bank in de keuken naar Umberto zat te kijken als hij aan het werk was, vertelde hij me soms verhalen over middeleeuwse religieuze processies in Italië. Hij vertelde van priesters die relikwieën van dode heiligen door de straten droegen, en van fakkels, palmbladeren en heiligenbeelden op disselbomen. Soms besloot hij een verhaal met 'en dat gebeurt nog steeds, zelfs nu nog', maar ik had altijd gedacht dat dat zoiets was als 'en ze leefden nog lang en gelukkig' aan het slot van een sprookje: wensdenken, meer niet.

Ik had beslist nooit kunnen vermoeden dat ik op een dag zelf zou deelnemen aan een processie, en zeker niet een die deels ter ere van mij leek te zijn georganiseerd en die twaalf strenge monniken door het hele huis voerde – waaronder mijn slaapkamer – gevolgd door het merendeel van Eva Maria's gasten met lange kaarsen in hun handen.

Toen we langzaam over de loggia op de eerste etage liepen, gehoorzaam achter de wierook en de Latijnse gezangen van broeder Lorenzo aan, keek ik rond naar Alessandro, maar ik zag hem nergens in de optocht. Eva Maria merkte dat ik afgeleid raakte; ze nam me bij de arm en fluisterde: 'Ik weet dat je moe bent. Waarom kruip je niet lekker in bed? De processie gaat nog een hele tijd door. Morgen zullen we praten, jij en ik, als dit allemaal achter de rug is.'

Ik probeerde niet eens te protesteren. Ik was inderdaad doodmoe en wilde niets liever dan in mijn homerische bed kruipen en me tot een balletje opkrullen, zelfs als dat betekende dat ik de rest van Eva Maria's bizarre feestje moest missen. Toen we weer langs mijn deur liepen, maakte ik me dan ook discreet los uit de groep en verdween mijn kamer in.

Mijn bed was nog vochtig van de spatten wijwater van broeder Lorenzo, maar dat kon me niet schelen. Zonder de moeite te nemen om mijn schoenen uit te trekken, stortte ik me – met mijn gezicht omlaag – op mijn bed, ervan overtuigd dat ik binnen een minuut in slaap zou vallen. Ik proefde de bittere sangiovese van Eva Maria nog in mijn mond, maar had zelfs geen energie meer om mijn tanden te poetsen.

Terwijl ik daar echter lag te wachten op vergetelheid, voelde ik mijn duizeligheid afnemen tot een punt waarop alles ineens weer volkomen helder was. De kamer draaide niet langer om me heen, en ik kon me concentreren op de ring aan mijn vinger, die ik nog steeds niet af kon krijgen en die een heel eigen energie uit leek te stralen. Eerst had dat gevoel me van angst vervuld, maar aangezien ik nog steeds leefde en niet getroffen was door zijn vernietigende kracht, maakte angst nu plaats voor tintelende verwachting. Waarvan wist ik niet zeker, maar plotseling besefte ik dat ik me niet zou kunnen ontspannen tot ik Alessandro gesproken had. Hopelijk wist hij me een kalme interpretatie van de gebeurtenissen van die avond te geven; zo niet, dan zou ik al heel tevreden zijn als hij me in zijn armen nam en me daar een poosje verborgen hield.

Na mijn schoenen te hebben uitgetrokken glipte ik ons gezamenlijke balkon op in de hoop dat ik een glimp van hem zou kunnen opvangen in zijn kamer. Hij was vast nog niet naar bed, en ondanks alles wat er die avond was gebeurd, zou hij vast meer dan bereid zijn om de draad op te pakken waar we die middag waren gebleven.

Hij bleek al geheel gekleed op het balkon te staan, met zijn handen op de reling, en keek zwaarmoedig de nacht in.

Ook al had hij mijn deur open horen gaan en wist hij dat ik er was, hij draaide zich niet om; hij zuchtte alleen diep en zei: 'Je moet wel denken dat we compleet krankzinnig zijn.'

'Wist jij hiervan?' vroeg ik. 'Dat zij er zouden zijn... broeder Lorenzo en de monniken?'

Nu wendde Alessandro zich eindelijk naar mij om me aan te kijken met ogen die donkerder waren dan de met sterren bezaaide nachthemel achter hem. 'Als ik dat had geweten, had ik je hier niet mee naartoe genomen.' Hij zweeg even en zei toen eenvoudig: 'Het spijt me.'

'Dat hoeft niet...' Ik ging dichter bij hem staan, in de hoop zijn zwaarmoedigheid te verzachten. 'Ik heb het reuze naar mijn zin. Hoe kan het ook anders? Die mensen... broeder Lorenzo... Monna Chiara... spoken achternajagen... dat is waar dromen van gemaakt zijn.'

Alessandro schudde zijn hoofd, maar slechts één keer. 'Mijn dromen niet.'

'En kijk!' Ik stak mijn hand op. 'Ik heb mijn ring terug.'

Nog steeds glimlachte hij niet. 'Maar dat is niet wat je zocht. Je kwam naar Siena om een schat te zoeken. Nietwaar?'

'Misschien is de vloek van broeder Lorenzo opheffen wel het meest waardevolle wat ik ooit zou kunnen vinden,' sprak ik hem tegen. 'Ik vermoed dat goud en juwelen niet veel nut hebben onder in een graf.'

'Is dat dan wat je wilt?' Hij bestudeerde mijn gezicht en vroeg zich duidelijk af wat ik bedoelde. 'De vloek opheffen?'

'Dat zijn we toch aan het doen, vannacht?' Ik ging dichterbij staan. 'Het kwaad uit het verleden ongedaan maken? Een gelukkige afloop schrijven? Ik kan me natuurlijk vergissen, maar we zijn zojuist getrouwd... of iets wat er erg op lijkt.'

'O, God!' Hij streek met beide handen door zijn haar. 'Dat spijt me allemaal zo!'

Toen ik zag hoe verlegen hij was met de situatie moest ik giechelen. 'Nou, aangezien dit onze huwelijksnacht is, moest jij je schamen dat je mijn slaapkamer nog niet bent binnengestormd om me op middeleeuwse wijze te grijpen! Ik ga nu meteen naar beneden om daar bij broeder Lorenzo mijn beklag over te doen...' Ik deed alsof ik wegliep, maar hij greep mijn pols en hield me tegen.

'Jij gaat helemaal nergens heen,' zei hij, eindelijk meespelend. 'Kom hier, vrouw...' En hij trok me in zijn armen en kuste me tot ik niet meer lachte.

Pas toen ik de knoopjes van zijn overhemd los begon te maken, sprak hij weer. Hij hield mijn handen even tegen en vroeg: 'Geloof jij in "eeuwig"?'

Ik ontmoette zijn blik, verbaasd over de ernst van zijn vraag. Met de adelaarsring omhoog tussen ons in, fluisterde ik: 'Eeuwig begon heel lang geleden.'

'Als je wilt, kan ik je terugbrengen naar Siena en... met rust laten. Nu meteen.'

'En dan?'

Hij begroef zijn gezicht in mijn haar. 'Geen spoken meer achternajagen.'

'Als je me nu laat gaan,' fluisterde ik en ik vlijde me tegen hem aan, 'kan het wel zeshonderd jaar duren voordat je me terugvindt. Wil je dat risico nemen?'

Ik werd wakker toen het nog donker was en ontdekte dat ik in mijn eentje in een nest van omgewoelde lakens lag. Vanuit de tuin klonk een doordringende, spookachtige vogelroep; waarschijnlijk had die mijn dromen doorgeprikt en me uit mijn slaap gehaald. Volgens mijn horloge was het pas twee uur 's nachts, maar onze kaarsen waren allang opgebrand en het enige licht in de kamer was het rauwe licht van de volle maan dat door de openslaande deuren naar binnen viel.

Misschien was ik naïef, maar ik was geschokt dat Alessandro mijn bed zomaar verlaten had in onze eerste nacht samen. De manier waarop hij me in zijn armen had gehouden voordat we in slaap vielen, had me het idee gegeven dat hij me nooit meer los zou laten.

Maar hier lag ik, alleen en me afvragend waarom, dorstig en katterig van wat het dan ook was dat me eerder had getroffen. Het feit dat de kleren van Alessandro – net als de mijne – nog steeds naast het bed op de vloer lagen, verminderde mijn verwarring niet. Nadat ik een lamp had aangeknipt keek ik op het nachtkastje en zag dat hij zelfs de leren veter met de kogel had laten liggen, die ik een paar uur geleden zelf over zijn hoofd had getrokken.

Ik wikkelde me in een van de beddenlakens en trok een gezicht toen ik zag wat een rommel we hadden gemaakt van het vintage linnengoed van Eva Maria. En dat niet alleen, maar verwikkeld in de witte lakens lag een bundeltje vale, blauwe zijde, die ik tot op dat moment niet eens had opgemerkt. Toen ik het openvouwde, duurde het vreemd genoeg even voordat ik het herkende, waarschijnlijk omdat ik nooit verwacht had dat ik hem ooit terug zou zien. En zeker niet in mijn bed.

Het was de cencio uit 1340.

Te oordelen naar het feit dat ik hem tot nog toe niet had opgemerkt, was dit onschatbaar waardevolle artefact tussen de lakens verborgen door iemand die vastbesloten was om mij erop te laten slapen. Maar wie? En waarom?

Twintig jaar geleden had mijn moeder uitzonderlijk veel moeite gedaan om deze cencio te beschermen en aan mij door te geven; ik had hem op mijn beurt gevonden en was hem weer kwijtgeraakt, maar nu lag hij weer hier, onder me, als een schaduw die ik niet kon afschudden. De dag tevoren, bij Rocca di Tentennano, had ik Alessandro nog rechtstreeks gevraagd of hij wist waar de cencio was. Zijn cryptische antwoord was toen geweest dat de cencio niets betekende zonder mij, waar hij ook mocht zijn. En ineens, toen ik daar zat met de cencio in mijn handen, viel alles op zijn plaats.

Volgens het dagboek van maestro Ambrogio had Romeo Marescotti gezworen dat hij, als hij de Palio van 1340 won, de cencio als zijn bruidslaken zou gebruiken. De boosaardige Salimbeni had echter alles gedaan wat in zijn macht lag om te verhinderen dat Romeo en Giulietta ooit een nacht samen zouden doorbrengen, en daar was hij in geslaagd.

Tot nu toe.

Dus misschien, dacht ik bij mezelf, verbijsterd dat ik het allemaal zo goed begreep om twee uur 's nachts, was dit de reden dat er al een geur van wierook in mijn kamer had gehangen toen ik de vorige dag terugkwam van het zwembad; misschien hadden broeder Lorenzo en de monniken zelf willen zorgen dat de cencio lag waar hij hoorde te liggen... in het bed dat ik misschien met Alessandro zou delen.

In een geflatteerd licht bezien was het allemaal heel romantisch. De Broederschap van Lorenzo beschouwde het kennelijk als hun levensdoel om de Tolomei's en de Salimbeni's te helpen om hun zonden uit het verleden 'ongedaan te maken', zodat de vloek van broeder Lorenzo eindelijk kon worden opgeheven – vandaar de ceremonie van die avond om Romeo's ring weer aan Giulietta's vinger te schuiven en de adelaarsdolk van al zijn kwaad te ontdoen. Ik was ook nog wel te overreden om de cencio in mijn bed positief op te nemen; als maestro Ambrogio's versie van het verhaal werkelijk waar was en die van Shakespeare niet, dan hadden Romeo en Giulietta heel erg lang moeten wachten om hun huwelijk te kunnen voltrekken. Wie zou er dan bezwaar maken tegen een beetje ceremonie?

Maar dat was het probleem ook niet. Het probleem was dat degene die de cencio in mijn bed had gelegd, onder één hoedje gespeeld moest hebben met wijlen Bruno Carrera, en dus – direct of indirect – verantwoordelijk was voor de inbraak in het Uilenmuseum, waardoor mijn arme neef Peppo in het ziekenhuis was beland. Met andere woorden, het was niet zomaar een romantische inval waardoor ik hier vannacht met de cencio in mijn handen zat: er stond duidelijk iets groters en onheilspellenders op het spel.

Ineens werd ik bang dat Alessandro iets ernstigs was overkomen, en ik kwam eindelijk uit bed. Ik nam niet de moeite op zoek te gaan naar nieuwe kleren, maar trok simpelweg de rode fluwelen jurk weer aan die op de vloer lag, en deed de balkondeur open. Toen ik naar buiten stapte, zoog ik mijn longen vol met geruststellend gezonde, koele nachtlucht voordat ik in de kamer van Alessandro tuurde.

Ik zag hem niet. Al zijn lichten waren echter aan en het zag ernaar uit dat hij in alle haast vertrokken was, zonder de deur achter zich dicht te doen.

Het kostte me een paar tellen om de moed te verzamelen om zijn balkondeur open te duwen en naar binnen te gaan. Hoewel hij me nu nader stond dan elke andere man die ik ooit had gekend, klonk er nog steeds een stemmetje in mijn hoofd dat zei dat ik hem – zijn uiterlijk en zoete woordjes daargelaten – helemaal niet kende.

Even stond ik midden in zijn kamer rond te kijken naar de inrichting. Dit was duidelijk niet zomaar een logeerkamer, maar zíjn kamer, en in andere omstandigheden zou ik graag hebben rondgelopen om de foto's aan de muur en alle kleine potjes vol vreemde dingetjes te bekijken.

Net toen ik een blik wilde werpen in de badkamer, werd ik me bewust van verre stemmen die van ergens achter de half openstaande deur naar de loggia klonken. Toen ik mijn hoofd om de deur stak, zag ik echter niemand op de loggia of in de grote hal beneden; het feest was duidelijk al uren voorbij en het hele huis was donker, op hier en daar een flakkerende wandlamp in een hoek na.

Ik liep de loggia op en probeerde vast te stellen waar de stemmen vandaan kwamen, en ik kwam tot de conclusie dat de mensen die ik hoorde zich in een andere logeerkamer iets verderop in de gang bevonden. Ondanks de versnipperde onstoffelijkheid van de stemmen – om niet te spreken van mijn eigen geestelijke gesteldheid – wist ik zeker dat ik Alessandro hoorde praten. Alessandro en nog iemand. Het geluid van zijn stem maakte me nerveus en warm tegelijk, en ik wist dat ik niet zou kunnen slapen tot ik zag wie hem bij mij vandaan had weten te lokken.

De deur naar de kamer stond op een kier en toen ik op mijn tenen dichterbij sloop, zorgde ik dat ik niet in de lichtvlek op de marmeren vloer stapte. Ik strekte mijn hals om in de kamer te kunnen kijken en kon twee mannen onderscheiden en zelfs fragmenten van hun gesprek opvangen, ook al begreep ik niet wat ze zeiden. Alessandro was er inderdaad; hij zat boven op een bureau, alleen gekleed in een spijkerbroek, en hij zag er opvallend gespannen uit vergeleken bij de laatste keer dat ik hem had gezien. Zodra de andere man zich naar hem omdraaide, begreep ik echter waarom.

Het was Umberto.

III

O slangenhart, achter een bloementooi verborgen,
Heeft ooit een draak zo'n schone grot bewoond?

Janice beweerde altijd dat je hart minstens één keer moest worden gebroken voordat je volwassen kon worden en leerde begrijpen wie je werkelijk was. Voor mij was dat harde beginsel alweer een uitstekende reden om nooit verliefd te worden. Tot dusver. Toen ik die nacht op de loggia stond en begreep dat Alessandro en Umberto tegen me samenspanden, wist ik eindelijk precies wie ik was. Ik was Shakespeares speelbal.

Want ondanks alles wat ik in de afgelopen week over Umberto had gehoord, was blijdschap het eerste wat ik voelde toen ik hem zag. Belachelijke, bruisende, onzinnige blijdschap die ik pas na een paar tellen wist te onderdrukken. Twee weken geleden, na de begrafenis van tante Rose, was hij de enige ter wereld van wie ik nog kon houden, en toen ik op mijn Italiaanse avontuur vertrok, voelde ik me schuldig dat ik hem achterliet. Nu was alles natuurlijk veranderd, maar dat betekende niet dat ik niet meer van hem hield, begreep ik nu.

Het was een schok om hem te zien, maar ik wist meteen dat het dat niet had moeten zijn. Zodra Janice me had verteld dat Umberto eigenlijk Luciano Salimbeni was, had ik geweten dat hij, ondanks al zijn maffe vragen door de telefoon en zijn zogenaamd misverstaan van alles wat ik over mama's kistje vertelde, me al die tijd verscheidene stappen vóór was geweest.

Hoe ik zijn aanwezigheid hier ook probeerde te verklaren, er viel niet meer aan te twijfelen dat Umberto echt Luciano Salimbeni was. Hij was degene die Bruno Carrera op me afgestuurd had om de cencio in handen te krijgen. En gezien zijn verleden – mensen waren geneigd te sterven als Luciano in de buurt was – was hij waarschijnlijk ook degene die Bruno had geholpen om nog een laatste keer zijn veters te strikken.

Het vreemde was dat Umberto er nog precies hetzelfde uitzag als altijd. Zelfs de uitdrukking op zijn gezicht was exact zoals ik me die herinnerde: een beetje arrogant, een beetje geamuseerd, en nooit verraadde het zijn diepste gedachten.

Ik was zelf veranderd.

Nu zag ik eindelijk dat Janice wat hem betrof al die jaren gelijk had gehad: hij was een psychopaat die op het punt van doordraaien stond. En helaas had ze wat Alessandro betreft ook gelijk gehad. Ze had gezegd dat hij geen steek om me gaf, en dat het allemaal een grote poppenkast was om de schat in handen te krijgen. Ja, ik had naar haar moeten luisteren. Maar daar was het nu te laat voor. Hier stond ik, stomme ik, en ik voelde me alsof iemand met een moker mijn toekomst had stukgeslagen.

Dit, dacht ik bij mezelf toen ik daar bij de deur naar hen stond te kijken, zou hét moment zijn om in tranen uit te barsten. Maar ik kon het niet. Er was vannacht te veel gebeurd – ik had geen emoties meer in voorraad, behalve een brok in mijn keel die deels uit ongeloof en deels uit angst bestond.

In de kamer kwam Alessandro ondertussen van het bureau en zei iets tegen Umberto waar de vertrouwde concepten *broeder Lorenzo*, *Giulietta*, en *cencio* in voorkwamen. Daarop stak Umberto zijn hand in zijn zak en haalde er een klein, groen flesje uit, zei iets wat ik niet kon verstaan en schudde het flink alvorens het aan Alessandro te overhandigen.

Ademloos en op mijn tenen keek ik toe, maar ik zag alleen groen glas en een kurk. Wat was het? Vergif? Slaapdrank? En waarvoor? Voor mij? Wilde Umberto me door Alessandro laten vermoorden? Nooit had ik harder Italiaans nodig gehad dan op dat moment.

Wat er ook in het flesje zat, het was een volledige verrassing voor de ontvanger, en toen hij het in zijn hand ronddraaide, zag ik aan zijn gezicht dat hij des duivels was. Hij gaf het terug aan Umberto en gaf een onverschillige sneer ten beste, en heel even waagde ik het te geloven dat Alessandro er niets mee te maken wilde hebben, wat Umberto ook voor boze plannen had.

Umberto haalde alleen maar zijn schouders op en zette het fles-

417

je voorzichtig op tafel. Toen stak hij zijn hand uit, kennelijk op zijn beurt iets verwachtend, waarop Alessandro zijn wenkbrauwen fronste en hem een boek overhandigde.

Ik herkende het meteen. Het was mijn moeders editie van *Romeo en Julia*, die eerder uit de kist met papieren was verdwenen, toen Janice en ik de speleoloog uithingen in de Bottini... of misschien later, toen we spookverhalen uitwisselden in het atelier van maestro Lippi. Geen wonder dat Alessandro telkens naar het hotel had gebeld: hij had zich er natuurlijk van willen verzekeren dat ik weg was, voordat hij inbrak en het boek meenam.

Zonder een woord van dank begon Umberto het boek door te bladeren met zelfingenomen hebzucht, terwijl Alessandro met zijn handen in zijn zakken naar het raam liep om naar buiten te kijken.

Hard slikkend om te zorgen dat mijn hart niet uit mijn keel zou springen, keek ik naar de man wiens laatste woorden tegen mij, luttele uren geleden, luidden dat hij zich herboren voelde en gereinigd van al zijn zonden. En daar stond hij me al te verraden, niet tegen zomaar iemand, maar tegenover de enige andere man die ik ooit had vertrouwd.

Net toen ik besloot dat ik genoeg had gezien, knalde Umberto het boek dicht en gooide het afwijzend naast het flesje op de tafel, met een sneer die ik niet begreep omdat mijn Italiaans in gebreke bleef. Umberto was net als Janice en ik tot de frustrerende slotsom gekomen dat het boek – op zichzelf – geen aanwijzingen bevatten over de locatie van het graf van Romeo en Giulietta, en dat er klaarblijkelijk een ander onmisbaar bewijsstuk ontbrak.

Zonder veel waarschuwing kwam hij ineens naar de deur toelopen en ik had nauwelijks de tijd om de schaduwen in te duiken en me te verstoppen voordat Umberto de loggia opbeende, Alessandro ongeduldig meewenkend. Tegen een nis in de muur gedrukt zag ik ze samen zachtjes door de gang en de trap af naar de grote hal lopen.

Nu voelde ik eindelijk de tranen opwellen, maar ik hield ze in, omdat ik besloot dat ik eerder boos was dan verdrietig. Mooi. Dus het was Alessandro om het geld te doen geweest, net als Janice al had geraden. In dat geval had hij wel zo fatsoenlijk kunnen zijn om zijn handen thuis te houden en het niet erger te maken dan het al was. Wat Umberto betrof, er stonden niet genoeg woorden in het grote woordenboek van tante Rose om te beschrijven hoe furieus ik was dat hij hier vanavond zat en mij dit aandeed. Hij was duidelijk degene die Alessandro als een marionet had bespeeld, en hem had opgedragen om te allen tijde een oogje – en twee handen, een mond en meer – op mij te houden.

Mijn lichaam voerde de enige logische strategie al uit voordat mijn verstand het had goedgekeurd. Haastig liep ik de kamer in die de mannen zojuist hadden verlaten, en greep het boek en het flesje; dat laatste alleen uit nijd. Toen holde ik terug naar de kamer van Alessandro en wikkelde mijn buit in een hemd dat op zijn bed lag.

Op zoek naar andere voorwerpen die relevant konden zijn voor mijn slachtofferrol, bedacht ik dat het nuttigste wat ik kon stelen de sleutels van de Alfa Romeo zouden zijn. Toen ik de la van Alessandro's nachtkastje openrukte, vond ik alleen een handjevol buitenlandse munten, een rozenkrans en een zakmes. Ik nam niet de moeite om de la dicht te schuiven en keek rond naar andere mogelijke verstopplaatsen terwijl ik me in Alessandro's schoenen probeerde te verplaatsen. 'Romeo, Romeo,' prevelde ik. 'Romeo, waar bewaart gij toch uw autosleutels?'

Toen ik er eindelijk aan dacht om onder zijn kussen te kijken, werd ik niet alleen beloond met de ontdekking van de autosleutels, maar ook met een pistool. Zonder me de tijd te gunnen te twijfelen greep ik ze allebei, en ik was verrast over het gewicht van het wapen. Als ik niet zo boos was geweest, zou ik om mezelf hebben gelachen. Kijk de pacifist nu eens – weg waren al mijn rooskleurige dromen over een wereld van volmaakte gelijkheid en zonder geweren. Het pistool van Alessandro was op dat moment precies de gelijkmaker die ik nodig had.

Terug in mijn eigen kamer gooide ik alles in mijn weekendtas. Toen ik hem wilde dichtritsen, viel mijn blik op mijn ring. Ja, hij was van mij, en ja, hij was van massief goud, maar hij symboliseerde ook mijn spirituele – en nu ook fysieke – symbiose met de man die tot twee keer toe in mijn hotelkamer had ingebroken en de helft van mijn schatkaart had gestolen om hem aan de schijnheilige hufter te geven die heel waarschijnlijk mijn ouders had vermoord. Dus rukte en sjorde ik net zolang tot de ring eindelijk afgleed en liet hem op een van de twee kussens op het bed vallen, als definitief, melo-dramatisch afscheidsgebaar aan Alessandro.

Op het laatste nippertje graaide ik de cencio van het bed en vouwde hem voorzichtig op voordat ik hem in de tas stopte bij de rest van mijn spullen. Niet omdat ik hem ergens voor kon gebruiken, en ook niet omdat ik dacht dat ik hem ooit zou kunnen verkopen – zeker niet in zijn huidige staat. Nee, ik wilde gewoon niet dat zíj hem hadden.

Vervolgens pakte ik mijn buit op en liep zonder op het applaus te wachten zo de balkondeur weer uit.

De oude wijnranken die tegen de muur naast het balkon groeiden waren net sterk genoeg om mijn gewicht te dragen toen ik aan mijn afdaling begon. Ik had eerst de tas laten vallen, mikkend op een sponsachtige struik, en toen ik had gezien dat die veilig was geland, begon ik aan mijn eigen moeizame ontsnapping.

Met centimeters tegelijk en pijnlijke handen en armen zakte ik dicht langs een raam dat ondanks het late uur nog verlicht was. Reik-halzend om me ervan te overtuigen dat er niemand in de kamer was om zich af te vragen wat dat gekrabbel toch betekende, zag ik tot mijn verbazing broeder Lorenzo en drie van zijn medebroeders stil-zitten, met gevouwen handen, in vier leunstoelen tegenover een haard vol verse bloemen. Twee van de monniken waren duidelijk aan het knikkebollen, maar broeder Lorenzo zag eruit alsof niets en niemand hem ertoe zou kunnen bewegen om zijn ogen te sluiten voordat deze nacht voorbij was.

Terwijl ik daar hijgend en wanhopig hing, hoorde ik op zeker moment opgewonden stemmen uit mijn kamer boven komen, en het geluid van iemand die boos mijn balkon op liep. Met ingehouden adem bleef ik zo stil hangen als ik kon, tot ik zeker wist dat hij weer naar binnen was gegaan. De langdurige belasting werd de wijnrank echter te veel. Net toen ik weer durfde bewegen, bezweek hij en be-gon van de muur los te laten, zodat ik halsoverkop in de struiken eronder belandde.

Gelukkig viel ik maar een meter of drie. Minder gelukkig was dat ik in een rozenbed terechtkwam. Ik was echter zo over mijn toeren dat ik geen echte pijn voelde toen ik me ontworstelde aan de doornige takken en mijn tas greep. De schrammen op mijn armen en benen vielen in het niet bij de onstuitbare steken van verslagenheid die me teisterden terwijl ik wegstrompelde van de nacht die tegelijkertijd mijn beste en mijn slechtste was geweest.

Ik zocht mijn weg door het bedauwde duister van de tuin en kwam uiteindelijk vanuit een dicht struikgewas uit op de gedempt verlichte cirkel van de oprijlaan. Daar, met mijn tas tegen mijn borst geklemd, besefte ik dat ik de Alfa Romeo er met geen mogelijkheid vandaan zou kunnen krijgen: hij stond ingeparkeerd tussen verscheidene zwarte limousines die alleen van de Broederschap van Lorenzo konden zijn. Hoe weinig het idee me ook beviel, het begon ernaar uit te zien dat ik de hele weg terug naar Siena zou moeten lopen.

Terwijl ik daar mijn pech stond te vervloeken, hoorde ik ergens achter me ineens honden uitzinnig blaffen. Ik ritste de tas open en haalde haastig het pistool eruit, voor de zekerheid; ik rende het grindpad op en zond intussen hijgende gebeden aan de dienstdoende buurtbeschermengel. Als ik geluk had, kon ik de hoofdweg halen voordat ze me te pakken kregen en een lift krijgen van een voorbijgaande auto. Als de chauffeur dan dacht dat mijn romantische verkleedkleren uitnodigend bedoeld waren, bracht het pistool hem vast en zeker snel op andere gedachten.

Het hoge hek aan het einde van de oprijlaan van Castello Salimbeni was natuurlijk dicht en ik verspilde geen tijd aan het indrukken van de knoppen op de intercom. Ik stak mijn arm door het hek, legde het pistool voorzichtig in het grind aan de andere kant en gooide toen mijn tas eroverheen. Pas toen die met een plof aan de andere kant neerkwam, bedacht ik dat de impact het flesje kon hebben verbrijzeld. Maar daar kon ik niet over inzitten; zoals ik hier in de val zat, tussen honden en een hoog hek, mocht ik van geluk spreken als het flesje het enige was wat vannacht aan gruzelementen viel.

Ten slotte greep ik eindelijk de ijzeren staven en begon te klimmen. Ik was nog niet halverwege toen ik rennende voetstappen hoorde in het grind achter me, en in paniek probeerde ik mijn vorderingen te verhaasten. Maar het metaal was koud en glad, en voordat ik me omhoog en buiten bereik kon hijsen, sloot een hand zich stevig om mijn enkel. 'Giulietta! Wacht!' Het was Alessandro.

Boos en bijna verblind van angst en woede keek ik op hem neer. 'Laat me los!' snauwde ik. Ik deed mijn best zijn hand weg te schoppen. 'Hufter! Ik hoop dat je verbrandt in de hel! Jij en je verrekte petemoei!'

'Kom naar beneden!' Alessandro was onverzettelijk. 'Voordat je je bezeert!'

Eindelijk wist ik mijn voet te bevrijden en me zo ver op te hijsen dat ik buiten zijn bereik was. 'Ja vast! Lamlul! Ik breek nog liever mijn nek dan dat ik met jullie zieke spelletjes meespeel!'

'Kom naar beneden, nu meteen!' Hij klom achter me aan, deze keer om mijn rok vast te grijpen. 'En laat me het uitleggen! Alsjeblieft!'

Ik kreunde gefrustreerd. Ik wilde zo ontzettend graag weg, en wat zou hij me nu nog meer kunnen vertellen? Maar nu hij koppig vasthield aan de stof van mijn jurk, kon ik niets anders doen dan daar blijven hangen, kokend van woede, terwijl mijn armen en mijn handen het langzaam begaven.

'Giulietta. Luister alsjeblieft. Ik kan alles uitleggen...'

Ik vermoed dat we zo op elkaar geconcentreerd waren dat we allebei een derde persoon die uit het duister aan de andere kant van het hek tevoorschijn kwam pas opmerkten toen ze iets zei. 'Oké Romeo, blijf met je handen van mijn zus af!'

'Janice!' Ik was zo verbaasd om haar te zien dat ik bijna mijn grip verloor.

'Blijf gewoon klimmen!' Janice hurkte neer om het pistool te pakken dat op het grind lag. 'En jij, mannetje, laat je flippers eens zien!'

Door het hek heen richtte ze het geweer op Alessandro en hij liet me meteen los. Janice was altijd nogal daadkrachtig, ongeacht haar accessoires; met een pistool in handen was ze ontegenzeggelijk de belichaming van NEE is NEE.

'Voorzichtig!' Alessandro sprong van het hek en deinsde een paar stappen achteruit. 'Dat pistool is geladen...'

'Natuurlijk is het geladen!' sneerde Janice. 'Pootjes in de lucht, loverboy!'

'... en de trekker gaat heel licht.'

'O ja? Nou, weet je wat? Ik ben ook heel lichtgeraakt, maar dat is jouw probleem! Jij staat aan de gevaarlijke kant!'

Ondertussen wist ik me pijnlijk over de bovenkant van het hek te werken, en zodra ik kon, liet ik me met een kreet van pijn naast Janice op de grond vallen.

'Jezus, Juul! Gaat het? Hier, pak aan...' Janice overhandigde me het pistool: 'Ik ga de motor halen... Nee, idioot! Richt het op hem!'

We stonden daar maar een paar tellen, maar het leek alsof de tijd stilstond. Door het hek heen keek Alessandro me triest aan terwijl ik mijn best deed om het pistool op hem te gericht te houden, met tranen van verwarring in mijn ogen die mijn zicht benevelden.

'Geef me het boek,' was alles wat hij zei. 'Dat is het enige wat ze willen. Ze laten je niet gaan tot ze het hebben. Vertrouw me. Ga alsjeblieft niet...'

'Kom op!' riep Janice die haar motor met veel grindgeweld naast me stilzette. 'Grijp die tas en klim achterop!' Toen ze me zag aarzelen, liet ze de motor ongeduldig brullen. 'Schiet eens op, juffrouw Julia, het feest is afgelopen!'

Binnen een paar tellen zoefden we het donker in op het Ducatimonster, en toen ik me omkeerde voor een laatste blik, stond Alessandro daar nog steeds tegen het hek geleund, als een man die door een domme misrekening de belangrijkste vlucht van zijn leven heeft gemist.

IX

I

De dood ligt op haar als een vroege vorst,
Op de lieflijkste bloem van het hele veld.

We reden een eeuwigheid over donkere landwegen, heuvels op en heuvels af, door dalen en slapende dorpen. Janice stopte niet een keer om me te vertellen waar we heen gingen, en het kon me ook niet schelen. Het was al genoeg dat we bewogen en dat ik een poosje geen beslissingen hoefde te nemen.

Toen we eindelijk een hobbelige oprijlaan opreden aan de rand van een dorp, was ik zo moe dat ik me wilde opkrullen in het dichtstbijzijnde bloembed om een maand lang te slapen. Met alleen de koplamp van de motor als gids baanden we ons een weg door een wildernis van struikgewas en onkruid voordat we uiteindelijk bij een volkomen donker huis uitkwamen.

Janice zette de motor uit en haar helm af, schudde haar haren los en keek me over haar schouder aan. 'Dit is mama's huis. Of eigenlijk is het nu van ons.' Ze haalde een zaklampje uit haar jas. 'Er is geen elektriciteit, dus heb ik deze gekocht.' Ze liep voor me uit naar een zijdeur, haalde hem van het slot en hield hem voor me open. 'Welkom thuis.'

Via een smalle gang kwamen we meteen in een ruimte die de keuken moest zijn. Zelfs in het donker waren het vuil en het stof tastbaar en de lucht rook muf, naar natte kleren die schimmelden in een wasmand. 'Ik stel voor dat we vannacht hier kamperen,' ging Janice verder terwijl ze een paar kaarsen aanstak. 'Er is geen water en alles is nogal smerig, maar boven is het nog erger. En de voordeur zit helemaal klem.'

'Hoe heb je het hier in vredesnaam gevonden?' zei ik, even vergetend hoe moe ik was en hoe koud ik het had.

'Dat viel niet mee.' Janice ritste een andere zak open en haalde er een opgevouwen plattegrond uit. 'Nadat jij en dinges gisteren weggereden waren, ben ik dit gaan kopen. Een straatadres vinden is in dit land natuurlijk...' Toen ik de kaart niet aanpakte om zelf te kijken, richtte ze de zaklamp op mijn gezicht en schudde haar hoofd. 'Kijk nou, je ziet er niet uit. En weet je wat? Ik wist dat dit zou gebeuren! Ik zei het toch! Maar je wilde niet luisteren! Zo gaat het nou altijd...'

'Neem me niet kwalijk!' Ik keek haar boos aan, niet in de stemming voor haar zelfvoldane gelijkhebberij. 'Wat wist je dan precies, o kristallen bol? Dat een of andere esoterische sekte me zou... drogeren en...'

In plaats van terug te schreeuwen zoals ze ongetwijfeld heel graag wilde, gaf Janice me alleen een tikje op mijn neus met de plattegrond en zei ernstig: 'Ik wist dat die Italiaanse hengst slecht nieuws was. En dat heb ik ook gezegd, Juul, ik zei nog, die vent...'

Ik duwde de plattegrond weg en verborg mijn gezicht in mijn handen. 'Alsjeblieft! Ik wil er niet over praten. Nu niet.' Toen ze de zaklamp op me gericht hield, stak ik mijn hand uit en duwde die ook weg. 'Hou op! Ik heb vreselijke hoofdpijn!'

'O jee,' zei Janice met de sarcastische stem die ik zo goed kende. 'Ramp in Toscane op laatste moment vermeden... Amerikaanse vegamaagd gered door zus... lijdt echter aan zware hoofdpijn.'

'Ja, ja, toe maar,' mopperde ik. 'Lach me maar uit. Ik verdien niet beter.'

Ik verwachtte dat ze door zou gaan, maar tot mijn verbazing gebeurde dat niet. Uiteindelijk haalde ik mijn handen van mijn gezicht weg en zag dat ze me onderzoekend stond te bekijken. Daarop viel haar mond open, en haar ogen werden zo groot als schoteltjes: 'Nee! Je bent met hem naar bed geweest!'

Toen er geen tegenspraak kwam, alleen maar tranen, zuchtte ze diep en sloeg haar armen om me heen. 'Ach, je zei zelf al dat je liever door hem genaaid werd dan door mij.' Ze drukte een kus op mijn hoofd. 'Ik hoop dat het de moeite waard was.'

Kamperend op door motten aangevreten jassen en kussens op de keukenvloer, veel te gespannen om te kunnen slapen, lagen we die nacht urenlang in het donker mijn ontsnapping uit Castello Salimbeni te ontleden. Hoewel Janice haar commentaar met grappen en grollen doorspekte, waren we het uiteindelijk over de meeste dingen eens, behalve over de vraag of ik al dan niet – zoals Janice het verwoordde – met het adelaarsjong had moeten wippen.

'Tja, dat is jouw mening,' zei ik ten slotte. Ik draaide haar mijn rug toe in een poging het onderwerp af te sluiten. 'Maar zelfs als ik alles had geweten wat ik nu weet, had ik het toch gedaan.'

Het enige antwoord van Janice was: 'Halleluja! Ik ben blij dat je nog een beetje waar voor je geld hebt gekregen.'

Een poosje later, nog steeds met onze ruggen naar elkaar toegedraaid in koppig zwijgen, zuchtte ze ineens en prevelde: 'Ik mis tante Rose.'

Niet zeker over wat ze bedoelde – zulke uitspraken waren helemaal niets voor haar – maakte ik bijna een sarcastische opmerking in de trant dat ze tante Rose miste omdat tante Rose het met haar eens zou zijn geweest, en niet met mij, over de vraag of ik een sukkel was geweest toen ik de uitnodiging van Eva Maria aannam. Maar in plaats daarvan hoorde ik mezelf simpelweg zeggen: 'Ik ook.'

En dat was alles. Binnen enkele minuten vertraagde haar ademhaling, en ik wist dat ze sliep. Wat mij betreft, nu ik eindelijk alleen was met mijn gedachten, wenste ik meer dan ooit dat ik net zo onder zeil kon gaan als zij, om in een notendopje weg te vliegen en mijn zwaarmoedige hart achter te laten.

De volgende ochtend – of liever gezegd, ver na het middaguur – deelden we buiten in het zonnetje een fles water en een mueslireep op de afbrokkelende trap voor het huis. We knepen elkaar af en toe om zeker te weten dat we niet droomden. Janice had de grootste moeite gehad om het huis te vinden, vertelde ze, en zonder de vriendelijke dorpsbewoners die haar de juiste kant op hadden gestuurd, zou ze deze schone slaapster die zo diep verscholen lag in de wildernis van de voormalige oprijlaan en tuin, misschien nooit hebben gevonden.

'Ik had nog moeite genoeg om het hek open te krijgen,' vertelde ze. 'Het zat vastgeroest. Om maar niet te spreken van de voordeur. Ongelooflijk dat een huis twintig jaar lang zo kan blijven staan, helemaal leeg, zonder dat iemand er intrekt of het overneemt.'

'Dit is Italië,' zei ik schouderophalend. 'Twintig jaar is niets. Leeftijd doet er hier niet toe. Hoe zou dat ook kunnen, als je omringd bent door onsterfelijke geesten? Wij hebben gewoon geluk dat ze ons een poosje laten blijven en doen alsof we hier horen.'

Janice snoof. 'Ik wed dat onsterfelijkheid stomvervelend is. Daarom spelen ze zo graag met sappige kleine stervelingen...' Ze grijnsde en liet haar tong wellustig langs haar lippen glijden. 'Zoals jij...'

Toen ze zag dat ik er nog altijd niet om kon lachen, werd haar glimlach sympathieker, bijna oprecht. 'Kijk nou, je bent ontsnapt! Stel je eens voor wat er gebeurd zou zijn als ze je te pakken hadden gekregen. Ze zouden wel... ik weet niet wat...' Zelfs Janice vond het moeilijk zich de gruwel die ik zou hebben moeten doorstaan voor te stellen. 'Wees maar blij dat je zus je op tijd gevonden heeft.'

In antwoord op haar hoopvolle gezichtsuitdrukking sloeg ik mijn armen om haar heen en trok haar even tegen me aan. 'Ben ik ook! Geloof me. Ik begrijp alleen niet... Waarom kwam je eigenlijk? Het is een roteind rijden van hier naar Castello Salimbeni. Waarom liet je me niet gewoon...'

Met opgetrokken wenkbrauwen keek Janice me aan. 'Ben je gek? Die vuilakken hebben ons boek gestolen! Het was tijd voor wraak! Als jij niet met de vlam in de pijp die oprijlaan af was komen rennen, had ik ingebroken om dat hele verrekte castello te doorzoeken.'

'Nou, dan is dit je geluksdag!' Ik stond op en liep naar de keuken om mijn weekendtas te pakken. 'Voilà!' Ik gooide de tas aan haar voeten. 'Zeg niet dat ik het team verwaarloosd heb.'

'Dat meen je niet!' Gretig ritste ze de tas open en begon hem te doorzoeken. Na een paar tellen deinsde ze echter griezelend terug. 'Jasses! Wat is dit?'

Beiden staarden we naar haar handen. Ze waren besmeurd met bloed of iets dat er erg op leek. 'Jezus, Juul!' hijgde Janice. 'Heb je iemand vermoord? Jakkes! Wat is dit dan voor rommel?' Angstig rook ze aan haar handen. 'Het is echt bloed. Vertel me alsjeblieft niet dat het van jou is, anders rijd ik nu meteen terug en ik maak een modern kunstwerk van die engerd!'

Om de een of andere reden moest ik lachen om haar oorlogszuchtige grimas, misschien omdat ik er nog steeds niet aan gewend was dat ze zo voor me opkwam.

'Eindelijk!' zei ze, haar woede vergeten zodra ze me zag glimlachen. 'Ik werd even bang van je. Wil je dat nooit meer doen.'

Samen pakten we mijn tas en keerden hem om. Mijn kleren tuimelden eruit en de editie van *Romeo en Julia*, die – gelukkig – niet al te veel geleden had. Het geheimzinnige groene flesje was echter volkomen verbrijzeld, waarschijnlijk toen ik de tas tijdens mijn vlucht over het hek had gegooid.

'Wat is dit?' Janice pakte een stukje versplinterd glas op en draaide het rond in haar hand.

'Dat was dat flesje,' zei ik. 'Dat heb ik verteld: het flesje dat Umberto aan Alessandro gaf, en waar hij zo boos over werd.'

'Huh,' zei Janice terwijl ze haar handen afveegde aan het gras. 'In elk geval weten we nu wat erin zat. Bloed. Moet je nagaan. Misschien had je gelijk en waren het allemaal vampiers. Misschien was dit een tussendoortje of zo...'

Even bleven we stilzitten en overpeinsden de mogelijkheden. Op zeker moment pakte ik de cencio en bekeek hem spijtig. 'Wat zonde. Hoe krijg je bloed uit zeshonderd jaar oude zijde?'

Janice pakte een hoekje vast en we hielden de cencio tussen ons in omhoog om de schade te bekijken. Het flesje was weliswaar niet de enige schuldige, maar ik paste er wel voor op om dat tegen haar te zeggen.

'Heilige Maria, moeder van God!' riep Janice ineens. 'Dat is het nu juist: het bloed gaat er niet uit. Dit is precies hoe ze wilden dat de cencio eruit zou zien. Snap je het niet?'

Ze keek me enthousiast aan, maar kennelijk zag ze dat ik het niet begreep. 'Het is net als vroeger,' legde ze uit. 'Toen inspecteerden de vrouwen het bruidslaken op de ochtend na de bruiloft! En ik durf er een kangoeroe om te verwedden dat dit is – of was – wat wij in de koppelarij een 'instant-maagd' noemen.' Ze raapte een paar stukjes van het gebroken flesje op, samen met de kurk. 'Niet alleen maar bloed, bloed vermengd met ander spul. Het is een hele wetenschap, geloof mij maar.'

Toen ze mijn gezicht zag, begon Janice te lachen. 'O ja, dat gebeurt nog altijd. Geloof je me niet? Denk je dat mensen alleen in de middeleeuwen naar de lakens keken? Mis! Laten we vooral niet vergeten dat sommige culturen nog steeds in de middeleeuwen leven. Ga maar na: als jij naar Verweggistan gaat om uitgehuwelijkt te worden aan een of andere geiten hoedende neef, maar, oeps, je hebt al wat gerotzooid met deze en gene, wat moet je dan? Goeie kans dat je geiten hoedende bruidegom plus schoonfamilie niet al te blij zullen zijn dat iemand anders hem de kaas al van het brood heeft gegeten. Oplossing: je laten repareren in een privékliniek. Je laat alles herinstalleren en doet het allemaal nog eens overnieuw, om het publiek een plezier te doen. Of je brengt stiekem een klein flesje van dit spul mee naar het feest. Veel goedkoper.'

'Dat is krankzinnig...' protesteerde ik.

'Weet je wat ik denk?' ging Janice verder met glimmende ogen. 'Ik denk dat ze een heel plan voor je hadden. Ik denk dat ze je gedrogeerd hebben – of dat in elk geval hebben geprobeerd – en hoopten dat je helemaal van de wereld zou zijn na je surrealistische avontuur met broeder Lorenzo en zijn droomteam, zodat zij de cencio onder je vandaan konden trekken om hem in te smeren met dit spul, om hem eruit te laten zien alsof die goeie ouwe Romeo zijn liefdesbusje het ongeschonden bos in had gereden.'

Ik kromp ineen, maar Janice leek het niet te merken. 'De ironie is natuurlijk dat ze zich al die moeite hadden kunnen besparen,' ging ze verder, te zeer opgaand in haar eigen schunnige logica om te merken hoe ongemakkelijk ik me voelde bij het onderwerp en haar woordkeuze. 'Want jullie waren de cannelloni al aan het opvullen. Net als Romeo en Julia! Kedéng! Van balzaal naar balkon naar bed binnen vijftig bladzijden. Probeerde je soms een record te breken?'

Ze keek me opgetogen aan, klaarblijkelijk hopend op een schouderklopje en een koekje omdat ze zo'n slimme meid was.

'Denk je dat er iemand te vinden is die nog grover is dan jij?' kreunde ik.

Janice grijnsde alsof ik haar de hemel in had geprezen. 'Waarschijnlijk niet. Als je poëzie wilt, kruip je maar terug naar je vogelman.'

Ik leunde achterover tegen de deurpost en sloot mijn ogen. Want telkens als Janice naar Alessandro verwees, zelfs op haar onuitsprekelijk grove manier, had ik kleine flashbacks naar de vorige nacht – sommige pijnlijker dan andere – die me telkens afleidden van de huidige werkelijkheid. Maar als ik haar vroeg om ermee op te houden, zou ze beslist precies het tegenovergestelde doen, al was het maar om me duidelijk te maken dat ze me nog steeds onder de duim had.

Vastbesloten om over dit onderwerp heen te stappen en het grotere geheel te beschouwen, zei ik: 'Wat ik niet begrijp, is waarom ze dat flesje überhaupt bij zich hadden. Ik bedoel, als ze echt de oude vloek op de Tolomei's en de Salimbeni's wilden opheffen, zou je denken dat doen alsóf Romeo en Giulietta hun huwelijksnacht hebben voltrokken, wel het laatste is wat ze wilden. Dachten ze de Maagd Maria te kunnen bedriegen?'

Janice tuitte haar lippen. 'Je hebt gelijk. Dat slaat nergens op.'

'Voor zover ik het kan beoordelen, is de enige die bedrogen werd – op mij na – broeder Lorenzo,' ging ik verder. 'Of liever gezegd, hij zou bedrogen zijn als ze dat spul in het flesje hadden gebruikt.'

'Maar waarom zouden ze broeder Lorenzo in vredesnaam willen bedriegen?' Janice wierp haar handen in de lucht. 'Hij is alleen maar een oud relikwie. Tenzij...' Met opgetrokken wenkbrauwen keek ze me aan. 'Tenzij broeder Lorenzo iets weet wat zij niet weten. Iets belangrijks. Iets wat zij willen weten. Zoals...?'

Ik schoot overeind. 'De locatie van het graf van Romeo en Giulietta?'

We keken elkaar aan. Janice knikte langzaam en zei: 'Ik denk dat dat inderdaad het verband is. Toen we het die avond bij maestro Lippi bespraken, dacht ik dat je gek was. Maar misschien heb je gelijk. Een deel van dat hele ongedaan maken van zonden draait om het echte graf en het echte beeld. Wat denk je hiervan: als ze eenmaal hebben gezorgd dat Romeo en Giulietta elkaar eindelijk krijgen, moeten de Tolomei's en de Salimbeni's naar het graf en knielen voor het standbeeld?'

'Maar de vloek zei: "Kniel voor de Maagd."'

'Nou en?' Janice haalde haar schouders op. 'Het beeld staat gewoon ergens dicht bij een beeld van de Heilige Maagd, het probleem is dat zij niet weten waar dat precies is. Dat weet alleen broeder Lorenzo. En daarom hebben ze hem nodig.'

We zwegen een tijdlang om alle feiten bij elkaar op te tellen.

'Weet je,' zei ik uiteindelijk terwijl ik de cencio streelde. 'Ik geloof niet dat hij het wist.'

'Wie?'

Het bloed steeg naar mijn hoofd en ik wierp haar een blik toe. 'Je weet wel... hij.'

'O, kom nou toch, Juul!' kreunde Janice. 'Verdedig die vent toch niet. Je hebt hem met Umberto samen gezien en...' Ze probeerde de sneer in haar stem te verzachten, maar dat was nieuw voor haar en ze was er niet erg goed in: 'En hij heeft je echt tot het hek achternagezeten en gezegd dat je hem dat boek moest geven. Natuurlijk wist hij ervan.'

Ik voelde een absurde aandrang om haar tegen te spreken en Alessandro te verdedigen en zei: 'Maar als jij gelijk hebt, dan zou hij zich aan het plan hebben gehouden en geen... Je weet wel.'

'Lichamelijk betrekkingen zijn aangegaan?' opperde Janice met een aanstellerig stemmetje.

'Precies,' knikte ik. 'Bovendien zou hij niet zo verrast zijn geweest toen Umberto hem het flesje gaf. Sterker nog, dan zou hij het flesje al gehad hebben.'

'Liefje!' Janice maakte met vier vingers een denkbeeldige bril en keek me over de rand ervan aan: 'Hij is je hotelkamer binnengedrongen, hij heeft tegen je gelogen, en hij heeft mama's boek gestolen en het aan Umberto gegeven. Het is een schurk. En het kan me niets schelen of hij de toeters en de bellen heeft en weet hoe hij ze moet gebruiken, hij blijft – let niet op mijn taalgebruik – een misdadige schoft. En wat je o zo aardige maffiakoningin betreft...'

'Over dat tegen me liegen en inbreken in mijn hotelkamer,' zei ik, en ik keek haar net zo rechtstreeks aan. 'Waarom heb je me verteld dat híj mijn kamer overhoop heeft gehaald terwijl jij dat zelf was?'

Janice schrok. 'Wat?!'

'Wou je het soms ontkennen?' vroeg ik kil. 'Dat je hebt ingebroken in mijn kamer en Alessandro de schuld gaf?'

'Hé! Hij heeft ook ingebroken, hoor! En ik ben je zus! Ik heb het recht om te weten wat er aan de hand is...' Met een schaapachtige blik bracht ze zichzelf tot zwijgen. 'Hoe wist je dat?'

'Omdat hij je gezien heeft. Hij dacht dat jij mij was, en dat ik van mijn eigen balkon afklom.'

'Hij dacht...?' Janice hapte ongelovig naar adem. 'Nu ben ik echt beledigd en gekwetst!'

'Janice!' snauwde ik, gefrustreerd omdat ze meteen weer in haar oude streken verviel en mij met zich meesleepte. 'Je hebt tegen me gelogen. Waarom? Na alles wat er is gebeurd, zou ik heus wel hebben begrepen dat je mijn kamer in wilde. Jij dacht dat ik je een fortuin afhandig maakte.'

'Echt?' Janice keek me aan met ontluikende hoop in haar blik.

Ik schokschouderde. 'Waarom proberen we niet eens een keertje eerlijk te zijn, voor de verandering.'

Snel herstel is een specialiteit van mijn zus. 'Uitstekend,' gniffelde ze. 'Echt waar.' Ze pauzeerde even om met haar wenkbrauwen te wiebelen: 'Want dan heb ik nog een paar vraagjes over gisteravond.'

Na wat proviand te hebben ingeslagen in de dorpswinkel zwierven we de rest van de middag door het huis, op zoek naar dingen die we herkenden uit onze kindertijd. Het feit dat alles onder een laag stof en schimmel zat, dat er in elk stuk textiel gaten vielen vanwege een of ander ongedierte en dat er muizenkeutels lagen in elke mogelijke – en onmogelijke – kier, maakte dat niet eenvoudiger. Op de bovenverdieping hingen spinnenwebben zo dik als douchegordijnen, en toen we op de tweede verdieping de luiken opendeden om wat licht binnen te laten, viel meer dan de helft ervan meteen van hun scharnieren.

'Oeps!' zei Janice toen er een luik met een klap op de stoep voor de deur belandde, een halve meter naast de Ducati. 'Ik denk dat het tijd is om een timmerman te versieren.'

'Wat denk je van een loodgieter?' stelde ik voor terwijl ik de spinnenwebben van mijn haar plukte. 'Of een elektricien?'

'Neem jij maar een elektricien,' was haar weerwoord. 'Jij moet toch je bedrading laten nakijken.'

Het hoogtepunt was dat we de wankele schaaktafel ontdekten, verborgen in een hoek achter een bank.

'Ik zei het toch?' zei Janice, en ze wiegde de tafel zachtjes, om er zeker van te zijn dat hij het was. 'Hij stond al die tijd gewoon hier.'

Tegen zonsondergang waren we zover gevorderd met uitmesten, dat we besloten ons kamp naar boven te verplaatsen, naar een kamer die ooit een kantoor moest zijn geweest. Tegenover elkaar aan een oude schrijftafel dineerden we bij kaarslicht met brood, kaas en rode wijn, terwijl we probeerden te bedenken wat we nu moesten doen. We hadden geen van beiden zin om al terug te gaan naar Siena, maar tegelijkertijd wisten we dat onze huidige situatie onhoudbaar was. Om het huis leefbaar te krijgen zouden we veel tijd en geld moeten investeren in bureaucratische rompslomp en ambachtslieden, en zelfs als we daarin zouden slagen, waar moesten we dan van leven? We zouden net vluchtelingen zijn en ons steeds dieper in de schulden storten, en ons altijd afvragen wanneer het verleden ons zou inhalen.

Janice schonk meer wijn in en verkondigde: 'Naar mijn idee kunnen we of hier blijven, wat dus niet kan, of naar de Verenigde Staten teruggaan, wat gewoon zielig zou zijn, of gaan schatgraven en kijken wat er gebeurt.'

'Ik geloof dat je vergeet dat het boek op zich nutteloos is,' zei ik. 'We hebben mama's schetsboek nodig om de geheime code uit te werken.'

'Juist,' zei Janice. Ze reikte in haar handtas. 'En daarom heb ik dat ook meegebracht. *Tada!*' Ze legde het schetsboek op de tafel voor me neer. 'Nog meer vragen?'

Ik lachte hardop. 'Weet je, ik geloof waarachtig dat ik van je houd.'

Janice deed haar best om niet te glimlachen. 'Rustig aan met dat houden van. Straks verstuik je nog iets.'

Toen we de twee boeken eenmaal naast elkaar hadden gelegd, duurde het niet lang voordat we de code hadden gekraakt, die eigenlijk niet eens een code was, maar alleen een slim verborgen opsomming van nummers van bladzijden, regels en woorden. Janice las de nummers in de kantlijn van het schetsboek, en vervolgens bladerde ik door *Romeo en Julia* en las de stukjes en beetjes voor die onze moeder voor ons had achtergelaten. Het ging zo:

MIJN LIEF

DIT DIERBARE BOEK

OMSLUIT HET GOUDEN VERHAAL

VAN

DE KOSTBAARSTE

STEEN

ZO VER ALS DE VERSTE OEVER VAN DE VERSTE OCEAAN WAAGDE IK VOOR

ZULK EEN SCHAT DE VERRE TOCHT

GA MET

DE ZIELENHERDER

VAN ROMEO

GEOFFERD VOOR ZIJN TIJD

ZOEK, PROBEER

MET WERKTUIGEN

DIE DIENEN OM HET GRAF VAN DEZE DODEN TE BREKEN

HET MOET IN HET GEHEIM GEBEUREN

HIER LIGT JULIA

ALS EEN ARME GEVANGENE

VELE HONDERDEN JAREN

ONDER

KONINGIN

MARIA

WAAR

KLEINE STERREN

'S HEMELS AANGEZICHT VERFRAAIEN

SPOED JE DAN NAAR

HEILIGE

MARIA

LADDER

ONDER EEN KLOOSTER VOOR HEILIGE NONNEN

EEN HUIS BESMET DOOR DE PEST, EN ZIJ VERZEGELDEN DE DEUREN

MEESTERES

HEILIGE

GANZEN

ZIEKEN TE BEZOEKEN

KAMER

BED

DIT HEILIGE ALTAAR

IS DE STENEN DREMPEL

TOT DE OUDE GRAFKELDER

O LAAT ONS GAAN

HAAL MIJ EEN IJZEREN KOEVOET

    WEG MET HET

    KRUIS

    KOM MEISJES REP DE VOETJES!

Toen we aan het einde van de lange boodschap waren gekomen, leunden we achterover en keken elkaar verbijsterd aan, ons aanvankelijke enthousiasme in de wacht.

'Oké, nu heb ik twee vragen,' zei Janice. 'Een: waarom hebben we dit in godsnaam niet eerder gedaan? En twee: wat rookte mama indertijd in godsnaam?' Ze keek me nijdig aan en pakte haar wijnglas. 'Ik snap wel dat ze haar geheime code in "dit dierbare boek" heeft verborgen, en dat het een of andere schatkaart is om het graf van Julia te vinden en "de kostbaarste steen", maar... waar moeten we beginnen met graven? Wat is dat met die pest en die koevoet?'

'Ik heb het idee dat ze de kathedraal van Siena bedoelt,' zei ik terwijl ik heen en weer bladerde om een paar passages te herlezen. "Koningin Maria", dat kan alleen de Maagd Maria zijn. En dat stuk over die kleine sterren die 's hemels aangezicht verfraaien klinkt als de binnenkant van de koepel in de kathedraal.' Plotseling opgewonden keek ik haar aan. 'Stel je voor dat het graf daar is? Weet je nog, maestro Lippi zei dat Salimbeni Romeo en Giulietta op een zeer heilige plaats had begraven, wat is er nou heiliger dan een kathedraal?'

'Klinkt logisch,' zei Janice instemmend. 'Maar wat is dat pestverhaal dan en dat klooster voor heilige nonnen? Dat klinkt niet alsof het iets met de kathedraal te maken heeft.'

'*Heilige Maria, ladder...*' prevelde ik terwijl ik het boek nog eens doorbladerde. '*Een huis besmet door de pest... verzegelden de deuren... meesteres... heilige... ganzen... zieken te bezoeken... en blabla....*' Ik liet het boek dichtvallen en probeerde me achterovergeleund in mijn stoel het verhaal te herinneren dat Alessandro me had verteld over comandante Marescotti en de Zwarte Dood. 'Oké, ik weet dat het raar klinkt, maar...' Ik aarzelde en keek naar Janice, die met wijd open ogen en vol vertrouwen in mijn raadseloplossende vermogens terugkeek. 'In de tijd van de builenpest, maar een paar jaar na de dood van Romeo en Giulietta, vielen er zoveel doden dat ze niet alle lijken konden begraven. En in de Santa Maria della Scala – ik geloof dat *scala* ladder betekent – het enorme ziekenhuis bij de kathedraal, waar een "klooster voor heilige nonnen" de zieken verzorgde "besmet door de pest", stopten ze de doden gewoon in een muur en verzegelden die.'

Janice trok een gezicht. 'Jasses.'

'Dus denk ik dat we op zoek zijn naar een kamer met een bed erin in dat ziekenhuis, Santa Maria della Scala...' ging ik verder.

'... waar de meesteres van de heilige van ganzen sliep,' opperde Janice. 'Wie dat dan ook wezen mag.'

'Of de heilige meesteres van Siena, geboren in de contrada van de gans, de Heilige Caterina,' zei ik.

Janice floot: 'Goed zo, meid, ga door!'

'Die trouwens een kamer had in Santa Maria della Scala, waar ze sliep als ze laat werkte om de "zieken te bezoeken". Weet je dat niet meer? Dat stond in het verhaal dat maestro Lippi ons heeft voorgelezen. Ik wil er een saffier en een smaragd om verwedden dat we daar de "stenen drempel tot de oude grafkelder" zullen vinden.'

'Ho, wacht!' zei Janice. 'Nu ben ik in de war. Eerst is het de kathedraal, dan is het de kamer van de Heilige Caterina in het ziekenhuis, en nu ineens een oude grafkelder? Wat is het nou?'

Ik dacht even na over die vraag en probeerde me het overdreven sensationele verhaal van de Britse gids te herinneren, die ik bij toeval een paar dagen eerder had afgeluisterd in de kathedraal van Siena. 'Kennelijk lag er in de middeleeuwen een grafkelder onder de kathedraal,' zei ik ten slotte. 'Die verdween echter in de tijd dat de Zwarte Dood woedde, en sindsdien hebben ze hem niet meer kunnen vinden. Het is natuurlijk lastig voor archeologen om hier iets te doen, omdat alle gebouwen beschermd zijn. En sommige mensen denken dat het alleen maar een legende is...'

'Ik niet!' zei Janice geestdriftig. 'Dat moet het zijn. Romeo en Giulietta liggen begraven in de grafkelder onder de kathedraal. Het is logisch. Als jij Salimbeni was, zou dat dan niet precies zijn waar je het altaar zou neerzetten? En omdat het hele ding – neem ik aan

– gewijd is aan de Maagd Maria... Voilà!'

'Voilà wat?'

Janice hief haar armen alsof ze me wilde zegenen. 'Als je in de grafkelder van de kathedraal knielt, "kniel je voor de Maagd". Zie je het niet? Dat moet de plek zijn!'

'Maar als dat zo is, moeten we heel wat afgraven om er te komen,' zei ik. 'Er is al overal gezocht naar die grafkelder.'

'Niet als mama een geheime ingang heeft gevonden vanuit dat vroegere ziekenhuis, Santa Maria della Scala. Lees het nog eens voor, ik weet zeker dat ik gelijk heb.'

We namen de boodschap nog een keer door, en deze keer leek het allemaal ineens te kloppen. Ja, we hadden het beslist over een 'oude grafkelder' onder de kathedraal, en ja, de 'stenen drempel' was te vinden in de kamer van de Heilige Caterina in de Santa Maria della Scala, op het plein recht tegenover de kathedraal.

'Jezus!' zei Janice verbijsterd. 'Als het zo simpel is, waarom ging mama dan niet zelf?'

Op dat moment doofde een van onze kaarsen met een plofje, en hoewel we nog kaarsen over hadden, leken de schaduwen van de kamer ons ineens van alle kanten in te sluiten.

'Ze wist dat ze in gevaar was,' zei ik, mijn stem vreemd hol in het donker. 'En daarom deed ze wat ze deed en legde de code vast in het boek, het boek in het kistje en het kistje in de bank.'

Janice probeerde fris en fruitig te klinken toen ze zei: 'Dus, nu we het raadsel hebben opgelost, wat weerhoudt ons er dan van om...'

'... in te breken in een eeuwenoud beschermd monument en daar met een koevoet de cel van Santa Caterina te slopen?' Schouderophalend stak ik mijn handen in de lucht. 'Goh, ik zou het niet weten!'

'Serieus. Dat is wat mama wilde dat we zouden doen. Niet?'

'Zo eenvoudig is het niet.' Ik gaf het boek een zetje terwijl ik probeerde me de precieze woorden van het bericht voor de geest te halen. 'Mam zegt dat we "met de zielenherder van Romeo... geofferd voor zijn tijd" moeten gaan. Wie is dat? Broeder Lorenzo. Natuurlijk niet de echte, maar misschien zijn nieuwe... incarnatie. En ik wed dat we dus gelijk hadden: die oude man weet iets over de locatie van de grafkelder en het graf – iets essentieels, dat zelfs mama niet kon ontdekken.'

'Wat stel jij dan voor?' wilde Janice weten. 'Dat we broeder Lorenzo ontvoeren en bij een lamp van honderd watt een paar indringende vragen stellen? Luister, misschien heb je het mis. Laten we het nog een keertje doen, apart deze keer, en kijken of we dezelfde uitkomst krijgen.' Druk op zoek naar iets begon ze de laden in het bureau een voor een open te trekken. 'Kom op! Er moeten hier toch ergens een paar pennen rondzwerven!... Wacht eens even!' Ze stak haar hoofd helemaal in de onderste lade om moeizaam iets los te wrikken dat klem zat in het houtwerk. Toen ze het eindelijk te pakken had, kwam ze triomfantelijk overeind, haar haar in wilde lokken voor haar gezicht. 'Kijk nou eens! Een brief!'

Maar het was geen brief. Het was een ongeadresseerde envelop vol foto's.

Tegen de tijd dat we mama's foto's allemaal hadden bekeken, verklaarde Janice dat we nog minstens een hele fles *vino* nodig hadden om de nacht door te komen zonder volslagen krankzinnig te worden. Terwijl zij naar beneden liep om die te halen, keerde ik weer terug naar de foto's. Ik stalde ze naast elkaar uit op het bureau, mijn handen nog steeds bevend van de schok, in de hoop dat ik er een ander verhaal uit zou kunnen halen.

Er was echter maar een interpretatie mogelijk van mama's avonturen in Italië. Hoe we het ook wendden of keerden, de hoofdpersonen en de slotsom bleven gelijk: Diane Lloyd ging naar Italië, kwam bij professor Tolomei in dienst, ontmoette een jonge playboy in een gele Ferrari, raakte in verwachting, trouwde met professor Tolomei, kreeg een meisjestweeling, overleefde een brand waarbij haar bejaarde echtgenoot omkwam en keerde terug naar de jonge playboy, die er op elke foto zo intens gelukkig uitzag met de tweeling – dat wil zeggen, met ons – dat we het erover eens waren dat hij onze echte vader moest zijn.

Die playboy was Umberto.

'Dit is zo onwerkelijk!' pufte Janice toen ze weer bovenkwam met fles en kurkentrekker. 'Al die jaren. Doen alsof hij de butler was en nooit iets zeggen. Het is echt te bizar.'

'Hoewel...' zei ik terwijl ik een van de foto's waar hij met ons op stond oppakte. 'Hij was ook echt een vader voor ons. Al noemden we hem niet zo. Hij was altijd...' Maar ik kon niet doorgaan.

Nu pas keek ik op en zag dat Janice ook huilde, al veegde ze haar tranen boos weg, omdat ze Umberto die voldoening niet gunde. 'Wat een rotzak!' zei ze. 'Ons al die jaren dwingen om in zijn leugen te leven. En nu opeens...' Met een grom viel ze stil, omdat de kurk doormidden brak.

'Het verklaart in elk geval hoe hij van het gouden beeld afwist,' zei ik. 'Dat had hij allemaal van mama gehoord. En als ze echt... je weet wel, samen waren, moet hij ook van het kistje met papieren bij de bank hebben geweten. Wat weer verklaart hoe hij überhaupt een brief aan mij kon schrijven die zogenaamd van tante Rose kwam, en waarin stond dat ik naar Siena moest om te praten met presidente Maconi in het Palazzo Tolomei. Die naam had hij natuurlijk ook van mama.'

'Maar al die tijd!' Janice morste wijn op tafel toen ze haastig de glazen vulde; er kwamen een paar druppels op de foto's terecht. 'Waarom heeft hij dat jaren geleden niet gedaan? Waarom heeft hij het niet allemaal aan tante Rose uitgelegd toen ze nog leefde?'

'Ja, vast!' Snel veegde ik de druppels van de foto's. 'Natuurlijk kon hij haar de waarheid niet vertellen. Ze had meteen de politie gebeld.' Alsof ik Umberto was, zei ik met een diepe stem: 'Trouwens, Rose, poppetje, mijn echte naam is Luciano Salimbeni – ja, de man die Diane heeft vermoord en wordt gezocht door de Italiaanse autoriteiten. Als je ooit de moeite had genomen om Diane, de lieverd, op te zoeken in Italië had je me honderden keren gezien.'

'Maar wat een leven!' riep Janice uit. 'Kijk hier eens...' Ze wees op de foto's van Umberto en de Ferrari, geparkeerd op een mooi plekje met uitzicht op een Toscaanse vallei waarop hij met de blik van een minnaar in de camera glimlachte. 'Hij had het hier helemaal voor elkaar. En dan wordt hij nota bene dienstbode in het huis van tante Rose.'

'Let wel, hij was voortvluchtig,' zei ik. 'Aless... Iemand heeft me verteld dat hij een van de meest gezochte misdadigers in Italië was. Hij had geluk dat hij niet in de gevangenis zat. Of dood was. Door bij tante Rose te werken kon hij ons in elk geval in een soort vrijheid zien opgroeien.'

'Ik geloof het nog steeds niet!' Janice schudde afwerend haar hoofd. 'Ja, mama is zwanger op haar trouwfoto, maar dat overkomt zoveel vrouwen. En het betekent niet noodzakelijkerwijs dat de bruidegom de vader niet is.'

'Jan!' Ik schoof een paar van de trouwfoto's naar haar toe. 'Professor Tolomei was oud genoeg om haar opa te zijn. Verplaats je eens even in mama's schoenen.' Omdat ik zag dat ze vastbesloten was het niet met me eens te zijn, greep ik haar bij de arm en trok haar dichterbij. 'Kom nou, het is de enige verklaring. Kijk eens naar hem...' Ik pakte een van de vele foto's waarop Umberto in het gras lag en Janice en ik over hem heen klauterden. 'Hij houdt van ons.' Zodra ik dat had gezegd kreeg ik een brok in mijn keel, en ik moest hard slikken om mijn tranen te bedwingen. 'Shit!' jammerde ik. 'Ik geloof dat ik niet veel meer kan hebben.'

We zwegen even ongelukkig. Toen zette Janice haar wijnglas neer en pakte een groepsfoto die gemaakt was voor het Castello Salimbeni. Uiteindelijk zei ze: 'Betekent dat dan dat jouw maffiakoningin... onze oma is?' Op de foto jongleerde Eva Maria met een grote hoed en twee aangelijnde hondjes, mama zag er efficiënt uit met een witte pantalon en een klembord, professor Tolomei fronste en zei iets tegen de fotograaf, en op een afstandje leunde een jonge Umberto met zijn armen over elkaar tegen zijn Ferrari. Voordat ik antwoord kon geven, ging ze verder met: 'Wat het ook allemaal mag betekenen, ik hoop dat ik hem nooit meer zie.'

We hadden het waarschijnlijk moeten zien aankomen, maar dat deden we niet. We waren zo druk met het ontrafelen van de knoop die ons leven was geworden, dat we vergaten om op enge geluiden te letten, of zelfs om even rustig ons gezonde verstand te gebruiken.

Pas toen er een stem tegen ons sprak vanuit de deuropening van het kantoortje, begrepen we hoe achterlijk we waren geweest om onze toevlucht te zoeken in mama's huis.

'Wat een gezellige familiereünie,' zei Umberto, die de kamer binnenstapte met twee mannen achter zich aan die ik nog nooit eerder had gezien.

'Umberto!' riep ik uit en ik sprong op van mijn stoel. 'Wat doe jij...'

'Julia! Nee!' Janice greep mijn arm en trok me weer omlaag met een van angst vertrokken gezicht.

Toen zag ik het pas. Umberto's handen waren achter zijn rug gebonden en een van de mannen hield een pistool tegen zijn hoofd.

Umberto wist zijn kalmte te bewaren ondanks de loop die zich in zijn nek begroef, en zei: 'Mijn vriend Cocco hier wil graag weten of jullie jongedames hem van nut gaan zijn, of niet.'

II

Haar lichaam slaapt in 't graf der Capuletten
En haar onsterflijk' deel woont bij de engelen

Toen ik Siena de dag tevoren met Alessandro had verlaten, had ik niet gedacht dat ik er zo snel, zo vuil en met vastgebonden handen zou terugkeren. En ik had zeker niet verwacht dat ik vergezeld zou zijn van mijn zus, mijn vader en drie boeven die eruitzagen alsof ze net uit de dodencel waren gekomen, en dan niet met papieren, maar met dynamiet.

Het was duidelijk dat Umberto, al kende hij hen bij naam, evenzeer gegijzeld werd door deze mannen als wij. Ze gooiden hem achter in hun busje – een kleine bloemenbestelwagen, waarschijnlijk gestolen – net als Janice en mij, en we kwamen allemaal hard op de metalen laadvloer terecht. Met onze gebonden armen hadden we weinig anders dan een potpourri van rottende snijbloemen om onze val te breken.

'Hé!' protesteerde Janice. 'Wij zijn je dochters, toch? Vertel ze dat ze ons niet zo kunnen behandelen. Tjonge... Juul, zeg jij eens wat tegen hem.'

Ik kon echter niets bedenken om te zeggen. Ik had het gevoel dat de hele wereld om me heen ondersteboven was gekeerd – of misschien stond de wereld wel recht overeind, maar was ik omgekieperd. Nog steeds worstelend met het idee dat Umberto van held tot schurk was verworden, moest ik nu aanvaarden dat hij evengoed mijn vader was; daarmee was bijna het kringetje rond, terug bij het begin: ik hield van hem, maar eigenlijk zou ik dat niet moeten doen.

Net toen de boeven de deuren achter ons dichtsloegen, ving ik

een glimp op van een slachtoffer dat ze onderweg al hadden opge-
pikt. De man was in een hoek geplant, gekneveld en geblinddoekt;
als ik zijn kleren niet had gezien, had ik hem nooit herkend. Eindelijk kwamen er nu spontaan woorden op: 'Broeder Lorenzo!' riep ik
uit. 'Mijn God! Ze hebben broeder Lorenzo ontvoerd!'

Op dat moment kwam het busje op gang en een paar minuten
lang gleden we heen en weer over de geribbelde laadvloer, terwijl
de chauffeur door het oerwoud van mama's oprijlaan reed.

Zodra de rit wat minder wild werd, liet Janice een diepe, ongelukkige zucht ontsnappen. 'Oké,' zei ze hardop tegen het donker.
'Jij wint. De stenen zijn voor jou... of voor hun. Wij hoeven ze toch
niet. En we zullen je helpen. We doen alles. Wat ze maar willen. Jij
bent onze vader, nietwaar? We moeten elkaar steunen! Er is geen
reden om ons te... vermoorden. Toch?'

Haar vraag ontmoette slechts stilzwijgen.

'Luister, ik hoop dat ze beseffen dat ze het beeld zonder ons nooit
kunnen vinden...' ging Janice verder, haar stem bevend van angst.

Nog steeds antwoordde Umberto niet. Dat was ook niet nodig.
Ook al hadden we de bandieten al verteld over de geheime toegang
in het Santa Maria della Scala, kennelijk dachten ze dat ze ons nog
nodig zouden hebben om de edelstenen te vinden, anders hadden
ze ons vast niet meegenomen op deze rit.

'En broeder Lorenzo dan?' vroeg ik.

Nu reageerde Umberto eindelijk. 'Hoezo?'

'Kom nou,' zei Janice, met iets van haar oude moed. 'Denk je echt
dat die arme kerel ook maar iets kan bijdragen?'

'O, die gaat wel zingen.'

Toen Umberto onze geschokte reactie op zijn onverschilligheid
hoorde, maakte hij een geluid dat een lach had kunnen zijn, maar
dat waarschijnlijk niet was. 'Wat hadden jullie dan in godsnaam verwacht?' gromde hij. 'Dat ze het gewoon zouden opgeven? Jullie hebben geluk dat we het eerst op een vriendelijke manier hebben geprobeerd...'

'Vriendelijk?' riep Janice, maar ik wist haar met mijn knie een por
te geven om haar tot zwijgen te brengen.

'Helaas speelde ons Juliaatje haar rol niet,' ging Umberto verder.
'Het was misschien handiger geweest om me te laten weten dat

ik een rol had!' merkte ik op, mijn keel zo dichtgeknepen dat ik de woorden er nauwelijks uit kon krijgen. 'Waarom heb je niets gezegd? Waarom moest het zo? We hadden jaren geleden kunnen gaan schatgraven, samen. Dat had... leuk kunnen zijn.'

'O, ik snap het al!' Umberto schoof rond in het donker, even ongemakkelijk als wij. 'Jij denkt dat ik dit zo gewild heb? Hier terugkomen, alles riskeren, poppenkast spelen met oude monniken en op mijn lazerij krijgen van deze idioten, allemaal om een paar stenen te zoeken die waarschijnlijk honderden jaren geleden al verdwenen zijn? Ik geloof niet dat jullie snappen...' Hij zuchtte. 'Natuurlijk snappen jullie dat niet. Waarom denken jullie dat ik je door tante Rose heb laten meenemen om in Amerika op te groeien? Nou? Ik zal je vertellen waarom. Omdat zij daar jullie tegen me zouden hebben gebruikt, om me te dwingen weer voor hun te werken. Er was maar één oplossing: we moesten verdwijnen.'

'Heb je het nou over de maffia?' vroeg Janice.

Umberto lachte geringschattend. 'De maffia! De maffia lijkt eerder het Leger des Heils vergeleken met deze jongens. Ze ronselden me toen ik geld nodig had, en als dit stel je eenmaal aan de haak heeft, kom je er niet meer vanaf. Hoe meer je kronkelt, hoe dieper de haak gaat zitten.'

Ik hoorde Janice inademen om een valse opmerking te maken, maar wist haar in het donker weer een por met mijn elleboog te geven en opnieuw tot zwijgen te brengen. Umberto provoceren en ruzie zoeken was niet de manier om ons voor te bereiden op wat er komen ging, daar was ik in elk geval zeker van.

'Dus laat me raden, zodra ze ons niet meer nodig hebben... is het afgelopen?' zei ik zo rustig mogelijk.

Umberto aarzelde. 'Cocco is me nog wat verschuldigd. Ik heb ooit zijn leven gespaard. Ik hoop dat hij voor mij hetzelfde doet.'

'En dan spaart hij jou,' zei Janice koeltjes. 'En wij dan?'

Het bleef lang stil, dat wil zeggen, het leek lang. Nu pas hoorde ik, tussen het gebrul van de motor en al het andere gerammel, iemand bidden. 'En broeder Lorenzo?' voegde ik haastig toe.

'Laten we maar hopen dat Cocco een grootmoedige bui heeft,' zei Umberto ten slotte.

'Ik snap het niet,' zei Janice. 'Wie zijn die kerels eigenlijk, en waarom laat je toe dat ze ons dit aandoen?'

'Dat is niet bepaald een verhaaltje voor het slapengaan,' zei Umberto vermoeid.

'Nou, we gingen toch al niet slapen,' merkte Janice op. 'Dus vertel ons maar, lieve vader, wat ging er in vredesnaam mis in sprookjesland?'

Toen hij eenmaal begonnen was, kon Umberto niet meer ophouden met praten. Het leek alsof hij er jaren op had gewacht om ons zijn verhaal te vertellen, maar nu het eindelijk zover was, luchtte het hem kennelijk niet op, want zijn stem ging steeds bitterder klinken.

Zijn vader, vertelde hij ons, die bekend had gestaan als graaf Salimbeni, had altijd betreurd dat zijn vrouw, Eva Maria, hem slechts één kind had geschonken, en had besloten ervoor te zorgen dat de jongen nooit verwend mocht worden en met veel discipline moest worden opgevoed. Umberto moest tegen zijn zin naar de militaire academie en liep uiteindelijk weg naar Napels om werk te zoeken en misschien naar de universiteit te gaan om muziek te studeren, maar hij was al snel door zijn geld heen. Daarom was hij klusjes gaan doen waar andere mensen te bang voor waren, en daar was hij goed in. Om de een of andere reden ging de wet overtreden hem heel gemakkelijk af, en het duurde niet lang voordat hij eigenaar was van tien maatkostuums, een Ferrari en een aristocratisch appartement zonder meubels. Het paradijs.

Toen hij eindelijk terugging om zijn ouders te bezoeken in het Castello Salimbeni deed hij alsof hij effectenmakelaar was geworden, en wist zijn vader te overreden om hem te vergeven dat hij was gestopt met de militaire academie. Een paar dagen later gaven zijn ouders een groot feest, en onder de gasten bevonden zich professor Tolomei en zijn jonge Amerikaanse assistente Diane.

Umberto haalde Diane van de dansvloer en nam haar mee uit rijden onder de volle maan, en dat was het begin van een lange, mooie zomer. Al gauw brachten ze elk weekend samen door, reden Toscane rond, en toen hij haar ten slotte uitnodigde om naar Napels te komen, zei ze ja. Daar, bij een fles wijn in het beste restaurant van de stad, waagde hij het eindelijk om haar te vertellen wat hij deed voor de kost.

Diane was ontzet. Ze wilde zijn uitleg en zijn verontschuldigingen niet eens aanhoren, en zodra ze weer in Siena was, stuurde ze alles terug wat hij haar had gegeven – sieraden, kleren, brieven – en zei dat ze nooit meer met hem wilde praten.

Daarna zag hij haar meer dan een jaar niet, en toen hij haar eenmaal terugzag, kreeg hij een schok: ze stak de Campo in Siena over achter een wandelwagen met een tweeling erin. Iemand vertelde hem dat ze getrouwd was, met de oude professor Tolomei. Umberto begreep meteen dat hij de vader van de tweeling moest zijn en toen hij naar Diane toeliep, werd ze bleek en zei dat hij inderdaad de vader was, maar dat ze haar dochters niet door een crimineel wilde laten grootbrengen.

Nu deed Umberto iets afschuwelijks. Hij herinnerde zich dat Diane hem had verteld over het onderzoek van professor Tolomei en een standbeeld met edelsteenogen, en omdat hij ziek was van jaloezie, vertelde Umberto dat verhaal aan een paar mensen in Napels. Het duurde niet lang voordat ook zijn baas erover hoorde en eiste dat Umberto professor Tolomei zou opzoeken om er meer over te weten te komen; dat deed hij, samen met twee andere mannen. Ze wachtten tot Diane met de tweeling van huis was voordat ze aanklopten. De professor was heel beleefd en liet hen binnen, maar werd al gauw vijandig toen hij ontdekte waar ze voor kwamen.

Aangezien de professor niet bereid was om te praten, begonnen de twee partners van Umberto druk uit te oefenen op de oude man, die uiteindelijk een hartaanval kreeg en stierf. Umberto schrok daar natuurlijk ontzettend van en probeerde de professor bij kennis te brengen, maar tevergeefs. Hij zei tegen de anderen dat hij ze in Napels zou zien en zodra ze vertrokken waren, stak hij het huis in brand, in de hoop dat al het onderzoek van de professor samen met het lijk zou verbranden, zodat er een einde kwam aan het verhaal van het gouden beeld.

Na deze tragedie besloot Umberto om te breken met zijn criminele verleden en terug te gaan naar Toscane om te leven van het geld dat hij had verdiend. Een paar maanden na de brand zocht hij Diane op en vertelde haar dat hij nu een eerlijk man was. Eerst geloofde ze hem niet en beschuldigde hem ervan de hand te hebben gehad in de verdachte brand waarbij haar man was omgekomen. Umberto was echter vastbesloten om haar voor zich te winnen en uiteindelijk trok ze bij, al geloofde ze nooit werkelijk in zijn onschuld.

Ze woonden twee jaar lang samen, bijna als een gezin, en Umberto nam Diane zelfs mee naar het Castello Salimbeni. Natuurlijk vertelde hij zijn ouders nooit de waarheid over de tweeling, en zijn vader was woedend op hem omdat hij niet trouwde en zelf kinderen kreeg. Want wie moest Castello Salimbeni erven als Umberto geen kinderen had?

Het had een gelukkige periode kunnen zijn, als Diane niet steeds meer geobsedeerd was geraakt door een oude familievloek. Ze had hem erover verteld bij hun eerste ontmoeting, maar hij had het indertijd niet serieus genomen. Nu moest hij eindelijk accepteren dat deze mooie vrouw – de moeder van zijn kinderen – erg nerveus en dwangmatig van aard was, en dat de last van het moederschap dat nog had verergerd. In plaats van kinderboeken las ze de kinderen *Romeo en Julia* van Shakespeare voor, telkens en telkens weer, tot Umberto kwam en haar zachtjes het boek afpakte. Maar waar hij het ook verstopte, ze wist het altijd terug te vinden.

En als de tweeling sliep, bracht ze uren alleen door met het herscheppen van het onderzoek van professor Tolomei naar de familieschatten en de locatie van het graf van Romeo en Giulietta. Ze had geen belangstelling voor de edelstenen; ze wilde alleen haar dochtertjes redden. Ze was ervan overtuigd dat de meisjes, omdat hun moeder een Tolomei was en hun vader een Salimbeni, dubbel zo kwetsbaar zouden zijn voor de vloek van broeder Lorenzo.

Umberto besefte niet eens hoe dicht Diane bij de ontdekking van de plaats van het graf was, toen er op een dag een paar van zijn vroegere Napolitaanse vrienden voor de deur stonden en vragen begonnen te stellen. Umberto wist dat deze mannen het zuivere kwaad belichaamden en beval Diane met de tweeling de achterdeur uit te gaan en zich te verstoppen, terwijl hij zijn best deed om de mannen uit te leggen dat zij geen van beiden iets wisten.

Maar toen Diane hoorde dat ze hem afranselden, kwam ze terug met een geweer en sommeerde de schurken om haar gezin met rust te laten. Omdat ze niet luisterden, probeerde ze te schieten, maar ze miste. Toen schoten ze haar dood. Daarna maakten de mannen Umberto duidelijk dat dit nog maar het begin was. Als hij de vier edelstenen niet overhandigde, zouden ze de volgende keer zijn dochtertjes grijpen.

Op dit punt in het verhaal riepen Janice en ik tegelijkertijd uit: 'Dus jij hebt mama niet vermoord?"

'Natuurlijk niet!' sneerde Umberto. 'Hoe konden jullie zoiets denken?'

'Misschien omdat je tot nog toe over alles hebt gelogen,' zei Janice met verstikte stem.

Umberto zuchtte diep en schoof wat heen en weer, zonder een comfortabele houding te vinden. Gefrustreerd en vermoeid hervatte hij zijn verhaal en vertelde dat hij, nadat de moordenaars van Diane het huis hadden verlaten, overmand was door verdriet en niet wist wat hij moest doen. Het laatste wat hij wilde was de politie of een priester bellen en het risico lopen dat een stel ambtenaren de meisjes zouden weghalen. Dus nam hij het stoffelijk overschot van Diane mee naar een verlaten plek, waar hij de auto van een rots kon duwen zodat het zou lijken alsof ze bij een auto-ongeluk was omgekomen. Hij legde zelfs wat spullen van de meisjes in de auto om de mensen in de waan te brengen dat zij ook gestorven waren. Daarop nam hij de tweeling mee en liet ze achter bij hun peetouders, Peppo en Pia Tolomei, maar reed weg voordat de Tolomei's iets konden vragen.

'Wacht!' zei Janice. 'En de kogelwond dan? Zou de politie niet ontdekken dat ze voor het ongeluk al dood was?'

Umberto aarzelde even, maar zei toen met tegenzin: 'Ik heb de auto in brand gestoken. Ik verwachtte niet dat ze er zo diep op in zouden gaan. Waarom zouden ze? Zij kregen hun salaris toch wel. Maar een of andere slimmerd begon vragen te stellen, en voordat ik het wist hadden ze mij alles in de schoenen geschoven – de professor, de brand, je moeder... zelfs jullie tweeën, God beware me.'

Diezelfde avond, vertelde Umberto verder, had hij tante Rose in de Verenigde Staten gebeld en zich voorgedaan als een politieman uit Siena. Hij vertelde haar dat haar nichtje was overleden en dat de meisjes bij familie waren, en ook dat ze niet veilig waren in Italië en dat ze de kinderen beter meteen kon komen halen. Na dat telefoongesprek reed hij naar Napels en bracht een bezoek aan de mannen die Diane hadden vermoord, en aan de meeste andere mensen die van de schat afwisten. Hij probeerde niet eens om zijn identiteit te verbergen. Hij wilde dat het als waarschuwing diende. De enige die hij niet vermoordde, was Cocco. Hij kon zich er niet toe zetten om een jongen van negentien te doden.

Daarna verdween hij vele maanden lang, terwijl de politie overal naar hem op zoek was. Uiteindelijk ging hij naar Amerika om te meisjes te bezoeken en te zien of het hen goed ging. Hij had geen specifieke plannen; toen hij eenmaal wist waar ze woonden, bleef hij in de buurt afwachten tot er iets gebeurde. Een paar dagen later zag hij in de tuin van hun huis een vrouw de rozen snoeien. Hij veronderstelde dat zij tante Rose was, ging naar haar toe en vroeg of ze hulp nodig had bij het tuinieren. Zo was het begonnen. Zes maanden later trok Umberto bij hen in en kwam met tante Rose overeen om voor weinig meer dan kost en inwoning te werken.

'Ongelooflijk!' barstte ik los. 'Heeft ze nooit gevraagd hoe het kwam dat jij zomaar in de buurt was?'

'Ze was eenzaam,' murmelde Umberto, duidelijk niet trots op zichzelf. 'Te jong om al weduwe te zijn, maar te oud om moeder te zijn. Ze was bereid om alles te geloven.'

'En Eva Maria? Wist zij waar je was?'

'Ik hield wel contact met haar, maar aan de telefoon zei ik nooit waar ik was. En ik heb haar nooit over jullie tweeën verteld.'

Umberto legde uit dat hij bang was geweest dat Eva Maria zou eisen dat ze allemaal weer in Italië kwamen wonen, als ze eenmaal wist dat ze twee kleindochters had. Hij wist heel goed dat hij in elk geval nooit terug zou kunnen; de mensen zouden hem herkennen en de politie zou hem ongetwijfeld onmiddellijk weten te vinden, ondanks zijn valse naam en paspoort. En zelfs als zijn moeder daar niet op aandrong, kende hij haar goed genoeg om te vrezen dat ze een manier zou verzinnen om de meisjes toch te zien, en daarmee zou ze hun veiligheid in gevaar brengen. En als ze dat niet deed, zou ze de rest van haar leven hunkeren naar de kleindochters die ze nooit had ontmoet en uiteindelijk sterven aan een gebroken hart, waar ze Umberto ongetwijfeld de schuld van zou geven. Om al die redenen vertelde hij het haar nooit.

Na verloop van tijd begon Umberto te denken dat zijn misdadige verleden in Napels voorgoed begraven was. Die rust eindigde abrupt toen hij op een dag een limousine zag op de oprijlaan van tante Rose, die voor de deur stopte. Er stapten vier mannen uit de auto en hij herkende Cocco meteen. Hij had nooit ontdekt hoe ze hem na al die jaren hadden gevonden, maar hij vermoedde dat ze iemand van de geheime dienst hadden omgekocht om Eva Maria's telefoongesprekken af te luisteren.

De mannen vertelden Umberto dat hij hen nog steeds iets verschuldigd was en dat hij hen moest terugbetalen, anders zouden ze zijn dochters opsporen en onuitsprekelijke dingen met hen doen. Umberto vertelde dat hij geen geld had, maar ze lachten hem alleen maar uit en herinnerden hem aan het beeld met de vier edelstenen dat hij hun jaren geleden had voorgehouden. Toen hij wilde uitleggen dat dat onmogelijk was en dat hij niet terug kon naar Italië, haalden ze hun schouders op en zeiden dat ze dan helaas op zoek moesten naar zijn dochters. Uiteindelijk stemde Umberto er dus mee in om de edelstenen te gaan zoeken, en ze gaven hem er drie weken de tijd voor.

Voordat ze vertrokken, wilden ze er zeker van zijn dat hij begreep hoe serieus ze waren, en daarom namen ze hem mee de hal in en begonnen hem af te ranselen. Daarbij stootten ze de Venetiaanse vaas op de tafel onder de kroonluchter om, zodat die op de grond in stukken viel. Het lawaai wekte tante Rose uit haar middagdutje; ze kwam haar slaapkamer uit en begon boven aan de trap te gillen toen ze zag wat er aan de hand was. Een van de mannen trok een pistool en wilde op haar schieten, maar Umberto wist het pistool opzij te duwen. Helaas was tante Rose zo geschrokken dat ze haar evenwicht verloor en half van de trap afviel. Toen de mannen vertrokken waren en Umberto haar eindelijk te hulp kon schieten, was ze al dood.

'Arme tante Rose!' riep ik uit. 'Je zei dat ze vredig was gestorven, in haar slaap.'

'Nou, dat was een leugen,' zei Umberto met schorre stem. 'De waarheid is dat ze om mij is gestorven. Had je dat willen horen?'

'Ik had graag de waarheid willen horen,' zei ik zachtjes. Ik zweeg even om diep adem te halen, omdat mijn keel nog steeds dichtgeknepen zat van de emoties. 'Als je ons dat allemaal jaren geleden had verteld, hadden we dit misschien kunnen vermijden.'

'Misschien. Maar nu is het te laat. Ik wilde niet dat jullie wisten...
Ik wilde dat jullie gelukkig zouden zijn, dat jullie een normaal leven
zouden leiden.'

Umberto vertelde verder dat hij de avond nadat tante Rose overleden was, Eva Maria had gebeld in Italië en haar alles had verteld.
Hij had haar zelfs verteld dat ze twee kleindochters had. Hij vroeg
ook of er een kans was dat ze hem zou kunnen helpen door de boeven te betalen. Maar ze zei dat ze zoveel geld niet binnen drie weken kon vrijmaken. Eerst wilde ze de politie en haar petekind Alessandro erbij halen, maar Umberto wist wel beter. Er was maar een
manier om uit deze benarde situatie te komen: doen wat die eikels
zeiden en die verrekte stenen vinden.

Uiteindelijk verklaarde Eva Maria zich bereid om hem te helpen,
en ze beloofde dat ze de Broederschap van Lorenzo in Viterbo op
slinkse wijze zou overhalen om haar te helpen. Als enige voorwaarde stelde ze dat ze, als het allemaal voorbij was, eindelijk haar kleindochters zou leren kennen en dat ze nooit iets zouden weten over
de misdaden van hun vader. Daar stemde Umberto mee in. Hij had
nooit gewild dat de meisjes zijn criminele verleden zouden kennen,
en daarom wilde hij ook niet eens dat ze wisten wie hij werkelijk
was. Hij wist zeker dat ze al het andere ook zouden ontdekken, als
ze eenmaal wisten dat hij hun vader was.

'Maar dat is belachelijk!' protesteerde ik. 'Als je ons de waarheid
had verteld, zouden we het best begrepen hebben.'

'Denk je?' zei Umberto somber. 'Dat weet ik nog niet zo zeker.'

'Daar zullen we nu nooit meer achterkomen, is het wel?' zei Janice scherp.

Umberto negeerde haar opmerking en vertelde dat Eva Maria
meteen de volgende dag naar Viterbo was gegaan om met broeder
Lorenzo te praten. Tijdens dat gesprek had ze begrepen wat ze
moest doen om de monniken te laten helpen bij het zoeken naar het
graf van Romeo en Giulietta. Broeder Lorenzo had haar verteld dat
ze een ceremonie moest organiseren voor het 'ongedaan maken van
de zonden' van de families Salimbeni en Tolomei, en als ze dat eenmaal had gedaan, had hij beloofd dat hij haar en de andere boete-
lingen naar het graf zou brengen om te knielen voor de genade van
de Heilige Maagd.

Het enige probleem was dat broeder Lorenzo niet zeker wist waar hij het graf moest zoeken. Hij wist dat er ergens in Siena een geheime ingang was, en hij wist hoe hij daarvandaan verder moest, maar hij wist niet precies waar die ingang zich bevond. Ooit, vertelde hij Eva Maria, had een jonge vrouw die Diane Tolomei heette, hem opgezocht en gezegd dat zij had ontdekt waar die ingang moest zijn, maar ze had het hem niet willen vertellen omdat ze bang was dat de verkeerde mensen het beeld zouden vinden en het zouden vernietigen.

Ze had hem ook verteld dat ze de cencio uit 1340 had gevonden en dat ze er een experiment mee ging uitvoeren. Ze wilde haar dochtertje, Giulietta, erop laten liggen met een jongen die Romeo heette, en ze dacht dat dit op de een of andere manier de zonden uit het verleden ongedaan zou maken. Broeder Lorenzo was daar niet van overtuigd, maar hij was bereid om het te proberen. Ze spraken af dat Diane een paar weken later zou terugkomen, zodat ze samen op zoek konden gaan naar het graf. Maar ze kwam helaas nooit terug.

Toen Eva Maria dit alles aan Umberto vertelde, begon hij hoop te krijgen dat hun plan zou slagen. Want hij wist dat Diane een doos vol belangrijke papieren in de bank in het Palazzo Tolomei had achtergelaten, en hij wist zeker dat er een aanwijzing over de geheime toegang tot het graf tussen die papieren zou zitten.

'Geloof me, het laatste wat ik wilde was jou hierbij betrekken. Maar omdat er nog maar twee weken over waren...' zei Umberto, die mijn negatieve reactie misschien opving.

'Dus gebruikte je mij maar,' besloot ik, vervuld van een heel nieuw soort woede. 'En je liet me in de waan dat het allemaal van tante Rose uitging.'

'En ik dan?' riep Janice. 'Mij maakte hij wijs dat ik een fortuin had geërfd!'

'Jammer dan!' riep Umberto terug. 'Wees blij dat je nog leeft!'

'Ik was zeker niet goed genoeg voor je plannetje,' ging Janice verder met haar meest chagrijnige stem. 'Juul was altijd al de slimmerd.'

'O, wil je ophouden!' snauwde ik. 'Ik ben nu eenmaal Giulietta, en ik was in gevaar....'

'Genoeg!' beval Umberto. 'Geloof me, ik had niets liever gewild dan jullie hier allebei buiten houden. Maar het kon niet anders. Dus liet ik een oude vriend een oogje op Julia houden om te zorgen dat ze veilig was...'

'Bedoel je Bruno?' zei ik geschokt. 'Ik dacht dat hij me wilde vermoorden!'

'Hij moest je beschermen,' sprak Umberto me tegen. 'Helaas dacht hij dat hij er ook wel wat aan kon verdienen.' Hij zuchtte. 'Bruno was een vergissing.'

'Dus heb je hem... tot zwijgen gebracht?' wilde ik weten.

'Niet nodig. Bruno wist te veel over te veel mensen. Zulke mensen houden het niet lang uit in de bak.' Het onderwerp beviel Umberto helemaal niet en hij ging verder met de conclusie dat alles eigenlijk volgens plan was verlopen vanaf het moment dat Eva Maria ervan overtuigd was dat ik echt haar kleindochter was, en niet zomaar een door hem ingehuurde actrice om haar te verleiden hem te helpen. Ze was zo argwanend dat ze zelfs Alessandro in mijn hotelkamer had laten inbreken om DNA van mij te krijgen. Maar toen ze het bewijs eenmaal had, begon ze onmiddellijk het feest te organiseren.

Met alles wat broeder Lorenzo haar had verteld in gedachten, vroeg Eva Maria Alessandro om de dolk van Romeo en de ring van Giulietta mee te brengen naar Castello Salimbeni, maar ze vertelde hem niet waarom. Ze wist dat hij, als hij ook maar het kleinste vermoeden had wat er speelde, alles zou bederven door de carabinieri erbij te halen. Het liefst had Eva Maria haar petekind overal buiten gehouden, maar omdat hij immers Romeo Marescotti was, had ze hem nodig om – zonder het te weten – zijn rol te spelen voor broeder Lorenzo.

Achteraf gezien, gaf Umberto toe, zou het beter zijn geweest als Eva Maria mij op de hoogte had gebracht van haar plannen, in ieder geval deels. Maar dat was alleen omdat het misging. Als ik gedaan had wat ik werd geacht te doen – haar wijn drinken, naar bed gaan en in slaap vallen – zou alles soepel zijn verlopen.

'Wacht eens!' zei ik. 'Wil je zeggen dat ze me verdoofd heeft?'

Umberto aarzelde. 'Een klein beetje maar. Voor je eigen veiligheid.'

'Ongelooflijk! Mijn eigen grootmoeder!'

'Als het je een troost kan zijn, ze was er niet blij mee. Maar ik zei dat het de enige manier was om te vermijden dat jij erbij betrokken raakte. Jij en Alessandro. Helaas ziet het ernaar uit dat hij zijn wijn ook niet heeft opgedronken.'

'Maar wacht eens even!' wierp ik tegen. 'Hij heeft mama's boek uit mijn hotelkamer gestolen en het gisteravond aan jou gegeven! Dat heb ik met eigen ogen gezien!'

'Je vergist je!' Umberto was duidelijk geïrriteerd omdat ik hem tegensprak, en misschien ook een beetje geschokt omdat ik getuige was geweest van zijn geheime ontmoeting met Alessandro. 'Hij was maar een koerier. Iemand in Siena gaf hem het boek gisteravond en vroeg hem om het aan Eva Maria te geven. Hij wist klaarblijkelijk niet dat het gestolen was, anders zou hij wel...'

'Wacht!' zei Janice. 'Dit is te stom. Wie de dief ook was, waarom stal hij verdorie niet het hele kistje? Waarom alleen dat pocketboek?'

Umberto zweeg even. Toen zei hij zachtjes: 'Omdat je moeder me had verteld dat de code in het boek stond. Ze zei dat als er iets met haar gebeurde...' Hij kon niet verder praten.

Een tijdlang zwegen we allemaal, tot Janice zuchtte en zei: 'Nou, ik vind dat je Juul een excuus verschuldigd bent...'

'Jan!' onderbrak ik haar. 'Laten we het daar niet over hebben.'

'Maar kijk nou wat je overkomen is...' hield ze vol.

'Dat was mijn eigen schuld!' wierp ik tegen. 'Ik was degene die...' Maar ik wist nauwelijks hoe ik verder moest.

Umberto kreunde. 'Jullie zijn allebei ongelooflijk. Heb ik je dan helemaal niets bijgebracht? Je kent hem pas een week... Maar daar ging je! En wat waren jullie schattig samen!'

'Heb je ons bespioneerd?' Ik ontplofte bijna van schaamte. 'Dat is zo...'

'Ik moest de cencio hebben!' zei Umberto. 'Het zou allemaal zo gemakkelijk zijn geweest, als jullie niet samen...'

'Nu we het daar toch over hebben,' zei Janice, hem in de rede vallend. 'Hoeveel wist Alessandro van dit alles?'

Umberto snoof. 'Hij wist kennelijk genoeg! Hij wist dat Julia de kleindochter van Eva Maria was, maar dat Eva Maria haar dat zelf wilde vertellen. Dat is alles. Zoals ik al zei, we konden niet riskeren dat de politie erbij betrokken raakte. En dus vertelde Eva Maria hem pas vlak voordat het zover was over de ceremonie met de ring en de dolk, en geloof me, hij was er niet blij mee dat hij niet eerder op de hoogte was gesteld. Maar hij stemde er toch mee in, omdat ze hem vertelde dat het belangrijk was voor haar, en voor jou, om een ritueel uit te voeren dat – zogenaamd – een einde zou maken aan de familievloek.' Umberto zweeg even, en zei toen op mildere toon: 'Het is jammer dat het zo moest aflopen.'

'Wie zegt dat het afgelopen is?' snauwde Janice.

Umberto zei niets, maar ik was ervan overtuigd dat we allebei wisten wat hij dacht: reken maar dat het afgelopen is.

In dat verbitterde stilzwijgen voelde ik hoe het duister me insloot, door ontelbare kleine wondjes mijn lichaam binnenkroop en me tot aan de rand toe vulde met wanhoop. De angst die ik eerder had gekend toen Bruno Carrera me achtervolgde of toen Janice en ik opgesloten zaten in de Bottini, was niets vergeleken bij wat ik nu voelde, verscheurd door berouw en in de wetenschap dat het veel te laat was om alles recht te zetten.

'Een vraagje, zomaar uit nieuwsgierigheid,' prevelde Janice, wier geest kennelijk andere paden bewandelde dan de mijne, al waren ze misschien even troosteloos. 'Heb je ooit echt van haar gehouden? Van mama, bedoel ik?'

Toen Umberto niet meteen antwoordde, voegde ze er, met meer aarzeling, aan toe: 'En hield zij van jou?'

Umberto zuchtte. 'Ze hield ervan om me te haten. Dat was haar grootste genoegen. Ze zei dat het in onze genen zat om ruzie te maken, en dat ze het niet anders zou willen. Soms noemde ze me...' Hij zweeg even om de naam met vaste stem te kunnen uitbrengen: 'Nino.'

Toen het busje eindelijk stopte, was ik bijna vergeten waar we heen gingen en waarom. Maar zodra de deuren openzwaaiden en de silhouetten van Cocco en zijn kornuiten zichtbaar werden tegen de achtergrond van de kathedraal van Siena bij maanlicht, schoot het me als een schop in mijn maag weer te binnen.

De mannen grepen ons bij de enkels en trokken ons uit het busje alsof we slechts bagage waren, en klommen er vervolgens in om broeder Lorenzo te halen. Het ging zo snel dat de pijn van het bonken over de geribbelde laadvloer nauwelijks tot me doordrong, en

Janice en ik wankelden allebei toen ze ons neerzetten, omdat we geen van beide echt klaar waren om rechtop te staan na zo lang in het donker te hebben gelegen.

'Hé, kijk!' siste Janice met een sprankje hoop in haar stem. 'Muzikanten!'

Ze had gelijk. Op een steenworp afstand van het busje stonden drie andere auto's geparkeerd, en een stuk of zes mannen in smoking stonden er met cello- en vioolkoffers omheen te roken en te lachen. Ik voelde een vlaag van opluchting toen ik hen zag, maar zodra Cocco op hen afliep met groetend opgestoken hand, begreep ik dat deze mannen hier niet waren om muziek te maken; het waren leden van zijn Napolitaanse bende.

Toen de mannen Janice en mij in het oog kregen, waren ze er snel bij om hun waardering te laten blijken. Niet in het minst bezorgd over het lawaai dat ze maakten, begonnen ze naar ons te roepen en te fluiten, opdat we naar hen zouden kijken. Umberto probeerde niet eens om een domper te zetten op hun feestvreugde; het leed geen twijfel dat hij – en wij – al geluk hadden dat we nog leefden. Pas toen de mannen broeder Lorenzo achter ons uit de auto zagen komen, maakte hun vrolijkheid plaats voor iets wat op onbehaaglijkheid leek, en ze bukten zich als één man om hun instrumenten op te pakken, zoals schooljongens hun tassen grijpen bij de komst van de leraar.

In de ogen van alle andere mensen op de piazza die avond – en dat waren er vrij veel, voornamelijk toeristen en tieners – moeten we eruit hebben gezien als een groepje inwoners dat terugkwam van iets feestelijks dat met de Palio te maken had. Cocco's mannen bleven maar kletsen en lachen, en midden tussen de groep liepen Janice en ik gehoorzaam mee, ieder gedrapeerd in een contradavlag die de touwen en de tegen onze ribben gedrukte stiletto's elegant verborg.

Toen we de hoofdingang van de Santa Maria della Scala naderden, kreeg ik maestro Lippi in het oog, die voorbijliep met een schildersezel en ongetwijfeld opging in bovenaardse besognes. Omdat ik niet durfde te roepen om zijn aandacht te trekken, staarde ik zo intens mogelijk naar hem, in de hoop hem op de een of andere, telepathische, manier te bereiken. Maar toen de kunstenaar eindelijk onze kant op keek, zag ik geen blijk van herkenning in zijn blik, en teleurstelling ontnam me de moed die me restte.

Net op dat moment sloegen de klokken van de kathedraal middernacht. Het was tot dusver een warme avond geweest, windstil en klam; ergens in de verte broeide een onweersbui. Toen we bij de grimmige deur van het oude ziekenhuis aankwamen, staken de eerste windvlagen op over de piazza en bliezen elk stukje afval om dat in de weg lag, als onzichtbare demonen die ergens naar op zoek waren.

Cocco verspilde geen tijd; hij haalde een mobiele telefoon tevoorschijn en belde iemand. Een paar tellen later gingen de twee lampjes aan weerszijden van de deur uit, en het leek alsof het hele gebouw met een diepe zucht uitademde. Zonder omhaal trok hij een grote, gietijzeren sleutel uit zijn zak, stak hem in het sleutelgat onder de enorme deurknop en ontsloot de deur met een diepe galm.

Nu pas, nu we bijna het gebouw binnengingen, kwam het bij me op dat de Santa Maria della Scala een van de laatste gebouwen in Siena was die ik midden in de nacht wilde verkennen, met of zonder mes tegen mijn ribben. Hoewel het gebouw volgens Umberto jaren geleden al tot een museum was verbouwd, bezat het nog altijd een verleden vol ziekte en dood. Zelfs voor iemand die niet in spoken wilde geloven, waren er genoeg andere dingen om je zorgen over te maken, zoals om te beginnen sluimerende pestbacillen. Maar het maakte niet meer uit hoe ik erover dacht; ik was de greep op mijn lot al lang verloren.

Toen Cocco de deur opendeed, verwachtte ik bijna een wolk vliedende schaduwen en een geur van verrotting, maar aan de andere kant heerste alleen het koele duister. Toch aarzelde zowel Janice als ik op de drempel, en pas toen de mannen ons een ruk gaven stommelden we met tegenzin vooruit, het onbekende in.

Toen iedereen eenmaal binnen was en de deur veilig achter ons op slot was gedaan, werden er allerlei kleine lampen ontstoken; de mannen zetten mijnwerkershelmen met koplampen op en maakten hun muziekkoffers open. In het schuimrubber nestelden zaklampen, wapens en elektrisch gereedschap, en zodra alles in elkaar was gezet, schopten ze de koffers aan de kant.

'*Andiamo!*' zei Cocco en hij gebaarde met een machinepistool dat we allemaal over het beveiligingshek moesten klimmen, dat tot halverwege mijn bovenbeen reikte. Omdat onze handen nog steeds op onze rug waren vastgebonden, hadden Janice en ik de grootste moeite eroverheen te komen. Uiteindelijk grepen de mannen ons bij de armen en trokken ons eroverheen, zonder enige aandacht te besteden aan onze kreten van pijn toen onze scheenbenen tegen de metalen tralies schampten.

Nu waagde Umberto het voor het eerst om tegen hun wreedheid te protesteren; hij zei iets tegen Cocco dat alleen maar 'kom op, zachtjes met die meiden' kon betekenen, maar zijn enige beloning was een elleboog in zijn borst waardoor hij hoestend voorover klapte. En toen ik stopte om te kijken of hij in orde was, grepen twee handlangers van Cocco me bij mijn schouders en duwden me ongeduldig vooruit, zonder enige emotie te verraden op hun onaangedane gezichten.

De enige die met wat respect werd behandeld was broeder Lorenzo, die zijn tijd mocht nemen om het hek over te klimmen met de waardigheid die hem nog restte.

'Waarom is hij nog steeds geblinddoekt?' fluisterde ik tegen Janice zodra de mannen me loslieten.

'Zodat ze hem levend kunnen laten gaan,' was haar troosteloze antwoord.

'Sst!' siste Umberto en hij trok een gezicht naar ons. 'Hoe minder jullie de aandacht trekken, hoe beter.'

Alles in aanmerking genomen zou dat wel eens niet mee kunnen vallen. Janice en ik hadden geen van beiden gedoucht sinds de dag tevoren, zelfs onze handen niet gewassen, en ik droeg nog steeds de lange rode jurk van Eva Maria's feest, al bood die ondertussen een treurige aanblik. Eerder die dag had Janice me voorgesteld om kleren uit de garderobekast van mama te halen om mijn gothic vampierlook kwijt te raken. Dat had ik ook gedaan, maar toen vonden we beiden de stank van mottenballen ondraaglijk. En nu moest ik proberen om niet op te vallen, blootsvoets en groezelig, maar nog steeds gekleed voor het bal.

Een tijdlang volgden we in stilte de op en neer deinende koplampen die donkere gangen door en verschillende trappen af stuiterden, aangevoerd door Cocco en een van zijn trawanten – een lange, chagrijnige vent met een uitgeteerd gezicht en afhangende schouders die me deed denken aan een grote kalkoengier. Af en toe stopten die twee om zich te oriënteren met behulp van een groot vel papier, waarvan ik veronderstelde dat het een plattegrond van het gebouw was. En als ze dat deden, trok er iemand hard aan mijn haar of mijn arm om te zorgen dat ik ook stilstond.

Er liepen voortdurend vijf mannen voor ons en vijf achter ons, en als ik probeerde een blik te wisselen met Umberto of Janice, drukte de vent achter me de loop van zijn geweer tussen mijn schouderbladen tot ik het uitschreeuwde van de pijn. Vlak naast me onderging Janice precies dezelfde behandeling, en al kon ik niet naar haar kijken, ik wist dat ze net zo bang en woedend was als ik, en net zo min in staat om zich te verzetten.

Ondanks hun smokings en hun brillantinehaar hing er een scherpe, bijna ranzige geur om de mannen heen, die suggereerde dat zij ook gespannen waren. Of misschien rook ik het gebouw; hoe verder ondergronds we kwamen, hoe erger het werd. Voor het oog leek het er heel schoon, bijna steriel, maar naarmate we afdaalden in het netwerk van smalle gangen onder de kelder kon ik het gevoel niet van me afschudden dat er – net achter die droge, goed gedichte muren – iets verrots leefde dat zich langzaam een weg vrat door het pleisterwerk.

Toen de mannen eindelijk stilstonden, was ik mijn gevoel voor richting al lang kwijt. Het kwam me voor dat we minstens vijftien meter onder de grond moesten zijn, maar ik wist niet meer of we nog direct onder de Santa Maria della Scala stonden. Ondertussen rillend van de kou, tilde ik mijn bevroren voeten beurtelings op om ze even tegen mijn kuiten te drukken en zo het bloed aan het stromen te brengen.

'Juul!' zei Janice ineens, mijn gymnastiekoefeningen onderbrekend. 'Kom op!'

Ik verwachtte half dat iemand ons allebei een dreun zou geven om ons tot zwijgen te brengen, maar in plaats daarvan duwden de mannen ons naar voren tot we tegenover Cocco en de kalkoengier stonden.

'*E ora, ragazze?*' zei Cocco, en hij verblindde ons met zijn koplamp.

'Wat zei hij?' siste Janice, haar hoofd afgewend om de lichtstraal te ontwijken.

'Iets met een vriendin,' antwoordde ik binnensmonds, helemaal niet blij dat ik het woord had herkend.

'Hij zei, *wat nu, dames?*' kwam Umberto tussenbeide. 'Dit is de kamer van Santa Caterina, waar moeten we nu heen?'

Toen zagen we pas dat de kalkoengier met een zaklamp door het traliehek in de muur scheen en een kleine kloostercel verlichtte met een smal bed en een altaar erin. Op het bed lag het standbeeld van een vrouw – waarschijnlijk de Heilige Caterina – en de muur achter haar bed was blauw geschilderd en bezaaid met gouden sterren.

'Eh,' zei Janice, kennelijk net zo vol ontzag als ik dat we hier echt waren, bij de slaapkamer die in mama's raadsel vermeld stond. '"Haal mij een ijzeren koevoet."'

'En dan?' vroeg Umberto, eropuit om Cocco te laten zien hoe nuttig we waren.

Janice en ik keken elkaar aan; we wisten maar al te goed dat mama's aanwijzingen daar zo ongeveer ophielden, met een opgewekt: 'Kom meisjes, rep de voetjes!'

'Wacht...' Ik herinnerde me plotseling nog een fragment: 'O ja... "weg met het kruis".'

'Het kruis?' Umberto keek niet-begrijpend. *'La croce...'*

We stonden op onze tenen om in de slaapkamer te kijken, en net toen Cocco ons opzij duwde om zelf te kunnen kijken, knikte Janice heftig in een poging met haar neus te wijzen. 'Daar! Kijk! Onder het altaar!'

En inderdaad, onder het altaar lag een grote marmeren tegel met een zwart kruis erop; het leek beslist op de deur van een graftombe. Zonder een moment te verspillen deed Cocco een stap achteruit en richtte zijn mitrailleur op het hangslot dat het traliehek op zijn plaats hield. Voordat iemand de tijd had om dekking te zoeken, schoot hij het hele ding aan flarden met een oorverdovend salvo dat het hek uit zijn scharnieren blies.

'Ach jezus!' riep Janice uit met een van pijn vertrokken gezicht. 'Ik geloof dat mijn trommelvliezen gebarsten zijn. Die vent is totaal gestoord!'

Zonder een woord draaide Cocco zich om en greep haar bij de

keel; hij kneep zo hard dat ze bijna stikte. Het ging zo snel dat ik nauwelijks zag wat er gebeurde, tot hij haar ineens losliet en ze naar lucht happend op haar knieën zakte.

'Jan!' riep ik terwijl ik naast haar neerknielde. 'Gaat het?'

Het duurde een paar tellen voordat ze genoeg lucht kreeg om antwoord te kunnen geven. En toen ze dat eenmaal kon, trilde haar stem. 'Vooral niet vergeten...' mompelde ze, knipperend om haar blik te verhelderen. 'Het snoepje spreekt Engels.'

Even later vielen de mannen met koevoeten en drilboren aan op het kruis onder het altaar, en toen de tegel eindelijk los was en op de stenen vloer viel met een dreun die een stofwolk opwierp, waren we geen van allen verbaasd om te ontdekken dat hij de ingang van een tunnel onthulde.

Toen Janice en ik drie dagen eerder uit het riool op de Campo klommen, hadden we elkaar bezworen dat we nooit meer in de Bottini zouden rondkruipen. En toch liepen we hier weer, door een gang die niet veel breder was dan een wormgat, bijna in het donker en zonder dat ons aan het andere eind een blauwe hemel toewenkte.

Voordat hij ons in het gat had geduwd, had Cocco onze handboeien losgesneden – niet uit vriendelijkheid, maar omdat het de enige manier was om ons mee te nemen. Gelukkig had hij nog steeds het idee dat hij ons nodig had om het graf van Romeo en Giulietta te vinden; hij wist niet dat het kruis onder het altaar in de kamer van de Heilige Caterina de allerlaatste aanwijzing in mama's code was.

Centimeter voor centimeter achter Janice aan schuifelend, met niets anders in zicht dan haar spijkerbroek en af en toe het flakkeren van een koplamp tegen de ruwe wanden van de tunnel, wenste ik dat ik ook een broek aanhad. Ik struikelde telkens over de lange rok van de jurk, en het dunne fluweel bood mijn geschaafde knieën geen enkele bescherming tegen de oneffen zandsteen. Het enige voordeel was dat ik zo verdoofd was door de kou, dat ik de pijn nauwelijks voelde.

Toen we na een eeuwigheid het einde van de tunnel bereikten, was ik even opgelucht als de mannen dat er geen keien of hopen puin lagen om ons de weg te versperren en tot een terugtocht te dwingen. We kwamen uit in een wijd open grot, ongeveer zes meter breed en hoog genoeg zodat iedereen er rechtop kon staan.

'*E ora?*' zei Cocco zodra Janice en ik weer recht stonden, en deze keer hadden we Umberto niet nodig als vertaler. Wat nu, was inderdaad de vraag.

'O, nee!' fluisterde Janice, maar alleen tegen mij. 'Het loopt dood!'

Achter ons kwamen ook de andere mannen uit de tunnel tevoorschijn, en een van hen was broeder Lorenzo; die werd er door de kalkoengier en een andere kerel met een paardenstaart even behoedzaam uitgehaald als een prins die verlost wordt door koninklijke vroedvrouwen. Iemand was zo genadig geweest om de blinddoek te verwijderen voordat ze de oude monnik in het gat duwden en nu liep broeder Lorenzo gretig naar voren, met grote ogen van verwondering, alsof hij de gewelddadige omstandigheden die hem hier hadden gebracht helemaal vergeten was.

'Wat doen we nu?' siste Janice en ze probeerde de blik van Umberto te vangen. Maar hij had het te druk met het stof van zijn broek vegen en pikte de plotselinge spanning niet op. 'Hoe zeg je "doodlopende weg" in het Italiaans?'

Gelukkig voor ons had Janice het mis. Toen ik zorgvuldiger rondkeek, zag ik dat de grot zelfs twee andere uitgangen had, naast het wormgat dat wij hadden gebruikt om binnen te komen. Een gat zat in het plafond, maar dat was een lange, donkere schacht die bovenaan geblokkeerd werd door iets wat eruitzag als een betonplaat; zelfs met een ladder zou die onmogelijk te bereiken zijn. Het leek nog het meest op een stortkoker, en die indruk werd nog versterkt doordat de andere uitgang van de grot in de vloer precies eronder zat. Dat wil zeggen, ik veronderstelde dat er een opening zat onder de roestige metalen plaat op de vloer van de grot, die onder een dikke laag stof en puin lag. Alles wat van boven viel zou theoretisch – als beide gaten open waren – zo door de grot kunnen duiken, zonder onderweg iets te raken.

Aangezien Cocco nog steeds naar Janice en mij keek voor instructies, deed ik het enige logische, namelijk op de metalen plaat op de vloer wijzen. 'Zoek,' zei ik, en ik deed mijn best een voldoende orakelachtig klinkende aanwijzing te verzinnen: 'Kijk onder je voet. Daar ligt Julia.'

'Ja!' knikte Janice, nerveus aan mijn arm plukkend. 'Hier ligt Julia.'

Na een dreigende blik om bevestiging op Umberto beval Cocco de mannen om de metalen plaat met de koevoeten te bewerken om hem los te maken en opzij te duwen, en ze vielen daar met zoveel geweld op aan dat broeder Lorenzo zich terugtrok in een hoek en zijn rozenkrans begon te bidden.

'Arme kerel,' zei Janice. Ze beet op haar lip. 'Hij is helemaal van zijn stuk. Ik hoop maar dat...' Ze zei het niet, maar ik wist wat ze dacht, want ik dacht al een tijdlang hetzelfde. Het was een raadsel waarom onze moeder erop had aangedrongen de oude monnik mee te nemen als we graven gingen schenden. Hij begreep duidelijk niets van wat er gebeurde, en het was slechts een kwestie van tijd voordat Cocco zich zou realiseren dat hij alleen maar ballast was. En als het zover was, zouden wij niets kunnen doen om hem te helpen.

Ja, onze handen waren nu los, maar we wisten dat we nog steeds evenzeer in de val zaten. Zodra de laatste man uit de tunnel was gekropen, had de kerel met de paardenstaart zich recht voor de opening geposteerd om te zorgen dat niemand zo stom was om te vertrekken. En dus was er maar één weg uit deze grot voor Janice en mij, met of zonder Umberto en broeder Lorenzo: met de anderen mee het afvoerkanaal in.

Toen de metalen plaat eindelijk losraakte, bleek er inderdaad een gat in de vloer te zitten dat groot genoeg was om een mens door te laten. Cocco deed een stap naar voren en richtte een zaklamp in het gat, en na een korte aarzeling deden de andere mannen met halfhartig enthousiasme hetzelfde, mompelend onder elkaar. De stank die uit het duister opsteeg was weerzinwekkend en Janice en ik waren niet de enigen die eerst onze neus dichthielden, maar na een paar tellen was het niet langer ondraaglijk. We raakten kennelijk een beetje al te gewend aan de stank van verrotting.

Wat Cocco daarbeneden ook zag, het deed hem alleen maar schouderophalend zeggen: '*Un bel niente.*'

'Hij zegt dat er niets is,' vertaalde Umberto fronsend.

'Wat had hij dan in godsnaam verwacht?' sneerde Janice. 'Neonreclame met "Grafschenners deze kant op"?'

Ik schrok van haar opmerking en toen ik de uitdagende boze blik zag die ze Cocco toewierp, was ik ervan overtuigd dat hij dwars over het gat in de vloer zou springen om haar weer bij haar keel te grijpen.

Maar dat deed hij niet. In plaats daarvan keek hij op een enge, berekenende manier naar haar, en plotseling begreep ik dat mijn sluwe zusje hem al vanaf het begin aftastte was om te ontdekken hoe ze hem zou kunnen verleiden. Waarom? Omdat hij de enige weg naar buiten was.

'*Dai, dai!*' zei hij alleen maar en hij wenkte naar zijn mannen dat ze een voor een in het gat moesten springen. Te oordelen naar de manier waarop ze zich allemaal schrap zetten voordat ze sprongen en de gedempte kreten die opstegen als ze op de vloer van de andere grot belandden, was de val diep genoeg om lastig te zijn, ook al was het niet genoeg om een touw te rechtvaardigen.

Toen wij aan de beurt waren, stapte Janice meteen naar voren, waarschijnlijk om aan Cocco te laten zien dat we niet bang waren. En toen hij zijn hand uitstak om haar te helpen – misschien wel voor het eerst van zijn leven – spuugde ze in zijn palm voordat ze zich afzette en in het gat verdween. Verbazend genoeg ontblootte hij alleen zijn tanden in een lach en zei iets tegen Umberto dat ik niet eens wilde verstaan.

Omdat ik Janice al naar me zag zwaaien vanuit de grot beneden en de val maar zo'n tweeënhalve meter diep leek, stortte ik me ook in het woud van armen dat wachtte om me op te vangen. Toen ze me opvingen en op de vloer zetten, dacht een van de mannen schijnbaar dat hij daarmee het recht had verworven om me te betasten en ik worstelde tevergeefs om hem van me af te krijgen.

Lachend greep hij me bij mijn polsen en probeerde de anderen mee te krijgen, maar net toen ik paniek voelde opkomen, kwam Janice aangestormd om me te redden. Ze baande zich een weg door de verschillende handen en armen en ging tussen de mannen en mij in staan.

'Jullie willen plezier maken?' vroeg ze met een van walging vertrokken gezicht. 'Willen jullie dat? Maak dan maar plezier met mij...' Ze begon met zulke woedende gebaren haar eigen shirt open te rukken dat de mannen niet wisten wat ze moesten doen. Geschokt door de aanblik van haar beha deinsden ze allemaal achteruit, behalve de vent die begonnen was. Nog steeds grijnzend stak hij onbeschaamd zijn hand uit om haar borsten aan te raken, maar hij werd tegengehouden door een oorverdovend salvo geweerschoten dat ons allemaal deed opspringen van angst en verwarring.

Een paar tellen later dwong een kletterende lawine van afbrokkelende zandsteen iedereen gestrekt op de grond, en toen mijn hoofd de grond raakte en mijn mond en neusgaten zich vulden met stof en vuil, kreeg ik een duizelingwekkende flashback van stikken in traangas in Rome en denken dat ik doodging. Een paar minuten lang moest ik zo hard hoesten dat ik bijna overgaf, en ik was niet de enige. Overal om me heen lagen mannen uitgestrekt, evenals Janice. De enige troost was dat de vloer van de grot helemaal niet hard was, maar vreemd veerde; als het massieve steen was geweest, was ik bewusteloos geraakt.

Toen ik uiteindelijk opkeek door een nevel van stof, zag ik Cocco staan met zijn mitrailleur in de hand, afwachtend of er soms nog iemand zin had om plezier te maken. Maar dat was niet het geval. Het leek erop dat zijn waarschuwingssalvo een trilling door de grot had doen gaan waardoor er delen van het plafond waren ingestort, en de mannen hadden het te druk met het puin uit hun haar en van hun kleding te vegen om zich tegen hem te verzetten.

Kennelijk tevreden met het effect wees Cocco met twee vingers naar Janice en zei, op een toon die niemand kon negeren: '*La stronza à mia!*' Ik wist niet helemaal zeker wat een stronza was, maar ik was er wel vrij zeker van dat ik de boodschap begreep: niemand mocht mijn zus verkrachten, behalve hij.

Toen ik weer overeind kwam, merkte ik dat ik trilde over mijn hele lichaam en niet in staat was om mijn zenuwen in bedwang te houden. En toen Janice naar me toe kwam en haar armen om mijn hals sloeg, voelde ik dat zij ook beefde.

'Je bent gek,' zei ik terwijl ik haar dicht tegen me aanklemde. 'Deze kerels zijn niet zoals die sukkels die je anders bewerkt. Boosaardigheid heeft geen gebruiksaanwijzing.'

Janice snoof. 'Elke man heeft een gebruiksaanwijzing. Geef me nog wat tijd. Die kleine Coccosnoot gaat ons hier keurig netjes uithalen.'

'Daar ben ik nog niet zo zeker van,' prevelde ik terwijl ik toekeek hoe de mannen de nerveuze broeder Lorenzo naar beneden lieten zakken. 'Ik denk dat ons leven voor deze mensen niet zo veel waard is.'

'Waarom ga je dan niet meteen liggen doodgaan?' Janice maakte zich los uit mijn omhelzing. 'Geef gewoon op. Dat is wel zo makkelijk, hè?'

'Ik probeer alleen maar verstandig te zijn...' begon ik, maar ze liet me niet verder praten.

'Jij hebt je hele leven nog nooit iets verstandigs gedaan!' Ze knoopte haar gescheurde shirt strak dicht. 'Waarom zou je daar nu ineens mee beginnen?'

Ze beende bij me weg en bijna was ik inderdaad gaan zitten om de strijd op te geven. En dan te bedenken dat het allemaal mijn eigen schuld was, deze hele nachtmerrie van een zoektocht, en dat die vermeden had kunnen worden als ik Alessandro had vertrouwd en niet zo was weggelopen van het Castello Salimbeni. Was ik maar gebleven waar ik was, zonder iets te horen, zonder iets te zien en vooral zonder iets te *doen*, dan had ik misschien nu nog in zijn armen in bed kunnen liggen.

Mijn lot had echter anders beslist en daarom stond ik hier, in de krochten van de aarde, onherkenbaar smerig en passief te kijken hoe een moordlustige gek met een mitrailleur tegen mijn vader en mijn zus stond te schreeuwen dat ze hem moesten vertellen waar hij nu heen moest, in deze grot zonder uitgangen.

Omdat ik ook wel wist dat ik daar niet kon blijven staan zonder iets te doen terwijl zij mijn hulp zo wanhopig hard nodig hadden, bukte ik me om een zaklamp op te rapen die iemand op de vloer had laten vallen. Toen pas viel me op dat er nog iets uit het vuil vlak voor me omhoog stak. In de bleke lichtstraal van de zaklamp zag het eruit als een grote, gebroken schelp, maar dat kon het natuurlijk niet zijn. De oceaan lag bijna tachtig kilometer verderop. Ik hurkte neer om het beter te kunnen zien, en mijn pols versnelde toen ik begreep dat ik een stuk van een menselijke schedel voor me had.

Na de eerste schrik verbaasde het me dat de ontdekking me niet meer van mijn stuk bracht. Maar, dacht ik, gezien de aanwijzingen van mama was de aanblik van menselijke overblijfselen te verwachten; we zochten immers naar een graf. En dus begon ik met mijn handen in de poreuze vloer te graven om te zien of de rest van het geraamte er ook lag, en het kostte weinig tijd om vast te stellen dat dat inderdaad het geval was. Maar het lag er niet alleen.

Net onder de vloer – een mengsel van aarde en as, zo te voelen – lag de bodem van de grot vol dicht op elkaar gepakte, in elkaar verstrikte menselijke botten.

III

Een graf? O nee, een baken, arme vriend:
Hier rust mijn Julia, en door haar schoonheid wordt
Dit graf een feestzaal, hel verlicht.

Bij mijn macabere ontdekking deinsde iedereen vol walging achteruit, en Janice moest bijna overgeven toen ze zag wat ik had gevonden.

'O god!' kokhalsde ze. 'Het is een massagraf!' Ze wankelde achteruit en klemde haar mouw over neus en mond. 'Van alle walgelijke plekken moeten wij... we zitten in een pestput! Het zit hier vol bacteriën! We gaan allemaal dood!'

Haar paniek veroorzaakte ook onder de mannen een golf van angst, en Cocco moest zo hard schreeuwen als hij kon om iedereen te kalmeren. De enige die niet erg onder de indruk leek was broeder Lorenzo; hij boog alleen zijn hoofd om te bidden, vermoedelijk voor de zielen van de overledenen, waar er – afhankelijk van de diepte van de grot – honderden, zo niet duizenden van moesten zijn.

Cocco was echter niet in de stemming voor gebed. Hij dwong de monnik opzij met de kolf van zijn geweer, richtte het rechtstreeks op mij en blafte iets gemeens.

'Hij wil weten waar we nu naartoe moeten,' vertaalde Umberto, met een stem die een rustig tegenwicht vormde voor de hysterie van Cocco. 'Hij zegt dat jij hem hebt verteld dat Giulietta in deze grot begraven ligt.'

'Dat heb ik niet gezegd,' zei ik verontwaardigd, al wist ik heel goed dat ik dat precies zo had gezegd. 'Mama zegt... ga door de deur, en hier ligt Julia.'

'Waar deur?' wilde Cocco weten, demonstratief alle kanten op kijkend. 'Ik geen deur zien!'

'Je weet wel,' loog ik. 'De deur die hier ergens moet zijn.'

Cocco sloeg zijn ogen ten hemel en snauwde iets geringschattends voordat hij weg beende.

'Hij gelooft je niet,' zei Umberto grimmig. 'Hij denkt dat je hem in de maling neemt. Nu gaat hij met broeder Lorenzo praten.'

Janice en ik zagen met stijgende verontrusting hoe de monnik door de mannen werd omsingeld en met vragen werd bestookt. Verstijfd van angst probeerde hij naar hen allemaal tegelijk te luisteren, maar na een poosje deed hij zijn ogen dicht en bedekte zijn oren.

'Stupido!' sneerde Cocco en hij stak zijn hand uit naar de oude man.

'Nee!' riep Janice. Ze haastte zich naar voren om Cocco bij zijn elleboog te grijpen om hem te verhinderen broeder Lorenzo pijn te doen. 'Laat mij het proberen! Alsjeblieft!'

Gedurende een paar ijskoude seconden zag het ernaar uit dat mijn zus haar macht over de schurk had overschat. Te oordelen naar de manier waarop Cocco naar zijn elleboog keek – waar haar handen nog omheen geslagen waren – kon hij zich amper voorstellen dat ze werkelijk de euvele moed had gehad om hem tegen te houden.

Waarschijnlijk omdat ze haar eigen fout besefte, liet Janice Cocco's arm snel los en viel op haar knieën om nederig zijn benen te omarmen, en na nog een paar verbaasde tellen stak Cocco met een grijns zijn handen omhoog en zei iets tegen zijn kameraden dat klonk als: 'Vrouwen! Wat moet je ermee!'

Dankzij Janice konden we toen ongestoord met broeder Lorenzo praten, terwijl Cocco en zijn mannen sigaretten opstaken en een schedel in de rondte schopten alsof het een voetbal was.

We stelden ons zo op dat broeder Lorenzo hun obscene spel niet kon zien en vroegen hem – via Umberto – of hij enig idee had hoe we van daaruit bij het graf van Romeo en Giulietta moesten komen. Zodra hij de vraag begreep, antwoordde de monnik echter kort en schudde afwijzend zijn hoofd.

'Hij zegt dat hij deze slechte mannen niet wil laten zien waar het graf is,' tolkte Umberto. 'Hij weet dat ze het zullen ontheiligen. En hij zegt dat hij niet bang is om te sterven.'

'God sta ons bij!' prevelde Janice binnensmonds. Toen legde ze een hand op broeder Lorenzo's arm en zei: 'Dat begrijpen we. Maar ziet u, ze zullen ons ook vermoorden. En dan gaan ze terug naar boven en kidnappen nog meer mensen, en ze vermoorden hen ook. Priesters, vrouwen, onschuldige mensen. Het houdt nooit op, tot iemand hen bij dat graf brengt.'

Broeder Lorenzo dacht lang na over Umberto's vertaling. Toen wees hij op mij en stelde een vraag die vreemd beschuldigend klonk.

'Hij vraagt of je man weet waar je bent,' zei Umberto, en hij keek bijna afwezig, ondanks de omstandigheden. 'Hij vindt het heel dom dat je hier bent, omringd door deze slechte mannen, terwijl je thuis zou moeten zijn om je plichten te vervullen.'

Ik zag het niet, maar ik vermoedde dat Janice haar ogen ten hemel sloeg, klaar om het helemaal op te geven. Maar broeder Lorenzo had iets ongelooflijk oprechts dat in mij een weerklank vond die mijn zus nooit zou kunnen begrijpen.

'Dat weet ik,' zei ik, en ik keek de monnik recht in de ogen. 'Maar het is mijn belangrijkste plicht om de vloek op te heffen. En dat kan ik niet zonder uw hulp.'

Nadat hij Umberto's vertaling van mijn antwoord had aangehoord, fronste broeder Lorenzo even en stak een hand uit naar mijn hals.

'Hij vraagt waar het kruisje is,' zei Umberto. 'Het kruisje zal je tegen de demonen beschermen.'

'Ik... ik weet niet waar het is,' stamelde ik, en ik dacht terug aan Alessandro toen die het van mijn hals verwijderde – voornamelijk om te plagen – en op het nachtkastje legde vlak naast de kogel die ik er had neergelegd. Daarna was ik het hele kruisje vergeten.

Broeder Lorenzo was duidelijk niet blij met mijn antwoord, en nog minder verheugd toen hij ontdekte dat ik de adelaarsring niet meer droeg.

'Hij zegt dat het heel gevaarlijk voor je zou zijn om zo bij het graf aan te komen,' zei Umberto, die een druppel zweet van zijn voorhoofd veegde. 'En hij wil dat je je bedenkt.'

Ik slikte een paar keer om mijn op hol geslagen hart tot rust te brengen. Vervolgens zei ik, voordat ik mezelf van het tegendeel kon overtuigen: 'Zeg hem dat ik niets te bedenken heb. Ik heb geen keus. We moeten dat graf vanavond vinden.' Ik knikte naar de mannen achter ons. 'Dat zijn de echte demonen. Alleen de Heilige Maagd kan ons tegen hen beschermen. Maar ik weet zeker dat hun straf hen zal weten te vinden.'

Nu knikte broeder Lorenzo eindelijk. Hij zei echter niets, maar sloot zijn ogen en begon een deuntje te neuriën, zijn hoofd ritmisch op en neer knikkend alsof hij zich de tekst probeerde te herinneren. Toen ik even naar Janice keek zag ik dat ze een gezicht trok tegen Umberto, maar net toen ze haar mond opendeed om commentaar te geven op mijn vorderingen – of het gebrek daaraan – hield de monnik op met neuriën, deed zijn ogen open en reciteerde iets dat klonk als een kort gedicht.

'"Zwarte pest bij de deur van de Maagd" staat er in het boek,' vertaalde Umberto.

'Welk boek?' wilde Janice weten.

Umberto negeerde haar en vertaalde verder: '"Bezie hen nu, de goddeloze mannen en vrouwen, geknield voor haar deur, die voor altijd gesloten blijft." Broeder Lorenzo zegt dat deze grot in het verleden de voorkamer van de grafkelder moet zijn geweest. De vraag is...' Umberto onderbrak zichzelf toen de monnik plotseling, voor zich uit prevelend, naar de dichtstbijzijnde muur liep.

Onzeker wat er van ons werd verwacht, liepen we gehoorzaam achter broeder Lorenzo aan, die met één hand tegen de muur de grot rondliep. Nu we wisten waar we op liepen, huiverde ik even bij elke stap die ik zette, en de vlagen sigarettenrook waren bijna welkom omdat ze de andere geur in de grot overstemden, waarvan ik nu wist dat het de geur van de dood was.

Pas toen we helemaal rond waren gelopen en weer stonden waar we begonnen waren – en intussen de ruwe grappen van Cocco's mannen probeerden te negeren, die met laatdunkende grijnzen toekeken – hield broeder Lorenzo halt en sprak weer tegen ons.

'De as van de kathedraal van Siena loopt van oost naar west,' legde Umberto uit. 'Met de ingang op het westen. Dat is standaard voor kathedralen. En je zou denken dat voor de grafkelder hetzelfde geldt. In het boek staat echter...'

'Welk boek?' vroeg Janice weer.

'Shit, Jan, een boek dat monniken in Viterbo lezen, oké?' snauwde ik.

Umberto keek ons allebei vernietigend aan en ging verder met: '"Het zwarte deel van de Maagd is het spiegelbeeld van haar witte deel", wat zou kunnen betekenen dat de as van de grafkelder – die zich in het zwarte deel bevindt, namelijk ondergronds – in feite van west naar oost ligt, met de ingang op het oosten, in welk geval de deur die vanuit deze kamer erheen leidt, op het westen zou moeten liggen. Denken jullie niet?'

Janice en ik wisselden een blik; zij zag er al even verward uit als ik me voelde. 'We hebben geen idee hoe hij tot die conclusie is gekomen,' zei ik tegen Umberto. 'Maar zoals we er nu voorstaan, willen we alles wel geloven.'

Toen Cocco het nieuws hoorde, schoot hij zijn sigarettenpeuk met duim en wijsvinger in een hoek en stroopte zijn mouw op om de kompasfunctie op zijn polshorloge in te stellen. Zodra hij wist waar het westen was, begon hij zijn mannen bevelen toe te schreeuwen.

Binnen een paar tellen waren ze allemaal de vloer in het westelijkste deel van de grot aan het openbreken, rukten ontleedde geraamten met hun blote handen uit de grond en wierpen ledematen opzij alsof het slechts takken van dode bomen waren. Het was een raar gezicht om die mannen in smoking te zien rondkruipen met glimmende schoenen aan hun voeten, koplampen aan, en niet in het minst bezorgd over het inademen van het stof van vergane botten.

Bijna onpasselijk wendde ik me naar Janice, die volkomen gebiologeerd leek door de opgraving. Toen ze zag dat ik haar aankeek, rilde ze even en zei: '"Jonkvrouw, verlaat dat nest van dood en pest en valse slaap. Een hogere macht die zich niet tegenspreken laat, verijdeld' onze plannen."'

Ik legde een arm om haar heen in een poging om ons allebei te beschutten tegen het gruwelijke schouwspel. 'En ik dacht nog wel dat je die tekst nooit zou leren.'

'Het was de tekst niet,' zei ze. 'Het was de rol. Ik ben nooit een Julia geweest.' Ze trok mijn arm dichter om zich heen. 'Ik zou nooit kunnen sterven voor liefde.'

Ik probeerde haar gezichtsuitdrukking te lezen in het flakkerende licht. 'Hoe weet je dat?'

Ze antwoordde niet, maar dat deed er niet toe. Want net op dat moment hoorden we een van de mannen schreeuwen vanuit het gat dat ze al gegraven hadden, en we liepen allebei naar voren om te zien wat er gebeurd was.

'Ze hebben de bovenkant van iets gevonden,' zei Umberto. Hij wees. 'Het ziet ernaar uit dat broeder Lorenzo gelijk had.'

Op onze tenen probeerden we te zien waar hij naar wees, maar in het sporadische licht van de koplampen was het bijna onmogelijk om iets anders te zien dan de mannen zelf, die als bezeten kevers in het gat rondkropen.

Pas later, toen ze er allemaal uitklommen om hun elektrische gereedschap te pakken, waagde ik het om mijn zaklamp in de krater te richten om te kijken wat ze gevonden hadden. 'Kijk!' Ik greep Janice bij haar arm. 'Het is een verzegelde deur!'

Eigenlijk was het alleen de puntige bovenkant van een wit bouwwerk in de muur van de grot, nog geen meter hoog, maar het leed geen twijfel dat het ooit een deurlijst was geweest, of in ieder geval het bovenste deel ervan; helemaal bovenaan was er zelfs een vijfbladige roos in gesneden. De deuropening was echter verzegeld met een allegaartje van bruine baksteen en fragmenten marmerwerk; degene die het werk had laten uitvoeren – vermoedelijk ergens in het gruwelijke jaar 1348 – had te veel haast gehad om zich druk te maken over het bouwmateriaal of het patroon.

Toen de mannen terugkwamen met hun gereedschap en in de bakstenen begonnen te boren, zochten Janice en ik dekking achter Umberto en broeder Lorenzo. Weldra trilde de grot van de sloopherrie, en brokken tufsteen vielen als hagel van het plafond zodat wij – alweer – met puin bedekt raakten.

Niet minder dan drie lagen baksteen scheidden het massagraf van wat erachter lag, en zodra de mannen met de boren zagen dat ze door de laatste laag heen waren, gingen ze achteruit en begonnen tegen het resterende deel te schoppen om het weg te krijgen. Het duurde niet lang voordat ze een groot, brokkelig gat hadden gemaakt, en al voordat het stof was gaan liggen, had Cocco iedereen opzij geduwd om als eerste zijn zaklamp door de opening te steken.

In de stilte die op de heksenketel volgde, hoorden we hem duidelijk bewonderend fluiten, en het geluid weergalmde met een spookachtige, holle echo.

'*La cripta!*' fluisterde broeder Lorenzo en hij sloeg een kruis.

'Daar gaan we dan,' prevelde Janice. 'Ik hoop dat je knoflook bij je hebt.'

Het kostte Cocco's mannen ongeveer een halfuur onze afdaling in de grafkelder voor te bereiden. Ze groeven verder in de chaos van botten en boorden ondertussen de bakstenen in de muur weg, kennelijk met de bedoeling om ons te laten zakken. Uiteindelijk kregen ze echter genoeg van het stoffige werk en begonnen botten en puin door het gat te gooien om een stapel te maken aan de andere kant die als talud kon fungeren. In het begin vielen de bakstenen met een luide bons alsof ze op een stenen vloer belandden, maar naarmate de stapel groeide, werd het lawaai minder.

Toen Cocco ons eindelijk door het gat stuurde, daalden Janice en ik hand in hand met broeder Lorenzo af in de grafkelder, voorzichtig onze weg zoekend over een hellende stapel bakstenen en botten; we leken wel overlevenden van een luchtaanval die een gebroken trap afklommen, zich afvragend of dit het einde – of het begin – van de wereld was.

Binnen in de grafkelder was de lucht veel koeler dan in de grot achter ons, en zeker schoner. Toen ik rondkeek bij het licht van een tiental heen en weer zwaaiende zoeklichten, verwachtte ik half een lange, smalle kamer met rijen grimmige sarcofagen en sinistere, Latijnse inscripties op de muren, maar tot mijn grote verrassing was het een mooie, zelfs majestueuze ruimte met een gewelfd plafond en hoge steunpilaren. Hier en daar stonden stenen tafels die misschien oorspronkelijk als altaar dienstdeden, maar nu van alle gewijde voorwerpen ontdaan waren. Verder was er weinig meer in de grafkelder, behalve schaduwen en stilte.

'O mijn god!' fluisterde Janice toen ze mijn zaklamp op de muren rondom ons richtte. 'Moet je die fresco's zien! Wij zijn de eerste mensen die ze zien sinds...'

'De pest,' vulde ik aan. 'En dit is vast niet goed voor ze... al die lucht en dat licht.'

Ze snoof. 'Daar hoeven we nu niet echt over in te zitten, lijkt me.'

We liepen langs de muren om de fresco's te bekijken, tot we een opening passeerden die afgeschermd was met een gietijzeren hek, voorzien van gouden filigreinwerk. Bij het licht van de zaklamp zagen we door de tralies heen een kleine zijkapel met graven die me deden denken aan de begraafplaats met de graftombe van de familie Tolomei, die ik in een vorig leven met neef Peppo had bezocht.

Janice en ik waren niet de enigen die geïnteresseerd waren in de zijkapellen. Overal om ons heen controleerden de mannen van Cocco systematisch elke opening, duidelijk op zoek naar het graf van Romeo en Giulietta.

'En als het hier nou niet is?' fluisterde Janice met een nerveuze blik op Cocco, die steeds gefrustreerder raakte omdat de zoektocht geen resultaat opleverde. 'Of als ze hier wel begraven liggen, maar het standbeeld ergens anders staat?... Juul?'

Ik luisterde echter maar met een half oor. Nadat ik op een paar brokstukken was geklommen, waarschijnlijk losgeraakt pleisterwerk, had ik mijn zaklamp omhoog gericht en ontdekt dat het allemaal veel erger vervallen was dan ik had gedacht. Hier en daar waren stukken van het gewelfde plafond afgebrokkeld, en sommige steunpilaren helden onheilspellend onder de last van de moderne wereld.

'O jee,' zei ik, toen ik me ineens realiseerde dat Cocco en zijn mannen daarbeneden niet onze enige vijanden waren. 'De hele constructie staat op instorten.'

Toen ik over mijn schouder naar de brokkelige opening keek die naar de grot met het massagraf leidde, wist ik dat we nooit omhoog zouden kunnen klimmen door het gat waardoor de mannen ons naar beneden hadden geholpen, zelfs al wisten we ongezien de voorkamer te bereiken. Met al mijn kracht zou ik Janice misschien op kunnen tillen, maar hoe moest het dan met mij? En met broeder Lorenzo? Theoretisch zou Umberto ons alle drie een voor een kunnen optillen, maar wat gebeurde er dan met hem? Moesten we hem daar gewoon achterlaten?

Mijn overpeinzingen werden onderbroken door Cocco, die ons met een scherp gefluit ontbood en Umberto sommeerde ons te vragen of we nog aanwijzingen hadden over waar dat verdomde standbeeld kon zijn.

'O, het is hier ergens!' flapte Janice eruit. 'De vraag is waar ze het verstopt hebben.'

Toen ze zag dat Cocco haar niet begreep, probeerde ze te lachen. 'Dacht je nou echt dat ze zoiets waardevols ergens zouden neerzetten waar iedereen het kon zien?' vroeg ze met een stem die begon te beven.

'Wat zei broeder Lorenzo?' vroeg ik aan Umberto, voornamelijk om de aandacht van Janice af te leiden, die eruitzag alsof ze elk moment in tranen kon uitbarsten. 'Hij moet toch enig idee hebben.'

We keken allemaal naar de monnik, die in zijn eentje ronddwaalde, zijn blik gevestigd op de gouden sterren in het plafond.

'"En hij plaatste er een draak om hun ogen te bewaken",' zei Umberto. 'Meer niet. Maar er is hier geen draak. Er staat helemaal nergens een standbeeld.'

'Het vreemde is dat we hier aan de linkerkant vijf zijkapellen hebben met een gelijke afstand ertussen, maar daar zijn er maar vier,' zei ik, terwijl ik van de ene kant van de grafkelder naar de andere keek. 'Kijk, de middelste ontbreekt. Daar zit alleen maar muur.'

Al voordat Umberto had vertaald wat ik zei, dreef Cocco ons allemaal naar de plek waar de vijfde deur had moeten zijn, om die beter te bekijken.

'Niet alleen maar muur,' zei Janice en ze wees op een kleurrijk fresco. 'Een landschap met een grote, rode, vliegende... slang.'

'Dat ziet er volgens mij uit als een draak,' zei ik terwijl ik een stap achteruit zette. 'Weet je wat ik denk? Ik denk dat het graf achter deze muur zit.' Ik wees naar een lange scheur in de muurschildering die de vorm van een deurkozijn achter het pleister verried. 'Dit was kennelijk een zijkapel, net als de andere, maar ik wed dat Salimbeni er genoeg van kreeg om hier vierentwintig uur per dag een schildwacht te moeten neerzetten. En toen heeft hij hem gewoon laten dichtmetselen. Dat klinkt logisch.'

Meer bewijs dat dit inderdaad de plaats van het graf was, had Cocco niet nodig en binnen een paar minuten klonken de elektrische boren weer; het gebrul van metaal op steen galmde opnieuw door de grafkelder toen de mannen in het drakenfresco boorden om bij de veronderstelde verborgen nis te komen. Deze keer vielen er niet alleen puin en stof op ons neer terwijl we met onze vingers in onze oren naar de vernieling stonden te kijken, maar er kwamen grote brokken van het gewelfde plafond omlaag, waaronder verschillende gouden sterren die met noodlottig gerinkel om ons heen terechtkwamen, alsof de tandraderen van het universum zelf losraakten.

Toen de boren eindelijk zwegen, was het gat in de muur net groot genoeg om een mens door te laten, en er verscheen inderdaad een verborgen nis. Een voor een verdwenen de mannen door de geïmproviseerde deuropening, en ten slotte konden Janice en ik de verleiding niet weerstaan om hen achterna te gaan, al had niemand ons dat bevolen.

Gebukt gingen we het gat door, en we kwamen uit in een kleine, schaars verlichte zijkapel, waar we bijna op de anderen botsten die daar allemaal stilstonden. Op onze tenen probeerden we te zien waar ze naar keken, maar we vingen slechts een glimp op van iets glanzends, voordat een van de mannen eindelijk het benul had om zijn zaklamp rechtstreeks op het enorme voorwerp te richten dat in de lucht boven ons leek te zweven.

'*Holy shit!*' zei iemand in vlekkeloos Engels, en voor één keer was zelfs Janice met stomheid geslagen.

Daar stond het standbeeld van Romeo en Giulietta, veel groter en veel spectaculairder dan ik me ooit had voorgesteld – door de omvang was het zelfs bijna bedreigend. Het leek alsof de maker had gewild dat mensen die het zagen, spontaan op hun knieën zouden vallen om vergiffenis af te smeken. En dat deed ik ook bijna.

Zelfs nu nog, boven op een grote marmeren sarcofaag en bedekt met zeshonderd jaar stof, had het een gouden glans over zich dat geen enkel tijdsbestek kon doen verdwijnen. En in het gedempte licht van de kapel straalden de vier edelstenen ogen – twee blauwe saffieren en twee groene smaragden – met een bijna bovennatuurlijke glans.

Voor iemand die het verhaal niet kende, verbeeldde het geen smart, maar liefde. Romeo knielde op de sarcofaag met Giulietta in zijn armen, en ze keken elkaar aan met een intensiteit die zijn weg vond naar het donkere hoekje waar mijn hart zich verschool en me aan mijn eigen verdriet herinnerde. De tekeningen in mama's schetsboek waren kennelijk alleen maar gissingen geweest; zelfs haar meest liefdevolle portretten van deze twee mensen, Romeo en Giulietta, deden hen nog lang geen recht.

Terwijl ik mijn verdriet en mijn spijt wegslikte, vond ik het moeilijk te aanvaarden dat ik oorspronkelijk naar Siena was gekomen om dit beeld en deze vier edelstenen te vinden. Nu ze hier voor me stonden, voelde ik geen enkel verlangen meer om ze te bezitten. En zelfs als ze van mij waren geweest, zou ik ze met plezier duizend keer hebben weggegeven om weer in de echte wereld te kunnen zijn, ver van Cocco en zijn kornuiten, of zelfs om Alessandro nog een keer te kunnen zien.

'Denk je dat ze samen in dezelfde doodskist zijn gelegd?' fluisterde Janice en ze onderbrak daarmee mijn gedachten. 'Kom mee...' Ze baande zich met haar ellebogen een weg tussen de mannen door en trok mij mee, en toen we vlak naast de sarcofaag stonden, pakte ze mijn zaklamp en richtte die op een in de steen gehouwen inscriptie. 'Kijk! Herken je dit uit het verhaal? Denk je dat dit hem is?'

We bukten allebei om beter te kijken, maar we konden het Italiaans niet lezen.

'Wat was het ook alweer?' Janice fronste haar voorhoofd terwijl ze probeerde zich de Engelse vertaling te herinneren. 'O ja! "Hier slaapt oprechte, trouwe Giulietta... Bij de liefde en de genade van God..."' Ze zweeg, omdat ze de rest vergeten was.

'"Om gewekt te worden door Romeo, haar rechtmatige echtgenoot,"' ging ik zacht door, gebiologeerd door het gouden gelaat van Romeo dat recht op mij neerkeek. '"In een uur van volmaakte genade."'

Als het verhaal dat maestro Lippi voor ons had vertaald waar was – en daar begon het wel op te lijken – dan had de oude maestro Ambrogio persoonlijk toezicht gehouden op de schepping van dit standbeeld in 1341. Als persoonlijke vriend van Romeo en Giulietta zou hij erop hebben gestaan dat alles precies goed was; dit moest wel een getrouwe weergave zijn van hoe ze er in werkelijkheid uit hadden gezien.

Cocco en zijn mannen waren echter niet helemaal uit Napels gekomen om zich over te geven aan dagdromerij, en twee van hen klauterden al over de sarcofaag om te kijken welk gereedschap ze nodig hadden om de ogen uit het standbeeld te steken. Uiteindelijk besloten ze tot een speciaal soort boor, en toen het gereedschap eenmaal gemonteerd was en aan hen werd overhandigd, klom de een op Romeo en de ander op Giulietta om aan het werk te gaan.

Toen hij zag wat ze van plan waren, stoof broeder Lorenzo – die tot op dat moment volkomen rustig was gebleven – op hen af en probeerde de mannen tegen te houden met een pleidooi om het standbeeld niet te verwoesten. Het was niet alleen een kwestie van het ontheiligen van een kunstwerk; de monnik was er klaarblijkelijk van overtuigd dat het stelen van de ogen een onuitsprekelijk kwaad in gang zou zetten dat ons allemaal zou vernietigen. Maar Cocco had geen behoefte meer aan de bijgelovige raadsels van broeder Lorenzo; hij duwde de monnik ruw opzij en beval de mannen door te gaan.

Het kabaal bij het neerhalen van de muur was al erg genoeg, maar het lawaai van de metalen boren was hels. Janice en ik weken met onze handen plat tegen onze oren gedrukt achteruit, en we realiseerden ons maar al te goed dat het bittere einde van onze zoektocht nu met rasse schreden dichterbij kwam.

We doken terug door het gat in de muur de grafkelder zelf in – met een zichtbaar verontruste broeder Lorenzo achter ons aan – en zagen meteen dat het hele bouwwerk letterlijk uit elkaar aan het vallen was. Er trokken grote scheuren door de bepleisterde muren het gewelfde plafond in, zodat er spinnenwebpatronen ontstonden die nog maar het kleinste beetje trilling nodig hadden om zich in alle richtingen uit te breiden.

'Ik stel voor dat we hem smeren,' zei Janice nerveus om zich heen kijkend. 'In ieder geval terug naar de andere grot waar we alleen maar met dode mensen te maken hebben.'

'En wat dan?' vroeg ik. 'Onder dat gat in het plafond gaan zitten wachten tot deze "heren" ons eruit komen helpen?'

'Nee,' zei ze, over haar arm wrijvend waar een ster haar had geschampt. 'Een van ons kan de ander eruit helpen, en die zou dan door de tunnel terug kunnen kruipen om hulp te gaan halen.'

Ik staarde haar aan, wetend dat ze gelijk had en dat ik een idioot was om er niet eerder aan te hebben gedacht. Aarzelend vroeg ik: 'En wie gaat er dan?'

Janice glimlachte wrang. 'Jij. Jij bent degene die iets te verliezen heeft...' Toen voegde ze er zelfgenoegzamer aan toe: 'Bovendien ben ik de enige die de Coccosnoot aankan.'

Even stonden we elkaar alleen maar aan te kijken. Toen zag ik vanuit mijn ooghoeken broeder Lorenzo neerknielen voor een van de lege stenen tafels en bidden tot een God die er niet meer was.

'Dat kan ik niet,' fluisterde ik. 'Ik kan je hier niet achterlaten.'

'Je moet wel,' zei Janice ferm. 'Als jij het niet doet, doe ik het.'

'Prima,' zei ik. 'Doe jij het dan. Alsjeblieft.'

'O, Juul!' Ze sloeg haar armen om mijn hals. 'Waarom moet jij altijd de held zijn?'

We hadden ons de emotionele beroering van de strijd om het martelaarschap kunnen besparen, want ondertussen waren de metaalboren stilgevallen en de mannen stroomden uit de zijkapel, lachend en schertsend over hun avonturen terwijl ze overgooiden met de vier enorme edelstenen. Umberto kwam als laatste naar buiten en ik zag dat hij precies hetzelfde dacht als wij: was dit het einde van onze bemoeienissen met Cocco en de bende van Napels, of zouden ze beslissen dat ze nog meer van ons wilden?

Alsof ze onze gedachten konden lezen, stopten de mannen midden in hun jolijt en keken eens goed naar Janice en mij, zoals we daar tegen elkaar aangekropen stonden. Vooral Cocco leek veel genoegen te scheppen in de aanblik, en de sneer op zijn gezicht maakte me duidelijk dat hij precies wist welke toegevoegde waarde wij nog te bieden hadden. Maar toen hij Janice eenmaal met zijn ogen had uitgekleed en had besloten dat ze, ondanks haar brutale gedrag, alleen maar een angstig klein meisje was, verkilden zijn berekenende ogen en hij zei iets tegen zijn mannen wat Umberto naar voren deed springen, waar hij zich tussen ons en de mannen posteerde.

'Nee!' smeekte hij. '*Ti prego!*'

'*Vaffanculo!*' snauwde Cocco en hij richtte zijn mitrailleur op hem.

Zo te horen wisselden de twee mannen talloze pleidooien en obsceniteiten uit voordat Umberto eindelijk in het Engels overging.

'Mijn vriend,' zei hij, bijna op zijn knieën vallend. 'Ik weet dat je een warmhartig mens bent. Ik beloof je dat je er geen spijt van zult krijgen.'

Cocco gaf niet meteen antwoord. Zijn toegeknepen ogen suggereerden dat hij liever niet aan het verleden herinnerd wilde worden.

'Alsjeblieft,' zei Umberto. 'De meisjes zullen er nooit met iemand over praten. Dat zweer ik je.'

Nu vertrok Cocco eindelijk zijn gezicht en zei, in zijn stamelende Engels: 'Meisjes praten altijd. Praten, praten, nog eens praten.'

Achter mijn rug kneep Janice zo hard in mijn hand dat het pijn deed. Ze wist net zo goed als ik dat Cocco geen enkele reden had om ons levend te laten vertrekken. Hij had zijn edelstenen, en dat was het enige wat hij wilde. Wat hij beslist niet nodig had, waren ooggetuigen. Toch vond ik het moeilijk te bevatten dat dit alles was; nadat we overal hadden rondgekropen en hem hadden geholpen om het beeld te vinden, ging hij ons nu echt vermoorden? In plaats van angst voelde ik woede – woede dat Cocco zo'n koude hufter was, en dat onze vader de enige was die een stap verzette om ons te verdedigen.

Zelfs broeder Lorenzo stond er passief bij en bad met gesloten ogen zijn rozenkrans, alsof niets van dit alles iets met hem te maken had. Maar hoe zou hij het ook kunnen weten? Hij kende geen boosaardigheid, en ook geen Engels.

'Mijn vriend,' zei Umberto, die zijn best deed om rustig te praten, misschien in de hoop dat Cocco dat dan ook zou doen. 'Ooit heb ik je leven gespaard. Weet je dat niet meer? Telt dat niet?'

Cocco deed alsof hij daar even over na moest denken. Toen antwoordde hij met een laatdunkende grijns: 'Oké. Jij hebt mijn leven een keer gespaard. Dus zal ik deze keer een leven voor jou sparen.' Hij knikte naar Janice en mij. 'Welke heb je het liefst? De stronza of de *angelo*?'

'O, Juul!' jammerde Janice en ze omhelsde me zo strak dat ik geen adem meer kreeg. 'Ik hou zo van je! Wat er ook gebeurt, ik hou zoveel van je!'

'Dwing me alsjeblieft niet om te kiezen,' zei Umberto met een stem die ik nauwelijks herkende. 'Cocco. Ik ken je moeder. Ze is een goed mens. Dit zou ze niet goedkeuren.'

'Mijn moeder spuugt in je graf!' sneerde Cocco. 'Laatste kans: de stronza of de angelo? Nu kiezen, of ik schiet ze allebei dood.'

Toen Umberto geen antwoord gaf, liep Cocco naar hem toe. Hij zette de loop van de mitrailleur tegen Umberto's borst en zei: 'Jij bent een domme man.'

Janice en ik waren te verstijfd van paniek om naar voren te springen en Cocco ervan te weerhouden de trekker over te halen, en twee tellen later veroorzaakte een enkel, oorverdovend schot een trilling door de hele grot.

Ervan overtuigd dat hij was neergeschoten, liepen we beiden gillend op Umberto af in de verwachting dat hij dood zou neervallen. Maar verbazend genoeg stond hij nog overeind, stijf van de schrik, toen we hem bereikten. Het was Cocco die met grotesk gespreide ledematen op de grond lag. Er was iets – een donderslag uit de hemel? – dwars door zijn schedel gegaan en had daarbij de achterkant van zijn hoofd weggevaagd.

'Jezus Christus,' jammerde Janice doodsbleek. 'Wat was dat?'

'Liggen!' riep Umberto terwijl hij ons hard omlaag trok. 'En bedek je hoofd!'

Overal om ons heen zochten de mannen van Cocco dekking toen er een reeks geweerschoten klonk, en degenen die stopten om terug te schieten werden meteen neergeschoten, met verbijsterende precisie. Plat op mijn buik op de grond draaide ik mijn hoofd om te zien wie de schutter was, en voor het eerst van mijn leven was de aanblik van oprukkende politieagenten in gevechtsuitrusting niet onwelkom. Ze stroomden de grafkelder binnen door het gat dat wij hadden gemaakt, stelden zich op achter de dichtstbijzijnde pilaren en schreeuwden de overgebleven bandieten toe om – nam ik aan – hun wapens te laten vallen en zich over te geven.

Toen ik de politie zag en besefte dat onze nachtmerrie voorbij was, was ik zo opgelucht dat ik wilde lachen en huilen tegelijk. Als ze een minuut later waren gekomen, was alles anders geweest. Of misschien waren ze er al een tijdje en keken ze toe, wachtend op een aanleiding om Cocco zonder proces uit te schakelen. Wat de details ook waren, toen ik daar op de stenen vloer lag, mijn hoofd nog tollend van de gruwel die we hadden doorstaan, was ik volkomen bereid om te geloven dat de Heilige Maagd ze had gestuurd om de mannen te straffen die haar altaar hadden ontwijd.

In het aanzicht van deze hopeloze overmacht kwamen de paar nog levende bendeleden met opgestoken handen vanachter de zuilen tevoorschijn. Toen een van hen dom genoeg was om zich te bukken om iets van de vloer te rapen – vermoedelijk een edelsteen – werd hij onmiddellijk neergeschoten. Het duurde even voordat ik me realiseerde dat hij degene was die Janice en mij had betast in de grot en, wat belangrijker was, dat de man die hem had neergeschoten Alessandro was.

Zodra ik hem herkende, werd ik vervuld van intense, duizelingwekkende blijdschap. Maar voordat ik mijn ontdekking met Janice kon delen, klonk er een onheilspellend gerommel boven ons, dat zich verhief tot een enorm kabaal toen een van de steunpilaren onder het gewelfde plafond instortte, precies boven op de overlevende bandieten, die onder verscheidene tonnen steen werden bedolven.

De bevende echo's van de instortende zuil verspreidden zich door het hele web van Bottini-grotten dat ons aan alle kanten omringde. De chaos in de grafkelder leek ondergronds een trilling in gang te hebben gezet die erg op een aardbeving leek, en ik zag Umberto overeind springen en Janice en mij wenken om ook op te staan.

'Kom mee!' riep hij dringend met een nerveuze blik op de pilaren om ons heen. 'Ik denk niet dat we veel tijd hebben.'

We haastten ons de kelder door en ontweken op het nippertje een lawine van puin die uit het gebroken plafond stortte, en toen een vallende ster mijn slaap raakte, werd het me bijna zwart voor ogen. Ik stond even stil om mijn evenwicht te hervinden en zag Alessandro op me afkomen, over het puin klauterend zonder op de waarschuwingen van de andere politieagenten te letten. Hij zei niets, maar dat hoefde ook niet. In zijn ogen las ik alles wat ik ooit kon hopen te horen.

Ik zou meteen in zijn armen zijn gevallen als ik niet net op dat moment achter me een zwakke kreet had gehoord.

'Broeder Lorenzo!' riep ik geschrokken, en ik besefte ineens dat we de monnik helemaal waren vergeten. Ik draaide me snel om en ving een glimp op van zijn ineengedoken gestalte, ergens midden in de verwoeste grafkelder, en voordat Alessandro me kon tegenhouden, rende ik terug naar waar ik vandaan kwam, om de oude man te bereiken voordat een vliegend brok metselwerk me voor was.

Alessandro zou me zeker hebben tegengehouden, als er niet tussen ons in een andere pilaar was ingestort in een wolk van stof, onmiddellijk gevolgd door een stortregen van afbrokkelend pleisterwerk. En deze keer brak de impact van de pilaar de vloer naast mij helemaal open, en onthulde dat er zich onder de stenen tegels geen houten spanten of betonplaten bevonden, maar alleen een diep, donker gat.

Versteend van angst bij die aanblik stond ik stil, te bang om verder te gaan. Achter me hoorde ik Alessandro roepen dat ik terug moest komen, maar voordat ik me zelfs maar kon omdraaien begon het deel van de vloer waarop ik stond zich los te maken van de omliggende constructie. Voordat ik het wist, was er geen vloer meer en dook ik rechtstreeks het niets in, te geschokt om te gillen, met het gevoel dat de lijm van de wereld zelf was verdampt, en dat in deze nieuwe chaos alleen nog stukjes en beetjes, ikzelf, en de zwaartekracht bestonden.

Hoe diep ik viel? Ik wil eigenlijk zeggen dat ik door de tijd heen viel, door levens en doden en vergane eeuwen, maar in feitelijke afstand was het niet meer dan vijf meter. Althans, dat is me verteld. Ze zeggen ook dat het gelukkig geen rotsen of demonen waren die me opvingen toen ik de onderwereld in tuimelde. Het was de eeuwenoude rivier die ons uit dromen doet ontwaken, en die het weinigen ooit werd vergund te vinden.

Haar naam was Diana.

Ze zeggen dat Alessandro me achternasprong zodra ik over de rand van de afbrokkelende vloer viel, zonder zelfs maar de tijd te nemen om zijn uitrusting af te doen. Toen hij in het koele water dook, trok het gewicht van zijn kogelwerende vest, zijn laarzen en zijn geweer hem omlaag, en het duurde even voor hij weer bovenkwam om naar lucht te happen. Worstelend tegen de snelle stroming wist hij een zaklamp tevoorschijn te halen en trof mijn slappe lichaam uiteindelijk aan op een vooruitstekende rots.

Alessandro riep de andere agenten toe zich te haasten en liet hen een touw omlaag gooien om ons omhoog te hijsen naar de grafkelder van de kathedraal. Doof voor alles en iedereen legde hij me midden tussen het puin op de vloer, dwong het water uit mijn longen en probeerde me bij te brengen.

Janice keek naar zijn inspanningen en begreep de ernst van de situatie pas toen ze opkeek en de andere mannen grimmige blikken zag uitwisselen. Ze wisten allemaal wat Alessandro nog niet wilde accepteren: dat ik dood was. Toen pas voelde ze tranen opkomen, en toen die eenmaal vloeiden was er geen houden meer aan.

Uiteindelijk gaf Alessandro zijn pogingen op en hield me alleen maar in zijn armen, alsof hij me nooit meer los zou laten. Hij streelde mijn wang en praatte tegen me, zei dingen die hij had moeten zeggen toen ik nog leefde, zonder acht te slaan op wie hem horen kon. Op dat moment, zegt Janice, leken we erg op het standbeeld van Romeo en Giulietta, behalve dat mijn ogen gesloten waren en Alessandro's gezicht vertrokken was van verdriet.

Toen ze zag dat zelfs hij de hoop verloren had, rukte mijn zusje zich los van de politieagenten die haar vasthielden en rende naar broeder Lorenzo, die ze bij de schouders greep.

'Waarom bidt u niet?' huilde ze terwijl ze de oude man door elkaar schudde. 'Bid tot de Heilige Maagd, en vertel haar...' Beseffend dat hij haar niet kon verstaan deed ze een paar stappen bij hem vandaan, keek omhoog naar het vernielde plafond en schreeuwde zo hard als ze kon: 'Breng haar tot leven! Ik weet dat je het kunt! Breng haar tot leven!'

Toen er geen antwoord kwam, zonk mijn zus eindelijk hysterisch snikkend op haar knieën, en er was geen man in de menigte die haar aan durfde te raken.

Op dat moment voelde Alessandro iets. Het was niet meer dan een siddering en misschien was hij het zelf en niet ik, maar het was genoeg om hem nieuwe hoop te geven. Hij hield mijn hoofd tussen zijn handen en praatte weer tegen me, eerst teder, toen ongeduldig.

'Kijk me aan!' smeekte hij. 'Kijk me aan, Giulietta!'

Ze zeggen dat ik, toen ik hem eindelijk hoorde, niet hoestte of naar adem hapte of kreunde. Ik deed gewoon mijn ogen open en keek hem aan. En toen ik begon te begrijpen wat er om me heen gebeurde, schijn ik te hebben geglimlacht, en ik fluisterde: 'Shakespeare zou dit niet leuk vinden.'

Dit alles werd me later verteld; ik herinner me er bijna niets van. Ik herinner me zelfs niet dat broeder Lorenzo bij me neerknielde om mijn voorhoofd te kussen, of dat Janice ronddanste als een wervelende derwisj en alle lachende politieagenten om beurten een zoen gaf. Het enige wat ik me herinner zijn de ogen van de man die weigerde om me nog eens te verliezen en me uit de klauwen van de Bard had geworsteld, zodat we eindelijk onze eigen goede afloop konden schrijven.

X

*... en ooit wordt al dit leed
stof voor zoete gesprekken.*

Maestro Lippi begreep maar niet waarom ik niet stil kon zitten. Hier waren we dan eindelijk, hij achter een ezel en ik op mijn paasbest, omlijst door wilde bloemen en badend in het gouden licht van een late zomerzon. Hij had nog maar tien minuten nodig, dan was het portret klaar.

'Alsjeblieft!' zei hij, zwaaiend met zijn palet. 'Niet bewegen!'

'Maar Maestro, ik moet echt, echt weg!' protesteerde ik.

'Welnee!' Hij verdween weer achter zijn linnen. 'Die dingen beginnen nooit op tijd.'

Achter me sloegen de klokken van het klooster op de heuveltop al lang niet meer, en toen ik wegdraaide om nog een keertje te kijken, zag ik een gestalte in een fladderende jurk over het glooiende grasveld op ons af hollen.

'Jezus, Juul!' hijgde Janice, te buiten adem om me de volle laag van haar afkeuring te geven. 'Er krijgt er eentje een stuip als je nu niet meteen komt!'

'Dat weet ik wel, maar....' Ik keek even naar maestro Lippi, die ik niet wilde onderbreken in zijn werk. Janice en ik waren hem immers allebei ons leven verschuldigd.

Het stond buiten kijf dat onze bezoeking in de grafkelder van de kathedraal heel anders had kunnen aflopen, als de Maestro ons niet – in een ongewoon helder moment – had herkend toen we die avond over de Piazza del Duomo liepen, omringd door musici en gewikkeld in contradavlaggen. Hij had ons opgemerkt voordat we hem zagen, maar zodra hij besefte dat we vlaggen van de contrada van de Eenhoorn droegen – de grote rivaal van onze eigen contrada, de Uil – had hij begrepen dat er iets ernstig mis was.

Hij was haastig teruggekeerd naar zijn atelier en had meteen de politie gebeld. Alessandro bleek al op het bureau te zijn om twee nietsnutten uit Napels te ondervragen, die hadden geprobeerd hem te vermoorden en daarbij hun armen hadden gebroken.

Als meester Lippi er dus niet was geweest, was de politie ons wellicht nooit gevolgd naar de grafkelder, en had Alessandro mij misschien nooit gered uit de rivier Diana... en dan was ik hier vandaag niet geweest, bij het klooster van broeder Lorenzo in Viterbo, op mijn paasbest gekleed.

'Het spijt me, Maestro,' zei ik terwijl ik opstond. 'We zullen dit een andere keer moeten afmaken.'

Toen ik de heuvel oprende naast mijn zus moest ik lachen. Ze droeg een van de gedistingeerde jurken van Eva Maria, en die paste haar natuurlijk perfect.

'Wat is er zo grappig?' snauwde ze, nog steeds geïrriteerd omdat ik zo laat was.

'Jij,' grinnikte ik. 'Ik begrijp niet dat het me nooit eerder is opgevallen hoeveel je op Eva Maria lijkt. En dat je net zo klinkt als zij!'

'Dank je wel!' zei ze. 'Dat is in elk geval beter dan klinken als Umberto...' Maar zodra de woorden uit haar mond schoten, trok ze een gezicht. 'Sorry.'

'Geeft niet. Ik weet zeker dat hij in de geest bij ons is.'

Eigenlijk hadden we geen idee wat er van Umberto was geworden. We hadden hem geen van beiden meer gezien sinds de schietpartij in de grafkelder. Naar alle waarschijnlijkheid was hij onder de grond verdwenen toen de vloer het begaf, maar niemand had dat echt zien gebeuren. Ze hadden het te druk gehad met mij zoeken.

Ook de vier edelstenen waren nooit teruggevonden. Persoonlijk vermoedde ik dat de aarde haar kostbaarheden had teruggevorderd en de ogen van Romeo en Giulietta weer in haar schoot had opgenomen, net als ze de teruggave van de adelaarsdolk had geëist.

Janice was er echter van overtuigd dat Umberto de glimmers in zijn zak had gestoken en door de grotten van de Bottini was ontsnapt om te genieten van het goede leven in de van brillantine vergeven tangozalen van Buenos Aires, of waar gentleman-gangsters dan ook heengaan na hun pensioen. Na een paar chocolademartini's naast het zwembad van Castello Salimbeni was Eva Maria het wel met haar eens. Umberto, vertelde ze ons terwijl ze haar zonnebril rechtzette onder haar grote, slappe hoed, had altijd al de gewoonte gehad om te verdwijnen, soms jarenlang, en haar dan ineens weer op te bellen. Bovendien had ze er alle vertrouwen in dat haar zoon, zelfs als hij echt door de grond in de rivier Diana was terechtgekomen, zijn hoofd boven water zou hebben gehouden en zich met de stroom had laten meevoeren, tot hij ergens in een meer werd uitgespuwd. Dat kon toch niet anders?

Om bij het klooster te komen moesten we een olijfboomgaard en een kruidentuin met bijenkorven voorbijrennen. Broeder Lorenzo had ons diezelfde ochtend een rondleiding gegeven en we waren uiteindelijk in een beschutte rozentuin beland met een open marmeren koepeltje als stralend middelpunt.

Midden in die kleine tempel stond een levensgroot bronzen standbeeld van een monnik, de armen gespreid in een vriendschappelijk gebaar. Broeder Lorenzo had uitgelegd dat de broeders zich de oorspronkelijke broeder Lorenzo graag zo voorstelden, en dat zijn stoffelijk overschot onder de vloer van de koepel begraven was. Het was bedoeld als een vreedzame plek voor contemplatie, had hij ons verteld, maar omdat wij het waren, wilde hij wel een uitzondering maken.

Nu ik het heiligdom naderde, samen met Janice, stond ik even stil om op adem te komen. Iedereen stond op ons te wachten – Eva Maria, Malèna, neef Peppo met zijn been in het gips, en tientallen andere mensen van wie ik de namen nog nauwelijks kende – en naast broeder Lorenzo stond Alessandro, gespannen en beeldschoon, naar zijn horloge te fronsen.

Toen hij ons aan zag komen lopen, keek hij me hoofdschuddend aan met een half verwijtende, half opgeluchte glimlach. En zodra ik binnen handbereik was, trok hij me tegen zich aan om me op mijn wang te kussen en in mijn oor te fluisteren: 'Ik denk dat ik je misschien toch in de kerker moet vastketenen.'

'Wat middeleeuws van je,' antwoordde ik, en ik maakte me geveinsd zedig los, omdat we toeschouwers hadden.

'Dat roep jij nu eenmaal in me op.'

'*Scusi?*' Broeder Lorenzo keek ons met opgetrokken wenkbrauwen aan, duidelijk verlangend om met de ceremonie te beginnen; ik richtte mijn aandacht gehoorzaam op de monnik en stelde mijn weerwoord tot later uit.

We trouwden niet omdat we vonden dat het moest. Deze huwelijksceremonie in het heiligdom van Lorenzo was niet alleen voor ons, het was ook een manier om iedereen te bewijzen dat we het meenden als we zeiden dat we bij elkaar hoorden – iets wat Alessandro en ik al heel lang wisten. Bovendien wilde Eva Maria beslist de kans krijgen om de terugkeer van haar lang verloren gewaande kleindochters te vieren, en het zou Janice' hart hebben gebroken als zij daarbij geen glamoureuze rol had gekregen. Dus hadden die twee een hele avond lang de garderobe van Eva Maria doorgespit op zoek naar de perfecte jurk voor het bruidsmeisje, terwijl Alessandro en ik mijn zwemlessen voortzetten in het zwembad.

Toen ik daar met mijn hand in de zijne stond, begreep ik ineens waarom ik – mijn leven lang – bang was geweest om vroeg dood te gaan. Als ik probeerde om me mijn toekomst voor te stellen na de leeftijd waarop mijn moeder was overleden, had ik niets dan duisternis gezien. Nu pas begreep ik waarom. De duisternis was niet de dood geweest, maar blindheid; hoe had ik kunnen weten dat ik, als uit een droom, zou ontwaken in een leven waarvan ik nooit had geweten dat het bestond?

De ceremonie ging heel plechtig verder in het Italiaans, tot de getuige – de man van Malèna, Vicenzo – de ringen aan broeder Lorenzo overhandigde. Toen hij de zegelring met de adelaar herkende, trok broeder Lorenzo een geërgerd gezicht en zei iets waar iedereen om moest lachen.

'Wat zei hij?' vroeg ik zachtjes.

De gelegenheid aangrijpend om me in mijn nek te zoenen, fluisterde Alessandro terug: 'Hij zei: "Heilige Moeder Gods, hoe vaak moet ik dit nog doen?"'

We aten die avond op het binnenhof van het klooster, onder een latwerk begroeid met klimmende wingerd. Toen de schemering overging in het donker brachten de broeders van Lorenzo olielampen en waskaarsen in handgeblazen glazen, en algauw overstemde het gouden licht van onze tafels de koude glans van de sterrenhemel boven ons.

Het was heerlijk om daar naast Alessandro te zitten, omringd door mensen die anders nooit bij elkaar gekomen zouden zijn. Na een wat aarzelend begin konden Eva Maria, Pia en neef Peppo het uitstekend met elkaar vinden, en oude familiemisverstanden werden langzaam weggewerkt. En bestond er een betere gelegenheid om dat te doen? Ze waren immers onze peetouders.

Merendeels waren de gasten geen Salimbeni's of Tolomei's, maar vrienden van Alessandro uit Siena en leden van de familie Marescotti. Ik had een paar keer gegeten met zijn oom en tante – om niet te spreken van al zijn neven en nichten die verderop in de straat woonden – maar dit was de eerste keer dat ik zijn ouders en zijn broers uit Rome ontmoette.

Alessandro had me gewaarschuwd dat zijn vader, kolonel Santini, geen grote fan was van metafysica, en dat zijn moeder haar man alleen het hoognodige had verteld over de familiegeschiedenis van de Marescotti's. Zelf kon ik alleen maar toejuichen dat niemand van hen de behoefte voelde om het officiële verhaal van onze verkering op te diepen, en ik had Alessandro net opgelucht onder tafel in zijn hand geknepen, toen zijn moeder zich naar me toe boog om me met een plagerige knipoog toe te fluisteren: 'Als je bij ons komt logeren, moet je me vertellen wat er echt gebeurd is, goed?'

'Ben je ooit in Rome geweest, Giulietta?' wilde kolonel Santini weten, waarbij zijn diepe basstem even alle andere gesprekken overstemde.

'Eh... nee,' zei ik, en ik groef mijn nagels in het bovenbeen van Alessandro. 'Maar ik wil er dolgraag heen.'

'Het is heel vreemd...' De kolonel fronste even zijn voorhoofd. 'Ik heb het gevoel dat ik je al eerder heb gezien.'

'Dat gevoel had ik precies zo toen ik haar voor het eerst zag,' zei Alessandro en hij legde een arm om me heen. En toen kuste hij me ronduit op mijn mond, tot iedereen lachte en op de tafel begon te trommelen en het gesprek – gelukkig – overging op de Palio.

Twee dagen na het drama in de grafkelder van de kathedraal had

Aquila eindelijk de race gewonnen, na bijna twintig jaar van teleurstellingen. Ondanks het advies van de dokter dat ik het een poosje rustig aan moest doen, stonden we midden in de menigte, Alessandro en ik, en vierden de wedergeboorte van onze lotsbestemmingen. Erna waren we met Malène en Vicenzo en alle andere aquilini meegetroond naar de kathedraal van Siena voor de overwinningsmis ter ere van de Heilige Maagd en de cencio die ze zo genadig aan de Contrada dell' Aquila had geschonken, ook al was Alessandro in de stad.

Terwijl ik in de kerk meezong met een psalm die ik niet kende, dacht ik aan de grafkelder ergens onder ons en aan het gouden beeld waar alleen wij van wisten. Misschien zou de crypte op een dag veilig genoeg zijn voor bezoekers, en misschien zou maestro Lippi het standbeeld herstellen en nieuwe ogen geven, maar tot die tijd was het ons geheim. En misschien moest het dat maar blijven. Maria had ons toegestaan om haar tempel te vinden, maar iedereen die er met kwade bedoelingen naar binnen was gegaan, was omgekomen. Niet echt een verhaal om ritsen bezoekers mee te lokken.

Wat de oude cencio betreft, die was aan de Heilige Maagd teruggegeven zoals Romeo Marescotti had gezworen. We hadden hem naar Florence gebracht om hem professioneel te laten schoonmaken en conserveren, en nu hing hij in een glazen vitrine in het kapelletje van het Adelaarsmuseum en zag er ondanks de recente beproevingen verbazend ongerept uit. De hele contrada was natuurlijk overgelukkig dat we dit belangrijke stukje geschiedenis opgespoord hadden, en niemand leek het ook maar een beetje vreemd te vinden dat ik altijd rode wangen kreeg als die ontdekking ter sprake kwam.

Bij het dessert – een grandioze bruiloftstaart, door Eva Maria persoonlijk ontworpen – boog Janice zich naar me toe en legde een vergeelde perkamentrol voor me op tafel. Ik herkende het meteen: het was de brief van Giannozza aan Giulietta, die broeder Lorenzo me had laten zien in het Castello Salimbeni. Het enige wat anders was, was dat het zegel nu verbroken was.

'Hier heb je een klein cadeautje,' zei Janice terwijl ze me een dichtgevouwen stuk papier overhandigde. 'Dit is de Engelse versie. Ik kreeg de brief van broeder Lorenzo en Eva Maria heeft me geholpen met de vertaling.'

Ik zag dat ze graag wilde dat ik hem meteen las, en dat deed ik dus. Dit is wat er stond:

Mijn lieve zus,
Ik kan je niet zeggen hoe gelukkig ik was om een brief van je te ontvangen na dit lange stilzwijgen. En ik kan je niet zeggen hoe bedroefd ik was, toen ik al je nieuws had gelezen. Vader en moeder dood, en Mino en Jacopo en kleine Benni – ik kan geen woorden vinden voor mijn verdriet. Het heeft me vele dagen gekost om dit antwoord te kunnen schrijven. Als broeder Lorenzo hier was, zou hij me zeggen dat dit alles deel uitmaakt van het grote Hemelse plan, en dat ik niet moet huilen om dierbare zielen die nu veilig in het paradijs zijn. Maar hij is hier niet, en jij ook niet. Ik ben helemaal alleen in dit barbaarse land.
Ik zou zo graag naar je toe reizen, lief zusje, of je hier zien, zodat we elkaar zouden kunnen troosten in deze donkere tijden. Maar als altijd ben ik hier, een gevangene in het huis van mijn echtgenoot, en hoewel hij meestal in bed ligt en elke dag zwakker wordt, vrees ik dat hij het eeuwige leven heeft. Soms waag ik me 's nachts naar buiten, om in het gras te liggen en naar de sterren te kijken, maar vanaf morgen loopt het huis vol bemoeizieke vreemdelingen uit Rome – handelsrelaties van een of ander obscuur lid van de familie Gambacorta – en wordt mijn vrijheid weer beknot tot de vensterbank. Maar ik ben vastbesloten om jou niet te vervelen met mijn jammerklachten. Ze zijn niet noemenswaard vergeleken met die van jou.
Het doet me pijn dat onze oom je opgesloten houdt en dat je verteerd wordt door gedachten aan wraak op die slechte man, S. Lief zusje, ik weet dat het bijna onmogelijk is, maar ik smeek je om je van die vernietigende gedachten te bevrijden. Vertrouw op de hemel om die man te straffen als zijn tijd gekomen is. Wat mij betreft, ik heb vele uren in de kapel doorgebracht, dankzeggend voor jouw eigen ontsnapping aan die schurken. Je beschrijving van die jongeman, Romeo, overtuigt me ervan dat hij de echte

ridder is waar jij zo geduldig op hebt gewacht.

Ik hoop dat deze brief je glimlachend en in goede gezondheid aantreft, bevrijd van de demonen die je kwellen. Als God het wil zal ik je gauw terugzien en zullen we samen tussen de madelieven liggen en lachen om oude smarten alsof ze er nooit zijn geweest. In die mooie toekomst die ons wacht ben jij getrouwd met je Romeo, en ben ik eindelijk bevrijd van mijn ketenen – bid met mij, lief zusje, dat het zo moge zijn.

Voor altijd de jouwe,

G.

Toen ik klaar was met voorlezen waren Janice en ik allebei in tranen. Ik zag maar al te goed dat iedereen aan tafel zich verbaasde over deze emotionele uitbarsting, dus sloeg ik mijn armen om haar heen en bedankte haar voor het perfecte huwelijksgeschenk. Het was de vraag hoeveel andere gasten het belang van de brief begrepen zouden hebben; zelfs degenen die het verhaal van Giannozza en Giulietta kenden, zouden onmogelijk kunnen weten wat het voor mij en mijn zusje betekende.

Het was bijna middernacht toen ik eindelijk op mijn tenen de tuin weer in kon sluipen, met een zeer matig enthousiaste Alessandro achter me aan. Iedereen was ondertussen naar bed en het was tijd om iets te volbrengen wat ik al een tijd van plan was. Toen ik het piepende hek van het heiligdom van Lorenzo opende, keek ik naar mijn onwillige metgezel en legde mijn vinger op mijn lippen. 'We horen hier nu niet te zijn.'

'Vind ik ook,' zei Alessandro, en hij probeerde me in zijn armen te trekken. 'Laat mij je duidelijk maken waar we wel horen te zijn...'

'Sst!' Ik legde mijn hand op zijn mond. 'Ik moet dit echt doen.'

'Waarom kan dat morgen niet?'

Ik haalde mijn hand weg en gaf hem een snelle kus. 'Omdat ik niet van plan ben morgen mijn bed uit te komen.'

Eindelijk liet Alessandro zich meetrekken in het heiligdom naar de marmeren rotonde waar het bronzen beeld van broeder Lorenzo stond. In het licht van de opkomende maan leek het beeld bijna een echte man die ons met open armen stond op te wachten. De kans dat zijn trekken het origineel ook maar enigszins benaderden was vanzelfsprekend heel klein, maar dat deed er niet toe. Wat er wel toe deed, was dat wijze mensen het offer van deze man hadden erkend en het ons mogelijk had gemaakt hem terug te vinden en te bedanken.

Ik maakte het kruisje los dat ik droeg sinds Alessandro het me had teruggegeven en reikte omhoog om het om de hals van het beeld te hangen, waar het hoorde. 'Monna Mina bewaarde dit als aandenken aan hun band,' zei ik, voornamelijk tegen mezelf. 'Ik heb het niet nodig om te onthouden wat hij voor Romeo en Giulietta heeft gedaan.' Even zweeg ik. 'Wie weet, misschien is er wel nooit een vloek geweest. Misschien was het alleen dat wij – wij allemaal – dachten dat we er een verdienden.'

Alessandro zei niets, maar stak zijn hand uit en streelde mijn wang zoals hij die dag bij de Fontebranda had gedaan, en deze keer wist ik precies wat hij bedoelde. Of we nu wel of niet vervloekt waren, en of we nu al dan niet onze schuld hadden voldaan, hij was mijn geluk en ik het zijne, en dat was genoeg om alles te verslaan wat het lot – of Shakespeare – nog zo dwaas zou zijn om op ons pad te werpen.

Noot van de auteur

Hoewel Julia een fictief verhaal is, is het doordrenkt van historische feiten. De vroegste versie van Romeo en Julia speelde zich inderdaad af in Siena, en als we eenmaal gaan graven in de plaatselijke geschiedenis, beginnen we te begrijpen waarom het verhaal precies daar ontstond.

Misschien meer dan enige andere Toscaanse stad werd Siena gedurende de hele middeleeuwen verscheurd door felle familievetes, en de beruchte families Tolomei en Salimbeni bevochten elkaar op een manier die sterk doet denken aan de bloederige rivaliteit tussen de families Capulet en Montecchi in de tragedie van Shakespeare.

Ik heb me echter een aantal vrijheden veroorloofd door Messer Salimbeni af te schilderen als een boosaardige vrouwenmishandelaar, en ik weet niet zeker of doctor Antonio in het Monte dei Paschi di Siena – die zo vriendelijk was mijn moeder het Palazzo Salimbeni te laten zien en haar de opmerkelijke geschiedenis ervan te vertellen – het idee van een martelkamer in de kelder van zijn eerbiedwaardige instituut wel zou waarderen.

Noch zullen mijn vrienden Gian Paolo Ricchi, Dario Colombo, Patrizio Pugliese en Cristian Cipo Riccardi blij zijn dat ik van de eeuwenoude Palio zo'n gewelddadige affaire heb gemaakt, maar omdat er zo weinig bekend is over de middeleeuwse versie van de race, hoop ik dat ze me het voordeel van de twijfel willen gunnen.

De archeologe Antonella Rossi Pugliese was zo vriendelijk om met me mee te wandelen door de oudste delen van Siena, en zij inspireerde me om de geheimen van het ondergrondse Siena te verkennen, zoals de grotten van de Bottini, de verdwenen graftombe in de kathedraal en de overblijfselen van de builenpest in 1348. Op haar aanraden bezocht mijn moeder het oude ziekenhuis, Santa Maria della Scala, waar ze de kamer van Santa Caterina aantrof, zowel als de toegang tot een middeleeuwse pestput.

De minder macabere delen van mijn moeders onderzoek naar de geschiedenis van Siena werden met name mogelijk gemaakt door de Biblioteca Comunale degli Intronati, het Archivio dello Stato en de Libreria Ancilli, maar we zijn ook dank verschuldigd voor de verhelderende inzichten van professor Paolo Nardi, Padre Alfred White, OP, en John W. Pech, SJ, en voor de literaire nalatenschap van wijlen Johannes Jørgensen, een Deense dichter en journalist wiens biografie van Santa Caterina di Siena – beschermheilige van Europa – een fascinerend beeld geeft van Siena en Rocca di Tentennano in de veertiende eeuw. Ook het Museo della Contrada della Civetta en de gemeentepolitie van Siena zijn enorm behulpzaam geweest, de laatstgenoemde met name door mijn moeder niet te arresteren tijdens haar vele clandestiene onderzoeken van beveiligingssystemen van banken en dergelijke.

Wat verdachte activiteiten betreft, wil ik haastig mijn verontschuldigingen aanbieden aan direttore Rosi van het Hotel Chiusarelli voor het beschrijven van een inbraak in zijn prachtige etablissement. Voor zover ik weet is de beveiliging van het hotel nog nooit doorbroken, en noch de directeur, noch zijn werknemers zouden zich ooit bemoeien met de bezigheden van hun gasten of persoonlijke eigendommen uit hun kamers verwijderen.

Ik moet ook benadrukken dat de kunstenaar maestro Lippi – die echt bestaat – niet zo excentriek is als ik hem heb voorgesteld. Ook heeft hij geen rommelige werkplaats in de binnenstad van Siena, maar een adembenemend atelier in een oud kasteel van de familie Tolomei op het platteland. Ik hoop dat de Maestro me mijn dichterlijke vrijheid wil vergeven.

Twee vrienden uit Siena hebben hulpvaardig en vrijgevig hun plaatselijke kennis gedeeld: Alessio Piscini is een onuitputtelijke bron voor alles wat met de Contrada dell'Aquila en de traditie van de Palio te maken heeft, en de schrijver Simone Berni heeft met veel geduld een stortvloed van vragen over Italiaanse gebruiken en Sienese logistiek beantwoord. Ik ben het hun beiden verschuldigd te vermelden dat feitelijke fouten, als die onverhoopt kans hebben gezien dit boek in te sluipen, aan mij te wijten zijn, en zeker niet aan hen.

Ook zou ik graag mijn bijzondere dank betuigen aan de volgende mensen buiten Siena: mijn vriendin en medevrijheidsstrijder van het Institute for Humane Studies, Elisabeth McCaffrey, en mijn leesclubzussen Jo Austin, Maureen Fontaine, Dara Jane Loomis, Mia Pascale, Tamie Salter, Monica Stinson en Alma Valevicius, die zo vriendelijk waren een vroeg concept door te nemen.

Twee mensen hebben mij geholpen om van dit verhaal een boek te maken: mijn agent Dan Lazar, die het met zijn geestdrift, ijver en kennis van zaken mogelijk heeft gemaakt, en mijn redactrice Susanna Porter, die met haar scherpe ogen en deskundige aanwijzingen hielp het boek te stroomlijnen zonder mij helemaal van mijn pad te brengen. Het is me een eer en een voorrecht geweest om met hen te mogen samenwerken.

En ten slotte ben ik zoveel meer dan dank alleen verschuldigd aan mijn man, Jonathan Fortier, zonder wiens liefde, steun en humor ik dit boek nooit had kunnen schrijven, en zonder wie ik nog steeds in slaap zou zijn, zonder het zelfs maar te weten.

Ik heb *Julia* opgedragen aan mijn fantastische moeder, Birgit Malling Eriksen, die met haar onmetelijke gulheid en toewijding bijna evenveel tijd heeft besteed aan de research voor het verhaal als ik aan het schrijven ervan. Ik bid dat het boek alles is geworden waar zij op hoopte en dat ze binnenkort weer zin heeft in een nieuw avontuur...